Titus Müller
Die Priestertochter

TITUS MÜLLER, 1977 in Leipzig geboren, studierte Neuere Deutsche Literatur, Mittelalterliche Geschichte und Publizistik in Berlin. 2002 rief er mit Kollegen den Autorenkreis Historischer Roman »Quo Vadis« ins Leben. 2005 wurde er mit dem C. S. Lewis-Preis ausgezeichnet. Im selben Jahr belegte er den zweiten Platz beim Würth-Literaturpreis. Seit 2007 moderiert Titus Müller die Literatursendung »Auserlesen« auf rheinmaintv. Er lebt im Weserbergland. Bei Aufbau sind bisher von ihm erschienen: »Der Kalligraph des Bischofs«, »Die sieben Häupter«, »Der zwölfte Tag«, »Die Brillenmacherin«, »Die Todgeweihte« und »Das Mysterium«.

Krieger verlassen die Tempelburg, um in das Land der Franken einzufallen und einen Mann zu fangen, der den Ansprüchen des Hochpriesters Nevopor genügt. Denn: Das Pferdeorakel von Rethra fordert ein Menschenopfer. Es ist das höchste Opfer, das die Redarier ihrem dreiköpfigen Gott Svarožić bringen können, und es ist auch bitter nötig, denn Liutbert, der Erzkapellan Ludwigs des Deutschen, zieht mit einem Heer gen Rethra. Unter denen, die das Menschenopfer fangen sollen, reist Alena, die bildschöne, eigensinnige und kluge Tochter des mächtigen Nevopor. Doch wenige Tagesreisen von Rethra entfernt sehen sich die Gefährten einer übermächtigen Feindesschar gegenüber. Alena ist die einzige, die das Gemetzel überlebt, und gegen ihren Willen verliebt sie sich in den imposanten Anführer, den Mörder ihrer Freunde, den Menschen, der Svarožić geopfert werden soll. Während sich Franken und Slawen zur Schlacht rüsten, ringt die Priestertochter mit ihrem Gewissen und kämpft um ihre verbotene Liebe. Aber Größeres geschieht: Ein alter Gott wird wiedergeboren, nachdem er zwanzig Jahre geschlummert hat, und der Priester des Orakels hat einen mächtigen Gegner, der ihn zum Kampf auf Gedeih und Verderb herausfordert.

Titus Müller

Die Priestertochter

Historischer Roman

aufbau taschenbuch

ISBN 978-3-7466-2457-0

Aufbau Taschenbuch ist eine Marke
der Aufbau Verlag GmbH & Co. KG

2. Auflage 2009

Umschlaggestaltung Preuße & Hülpüsch Grafik Design
unter Verwendung von Buchmalereien:
Schule von Rouen, um 1460; Sean Fouquet, um 1500
Druck und Binden Druckerei C. H. Beck, Nördlingen
Printed in Germany

www.aufbau-verlag.de

Meinen Eltern in Dankbarkeit zugeeignet.

Meinem Vater, Matthias Müller, der mir beigebracht hat, Werkzeuge mit dem Griff voran weiterzureichen, Fehler zu verzeihen und in angenehmen wie in unangenehmen Zeiten für meinen Glauben geradezustehen. Meiner Mutter, Ulrike Müller, die mich zu reden gelehrt hat und zu lieben. Sie hat mir und meinen Brüdern gezeigt, was Phantasie ist und – sehr nützlich für das Romanschreiben – wie man große Arbeiten in kleine Etappen einteilt.

1. Kapitel

Es gelang den Herrschern des fränkischen Großreichs nicht, das wilde Land im Osten zu unterwerfen. Sie errichteten Kastelle am Elbufer, und bald erhoben sich Burgen der slawischen Fürsten aus den gegenüberliegenden Wäldern. Sie sandten Missionare aus. Nicht einer kehrte zurück. Raubzüge wurden mit Plünderungen beantwortet.

Zwar hatte man den Obodritenkönig Dobemysl und seine fünfzig Burgen durch Landgeschenke gewonnen, auch das ihm zu Kriegstreue verpflichtete Linonenvolk. Aber was war mit den hundertfünfundzwanzig Burgbezirken der Milzener im Süden, der Redarier und Tollensanen östlich der Peene, der Zirzipanen und Kessiner westlich davon? Was war mit den grimmigen Polaben? Eine geheimnisvolle Kraft hielt diese Völker zusammen, regierte sie mit so großer Macht, daß die Kleinkönige der Stämme dagegen wie Schatten erschienen.

Rethra.

Wälder und Sümpfe schlangen sich ineinander im Land der Slawen, Seen funkelten, Moore hauchten schwarzen Atem. Irgendwo, an einem geheimen Ort, lauerte Rethra als Spinne im Netz. Das Orakel zog an Fäden, begann Kriege und beendete sie, bestimmte das Schicksal der Völker. Es hieß, das Pferd eines Gottes bewohne die Tempelburg, und wie auch immer die Frage lautete, es wisse ihre Antwort. Blutige Opferrituale seien der Preis, es milde zu stimmen.

Der Kaiser suchte, Zwietracht unter den slawischen Stämmen zu schüren. Es gelang ihm, den Weletenbund zu zerschlagen, indem er dessen Bundeskönig Cealadrag durch einen gezielten Angriff der Obodriten töten ließ.

Rethra hörte davon.

Der Kaiser förderte die Grenzkriege der reichstreuen Thüringer, hieß sie, wieder und wieder ins slawische Land einzufallen, Felder zu verwüsten, Ortschaften niederzubrennen.

Rethra hörte davon.

Dann, im Jahr 873 nach der Geburt Jesu Christi, verweigerten die Sorben den Tribut an Kaiser Ludwig, und er antwortete mit Krieg. Die Heere des Erzkanzlers Liutbert und des Markgrafen Ratolf vereinigten sich und überquerten im Januar 874 die Elbe. Sie plünderten Häuser, äscherten Dörfer ein, mordeten die aufständischen Sorben.

Rethra hörte davon. Und Rethra entschied, daß es an der Zeit war, die Stämme für einen Orakelspruch zusammenzurufen.

Während sich Männer und Frauen aus dem ganzen Slawenland auf den Weg zur geheimen Tempelburg machten, kam ein Mönch aus Corbeia Nova im fränkischen Großreich herangereist, ein Mann mit marderhaftem, vernarbtem Gesicht, Tietgaud genannt. Fest entschlossen, den Orakelkult Rethras zu beenden, verschaffte er sich zwei Dutzend mit Panzerhemden gerüstete Männer und überquerte den Grenzfluß in der Nähe Bardowicks. Er schwor, nicht umzukehren, bevor die düstere Stätte des Götzendienstes vernichtet war.

So flocht der Allmächtige, der aus unseren Schicksalen den farbenreichen Teppich der Geschichte webt, Tietgauds Faden in das Gewirk, gemeinsam mit dem spröden Zwirn eines Mannes, der seit zwanzig Jahren tot war, und doch lebte, und sich weigerte zu sterben. Einen dritten Faden färbte Gott rot und legte ihn hinzu, rot für Alena, die Tochter des Hochpriesters von Rethra. Sie sollte die Mächtigen im Zeitgewebe das Fürchten lehren.

Die Finger der Flötenspieler hüpften auf den Löchern. Ihre Füße klopften den Boden. Es erhob sich eine schrille, fröhliche Melodie in den Himmel, und obwohl sie neu war, sangen Dutzende aus vollem Hals mit. Dunkel quäkte eine Birkentute. Trommeln flogen durch die Luft, im Flug geschlagen. Es hätte heller Tag sein mögen: Mit Kraft leuchtete das Feuer in die Gesichter, zeichnete Glut auf die Wangen.

Alena lächelte den jungen Kessiner an, der sie im Tanz am Unterarm umgriffen hielt und mit sich wirbelte. Die Schritte lief sie von allein, sie verschwendete keine Aufmerksamkeit darauf; lang, lang, kurz, kurz, lang. Die Musik befahl, und Alenas Füße gehorchten willig.

Er hatte keine Ahnung, wer sie war. Auch die anderen Kessiner nicht. Auf eine vergnügte Art machte es sie unsicher. Der hübsche Schwarzschopf tanzte mit ihr, weil sie ihm gefiel, und nicht, weil sie die Tochter ihres Vaters war.

Zwei Dudelsäcke brummten, von Männern unter die Achsel gepreßt. Mit aufgeblähten Wangen bliesen die Männer in die Sackpfeifen, folgten der Flötenmelodie, trieben sie an mit dem grellen Quieken der Pfeifen.

Inmitten einer Drehung warf Alena einen kurzen Blick auf den Fürsten, der außerhalb der Tanzenden stand. Große Nase, seitlich davon breite, unschöne Falten. Wilde Wohlgestalt, trotz allem. In der silbernen Kette, die seinen Fellumhang zusammenhielt, spiegelte sich der Feuerschein. Er hatte Alena noch nicht bemerkt.

Sie warf das Haar, das lange, dunkle, und ließ die Schläfenringe klingeln. Mit den Augen funkelte sie ihrem Tanzpartner eine glühende Aufforderung zu. Er grinste, packte sie mit beiden Händen und hob sie in die Luft. Jauchzend ließ sie sich in die Bögen des Tanzes fallen, bis der Kessiner sie absetzte.

Wieder ein Blick. Der Fürst stopfte sich ölglänzendes, bleiches Fischfleisch in den Mund. Er sah stumpf vor sich hin, angelte mit fettigen Fingern zwischen den Zähnen nach Gräten.

»Wie heißt dieser Mann?« keuchte sie.

»Želechel«, antwortete ihr junger Tanzpartner. »Du bist Redarierin, richtig?«

Sie antwortete mit einem Augenzwinkern. Sorgfältig darauf bedacht, daß er es nicht bemerkte, schob sie den jungen Kessiner in Tanzschritten um das Feuer herum, näher zum Fürsten. Sie stieß ihren Partner an, lachte und zog dabei die Nase kraus.

Da. Endlich sah der Fürst herüber. Er hob eine Schöpfkelle an die Lippen, schlürfte die Suppe aber nicht, sondern pustete Luft darauf, ohne den Blick von Alena zu nehmen. Sie senkte die Lider, sah auf die kupferne Gürtelschnalle des Fürsten. Dann riß sie der Tanz weiter. Wenn er ein Herr war wie Vater, würde er Bescheidenheit und Anstand mögen. Augenblicklich setzte sie die Füße ruhiger, folgte der Melodie und den Trommelschlägen mit geschmeidigen, aber kontrollierten Bewegungen.

»Warst du schon oft hier?« fragte sie ihren Tanzpartner.

»Erst einmal, letztes Jahr. Die Burg beeindruckt mich immer noch.«

»Und der Tempel?«

»Davon halte ich mich lieber fern.«

Sie verzog spöttisch die Lippen. »Du fürchtest dich?«

»Fürchtest du dich nicht? Immerhin wohnt der Dreiköpfige darin.«

Drehung um Drehung. Fliegende Zelte, Feuerfunken, Gesichter. Die Musik ein Dröhnen im Bauch, in den Füßen, in den Ellenbogen.

Der Kessinerfürst hielt sich unverändert die Kelle vor das Kinn. Unmöglich konnte er ihr Gespräch belauscht haben: Die Flöten und Dudelsäcke waren zu laut. Aber er beobachtete Alena mit strengem Blick, verfolgte den Weg des Tanzpaares. Sie führte den jungen Schwarzschopf zur anderen Seite des Feuers.

»Wüßte gern, wie es im Tempel aussieht«, sinnierte er. »Diese schrecklichen Geisterstatuen rings herum … Verbergen sie Lichterglanz? Oder rote Glut inmitten eines dunklen Raums?«

»Ich kenne das Innere des Tempels.«

Der Kessiner unterbrach den Tanz. Ein anderes Paar rempelte sie an, aber er stand wie angewurzelt und starrte ihr ins Gesicht. »Warst du drinnen?« hauchte er.

Sie ließ ein wenig die Mundwinkel zucken, geheimnisvoll.

»Svarožić – du hast ihn gesehen?« Alle Farbe wich aus seinem Gesicht. Dann plötzlich griente er wieder, schüttelte den Kopf. »Du legst mich aufs Kreuz, oder?«

»Ich habe gehört, daß euer Fürst sein junges Weib verstoßen hat. Ist das richtig?«

Der Kessiner runzelte die Brauen, nickte. »Du kannst niemals im Tempel gewesen sein. Allein die Priester haben Zutritt, und nicht einmal sie dürfen Luft schöpfen, wenn sie im Inneren sind, um den Dreiköpfigen nicht mit ihrem sterblichen Atem zu beschmutzen.«

»Hat Želechel schon erneut gewählt?«

»Wer bist du, daß dich das interessiert?«

Alena schlug die Augen nieder. »Komm, laß uns weitertanzen.«

Zwar gehorchte der Kessiner, aber er war sichtlich verwirrt. Widerwillig umfaßte er ihren Arm, als verbrenne er sich daran die Finger. Er musterte sie, die Lippen zu einem schmalen Strich zusammengepreßt, die Stirn umwölkt. Seine Füße fielen aus dem Rhythmus der Trommeln, und er schien es nicht einmal zu bemerken.

»Was ist los?« Alena kniff ihn in die Schulter.

»Nichts.«

»Schon müde?«

Er schüttelte den Kopf. »Ich frage mich, was du wirklich hier willst. Du bist doch nicht zum Tanzen zu uns gekommen.« Seine Stimme begann zu zittern. »Gehörst du nach da oben?«

Sie sah hinauf. Schwarz schoben sich die Wälle Rethras vor die Sternenpracht. Der Mond balancierte wie ein rundes, fahles Brot auf dem Westtorturm, die anderen Türme drohten zu beiden Seiten, emporgereckte Stierhörner. Über einer

Zinne funkelte silbern die Speerspitze eines Postens. Ein geisterhafter, weißer Schimmer glomm hinter den Mauern.

»Und wenn es so wäre?«

»Bist du eine *Vila*?«

Lauthals lachend legte sie den Kopf in den Nacken. »Ich ein Geist? Sehe ich aus wie eine *Vila*? Ich hätte dir öfter auf die Füße treten sollen.« Eine Hand senkte sich auf ihre Schulter. »Was soll das?« fuhr sie herum und stieß einen Mann von sich.

Als wäre es Staub, putzte sich der Gestoßene die Berührung von der Brust. Dann hob er den Kopf: ein ernstes, bleiches Gesicht. Donik. Vaters Bote. »Er will dich sehen.«

»Nicht jetzt.«

»Das ist nicht dein Ernst, oder?« fragte Donik ruhig.

Sie knirschte mit den Zähnen. Knurrte: »Du hast recht. Ich habe keine Wahl. Gehen wir.«

»Wartet«, rief der junge Kessiner, und wies mit der Hand auf sie. »Wer ist diese Frau?«

Donik verzog keine Miene. »Das ist Alena, Nevopors Tochter.«

»Die Nawyša Devka«, flüsterte ihr Tanzpartner. Er rührte an seine Lippen, als wollte er das Gesagte zurücknehmen. Einige Paare unterbrachen ihren Tanz.

Als die ersten Menschen begannen, sich erschrocken zu verneigen, packte Alena den Boten am Hemd und zog ihn fort. »Danke«, fauchte sie. »Das war ja ein fabelhafter Auftritt.«

Donik schwieg. Sie stampften durch das Lager, hielten sich in der Dunkelheit zwischen den Feuern der einzelnen Zeltstädte.

»Ist dir nicht in den Sinn gekommen, daß man unter den Kessinern vielleicht nicht wußte, wer ich bin, und daß es gut sein könnte, es dabei zu belassen?«

»Du hast keinen Grund, dich zu verstecken.«

»Verstecken? Es wird der Priestertochter doch wohl gestattet sein, ein Fest zu genießen!«

Sie erklommen die Treppe zum Westtor. Wie stumme Recken wuchsen die Wälle vor ihnen in die Höhe.

»Wir wissen beide«, sagte Donik ruhig, »daß du anderes im Sinn hattest als ein Fest.«

»Paß auf, was du sagst, Wurm!« Sie atmete heftig, und es hatte nicht nur mit den Stufen zu tun. Die Dreistigkeit Doniks ärgerte sie mindestens so sehr, wie der mißglückte Abend es tat. Zugleich wütete die Vorahnung auf einen weiteren Streit mit Vater in ihrem Bauch. »Wie ist er gelaunt?«

Das Tor öffnete sich vor ihnen.

»Finde es selbst heraus.«

Fackelschein im Burginneren. Nackte Oberkörper, sich voranstemmende Männer, Seile über den Schultern. Eine Felsplatte, darunter rollende Bäume. Leicht hügelan auf dem höchsten Platz strotzte der Tempel, errichtet auf bleichen Tierknochen. Wächterstatuen umzäunten ihn: lange, bis zum Tempeldach aufragende Bohlen mit weit aufgerissenen Mäulern, geifernd, zähnefletschend, gespaltene Zungen in die Nacht gereckt. Geister waren es, die ihre Wut genossen.

Neben den arbeitenden Männern flatterte ein schwarzer Mantel. Vater. Er überwachte die mühsam voranknirschende Felsplatte mit verschränkten Armen. Es sah aus, als sei es nicht die Muskelkraft der Männer, sondern Vaters Blick, der die Platte bewegte. Ein Windhauch spielte in den langen Haaren, zupfte am Bart und ließ die Enden der Priesterbinde am Hinterkopf flattern.

Spürte er, daß sie ihn musterte? Vater drehte sich um, löste sich von den keuchenden Männern, kam näher.

»Warum läßt du das erst jetzt in der Nacht machen?« fragte Alena wie beiläufig. Sie hoffte auf ein leichtes Zucken der Augenwinkel, ein Zeichen des Wohlwollens. Aber Vaters Gesicht blieb starr.

»Es ist gut, wenn die Menschen am Morgen etwas Neues sehen.«

»Du willst, daß sie denken, der Dreiköpfige habe den Altar dorthin getragen?«

Nevopor wendete sich an Donik. »Überwache für mich die Arbeit. Die Blutrinne in der Felsplatte soll zum Westtor zeigen.« Der Dienstbote nickte knapp und schritt auf die nackten Schultern zu. Währenddessen wies Vater auf ihr Haus. »Komm, wir müssen reden.«

»Sie sollen tatsächlich glauben –«

»Niemand denkt das, Alena.«

Im Haus knirschte Sand unter den Füßen. Mondlicht wehte durch die Giebelöffnung und die Fenster hinein, weckte die schlafenden Wandbehänge, senkte sich auf den kalten Ofen, huschte über die gedrechselten Bänke ringsum an den Wänden. Ein silberner Sprung über den Webstuhl – die Fäden glitzerten leise –, weiches Landen auf Vaters Truhe.

Der Vater nahm Platz und klopfte neben sich auf die Bank. Als Alena sich setzte, stand er auf, trat zum Webstuhl hinüber und zog sich einen Schemel heran. Natürlich, er wollte ihr gegenüber sitzen, wie er es gern tat, wenn er ihr den Kopf wusch.

Das Kleid klebte ihr am Rücken und an der Brust. Vorsichtig senkte sie die Nase: Schweißgeruch. Er mußte sehen, wie wild sie getanzt hatte. Nein, sie würde sich Vaters Willen nicht beugen. Sie war die einzige in Rethra, die es wagte, sich ihm zu widersetzen. Die einzige, die nicht zur Masse jener Menschen gehörte, die sich von seinen Augen regieren ließen wie fügsame Puppen von der Hand eines Gottes.

»Alena.«

Erschrocken sah sie auf. Der scharfe Klang in Vaters Stimme war ungewohnt.

»Ich habe dich nicht gerufen, damit du sitzt und träumst.«

»Und weshalb dann?«

Statt einer Antwort durchbohrte der Vater sie mit den Augen. Schwieg.

»Weil ich bei den Kessinern war. Sie haben gefeiert, und ich habe mit den Leuten getanzt. Du bist zornig auf mich deswegen, richtig?«

»Versuchst du, an Želechel heranzukommen?«

Beim Namen des Fürsten zuckte sie zusammen.

»Zwei Priester Rethras haben einen Sohn, Alena.«

»Jarich und Miesko, ich weiß.« Sie runzelte verdrossen die Stirn.

»Du kannst zwischen ihren Söhnen wählen.«

»Großartig!« Sie warf die Hände in die Luft. »Jarichs Sohn hat das Pferdegebiß seines Vaters geerbt. Weder spricht er viel, noch können seine schlacksigen Arme und die dürre Brust auf irgendeine Art beeindrucken. Und Cozilo ... Ich habe ihn gestern beobachtet, wie er am Seeufer kniete, die Arme entblößt, um das Muskelspiel im Spiegel der Wasseroberfläche zu betrachten. Danach ist er in den Wald gegangen und hat einen halben Tag lang Pfeifen geübt; krächzende Pfeifversuche. Cozilo ist genauso wie Jarichs Sohn ein Junge, der verkrampft versucht, ein Mann zu sein, nichts weiter. Was soll ich mit denen? Ich bin zwanzig Jahre alt, Vater!«

»Wenn ich einmal nicht mehr lebe, wird einer von ihnen Hochpriester Rethras sein.«

»Entschuldige, daß aus mir ein Mädchen geworden ist«, fauchte sie.

Vater schüttelte den Kopf. »Darum geht es nicht. Ich versuche, deine Zukunft aufzubauen.«

»Du willst einen Enkelsohn, das ist alles. Aber es ist kein Jüngling hier in Rethra, dem ich mich hingeben wollte, verstehst du? Morgen ist die Orakelzeremonie, die Vorburg wimmelt von Menschen. Warum erlaubst du es mir nicht, daß ich mich unter ihnen umsehe?«

»Du bist die Nawyša Devka! Bei deiner Heirat geht es um mehr als nur um deinen Geschmack.«

»Ich werde schon jemanden auswählen, der Rang und Namen hat.«

»Spare dir die Suche. Du heiratest einen redarischen Priestersohn.«

»Warum muß es unbedingt –«

»Du weißt es. Man kennt dich, man schaut auf dich. Du bist kein gewöhnlicher Mensch. Das Volk ist sich mehr darüber im klaren als du selbst, wie es scheint.«

»Willst du mich zwingen?« Sie sprang auf, wurde am Arm gepackt und festgehalten.

»Du fügst dich, hast du mich verstanden? Ich dulde keinen Ungehorsam – nicht von einem beliebigen Pferdeknecht, und nicht von meiner Tochter.« Einige Haare waren über die Priesterbinde in die Stirn gefallen; sie zitterten. Deutlich sah Alena graue Strähnen in der Mähne des Vaters. »Indem du ihn heiratest, wirst du einem der Priestersöhne Ansehen im Volk verschaffen. Du wirst dich morgen als Nawyša zeigen.« Er zog böse die Mundwinkel herab. »Und ich weiß auch schon, wie.«

Grauer, kühler Morgen. Sterne noch am Himmel, kaum Licht. Menschen, Tausende, von den äußeren Wällen Rethras umarmt, ein Menschenheer in einer riesigen Schüssel. Männer mit Schnauzbärten und rasiertem Kinn, Frauen, der Schmuck an den Schläfen stumpf in der Dunkelheit, Kinder mit schmutzigen Mündern. Erwartungsvolle, furchtsame Blicke zum Tempel hinauf, zum Altar. Zu Alena.

Sie war eingerahmt von Priestern, den einzigen Männern im Volk, die Bart und Haare lang wachsen ließen: Jarich und Gnažek zur Linken des Altars, Miesko und Lodiš zur Rechten. Den Kopf und die Hände der Priester konnte sie deutlich sehen, wenn sie sich zu ihnen drehte; der Rest ihrer Körper verbarg sich in der Dunkelheit unter schwarzen Taillenmänteln, und selbst die Stirn bedeckte eine schwarze Binde. Alena hingegen trug ihr weißes Leinenkleid. Die Tochter des Höchsten, die Nawyša Devka. Vater hatte recht, sie konnte der wartenden Masse nicht als Mensch erscheinen. Vielleicht sah man die Priester überhaupt nicht von dort hinten – Alena mußte zu sehen sein in ihrem hellen Kleid. Eine *Vila* vor dem Tempel Svarožićs.

Sie erkannte Rostislav in vorderster Reihe. Heute war er nicht der aufmerksame, unbestechliche Wächter auf dem Nordturm. Er hatte den Arm um die Schulter seiner Frau gelegt, als wollte er ihr die Furcht nehmen. Zum erstenmal kam Alena der Gedanke, daß er ein einfacher Mann war wie andere auch, und daß er älter geworden war, seit sie ihm in ihren Kindheitstagen Streiche gespielt hatte. An Kraft hatte er sicher kaum etwas eingebüßt, aber der Rücken hatte sich ein wenig gekrümmt, und die gesenkten Augenlider ließen ihn müde erscheinen.

Der Vater war durch den Tempel vor den Blicken der Menge verborgen. Er überwachte auf dem rückseitigen, nach Osten gewandten Wall der Burg den Himmel und würde ein Zeichen geben, sobald die Sonne sich zeigte. Dann würde Alena das erste Blut des Tages vergießen.

Der Hahn, dessen Flügel sie unter seinen Leib gebogen hatte und dort mit den Beinen zusammenhielt, verdrehte unruhig die braunen Äuglein, zwinkerte mit dünner Haut darüber. Alena spürte seinen warmen Körper an ihrer Brust, sie roch den Duft des Stalls, der aus dem Gefieder aufstieg, sah den leicht gebogenen Schnabel zum Himmel rucken. Würde er ihn aufreißen und krähen, wenn das Sonnenlicht sich zeigte? Ein letztes Mal krähen?

Ihre Rechte umklammerte den Griff des Beils. »Verabschiede dich vom Leben, stolzer Hahn«, raunte sie. »Du wirst in wenigen Augenblicken sterben müssen.«

Und mitten hinein in die erwartungsvolle Stille dröhnte ein Horn. Das Zeichen. Die Priester nickten ihr zu.

Sorgfältig umklammerte sie die Flügelspitzen und die Beine des Hahns, neigte ihn nach vorn, um seinen Kopf seitlich auf den Altar zu legen. Da begann der Hahn zu kreischen. Er zeigte seine kleine Zunge und zeterte. Ein ungewohntes Geräusch: Immer nur dann war es zu hören gewesen, wenn ein Bussard über der Burg kreiste und der Hahn die Hennen warnte. Ein kurzer Schrei dieser Art genügte, und unvermittelt war alles Federvieh vom Hof gefegt. Nun aber kreischte der Hahn mit hoher, gellender Stimme ohne Unterbrechung, spitze Schreie wie Messerklingen. Es betäubte Alenas Sinne. In Todesangst begann das Tier zu kämpfen, zerkratzte mit den Krallen ihren Bauch, ruckte mit den Flügeln, um sich zu befreien.

Sie hob das Beil und schlug zu. Schweigen.

Der Kopf lag abgetrennt auf dem Altar, die braunen Äuglein aufgerissen. Blut schoß aus dem Hals des Hahns. Und doch war der Kampf nicht zu Ende: Der ganze Körper zappelte, wand sich, zuckte in ihrer Hand mit schier unheimlicher Kraft. Sie verlor die Flügel aus ihrem Griff, und der kopflose Hahn erhob sich flatternd in die Höhe. Verzweifelt zog sie ihn an den Beinen herunter, versuchte, ihn zu packen. Warme Spritzer landeten auf ihren Wangen, auf den Lippen, dem Kleid. Der Geköpfte kämpfte gegen ihre Hände, die ihn auf den Altar herunterdrückten. Es erschien ihr wie Stunden, bis die Kräfte des sterbenden Tiers nachließen, bis es endlich erlahmte und still liegenblieb.

Ein Raunen von Gebeten erhob sich in der Menschenmenge, daß Alena die Ohren davon rauschten. Sie taumelte zurück, machte Platz für die Priester, die die bronzenen Opfermesser gezückt hatten und den Blutstrom nicht abreißen ließen: Ziegen starben, Hühner, Gänse. Eine Schlange von Männern wartete darauf, den Priestern Opfertiere zu übergeben. Als ein Lamm auf den Altar gehoben wurde, schloß Alena die Augen. Sie rieb die klebrigen, stumpf nach Blut und Hühnerkot riechenden Finger aneinander.

Wenig später sah sie das Lamm mit rot verfärbtem Fell neben dem Altar liegen. Die Körper der geopferten Tiere bildeten Reihen auf beiden Seiten. Endlich war es ruhig, kein ängstliches Blöken oder Kreischen hallte mehr durch die Burg. Auch das Rufen und Beten der Menge verstummte. Man sah hinauf zum Tempel.

Wie zuvor standen die Priester paarweise zu Seiten des Altars. Leise strich der Wind über ihre Mäntel; roter Lebenssaft tropfte noch vom Mantelsaum zu Boden und von den bronzenen Opfermessern herab, die sie in den Händen hielten.

Das Volk erstarrte, es spürte wohl, was nun kommen würde. Fürsten mußten darunter sein, Krieger, Mitglieder aller Stämme – sie schwiegen in Ehrfurcht, während der Vater aus dem Tempel trat, in der Hand das goldene Trinkhorn. Er schritt ruhig an Alena vorüber, hielt den Kopf so würdevoll erhoben, als hätte er soeben im Tempel noch einmal Angesicht zu Angesicht vor Svarožić gestanden, dem Geber der Gesetze, dem Feuerfürsten, der Verderben schleuderte und Fruchtbarkeit pflanzte, der Kriege mit seinem Hauch entschied und die Welt mit drei wachsamen Augenpaaren hütete. Die Sonne folgte seinem Befehl und empfing ihren Glanz von ihm, den Toten wies er ihren Platz in der Unterwelt.

Mit emporgerecktem Arm – das schwarze Leinen des Umhangs hing weit herab – schöpfte Nevopor Blut vom Altar in das Horn. Er verharrte einige Augenblicke mit dem Gefäß vor der Brust. Kein Vogel schrie, kein Fuß scharrte. Nicht einmal die Kinder brabbelten mehr. Es herrschte absolute Stille. Über und über war das Horn mit feinen Linien verziert. Blut lief daran herunter. Vater setzte es an den Mund und trank. Als er es wieder heruntergenommen hatte, wurde er leichenblaß. Lange stand er so, starrte blind vor sich hin, wankte. Schließlich öffnete er den Mund und krächzte leise: »Ein Menschenopfer.«

Bis in die hintersten Reihen brandete die Nachricht. Wie viele Jahre war es her, daß Svarožić ein Menschenopfer gefordert hatte? Ein Mensch sollte sterben! Das Blut der Tiere genügte nicht.

Miesko hatte seinen Platz verlassen und war an den Vater herangetreten. Er füllte ihm das goldene Horn aus einem Krug mit Honigwein. Erneut setzte Vater das Horn an den

Mund und trank in langen Zügen. Er hob es hoch über den Kopf zum Trinken, holte nicht ein einziges Mal Luft, und als er es von den Lippen nahm und umkehrte, ohne daß ein Tropfen herausfiel, schrie die Menge in lautem Jubel. Es war ein gutes Zeichen, wenn das Horn in einem Anlauf geleert wurde.

Vater zog sich ohne Eile hinter den Tempel zurück. Er kehrte wieder mit der Weißen am Zügel. Dunkle Hufe pochten erhaben auf den Boden, Haare wehten wie Pulverschnee aus der Mähne auf. Muskeln spannten sich unter dem makellosen Fell. So dünn und seidig war die Haut des Tiers, daß sich auf der Brust und an den Beinen Adern hervorwölbten, ineinandergeschlungene Pfade, Netze der Kraft. Die Nüstern der Stute trugen eine hautfarbene Zeichnung, ohne daß der Fleck die Schönheit des Pferdes zerstörte: Er ließ es klug erscheinen. Wimpern schwebten über schwarzen Kugelaugen.

Die Stute ließ ein Schnauben über den Burghof hallen wie einen Gruß. Tausende Stimmen gingen in ein Raunen über, in ehrfürchtiges Flüstern und Zischen. Das Pferd Svarožićs. Es würde, es mußte das Orakel bestätigen.

Die Priester rammten zwei Reihen von Speeren in den Boden, so, daß sie schräg hervorschauten und ihre Enden wenige Handbreit über dem Boden schwebten. Dort, wo sie sich kreuzten, bildeten sie Tore; drei niedrige Hindernisse. Die Hufe der Weißen näherten sich dem ersten Tor. Alena heftete ihren Blick an den rechten Huf. Da, die Stute hob das Bein und trat über die erste Stange. Ein gutes Zeichen.

War das Schweiß auf der Stirn des Vaters? Er sah nicht hinab. Vater konnte es hören, welcher Huf zuerst auftrat. Er hörte es daran, ob die Menge still blieb oder in ängstliches Jammern ausbrach. Wieder der rechte Huf.

Vor dem dritten Speer verlangsamte der Hochpriester die Schritte. Alena sah den Vater am Zügel ziehen, als wollte er das Pferd zur Seite lenken. Der linke Huf: Er hatte sich leicht erhoben, fiel zurück auf den Boden. Die Stute hob den Kopf höher, wieherte leise. Sie stand vor dem letzten Speer. Sie mußte entscheiden, mit welchem Huf sie hinübertrat.

In der Menge begannen viele zu beten. Ein Ruck ging durch Vaters Arm. Er zog die Stute voran. Und schließlich hob sie ihr rechtes Bein und trat über das letzte Tor.

Jubel wollte ausbrechen, stockte, erstickte wieder. Der Schrecken und das Staunen über das Orakel kämpften miteinander. Ein Mensch sollte sterben.

Zunächst schien es, als wollte Vater mit der Stute zum Stall zurückkehren. Dann aber blieb er vor dem Altar stehen und senkte seinen Blick in Alenas Gesicht. Sie erschauderte. Was hatte das zu bedeuten? Vater wendete sich zur Menge um. »Das Heer der Franken ist über die Elbe gekommen. Seit Wochen verwüsten unsere Feinde slawisches Land. Svarožić sieht es genau, und er hat unsere Hilferufe gehört. Einen großen Tod fordert er, bevor er uns durch seine Kraft zu Rächern macht. Die Nawyša Devka hat heute das Opfer eröffnet – das Wohlwollen des Dreiköpfigen liegt auf ihr. Und so soll sie es sein, die den erwählt, der sterben wird. Es wird ein stattlicher Franke sein; in vier Wochen findet er auf diesem Altar den Tod.« Vater wies auf die blutbefleckte Felsplatte. Schließlich hob er den Arm zum Himmel hinauf: »Feiert das Orakel des Lichtbringers! Erfreut Svarožić, den Feuergott, indem ihr die Trinkhörner mit fröhlichem Lachen leert! Er wird uns den Sieg schenken.«

»Du schickst mich zu den Franken?« flüsterte Alena fassungslos. Der Vater ging an ihr vorüber, ohne sie anzusehen.

Gelächter und Musik erfüllten die Luft. Kinderkreischen dazwischen: Halbwüchsige hatten sich zusammengerottet, um in Ballspielen ihre Kräfte zu messen: Redarier gegen Tollensanen, Kessiner gegen Zirzipanen. An Spießen drehten sich die Opfertiere über den Feuern. Met schwappte aus Trinkhörnern – wer sich nicht betrank, würde den Zorn Svarožićs auf sich ziehen.

Abseits des Trubels, am Nordwall der Vorburg, kroch Alena zwischen duftende Schafleiber und rief leise einen Namen. Es hob sich ein brauner Kopf, zwei dick gewölbte Augen blickten sie an. Alena bückte sich unter das Dach, aus dem morsche Bretter herabhingen, schob sich zwischen die grauen, weißen und braunen Tiere. Die Schafe duldeten sie still. Sie kannten sie.

»Hallo, kleiner Wolleball. Geht es dir gut?«

Die Braune blökte zur Antwort.

»Wir schicken mal deine Freunde fort.« Sie streckte den Arm über die Tierrücken und schüttete Hafer aus einem Säckchen vor den Unterstand. Vierzehn Schafe drängten die Köpfe danach, nur eines stand still und sah Alena an.

»Das ist für dich.« Alena hielt ihm die Spitze einer Rübe vor das Maul. Vorsichtig tastete das Tier den Leckerbissen mit den weichen Lippen ab, nahm ihn zwischen die Zähne, malmte und fraß. »Erinnerst du dich, wie ich dir das erstemal Hafer gab? Du wolltest ihn nicht haben, wolltest weiter mit Milch aus einem Lederschlauch getränkt werden. Gewartet hast du, bis ich Milch brachte.«

Die Nase im weißen Gesicht der Braunen zuckte. Sie kam näher, noch kauend am Rübenstück. Alena fuhr ihr mit der Hand über den Kopf, kämmte die Wolle mit den Fingern. Die Braune blökte klagend. Sie roch nach Kot und feuchtem Stroh.

»Ich kann nicht tun, was du dir wünschst. Deine Ziehmutter muß dich verlassen. Wir werden uns einige Wochen nicht sehen.«

Als wäre sie beleidigt, drehte die Braune den Kopf zur Seite und sah Alena mit einem Auge an. Ihre Ohren wedelten, zuckten. Dann stand sie reglos, gaffend, als suchte sie zu begreifen, was ihr gesagt worden war.

»Es gibt böse Menschen. Nicht die gleichen, die deine Mutter getötet haben, aber andere böse Menschen. Einen von ihnen soll ich hierherbringen, und wenn er geschlachtet ist, kann ich dich wieder besuchen kommen.«

Blöken.

Sie ging in die Hocke, streichelte den Rücken des Schafs, zupfte einige Strohhalme aus der dichten Wolle. Die Braune drückte sich an sie, als wollte sie sie umwerfen. »Ist gut, es ist gut, mein Wolleball. Du weißt doch, daß ich dich nicht mehr tragen kann. Du bist kein kleines Lämmchen mehr! Eine junge Frau bist du geworden, die einiges wiegt.«

Plötzlich ruckten die Köpfe der Schafe auf. Rennen, Springen in einer dichten Traube, fort vom Unterstand, wilde Flucht der Herde zwischen Wall und Zelten. Die Braune sprang ihnen nach.

Dort stand der junge Kessiner, einen dürren, gefleckten Hund neben sich. Beide, Hund und Herr, blickten ernst. »Du gehst also fort«, stellte der Schwarzschopf fest. Der Hund leckte sich die Schnauze.

»So ist es.« Alena erhob sich.

»Želechel wünscht, dich zu sehen.«

»Bedaure. Es ist nicht der Wille meines Vaters.«

Der Kessiner nickte. Einen kurzen Augenblick musterte er sie, dann wendete er sich zum Gehen.

Sie wartete, bis er sich einige Schritte entfernt hatte, dann rief sie: »Du wolltest wissen, wie es im Tempel aussieht?«

Ohne sich umzudrehen, hielt er inne. Nur der gefleckte Köter sah zurück, ließ die Zunge hängen und blinzelte.

»Die Gesichter des Dreiköpfigen glänzen wie Gold, und er ist in Purpur gekleidet. Ein Schwert hält er in den Händen, das zehn Männer gemeinsam nicht anheben könnten. An der Tempelwand zu seiner Rechten steht Belboh, der weiße Gott, und Belboh gegenüber der schwarze Gott Černoboh. Aber ich war auch nie drinnen. Ich weiß es … von meinem Vater.«

»Lebe wohl.«

Erst als der Kessiner zwischen den Zelten verschwunden war, verließ sie den Unterstand der Schafe.

In kerzengerader Haltung schritt sie hügelan. Ein Schwan unter Enten in schmutzigbraunem, zerrissenem Gefieder. Die angeschwollenen, weinseligen Gesichter der Bauern blickten ihr nach. Es waren alles Schafsmörder, Betrüger waren es, die einen Sack Wolle eintauschten, der unter einer dünnen, ehrlichen Schicht mit Gras gefüllt war. »Sieh dich vor, du Trottel«, bellte sie und stieß einen Alten beiseite, der nicht recht aus dem Weg torkeln wollte. Nun wichen sie noch weiter vor ihr zurück, fürchteten sich offenbar, als würde sie mit der Anwendung von Zauberkräften drohen.

»Wo schleppst du das hin?« herrschte Alena eine Frau an, der unter der Last einer bis zum Genick mit Holz beladenen Kiepe die Knie einknickten.

»Zum Lager der Milzener, Nawyša.« Ächzend hielt sie das Gleichgewicht.

»Haben die Zweige, die du da aufgelesen hast, auch sämtlich auf der Erde gelegen? Du weißt, welche Strafe dir droht, wenn du in den heiligen Wäldern um Rethra einen Ast abknickst!«

Schweißtropfen rannen der Frau zwischen den Augen hinunter. »Willst du sehen? Alles trockenes Holz. Für die Festfeuer.«

Es dauerte Alena, wie sich die Frau mühsam auf den Füßen hielt. Und zugleich war es reizvoll, sie zu befragen, bis die Kiepe sie niederzwang. »In welchem Wald warst du?«

»Bei den Buchen im kleinen Bukov.«

»Hast du Tierspuren gesehen?«

»Verzeihung, ich …« Sie schwankte, packte verzweifelt die Schulterriemen der Kiepe, stemmte sich, keuchte.

»Wohl alles leergejagt für das Fest?«

»Hasenkot war da, sonst nichts.«

Gnädig winkte Alena: »Also gut, geh.« Als sie sich zur großen Treppe wandte, die in die Hauptburg hinaufführte, und so die Frau aus den Augen ließ, hörte sie ein lautes Krachen hinter sich. Es erfüllte sie mit Genugtuung.

Das war die Priestertochter, die sich Vater wünschte. Sie tat, was er erwartete, und obwohl Alena keine Erklärung dafür fand – es stellte sie zufrieden. Er würde sich im Haus befinden, weil er betrunkene Menschen haßte, und dort würde sie ihm eisig entgegentreten, ihn um einige Begleiter bitten. Daß es ihr schwerfiel, Rethra zu verlassen, und daß sie es verabscheute, von ihm dazu gezwungen zu werden, davon würde sie nichts sagen. Er wußte es ohnehin. Womit er nicht rechnete, das würde ihre Selbstbeherrschung sein. Vater würde erstaunt einsehen, daß er es mit einer ebenbürtigen Gegnerin zu tun hatte.

Am Tor wachten Mstislav und Nakon der Eber. Sie waren Freunde Rostislavs, gehörten zu einer Gruppe von erfahrenen, besonnenen Männern innerhalb der Tempelgarde, ein Kreis von Kriegern, der gern schweigend beisammensaß und bei Einbruch der Nacht mit Stecken im Feuer stocherte. Kaum jemand genoß Vaters Vertrauen so wie sie.

Sie erwiderte ihr Nicken. Dann klopfte sie kräftig an die Tür des väterlichen Hauses und trat ein, ohne auf Antwort zu warten.

Miesko, Jarich und Vater saßen am Tisch vor einer Platte mit abgenagten Knochen. Es roch nach gebratenem Fleisch. Braune Blutstropfen im Sand unter den Mantelsäumen der Priester.

»Schön, daß du kommst, Alena. Wir haben gerade beraten, wen wir mit dir schicken. Die auserwählten Männer sollten sich nicht allzu sehr besaufen heute, damit ihr im Morgengrauen aufbrechen könnt.« Vater winkte sie näher, aber sie blieb in der offenen Tür stehen.

»Schicke Jarich und Miesko hinaus, ich habe allein mit dir zu sprechen.«

Es war ein Augenkampf. Streng blickte der Vater sie an, runzelte die Brauen, kniff die Lippen zusammen. Er hielt ihr stand, zwinkerte nicht einmal. Schließlich aber rang sie ihn nieder. Zufrieden sah sie, wie er die beiden alten Priester mit einer kleinen Handbewegung hinauswarf. Im Gehen schüttelten sie die Köpfe. Schließlich spürte Alena die Tür im Rücken.

»Vielleicht bist du zornig, Tochter, aber das gibt dir nicht das Recht zu einem solchen Tonfall. Auch du hast den Priestern mit Ehrerbietung zu begegnen.«

Sie zuckte die Achseln. »Ich werde dir gehorchen und in den Westen ziehen, um ein Opfer herbeizuschaffen. Aber als Preis fordere ich, daß ich mir einen Mann erwählen darf.«

»Du wagst ... Einen Preis forderst du?« Der Vater erbleichte. »Seit wann lassen sich Kinder für ihren Gehorsam bezahlen?«

»Bin ich ein Kind? Ich bin eine erwachsene Frau, und wie du immer sagst: Das Volk schaut auf mich. Meine Ausstrahlung wird den Mann, den ich heirate, zum Priester machen.«

»Hör auf, mir die Worte im Mund herumzudrehen! Das hat deine Mutter zur Genüge getan.«

»Laß Mutter aus dem Spiel«, zischte sie. »Oder willst du, daß uns ihr Geist besucht? Das Volk achtet mich, es wird auch meinen Mann achten.«

»Wie stellst du dir das vor? Was sollen Jarich und Miesko davon halten, wenn ein Fremder statt einem ihrer Söhne Hochpriester wird?«

»Sie können froh sein, wenn ihre Söhne eines Tages überhaupt den Priestermantel tragen dürfen. Sie sind es kaum wert. Mein Ruf als Nawyša, als Tochter des Höchsten, wird einen neuen Hochpriester rechtfertigen.«

Plötzlich zeigte sich Nachdenklichkeit in Vaters Gesichtszügen, und kleine Fältchen rafften die Augenwinkel zusammen. Er nickte langsam. »Meine Tochter. Du bist und bleibst doch meine Tochter. Vielleicht kann dein Plan noch Größeres möglich machen – sofern du einen Fürstensohn heiratest. Das Volk liebt dich jetzt schon. Wir werden dafür sorgen, daß sie vor dir erzittern.«

»Heißt das, ich darf wählen?«

Der Vater lächelte, wechselte in die fränkische Sprache. »Bevor du abreist, solltest du einiges Wissen auffrischen. Wie viele Könige hat das fränkische Großreich?«

»Drei. Ich darf also wählen?«

»Drei? Das genügt nicht zur Antwort!« Hart fügten sich die fremden Laute aneinander. »Du mußt wissen, wie sie zueinander stehen! Du mußt wissen, wie sie denken! Auf der Reise in den Westen wirst du die Männer führen. Und irgendwann stehst du an der Seite Cozilos.« Er lachte heiser. »Oder meinetwegen an der Seite eines stumpfsinnigen Fürstensohns, und du wirst ihn lenken müssen, damit Rethra nicht untergeht. Du wirst die unsichtbare Herrin über die Tempelburg sein, die Herrin, deren Arme ein geheimnisvolles, großes Reich regieren. Also, die Könige?«

»Im Osten regiert Ludwig, im Westen Karl, und im Süden, im Süden ...«

»Was nützen die Namen? Ist Karl ein Halbbruder Ludwigs? Das ist wichtig! Herrscht im Süden sein Neffe? Ernährt das Westreich seine Einwohner vielleicht üppiger, und doch hält keiner der drei Könige sein Gebiet in so starker Faust wie Ludwig seinen östlichen Teil? Unser Ludwig, unser Feind! Er ist ein Greis von eisigem, grauem Blick und schmalen Lippen. Er hat die Kaiserkrone, nicht aber Hoheit über die anderen fränkischen Gebiete. Du mußt ihn kennen, seine Entscheidungen vorausahnen! Mit Härte herrscht er über Alemannen, Bayern, Thüringer, Sachsen und Ostfranken. Er läßt das Land durch seine Söhne verwalten und verhindert wieder und wieder ihre Versuche, die Krone zu ergreifen. Da ist eine Schwachstelle, denke immer daran.«

Ein Schwindel ergriff sie ob der schnell gesprochenen, fremden Sprache. Mit Mühe folgte sie dem, was der Vater sagte, stolperte über Wörter, die sie nicht kannte, hing an den immer schneller schnappenden Lippen in Vaters Bart. Und ihr Herz sprang vor Freude. Sie würde frei wählen! Sie hatte gewonnen. Es war, als wäre ein Bann gebrochen, der

Vater, seit sie denken konnte, zum Unbesiegbaren gemacht hatte.

»Hörst du mir zu, Alena? Des Kaisers Macht stützt sich auf einen Mann mit dem Namen Luitbert. Man nennt ihn überall den ›Erzkanzler‹. Seine Macht ist unvergleichlich: Erzkapellan des Kaisers ist er und zugleich dessen Kanzler. Er übt die Würde des Erzbischofs von Mainz aus und ist zudem Bischof von Worms, Bischof von Speyer, von Konstanz, Chur, Augsburg, Eichstätt, Würzburg, Halberstadt, Paderborn, Hildesheim ...«

Sie gab das Zuhören auf. Wen würde sie wählen? Stand ihr nun nicht das gesamte Land offen? All die Tausende, die die Vorburg füllten – konnte sie nicht einen jeden zum Mann nehmen? Ihre Wangen kribbelten.

»Eben dieser Luitbert wütet in den Dörfern der Sorben. Er ist eine Gefahr. Halte dich nördlich, wenn ihr auf die Elbe zukommt, nähere dich niemals seinem Heer! Alena?«

»Ja, Vater.«

»Wenn du zu weit in den Norden gerätst, betrittst du das Gebiet der Sachsen. Dort regiert der Sohn Ludwigs. Die Verschwörung gegen den Vater ist vergeben und vergessen, er wird nun vom Vater gebraucht, um mit Hilfe der Sachsen gegen uns vorzugehen. Du mußt auch schon auf unserer Elbseite damit rechnen, einer Räuberhorde der Sachsen zu begegnen, hörst du?«

»Gut, ich merke es mir.«

»Ich schicke nicht mehr als ein Dutzend Krieger mit dir. Kein großer Angriff, hörst du? Ein Wespenstich, den sie schnell wieder vergessen.«

Sie nickte.

»Und rechne nicht damit, bei den Stämmen auf freundliche Gesinnung zu treffen, nur weil du ihnen hier in Rethra begegnet bist. Auch unsere Feinde schicken Abgesandte. Sie vertrauen dem Orakel; das hindert sie nicht daran, die Macht der Redarier anzufechten.«

»Vater, darf ich dich um einen Gefallen bitten?«

»Was ist es, kluges Töchterchen?«

»Gib mir nicht Cozilo als Begleiter mit. Ich wünsche mir Mstislav, Nakon und die anderen, die dazugehören.«

»Eine gute Wahl. Du sollst sie haben.«

Der Gestank biß immer kräftiger in die Nase, und er schien vom See her zu kommen. Beleidigende Gerüche am Tag des Orakels? Gerüche, die über den heiligen Tempel hinwegzogen? Alena preßte die Zähne aufeinander, trat auf das Seetor zu. Das Volk erzittern lassen, hatte Vater gerade gesagt, ja, dafür wollte sie schon sorgen. Sie straffte die Brust, hob das Kinn – und erstarrte. Der Puls beschleunigte sich, sie duckte sich leicht, schluckte. Ängstlich spähte sie zum Altar hinüber, zur Felsplatte. In Alenas Ohren sang es, ein hoher, feiner Ton. Nichts. Kein Schatten mehr, keine Augen. Sie suchte die Wächterstatuen ab. Keiner der übermenschengroßen, dünnen Geister fehlte. Ihre Blicke aber schienen sie ungeduldig zu verfolgen.

Was war das gewesen? Welcher Geist war um den Altar gehuscht, hatte sich darunter verborgen und sie aus seinen blutrünstigen Augen angestarrt? Mit zitternden Knien schlich sie näher heran. Als ein feines Stimmchen unter der Felsplatte hervorkroch, erschauderte sie.

»Bitte, komm nicht näher.«

»Wer bist du?« flüsterte sie.

»Ich bins, Golek. Wenn mein Bruder mich findet, dreht er mir den Hals um.«

Erleichtert lockerte sie die Schultern, atmete aus. »Du hast mich erschreckt.« Sie lächelte. Golek ängstigte sie, mit seinen fünf Jahren! Bald würde sie selbst einen Sohn haben wie ihn.

»Geh weg, du verrätst mich.«

»Hör zu, Süßer, du kannst dich nicht unter dem Altar verstecken. Stell dir vor, dein Vater sieht dich dort! Kinder haben so nah beim Tempel nichts zu suchen.«

»Lieber laß ich mich verprügeln, als daß Cozilo mich kriegt.«

Cozilo dröhnte über den Hof. »Golek!« Es war der rauhe Kehlton eines Betrunkenen.

»Rühr dich nicht.« Alena entfernte sich einige Schritte vom Altar, dann rief sie: »Was hat er denn verbrochen?« Sie gab ihrer Stimme einen spöttischen Beiklang.

Augenblicklich änderte sich Cozilos Haltung. Die Arme schienen nicht recht zu wissen, wie sie herabhängen sollten, und ein verlegenes Grinsen huschte über das breitschädlige Gesicht. »Hast du ihn gesehen?« lallte er.

»Der große Bruder auf der Suche nach dem kleinen. Das ist ja wie in einer dieser Geschichten, die im Winter vor dem Ofen erzählt werden. Ist er weggelaufen?«

»Ach, das ... Das ist nicht weiter ...« Er trat von einem Bein auf das andere. »Sag mal, Alena, möchtest du vielleicht mit mir, wenn das Fest vorüber ist, einmal auf den See rausfahren, einfach zum Angeln, ich rudere, und du hältst die Rute?«

»Bedaure.«

»Ich kann auch die Rute halten, wenn du –«

»Sag mal, läuft nicht Golek gern unten bei den Ställen herum? Aber in der Vorburg bei den Feiernden hast du sicher schon nachgesehen.«

Cozilo kratzte sich die Nase, dann das Genick. »Ich gehe mal. Überlege dir das mit dem Angeln. Ich glaube, dein Vater würde es sehr gerne sehen.«

Sie sah ihm nach, wie er zwischen den Häusern zum Torturm trottete, wartete, daß der Schlagschatten des Tores ihn verschlang. »Nicht mehr«, flüsterte sie. Dann schlich sie zurück zum Altar. »Hab dich gerettet, Kleiner.«

Ein Knäuel aus winziger Hose und winzigem Hemd krabbelte hervor. Fest drückte sich ein rundes Gesicht an ihr Bein. »Danke.«

Sie lachte, streichelte Goleks Schopf. »Und jetzt schnell, verbirg dich hinter eurem Haus. Da wird er ganz zum Schluß suchen. Was hast du denn getan?«

»Ich habe seinen Gürtel im Garten vergraben. Er hat gesagt, wenn er den Gürtel nicht gleich wiederfindet, dann bringt er mich um. Weil er nicht tanzen kann ohne.«

»Du hast *was*?« Alena ging vor dem Fünfjährigen in die Hocke und sah ihm erstaunt ins Gesicht. »Den gräbst du aber rasch wieder aus und säuberst ihn, hast du mich verstanden? Sonst macht Cozilo am Ende seine Drohung wahr.«

»Ist gut.« Golek lief so schnell auf die Häuser zu, daß Alena fürchtete, er würde jeden Augenblick lang hinschlagen.

Mit einem Kopfschütteln wandte sie sich wieder dem Seetor zu. Knapp nickte Witzan ihr zu, der dort wachte. Er gehörte zu Mstislavs Truppe.

Sie tauchte ein in die Dunkelheit unterhalb des Turms, trat auf der anderen Seite wieder ins Tageslicht, und blieb stehen. Tief unter ihr, am Fuß des Hangs, breitete sich der Lucinsee aus, umrahmt vom Wald, die Seefläche am diesseitigen Ufer durchstochen von den Pfählen der Fischreusen. Zur Linken des steilen Pfads, der hinabführte, war der Hang mit Granitblöcken verkleidet. Das Bild, das sich Alena unten bot, ließ sie innehalten.

Einige Frauen wuschen Wäsche im See. Sie tauchten die Kleider vor ihren Knien in das flache Wasser, kneteten sie, rieben den Schmutz heraus, hoben sie hoch und tunkten sie wieder ein. Neben ihnen stand ein Kessel am Ufer, an dessen Boden Feuerflammen züngelten; eine Frau rührte darin. Sie kochte wohl Seife aus Asche und Tierfett. Der stinkende Qualm, der sich aus dem Kessel erhob, reichte als Säule hinauf bis zu den Wolken, sich fortwährend verbreiternd – es war, als wäre es diese Frau und dieser Kessel, die die graue Wolkendecke brauten, die heute das Land überschattete, es war, als nähme hier am Ufer des Lucinsees ein Unglück seinen Anfang, ein Unglück, das weit, weit seine Fänge ausreckte. Eine Sorge ohne Namen, nur ein Gefühl war es, das Alenas Schultern niederdrückte wie eine schwere Last.

Sie seufzte. Ohne Eile stieg sie den Hang hinab. Die Frauen ließen ihre Wäsche fallen und näherten sich. Mit bewundernden Blicken küßten sie Alenas Kleidersaum, nahmen sie bei den Händen, zogen sie in die eine, dann in die andere Richtung, lachten.

»Schön, daß du uns besuchst.«

»Du hast es gut, daß du von hier fort kannst.«

Alena wollte eine ernste Miene machen, aber es gelang ihr nicht. Sie mußte schmunzeln. Obwohl allesamt längst verheiratet waren, waren es doch ihre Spielkameradinnen, die, mit denen sie auf dem Lucinsee im Winter Schlittschuh gelaufen war, die, deren Rockzipfel sie beim Versteckspiel hinter einem Faß hervorlugen gesehen hatte, und obwohl es schon in der Kindheit immer Alena gewesen war, die anführte und entschied, wurde sie doch erst seit wenigen Jahren mit der Scheu behandelt, die man auch den Priestern entgegenbrachte. Beinahe meinte sie, ein einfacher Ruf – »Versteckt euch!« – würde genügen, und sie würden auseinanderstieben und sich verbergen, Kinder, jauchzende, kreischende Mädchen, Gefährtinnen.

»Ihr könnt heute keine Seife kochen«, sagte sie. »Der Gestank zieht über die ganze Burg hinweg. Macht das aus.«

Ohne Widerspruch gehorchten die Frauen. Sie schöpften Wasser mit den Händen und schütteten es auf die Flammen, bis nichts als zischende, schmauchende Asche davon übrigblieb.

»Und nebenbei bemerkt, freue ich mich überhaupt nicht, Rethra zu verlassen. Ich werde mich freuen wiederzukehren. Denn dann« – sie senkte die Stimme, und die Köpfe der Gefährtinnen drängten heran – »dann wähle ich mir einen Ehemann.«

Bis die Dunkelheit hereinbrach, gab sich Alena dem Genuß der Heimat hin, aß und trank, lachte und tanzte, schalt, herrschte, verbreitete Schrecken und dann wieder Wohlwollen.

Mit den Sternen kam die Angst.

Sie flehte, vor dem Tempel kniend, um Svarožićs Schutz, sie floh die Menschen und spähte vom Turm aus entsetzt über die weiten, finsteren Wälder. Es war das erstemal, daß sie Rethra verlassen sollte. Plötzlich erschien es ihr wie der Sprung von der Klippe in den sicheren Tod. Als der Nachthimmel den nahenden Morgen mit einem grauen Dämmerstreifen verkündete, fand er Alena schweigsam, müde und mit fieberglühendem Kopf. Knapp nahm sie Abschied vom Vater. Sie verließ Rethra wie eine Gefangene, letzte Blicke nach der sich entfernenden Burg sendend.

2. Kapitel

In den Rindenfurchen der Buchen verbarg sich Moos. Die alten Bäume verströmten Harzgeruch und den Duft nassen Holzes. Morgenlicht tropfte durch die Zweige. Sanft wiegten sich die Blätter im Wind, rauschten und wisperten.

Es war ein Lied, das der Wald sang, ein uraltes Lied. In den Tagen der ersten erschaffenen Bäume hatte es begonnen und war seitdem in unveränderlichem Chor erklungen, lauter im Sturm, fast unhörbar in windloser Sommerhitze. Wagten sich Tierlaute dazwischen: Kratzen und Schaben, Tapsen und Nagen, Pochen, Zwitschern, Summen, so lauschten die Bäume gnädig.

Alena hatte den Wald längst liebgewonnen. Sie fühlte sich sicher zwischen den Stämmen, die sie mit den Armen nicht zu umfassen vermochte, und Träume von der Rückkehr, einen wilden, boshaften Franken gefesselt im Troß, vertrieben ihr die Zeit. Wie würden die Völker jubeln! Der Ruf der Nawyša Devka würde stärker sein denn je, die Augen der Fürsten und ihrer Söhne würden auf ihr liegen.

Wie unter einer drückenden Last ächzte der Buchenhain, dann senkte sich unvermittelt Stille herab.

Das Mäusescharren im Gebüsch verstummte. Der geschwätzige Singsang des Erlenzeisigs brach ab, und der Gimpel beendete sein sanftes Flöten. Zuletzt war noch das *Wittwittwitt* des Baumpiepers zu hören, dann herrschte Lautlosigkeit: Der Wald hielt den Atem an.

Alena, den Hals eines Pfifferlings zwischen Daumen und Messerklinge, erstarrte. Die Schneide hatte den Pilz schon angeritzt. Vorsichtig löste Alena das Messer.

Sie blickte von einem Stamm zum nächsten.

»Mstislav? Nelet?«

Langsam richtete sie sich auf. Da war ein Schatten. Kaum zehn Armlängen von ihr entfernt stand etwas hinter einem Baum; deutlich umriß die Sonne einen Körper auf dem Boden: Beine, Arme, gebeugter Rücken. Das Wesen hielt ein Ding in der Hand, ein langes, spitzes Ding.

Mit angehaltenem Atem schob Alena das Messer in die Gürtelscheide, raffte ihr Kleid bis zu den Knien. Dann warf sie sich herum und rannte los. Sie stolperte über Äste, riß sich Hände und Gesicht an dornigen Zweigen wund, sprang über Stämme und Steine hinweg. Schließlich duckte sie sich hinter einen Strauch, spähte keuchend zwischen den Blättern hindurch. *Wittwittwitt* sang der Baumpieper über ihr wieder, *zizizizi-wittwittwitt*. Eine Blattwespe putzte sich dicht neben Alenas Wange den grünen Körper, fuhr mit den Beinen über die glänzenden Flügel.

Ihr war niemand gefolgt.

Sie hob das Gesicht hinauf zu den Sonnenfunken, die durch das Blattwerk blitzten. »Bewahre mich, Svarožić«, sagte sie leise, »was auch immer dort ist, bewahre mich.«

Atemlos traf sie bei den Kriegern ein. Es herrschte Aufbruchstimmung. »Wo warst du so lange?« knurrte Mstislav.

»Nicht viele Pilze hier. Ich mußte lange suchen. Hatten Nakon und Rostislav Erfolg?«

»Einen Dachs haben sie erlegt.«

Sie nickte nur, und sobald sich die Krieger in Bewegung setzten, trottete sie neben Nelet her wie jeden Tag seit dem Aufbruch aus Rethra. Über die Erscheinung mochte sie nicht reden, schämte sich für ihre Furcht. Andererseits: Wenn sie jemanden fragen konnte, dann Nelet.

Er war ein Mann ohne Gesicht. Schaute sie ihn an, hatte sie Augenblicke später wieder vergessen, wie er aussah. Sie hatte einmal von ihm geträumt: Statt des Kopfes trug er eine graue, unförmige Pfütze auf den Schultern, ein Wabern, eine Wasserwolke.

Nie versuchte er, Alena in ein Gespräch zu ziehen, feixte

auch nicht wie die anderen, wenn sie hinter den Büschen ihre Notdurft verrichtete. Es schien fast, als kümmere ihn ihre Anwesenheit überhaupt nicht, als wäre es ihm gleichgültig, ob sie da war oder nicht. Einmal allerdings, als die Redarier von einem Platzregen überrascht worden waren und auch ihr die Kleider am Leib klebten, hatten die Männer begonnen, begehrliche Blicke auf sie zu werfen und im Scherz zu schmatzen, als hätten sie einen gebratenen Schwan auf dem Tisch, und Nelet, der Schweigsame, der Gesichtslose, fuhr aus der Haut, ging mit erhobener Axt auf die Lüstlinge los: »Die Nawyša Devka! Wie könnt ihr es wagen!« Die Wut des Stillen erschreckte die Krieger sehr. Sie schluckten ihre Gier herab, begehrten nur mehr kraftlos auf, ergeben wie bestrafte Hunde.

»Nelet«, fragte sie im Laufen, »wenn es still wird im Wald, wenn die Vögel ihren Gesang unterbrechen – woran liegt das?«

»Die Vögel fürchten einen Habicht am Himmel.«

»Und sie schweigen dann, damit er sie nicht entdeckt?«

»Denke so.«

»Mit den Polaben hat Rethra Frieden, nicht wahr?«

»Ja.«

»Und von Bardowick sind wir drei Tagesreisen entfernt, ungefähr?«

Nelet hob den Kopf. Er sah Alena von der Seite an. »So hat es Mstislav heute morgen gesagt.« Eine Frage schwang in seiner Antwort mit.

»Mache mir zu viele Gedanken, ich weiß. Manchmal bilde ich mir Schatten ein – wie ein kleines Kind.«

Sie verlegte sich aufs Beobachten, um sich abzulenken. Jeder der Krieger ging einen anderen Schritt. Da war Nakon der Eber. Er schlurfte über den Boden, schob Laub und kleine Zweige mit den Fußspitzen vor sich her und drehte sich in der Hüfte. Es mochte mit seinem Körperumfang zusammenhängen. Witzan stieß mit jedem Schritt den langen Axtstiel nach vorn, als wollte er einen Bären erstechen. Der Kopf der Axt hing dabei ein wenig herab, obwohl er den Stiel weit vorn umgriffen hielt. Rostislavs Arme holten weit aus beim Gehen. Der Holzschild, den er sich auf den Rücken geschnallt hatte, schwankte wie ein herrenloses Boot in den Wellen. Und Mstislav, o Mstislav – auf seinem Stiernacken würden junge Bäume zerbrechen. Wenn er es nur wollte, könnte er mit den Fäusten Wasser aus Steinen quetschen. Trotzdem glichen seine Schritte denen eines unscheinbaren Halbwüchsigen. Mit eben der Keule, die er jetzt in der Rechten trug, hatte er einmal ein mächtiges Ur erschlagen; immer wieder erzählte man sich die Geschichte in Rethra.

Warum blieb er jetzt stehen? Mstislav breitete die Arme aus und bedeutete den Nachfolgenden mit einem leichten Wink der Linken stehenzubleiben. Alena schluckte. Sie sah ihn das Beil aus dem Gürtel ziehen, sah, wie er sich nach vorn beugte, um in den Wald zu spähen. »Der Schatten«, murmelte sie, »die Stille im Wald …«

Mstislav schlich voran, gebückt, langsam.

Sie traten auf eine Wiese mit Holunderbüschen. Hummeln und Bienen summten um die gelben Blüten der Sonnenröschen, Fliegen zuckten, Falter taumelten, einzig die kaltroten Distelblüten standen still, dicke kleine Köpfe, die der Wind umschmeichelte. Die gegenüberliegende Waldgrenze war sicher hundert Schritt entfernt. Mstislav zischte: »Beim Dreiköpfigen!«

Er wog das Beil in der einen, die Keule in der anderen Hand: »Ihr bleibt hier.« Allein ging er auf die Heide hinaus, blieb stehen, streckte die Schultern und brüllte. Er brüllte wie ein Bär.

Die Antwort von der anderen Seite kam aus vielen Kehlen. Das Geschrei böser Geister: Sie brachen aus dem Schatten der Bäume hervor, gut zwei Dutzend Panzerhemden, in denen die Sonne glänzte, angeführt von einem Hünen mit blondem, langem Haar.

»Es sind zu viele«, rief Mstislav. Er drehte sich nicht um,

schrie zu den Feinden gewandt, aber in slawischer Sprache: »Verschwindet! Lauft!«

Die Gepanzerten stürmten über die Wiese, knickten die Disteln. Sie hielten Schwerter in den Händen; wippende, lange Krallen des Totenreiches. Poltern und Rasseln erfüllte die Luft. Der Boden bebte, Gras und Hirsewedel flogen wie Staub.

Innerhalb von Augenblicken hatten die Gepanzerten Mstislav erreicht. Dem ersten schlug er das Beil ins Bein, knapp unterhalb des Knies. Die Stimme des Mannes überschlug sich vor Schmerz. Dem zweiten hieb er die Keule auf den Kopf, daß er bewußtlos zusammensackte. Dann war Mstislav umringt von Feinden; Alena sah Schwertklingen auf ihn niedersausen, hörte das Reißen von Fleisch, sah ihn wanken, stürzen.

Sie schloß die Augen. Als sie sie wieder öffnete, stürmte sie schon auf die Gepanzerten zu. »Alena!« warnten sie hinter ihr. Doch sie setzte unbeirrt einen Fuß vor den anderen.

Der Hüne und hinter ihm die Horde der Gepanzerten kamen auf sie zu, die blutigen Klingen erhoben. Rechts und links von ihr erschienen Nakon, Rostislav, Witzan, all die anderen, auch Nelet. »Geben wir's ihnen«, schnaubte Nakon. Aus dem Augenwinkel sah sie, wie er den langen Schaft der Axt durch die Hand gleiten ließ, bis er ihn am äußersten Ende umgriffen hielt. Er legte die linke Hand mit an den Schaft, hob die Axt in die Höhe. Rostislav zog seinen Schild vom Rücken und schob den Arm durch die Schlaufen auf dessen Rückseite. Die Krieger Rethras stimmten ein leises Summen an, das hinabsackte, bis sie die Münder öffneten und einen dunklen Schrei ausstießen.

Mit lautem Krachen trafen die Gruppen aufeinander. Nakon brüllte und führte einen so starken Axthieb aus, daß das Schwert des Gegners durch die Luft flog. Es fiel zwischen die Disteln. Rostislav wehrte einen Schwertstreich ab, den Arm mit dem Schild hoch erhoben. Der blonde Hüne nutzte den Augenblick und schlug ihm die Klinge in die ungedeckte Brust. Rostislav winselte, quetschte ein Ächzen hervor, während ihm die Knie schon einknickten. Zugleich streckte der Hüne zwei Redarier mit einem einzigen kraftvollen Hieb nieder.

Alena schritt durch das Blitzen und Klirren, das Gurgeln, Jaulen, Stöhnen und Brüllen wie eine, die nachts zum Mond wandelt.

»Nein, Mama«, rief eine sanfte Kinderstimme, und da kam er auf sie zugelaufen, mit weit geöffneten Armen, kaum höher gewachsen als die Disteln. Die Heide schimmerte durch seinen Körper hindurch. Er war wie Nebel, wie ein zarter Lufthauch zwischen den Welten. Ihr ungezeugter Sohn. Ihr zukünftiger.

Alena breitete die Arme aus und fing ihn auf. Sie hob den Jungen an ihren Hals, herzte ihn, küßte Stirn und Wangen. »Mein Schäfchen, mein süßer Bube, ich werde nicht sterben. Ich werde dich auf die Welt bringen!«

Kaum waren die Worte über ihre Lippen gekommen, war der Junge verschwunden, und sie hielt die eigenen Schultern umklammert. Das Ächzen der Kämpfenden, das Klirren der Waffen kehrte zurück.

Dort lag Mstislavs verunstalteter Körper. Alenas Knie gaben nach. »Vergib mir, vergib mir …« Schmerz quoll in ihrem Hals, engte die Kehle ein. »Ich hätte reden sollen, ich hätte dir von dem Schatten berichten sollen! O bitte, zürne nicht, verfolge mich nicht mit deinem Geist!« Sie packte Mstislavs Hand, umschloß die schlaffen Finger. »Ist alles verloren?«

Sie drehte sich um. Nakon und Witzan standen noch, Rücken an Rücken, durchschnitten mit ihren Äxten die Luft, versuchten, sich die Gepanzerten vom Leib zu halten. Sie keuchten bei jedem Hieb. Schweiß perlte von ihren Stirnen. Die Dämonen griffen zu dritt an, zu fünft, zu sechst. Alena schloß die Augen und umkrampfte Mstislavs Hand. »Hilf mir. Bitte!« Sie würde es nicht mehr schaffen fortzulaufen. Sie mußte sich unansehnlich machen.

Hastig riß sie Grasbüschel aus, grub die Hände in den

Heideboden, bis sie feuchte Erde erreichte. Die rieb sie sich ins Gesicht und in den Nacken. Moderig roch es. Wie der Acker, wenn er nach einem Regenguß mit dem Pflug umgebrochen wurde – die redarischen Krieger würden den Geruch nie wieder atmen.

Mit den schmutzigen Händen wirbelte sie durch ihre Haare, dann erhob sie sich. Sie sah Nakon umkippen, als letzten. Beinahe schien es, als sei er unversehrt unter dem Wolfsfell, das seine breiten Schultern bedeckte, als fiele er nur in einen tiefen Schlaf. Mit einem dumpfen Donnerschlag traf er auf dem Boden auf.

Alle niedergemacht, tot. Leblose Körper nur noch. Sie lagen auf der Wiese, würden nie wieder aufstehen. Alena wollte ihre Namen rufen, wollte zu ihnen hinstürzen, sie aufrichten. Sie war die Nawyša Devka, ruhte in ihr nicht die lebenspendende Kraft Svarožićs? Aber da waren die Gepanzerten, die sich ihr näherten, mehr als zwanzig Krieger, dunkle Spritzer im Gesicht und auf der stählernen Brust. Einige köpften mit kurzen Schwertschlägen im Vorbeigehen die Disteln. Sie konnten nicht aufhören.

Die Krieger umringten sie, ließen die Blicke an ihrem kupferroten Wollkleid heruntergleiten. Jene, die in Alenas verwüstetes Gesicht sahen, rümpften die Nase. Sie wollte schlucken, konnte es aber nicht.

Einer trat auf sie zu, ein kleiner Mann mit messerscharfer, spitzer Nase. Er sprach Fränkisch. »Das ist sie. Ich bin bis auf wenige Schritt an sie herangekommen, dann ist sie fortgelaufen.«

Ein anderer kam näher, streckte die Hand nach ihrem Gesäß aus. Alena sprang beiseite. Jemand packte sie am Arm, stieß sie zu Boden. Sie versuchte fortzukriechen. Von überall her kamen Hände und hielten sie fest, ergriffen den Saum ihres Kleides. Ein Schwert blitzte auf, entzweite das Gewand bis zur Hüfte. Es war ein furchtbares Geräusch. Sie spürte es am ganzen Körper, als würde ihre Haut bersten. Glühende Hände strichen über ihre Beine.

Dann eine Stimme: »Laßt das!«

Die Peiniger entfernten sich. Alena wollte aufspringen und fortlaufen, aber sie konnte sich nicht rühren.

Das Gesicht des Hünen erschien über ihr. Er faßte ihr Handgelenk mit eiserner Faust und zog sie in die Höhe. »Niemand wird dich anrühren.«

Konnte sie stehen? Ihr ganzer Körper zitterte.

»Hooo«, machte der Hüne, ein langgestreckter, kehliger Laut, als wollte er ein Pferd beruhigen. »Wie heißt du?«

Sie schüttelte den Kopf, als habe sie nicht verstanden. Franken waren das, wohl ein versprengter Haufe des Heeres von Erzkanzler Luitbert, Männer, die ihn auf die Idee bringen könnten, nach Rethra vorzustoßen. Vater hatte sie gewarnt. Sie hatte die Krieger zu weit in den Süden geführt. Nun würde sie nicht zusätzlich noch Rethra preisgeben – wie sehr sie auch um ihr Leben fürchtete.

Der Blonde tippte sich an die Brust: »Ich bin Embricho.« Er hatte das Blau von Zimbelkraut in den Augen, einen wilden, starken Blick. Sein Mund schien etwas zu halten, einen unsichtbaren Halm, eine Blume aus Luft. Schmale Lippen, sehr gerade. »Embricho.« Seine Hand zeigte auf sie: »Du?«

»Alena«, sagte sie leise. Rings um die Stiefel der Krieger brummten die Hummeln, schaukelten die Falter, als wäre der Sommerwiese entgangen, daß der Tod auf ihr soeben reiche Ernte eingefahren hatte. Alena wurde übel beim Anblick der roten Schlieren auf den Händen und in den Gesichtern der Männer.

Hinter ihnen lag Mstislavs zerschlagener Körper, und weiter entfernt zwischen den Halmen mußten die reglosen Augen der anderen in den Himmel starren. Alle tot. Nur sie lebte, Alena, unverletzt, die Schuldige, um ihre Schuld zu tragen.

Der Hüne.

Alena faßte einen Entschluß: Sie würde den Hünen nach Rethra bringen. Er war das Opfer. Er würde für Svarožić sterben.

Der Boden sank unter ihren Füßen ein. Zweige knackten, Blätter und Nadeln gaben knisternd nach. Sie liefen durch Bärlauch. Der scharfe Geruch trieb ihr Wasser in die Augen. Ein grobes Hanfseil hielt die Hände hinter ihrem Rücken gefesselt, jede Bewegung schmerzte, weil es über die Handgelenke scheuerte. Neben ihr gingen die feindlichen Krieger. Auf den Gesichtern das verkrustete Blut der Redarier.

Sie konnte nicht mit ihrem kleinen Messer gegen sie kämpfen, um sie unter ihren Willen zu zwingen. Aber es mußte einen Weg geben, sie nach Rethra zu führen. Gewann sie vielleicht den Blonden für sich, wenn sie ihm zulächelte? Dann bewahrte er sie vor den gierigen Blicken und Händen der anderen, würde sie anfahren, so wie Nelet es getan hatte. Er schien der Anführer zu sein. Hatte sie ihn unter ihrem Einfluß, konnte sie dann nicht die ganze Gruppe lenken?

Ein Pferd schnaubte. Da, zwischen den Bäumen, das mußte die Raststatt der Franken sein. Ihre Tiere wurden von zwei Kriegern bewacht. Ein weiterer Mann stand auf der Lichtung, hager, in eine schwarze Kutte gehüllt, um den Bauch einen hellen Gürtel mit Silberschnalle. Seinen Kopf bedeckte kärglicher rotblonder Flaum. Vernarbt wie die Rinde einer alten Eibe war sein Gesicht. Die Schläfen lagen in Höhlen, und von den Wangenknochen lief das Kinn spitz herab. Ein Mardergesicht. Der Kiefer des Mannes knirschte hin und her. Starr blickte er auf die Ankommenden. Er trug das Zauberzeichen der fränkischen Priester an einem Lederband um den Hals, *Mönch* nannten sie sie, das war das Wort, aber nicht alle Priester waren Mönche, so hatte Vater es ihr erklärt.

»Wer ist die?« krächzte der Hagere gleich, als sie auf die Lichtung traten.

Embricho beachtete die Frage nicht. »Wir waren deutlich in der Überzahl, genau wie Audulf es gesagt hat. Trotzdem haben sie Ebo und Morhard arg zugesetzt.«

»Laufen und Reiten können sie noch?«

»Ich denke schon, wenn wir Ebo eine Krücke schlagen. Das Lederzeug hat sein Bein vor dem Schlimmsten bewahrt.«

»Und warum habt Ihr ausgerechnet ein Weib mitgebracht? Konntet Ihr keinen Mann gefangennehmen?«

»Tietgaud, Ihr habt hier bei den Pferden gestanden.« Der Blonde holte tief Luft und sah zur Seite, bevor er weitersprach. »Hört, Euch ist nie eine Axtklinge am Ohr vorbeigefaucht. Ihr kennt das blutige Geschäft des Tötens nur aus Erzählungen. Mit zwei Dutzend Männern wollt Ihr in das Land der Wenden einfallen und habt einfach keine Vorstellung davon, mit welcher Kraft man uns daran hindern wird. Einen Mann gefangennehmen? Welcher Wende, der auch nur noch einen Finger krümmen kann, würde sich gefangennehmen lassen?«

Der Mönch passierte Embricho und stellte sich vor Alena. Er war zwei Handbreit kleiner als sie. Was, wenn er sie auf der Stelle erwürgte? Die Kopfhaut zog sich ihr zusammen, während sie fast schon meinte, seine Hände am Hals zu spüren. Sie hatte sich getäuscht, nicht der Blonde war der Anführer. Und diesen hier würde sie in hundert Jahren nicht auf ihre Seite ziehen. Die dunklen, fast schwarzen Augen in dem Mardergesicht drangen in ihren Geist ein.

»Du«, sagte der Priester-Mönch. Es klang sehr hart. »Du. Sprechen Fränkisch?« Wie Aasfresser stürzten sich seine Augen auf ihre Stirn.

Sie mußte den Geist verschließen! Die Antwort, er durfte sie nicht sehen. Hilfesuchend sah Alena zu Embricho hinüber. Scharlachrot ihre Wangen.

»Natürlich nicht«, stellte der Mönch fest. »Und Latein? *Loquerisne Latine?*«

»Sie spricht weder Fränkisch noch Latein. Ihr Name ist Alena.«

»Wo – ist – Rethra?« Fremde Speicheltropfen trockneten neben ihrem Mund. Das vernarbte Gesicht war ganz nahe herangekommen. »Reth-ra?«

Sie zuckte die Achseln.

»Teufelshure!« brüllte der Mönch. Ein Speichelschauer. Er wendete sich ab. »Sie weiß genau, was ich meine. Sie weiß es genau.«

Eine unsichtbare Kraft ging von ihm aus, die all die starken Krieger zu Boden blicken ließ. Nur der Hüne sah ihm hinterher, wie er mit wohlbemessenen Schritten zur anderen Seite der Lichtung lief. Dort angekommen, sagte der Marder: »Tötet sie.«

Alena sah den blonden Hünen an. Lächelte ihm zu. Kleine Tränenseen sammelten sich in ihren Augen, aber sie blinzelte sie weg. Er durfte nicht wissen, daß sie verstanden hatte. Sie versuchte, weiter zu lächeln, mußte schlucken. War es nicht schwerer, ein Lamm zu töten, wenn es auf dem Weg zum Schlachtplatz sein weiches Maul ins Gras hinabsenkte und hilflos daran rupfte? Nicht für einen Wimpernschlag nahm sie ihren Blick von Embrichos Augen. Sie spürte, wie ihr Herz schneller schlug, und hoffte, seines würde sich ebenfalls beschleunigen. Ein Ruck an seinem Hals war zu sehen, eine Bewegung des Kehlkopfs. Sie hatte ihn berührt.

»Tietgaud, wartet. Ich denke, sie kann uns noch nützen.«

»Sicherlich. Sie kann. Aber sie will nicht.«

»Ich glaube, sie hat Euch einfach nicht verstanden. Laßt es mich versuchen.«

Der Marder schwieg.

Ganz langsam, wie einer, der sich einem furchtsamen Tier nähert, kam der Hüne auf sie zu. »Ich weiß, du kannst mich nicht verstehen. Aber ich möchte, daß du es versuchst.« Ruhig sprach er. Sanftes Raunen, warmes Murmeln. »Alena. So heißt du doch? Alena. Wir suchen eine Tempelburg, die sich Rethra nennt.« Ohne den Blick von ihr abzuwenden, befreite er mit dem Fuß einen Flecken Waldboden von Laub und Moos. Dann ging er in die Hocke und malte mit dem Finger einen Burgwall: Zwei

Türme, eine Wand mit Tor, einen Hügel darunter. »Rethra. Kennst du es? Weißt du den Weg? Alena?« Der wilde Blick des Hünen wurde zahm, und wie er so vor ihr hockte, in ergebener, schwacher Haltung mit seinem blauen Zimbelkrautblick, da empfand sie plötzlich Lust, mit der Hand über seinen blonden Haarschopf zu streichen.

»Rethra«, sagte sie leise.

Im Handumdrehen riß das Band der Blicke, er erhob sich. Das sanfte Gesicht wurde kalt, ein hartes, überlegenes Lächeln zeigte sich darauf. Der Hüne drehte sich zum Mönch um. »Jetzt weiß sie, was wir meinen.«

Um nicht zu schreien, biß sie sich auf die Zunge. Haß loderte in ihr auf: Das Leben guter, slawischer Krieger klebte hellrot an den Eisenhemden der Franken, das Leben von Mstislav, Nelet, Nakon, Rostislav. Der Hüne würde das Opfer sein, man würde ihm Svarožić zu Ehren die dampfenden Eingeweide herausreißen. Sie war die Nawyša Devka!

Der Marder hustete einen Befehl, dann packten sie grobe Hände, zerrten sie zu einem der Pferde. Sie wurde hinaufgeworfen, landete so hart mit dem Bauch auf dem Sattel, daß es ihr den Atem verschlug. Zungenschnalzend trieben die Franken ihre Pferde an. Alena hing über dem Sattel und japste nach Luft. Vor Wut und Verzweiflung weinte sie. Sie versuchte, sich aufzurichten. Eine Faust drückte ihren Kopf wieder hinunter, unerbittlich. Jeden Hufschlag des Pferdes spürte sie mit den knochigen Tierschultern in der Magengrube. Unter ihr raste der Waldboden dahin. Alles verschwamm. Sie mußte sich übergeben.

»Laß sie hoch«, befahl die Stimme des Hünen.

Die Faust packte sie im Genick und zog sie hinauf. »Das Bein rüber«, hörte sie. »Bein rü-ber!« Als sie nicht gehorchte, umschloß eine zweite Faust ihren Fußknöchel und streckte ihr Bein mit gnadenloser Kraft. Die Sehnen drohten zu reißen, dann endlich saß sie rittlings im Sattel. Sie bemühte sich, das Kleid über ihre Scham zu zerren.

»Festhalten.« Die rauhe Faust preßte Alenas Finger in die Pferdemähne, schob sie unter das drahtige Roßhaar und ließ von ihr ab, als sie sich darin festkrallte. Doch da war noch der warme Atem in Alenas Nacken. Sie rutschte so weit nach vorn, wie es ihr möglich war, um ihm zu entkommen. Bäume fegten vorbei. Der Wind trocknete die Reste des Erbrochenen auf ihrem Gesicht. Sie zwang sich, an ein Lied zu denken. Im Geist hörte sie die Melodie aus ihrer Kindheit, und sie bewegte die Lippen dazu:

Ardagost und Dobemysl
Schlafen unterm Brombeerstrauch
Prall gefüllt mit süßen Früchten
Ist ihr Traum und sie sind's auch

Es kümmerte Alena nicht, daß die Franken sie weinen sahen.

3. Kapitel

Er verzog das Gesicht: bitter. Fuhr sich mit der Zunge über die Schneidezähne. Haarige Blattstückchen klebten dort. Er mußte schlucken. Auf allen vieren kniete er, vor den Augen zernagte Pflanzenstengel. Die Blätter hatte er nicht gepflückt, sondern abgefressen wie ein Tier.

Als er die Hand nach den Stengeln ausstreckte, fror seine Bewegung ein. Das war keine Hand, das war eine Klaue. Nägel, die sich wie schwarze Dornen von den Fingerspitzen streckten, dicke, zerschrammte Knöchel, die Haut so schmutzig, als hätte er fortwährend in der Erde gegraben.

Er hob den Kopf. Um ihn herum Wald. Eichen. Ein Haselstrauch. Es kam ihm vor, als zöge er die Wörter aus Krügen in seinem Gedächtnis, die eine Ewigkeit nicht angerührt worden waren.

Langsam richtete er sich auf. Im Rücken knackte es, die Knochen sprangen. Alles erschien ihm weit entfernt, die zerfaserten Pflanzenstengel am Boden, neben ihnen die Blätter, die trockenen Zweige. Sie schwankten dort unten, und er mußte sich an einem Stamm festhalten, um nicht zu fallen. Er hustete.

Wenige Schritte entfernt breitete eine Eiche ihre Arme aus. Er betrachtete sie, schob die Unterlippe vor. Schließlich löste er die Hand vom Stamm und setzte vorsichtig einen Fuß vor den anderen. Die Finger abgespreizt und die Arme leicht erhoben, verlagerte er das Gewicht auf das rechte Bein und hob das linke, setzte den linken Fuß auf den Boden, hob den rechten. Plötzlich begann das linke Knie zu zittern, bebte, schlotterte. Er schloß die Augen.

Krampfte die Hand in den Stoff des Hosenbeins. Der Boden schwankte bedrohlich.

Endlich stand er wieder ruhig. Er stelzte weiter.

An der Eiche angelangt, sah er von Ast zu Ast in die Krone hinauf. Ein dicker, unumstößlicher Baumriese, die Rinde mit Ackerfurchen vom Boden bis in die Höhe hinauf, die Zweige in sanfter Bewegung. Ein mächtiger Verbündeter, ein Freund. Ehrfurchtgebietend, weit über seine kleine Existenz hinausweisend. Schweigsam. Die Eiche streckte sich auf in die Wolken. Wieviel näher war sie dem Himmel als er, der kleine Mensch!

Zögerlich hob er die Rechte zum Gesicht, betastete es. Schmutz rieselte aus tiefen Falten. Er folgte dem Nasenbein von den zusammengewachsenen Augenbrauen bis zur Spitze. Schief. Die Nase war schräg zur Seite gebogen.

Diese Krallen! Eine Götterstrafe, ein Fluch.

Es war ein Morast, durch den sein Geist watete. Löcher lauerten, warteten darauf, ihn hinabzuziehen in stumpfes Nichtwissen, Nichtdenken. Jedes Wort erregte ihn, war fremd und beglückend.

Es fauchte in der Luft. Hart schlug etwas an seinen Kopf. Er stöhnte, hob die Hand zur schmerzenden Stelle. Blut. Er blickte hinauf in die Bäume.

In weiter Entfernung kicherte jemand. Kaum hatte er sich dem Geräusch zugewendet, zeigten sich drei Köpfe über einem Strauch. Jungenhände holten weit aus, dann zischten Steine auf ihn zu. Sie trafen die Schulter, den Unterarm, das Bein und bissen ihn dort, als wären es Schlangen.

Er wollte nicht wieder auf alle viere hinab, fürchtete, niemals mehr aufstehen zu können, wieder in den Sumpf, in das Dunkel hinabzusinken. Also blieb er aufrecht stehen und duldete den Schmerz. Alles war besser als das Vergessen, das Nichtdenken. Er preßte die Backenzähne aufeinander und gab ein leises Brummen von sich. Die Jungen bückten sich nach neuen Steinen.

Er ging auf sie zu. Die Köpfe erschienen, Augen zogen sich zum Zielen zusammen. Hände holten aus. Wieder bissen ihn die Treffer ins Fleisch. Er fühlte Wärme über seine Haut rinnen, das ganze Bein hinunter. Dann war er am Strauch. Johlend sprangen die Jungen auf. »Der Besessene!« riefen sie. »Rettet euch!« Sie rannten durch den Wald davon.

Er schaute ihnen hinterher, rührte vorsichtig mit der Hand an seine frischen Wunden und stöhnte.

Bald konnte er die Jungen nicht mehr sehen, aber er ging in die Richtung, in der sie verschwunden waren.

Er roch die Siedlung. Er roch nasses Stroh, und sein Kopf zeigte ihm Bilder von Strohdächern, obenauf trocken und hell, aber im Innern dunkel und feucht vom letzten Regen. Er roch feine, warme Asche. Vorsichtig wankte er von Baum zu Baum, bis er an den Rand des Waldes kam. Dort blieb er stehen und spähte aus. In einiger Entfernung lag das Dorf: Neun Dächer. Ein kleiner Bach verließ neben ihm den Wald und schlängelte sich auf die Siedlung zu, um sie an der Seite zu streifen und sich dann in das Waldgebiet zu wenden, das weit auf der anderen Seite lag.

Im Halbkreis rings um das Dorf hatten die Einwohner Felder angelegt. Nahe beim Wald folgte ein Mann einem Ochsen, preßte die Pflugschar so hart in den Boden, daß er zu den Seiten Schollen aufwarf. Er hatte den benachbarten Acker wohl schon umgegraben, dort zogen eine Frau und zwei Halbwüchsige eine vielarmige Baumkrone hinter sich her und verteilten die aufgebrochene Erde. Auch auf den hinteren Feldern waren Menschen zu sehen, Ertrinkende in wogenden Seen grüner Ähren.

Auf einer Brache ruhten weiße Wolkenbausche. Das Wort dafür schimmerte aus seinem Gedächtnis herauf: Schafe. Ein Junge, aus der Entfernung klein wie eine Puppe, stand, auf einen Stab gestützt, in ihrer Mitte.

Ein langes Rauchseil fiel aus dem Himmel. Der weiße Rauch mündete in die Öffnung knapp unterhalb des Dachfirstes eines großen Hauses. Dort im Haus war es warm.

Er fror. Einer Burg gleich, saß das Dorf inmitten der Wildnis, thronte zwischen Tieren und Feldern und arbeitenden Menschen.

»Wie heiße ich?« murmelte er und trat aus dem Wald. Er folgte so lange dem Feldrand, bis er auf einen hartgetretenen Pfad stieß, der zum Dorf führte. »Wie heiße ich.«

Die Menschen auf den Feldern hoben die Köpfe und blickten ihn an. Mit lautem Bellen jagten drei Hunde auf ihn zu, noch bevor er die Häuser erreicht hatte. Lange Beine hatten sie und dürre, sehnige Körper. Sie zeigten ihm ihre Fangzähne, duckten die Köpfe zum Sprung. Als er nicht stehenbleiben wollte, kamen sie knurrend näher. Sie stellten sich ihm in den Weg.

»Vor euch fürchte ich mich nicht«, sagte er laut und winkelte doch die zitternden Arme an, nicht fähig, einen einzigen Schritt zu den Hunden hin zu machen. Eine Weile bellten sie, dann wurden sie still und hängten ihre Schnauzen an seine Hände, in seine Kniekehlen, zwischen die Beine. Als sie Witterung aufgenommen hatten, streunten sie fort, als warteten wichtigere Geschäfte auf sie.

Er schlich weiter. Da waren die Häuser. Hölzerne Wände, die Fenster mit dünnen Kalbshäuten bespannt. Neben den Wohnhäusern gab es kleine Vorratshütten aus Flechtwerk. Beinahe einen halben Schritt hoch schwebten sie in der Luft, nur von Säulen aufgeschichteter Steine gehalten. Zum Schutz vor Mäusen. Er mußte lächeln. Sie konnten die rundgeschliffenen Steine nicht hinauf. Er war ein Mensch, er wußte so etwas. Mäuse waren Tiere, er war ein Mensch.

Er schaute sich die steilen, strohgedeckten Dächer an. Warum rutschte das Stroh nicht herunter, wenn es so schräg lag? Der Rauch, der aus der dreieckigen Öffnung hoch über der Backhaustür sickerte und in den Himmel entschwebte, wie leicht war er; wie angenehm roch es nach Wärme und Obdach und frischem Brot!

Eine Frau schrie: »Der Besessene! Der Besessene ist im Dorf!«

Er schämte sich, versuchte, die fürchterlichen Hände hinter dem Rücken zu verbergen.

Ein Mann trat auf ihn zu. »Du hast hier nichts zu suchen. Was willst du?«

Er schwieg.

»Die alte Drahomira«, sagte eine Frau mit Grabesstimme. »Sie hätte ihn nicht dauernd im Wald besuchen dürfen. Jetzt kommt er, sie zu sich zu holen.«

»Soll er doch.«

»Hör auf, sag so etwas nicht! Willst du, daß sie dein Haus verflucht?«

»Wenn sie das kann, warum heilt sie dann nicht ihre eigene Krankheit?« Der Mann zeigte auf eins der Häuser. »Dort wohnt sie. Hol sie dir, und dann verschwinde. Du bringst böse Luft mit dir. Rühr keine Kinder an.«

Alles starrte auf ihn. Schließlich setzte er sich in Bewegung, ging vorbei an den Männern und Frauen und Kindern. Sie wichen zurück, entfernten sich auf mehrere Armeslängen von ihm. Er trat in das angewiesene Haus und schloß die Tür hinter sich.

Warm war es innen, sehr warm. Auf Haken steckten irdene Krüge und Töpfe. Die Bänke rings der Hauswand waren leer bis auf eine. Dort lag, auf Felle und Decken gebettet, eine Frau. Weißes Haar umrahmte wie Spinnweben ihr Gesicht. Die Haut glich den Kalbshäuten in den Fenstern, und wie die Kalbshäute gedämpftes Licht in den Raum hineinließen, so erlaubte die Haut dem Licht, auf die bleichen Knochen zu scheinen. Die Frau hielt die Augen weit geöffnet. »Du? Kommst du mich besuchen?«

»Wer bin ich?«

»Es geht dir doch gut, Söhnchen?« Sie schöpfte rasselnd Atem. »Ich konnte dir dein Mittel nicht mehr bringen, bin selbst krank geworden. Aber du lebst und sprichst sogar! Es scheint jetzt auch ohne zu gehen.«

»Wer bin ich?«

»Hab dich immer gut versorgt, seit damals. Schau, du

wirst gesund, nach so langer Zeit. Ich werde sterben, aber du wirst gesund. Ist gut so.«

»Du bist Drahomira. Wer bin ich?«

»Mein Name aus deinem Mund. Daß ich das einmal hören kann! Sprichst gut.«

»Habe ich einen Namen?«

»Du? Einen Namen?« Der Kopf der Alten bebte plötzlich, ihre weißen Ginsterhaare zitterten. Keuchend holte sie Luft und grollte von unten herauf: »Uvelan.«

Uvelan. Wie fremd ihm das vorkam! Der Name schmeckte nach Rauch, nach Eisen. Uvelan. Uvelan. War er das?

»Wie lange?« fragte er. »Kennst du mich lange?«

»Sehr lange.«

Dann mußte das stimmen. Dann war er Uvelan. Aber sollte der eigene Name nicht vertraut klingen? Da war plötzlich eine Stimme, seltsam hallend, wie von fern.

»Uvelan, weg von der Feuerstelle! Du wirst dich verbrennen. Hörst du, Uvelan!«

Er drehte sich um. Niemand dort.

Nur mehr Stimmen. »Ich dachte, du könntest mir vielleicht helfen, Uvelan.« »Wenn du mitkommst, Uvelan, dann spreche ich mit ihr. Heute.«

Immer neue Stimmen hörte er, und er hielt sich die Ohren zu, weil es zuviel wurde. Er fühlte sich klein, herumgescheucht, nirgendwo richtig, nirgendwo geduldet. Da war ein Größerer, der ihn unterdrückte, einer, der seinen Platz zu behaupten wußte. Neben diesem Größeren war es unmöglich zu bestehen. Seine Gegenwart wuchs, wurde stärker und größer und gewaltiger, bis sie alles erfüllte, bis sie den Kleineren erdrückte. Mit aller Kraft preßte er die Hände auf die Ohren.

Langsam wurden die Stimmen leiser, hörten ganz auf. Uvelan. Der Name hatte begonnen, nach Mensch zu schmecken.

»Die Pilze sind dort unter der Bank, neben dem Ofen. Ein paar habe ich noch getrocknet, ehe ich krank wurde.

Riechen ein wenig bitter, aber sie haben dir immer geholfen.«

Er bückte sich, zog einen Topf mit kleinen braunen Krümeln hervor. Der Geruch umfaßte seinen Verstand, beglückte ihn, schien in die Augen einzufahren, in die Ohren, in die Nase und in die Finger. Er nahm einige Krümel heraus. Lachen erscholl wie aus tausend Kinderkehlen, er fühlte sich plötzlich, als sei er heimgekehrt in ein großes, warmes, lebendiges Haus. Das Haus lebte, hatte Beine, runzelige Hühnerbeine. Sechs, acht, zwölf. Die Türen öffneten sich und schlugen zu, immer mehr Türen, wie Flügel schlugen sie, und die Beine hüpften, es wollte fliegen, das Haus, fliegen.

»Uvelan!« rief er plötzlich, sprang auf, stieß den Topf um.

»Nein!« schrie er, immer wieder, draußen, während er durch das Dorf rannte, »Nein!«, und wieder: »Nein!«

Erst unter den Bäumen tief im Wald, den großen, freundlichen, fand er allmählich zur Ruhe.

»Uvelan. Ich.«

4. Kapitel

In braunen Wolken trieb der Schmutz bachabwärts. Er wirbelte durch das Wasser, blähte sich auf und sank dabei zum Grund, wurde wieder emporgesogen, gedreht, gestrudelt. Die Hände ins kalte Naß getaucht, rieb Alena über ihre Beine. Das Gesicht, das sie sich auch gewaschen hatte, tropfte noch. Der Wind zog einen kühlenden Schleier über ihre Haut. Friedliche Glockentöne plätscherten die Wellen, verwandelten den Bach in ein Lied der Ruhe. Sie stand im Wasser, bis sie die vor Kälte betäubten Beine kaum noch fühlte.

Wieder am Ufer, zog sie ihren Kamm aus einem kleinen Beutel am Gürtel. Sie fuhr mit den Fingern über die feinen Muster, die in den Geweihknochen eingeritzt waren, hob den Kamm zur Wange und strich leicht darüber. Ein Dutzend feiner Finger ritzte sie. Was hatte sie diesen Kamm in ihrer Kindheit gehaßt, und wie teuer war er ihr jetzt, wo sie nicht wußte, ob sie Rethra je wiedersehen würde.

Sie lehnte sich an einen Baum, schloß die Augen. Ein strahlender Sommertag, sie hockte auf dem Lehmboden, Catalin, ihre Strohpuppe zwischen den Knien.

»Catalin«, sagte sie, »du kannst ja laufen!«, und bewegte die knisternden Puppenbeine vorwärts. Plötzlich packten sie Hände von hinten, Riesenhände, ganz als wäre sie die Strohpuppe, die laufen lernen sollte, und schleppten sie ins Haus. Sie strampelte, schrie, versuchte, sich aus dem Griff zu winden. Prebilas Hände blieben eisern.

»Dein Vater will dich sehen«, dröhnte die Riesin. Sie riß ihr die warmen, weichen Kleider vom Leib, tunkte einen

Lumpenfetzen in eiskaltes Wasser und schlug ihn ihr ins Gesicht. Während Alena frierend dastand und sich mit den Handflächen über die Arme rieb, wurde sie hastig gewaschen.

Sie steckte im besten Leinenkleid, ehe sie dreimal gesagt hatte: »Mir ist kalt.« Der harte Stoff wollte nicht recht wärmen. Prebila legte ihr einen Schmuckgürtel um und zog ihn so straff, daß sie wie ein Fisch den Mund auf und zu klappte. Schuhe wurden ihr über die Füße gezwungen, dann stachen die Zähne des Kamms in ihre Kopfhaut, er wurde durch das Haar gezerrt, eilig.

»Au!« rief sie. »Bitte, die Seite, wo die Zähne größere Lücken haben!«

»Du sollst fein aussehen.«

Die Haare verknoteten sich. Einen langen Moment steckte der Kamm fest, der Kopf wurde ihr nach hinten gerissen, bis die Haare endlich nachgaben.

»Wo hast du dein Schläfenband?« schimpfte die Riesin. Bis es gefunden war, mußte sie schuldbewußt den Kopf gesenkt halten.

Aus einer kleinen Dose wurden mit kräftigem Fingerschlag Batzen von Schminke gefischt und ihr über das Gesicht geschmiert. Es roch nach fauligen Blumen. Wie eine Speckschwarte in der Sonne sah sie jetzt aus, dachte sie. Mit der Pinzette rupfte Prebila Haare über den Augen aus, bis ihr die Brauen brannten, als hätte die Riesin sie angezündet. Sie wollte darüberwischen, wollte das Feuer löschen.

»Halt still.«

Farbe wurde ihr über die Augenlider gemalt.

Sie wurde an der Hüfte gepackt, gedreht, noch einmal gedreht. »Gut. Jetzt lauf schnell hinüber.«

»Warum will Vater mich sehen?« fragte sie.

»Eine Gesandtschaft Horiks ist da.«

Verständnislos zog sie die Oberlippe hoch.

»Horik. Der dänische König. Jetzt lauf!«

Auf dem Weg zu Vaters Haus, dem, über dessen Eingang

Stierhörner hingen, wünschte sie sich, daß sie stolpern würde, im Dreck landen und sich blutige Knie schlagen würde. So etwas geschah nie, wenn man es gerade brauchte.

Zögerlich trat sie ein. Der Boden war mit frischem weißem Sand ausgestreut, der unter ihren Füßen knirschte, und die Wandbehänge leuchteten von allen Seiten, als hätten sie ihre gute Bekanntschaft mit dem Staub für immer aufgekündigt und sich statt dessen mit der Sonne angefreundet.

Männer saßen auf den Bänken entlang der Wand und blickten ihr entgegen. Ein Raunen ging durch den Raum. *»Seiðr«,* sagte einer der Männer. »Diese Schönheit, das ist Magie!« Als wäre das noch nicht Folter genug, streckte der Vater den Arm nach ihr aus und zog sie nahe heran. Er flüsterte: »Lächle ein wenig, meine Kleine, tust du das für mich?« Dann schob er sie wieder in die Mitte des Raumes.

Sie tat, wie er ihr geheißen hatte. Einige Männer lachten.

»Entbietest du dem Goden einen Gruß?«

Ihr brannten die Ohren. »Was ist das, ein Gode?«

Jetzt lachten *alle* Männer.

»Ein großer Priesterfürst.« Mehr sagte der Vater nicht. Es war eine Aufgabe. Sie sollte selbst herausfinden, wer der Gode war.

Während sie sich langsam in der Mitte des Raumes drehte, wobei sie mit den Augen die Männer abflog, um den richtigen zu finden, kam sie sich vor wie ein Spielzeug. Die Männer gafften sie an, bewundernd, abschätzend, schamlos. Sie war ein Gegenstand in fremder Gewalt, und sie spürte das. Man erwartete etwas von ihr. Sie konnte nicht sagen, was es war, wußte nur, daß sie es auf keinen Fall hergeben wollte, und daß sie nicht die richtige war, nicht die, für die sie die Männer hielten. »Laßt mich in Frieden«, wollte sie rufen.

Wie verabscheute sie das Stillhalten, das Beobachtetwerden, das Puppesein! Sie fühlte sich nackt, wie sie da in der Mitte des Raumes von allen Seiten mit Blicken abgetastet wurde. Sie wollte nicht stillhalten, sondern weglaufen. »Was für eine hübsche Tochter«, sagten die Männer, genauso, wie sie sagen würden: »Eine gute Axt, die du da hast.« Dabei lebte sie doch.

Eben weil sie machtlos war, ausgeliefert, sehnte sie das Gegenteil herbei. Sie wollte Macht über die Männer haben. *Sie* sollten die Spielzeuge sein. Alena wollte nicht stillhalten, willig sein, brav. Am liebsten wollte sie, daß sich die Männer vor ihr fürchteten.

Sie schaute einen eine Winzigkeit länger an als die anderen, zwinkerte einmal kurz, wie zum Gruß, und zog lächelnd die Mundwinkel nach unten. Der Däne schluckte. Er errötete und schlug den Blick zu Boden. Wenn auch nur für diesen Augenblick: Sie hatte ihn in der Hand. Sie, das Kind, beherrschte einen erwachsenen Mann.

Natürlich entdeckte sie den Goden. Die Männer sahen sich ähnlich, trugen alle schulterlange Haare und einen Bart, aber nur der Gode hatte einen mit Pelz besetzten Mantel. Auf dem Leinenhemd, das darunter hervorschaute, schillerten Seidenstickereien. Er trug um den Hals eine Kette großer, kantiger Bernsteine.

Sie hätte auf ihn zutreten können, sich folgsam verneigen. Doch auch er sollte sie nicht besitzen. Sie beschloß, ihn zu erniedrigen, und wenn es nur einige Atemzüge lang währte.

»Wie heißt du?« fragte sie. Unschuldig sah sie ihn an. Alles, was an Kindlichkeit in ihr war, setzte sie in diesen Blick.

»Ich bin Hallormr.« Er lächelte.

»Du bist der Gode!« sagte sie, als würde sie es ihm befehlen. »Warum bist du hier?«

»Wir haben Svarožić eine Opfergabe dargebracht.«

»Habt ihr keine eigenen Götter?«

»Doch, natürlich. Er ... Der Dreiköpfige ist ... Auch er verdient unsere Ehrerbietung. Gerade er. Ich meine ...«

»So?« Es war still. Weiter durfte sie es nicht treiben, das spürte sie. Sie verneigte sich vor ihm. »Ich grüße dich.«

Nun endlich durften sie lachen, die Männer, über die sie gebot.

»Was für ein kluges Kind!«

»Schönheit und Geisteskraft!«

Sie drehte sich zum Vater um, in der Hoffnung, er würde es ihr erlauben, sich zu entfernen. Aber er sah sie nicht an, schaute statt dessen von einem der Gesandten zum anderen. Erregt ließ er den langen Bart immer wieder zwischen Daumen und angewinkeltem Zeigefinger hindurchgleiten. Er lächelte, es sah aus wie eine Mischung aus Spott und Stolz. Dann endlich traf sie sein Blick, und er deutete mit einer Kopfbewegung zur Tür.

Alles war besser, als stillzuhalten in einer solchen Lage. Wenn sie sich nicht über die Männer erhob, dann starrten sie sie nieder, bis sie kaum mehr war als ein schüchtern lächelnder Wandteppich.

Auch bei den Franken würde sie selbst handeln, anstatt mit sich handeln zu lassen. Sie mußte mit ihnen spielen, um nicht ihr Spielzeug zu sein. Und sie würde sie nach Rethra führen, in den verdienten Tod.

Alena öffnete die Augen. Sie sah zu Brun hinüber, dem Krieger, den der Marder bestellt hatte, sie während ihrer Wäsche zu bewachen. Mit verschränkten Armen stand er da, blickte gleichgültig, tat, als tagträume er. Ab und an spuckte er auf den Boden. Es würde das beste sein, wenn sie ihn einfach nicht beachtete.

Sie löste sich vom Baumstamm, ging zum Bach hinüber und kniete sich ans Ufer. Dreimal holte sie Luft, dann beugte sie sich vor und hängte ihren Kopf in das Wasser. Rasch fand die Kälte ihren Weg durch die Haare zur Kopfhaut. Es war ein dumpfer, aufpeitschender Schmerz, ein Vergnügen und eine Qual zugleich. Prustend tauchte Alena auf, hielt den Kopf zur Seite, um sich das Wasser aus den Haaren zu wringen. Sie setzte sich den Kamm an den Scheitel, zog ihn mit Kraft durch die wirren, verklebten

Haare. Der Gedanke, daß sie sich allmählich in eine ansehnliche Frau zurückverwandelte, gab ihr das Gefühl von Stärke, und sie mußte an Krieger denken, die sich zum Kampf rüsteten, die die Axt in ihren Händen wogen, mit dem Daumen die Schärfe der Klinge prüften. Vielleicht war die Schönheit, ihre Waffe, ungewöhnlich, aber sie war wirksam, daran gab es keinen Zweifel. Männer mochten lange, gewellte Haare, wie sie Alena trug, dunkel im Ansatz und zur Spitze hin mit goldenem Schimmer behaftet. Männer mochten ihre honigbraunen Augen. Hatte nicht Jarichs Sohn sich kaum satt sehen können an ihren weichen Nasenflügeln, an der leicht vorstehenden Oberlippe und dem zarten Kinn? Es hatte sie einen heimlichen Kuß im Wald gekostet, ihm dieses Geheimnis zu entlocken.

Sie zog sich bis auf Hemd und Unterkleid aus, grub im Kammbeutelchen nach der Knochennadel und dem Wollfaden, schob den Faden durch das Öhr und nähte mit wechselseitigen Stichen den Riß im Kleid zusammen. Es war aus kupfern gefärbter Wolle gefertigt, die Art, die in den ersten Wochen, nachdem sie frisch gefärbt war, nach Distelblüten roch. Das Weiß des Fadens stach hell auf dem rotbraunen Kleid heraus.

Alena zog sich wieder an, schob sich das Schläfenband gerade so ins Haar, daß die weichen, trocknenden Haaransätze über der Stirn gut zu sehen waren. Sie wandte sich zum Lager. Die am Band befestigten Ringe klingelten neben ihren Wangen.

Als Platz für die Nacht war eine Mulde in der Nähe des Baches ausersehen worden, eine nahezu runde Senke, in der außer vier jungen Birken und einigem halbhohen Gesträuch keine Bäume wuchsen. Der Boden der Mulde war von Moos und trockenem Laub bedeckt, Eichen und Hainbuchen breiteten ihre Kronen darüber aus und boten Schutz vor Regen und Wind.

Sie mußte den Haß tief in sich verbergen. Nichts davon durfte in ihrem Gesicht zu sehen sein, nichts in ihrem Lachen, nichts in ihrem Blick. Die Haare so naß, daß sie auf dem Rücken längst das Kleid durchtränkt hatten, ging sie zu Embricho hinüber. Er war mit drei anderen dabei, eine Plane aus zusammengenähten Tierhäuten zwischen die dünnen Stämme der Birken zu spannen. Sie beobachtete seine Hände, wie sie die Riemen um einen Stamm zogen, wie sie einen Knoten banden.

Zärtlich legte sie ihre Fingerspitzen an den Baum und folgte der weißen Zeichnung der Rinde. Embricho sah das genau, da war sie sicher. Auch wenn er nicht aufschaute. Er zurrte mit Kraft seine Knoten fest.

Wie würde eine Slawin seinen Namen aussprechen, fragte sie sich, eine Slawin, die noch nie ein Wort Fränkisch gehört hatte? »Em-bri-kcho.«

Jetzt fuhr er zusammen, blickte sie erschrocken an.

Sie sagte es noch einmal, weich, leise: »Em-bri-kcho.« Und lächelte.

Seine blauen Zimbelkrautaugen strahlten zurück.

»Laß dich nicht behexen«, rief einer der Männer lachend. Rede du nur, dachte sie. Dann sah sie Bruns Blick.

Es war nicht Brun gewesen, der gesprochen hatte. Brun sagte sehr selten etwas. Aber seine Augen, diese in krötenartigen Hautlappen verborgenen, die Welt in endloser Ruhe betrachtenden Augen – sie sprachen Mißbilligung. Es schien, als wären sie kleiner geworden, wachsamer. Sie blickten nicht haßerfüllt. Sie warnten.

Alena hatte sich Bruns Namen gemerkt, weil er bei der Ankunft am Rastplatz gerufen worden war, unter Gelächter. Die Männer hatten um einen kahlen, käferzerfressenen Baum herum gestanden, der mitten in der Mulde lag. Die Männer riefen immer nur wieder Bruns Namen, lachten und zeigten auf den Stamm. Brun lachte nicht, trat aber folgsam näher. Er verstand sofort, was sie meinten. Unter ihren bewundernden Blicken zog er sich das Hemd über den Kopf und warf es ins Moos. Bruns Schultern schienen an den Ohren anzusetzen; Nacken, Brust und Oberarme waren ein einziger Muskelberg. »Ihr faßt mit an«, befahl er, stellte sich auf die eine Seite des Baumes, während die übrigen Männer sich auf der anderen Seite verteilten. Brun knickte in den Knien ein und griff unter den grauen Baumstamm. Die anderen taten es ihm gleich. Auf seinen Ruf hin hoben sie den Baum in die Höhe und hievten ihn über den Rand der Senke. Es war ihnen beim Anblick des Baumes gleich klargewesen, daß sie Brun brauchen würden.

Brun.

Er sah sie immer noch mißbilligend an. Alena ließ vorerst von Embricho ab.

Für die Nacht wurde sie an einen Baum am Rand der Mulde gebunden. Es war grauenvoll, im Sitzen mit nach hinten gebogenen Armen zu schlafen: Immer wenn sie einnickte, erwachte sie kurz darauf voller Entsetzen, hatte das Gefühl, umzufallen, einem Schmerz entgegenzusehen, der beim Aufprall einsetzen würde. Dann entdeckte sie, daß nur ihr Kopf nach vorn gestürzt war. Der Nacken wurde ihr steif durch das viele Sinken und Wiederaufrichten, aber sie konnte es nicht unterbinden, in halbem Schlummer quälte sie sich und konnte vor Müdigkeit keinen Ausweg ersinnen. Irgendwann legte sie den Kopf zur Seite auf die Schulter, und trotz eines reißenden Schmerzes im Hals schlief sie ein.

Bald wuchsen vor ihr aus dem Waldboden Disteln in die Höhe, und zwischen ihnen erhoben sich bleiche Gestalten, die sie als Mstislav und seine Gefährten erkannte. Schaudern ergriff sie, sie drängte zurück, wollte sich umkehren und laufen, aber die Stricke hielten sie fest. Kein Schrei kam über ihre Lippen, nur ein tierisches Würgen, ein Schnappen nach Luft.

Die Gestalten waren vollkommen nackt und ihre Körper weiß wie Ziegenmilch. An verschiedenen Stellen trugen sie Schnitte, Wunden, Risse im Fleisch. Mstislav öffnete den Mund: »Du führst jetzt den Auftrag weiter.«

»Ja«, keuchte Alena. »Ja, das mache ich.«

Nakon der Eber blickte sie finster an. »Und schicke uns jemanden, der uns zu den Hügelgräbern bringt. Mich verlangt danach, meine Ahnen zu sehen.«

Sie nickte.

»Tanz mir einen Trauertanz«, forderte Witzan, »halte ein Totenmahl ab.«

»Aber die Franken, sie werden das nicht erlauben.«

»Totenmahl!« donnerte Mstislav. Witzan grunzte bestätigend.

Dann sah sie, wie sich hinter ihnen Brun aufbaute. Er hielt ein Schwert in den Händen, groß wie ein Baum, hoch über den Kopf erhoben. Das warf er ihren Gefährten ins Genick. Geräuschlos trennte es die Köpfe von den Leibern. Alena wachte auf.

Der Morgen kroch mit grauem Licht zwischen die Sträucher. Jemand machte sich an ihren Fesseln zu schaffen. Kaum waren die Hände frei, trat Brun hinter dem Baum hervor. Alena fuhr zusammen.

»Austreten«, befahl er. »Wasserlassen, du verstehst?« Er machte die Geste eines Manns bei der Harnentleerung.

Während sie ihm hinter die Büsche folgte, dachte sie darüber nach, wie sie sein Mißtrauen überwinden könne. Das Lob seiner Kraft mochte ihn erweichen. Jeder Mann liebte es, wenn er von einer Frau bewundert wurde. Mitunter hatte Alena einem Gast in Vaters Haus die Oberarme befühlt. Bärtige, stämmige Männer waren zu Kindern geworden, wenn ein kleines Mädchen ihre Kraft bewunderte, fingen an, Unsinn zu treiben und ihre Stärke in kleinen Wettbewerben zu messen.

Sie begann es vorsichtig. Statt ihre Notdurft zu verrichten, blieb sie stehen und betrachtete Brun. Sie versuchte, Wohlgefallen in ihren Blick zu legen.

»Was willst du?« Brun zog die Stirn in Falten.

Die Schrecken des Traums kehrten zurück, dazu Bilder des Kampfes: wie Brun Witzan die Schwertklinge in die

Brust bohrte, wie er Nelet die Schulter spaltete. Mühsam schob sie die Unterlippe vor, setzte ihren kindlichsten Blick auf. Dann befühlte sie ihren Oberarm und deutete auf seinen. *Darf ich?* fragten ihre Augenbrauen.

»Vergiß es, Weib! Tu mit den anderen, was du willst, aber laß mir meinen Frieden, sonst hämmere ich dich kopfunter in den Boden und zünde dir die Füße an, verstanden?«

Sie durfte nicht aufgeben. Obwohl sie sich vor ihm fürchtete, wiederholte sie die Geste.

Brun kam auf sie zu. »Was willst du eigentlich von mir?« Er legte den Kopf schräg und schaute Alena aus seinen Krötenaugen ernst an. »Hör zu, meine Kraft ist nichts, worauf ich mir etwas einbilde. Ich bin Mahlsteinbrecher gewesen, wie mein Vater und dessen Vater. Die Kraft ist das Werkzeug und nichts –« Er brach die Erklärung ab. »Du verstehst mich doch nicht. Was rede ich.«

Seine Hand packte sie am Ellenbogen und zog sie hinter dem Gebüsch hervor. Mit breiten Armbewegungen befreite er ein Stück Waldboden vom Laub. Sein Zeigefinger zeichnete einen großen Kreis und in die Mitte davon ein kleines Rund. Unter die Kreise malte er einen Halm mit Ähre. »Ein Mahlstein. Er macht Mehl aus dem Getreide.« Brun sah sie an.

Sie nickte.

»Gut, das hast du verstanden.« Er hob einen Ast vom Boden auf und schlug ihn auf den inneren, kleinen Kreis. »Tschuck!« machte er dabei. Noch einmal hob er den Ast in die Höhe und ließ ihn hinuntersausen. »Tschuck!« Er schaute zu Alena hinauf. »Das Achsloch, verstehst du? Ich habe Mahlsteine behauen und das Achsloch hineingetrieben. Daher stammt meine Kraft, und es ist nichts, an das ich besonders gerne zurückdenke. Also laß mich damit in Ruhe.«

Sie nahm ihm den Ast aus der Hand und ahmte seinen Schlag nach. »*Komoi no malnaice.* Maalsch-Teine.«

»Ja, genau. Mahlsteine. Alena heißt du, ja? Hör zu, Alena.

Ich weiß, daß du dir dein Leben anders vorgestellt hast. Mir geht es genauso. Aber ich werde tun, was Embricho oder Tietgaud mir befehlen, und wenn es mich den Hals kostet. Tu dir selbst einen Gefallen und führe uns nicht in die Irre.« Brun spuckte auf den Boden. Er legte ihr die Hände auf die Schultern. »Nimm dich in acht, verstanden?«

5. Kapitel

Er suchte Wasser. Seine Lippen waren eingerissen vor Trockenheit, und die Augen brannten an den Rändern. Als Uvelan auf die Straße stieß und einen Karren rumpeln hörte, hockte er sich hinter einen Busch.

Bald zeigten sich die Hörner von zwei Ochsen, gefolgt von einem Wagen, der über die Wurzelrippen rumpelte. Vorn auf dem Bock saß ein graubärtiger Mann. Immer wieder schnalzte er mit der Zunge, pikste die Hinterteile der Ochsen mit einer Rute.

Uvelan erhob sich. Jetzt erst sah er, daß fünf Männer mit langen Speeren dem Karren folgten.

»Chas ve chalila!« rief der Karrenlenker. »Um Gottes willen!« Sofort sprangen die Männer hinter dem Wagen hervor. Als sie Uvelan erblickten, richteten sie ihre Stangen auf ihn und stießen kurze, drohende Laute aus.

Der Graubärtige hatte die Ochsen zum Stehen gebracht und sich erhoben, um hinter Uvelan in den Wald zu spähen. Weiter sich furchtsam umblickend und ohne Uvelan anzusehen, sagte er in der Sprache der Slawen: »Der Wagen riecht vielleicht noch ein wenig nach Kampfer und Zimt, aber ich habe keinen einzigen Span der kostbaren Rinde mehr dort drinnen. Alles Felle, glaubt mir das. Wenig Wiesel, mehr Biber und wertlose Hasenhäute.«

Uvelan schwieg.

»Schickt Eure Leute zurück, sagt ihnen, daß es sich nicht lohnt und sie ihr Leben nicht aufs Spiel setzen sollen für ein paar staubige Felle. Ich flehe Euch an!«

Erst als geraume Zeit verstrichen war, ohne daß Kriegsgeheul aus dem Wald ertönte, fand der Graubärtige Muße,

Uvelan zu betrachten. »Das ist gar kein Überfall. Er sieht aus wie ein Tier«, murmelte er. Dann zog er streng die Augenbrauen zusammen. »Was willst du?«

»Wasser.«

Stück für Stück entspannte sich das Gesicht des Karrenlenkers. »Du willst ... Wasser. Nichts anderes? Nur Wasser? Scheint, du bist in Not geraten. Dann ist es meine Pflicht, dir zu helfen.« Er langte hinter sich nach einem Ledersack. Als er den Pfropfen entfernt hatte und Flüssigkeit in einem feinen, klaren Strahl in einen Holzbecher goß, entfuhr Uvelan ein gieriges Grunzen.

»Laßt ihn herkommen.«

Die Männer hoben die Speerspitzen und traten beiseite. Uvelan ging bis an den Karren heran und umfaßte den Becher mit beiden Händen. Eine Stimme in ihm befahl, langsam zu trinken. Und so netzte er sich, obwohl seine Finger zu beben begannen, nur die Lippen.

Der Graubärtige pfiff leise. »Du weißt dich zu beherrschen. So etwas sehe ich selten.«

Schweigend nahm Uvelan einen kleinen Schluck.

»Ich bin Schemuel. Wie ist dein Name?«

Uvelan löste den Becher vom Mund und antwortete.

»Bist du krank? Du lebst als Ausgestoßener, so wie du aussiehst.«

»Meine Erinnerung ist tot.«

»Das ist merkwürdig. Du weißt nichts? Weder deinen Beruf noch den Ort, aus dem du stammst?«

»Nichts.«

»Erstaunlich. Ich bin weit gereist, von China bis nach Flandern, von den böhmischen Silbergruben bis Arkona, aber mir ist noch niemand begegnet, dem seine Vergangenheit abhanden gekommen ist.« Schemuel fuhr sich nachdenklich durch den Bart. »Hör zu, ich habe ein Jahr ohne Überfälle hinter mir und möchte die Gunst des Allmächtigen nicht durch Hartherzigkeit verlieren. Werde dir helfen, verstehst du? Er sieht es gern, wenn man Güte zeigt. Ich könnte dich nach Bardowick mitnehmen, aber ich vermute, du wirst deine Erinnerung eher dort wiederfinden, wo du sie verloren hast, also ist es besser, wenn du hierbleibst.« Er schlug Uvelan mit dem Handrücken an die Brust. »Ich hab's. Warte einen Moment!« Dann sprang er vom Karren, holte ein Fell herunter und breitete es auf dem Waldboden aus.

Eins nach dem anderen griff er aus dem Wagenbett einen Holzeimer, eine Axt, eine irdene Schüssel und ein Leinentuch. Wie erbeutete Tiere legte er die Gegenstände in einer Reihe auf das Fell. Dann befahl er einem der Bewaffneten, sich den Stiefel auszuziehen und ihn dazuzulegen. Der Speerträger gehorchte. Er entblößte einen schwarzfleckigen Fuß, humpelte näher und warf seinen Stiefel neben das Leinentuch. Es roch nach faulen Fischen. Nahe bei Schemuel raunte der Speerträger in fränkischer Sprache: »Und wenn es eine Falle ist? Wir sollten besser weiterfahren.«

Schemuel beachtete ihn nicht. Statt dessen löste er sein Messer aus dem Gürtel und legte es in die Reihe. Er sprach weiter Slawisch: »Nun komm her, Uvelan. Schau dir jedes Ding an, lange und genau. Vielleicht ist ein Band der Erinnerung an eines davon geknüpft, und du kannst diesem Band zu deiner Vergangenheit folgen. Wenn du auch nur ein kurzes Zögern in dir verspürst, versuche, die Erinnerung zu packen und nicht loszulassen.«

Uvelan trat an das Fell heran. Er ging in die Hocke, streckte die Hand nach dem Eimer aus. Das zerfaserte Holz war noch feucht. »Ein Eimer«, murmelte er. Zwei, drei Schritte watschelte er weiter, ohne aufzustehen. »Eine Axt.« Er tastete über die silbern schimmernde Klinge. »Da ist nichts. Was sollte da sein?« Wieder kroch er weiter. »Eine Schüssel.« Der Rand des Gefäßes war mit einem Wellenmuster verziert.

»Sie gefällt dir? Du möchtest sie drehen, möchtest aus nasser Tonerde eine neue formen? Vielleicht hast du Geschirr getöpfert?«

Uvelan zögerte. »Nein.« Er nahm das Leinentuch zwischen Daumen und Zeigefinger, befühlte es, hob es zur Nase und roch daran. »Nein, nichts.«

Dann hockte er vor dem Stiefel. »Ein merkwürdiger Schuh.«

»Das ist kein Schuh, es ist ein Stiefel.«

»Richtig, die Franken tragen so etwas. Es macht, daß die Füße stinken.«

Uvelan wendete sich zum Messer hin. Er schloß die Finger um den Griff. Ein goldener Funken glomm auf, mitten in der Dunkelheit. Klänge plötzlich, wie kurze Windböen. Licht, als würde er einen Atemzug lang die Augen öffnen und in die Vergangenheit hineinblicken. »Ein Messer«, sagte er, »ganz aus rotem Eisen.«

»Aus Bronze, meinst du?«

»Das Messer.«

»Wenn es aus Bronze war, kann es nur ein Ziermesser gewesen sein.«

»Nein.«

»Beschreibe es!«

»Klinge und Griff aus rotem Eisen. Muster mit drei Ecken sind darin eingegraben.«

»Und nichts daran ist aus Holz, aus Knochen?«

»Nein, nichts.«

Sie schwiegen. Uvelan hatte die Augen geschlossen und hielt den Messergriff umklammert.

»Versuche, dich an mehr zu erinnern! An einen Ort vielleicht.«

Plötzlich gellte ein Schrei durch den Wald. Uvelan blickte die anderen an, aber sie standen still, gespannt. Wieder der Schrei. Es war Uvelans eigene Stimme, seine Kehle war warm. »Wohin bringt ihr mich?« Er sprang auf. »Sie … sie halten mich!« rief er. Ruderte mit den Armen. Schlug mit der Klinge um sich.

Hände packten ihn an den Schultern, zogen ihn zu Boden. Eine Stiefelsohle donnerte auf den Unterarm herunter, bis er das Messer losließ. Es waren Schemuels Büttel. Jetzt richteten sie ihre Speerspitzen auf seine Brust.

»Beruhige dich, Uvelan«, sagte Schemuel. Und in fränkischer Sprache, an die Büttel gewandt: »Packt die Sachen wieder in den Karren.«

»Sie verschleppen mich nach Kamenica!«

»Nach Kamenica. Es ist nur eine Erinnerung, Uvelan. Ruhig Blut.«

Da murmelte Uvelan in der Sprache der Franken: »Es bedeutet Steinbach. Kamenica heißt Steinbach.«

Die Büttel, die sich über das Fell gebeugt hatten, erstarrten. In Schemuels Gesicht fielen die Wangen lang herab, die Augen verloren ihren Glanz. »Du sprichst Fränkisch?«

»Kamenica bedeutet Steinbach«, wiederholte Uvelan.

Der Graubärtige wisperte: »Wer seid Ihr?«

»Ich weiß es nicht.«

»Dann seid Ihr vielleicht gar Fernkaufmann wie ich? Ihr sprecht vielleicht nicht nur Fränkisch und Slawisch, sondern auch das Lateinische, Arabische, Persische, Andalusische?« Er bellte kurze Sätze in fremden Sprachen.

Uvelan schüttelte den Kopf.

»Helft ihm auf, Männer.«

Die Hände, die ihn niedergestoßen hatten, zogen Uvelan wieder auf die Beine.

»Verzeih mir, wenn ich ... Das ist alles recht unheimlich. Möchtest du ... bis Bardowick mit mir reisen?«

»Nein.«

Schemuel lächelte erleichtert. »Gut.« Er kletterte auf den Karren, hob die Rute über den Ochsenschwänzen in die Höhe. Dann hielt er inne. »Mir scheint, du bist jemand, der einiges hinter sich und noch einiges vor sich hat. Irgend jemand mit Bedeutung.« Er blickte sich sorgfältig im Wald um. Schließlich hob er die rechte Hand, schloß die Augen und sprach mit tiefer, gleichförmiger Stimme: »Segne dich er und bewahre dich, lichte er sein Antlitz dir zu und sei dir günstig, hebe er sein Antlitz dir zu und setze dir Frieden.«

»Wer ist *er?*«

Schemuel sah kurz zum Himmel hinauf, dann senkte er demütig den Kopf, schnalzte mit der Zunge. Ein Ächzen lief durch den Wagen, während sich die Ochsen in Bewegung setzten. Laut rumpelte der Karren über die Wurzelrippen auf dem Weg. Ein feiner Duft von Zimt streichelte Uvelans Nase.

Alena wurde das erste Mal nach dem Weg gefragt, als die Franken auf die Straße nach Reric stießen: tief eingefahrene Wagenrinnen, holprig durch die Wurzeln, die sich unter der Straße faßten, als wollten die Bäume des einen Wegrands denen der anderen Seite die Hand geben.

Audulf, der Schatten, vor dem sie geflüchtet war, hatte während der vergangenen zwei Tage häufig die Finger in eine Spur gelegt, die Höhe der abgeknickten Äste geprüft, war wieder in die Knie gegangen, um mit Daumen und Zeigefinger den Abstand der Abdrücke zu messen: der Fährtenleser der Franken. Hatte er sich entschieden, wie die Fährte zu bewerten war, dann begann er seine Ausführungen immer mit: »Das verborgene Volk sagt«. Woraufhin ihn Tietgaud jedesmal zornig zurechtwies, es gäbe kein verborgenes Volk.

Auch diesmal hielten sich die Franken im Wald verborgen und sandten Audulf voraus. Der Fährtenleser hüpfte mit kleinen Schritten unter den letzten Bäumen hindurch. Dann kauerte er sich auf der Straße nieder, als wollte er das Gras streicheln, das in einem breiten Streifen zwischen den Karrenspuren wuchs. Als er wiederkam, war seine Nase – dünn wie ein Birkenblatt stach sie aus dem Gesicht hervor – noch spitzer geworden. »Das verborgene Volk teilt mir mit, daß hier ein Karren vorübergekommen ist. Kann nicht lange her sein. Zwei Ochsen haben ihn gezogen und haben das Gras niedergetrampelt. Wahrscheinlich sind noch Menschen hinterhergelaufen.«

Tietgaud betastete das silberne Kreuz, das um seinen Hals

hing. »Eines Tages, Audulf, wirst du deine Strafe erleben. Es gibt in Gottes Schöpfung kein verborgenes Volk.«

»Verzeiht.«

Der Mönch schnaubte. »Einen Karren müssen wir nicht fürchten. Reisen wir auf der Straße weiter. So können wir endlich Gebrauch von den Pferden machen. Sie waren teuer genug.«

»Tietgaud?« Embricho verzog das Gesicht.

»Was?«

»Das ist eine Straße, wo sicher jeden Tag ein Fuhrwerk vorbeikommt oder Reiter oder Wandergesellen. Warum nehmen wir nicht ein Kriegshorn und kündigen uns in Rethra an?«

»Ihr spottet.«

»Ich halte es nicht für klug, auf der Straße zu reisen. Wir befinden uns im Gebiet der Wenden. Überschätzt nicht die Kraft von zwei Dutzend Männern! Ebo und Morhard sind schon verletzt. Was sind zwei Dutzend? Um uns herum streunen Hunderte, Tausende Wenden durch den Wald!«

»Diese Wenden sollen uns ruhig kennenlernen.«

Der Blonde sah zu Alena herüber. Seine Augen schienen zu flehen, sie möge dem Mönch erklären, daß es keinen Sinn ergab.

»Embricho!« Tietgaud knirschte mit den Zähnen. »Was schaut ihr sie ständig an? Sie wird zur Gefahr für Euch. Hat sie Euch nicht längst den vergifteten Stachel der Furcht ins Herz gestoßen? Wir unternehmen keinen Kriegszug, sondern sind um der Mission der Heiden willen hier. Gott wird uns bewahren. Und er wird mir das höchste Heiligtum dieser Barbaren in die Hände geben. Ihr werdet gehorchen.«

»Ja.« Es klang brüchig, müde.

»Die Wendin soll uns den Weg weisen.«

Embricho, der mit ihr zur Straße laufen wollte, wurde vom Arm des Mönchs zurückgehalten. »Ihr bleibt hier.« Tietgaud packte sie an den Haaren und zog sie zum Straßenrand. »Scheint, als hättest du zu viele Freiheiten, kleine Hexe.« Er nahm ihr Kinn in einen so harten Griff, daß das Fleisch der Wangen schmerzhaft an die Zähne gepreßt wurde, und lenkte ihr das Gesicht im Wechsel nach links und nach rechts. »Reth-ra. Wo lang?«

Sie mußte einfach in die südwestliche Richtung nicken, und alle würden sie vor die Wälle der mächtigen Racesburg stolpern. Die Polaben waren gute Krieger. Sie würden wie Adler auf den Marder herabstoßen, würden ohne zu zögern ihre Krallen in seinen Rücken schlagen. Obwohl sie noch einige Wegstunden entfernt sein mußte, meinte Alena, die Burg hinter der nächsten Wegbiegung zu wissen: Den See, die lange Brücke, die Pfähle, die zur Abwehr von Booten rings um die Insel ihre Spitzen aus dem Wasser streckten. Jeder Ankömmling war gezwungen, unter den Augen der Burgbesatzung gute einhundert Schritt neben dem Wall und den Palisaden entlangzulaufen, ein leichtes Ziel, bis er das Tor zur Vorburg erreichte. Hinter der Burg verborgen lag eine zweite, größere Insel, mit einer Siedlung und Äckern und Gärten. Und auf einem Ausläufer, einer Halbinsel, die in den See hinausragte, das Heiligtum der Göttin Siva. Die Polaben würden keinen Fremden auch nur in die Nähe kommen lassen. Ein Kopfnicken in diese Richtung, und der Marder war des Todes.

Ahnte Tietgaud, was in ihr vorging? Selbst wenn sie zur Polabenburg ritten – würde der Marder ihr nicht mit seiner letzten Handbewegung noch die Kehle durchschneiden? Das Opfer. Die Racesburg kam nicht in Frage. Was nützte es, wenn die Polaben die Franken niedermetzelten! Es galt, ein Opfer für Svarožić nach Rethra zu bringen. Vater wartete darauf. Die Redarier und die Abgesandten der anderen Stämme warteten darauf. Sie durfte die Franken nicht den Polaben vorwerfen, mochte ihre Burg noch so verlockend nah sein. Nein, die Franken gehörten ihnen; Redarier hatten ihr Leben lassen müssen, und so sollten auch die Franken ihr Leben in Rethra lassen.

Sie nickte in nordöstliche Richtung.

»Ich warne dich«, sagte der Marder leise. »Führe uns nicht in eine Falle.«

Bald trabten sie auf den Pferden die Straße hinunter. Zwischen den Fahrrinnen der Karrenräder stachen die Hufe Gras und Erde aus und schleuderten sie in die Luft. Staub wirbelte auf. Häher flogen im Wald neben den Reitern her, krächzten und zeterten, verkündeten empört die Ruhestörung. Alena krallte, vor Morhard sitzend, die Hände in die Pferdemähne und spähte besorgt in das Unterholz: Die Franken schienen keine Kenntnis davon zu haben, daß zu beiden Seiten der Straße polabische Siedlungen im Wald versteckt lagen, umzäunte Dörfer, deren Einwohner den Klang von zwanzig berittenen Franken gut von dem eines einzelnen Botenreiters zu unterscheiden wußten. Sie lauschte auf Signalhörner.

Versunken betrachtete sie den Hünen, dessen Haarpracht auf seinem Rücken wippte wie ein goldenes Tuch. Während er mit der Rechten die Zügel hielt, streichelte seine Linke fortwährend den Hals des Fuchses, den er ritt. Er bewegte die Lippen, schien mit dem Wallach zu sprechen. Je eiliger die Franken ritten, desto rascher würden sie sterben. Ahnten sie nichts davon? Der Oberkörper des Hünen würde entblößt werden, damit der Dreiköpfige und das Volk sehen konnten, daß er ein würdevolles Opfer darstellte. Die Priester allein würden ihn nicht halten können, man würde wohl sechs Krieger damit beauftragen: Zwei für die gefesselten Beine, zwei für jeden Arm. Sie würden ihn auf den Altar heben. Vater würde nicht mit dem Opfermesser, sondern mit einer verzierten Axt ausholen und zuerst den linken Fuß vom Körper trennen. Dann die rechte Hand. Dann den rechten Fuß, die linke Hand. Und zum Schluß den Kopf.

Jetzt senkte er den Oberkörper herab, näherte sich dem Ohr des Fuchses, wisperte Unverständliches. Wie er das Tier streichelte! Selten hatte sie einen Mann gesehen, der ein Tier so zärtlich behandelte. Große, von dicken Adern durchzogene Hände hatte er. Kräftige Hände. Das Eisenhemd rasselte im Einklang mit dem Hufschlag. Silbern glänzte es, und golden die Mähne, die ihm um das Haupt flog. Er reckte das Gesicht wieder auf, öffnete die schmalen Lippen für einen Ruf: »Tietgaud, ich lasse mich ein wenig zurückfallen; will sehen, ob der Wallach Steine in den Hufen hat. Ich schließe dann wieder auf.«

Der Marder hob, als Zeichen, daß er verstanden hatte, die Faust.

Embricho zog nur leicht an den Zügeln, und der Fuchs drosselte die Geschwindigkeit. Bald stand er ganz. In die Staubwolke hinein, die die Reiter aufgewirbelt hatten, sprang der Hüne vom Sattel herab. Er trat nach vorn zum Kopf des Wallachs, tätschelte ihm freundlich den Hals. »Sicher freust du dich, daß du wieder ein wenig Bewegung kriegst.« Es sei doch eine ganz andere Gegend als die Elbwiesen bei Magdeburg, ungewohnt dichter Wald.

Der Wallach schnaubte.

Ob es ihm Angst mache? Ihm, Embricho, mache dies alles hier Angst. Der Anführer sei ein Dummkopf, der des Lebens müde sei. Er sehe nur die Belohnung im Himmelreich.

Der Hüne nestelte am Gürtel, zog einen kleinen Leinenbeutel heraus und roch daran. Verschwörerisch sah er zum Himmel, preßte das Beutelchen an sein Gesicht und bewegte tonlos die Lippen. Er nahm einen tiefen Atemzug, verstaute den Beutel wieder. Menschen gäbe es, die hätten noch Pläne auf dieser Erde, die sie gern ausführen würden. Das vergäße der Mönch.

Er lachte plötzlich, schlug dem Fuchs die Faust in die Flanke. »Kannst du dich noch erinnern an diesen jungen, hochgeschossenen Stallknecht, der es kaum gewagt hat, deinen Hufen nahe zu kommen, geschweige denn sie anzuheben und auszukratzen?« Einen veilchenblauen Hufabdruck ins Gesicht habe er ihm damals verpaßt, und vom Kastellan habe es kein Mitleid gegeben, nur eine Belehrung darüber, wie man Pferden gegenüberzutreten habe.

Embricho umschloß den linken Hinterlauf mit fester Hand. Gehorsam hob der Wallach das Bein und zeigte den Huf.

Der Abend dämmerte bereits, als der Hüne die Reiter endlich einholte. Er kam Alena wie ausgewechselt vor; scherzte mit dem Fährtenleser, schnitt ihr, der Gefangenen, Grimassen, um sie für ihr erstauntes Gesicht auszulachen, und achtete wenig auf die mahnenden Worte des Marders. Erst als sie im letzten Tageslicht auf einen zweiten Weg stießen, der ihren kreuzte, kehrten der Ernst und die Sorge in seinen Blick zurück.

Kein Zweifel, im Nordwesten mußte diese Straße nach Wagrien führen, während sie sie in der anderen Richtung in das Gebiet der Redarier, in die Heimat brachte. Hier war Alena mit Mstislav und den Kriegern vor wenigen Tagen in den Wald abgebogen.

Tietgaud sah Alena von seinem schwarzen Pferd aus ruhig an. »Sie soll uns noch dieses eine Mal den Weg zeigen, dann bringen wir sie vor den ewigen Richter.«

Morhard, der hinter ihr saß, packte ihr Genick: »In welche Richtung?«

Alena fröstelte. Mit Kraft preßte sie die Hände auf ihre zitternden Beine, um sie ruhig zu halten. Sie zog die Schultern zu den Ohren, als könnte sie so dem Griff Morhards entgehen. Unentschlossen neigte sie den Kopf hin und her.

Hinter ihr fuhr eine Klinge aus der Scheide. »Na los, sprich!«

Irgendwie mußte sie Zeit gewinnen. Atemnot plagte sie, ein eiserner Ring zwängte ihre Brust enger und enger zusammen. Sie legte die Hand wie ein Dach an die Stirn, als spähte sie angestrengt in die Ferne, dann deutete sie auf eine Traubeneiche am Straßenrand.

»Was?« fauchte der Marder.

»Sie will da raufklettern«, sagte Embricho. »Muß sich wohl vergewissern, wo wir sind und wo es langgeht. Wenn wir doch nicht so nah dran sind, sollten wir die Wendin dann nicht besser am Leben lassen? Ohne ihre Führung finden wir Rethra nie.«

»Das wundert mich nicht, daß Ihr sie verteidigt.«

Embricho preßte die Lippen aufeinander.

»Meinetwegen, soll sie hochklettern. Vielleicht erledigt es sich von selbst, wenn sie da oben den Halt verliert.«

Alena wartete ein Nicken in ihre Richtung ab, wartete, daß sich Morhards Hand aus dem Genick löste, dann ließ sie sich am Hals des Pferdes herunter und ging zum Baum. Mit jedem Schritt fürchtete sie, die Knie könnten nachgeben. Sie lief wie auf glitschigen Steinen. Am Stamm der Traubeneiche sagte sie sich, daß sie jeder Ast weiter von ihnen wegbringen würde. Das gab ihr Kraft.

Klettern konnte sie. Darin hatte sie in ihrer Kindheit manchem Jungen etwas vorgemacht. »Geht ihr nur Beeren suchen«, hatte sie oft gesagt. »Ich halte derweil von oben Ausschau, daß sich kein Wolf heranpirscht.« Die Kinder wagten es nicht zu murren. Vater konnte als höchster Priester Rethras über die Stammesfürsten bestimmen und tat ihnen Svarožićs Willen kund – so bengelhaft sie sich auch verhielt, ihnen allen geisterte durch den Kopf, daß die Macht Nevopors auch durch ihre Adern floß, daß sie den Göttern näher war als alle anderen.

Der Baum hob Alena bereitwillig in seinen Leib hinauf. Immer ruhiger wurde sie, immer mehr fühlte sie sich im Geäst zu Hause. Erst, als sie nicht weiterklettern konnte, weil die Äste zu dünn wurden, kehrte die Furcht zurück. Sie mußte die Arme um den Stamm schlingen, weil ihre Beine zu zittern begannen. Es war, als wollte ein Dämon sie zum Springen zwingen.

Alena blickte in die Höhe, um nach ihrem Stern zu suchen. Am Tage! schalt sie sich. Am Tage suchte sie ihren Stern. Er würde nur matt leuchten, das wußte sie, matt wie die Sterne der bösen Menschen. Vielleicht zitterte er. Er war bereit, herabzufallen aus dem Himmel, zu sterben, die Gesellschaft der anderen Sterne zu verlassen, wie sie die Gesellschaft der Menschen zu verlassen im Begriff war. Unter dem Baum wartete Tietgaud. Unter dem Baum wartete der Tod.

Sie schloß die Augen. So gern wollte sie Geborgenheit geben, wollte ein kleines, schutzbedürftiges Menschenkind begleiten. Beinahe fühlte sie es: die weiche, winzige Hand, die sich um ihren Finger schloß, noch feucht, weil sie im Mund gesteckt hatte. Da stand es, das Kind, wankte, um nicht umzufallen, der Mund geöffnet vor Staunen über sich selbst und über die Welt. Große, glänzende Augen saugten die Farben der Umgebung in sich auf. Ein Sohn – was würde sie nicht geben dafür!

Sie würde etwas sagen müssen, wenn sie wieder heruntergestiegen kam. Was sollte sie tun, wie sollte sie ihr Leben retten? Mit feuchtem Blick spähte sie durch die Blätter. Der Baum war gut gewählt, Alena konnte im Licht der untergehenden Sonne über die Wipfel des Waldes hinwegschauen. Wie eine grüne Matte lag das Land vor ihr. Polabengebiet. Senken und Hügel gab es, eine Wiese für die Götter. Wollte Svarožić ihren Tod? Lehnte er das Opfer ab, das sie ihm nach Rethra brachte? Sie fühlte sich plötzlich, als würde er sie überhaupt nicht kennen, als wäre der Feuergott in seiner Macht viel zu groß, um einen Wurm wie sie zu beachten.

Sie war die Nawyša Devka! Natürlich kannte der Dreiköpfige sie.

Wie kam es, daß Bäume aus der Ferne immer *weich* aussahen?

Alena blinzelte. War das nicht eine Rauchsäule, die da einige hundert Schritt entfernt den Wald mit dem roten Himmel verband? Möglicherweise eine Siedlung? Das Klopfen in ihrem Hals wurde stärker, schneller. Wenn es so war, vielleicht befand sich dann jemand auf der Suche nach Beeren oder Pilzen in Hörweite, oder noch besser, vielleicht überprüften einige Männer Fallgruben und Schlingen nach gefangenen Tieren, ganz in der Nähe?

Was, wenn sie einfach aus Leibeskräften um Hilfe schrie?

Die Franken würden sie vom Baum holen und töten, bevor jemand hier wäre. Außerdem konnte die Rauchsäule ebensogut nur von einem Kohlenmeiler aufsteigen. Der Köhler täte gut daran, sich vor den Franken verborgen zu halten, Hilferufe hin, Hilferufe her.

Sie entschied sich zu singen. Holte Luft, blähte die Brust auf und sang aus voller Kehle ein Totenlied. Ein Totenlied mit veränderten Worten. Es handelte von Franken, von einem jungen Mädchen, das gefangen war, von der Pflicht zu kämpfen um des allmächtigen Svarožić willen. Schon der Frevel, daß jemand dem Totenlied andere Worte zu geben wagte, mußte jeden Polaben warnen. Wenn sie kamen, würde Alena sie bitten, den Hünen am Leben zu lassen. Sie würden der Nawyša Devka gehorchen.

Unter sich hörte sie laute Flüche, und dann knackte die Traubeneiche vom Gewicht mehrerer Männer, die auf dem Weg zu ihr nach oben waren. Alena sang aus Leibeskräften.

Bis ihr eine Faust ins Gesicht schlug.

Die Glut eines heruntergebrannten Feuers färbte die Gesichter der Franken rot wie Dämonenfratzen. Sie lagen schlafend, bis auf Ebo. Alenas Arme waren nach hinten um einen Baumstamm geschlungen. Gefesselt. Irgendwo oberhalb der Nase erwachte stechender Schmerz, und dann donnerte ein dumpfes Gewitter durch ihren Kopf.

Lange sah sie in jeden Baumzwischenraum, bemühte sich, das Dunkel der Nacht außerhalb des Feuers zu durchdringen.

Sie sehnte sich nach ihrem Bettlager in Rethra, auf der Bank in Vaters Haus.

Langsam wandelte sich die schimmernde Glut in Asche, und es war, als würden die fahlen Baumstämme näherrücken, als würde sich der Wald dichter um das Lager schließen. Ebo lehnte bei den Pferden an einem Baum und sah aufmerksam in die Nacht. Alena konnte den Widerschein der letzten Glutreste in seinen Augen sehen, wenn er das Gesicht zu ihr drehte. Ebo war die letzten Tage, wenn sie nicht ritten, gehinkt; die Wunde von Mstislavs Beil knapp unterhalb seines Knies schloß sich nicht. Er klagte nie. Ein stiller Mensch, schwer einzuschätzen, was er dachte.

Kühl wurde es. Feiner Nebel spielte um die Baumwurzeln. Es war keine freundliche Nacht. Mochte es nicht ihre letzte sein, dachte sie, und in diesem Moment sank Ebo still am Baumstamm herunter wie ein Wollappen, den man gegen eine Wand geworfen hat. Alena starrte hinüber, wartete darauf, daß er sich wieder aufrichten würde. Ebo saß reglos. Schwieg.

Dann plötzlich eine Flüsterstimme hinter ihr: »Wir haben dein Lied gehört.« Der weiche Dialekt der Polaben: *gehört* wie *gehöngt* gesprochen.

Sie schluckte. »Ja.«

»Die Franken haben dich gefangen?«

»Ja.«

»Was wolltest du hier?«

»Ich war mit Männern aus Rethra unterwegs, wollten über die Elbe.«

»Und die Franken haben dich unter ihren Augen weggefangen?«

»Sie sind tot. Könnt ihr sie finden und verbrennen, ihnen Hügelgräber aufschütten, einen Trauertanz abhalten und ein Totenmahl?«

»Denke schon.«

»Denkt daran, ihnen die Waffen, den Schmuck und die Kleider beizugeben, das, was die Franken dort gelassen haben, und ein wenig Essen für das Fortleben nach dem Tod. Ich fürchte, daß sie wiederkehren werden, verstehst du? Wir dürfen sie nicht im Zorn gehen lassen. Bitte, könnt ihr das tun? Rethra wird es euch danken.«

»Gut.«

»Was ist mit Ebo?«

»Wer ist …? Der wird nichts mehr sagen.«

Sie nickte grimmig.

6. Kapitel

Alena betrachtete die schlafenden Franken. Irgendwo hinter ihr mußte der Polabe kauern, er, der den Tod brachte. Das Lied auf der Traubeneiche war tatsächlich ein Totenlied gewesen, ein Totenlied für die fränkischen Krieger.

Sie sah zu Brun hinüber. Die letzten blaugelben Flammen, die sich noch auf den schwarzgekohlten Ästen der Feuerstelle duckten, als flehten sie die Nacht um Gnade an, ließen Lichter auf seinem Gesicht flackern. Wie ein Kind sah er aus, den Arm unter das Ohr geschoben, die hohe, wuchtige Stirn von Träumen zerfurcht. Das sorgenvolle Zucken im Mundwinkel – wußte er, daß es seine letzte Nacht war? Ein blutrünstiger Franke war er. So gut er auch zu täuschen vermochte: Er verdiente es zu sterben.

Neben ihm lag Audulf auf dem Rücken. Er hatte sich die Hände auf die Brust gelegt; sie streckten sich nacheinander aus, berühten sich aber nicht. Jeder Atemzug hob sie hinauf und ließ sie wieder herabsinken. Friedlich ruhte Audulfs Gesicht, er war wohl mit einem Lächeln eingeschlafen. Möglich, daß er die Waldgeister kannte, obwohl er ein Franke war; möglich, daß er nichts anderes tat als harmloses Fährtenlesen, und doch – die Polaben würden ihn zurecht zermalmen.

Und Embricho? Sollte sie zusehen, wie die blauen Augen brachen? Sollte sie gestatten, daß polabische Äxte seinen Körper fällten? Die Nawyša Devka durfte das nicht hinnehmen. Er war das Opfer. Er mußte leben bis zum ihm bestimmten Tag und dann für Svarožić sterben.

»Binde mich los«, bat sie den Polaben. »Ich muß mich um etwas kümmern.«

»Nein. Der Zupan hat anders entschieden. Ich sollte deinen Wächter töten und dich angebunden lassen.«

»Warum das?«

»Sorge dich nicht, Frau. Die Franken werden morgen sterben.«

»Warte! Dem Hünen darf kein Haar gekrümmt werden.«

Keine Antwort.

»Hörst du?«

Es blieb still. Der Polabe war verschwunden.

Wie konnte sie den Hünen unversehrt fortbringen? Manche der Franken hatten das blanke Schwert neben ihre Nachtstätte gelegt und schlummerten mit der Hand auf dem Knauf. Mörderische, kalte Werkzeuge waren es, die Menschen aus der Welt beförderten, Geräte, die ihre Seelen hinauf in den Himmel schleuderten, die Öffnungen schlugen, durch die das Blut und das Leben aus Männern und Frauen herausströmte. Glichen diese Männer nicht schlafenden Dämonen? Dem Größten unter ihnen war sie zur Wächterin bestimmt. Und da sie ihn im Augenblick nicht von den anderen zu trennen vermochte, mußte sie mit ihm auch die Todgeweihten wecken.

»Em-bri-kcho.«

Nichts.

»He, Em-bri-kcho!«

Der Hüne schrak auf, blinzelte. Kaum auf den Beinen, war er schon an Ebo herangetreten, kniete nieder, hielt seine Schultern, schüttelte ihn.

Das ganze Lager erhob sich. Wie Wespen um einen Honigkuchen drängten sie sich um Ebo. Man deutete auf Alena.

»Sie hat den bösen Blick!«

»Das ist durch ihr magisches Lied gekommen!«

»Siehst du nicht das Blut? Das ganze Hemd ist blutgetränkt.«

»Das verborgene Volk teilt mir mit –«

»Schweig still!«

»– daß jemand hier war und ihn getötet hat. Ein Einzelner.«

Dazwischen die Stimme des Mönchs: »*Aequo animo este*, meine Freunde, *aequo animo este.* Ihr solltet Beständigkeit üben. Der Krieg gegen das Böse hat begonnen.«

Der Hüne erhob sich. Er überragte alle um eine Kopfeslänge. Als er sprach, wurden die anderen ruhig. »Sie sind in der Unterzahl, und deshalb wagen sie keinen Angriff. Jede Nacht werden sie einen von uns töten, wenn sie können. Sie werden uns keinen Schlaf gönnen, bis sie sich stark genug fühlen, den Rest im offenen Kampf zu erledigen.«

»Wir lassen uns nicht zermürben!«

»Hinter ihnen her! Wir müssen sie stellen.«

»Ja«, murmelte der Hüne. »Wir müssen sie stellen.« Da war kein Tatendrang in seinen Worten, nur Müdigkeit und Trauer.

»Was schlagt Ihr vor?« Der Mönch war sichtlich erregt, er ließ bei geschlossenen Lippen den Unterkiefer kreisen wie ein wiederkäuender Hirsch und fingerte am Silberkreuz herum. »Audulf folgt ihrer Fährte, und wir folgen ihm?«

»Sie werden uns beobachten. Irgendwo haben sie wenigstens einen Späher versteckt, während sie ihr Lager für den Tag weit zurückgezogen haben, um in der Nacht wieder vorzustoßen. Wenn wir den Späher lebendig fangen, könnte er uns zum Lager führen.«

»Sehr gut, sehr gut.«

Alena fuhr sich mit der Zunge über die trockenen Lippen, preßte sie aufeinander. Wie konnte sie ihn aufhalten? »Em-bri-kcho.«

Die Männer verstummten, blickten in ihre Richtung.

»Sie will etwas.«

»Schaut ihr nicht in die Augen, Embricho, denkt an den bösen Blick!«

Embricho löste sich aus der Gruppe, kam auf sie zu. Das Hemd stand weit offen über seiner Brust: Wenige, helle

Haare kräuselten sich dort. Er sah fremd aus ohne Kettenhemd.

»Was willst du?«

»Zeigen«, sagte sie.

Der Hüne fuhr zurück, als hätte ihm Černoboh, der schwarze Gott, in die Augen geblickt. Eine ganze Zeit sagte er nichts, dann wisperte er: »Ihr sprecht ... Fränkisch?«

»Schhhh«, machte sie. Sie senkte ein wenig die Stirn und bemühte sich um einen glühenden Blick, so, wie sie es manchmal im Spiegelbild einer klaren Pfütze geübt hatte. Wie die Reisekaufleute Gewichte in ihre Waage warfen, um die Schalen zu bewegen, so warf sie den Blick in Embrichos Geist, der eine Entscheidung fällen würde. Es galt, den Hünen von hier fortzulocken.

»Ich glaube, die Wendin will mir etwas zeigen«, sagte Embricho laut. Er zückte einen Dolch und trat hinter den Baum, um die Fessel zu zerschneiden.

Die Männer starrten schweigend.

»Wartet hier.«

Er legte ihr die Hand auf die Schulter und schob sie aus dem Lager. Warm und schwer lagen die Finger neben ihrem Hals.

»Seht Euch vor!« rief der Mönch ihnen nach. »Ihr dürft ihr nicht trauen.«

»Inzwischen glaube ich das auch«, murmelte Embricho.

Es ärgerte sie. Nicht nur, weil es ihre Aufgabe erschwerte, wenn er ihr mißtraute.

Als sie außer Hörweite gekommen waren, blieb Embricho stehen. »Jetzt könnt Ihr mir erklären, was hier vorgeht.«

Sie heftete ihren Blick auf den Waldboden.

»Ihr habt eben Fränkisch gesprochen. Das war doch kein Zufall. Ihr habt wirklich ein fränkisches Wort gesagt.«

Drei Ameisen, rotbraune, schleppten eine tote Spinne mit sich.

»Alena – wenn Ihr überhaupt so heißt –, Ihr habt uns betrogen.«

Oder lebte sie doch noch, die Spinne? Nein, sie war tot.

Jetzt packte sie der Hüne bei den Schultern, hob sie ein Stück in die Luft und drückte sie gegen einen Stamm. »Hört gut zu. Ich lasse nicht mit mir spielen! Entweder Ihr habt eine gute Erklärung, oder ich beende auf der Stelle Euer lügenhaftes Leben.«

Eine Versuchung umschmeichelte Alena: weiter zu Boden zu blicken und zu prüfen, wie weit er gehen würde, ob er seine Drohung wahrzumachen in der Lage war. Mit großer Überwindung riß sie die Augen los und sah ihn an. »Es ist eine Falle, ein Netz.«

Nicht nur ließ er sie sofort fallen, er taumelte auch zurück, als hätte ihm ein Ur die Hörner vor die Brust gestoßen. Aus einiger Entfernung sah er sie an, beinahe wie ein ängstliches Kind. »Wie ... Ihr ...«

»Wir dürfen nicht zurück zum Lager. Ich habe Euch angelogen, ich spreche Fränkisch. Und wenn wir zurückgehen, werdet Ihr sterben.«

Er schluckte, würgte.

»Die Polaben töten alle. Euch werden sie nicht finden.«

»Meine Männer – ich muß sie warnen!«

»Halt!« Alena sprang vor und packte ihn am Arm. »Was dann? Was, wenn Ihr sie gewarnt habt? Wir sind in der Nähe der polabischen Racesburg, es kommen sicher zwanzig von ihnen auf einen von Euch. Auch wenn Ihr gewarnt seid, wie wollt Ihr sie besiegen?«

»Dann fliehen wir.«

»Fliehen? Ihr klebt doch längst an den Fäden der Spinne fest, Ihr hängt mitten im Netz! Wie wollt Ihr rechtzeitig zum Rand gelangen? Ihr habt selbst gesagt, daß die Polaben das Lager beobachten. Meint Ihr wirklich, sie werden Euch entkommen lassen?«

»Warum warnt Ihr mich?«

»Ich will Euch retten.«

»Mich.«

Alena ließ ihn los. »Wenn Ihr sinnlos sterben wollt«, sagte sie, »nur weil die anderen den Tod finden, dann geht.«

Ohne ein weiteres Wort lief er los. Sie kniff die Augen zusammen, folgte ihm in einiger Entfernung. Mit einem Selbstopfer hatte sie nicht gerechnet. Am Rand des Lagers zuckte er zusammen, als hätte ihn etwas gestochen, und drehte sich nach ihr um. »Sie sind fort.«

Er sah sie eine ganze Weile an, wartete auf Antwort, begriff offensichtlich nicht, weshalb sie stumm und erstarrt war, gefroren, wie das Wasser zum Eiszapfen gefriert. Sie hätte sich nicht mehr fürchten können, hätte sie in pechschwarzer Nacht das Wispern von Geistern vernommen. Neben Embricho war niemand geringeres aus dem Schatten getreten als der Herrscher des Waldes selbst.

Er glich bis aufs Haar den Berichten der Priester. Bart und Mähne waren grün, die Hände trugen Krallen anstelle von Nägeln, und im zerfurchten, häßlichen Gesicht standen steingraue Augen, das Alter von Jahrhunderten in sich und trotzdem klar inmitten der knittrigen Haut. Nur eines stimmte nicht: Der Herrscher des Waldes war kein kleines, schmächtiges Männlein. Er hatte Schultern so breit wie die Bruns, und seine Hände, diese erdbraunen, riesenhaften, krallenbewehrten Hände, waren Bärenpranken. Jede davon konnte einen Kinderhals umgreifen und zerquetschen.

Nicht weit von ihm mußte der Bär sein, der Wächter. Und sie waren verloren. Weder trug Alena ein Stück Lindenholz bei sich, um ihn abzuwehren, noch hatte sie ein Tier oder wenigstens Brot, um ihm zu opfern. Ein Opfer hatte er wahrlich zu erwarten – war es nicht ihr Totenlied gewesen, das ihn gestört hatte, das ihn zum Strafen aus den dunklen Tiefen des Waldes gerufen hatte? Wenn schon das leise Pfeifen im Wald ein Frevel war, vor dem die Priester warnten, wenn es verboten war, beim Holzsammeln laut zu scherzen, wieviel furchtbarer mußte dann ein Lied in den Ohren des Waldherrschers klingen, ein Totenlied zudem, herausgebrüllt aus voller Kehle?

Alena fiel auf die Knie. Und endlich wendete sich auch Embricho um. Als er den Alten erblickte, entfuhr ihm ein Laut des Entsetzens. Langsam zog er das Schwert aus der Scheide.

Uvelan nahm nur am Rande wahr, daß ihn ein blonder Franke bedrohte. Er vergaß auch die polabischen Krieger, die er aus seinem Versteck heraus beobachtet hatte. Er sah allein die junge Frau. Wenige Schritt vor ihm kniete sie auf dem Waldboden.

Das kupferfarbene Wollkleid, das sie trug, war nicht neu; eine schmutzigweiße Naht reichte bis über das Knie hinauf. Auch das Schläfenband, das ihr die Haare aus dem Gesicht hielt, zeigte mehr Risse als Verzierungen. Die Muster verloren sich rechts und links in den zerzausten Haaren, dunkle Haare im Ansatz über der Stirn und an den Ohren, zur Spitze hin jedoch mit goldenem Schimmer. An den Schläfen hingen silberne Ringe, blitzende, verbogene Reifen.

Aber ... da waren die Augen. Große, tiefe. Die Ränder waren von jungem Schwung, und doch lag in den Augen bereits die Weisheit, das Verständnis einer reifen Frau, ähnlich wie dunkle Steine am Flußgrund leuchten. Sie trugen die Wärme von Honig in sich, die Farbe sonnengebräunten Herbstlaubs. Ein glühendes Augenpaar, das sich in seine Stirn brannte.

Angst stand der Frau ins Gesicht geschrieben, Entsetzen. Sie hatte die Brauen hinaufgezogen, und der Mund war in leichter Öffnung erstarrt.

Dann erschrak auch Uvelan. Ein zweites Gesicht schaute ihn aus dem Antlitz der jungen Frau an, ein bekanntes, verhaßtes Gesicht. Wie hinter einer Maske war es dort verborgen, schielte neben der Nase hervor, wollte durch die Wangen brechen, aus dem Mund herausplatzen, den schönen Anblick zerstören. Da war ein Name zu diesem Gesicht, ein Name wie Gift. »Nevopor. Du gehörst zu ihm.«

Beinahe unhörbar hauchte die junge Frau: »Ich wollte dich nicht erzürnen.«

»Wo ist er?«

»Vater ist nicht mit uns gezogen, Waldherrscher.« Sie röchelte wie eine Sterbende.

Waldherrscher? Für den hielt sie ihn? So sollte es möglich sein, auch über den Riesen zu gebieten. Uvelan wendete sich ihm zu, sah nicht das Schwert an, sondern nur das Gesicht des Riesen. Er nahm ihn in einen festen Blick, eine Umklammerung. Uvelan zwang sich, Gehorsam zu erwarten, und legte diese Erwartung in seine Stimme. Fränkisch hatten sie miteinander gesprochen. Fränkisch redete auch er: »Fort mit der Klinge!«

Ein leises Ächzen entfuhr dem Hünen, und als wäre seine Hand kraftlos geworden, entfiel ihm der Schwertgriff. Die Waffe landete im Laub.

Uvelan nickte zufrieden.

Da hallten die Schreie von Sterbenden aus dem Wald. Äste brachen, schnelle Sprünge peitschten durchs Laub. Ein Mann wie ein Bulle brach aus dem Gebüsch, gefolgt von einem fränkischen Mönch und einer zarten Männergestalt. »Die Wenden!« schrie der Mönch. »Lauft!« Kaum hatten sie den Hünen und die Knieende erreicht, strömten polabische Krieger durch die Sträucher, in der Linken geflochtene Schilde mit Buckeln aus Holz, in der Rechten wuchtige Äxte, die Schneide lang ausgezogen und oben spitz zulaufend. Von überallher kamen sie und schlossen Uvelan und die Franken ein. Der Bulle und der Zartgebaute ließen die Schwerter sinken.

Einer der Polaben lachte. Ein dunkles, grimmiges Lachen. Seine Axt schien mit ihm zu lachen, zitterte, blitzte. Die Krieger traten näher.

Uvelans Gedanken stürzten durcheinander. Auch die Polaben kannten den Waldherrscher. Vergab es der Himmelsschmied, wenn er sie täuschte? Er schluckte, schloß einen Atemzug lang die Augen.

Unruhig lockerte er die Krallenhände und die Schultern. Dann senkte er den Kopf, daß fast das Kinn seine Brust berührte, kehrte die Handflächen nach oben, und begann ein Knurren. Allmählich ließ er es zum Schrei erwachsen. Dabei hob er die Hände hinauf, als wollte er den Himmel packen. Er sah seinen verfilzten, von grünen Pflanzenteilen durchwachsenen Bart zittern, spürte seine eigene rauhe Stimme durch den Brustkorb dröhnen und aus der Kehle stoßen. Der Schrei endete in einem heiseren Krächzen, das aus dem Wald widerhallte.

Endlich hob er den Blick. Er sah die Gesichter der Polaben aschfahl werden, sah ihre Kinnladen fallen. Einer nach dem anderen ging in die Knie. »Waldesherrscher.« Sie stöhnten dieses Wort ehrfürchtig, todesgewiß.

Uvelan streckte die schwarze Krallenhand aus, ließ sie über die Knieenden hinweg im Kreis schweben. Er verharrte einen Augenblick, dann hob er die Hand zu den Baumkronen hinauf. »Bei den Bäumen des Waldes, den alten, ehrwürdigen«, sagte er, aufs genaueste den Dialekt der Polaben formend. »Bei den Tieren, dem Ur, dem Wisent, dem Hirsch, dem Luchs und dem Eber, bei den Geistern, die die Götter fürchten: Diese«, und er zeigte auf die junge Frau und ihre Begleiter, »werden leben.«

Ohne ein Wort der Widerrede senkten die Polaben die Köpfe.

»Eure Bluttat ist beendet. Kehrt heim!«

Ein Krieger hob die verfärbte Axt. »Sie werden nicht schreien, Waldesherrscher. Gestatte mir, sie lautlos zu köpfen.«

»Nein!« donnerte Uvelan.

»Wir opfern ihre Leiber, dazu ein Schaf und eine Ziege. Kann dich das besänftigen?« fragte ein anderer.

Uvelan trat auf ihn zu. »Hast du meinen Willen nicht vernommen?«

Der Bedrohte hob die Schultern, wisperte um Vergebung.

»Gebt sie in meine Hand, Polabenkrieger. Und verlaßt diesen Ort! Mächtige Geister wohnen hier, mit denen ich Zwiesprache halten möchte. Wollt ihr, daß sie eure Seelen rauben und euren Familien nachsetzen bis in die Zeit der Urenkel?«

Die Krieger erhoben sich, zogen sich unter Verbeugungen zurück. Einige murmelten Gebete.

»Zürne uns nicht.«

»Verschone uns.«

Zurück blieb tiefe Stille.

Der Mönch war es, der die Ruhe brach. Alena sah ihn das silberne Kreuz vor der Brust in die Höhe heben. Es zitterte in seinen Fingern. »Was auch immer du bist, Kreatur des Bösen, ich verbanne dich in die Höllen Satans!«

Langsam atmete der Waldherrscher aus, blickte den Mönch an. »Ich bin kein Geist Černobohs. Und wenn ich es wäre, wie könntest du Menschenwurm dir herausnehmen, mich zu reizen?«

»Kehre dahin zurück, wo du herkommst, Dämon!«

Der Waldherrscher lachte. »Fürchtest du dich?«

»Keine Kreatur der Finsternis kann mir Schaden zufügen. Ich bin ein Botschafter Gottes.«

»Deine Undankbarkeit ist unerträglich. Ein Pestgestank bist du, nichts weiter.« Er wandte sich zum Gehen. »Unverdient erhaltet Ihr Euer Leben – dankt dem Himmelsschmied dafür.«

»Wer bist du? Mit welcher Macht hast du die Polaben vertrieben?«

Ohne Antwort schritt der Waldherrscher davon, und die Bäume neigten ihre Zweige vor ihm.

7. Kapitel

»Laßt uns von hier verschwinden«, keuchte Embricho. »Die Wenden werden wiederkommen.«

Alena stand auf. »Sie werden Euch kein Haar mehr krümmen. Der Waldherrscher hat gesprochen.«

Bruns Gesicht verfinsterte sich, Audulf murmelte tonlose Worte. Auch der Mönch prallte zurück, haspelte: »Fränkisch? Du sprichst Fränkisch? Die ganze Zeit ...«

»Eine Schurkin, ein Schlitzohr!« Audulfs Stimme überschlug sich. »Sie spricht Fränkisch! Man kann den Menschen nicht trauen, das sagt das Erdvolk wieder und wieder. Haben sie nicht recht? Sie haben recht.«

»Du kennst den Mann?« fragte Embricho. »Plötzlich bist du vor ihm in die Knie gesunken.«

»Jeder kennt ihn. Schon den Kindern raunen die Alten von ihm vor.«

»Ist es ein König?«

»Er ist der Herrscher der Waldgeister.«

»Unsinn. Ein Mensch kann keine Geister bezähmen.«

»Natürlich nicht.« Sie wisperte ehrfürchtig: »Der Waldherrscher ist auch kein Mensch, sondern selbst ein Geist, ein mächtiger.«

»Ein Dämon«, zischte Tietgaud. »Habe ich es nicht gesagt? Natürlich verstellt er sich; er wollte es nicht hören, als ich sein wahres Wesen beim Namen nannte.«

Embricho hob das Schwert vom Boden auf. »Wir haben also nichts mehr zu fürchten?«

Die Polaben würden seinem Wunsch gehorsam folgen, bestätigte Alena.

»Dann laßt uns umkehren.«

Der Marder kniff die Augen zusammen. »Was soll das heißen, Embricho? Umkehren?«

»Es sind alle tot. Welchen Sinn macht es weiterzuziehen? Begraben wir sie und kehren dann zurück nach Magdeburg.«

»Das werden wir nicht tun. Wir verlassen dieses Land erst, wenn Rethra zerstört ist.«

»Rethra zerstört? Tietgaud, seid Ihr blind? Seht Ihr nicht, was Ihr angerichtet habt? Tote, Tote, Tote! Warum mußtet Ihr Magdeburg verlassen? Die Gegend um den Vorposten herum ist heidnisch genug, Gott sei's geklagt. Es gibt kaum mehr Pfarrkirchen dort, als die Elbe Goldklumpen ans Ufer spült. Konntet Ihr nicht in diesem riesigen Pfarrsprengel Christus predigen, vielleicht ein Kloster gründen? Was hättet Ihr erreichen können! Der Bischof von Halberstadt hätte es Euch mit höchster Achtung und Geschenken gedankt. Aber nun: Was soll ich Haldemar sagen? Wie trete ich dem Kastellan unter die Augen? Sagt mir das.«

»In Magdeburg bleiben? Embricho, ich komme aus Corbeia Nova. Das ist eine Verpflichtung!«

»Nichts als Gerede.«

»Gerede? Denkt an Ansgar, den ersten Leiter der Klosterschule von Corbeia Nova.«

»Irgendein Ansgar kümmert mich nicht.«

»Schämt Euch, wenn Ihr ihn nicht kennt. Ansgar verließ wie ich die Wälder der Heimat. Er reiste in den hohen Norden hinauf, brachte den Jütländern, den Schweden, den Dänen den wahren Glauben. Vor fünf Jahren starb er als Erzbischof von Hamburg.«

»Und Ihr möchtet ebenfalls Bischof werden?«

»Ihr wagt es! Würde ich nach Macht und Ansehen streben, wäre ich dann nicht am Hof meines Vaters geblieben? Oder in Corbeia Nova? Die Besitztümer meines Klosters reichen von den Weinbergen im Süden bis hin zu Ländereien im Friesland – das ist Macht, nicht diese finsteren Wälder hier.«

»Ihr klingt gerade so, als wärt Ihr Abt und nicht einfacher Mönch.«

»Ich weiß sehr wohl, was der Unterschied ist. Das Leben als Mönch bedeutet, unter dem Joch der Regel und unter der Leitung eines Abtes seinen geistlichen Kriegsdienst zu leisten, wie der ehrenvolle Benedikt von Nursia uns tun hieß. Ich habe meine *promissio* gegeben, und ich werde mich daran halten. Mein Auftrag ist die Bekehrung der Wenden – nichts wird mich davon abbringen.«

»Nicht einmal der Tod von zwanzig Männern weckt Euch aus Eurem Traum? Ihr tragt die Schuld an unserem Untergang, Ihr allein.«

»Was für ein Krieger Ihr seid!« spottete Tietgaud. »Seht Ihr nicht die Ehre, die es in sich birgt, die Ehre, für den wahren Glauben zu sterben? Es gibt nichts Größeres.«

»Hat Euch Euer Abt nicht nach *Magdeburg* gesandt? Was tut Ihr *hier*?«

»Ich ging nach Magdeburg, um im fränkischen Kastell Hilfe für meine Unternehmung zu erlangen. Das ist der einzige Grund. Und es ist mir gelungen – sehe ich davon ab, daß der mir mit besten Worten empfohlene Anführer fortwährend meinen Anweisungen widerspricht.«

»Ich gehorche Kastellan Haldemar, dem ich viel verdanke. Von sinnlosem Sterben hat er nichts gesagt.«

»Ihr würdet nicht einmal die einjährige Probezeit in Corbeia Nova bestehen. *Oboedientia utere*, übe Gehorsam!«

»Ich bin kein Mönch und werde auch nie einer sein.«

»Das bedeutet nicht, daß Ihr von der Pflicht zum Gehorsam entbunden seid.«

»Ich weiß wohl, was Gehorsam ist. Laßt Euch gesagt sein: Ihr werdet den Tod dieser Männer vor Gott verantworten – nicht ich.«

»Es sei. Begraben wir die Toten, und dann auf nach Rethra.«

»Nein. Wir kehren um. Vier Männer sind geblieben – es ist Zeit, daß Ihr Euer Unterfangen aufgebt.«

»Wartet, hört mir zu!« platzte Alena heraus. »Ich kann Euch helfen. Ich führe Euch nach Rethra. Man wird Euch dort empfangen.« Sie begegnete Embrichos blauem Zimbelkrautblick, und alles, was sie sagen wollte, verknotete sich in ihrem Kopf.

»Uns empfangen?« Der Marder runzelte die Stirn. »Wie soll das gehen?«

»Ich kenne Rethra und seine Rituale. Ich kann Euch helfen, dort Zuhörer zu finden. Habt Ihr nicht gesagt, dieser Ansgar berichtete den Völkern im Norden von Eurem Gott? Wenn es das ist, was Ihr wollt, habt keine Sorge. Ihr müßt nicht kämpfen. Man wird Euch aufnehmen, und ich werde Euch Zugang zu den Führern der Tempelburg verschaffen.«

Da hellte sich das Gesicht des Mönchs auf: »Gepriesen sei Gott! Unsere Mission ist nicht verloren.« Er funkelte Embricho an: »Seht Ihr? Es gibt einen Weg, wir brauchen nicht umzukehren.«

»Laßt uns die Toten begraben.« Müde wies der Hüne zum Lager.

Zuerst fanden sie Ebo. Er lehnte immer noch an dem Baum, unter dem er in den Abendstunden seine Wache begonnen hatte. Aber inzwischen umgab ihn eine Blutlache, und der Körper endete am Hals. Ebos Kopf fehlte. Alena blieb stehen, ließ die anderen weiterlaufen, die vor Erschütterung nicht sprechen konnten. Sie wußte. Sie mußte nicht nachschauen.

Alle würden ohne Kopf sein. Die Polaben trugen die abgetrennten Häupter zurück zur Burg, stiegen in Boote und ruderten zu den Pfählen, die rings um die Insel ihre Spitzen aus dem Wasser streckten. Unter dem Jubelgeschrei der Burgbewohner würden sie die fränkischen Hälse auf die Pfähle rammen, daß die Gesichter sich mahnend von der Burg abwandten und jeden Besucher glotzenden Auges von der Kampfeskraft der Polaben überzeugten, jeden, der die lange Brücke zur Burg zurücklegte und entlang des Walls wanderte bis zum Tor. Der See würde das letzte Blut der Toten kosten und es wie Nebelschwaden verwischen. Seine Wellen würden ihr Antlitz wiegen, es anklagend in den Himmel werfen, verzerren, es teilen und brechen.

Wenn der Fürst es wünschte, würden die Krieger einen Kopf, der ihnen besonders schön erschien, zum Heiligtum hinter der Burg tragen, auf den Inselausläufer, der den Tempel beherbergte, und ihn dort der Göttin Siva weihen.

Ein Beben im Bauch war es erst, dann verzog sich ihr Gesicht und die Kehle krampfte sich zusammen. Nach einem kurzen, heftigen Atemstoß flossen die ersten Tränen. Immer heftiger weinte Alena. Sie taumelte weiter, stolperte halb, halb ließ sie sich willentlich fallen. Am Boden kauernd, weinte sie, atmete in Stößen.

Sei hart! sagte sie sich. Du bist die Tochter des höchsten Priesters! Welchen Grund hast du, über die Rache Svarožićs zu erschrecken, du, die du den göttlichen Geber der Gesetze kennst und verehrst, du, die du dem Feuerherrn näher bist als irgend jemand sonst, Vater ausgenommen. Es wird ihn erzürnen, daß du flennst, anstatt ihn für sein Handeln zu loben!

Je mehr sie sich zusammenzureißen versuchte, desto ungehemmter flossen die Tränen. Sie schluchzte wie ein Kind.

Endlich, als ihr Kopf leer geworden war, als er sich anfühlte wie eine ausgeschüttete, hohle Schale, konnte sie ruhiger atmen. Bald darauf hörte sie neben sich jemanden in die Hocke gehen. »Ihr vergießt Tränen um unsere Krieger?«

Alena sah Embricho an, schüttelte wortlos den Kopf. Sie bemühte sich, langsame Atemzügen zu nehmen, schluchzte gegen ihren Willen. Mit dem Ärmel wischte sie sich über das nasse Gesicht.

»Überall fehlen die Köpfe.«

»Ich weiß.«

»Warum tun sie das? Warum schneiden sie die Köpfe ab?«

Langsam konnte sie klarer sehen, bemerkte die Schatten der anderen. Es standen alle um sie herum.

»Ihr Wenden seid Barbaren!« Der Mönch spuckte auf den Boden. »Wo gehen sie hin mit den Köpfen? Zu einem düsteren Ritualplatz?«

Alena erhob sich. »Sie spießen sie auf Pfähle auf. Pfähle am Burgtor.«

Ein Gesicht hatte es gegeben, das hatte sie oft nachts im Traum gesehen: verschrumpelt, verwesend und doch mit deutlich gefletschten Zähnen, den Blick wütend auf jeden Betrachter gerichtet. Ein Obodrit war es gewesen. Niemand hatte ihr verboten, das Haupt des feindlichen Kriegers zu betrachten, obwohl sie kaum sprechen und gehen gelernt hatte und nicht recht in der Lage war zu begreifen, daß jener ein Mensch gewesen sein mußte wie sie. Auf einem Pfahl vor dem Westtor der Hauptburg schwankte der Kopf im Wind, als hole der dünne Stamm aus, ihn von sich zu schleudern. Sie war schreiend fortgerannt, aber das Bild schlich ihr nach, verfolgte sie. Immer dann tauchte es aus ihrem Gedächtnis auf, wenn sie es am wenigsten gebrauchen konnte: Wenn es dunkel war, wenn sie allein war im Haus, weil Vater sich bis in die Nacht mit den Priestern besprach. In solchen Stunden schaukelte es über der Schlafbank in der Luft und hauchte sie mit giftigem Atem an.

»Aber warum?« stammelte Audulf. »Warum sollten sie so etwas tun?«

Sie zuckte die Achseln, den Geschmack von Tränen im Mund.

Es war, als brachte das Grauen die Worte zum Versiegen. Den ganzen Tag sprach niemand mehr, schweigend arbeiteten sie, gruben Löcher mit den bloßen Händen, nutzten die Schwerter, um Wurzeln zu zerhacken, schleppten Steine heran. Der hereinbrechende Abend trieb zu immer größerer Hast an. Als sie den letzten Franken begraben hatten, war das Sonnenlicht dem fahlen Schein des Mondes gewichen.

Der Mönch knüpfte einen abgerissenen Zügel von einem der Äste und trat an Alena heran. »Kreuzt Eure Hände im Rücken.«

»Ich habe den ganzen Tag mit Euch gearbeitet«, murrte sie, »habe Franken begraben, die ich Redarierin bin. Habe ich versucht zu fliehen? Warum wollt Ihr mich fesseln? Habe ich Euch nicht versprochen, Euch zu führen?«

»Es wird Nacht.«

»Die slawischen Fürsten wollt Ihr zum Glauben an Euren Gott bekehren, aber für mich interessiert Ihr Euch scheinbar nicht im geringsten. Erwartet Ihr, daß ich Euren Worten lausche, während Ihr mich gefangen haltet?«

Erstaunt ließ der Marder die Hände sinken.

»Ihr habt mein Wort, daß ich nicht fortlaufe. Ich führe Euch nach Rethra.«

Im vernarbten Gesicht mahlten die Kiefer, die Stirn zeigte Falten.

»Vertraut mir.«

Schließlich nickte Tietgaud. »Es sei.« Er drehte ihr den Rücken zu und breitete die Arme aus. »Beten wir für die Seelen der Ermordeten.«

Die vier Männer knieten sich in der Form eines Kreuzes ins raschelnde Laub, die mondbleichen Gesichter einander zugewandt. Sie falteten die Hände über den Schößen und schlossen die Augen. Es war still.

»Darf ich ...«, raunte Alena, »darf ich mit Euch beten?«

»Natürlich.« Der Mönch rutschte auf den Knien ein Stück beiseite und wies mit der Hand neben sich. Er verzog die Mundwinkel zu einem feinen Lächeln.

Sie kniete nieder. »*Otedaji* Svarožić«, hauchte sie, »vergib«, und schlug zum Schutz mit der Hand in die Luft. Es würde nützen, das Vertrauen der Franken zu erlangen. Der Dreiköpfige mußte das verstehen. Sie schloß die Augen.

»Unsere Gefährten haben heute den Tod gefunden, o Gott.« Der Mönch sprach etwas lauter, als redete er mit jemandem, der drüben bei den Gräbern stand. »Warum hast du das zugelassen? Ist es dein Wille, unseren Zug zu verkleinern, wie du das Heer Gideons zusammenschrumpfen ließest? Dann wollen wir nicht den Mut verlieren. Aber wir bitten dich, die Seelen unserer Mitstreiter zur Schar der Geretteten zu zählen. Laß sie dir nicht entreißen im Streit mit dem Bösen! Wenn er darum kämpft, sie zu gewinnen, bevor in diesen Jahren das letzte Gericht anbricht, beweise du deine Liebe und Kraft, und vergib ihnen ihre Fehler. Denke daran, daß sie für dich ihr Leben verloren haben im Gebiet der Heiden. Und begleite auch uns, die wir leben. *Nam et si ambulavero in medio umbrae mortis non timebo mala, quoniam tu mecum es virga tua et baculus tuus: ipsa me consolata sunt.* Wenngleich ich wandere im Tal von Finsternis – ich fürchte nicht Böses, denn du bist bei mir: Dein Stab und deine Stütze, sie trösten mich.«

Am Morgen war mit dem Pfeifen der Vögel und den unnachgiebigen Sonnenstrahlen jede Würde von den Gräbern gewichen: Sie erwiesen sich als mit Steinen und Laub aufgeworfene Haufen, unbeholfene, ausgefranste Hügel. Tietgaud schritt eckig von einem Grab zum anderen, als wollte er die Toten noch einmal zählen, dann bellte er: »Versteht Ihr jetzt, Embricho, warum ich unbedingt nach Rethra muß? Rethra ist der Kern dieser Götzendienerei, der Kopf der Schlange. Es ist Zeit, daß sie ihr Leben aushaucht.« Der Hagere klopfte die trockenen Blätter und Zweige von seiner schwarzen Kutte, rief Alena heran. Und so brach die Gruppe auf: Wandernde entlang des schmalen Bands, das als Weg durch die Wälder und Moore pflügte. Andere reisten, unsichtbar für sie, beiderseits der Straße mit. Ein Rudel Wölfe, das das letzte Wisent vor Wochen gerissen hatte und auf leichte Beute hoffte. Ein Fuchs, der die Überreste menschlicher Jagdbeute zu fressen gelernt hatte. Zwei polabische Späher, die beauftragt waren, den Fremden zu folgen.

Zur rechten Seite des Wegs wich der Wald einer sumpfigen Niederung, *zagost* genannt. Dort glitzerte Wasser zwischen langen Gräsern, und Froschstimmen knatterten weit ihre Ansprüche über die Ebene. Das Gefieder von Störchen hob sich weiß vor den Wäldern am südlichen Horizont ab: Ein gutes Dutzend sanft schreitender Vögel, die auf den Feuchtwiesen nach Fröschen spießten.

Wo der Weg sich anschickte, wieder in den Wald einzutauchen, kreuzte ihn eine zweite Straße. Sie führte im Nordwesten ins Gebiet der Wagrier und weiter zur fränkischen Feste Haithabu. Im Südosten überquerte sie die Stepenitz, den Grenzfluß zwischen den Polabenstämmen und dem Gebiet der Obodriten, und passierte dann die Obodritenburg Zwerin. Diese Richtung schlug Alena ein.

Trotz des fabelhaften Wetters und der Gegenwart der Franken fühlte sie sich allein. Was wußten sie davon, welchen Gefahren Alena in der Nähe Zwerins ausgesetzt sein würde und wie abenteuerlich es war, als Redarierin in Begleitung von vier Franken das Obodritenland zu durchqueren? Wie Kinder waren sie, die die Sorgen der Mutter nicht kümmerten.

Mutter! Das einzige, was ihr von ihrer Mutter geblieben war, war der Name Alena. Sie wußte nicht, wie die Mutter ausgesehen hatte, konnte sich an den Klang ihrer Stimme nicht erinnern. Vater hatte ihr erzählt, sie sei groß und schlank gewesen. In Alenas Vorstellung flossen ihre Haare lang den Rücken herab, länger noch als die eigenen, aber von der gleichen Farbe, die bei Sonnenschein golden leuchtete und in der Dämmerung dunkel war. Warme, tiefe Augen mußte die Mutter gehabt haben und einen Mund, der meistens schwieg. Aber wenn sie sprach, mußten es sanfte Töne gewesen sein. »Nenn sie Alena«, hatte die Mutter geflüstert, als kaum noch Blut in ihrem Körper war. Das war ihre letzte Bitte gewesen. Deshalb hatte Nevopor sie ihr nicht abschlagen können. Sie hörte einfach nicht auf zu bluten, nachdem sie Alena auf die Welt gebracht hatte. Schwand langsam dahin. Wie die Farben des Tages sich auflösten am Abend, so verlor auch ihr Gesicht die Farbe, wurde blasser und blasser. Sie hatte bald nicht einmal mehr die Kraft, die Hand zu heben. Lag da wie eine Fürstin und starb. »Nenn sie Alena.«

Sie spürte die feinen, kühlen Sprenkel der Linden auf ihrem Gesicht, auf den Händen und den nackten Armen, sie roch den herben Duft der Blüten. Sicher hätte der Mönch gern die Pferde zum Einsatz gebracht, wären sie nicht von den Polaben geraubt worden.

Sie sehnte sich nach Wärme. Nach einem sicheren Arm, der sie hielt, einer Stimme, die ihr sagte, daß es alles ein gutes Ende nehmen würde. Wie viele hatten schon sterben müssen, Redarier, Franken! Auch diese vier liefen ins Verderben, geführt von der Nawyša Devka. Möglicherweise hatte der Waldherrscher sie gerettet, weil er Svarožićs Befehl gehorchte, er, das Geistwesen, das den Göttern näher war als den Irdischen. Er hatte die Franken vor den Polaben bewahrt, um das Menschenopfer in Rethra zu sichern.

Etwas kitzelte sie am Arm, dann spürte sie ein feuriges Stechen. Sie stöhnte auf, sah die Wespe gerade noch fortfliegen. »Wall und Graben, tut das weh!« Den Arm zum Gesicht erhoben, drückte sie ihre Lippen über den blutenden Stich und saugte daran. Der Speichel kühlte den Schmerz ein wenig. Als hätte sie nicht Kummer genug!

Sie löste die Lippen, pustete auf die angeschwollene, gerötete Haut. Plötzlich wünschte sie sich, Embricho würde kühle Luft auf ihren Arm blasen. Sie tagträumte sein Gesicht, die schmalen Lippen, ein sanftes Lächeln im wilden, starken Blick, wie er sie anschaute und dabei langsam, von den Fingerspitzen geführt, ihren Arm an seinen Mund hob, um den Stich heilzuküssen. Wenn seine Lippen ihre Haut berühren würden, das könnte sie nicht aushalten, sie würde es genießen und zugleich etwas fühlen, das wie ein Feuer brannte, etwas, das ein Schmerz war und eine unerträgliche Lust.

Noch einmal drückte Alena ihre Lippen auf den Stich, sanfter diesmal. Würde das Embrichos Mund sein …

»Alena?«

Sie fuhr zusammen. Embricho war unbemerkt neben sie getreten. Hitze flutete ihre Wangen.

»Nehmt Ihr ein kleines Geschenk der Wildnis an?«

Seine blondbehaarte Hand hielt einen Stengel vor ihr Gesicht: sieben weiße, zarte Glöckchen hingen daran, das kleinste an der Spitze noch geschlossen, die anderen sich vergrößernd bis zum unteren Teil des Halms. Sie schaukelten lautlos.

»Maiglöckchen«, sagte sie. »Danke.« Sorgfältig darauf bedacht, Embrichos Hand nicht zu berühren, nahm sie den Halm entgegen.

»Wir gehen dem Tod entgegen, warum sollte man da nicht freundlich sein. Danke, daß Ihr mich gestern retten wolltet. Wahrscheinlich habt Ihr's auch. Ich hätte bei dem Kampf gegen die Polaben in vorderster Reihe gestanden. Ist ein Wunder, daß Brun, Audulf und Tietgaud sich so lange halten konnten bei der Überzahl.«

»Sie sind fortgelaufen.«

»Und wenn! Ein guter Anführer hätte ihnen befohlen zu fliehen vor einer solchen Übermacht.«

Wie Mstislav, dachte Alena. Plötzlich ekelte es sie vor sich selbst. Sie hatte sich vorgestellt, vom Mörder Mstislavs, Nakons und Nelets auf den Arm geküßt zu werden! Konnten die Geister ihre Gedanken lesen? Hoffentlich waren die Redarier schon verbrannt und vergraben. Was war in sie gefahren?

»Aber ich, ich habe sie in ihren Tod geschickt. Ich hätte ahnen müssen, daß es eine Falle war.«

»Das hättet Ihr nicht. Die Polaben haben das Lager überfallen – es gab kein Entrinnen.«

Der Hüne blieb stehen. »Warum haben sie uns nicht in der Nacht angegriffen, während wir schliefen?«

»Vielleicht waren noch nicht genug Krieger versammelt. Bedenkt, sie hatten erst einige Stunden.« Alena preßte die Lippen aufeinander. Beinahe wäre es ihr herausgerutscht:

einige Stunden nach dem Hilferuf, dem Totenlied. Sie beeilte sich zu sagen: »Wenn wir annehmen, daß sie uns vorgestern entdeckt haben.«

»Und weshalb haben sie ausgerechnet dann angegriffen, als ich fort … Natürlich!« Er schlug sich mit der flachen Hand an die Stirn. »Sie haben gesehen, daß ich mit Euch in den Wald ging, und haben den Augenblick genutzt. Hätte ich das Lager doch nie verlassen!«

Der Hüne erschien Alena plötzlich abstoßend. Waren seine Schultern nicht leicht gekrümmt? Hatte seine Stimme nicht einen weinerlichen Beiton? Mit einer raschen Bewegung schleuderte sie das Maiglöckchen an den Wegrand. Sie lief los, drehte sich noch einmal um, fauchte: »Wenn Ihr lieber tot wärt, bitte schön, hängt Euch am nächsten Baum auf.«

»Wartet! Entschuldigt. Ich bin Euch dankbar, wirklich.«

Schweigend schritten sie nebeneinander her. Der herbsüße Duft der Lindenblüten verband sich mit der Mittagswärme. Alena fühlte sich, als klebte er auf ihrer Haut im Gesicht, unter den Achseln, auch dort, wo der Gürtel ihr das Wollkleid auf den Bauch drückte. Es war kein angenehmer Duft, und es war keine angenehme Wärme. Die schwachen Windstöße verschafften wenig Linderung, sie räumten die Schwüle nur um, hoben sie kurz an, so daß sie sich neu herniedersenken konnte auf alles, was lebte und aufrecht lief.

War Embrichos Haltung nicht etwas Besonderes? Er strebte danach, die Verantwortung für den Tod von zwanzig Kriegern zu übernehmen, wo andere jede erdenkliche Lüge genutzt hätten, um die Schuld von sich zu weisen. Welcher Vergleich: ein Mann wie der Hüne, und ein Halbwüchsiger wie Cozilo. Embricho würde Mieskos Sohn im Genick packen und in die Höhe heben, um ihn zu schütteln. Daß der Hüne dennoch etwas Kindliches an sich hatte, sich seiner Sache nicht vollständig sicher war, machte ihn liebenswert. »Was sollte die Blume überhaupt?«

»Weiß ich auch nicht.« Embricho löste sich, ging nach

vorn zu Tietgaud, ließ sie allein. Alena sah seine Schultern, den Nacken. Wie er den Kopf aufrichtete, wie er sich streckte, das schien zu sagen, daß er sich für das Gespräch schämte, und nicht in einer Weise, die für sie wünschenswert war.

Sie durfte ihn nicht ansehen! Er war das Opfer, sie die Schlächterin, die ihn zum Altar führte. Wie hatte es passieren können, daß sie ihren Blick wohlwollend auf ihn legte? Nichtsnutzig war sie, unwürdig, die Tochter des Höchsten genannt zu werden. Sie wollte den Mann erwählen, der Hochpriester Rethras werden sollte? Dann hatte sie noch eine Menge zu lernen. Härte gegen sich selbst zum Beispiel.

Ohne im Gehen innezuhalten, schloß sie die Augen. Ein feines Ziehen hing ihr zwischen Lunge und Magen bei dem Gedanken, daß er sterben mußte. War es unabwendbar? Wieso gehörten sie verfeindeten Völkern an?

Frevelhaft, diese Gedanken! Sicher lag es daran, daß sie zu lange getrennt gewesen war von Rethra, fern dem Tempel des Lichtbringers, fern ihrem Volk. Mein Volk, dachte sie. Es mußte ihr wichtiger sein als ein einzelner Mann, der ihr zufällig gefiel. Sie war die Nawyša Devka!

»Was habt Ihr vor, Tietgaud?« hörte sie Embricho sagen.

»Zu viert können wir nicht mehr das Schwert sprechen lassen. Ich denke, ich werde den barbarischen Priestern in Rethra Christus predigen. Wenn wir im Frieden kommen, werden sie uns wie Gäste behandeln, und sie werden erkennen, daß sie leblosen Götzen gehuldigt haben.«

Wie verblendet der Mönch war! Kennte er Vater, er wüßte, daß er nicht ein Wort sprechen würde von seinem seltsamen Gott. In die höchste Tempelburg der slawischen Stämme einzufallen? Sie schüttelte den Kopf.

»Und wenn sie uns nicht wie Gäste behandeln? Wenn sie unsere Häupter abschlagen und auf Pfähle aufspießen wie die der anderen? Habt Ihr die Wendin nicht gehört?«

»Wendin?« donnerte Alena.

Erschrocken wandten sich der Mönch und Embricho um.

»Eure Weisheit macht einer Strohpuppe Ehre, Embricho! Wünscht Ihr, daß ich Euch in Zukunft Däne nenne und mich einen feuchten Dreck darum schere, ob Ihr Franke seid oder Sachse oder Westgote?«

»Was ist mit Euch?«

Alena spie jede Silbe mit eigenem Gewicht: »Ich bin Re-da-ri-er-in! Und von allen Völkern im Slawenland möchte ich keinem anderen angehören, auch nicht in Eurem Mund. Habt Ihr das verstanden?«

Sie erwartete eine wütende Erwiderung, ein verständnisloses Stirnrunzeln im geringsten. Nichts davon geschah: Der Hüne lachte. Seine Augen glichen zwei ruhigen, blauen Seen, als er sagte: »Ich habe Euch verstanden, Alena, Redarierin.«

»Gut.« Sie mußte den Blick abwenden, und während der Marder und Embricho längst wieder ins Gespräch vertieft waren, packte sie die wahnwitzige Vorstellung, vor ihrem Vater zu knien, ihn anzuflehen, Embricho, nur diesen einen, am Leben zu lassen.

Unweit des Weges erhoben sich Schwärme von geflügelten, roten Ameisen in die Luft. Tag für Tag waren die jungen Königinnen und die Männchen eifriger auf Grashalme hinaufgeklettert, auf Sträucher, wurden unwiderstehlich angezogen von der Höhe. Tag für Tag hatten die Flügellosen sie zurück ins Nest geholt. Bis zu diesem Zeitpunkt, an dem die Sonne richtig stand und allen Nestern des Waldes das Zeichen zum Hochzeitsflug gab. Da flogen sie auf, die roten Ameisen, die Königinnen, die den Rest ihres Lebens in einer dunklen Kammer unter der Erde verbringen würden, die Männchen, für die der Flug der Abschluß ihres kurzen Lebens sein würde. Ganze Wolken bildeten sie, Wolken, die über die Wipfel der Bäume hinaufstiegen, die sich dem Wind preisgaben, dem Wind, der den Duft anderer Ameisenvölker in sich trug.

Unter ihnen bildeten Dutzende Dörfer kleine Inseln im Wald rechts und links des Weges, reihten sich wie Perlen auf eine Schnur beiderseits der Flüsse und Bäche auf, hingen wie Jungtiere an Zitzen an den Ausläufern der Seen, rangen um das Wenige, das es zum Leben gab im Sumpf und im dichten Wald.

Es war das Grenzgebiet zwischen den Polabenstämmen im Westen und den Obodritenstämmen im Osten, getrennt nur durch einen Seitenarm der Stepenitz, einen Wiesenfluß, der Arme und Ausläufer in die sumpfigen Heiden und Waldstücke zu beiden Seiten ausstreckte. Einst hatten die Polaben zum Königreich der Obodriten gezählt, zusammen mit ihren Brüdern, den Wagriern, bis ein großer Streit die Völker trennte. Die Ortschaften, die die Polaben errichteten, duckten sich kärglicher unter das Firmament als die der Obodriten, dennoch waren die zähen Krieger der Polaben bei ihren Nachbarn nicht wenig gefürchtet.

Die großen Burgen wie das obodritische Reric oder die polabische Racesburg waren weit entfernt. Drohte ein Überfall, so vergruben die Dorfbewohner hastig, was sie nicht mitnehmen konnten, und zogen sich in den Wald zurück. Manches der wenigen Rinder hier an der Grenze hatte bereits mehrfach den Fluß überquert, zählte mal zum Besitz eines obodritischen Dorfvorstehers, dann gehörte es wieder einem polabischen Zupan. Einige Dörfer lagen verwüstet da, und der Wald eroberte mühevoll gerodete Felder zurück.

Und doch wußten die Menschen zu leben. Sie jagten den Auerochsen, den Luchs und den Bären, fischten in den Seen, schoren Schafe, sponnen Wolle, pflügten ihre Felder und pflanzten Gärten an.

Alena war ihr Leben fremd, sie war zum Herrschen erzogen. Tietgaud war es ebenfalls unbekannt, er gehörte in die Kirche Corbeia Novas, in der die Mönche im Winter weißen Atem hauchten, weil sie ungeheizt war, und sich dennoch glücklich wähnten. Brun hatte sich von Handwerk und Feldarbeit abgewendet, und Audulfs Denken kreiste einzig um die glitzernden, unterirdischen Paläste, um die roten Nebelkappen der verborgenen Erdmänner und Erdfrauen.

Auf ihm unbekannte Art verbrüdert mit dem wilden Menschenschlag der slawischen Wälder war allein Embricho. Er war als vierter Sohn eines Bauern aufgewachsen, hungernd, arbeitend, schmutzig und dennoch frei. Als die kargen Felder die Familie nicht mehr ernähren konnten, fand er Aufnahme im Magdeburger Kastell, versorgte die Pferde, wurde vom Kastellan im Schwertkampf unterwiesen. Er war es gewohnt, dem Leben seinen Platz abzutrotzen. Erfüllte es ihn auch mit Schrecken, seine blanke Haut verteidigen zu müssen – es war nichts, was ihm neu gewesen wäre.

Und in einer seltsamen Art von Gerechtigkeit würde Gott ihn belohnen, vielleicht, weil er nach einer maßvollen Form von Glück strebte. Anders als Alena, deren Becher in jungem Alter fast ausgetrunken war und die deshalb für den Rest des Lebens mit einem kleinen Schluck würde auskommen müssen, hatte Embricho lange gedurstet und war so bewahrt vor dem erschrockenen Blick auf den leeren Boden eines Trinkgefäßes.

8. Kapitel

Behutsam tauchte Uvelan die Hand ins Wasser, führte sie zum Mund und trank. Das kühle Naß tropfte in seinen Bart, rann kitzelnd am Hals herunter. Der erste Schluck war köstlich gewesen, je mehr er aber trank, desto stärker wurde der Beigeschmack von Sand und verrottenden Pflanzen.

Ein leiser Ton erklang in den Zweigen über ihm, beinahe menschlich, wie ein stilles »Nanu?« Uvelan blickte hinauf. Vom untersten Ast einer Schwarzerle, die weißbehaarten Füße in die Rinde gekrallt, blinzelte müde ein Waldkauz herunter. Der Vogel löste einen Fuß, zog ihn an den Bauch, dann setzte er ihn behutsam wieder auf. Er schloß die Augen, öffnete sie.

Und wenn es kein Traum gewesen war? Uvelan fuhr sich mit den Fingern durch den Bart. Wenn er wirklich an einem Seeufer Gegenstände vergraben hatte?

Weil er es gewußt hatte. Er hatte gewußt, daß sie ihn verfolgten ... Er war auf der Flucht gewesen.

Fünf weiße, dünne Birkenstämme, entweder im Traum oder in der Wirklichkeit.

Uvelan stand auf. Der See mußte in der Nähe sein. Auf der Flucht war er auch hier vorbeigekommen. Er stolperte vorwärts, rutschte vom Ufer ab und trat mit lautem Klatschen ins Wasser. Rasch zog er seinen Fuß wieder heraus, eilte weiter. Als das Unterholz dichter wurde, die ineinandergewachsenen Dornensträucher am Ufer ihm den Durchlaß verwehrten, zog er sich die Schuhe aus und sprang in den Bach hinein. Das Wasser griff kalt nach seinen Knöcheln, so kalt, daß ihm der Schlamm am Boden wie eine warme, weiche Haut erschien. Uvelan lief schnell. Matsch und Wasser spritzten bis zu den Händen hinauf.

Trat er auf Steine und die Füße schmerzten vom harten Aufprall, so freute er sich. Es war, als würde der Weg, je heftiger er ihn fühlte, umso schneller vorübergehen, als würden die Schmerzen sein Vorankommen beschleunigen. Er kümmerte sich nicht darum, ob Dornen ihm die Hände zerstachen, wenn er die Zweige von Sträuchern zur Seite bog. Grimmig nahm er zur Kenntnis, daß die Kälte des Wassers die Beine betäubte.

Erst als das Dickicht sich wieder lichtete, kletterte er ans Ufer. Zuerst fühlte er die Schuhe nicht, empfand harte Zweige am Boden wie weichen Sand, und es fiel ihm schwer, im Laufen das Gleichgewicht zu behalten. Allmählich kehrte die Empfindung aber in seine Füße zurück. Längst verspürte Uvelan mit jedem Atemzug ein Stechen in den Seiten.

Aber da war er, dort vorn, der See! Ein heller Streifen zeigte sich zwischen den Bäumen, ein weißblauer Strich, und die Luft war von frischer Kühle.

Hatte er nicht sich selbst in jenem Loch vergraben? Wenn er es fand, dann würde er seine Vergangenheit, sein Leben, seine Jugend finden. Uvelan lachte irr.

Einige Enten flogen laut flügelschlagend auf, als er das Ufer des Sees erreichte. Vier Schwäne glitten mit entrüstet erhobenen Köpfen zur Mitte des Gewässers. Es mußte der See sein. Der richtige See.

Wie eine Nuß, die in ihrer Schale klappert, so donnerte Uvelans Herz gegen die Rippen. Er ging am Ufer entlang, besah sich die Bäume. Stieleichen, dachte er, ja, die mochten den feuchten Boden. Und wo waren die Birken?

Er hatte den halben See umlaufen, als er auf drei Birkenbäume stieß. Es waren dicke, alte Stämme, die Äste steil in den Himmel gestreckt, die weißgefleckte Rinde mit Knollen und Rissen übersät. Fünf mußten es sein!

Aber war nicht viel Zeit vergangen? Konnte es nicht

sein, daß zwei der Birken einem Sturm zum Opfer gefallen waren oder den Geweihen der Hirsche, wenn sie sich den Bast abstreiften?

Uvelan schloß die Augen. Eine Täuschung, jenes Loch, ein Traum? Er öffnete sie wieder, lief einige Schritte mit steifen Knien, als zählte er eine Entfernung, obwohl er tatsächlich nur auf eine Stimme wartete, die ihm sagen würde: Hier.

Er drehte sich im Kreis, sah nach den Bäumen. So hatte es im Traum ausgesehen, so standen sie, fünf zwar und nicht drei, aber in dieser Entfernung. Langsam ließ er sich zu Boden sinken und begann zu graben.

Erde schob sich ihm schmerzhaft unter die Fingernägel. Spitze Steine bohrten sich in seine Haut, Laufspinnen und Käfer flohen, Würmer wanden sich. Nichts.

Uvelan sah wieder zu den Birken hinüber. Nach kurzem Überlegen rückte er um eine Armlänge zur Seite und grub erneut. Nichts.

Ein drittes Loch.

Ein viertes.

Ein fünftes.

Die Arme wurden ihm schwer und schmerzten. Er schwitzte, grub mit zusammengepreßten Lippen und fest verbissenen Zähnen.

Und dann plötzlich: Blut. Er hatte sich den Finger geschnitten. Tiefes Rot rann über die erdschwarze Haut. Uvelan sprang auf, hastete zum Seeufer, tauchte die Hand ins Wasser. Er rieb den Daumen so lange über den verletzten Finger, bis der beinahe sauber war. Als er die Hand aus dem Wasser hob, war die Haut wellig geworden. Das Blut, das aus dem Schnitt sickerte, vermengte sich mit den Wassertropfen zu einer hellroten Flüssigkeit, lief ihm zwischen die Finger und den Handteller herunter. Er leckte es auf. Auf der Zungenspitze kitzelte der Blutgeschmack. Uvelan blies auf den Finger, bis er trocknete und der Schnitt als heller, roter Strich zur Ruhe fand.

Mit bedächtigen Schritten ging er zurück zur Grube. Die verletzte Hand an die Brust gedrückt, beugte er sich über das Loch und wischte am unteren Ende vorsichtig Erde an den Rand. Etwas schimmerte in rotsilbernem Ton. Uvelans Atem beschleunigte sich. Mit bebenden Fingern grub er um den Gegenstand herum. Daneben stakte ein Schlangenkopf aus weißem Silber aus der Erde. Er zog daran: Ein in Ringen gekrümmter Schlangenkörper wurde sichtbar, schließlich hielt er die ganze Schlange in der Hand. Schmutz hatte sich in die feinen Muster gesetzt, die ihren Körper bedeckten. Mit angehaltenem Atem schob sich Uvelan das Silber über die verletzte Hand. Es saß wie angegossen um seinen Unterarm: Der Schwanz endete auf der Außenseite des Armes, der Kopf lag auf dem inneren Handgelenk auf.

Es war kein Traum gewesen. Die Erinnerung kehrte zurück. »Endlich.«

Er langte in die Grube hinunter, hob den rotsilbernen Gegenstand heraus. Rotes Eisen. Es war ein Messer. Ein Messer ganz aus Bronze.

Behutsam zog Uvelan es aus der hartledernen Scheide. Er mußte sich an der Spitze des Messers geschnitten haben, die aus der Scheide herausschaute. Mit dem Ärmel wischte er den Schmutz von Klinge und Griff. Die Klinge machte nur ein Drittel der Länge des Messers aus. Der Griff war am Klingenansatz und am stumpfen Ende mit Reihen feiner Dreiecke verziert, die Reihen umgrenzt von einer dreifachen Linie. Drei Symbole waren im Zentrum des Griffes in das rote Eisen eingegraben. Sie stellten Blüten dar, kreuzförmige Blüten.

Als er den dritten Gegenstand aus der Grube zog, einen ledernen Beutel, angefressen und brüchig, traf ihn wie ein Blitz die Erkenntnis, was diese Gegenstände bedeuteten. Er wußte plötzlich, was sich im Beutel befand. Er wußte, weshalb er all das vergraben hatte. Und er wußte, wer ihm das Leben geraubt hatte, wem er verdankte, daß er als Jüngling in Träume versunken und erst als Greis wieder erwacht war. Er wußte, wer Uvelan gewesen war.

Aus der Nacht war Tag geworden, und sein Verstand arbeitete nun so klar, daß ihm die kristallscharfen Gedanken weh taten, als schnitte er sich an ihren Kanten.

Nicht weit einer Hundsrose bereiteten sie ihr Nachtlager. Alena betrachtete im letzten Tageslicht den dornigen Strauch mit den riesigen Blüten: Einige waren von der Sonne weiß geworden, andere, die kleinen, erst frisch geöffneten, waren im Inneren rot gefärbt und zu den Rändern hin von einer Farbe, die zwischen Rot und Weiß lag. Sie verströmten einen würzigen Hagebuttengeruch.

»Die Wenden haben wirklich alles gestohlen«, schimpfte Tietgaud. »Die Waffen der Toten, die Pferde, das letzte Trockenfleisch.«

»Die Felle haben sie nicht mitgenommen.« Embricho sprach ruhig. Er löste die Stricke von einem Bündel und entrollte es.

»Wollt Ihr Felle essen?«

»Nein, aber auf ihnen schlafen. Morgen früh sollten wir jagen gehen.«

»Und womit, wenn ich fragen darf? Die Bögen sind weg. Wollt Ihr Euer Schwert nach einem Hirsch werfen?«

»Mir wird etwas einfallen.«

»Tietgaud?« Audulf saß mit untergeschlagenen Beinen auf einem Bärenfell.

»Was?«

»Es waren Polaben, die uns überfallen haben.«

»Woher wollt Ihr das wissen?«

»Die Redarierin hat es mir gesagt.«

»Was kümmert es mich! Es sind alles Wenden. Die Reda ...« Die Augen des Mönchs weiteten sich. »Das klingt nach Rethra.« Er wendete sich zu Alena hin. »He! Du kommst doch nicht aus Rethra?«

»Nicht alle Redarier kommen aus Rethra«, sagte Alena,

ohne ihn anzusehen. »Es ist ein Volk, ein Verband von Stämmen.«

»Das sind die Stämme, die diese Tempelburg errichtet haben, ja?«

»Ja.«

»Dann hausen sie also in den Wäldern und Sümpfen, die diese Teufelsstätte umgeben.« Tietgauds Mund wurde klein und schmal. »Was hast du so weit im Westen gesucht?«

Alena bohrte die Fingerspitzen ins Moos. »Das würdet Ihr nicht verstehen.« Jetzt krallte sie die ganze Hand in den Boden.

»Oh, ich verstehe sehr gut. Ihr wart auf einem Beutezug, nicht wahr? Ihr wolltet die Elbe überqueren und Vieh stehlen. Morden, plündern!«

Alena entschloß sich zum Gegenangriff. Sie mußte ihn ablenken. »Ihr entrüstet Euch? Ihr, die Ihr Jahr um Jahr Eure thüringischen Handlanger schickt, die wie blutlüsterne Wölfe ins Slawenland einfallen, Dörfer niederbrennen, Frauen, Kinder und Männer umbringen zu Hunderten?«

»Schhhh!« Audulf breitete die Arme aus, streckte den Rücken. Der Mund stand ihm offen, und er schloß die Augen. »Hört ihr das?«

Ein leises Donnern kam aus der Ferne näher, wurde zu einem Prasseln, zu einzelnen Hufschlägen. Auf dem Weg, kaum fünfzehn Schritte vom Lagerplatz entfernt, jagte ein dunkler Schatten vorüber. Das Donnern entfernte sich.

»Ein Reiter«, murmelte der Mönch. »Ein einzelner Reiter, wie ist so etwas möglich?«

Alena zog die Brauen zusammen. »Ein Bote.«

»Hier im Slawenland? Ihr habt Reiterboten?«

»Warum erstaunt Euch das?«

»Nun, ich vermutete Reiterboten ausschließlich bei edleren Völkern.«

Alena schnaubte. »Und die Slawen zählt Ihr nicht dazu.« Sie wartete keine Antwort ab. »Habt Dank für die Ehre, daß Ihr mich heute an Eurer Weisheit habt teilhaben lassen.«

Mit fahrigen Bewegungen schob sie das Fell zurecht, das sie auf Tietgauds Geheiß aus dem alten Lager mitgenommen hatte: den dünnen, dichtbehaarten Balg eines Hirsches. Das Gesicht vom Mönch abgewandt, legte sie sich darauf nieder, bettete die Wange auf den Oberarm. Sieben Tage mochte es noch dauern, dann würde dem Marder das Entsetzen nicht mehr aus dem Gesicht weichen. Dann würden ihr Tausende zusehen, wie sie die Franken ihrem Untergang zuführte.

Am frühen Morgen gab es Regen. Kühler Wind fuhr über Alenas Körper und weckte sie. Die Blätter zitterten an den Zweigen. Dann kamen die Tropfen. Wie winzige Finger trommelten sie auf das Laub. Spritzer um Spritzer erreichte den Boden.

Brun stöhnte einen Fluch. Auch die anderen erwachten. Aus dem sanften Rauschen wurde ein Prasseln, ein Brausen. Immer dickere, immer mehr Tropfen fielen vom Blätterdach herab.

Die Erwachten rafften die Felle, die Waffen, die Kleidung und die Rüstungsteile zusammen und trugen sie zu einem dicken Baumstamm. Hier setzten sie sich auf die Wurzelvorsprünge. Brun, Audulf und Embricho stützten, als wären sie Brüder, in der gleichen Art den Kopf auf die Hände.

»Verdammter Regen«, murmelte Embricho.

Brun brummte zustimmend, und Audulf seufzte. Dann schwiegen sie, dösten vor sich hin. Tietgaud starrte in die glitzernden Wasserfäden.

Was grübelte er? Es war ihr unangenehm, so nahe beim Mönch zu sitzen, obwohl ihr der Hagere für einige Augenblicke beinahe leid tat, wie er da saß mit sorgenvollem, ernstem Gesicht.

Noch während sie ihn betrachtete, schaute er sie plötzlich an. »Alena, ich habe nachgedacht.«

»Das habe ich gesehen.«

»Der Herr möchte von uns, daß wir unsere Feinde lieben.

Erzählt mir von Eurem Glauben!« Das spitze Kinn im Mardergesicht schob sich nach vorn. Mit ruhiger Bewegung strich sich der Mönch das Wasser aus den Haaren. Der Flaum klebte ihm wie eine Kappe am Kopf.

»Wie meint Ihr das?«

»Ich möchte Eurem Volk den wahren Gott bringen, den Glauben an das, was Wirklichkeit ist. Damit sie mich verstehen können, muß ich begreifen, was sie an den Teufelstempel fesselt.«

»Wir wissen, was Wirklichkeit ist. Wir kennen die Geister, die im Wald tanzen und in den Bäumen leben. Wir wissen vom Herrscher des Waldes, wissen, daß er die Stille liebt und lautes Rufen oder Pfeifen bestraft. In jedem Haus wohnt ein Geist, beschützt die Familie und die Tiere, spielt uns Possen, aber wehe, wir kränken ihn, dann wird er böse und rachsüchtig, verwirrt der Frau das Garn, schreckt nachts die Kinder. Wir kennen die Götter, allen voran Svarožić, dem jedes Volk opfert. Auch Ihr tätet gut daran, ihn um Euretwillen zu besänftigen.«

»Wie wollt Ihr wissen, daß dieser ... Swaroschitch lebt und nicht nur eine Erfindung der Priester ist, ein Götze, der Euch nicht helfen kann?«

Alena hob abwehrend die Hände. »Wie könnt Ihr so reden? Ihr werdet ihn erzürnen!«

»Verzeiht. Trotzdem muß ich fragen: Woher wißt Ihr, daß Euer Gott lebt?«

»Es gibt sein Standbild, aber Svarožić selbst kann niemand sehen. In mancher Nacht reitet er auf seinem weißen Pferd durch das Land. Am Morgen steht es dann schweißnaß im Stall. Ich habe es selbst gesehen.«

»Dieses Pferd ... Es orakelt, richtig?«

Sie nickte.

»Ich habe davon gehört.« Tietgaud besah seine Finger. »Wie soll ich Euch das erklären? Es ist gut möglich, daß das Pferd wirklich geritten wird, und die Geister im Wald, an die Ihr glaubt – es kann sein, daß sie Wirklichkeit sind.

Aber sie gehören dem Bösen an, und es ist der Böse, der Rethras Pferd Orakelsprüche eingibt.«

»Černoboh? Nein, der schwarze Gott würde sich nie an das Orakel heranwagen. Er ist Svarožić untertan wie Belboh, der weiße Gott.«

»Er macht Euch das glauben. Und er ist auch unterlegen, denn Christus hat ihn besiegt, er hat der Schlange den Kopf zertreten, so wahr, wie ihn die Schlange in die Ferse gebissen hat, so daß er am Kreuz sterben mußte für uns.«

»Sterben? Was meint Ihr?«

»Jesus Christus. Er ist Gottes Sohn.«

»Auch Svarožić hat einen Vater. Sein Name ist tabu. So mächtig ist er, daß wir ihn nicht mehr anrufen dürfen oder von ihm sprechen.«

»Seht Ihr? Gott ist stark. Dennoch hat er seinen Sohn für uns in den Tod gegeben.«

»Wie das? Wie kann ein Göttersohn sterben?«

»Er ist Mensch geworden, um sterben zu können.«

»Um sterben zu *können*? Heißt das, er selbst wollte sterben?«

»Ja. Damit hat er uns gerettet. Versteht Ihr, es mußte jemand sterben: entweder wir alle oder Christus.«

»Und all das soll Černoboh eingefädelt haben?«

»Nicht ganz. Unser Tod ist die Strafe, weil wir dem Gesetz nicht genügen. Christus ist unseren Tod gestorben, und damit ist das Gesetz erfüllt, während wir frei ausgehen, als Wesen, die fortan ewig leben dürfen.«

In Alenas Kopf drehte sich alles. Was für verquere Gedanken! Er durfte sie auf keinen Fall nach Rethra tragen. Sobald er dort zu sprechen beginnen würde, mußte sie dafür sorgen, daß man ihn knebelte.

Sie sah, daß der Hüne sich erhob. Er packte das Schwert am nassen Griff und trat in den Regen hinaus.

»Wo geht Ihr hin?« fragte sie.

»Mich auf die Jagd vorbereiten.«

»Ich gehe mit Euch.«

»Jagd ist keine Frauensache.«

Welcher Unterschied zu Cozilo, der sie angefleht hatte, ihn zu begleiten! »Ihr könntet Euch verlaufen, dann braucht Ihr meine Hilfe.«

Embricho antwortete nicht, und so folgte sie ihm einfach.

»Glaubt Ihr auch, daß der Sohn Eures Gottes gestorben ist?«

»Natürlich.«

Das Regenwasser rann Alena über das Gesicht. Sie preßte die Hände vor den Bauch und rieb sie aneinander, als könnte sie damit den kalten, nassen Hauch entfernen, der die Haut umfing.

Der Hüne schritt voran, ohne sie zu beachten. Schließlich blieb er vor einem jungen Baum stehen. Zwei Finger dick war der Stamm, und die Spitze des Baumes überragte Embricho nur wenig. Er hob das Schwert schräg in die Höhe und ließ es auf den Stamm heruntersausen. Kurz über dem Boden schnitt die Klinge in die Rinde, verletzte das junge Holz. Ein Zittern lief durch den Baum, und noch während die Spitze wippte, traf das Schwert erneut.

Um nicht im Weg zu stehen, wechselte Alena auf die andere Seite. Sie betrachtete die Schultern des Hünen, sah die Oberarme, die sich unter dem nassen Hemd spannten. Der Baum hing nur noch an einem schmalen Span. Mit einem horizontalen Streich trennte Embricho ihn ab. Die eine Hand oben an der Spitze, strich er mit dem Schwert den Stamm entlang und entfernte die Zweige.

»Ihr wollt mit einem Speer jagen?«

»Großartig beobachtet.«

Mit kurzen, kräftigen Hieben, jedesmal den Stamm ein wenig gedreht, spitzte der Hüne das dicke Ende an.

»Was wollt Ihr jagen?«

»Was mir vor den Speer läuft. Und ich hoffe, Ihr schweigt still. Die Tiere haben gute Ohren.«

»Meint Ihr, ich weiß das nicht?«

»Wo ich herkomme, gehen Frauen nicht zur Jagd. Es mag anders sein bei Euch.«

»Wo ich herkomme, werden Frauen freundlich behandelt.«

Embricho verharrte kurz, starrte auf den Boden.

Wo schaute er hin? Das Laub glänzte, Wasser rauschte herab.

Er arbeitete weiter. »Ich habe Euch nicht gebeten, mit mir zu gehen. Es regnet, die Kleider kleben mir am Leib. Ich friere. Mein Magen knurrt. Kastellan Haldemar hat mir zwei Dutzend Männer anvertraut, und ich habe sie in den Tod geführt. Tietgaud erwartet von mir, daß ich genauso dem Tod ins Gesicht sehe, weil irgendein Ansgar es getan hat. Da soll ich freundlich sein?«

»Gestern wart Ihr es.«

»Schön. Ihr nicht.«

Das Sausen des Regens war Alena schlagartig unerträglich.

Wenig später schlichen sie durch den rauschenden Wald. Wasser von tiefhängenden Ästen ergoß sich über Alena, sie rutschte auf Wurzeln aus, deren Rinde der Regen in eine schwarze Schleimschicht verwandelt hatte. Wenn sie mit dem Wollkleid in den Dornen eines Gebüschs hängenblieb und die Zweige zurückklatschten, wendete sich Embricho nach ihr um und kniff tadelnd die Augen zusammen. Dabei machte er selbst Fehler. Totes Holz knackte unter seinen Füßen, an anderer Stelle hielt er den Speer zu hoch und stieß gegen einen niedrigen Ast.

Hinter einem Eschenstamm blieb er stehen, lehnte sich seitlich mit der Schulter dagegen. Er bewegte sich plötzlich sehr langsam, in einer angespannten, gewissenhaften Art. Seine Linke streckte Alena das Schwert entgegen.

Sie nahm es; nasses, schweres Eisen, mehr Gewicht, als sie erwartet hatte. Der lederumwickelte Knauf trug die Wärme von Embrichos Hand. Dieses Eisen hatte Mstislavs Fleisch in Fetzen gerissen.

Den Speer dicht am Körper, neigte der Hüne den Kopf nach vorn und sah am Stamm vorbei. Alena folgte seinem Blick. Rehe, das Fell dunkel, regennaß, standen mit in die Höhe gestreckten Hälsen in einiger Entfernung und ästen Blätter von den unteren Zweigen. Zwei Kitze stakten unbeholfen zwischen ihnen umher, die Beine wie dünne Stecken gegrätscht. Am Hinterteil der Rehe leuchtete ein heller, weißer Fleck.

Als Embricho den Kopf wieder zurücknahm und Alena sah, schnellte seine Hand vor. Er zog sie heran. »Der Wind steht gut,« flüsterte er, »aber wenn sie Euch sehen, sind sie weg.« Er löste den Griff. Kaum eine Handbreit, und ihre Wange würde sich an seine Brust schmiegen. Alena konnte auf ihrem Gesicht die Wärme fühlen, die die Haut ausstrahlte, durch das Hemd hindurch. Sie sah auf. »Was wollt Ihr tun? Sie sind zu weit entfernt für einen Wurf, richtig?«

»Wir müssen warten. Näher heranzulaufen macht keinen Sinn, sie würden uns bemerken. Hoffen wir, daß sie von selbst kommen.«

»Darf ich Euch etwas fragen?«

Embricho nickte. »Flüstert!«

»Warum buhlt Tietgaud plötzlich um mein Wohlwollen«, wisperte Alena, »und fragt mich nach meinen Göttern? Es ist sicher ein Trick, aber ich durchschaue ihn nicht.«

»Ich weiß es nicht.«

»Verlangt Euer Gott wirklich, daß Ihr Eure Feinde liebt?«

»Es ist schwer, aber er fordert es.« Embrichos warme Hand senkte sich auf Alenas Schulter herab. »Nicht wahr, ich sollte mich auf meinen Tod vorbereiten.« Als Alena etwas sagen wollte, schüttelte er den Kopf. »Nein, Ihr habt keinen Grund dafür, Euch für uns einzusetzen. Wir sind Feinde, Alena. Ich weiß das. Tut, was Ihr Eurem Volk schuldig seid. Ich werde meinen Teil übernehmen, und es wird mit unserem Tod enden. Auch Tietgaud weiß es. Er muß es wissen.«

Einem plötzlichen Drängen folgend, legte Alena ihre Handflächen auf Embrichos Brust. Sie tat es sanft, rührte ihn kaum an. Nur die Fingerspitzen und die Handballen berührten sein Hemd, und sie spürte, wie sich darunter in einem Erschrecken die Muskeln anspannten, um sich kurz darauf wieder zu lösen. »Ich möchte nicht Eure Feindin sein«, flüsterte sie.

Ein nasser Streifen sammelte sich in den blauen Augen des Hünen. Er schloß die Lider, tat einen tiefen Atemzug. »Glaubt Ihr mir, daß ich Angst vor dem Sterben habe?« Langsam rutschte er am Stamm herunter, ging in die Hocke. »Vielleicht hat Tietgaud recht, und es ist ein stolzer, ein ehrenvoller Tod. Aber ich habe nicht das Gefühl, daß es Zeit für mich ist zu sterben. Das Leben erscheint mir so kostbar! Ich bin einfach zu jung.«

Es war ein Junge, ein Kind, das sich fürchtete. Zum Hünen herangewachsen, sich seiner Kraft kaum bewußt. In Gedanken sprach Alena zu ihm: Weißt du, daß du ein stattlicher Mann bist? Daß du vor niemandem Angst haben mußt? Sie kniete sich hin. Dann bewegte sie die Hand auf sein Gesicht zu, auf den blonden Stoppelbart, die sorgenvoll geschlossenen Augen. Es dauerte eine Ewigkeit, bis die Finger es erreicht hatten, es berührten. Sanft streichelte sie Embrichos Wange, umfühlte die Nase, glättete die Augenbrauen. Sie streifte auch den Mund, fuhr mit dem Daumen über die Lippen. Sie konnte nicht mehr anders: Alena neigte sich vor, öffnete leicht ihren Mund und benetzte seinen. Sie spürte Embrichos Hände, die sich um ihren Nacken legten, sie näher heranzogen.

Auf der anderen Seite der Esche, kaum noch zwei Schritt entfernt, hob ein Reh den Kopf.

9. Kapitel

»Ich bin sehr ungehalten, Donik. Jeden Augenblick geht die Sonne auf.« Nevopor streckte die Arme nach hinten, bereit, angezogen zu werden. »Der Mantel, eile dich.«

Gehorsam schob Donik den Mantel über Nevopors Arme und glättete das schwarze Leinen auf den Schultern.

Nevopor sah an seiner Brust hinunter. Mit nach rechts verzogenem Mund zupfte er einige Fusseln von den Seidenstickereien. Die weißen Fäden schillerten im Glühen des Talglichtes. Er streckte die Rechte aus, ohne hinzusehen, die Handfläche nach oben geöffnet. »Die Priesterbinde.« Sorgfältig darauf bedacht, den feinen Stoff nicht zu knicken, legte er sich die Binde um die Stirn. Am Hinterkopf band er mit spitzen Fingern einen Knoten. Er fuhr die Enden der Binde entlang, die sich in seinen langen Haaren verloren. »Gleich lang?«

»Ja, Herr.«

»Und was möchte ich als nächstes haben? Muß man dir heute alles sagen?«

»Das Messer, Herr.« Kein Ärger lag in der Stimme des jungen Mannes. Er sprach im gleichen, ruhigen Tonfall, als wäre er nach dem Wetter gefragt worden.

Das gefiel Nevopor. Er nahm das Messer entgegen, glitt kurz mit den Fingern über die spiralförmigen Rollen, in die sich der Bronzegriff zweiteilte, und steckte es in die Scheide am Gürtel. Donik blieb immer gelassen, egal, was geschah – eine hoch zu schätzende Eigenschaft.

Es reizte Nevopor nicht, die Grenzen dieser Ruhe auszuloten. Ihm war nicht an einem Ausbruch von Streit und Ärger gelegen. Er war zufrieden, wenn sie noch vor Sonnenaufgang die Rückseite des Tempels erreichten. Der Tag hatte durch das hastige Anziehen genug Störung erfahren.

»Gehen wir. Unterwegs wirst du mir erklären, warum ich nicht zur rechten Zeit geweckt wurde.«

Sie verließen das Priesterhaus und gingen den ansteigenden Platz hinauf in Richtung des Tempels. Vom See wehte kühle Luft herüber. Wie ein Felsen hob sich der Tempel gegen den Himmel ab, schwarze Kanten im Grau des frühen Morgens.

»Hast du das Licht gelöscht?«

»Ja, Herr.«

»Was ist deine Entschuldigung für die Verspätung heute morgen?«

»Ich habe verschlafen. Unten in der Vorburg haben sie gefeiert gestern nacht.« Doniks Stimme zeigte keinerlei Regung. Er artikulierte genau, aber ohne ein Wort besonders zu betonen oder die Stimme zu heben.

»Und du hast mit ihnen getrunken?«

»Nein. Ich trinke keinen Wein.«

»So kenne ich dich. Was ist geschehen?«

»Ich konnte nicht schlafen. Sie haben laut gesungen und getanzt.«

»Ich werde den Männern der Tempelgarde eine Warnung geben. Wenn sie sich nicht zügeln, verfüge ich, daß ihre Frauen und Familien nach Kvetsk gebracht werden.«

Sie liefen um den Tempel herum, bis sie an der Ostmauer der Burg angelangt waren. Eine Leiter lehnte am Wall.

Ohne daß Nevopor etwas sagen mußte, eilte Donik voran und erklomm die Sprossen. Der Priester folgte ihm. Die Sonne war noch nicht aufgegangen. Vielleicht würde es doch ein annehmbarer Tag werden.

Nevopor sah zu beiden Seiten den Wehrgang entlang: Der drei Schritt breite Sandweg war leer. Keine Wache befand sich auf der Ostmauer. So gehörte es sich für die Tageszeit; Nevopor duldete nicht, daß im ersten Licht ein unwürdiger Schatten auf die Tempelwand fiel.

Er trat an die äußeren Palisaden heran, blickte über den Nebelschleier, der den Lucinsee unter sich verbarg, als hätte sich eine flache, riesige Wolke zum Schlafen darauf niedergelassen. Nur an den Rändern war die dunkle Wasserfläche zu sehen. Ein Reiher flog auf, segelte lautlos mit edel gekrümmtem Hals über den See hinweg und verschwand zwischen den Bäumen am nördlichen Ufer.

Der Himmel über dem Wald hatte sich schon rötlich eingefärbt. Nevopor drehte sich um, blickte auf die Köpfe der Wächterstatuen, die den Tempel umgaben. Noch berührte sie kein Morgenschein.

So gehörte es sich. Der erste Strahl der aufgehenden Sonne, der das Land betastete, mußte auf das Heiligtum fallen. Nevopor war dankbar, daß in Rethra keine Fürstenburg dem Tempel den ersten Sonnenstrahl streitig machen konnte. Seit Jahren kämpfte er erfolgreich dafür, daß die Heiligtümer überall im Land auf dem höchsten Platz der Siedlung errichtet wurden, auch über den Häusern der Fürsten, und mit freier Stirnwand gen Osten. Dinge wie diese waren es, die den Unterschied ausmachten. Dergleichen bezeigte Ehre. Ehre für Svarožić.

Der erste Lichtschein brach über die Baumwipfel. Nevopor neigte den Kopf, schloß die Augen. »Willkommen, du größte Gabe Svarožićs«, raunte er. Er atmete ruhig und tief, schluckte einige Male. »Richte deinen Schein mit Wohlwollen auf Rethra.« Langsam hob Nevopor das Gesicht ins Licht, wendete sich um und sah zum Tempel. Die Sonnenstrahlen rührten an die Köpfe der Statuen, weckten die Farben ihrer drohend in die Länge gezogenen Gesichter. Das rote Morgenleuchten entfachte die Wut auf ihre Stirnen.

Rethra.

Nevopor lächelte. Rethra, dieses Rethra war sein Werk. Sieben Jahre war es nun her, daß auch die Tollensanen ihre Feldzeichen in den Tempel gebracht hatten, und er hatte es verstanden, diesen Umzug der Feldzeichen vielen Tausend Slawen aller Stämme vorzuführen. Es gab kaum noch einen

Stamm, der nicht seine heiligen Waffen in Rethra aufbewahren ließ. Es gab keinen Krieg, ohne daß vorher das Orakel von Rethra befragt wurde, und war der Krieg beendet, so reiste der Sieger hierher und teilte seine Beute mit dem Tempel.

So viele Tempel und Götter gab es im Land, aber Rethra überragte sie alle. Er tat einen tiefen Atemzug. Der Tempel erlaubte keinen Blick auf die Vorburg, aber er kannte sie, die weite, mauerumwehrte Heide, auf der an gewöhnlichen Tagen die Pferde der Tempelgarde grasten. Sie gab Raum für zehntausend Menschen, und von jedem Punkt aus konnte man über den inneren Mauerring hinweg den Tempel sehen, weil der Wall sich nach Westen hin mit dem Gelände ein wenig absenkte. Ein größerer, stattlicherer Festplatz, als ihn selbst Arkona auf der Insel Rügen hatte, Arkona, das Fernhandel bis Arabien trieb. Wie nannten es die Araber? Akanija? Rethra hatte es überflügelt. »Donik? Heute ist Tag der Rechtsprechung, richtig?«

»Ja, Herr.«

»Wieder eine Woche vergangen. Warten bereits viele?«

»Ein Kessinerfürst –«

»Richtig, Želechel. Ich habe damit gerechnet, daß er den Tag des Gerichts nutzen würde, um an mich heranzutreten. Was gibt es noch?«

»Ich denke, der Hof wird sich bald füllen. Das Übliche, Bitten um Schlichtung, um Rat und so weiter.«

Da – war das nicht ein leises Kratzen gewesen, ein kaum hörbares Beben in Doniks Stimme? Nevopor drehte den Kopf. Täuschte er sich? Er suchte nach Zeichen in Doniks Gesicht. Das Morgenlicht färbte die blasse Haut mit einem Hauch von Kupfer, glänzte in den kurzen schwarzen Haaren, die wie das Gras einer Uferböschung in Doniks Stirn hingen. Unter den Augen lagen dunkle Schatten, immer ruhten sie dort, es war nie anders; Kohlestreifen, Aschesäckchen, die zu Doniks Gesicht gehörten wie Fenster zu einem Haus.

»Das Übliche.«

»Ja.«

»Um das Übliche kümmern sich die anderen Priester.«

»Ich weiß.«

Er würde Donik besonders im Auge behalten heute. In seiner Nähe durfte er keine Unsicherheiten dulden. Die Tempelherrschaft gab ihm Macht, und Macht, das wußte Nevopor, lockte Neider herbei. Nicht Donik. Donik war verläßlich. Aber er schien etwas zu verbergen, und das mußte nicht einmal von ihm selbst ausgegangen sein. Gerade deshalb war es ernst zu nehmen.

Donik war Linone, Angehöriger eines Volkes, das Rethras Feinde, die Obodriten, zu Zeiten von Nevopors Großvater unterworfen hatten und das ihnen bis heute hörig war. Aber er sprach nie von seinen Ahnen. Donik war sicher. Die Unsicherheit mußte anderswo ihren Ursprung haben.

»Hochpriester Nevopor!« Die Wachen auf dem Torturm wichen zurück, als würde eine Berührung mit ihm sie zu Asche zerfallen lassen.

Nevopor rasselte der Atem. Drei Stockwerke, drei lange Leitern – das war in seinem Alter nicht mehr so einfach. Er bemühte sich um Fassung. Donik stand näher als sonst neben ihm, bereit, ihn zu stützen. »Wo sind eure Bögen?« keuchte Nevopor.

»Dort, Hochpriester.« Sie wiesen auf den Winkel unter den hölzernen Zinnen.

»Warum sind die Sehnen nicht aufgezogen? Wollt ihr die Pfeile mit der Hand werfen, wenn Feinde auftauchen?«

Betreten blickten sie zu Boden. »Hochpriester, wenn wir die Sehnen den ganzen Tag aufgespannt lassen, verlieren sie an Kraft.«

Einer, dem die Augenlider müde herabhingen, murmelte: »Und wer würde es wagen, Rethra anzugreifen? Svarožić würde ihn vom Erdboden fegen wie der Wind die Spreu von der Tenne.«

Nevopor klopfte dem Mann wie einem Freund auf die Schulter. Dabei verengte er die Augen zu Schlitzen. »So?«

Die Wache hustete einmal Luft aus. Dann griff sie sich an die Kehle, zuckte, rang um einen Atemzug.

»Du möchtest für Svarožić sprechen?«

Mit verkampften Händen deutete der Zurechtgewiesene eine Entschuldigung an, wies auf seinen Hals, verzog das Gesicht zu einer Grimasse der Verzweiflung.

Nevopor wandte den Blick von ihm ab und trat an die Zinnen heran. Sorgfältig darauf bedacht, ihre Spitze nicht zu berühren, ließ er eine Nadel im Gürtelsäckchen verschwinden.

»Herr …?«

»Das gibt sich, Donik. Er wird bald wieder atmen können.«

Dort standen die Zelte des Kessiners. Es waren fünf, angeordnet im Kreis um ein großes, aus den Riesenhäuten des Urs genähtes Fürstenzelt. Pferde grasten in der Nähe. Das Kessinerlager befand sich außerhalb der Vorburg, in einigem Abstand zum Wall und zum Tor. Während der Orakelfeier hatte es innerhalb der Wälle einen Platz eingenommen wie die Lager der anderen Stämme auch.

»Er scheint ein guter Jäger zu sein.« Prüfend ließ Nevopor seinen Blick über das Vorland wandern. Einige Menschen lösten sich aus dem Dunkel des Waldrands, wie Läuse nahmen sie sich aus in dieser Entfernung. Aber sie kamen ohne Reittier, ohne Karren; Redarier aus den umliegenden Dörfern, die sich wegen Kleinigkeiten zerstritten hatten und nun einen Richterspruch erwarteten.

Was war es, das Donik verunsicherte?

Bei den Zelten des Kessiners kam Bewegung auf. Eine Gruppe von Menschen steuerte auf die Treppe zu, die nahe des Haupttors ihren Anfang nahm und zum Westtor im oberen Mauerring emporführte.

»Donik, wir gehen wieder hinunter. Warte nicht auf mich,

du bist jung und schnell. Ich werde den Kessiner vor dem Tempel empfangen. Schaffe mir die Kupferschüssel herbei, du weißt, wie du sie mit Wasser füllen mußt? Und einen Beutel Asche.«

Es würde genug Zeit bleiben, die Leitern mit Würde herabzusteigen. Wenn die Gruppe das Haupttor der Vorburg erreicht hatte, mußte sie noch dreißig Stufen bis zum Westtor am oberen Mauerring erklimmen. Er würde vor dem Tempel bereitstehen, ruhig, das Gewand geglättet, nur die langen Haare und die Enden der Priesterbinde ein Spiel des Windes. Mit einem steinernen Gesichtsausdruck, der Vertreter Svarožićs vor dem Haus der Götter.

Es war entscheidend. Er hatte immer gewußt, welche Dinge entscheidend waren und welche nicht. Der Eindruck, den ein Priester machte, mehr noch, der Eindruck, den der Hochpriester machte, war mehr als wichtig. Er, Nevopor, war das Herz Rethras.

Von den ersten Leitersprossen sah er noch einmal prüfend zum Frevler. Gefleckter Schierling. Eine verläßliche Pflanze, wenn Gift vonnöten war. Der Mann kauerte am Boden. Er atmete pfeifend, flach. Der Blick, den er Nevopor nachsandte, war voll kalten Schreckens.

Nevopor ließ sich nichts von dem Interesse anmerken, das er dem Kessiner entgegenbrachte. Er hielt den Kopf aufrecht, still. Dabei betrachtete er ihn genau. Ein einprägsames Gesicht: Obwohl die Nase des Kessiners fast bis zum Mund herabreichte und breite, unschöne Falten auf beiden Seiten des Gesichts die Wangen durchschnitten, strömte der Mann Stolz aus und beinahe eine Art von wilder Schönheit. Die silberne Kette, die seinen Fellumhang zusammenhielt, deutete auf seinen Rang hin, ebenso die feinen Verzierungen auf der Gürtelschnalle aus Kupfer.

Nun blieben die Gefolgsleute hinter ihm stehen, neigten ihre Häupter zum Tempel hin und dann vor ihm, Nevopor.

»Ehre dem Dreiköpfigen, dem Lichtbringer und Feuerfürsten. Und Ehre auch dir, Priester. Ich bin Želechel vom Volk der Kessiner.«

»Willkommen in Rethra, Želechel. Du sprichst mit Nevopor, dem Hochpriester, Diener des unsterblichen Svarožić.«

Für einen Augenblick war Erstaunen in Želechels Gesicht zu sehen. Er verneigte sich tief. »Ich bin geehrt, Hochpriester.«

»Was ist dein Begehr?«

»Zuerst möchte ich Svarožić meinen Dank erweisen.« Er machte eine kurze Handbewegung.

Zwei Männer traten neben ihn, zwischen sich ein Bündel aus Tierhaut, das sie gemeinsam trugen. Želechel schlug die Haut zurück. Es war ein ordentlicher Haufen weißen Leinens, Tücher von einem Schritt Länge und einem Schritt Breite.

Sie würden es gut weitertauschen können. Nevopor nickte gnädig.

Ein vierter Mann aus dem Gefolge des Kessiners trat hinzu und streckte ein Fäßchen nach vorn. Es mußte schwer sein, die Arme zitterten ihm, aber er verzog keine Miene. Želechel löste das gewachste Leder, mit dem es verschlossen war.

Der süße Duft von Honig stieg Nevopor in die Nase. Er zwang sich, die Augen auf das Gesicht des Kessiners zu richten und an das bevorstehende Orakel zu denken. Nur ein sanftes Nicken, ein Lächeln geziemte sich nicht. Er neigte kurz den Kopf. »Deine Gabe ist angenommen.«

»Gut.«

»Du brauchst einen Richterspruch?«

»Nein, ich bin hier, um das Orakel zu befragen. Ich brauche den göttlichen Rat.«

»Stelle deine Frage. Ich werde für dich aus dem Wasser lesen, und du wirst erfahren, was du zu wissen wünschst.«

Nevopor sah, wie sich Želechels Körper versteifte. Der Kessiner blickte ihm herausfordernd ins Gesicht, aber es lag auch Unsicherheit in seinen Augen, ein leises Flackern, das den Schlag des Stärkeren erwartete. »Ich bitte um eine Antwort Svarožićs. Das Pferdeorakel soll sprechen.«

»Unmöglich«, sagte Nevopor ruhig.

»Es geht um Krieg oder Frieden. Es ist wichtig.«

»Gegen wen willst du in den Krieg ziehen, Želechel?« Nevopor streckte den Kopf in den Nacken. Er wußte, er würde die Oberhand behalten. Und gleichgültig, was der Kessiner ihm sagte, er würde ihm das Pferdeorakel nicht gewähren. Und wenn das gesamte Kessinervolk gegen die Franken zog, die Weiße würde nicht sprechen für ihn.

»Eine Siedlung der Obodriten nahe meiner Burg. Sie errichten eine Feste, um von dort aus Streifzüge zu unternehmen. Das kann ich nicht dulden. Ich werde das Dorf vernichten und die Wälle wieder einebnen.«

»Wenn du Svarožić nicht erzürnen willst, dann gib ihm Ruhe. Wir haben ihn vor drei Wochen befragt, und er hat einen Menschen gefordert.«

»Ich war hier.«

»Erkennst du dann nicht, wie ungehalten er ist? Ich kann deine Bitte nicht gewähren.«

Einige Augenblicke stand der Kessiner schweigend. Es schien, als wollte er im Gesicht des Priesters lesen. Dann nickte er.

Ein kluger Mann, dieser Želechel. Er wäre Alenas würdig. Nevopor winkte Donik heran.

Der Linone machte knappe Schritte, die Kiefer aufeinandergepreßt, der Blick starr nach vorn gerichtet. Nevopor betrachtete die Kupferschüssel in den Händen Doniks, gleißend wie eine kleine Sonne. Er mußte sie noch einmal poliert haben. Beachtlich. Offensichtlich bemüht, nichts zu verschütten, setzte Donik die Schüssel zu Nevopors Füßen ab. Dann zog er sich um einige Mannslängen zurück.

Nevopor ließ seinen Körper langsam herab. Das Alter stach ihn in den Gelenken. Er kniete vor der Schüssel, wartete, bis der Schmerz nachließ. Auch der Kessiner kniete sich hin? Nevopor sah ihn kurz an, bemühte sich, wohlwollend und warm zu blicken, ohne dabei das Gesicht zu einem Lächeln zu verziehen. Dann beugte er sich nach vorn, bis er sein Gesicht in der Wasserfläche sehen konnte. Er sah die Wolken über seinem Kopf, sah den Himmel wehen wie ein blaues Tuch. Für einen Moment schloß er die Augen. Als er sie wieder öffnete, waren für ihn der Himmel und die Wolken, war für ihn sein eigenes Gesicht unwichtig geworden. Die Kupferschüssel nahm riesenhafte Formen an, die kleinen Wellen wurden zu Wogen, das Erzittern der Wasserfläche zu einem fürchterlichen Beben.

Ein Windzug trieb das Wasser zur rechten Seite. Dunkel und golden schimmerte der Boden des Beckens. Nevopor sah dort unten im Schattenspiel Burgwälle erstehen, sah kleine Bewegungen wie Menschen, die arbeiteten. Dann wieder ein Windhauch, und Rauchdünste zogen über die Wälle hinweg, die Menschen eilten, rannten, flohen. Ein Sturm ließ die Wälle erzittern, ließ sie zusammenstürzen.

Nevopor schloß wieder die Augen. Schließlich sah er zum Kessiner auf. »Das Dorf ist in deiner Hand.« Želechel machte Anstalten, etwas zu sagen, aber Nevopor hob die Hand. »Warte. Das Orakel hat erst Gültigkeit, wenn es durch ein zweites bestätigt wurde.« Ohne den Kopf nach dem Linonen umzuwenden, rief er dessen Namen.

Donik erschien, setzte einen bestickten Lederbeutel neben dem Kupferbecken ab, stemmte die Schüssel hoch und trug sie fort.

Nevopor ließ sich Zeit. Er griff nach dem Beutel und löste mit würdevoller Langsamkeit die Schnur, die ihn verschloß. Die Blicke des Kessiners waren ihm nicht unangenehm. Es war gut, wenn er warten mußte. Ein hastig gesprochenes Orakel war nicht mehr als eine Bestätigung der Wünsche des Fragenden. Aber ein Orakelwort in Ruhe konnte Kraft entfalten.

Er hob den Lederbeutel in die Höhe, drückte die Zunge gegen den Gaumen, um den Zugang der Nase zur Kehle abzudichten. Sollte er ihn warnen? »Schließe deine Augen,

Želechel.« Auch er schloß seine Augen und kehrte den Aschebeutel um. Nevopor wartete. Er fühlte, wie sich der feine Staub auf seine Hände niedersenkte, roch den stumpfen, trockenen Aschedunst. Als er die Augen wieder öffnete, schwebte nur noch ein dünner Hauch über dem Ascheberg.

Er führte die Hand über die Asche, ohne sie zu berühren, ertastete ihre Erhebungen und Senken, indem er sie überflog. Einige schwarzgekohlte Holzteilchen gab es, aber sie lagen und standen nicht. Besiegt, vernichtet. Das Dorf oder der Kessiner? Nevopor suchte nach einem Anzeichen von Burgwällen. Jeder kleine Hügel war von Senken oder anderen Hügeln durchbrochen; es gab keine Welle, die unbeschädigt lag. Das Dorf.

Nevopor stand auf. Der Schmerz stach ihm in den Gelenken.

Im Gesicht des Kessiners, der sich gleichfalls erhob, lag Unruhe. Nevopor sah die Falten zucken, die Augen unstet umherwandern.

Nun würde er anders kämpfen. Er würde den Sieg nicht durch Zurückhaltung gefährden, und er würde seinen Kriegern sagen können, daß Rethra ihnen Erfolg prophezeit.

»Die Antwort, die du suchst, ist diese, Želechel: Das Obodritendorf wird besiegt werden.«

»Ich danke dir. Ich erhoffte einen solchen Orakelspruch.« Der Kessiner lächelte breit.

»Es scheint, Svarožić ist dir wohlgesonnen.«

»Weil ich mich seinem Wunsch nach Ruhe nicht widersetzt habe?«

»Vielleicht. Es war in jedem Fall eine kluge Entscheidung.«

Dieses Mal war Želechels Lächeln von feinerer Art. »Du hast eine vortreffliche Tochter.«

Damit war alles gesagt. Nevopor nickte. Es war nun seine Aufgabe, sie dem Fürsten anzubieten, wenn sie heimgekehrt war. »Lebe wohl, Kessiner.«

»Lebe wohl, Hochpriester.«

Nevopor wartete, bis Želechel mit seinem Gefolge das Westtor der Hauptburg passiert hatte. Sie stiegen die Treppe herab, zuerst verschwanden ihre Beine, dann der Oberkörper und schließlich die Köpfe. Als sie fort waren, fuhr er einmal mit dem Schuh über die Asche. Es war unerträglich, ein offenes Bild zurückzulassen.

Erst im Umdrehen bemerkte er Doniks Fehlen. Er hatte nicht ausdrücklich befohlen, daß der Linone hinter ihm warten sollte. Aber es wäre das Verhalten gewesen, daß er von ihm erwartet hätte. Welchen Grund konnte er gehabt haben, sich vorzeitig zu entfernen? Eine Nebensächlichkeit, nichts von Bedeutung. Nevopor strich sich den Priestermantel glatt. Und warum machte es ihn unruhig? Er entschloß sich, den Linonen zu suchen.

Wenn er ihn gefunden hatte, würde er ihn nicht mehr aus den Augen lassen für die nächsten Tage. Auch wenn es geschäftige Tage werden würden: Bald mußten Mstislav und die anderen zurückkehren, Alena mit ihnen. Es galt, ein Menschenopfer vorzubereiten. Es galt, den Weg für Alenas Hochzeit zu bahnen. Er konnte Schwierigkeiten nicht gebrauchen. Überhaupt nicht. Das Seltsame war, daß Doniks leichte Verfehlungen nicht nach Schwierigkeiten rochen. Sie schienen unwichtig, und gerade diese Belanglosigkeit machte Nevopor unsicher. Schwierigkeiten begannen nicht in einem Wispern, sie platzten laut heraus. Im Flüsterton kündigten sich nur Katastrophen an.

10. Kapitel

Leise tropfte es von den Bäumen herunter. Es war ein zärtliches Geräusch, eines, das Frieden und Ruhe ausströmte. Das Brausen des Regens fand darin seinen Nachhall, nicht wild und unnachgiebig, wie es der Regen gewesen war, sondern versöhnlich.

Der Hüne ließ den Hinterlauf des Rehs sinken, das er über den Boden geschleift hatte. »Alena, warte einmal. Ich muß dir etwas sagen.«

Sie drehte sich herum. Ihre Hände hielten den Saum des nassen Kleides in die Höhe, und in der Senke vor ihrem Bauch lag ein Haufen wilder Stachelbeeren. Daß Embricho das Unterkleid sehen konnte, störte sie nicht. Sie lächelte ihn an. Was für ein wilder Taumel! Sie war verrückt, und es war herrlich. »Was betrübt dich, mein starker Recke?«

»Nein, nenne mich nicht so. Es ist ...« Er konnte ihrem Blick nicht standhalten, senkte den Kopf.

»Sprich.«

»Wir sollten das nicht wieder machen, ich meine, uns küssen.«

»Ich weiß.« Sie konnte einfach nicht aufhören zu lächeln.

»Du verstehst nicht. Es ... es ist einfach nicht gut.«

»Natürlich. Wir müßten Feinde sein.«

»Wir sind Feinde. Mein Volk und dein Volk verbindet nur Haß. Mein Gott und ... deiner ... Ich meine, als Christen halten wir für Dämonen, an was ihr glaubt. Alena, wir haben nicht nachgedacht, haben wie im Traum gehandelt.«

»Und im Traum hast du deinen Speer gegriffen, mitten aus der Umarmung heraus, und ihn dem Reh in den Hals gerammt?«

»Nein, das … Ich weiß nicht.«

Sie flüsterte: »Weißt du, daß du schön aussiehst, wenn du so ratlos dastehst?« Wie ein kleiner Junge. Sie hatte ihn geküßt, sie hatte den Mann mit den zimbelkrautblauen Augen geküßt! Und er hatte es mit sich geschehen lassen. Natürlich hatte er es mit sich geschehen lassen. Sie war die Tochter Nevopors, des Hochpriesters.

Alena sah auf die Stachelbeeren vor ihrem Bauch. Helle Adern verästelten sich unter der dornigen Haut der Beeren. Wußte er es denn? Wußte er, wer sie war? Nein. Er hatte keine Kenntnis von ihrem Rang unter den Redariern, von der Bedeutung ihres Vaters für das ganze Slawenland. Und trotzdem liebte er sie. Würde es ihn ängstigen, wenn er es erfuhr?

»Mach dir keine Sorgen«, sagte sie. »Wir werden uns im Lager nichts anmerken lassen. Nicht einmal zu dir hinschauen werde ich. Niemand wird erfahren, was geschehen ist. Es bleibt ein Geheimnis.«

»Ich danke dir. Du bist sehr verständig.«

»Was hast du erwartet? Daß ich zu Tietgaud laufe und ihm erzähle, wir hätten einander in den Armen gelegen?«

»Vielleicht.«

Sie lachte. »Wie es scheint, sind eure Frauen nicht gerade klug.«

Etwas stimmte nicht an der Art, mit der Embricho den Rehlauf griff und das Tier weiterschleifte. Er ging dicht an ihr vorbei, ohne sie dabei anzusehen. Die Stirn war zerfurcht, die Augen lagen tief und klein im Gesicht. Er sah blaß aus.

Alena beeilte sich, ihm zu folgen. Große, stampfende Schritte machte er.

»Habe ich etwas Falsches gesagt?«

»Nein.«

»Doch, ich habe etwas Falsches gesagt. Was hat dich gekränkt? Bitte verzeih mir.«

»Was soll ich dir verzeihen?«

»Ich habe dich ärgerlich gemacht, ich merke das.«

»Mich? Ärgerlich? Ich habe doch bloß die Frau geküßt, die ich vor vier Tagen gefangengenommen habe. Ich habe mich doch bloß mit einem Weib eingelassen, das heidnische Götzen anbetet. Deren Angehörige uns in wenigen Tagen die Köpfe vom Leib schlagen werden. Und tun sie das nicht, dann schlagen wir ihnen die Köpfe vom Leib. Ist es nicht so? Was wir getan haben, war furchtbar. Es hätte nicht sein dürfen.«

Und noch? wollte Alena fragen. Da war mehr. Was ärgerte ihn noch? Was ärgerte ihn wirklich? Aber sie schwieg.

Bis schon die Stimmen der anderen zu hören waren, bis der Lagerplatz kaum noch dreißig Schritt entfernt war, sagten sie nichts. Schließlich rührte Alena Embrichos Arm an. Ruckhaft wendete er ihr das Gesicht zu, und sie zog ihre Hand zurück, schuldbewußt. »Verzeihung. Ich würde dich gern noch etwas fragen.«

»Was?«

»War es wirklich furchtbar für dich?«

Alena sah genau, daß der Hüne schluckte. Er flüsterte: »Nein.«

»Ein Reh, gut.« Tietgaud sah ihnen entgegen und lächelte.

Und Stachelbeeren. Kein Wort bekam Alena heraus.

»Der Regen hat auch aufgehört. Soll ich dir beim Abhäuten helfen, Embricho?« Brun zog das Messer, ohne eine Antwort abzuwarten. »Wenn wir die Haut in einem großen Stück abtrennen, können wir den Rest des Fleisches darin einwickeln. Aber was sage ich – Rest? Ich habe solchen Hunger, ich könnte das ganze Tier allein essen!«

Alena sah Audulf mit halboffenem Mund in die Luft starren, als lausche er. Jetzt hörte sie es auch: Schritte. Jemand lief ohne Eile durch den Wald. Und kam näher.

Brun richtete sich auf. Wie Embricho und Tietgaud blickte er in die Richtung, aus der die Schritte zu hören waren, das Blätterrascheln, das Knacken der Zweige.

»Wen habt Ihr mitgebracht?« fragte Tietgaud leise.

Der Hüne schüttelte nur den Kopf.

»Ihr seid niemandem begegnet?«

Zuerst zweifelte Alena noch, hoffte, es wäre einfach ein großer, alter Mann mit zerschlissener Kleidung. Aber während er näher kam, erkannte sie deutlich den grünen Bart, die Krallen an den Händen, die Runzeln im Gesicht, die von den Mundwinkeln bis zum Haaransatz hinauf das Gesicht bedeckten, das alte, machtvolle Gesicht mit den steingrauen Augen. Der Waldherrscher ging langsam, er hatte keine Eile, sie zu strafen.

Kein Mann würde mit solcher Geduld laufen, während er beobachtet und erwartet wurde. Der Waldherrscher nahm jeden Schritt in Ruhe, ging, als würde er Wort für Wort eine Geschichte erzählen.

Alena sank auf die Knie. Er mußte alles gesehen haben. Zwei Tage waren ihre Gnadenfrist gewesen. Nun war er da, um sie zu bestrafen. Er mußte gesehen haben, wie sie Embricho geküßt hatte. »Vergib mir!« ächzte sie. Die Krallenhände. Er würde sie ihr um den Hals legen und sie töten.

Der Waldherrscher beachtete sie nicht. Vor Tietgaud blieb er stehen, wie von Nägeln zerkratzt das Gesicht. Strahlenförmig liefen die Runzeln von den Augen bis zu den Ohren und vom Haaransatz bis zum Bart. Der Bart! Verfilzte Kräuselhaare, dazwischen grüne Pflanzenfasern. Zwischen Kletten und Holzstückchen nisteten Insekten. Wie der Bart waren auch die Haare grau und weiß, Blätter und trockene Zweige waren darin eingeflochten. »Rethra?«

»Ob wir nach Rethra reisen?«

Er nickte.

Tietgaud zögerte und sagte dann stolz: »Ja, wir sind unterwegs nach Rethra.«

»Ich reise mit Euch.«

»Einen Augenblick.« Embricho trat an den Waldherrscher heran. »Fragt man nicht höflich bei einer Gruppe nach, ob man sie begleiten darf? Wo ist dein Benehmen, alter Mann?«

Alena sah, daß der Waldherrscher bei diesen Worten zusammenzuckte. Wie konnte Embricho so frevelhaft sprechen?

»Ich ehre Euch damit, daß ich mit Euch reise, Fremder.«

Tietgaud stieß Luft aus, stand einen Augenblick mit entsetztem Ausdruck da. Dann fing er sich. »*Nolite extollere in altum cornu vestrum.* Bedenkt diese alte Weisheit Davids aus dem fünfundsiebzigsten Psalm. Tragt Euer Horn nicht zu hoch!«

»Ich trage mein Horn in angemessener Höhe, Mönch.«

»Ihr seht nicht gerade aus wie ein Fürst oder ein König. Eher wie ein verfilzter Alter mit Blättern und Zweigen im Bart.«

»Als ich Euch das Leben rettete, hat Euch mein Aussehen wenig gekümmert.«

Tietgaud und Embricho schwiegen. Brun blickte zu Boden und rieb sich den Nacken.

»Er hat recht«, sagte Embricho. »Wir schulden ihm unser Leben.«

»Ja.« Tietgaud strich mit der flachen Hand über das Kreuz, das auf seine Brust herabhing. Es sah aus, als wollte er es beruhigen, als wäre es für ihn ein lebendiges Wesen, das Wärme und zärtliche Berührung brauchte. »Wir haben Fleisch, ein Reh. Habt Ihr Hunger?«

Der Waldherrscher beachtete die Frage nicht. Er wandte sich Alena zu, sprach Slawisch: »Steh auf. Ich verdiene keine Anbetung. Das gebührt Svarogh allein.«

Svarogh! Ein kalter Hauch legte sich auf ihre Gesichtshaut. »Der Name ist tabu«, flüsterte sie. War er nur den Menschen verboten? Dem Waldherrscher war er gestattet?

»Tabu? Wie meinst du das?«

»Niemand darf ihn aussprechen.«

»Und wie redet ihr dann mit ihm? Wie betet ihr ihn an?« Die Stimme des Waldherrschers hatte sich gesenkt.

»Es ist verboten, ihn anzurufen.«

»Was?« Eine Weile formten die Lippen des Waldherrschers tonlose Worte. Schließlich murmelte er: »Verboten, ihn anzurufen ...«

»Du wußtest das nicht? So bleibt dir sicher die Strafe erspart ...« Was redete sie! »So bleibt dir sicher die Strafe dafür erspart, daß du seinen Namen genannt hast.«

»Strafe?« Ein Schreien war es, ein entrüstetes Rufen. »Eine Strafe dafür, daß man des mächtigen Gottes gedenkt? Eine Strafe für das Anrufen des Himmelsschmiedes, des Schöpfers der Gesetze und des Lebens? Eine Strafe, weil ich den Namen dessen ehre, der Blitze schleudert, der die Sonne ist und der Mond, der den Frauen Fruchtbarkeit schenkt, der die heiligen Quellen und Hügel und Seen besucht, der uns den Sieg gibt über unsere Feinde?«

»Wir beten seinen Sohn an, Svarožić.«

»Seinen Sohn? Svarogh hat keinen Sohn! Was ist geschehen? Wer hat euch all das erzählt?«

»Du redest wirr, Waldherrscher.«

»Nein, ich habe nur lange geschlafen. Sehr lange, wie es scheint. Du bist es, die wirr redet und mich den Waldherrscher nennt. Der bin ich nicht.«

Nicht der Waldherrscher. Lange geschlafen. Seit Alena denken konnte, betete man zu Svarožić. Niemand sprach mehr vom Göttervater, und wenn er Erwähnung fand, dann wurde geflüstert und sich gegenseitig ermahnt, rasch von etwas anderem zu reden. Wie lange mußte dieser Mensch geschlafen haben! Und wenn er nicht der Waldherrscher war, wer war er dann?

»Hört zu«, sagte Tietgaud, »wenn Ihr bei uns seid, dann sprecht Fränkisch. Und hört auf, diese junge Frau anzuschreien. Was habt Ihr für einen Grund dazu?«

»Ihr würdet es nicht verstehen, ob ich Fränkisch spreche oder nicht. Aber wie Ihr wünscht, ich werde fortan in Eurem Beisein nicht mehr Slawisch mit ihr reden.«

Warum kniest du? bedeutete Embricho ihr mit den Lippen.

Alena schüttelte den Kopf, stand aber auf. »Wie sollen wir Euch nennen?«

Der Alte nickte langsam, als müßte er über ihre Frage nachdenken. »Ich bin Uvelan.«

Uvelan. Ein seltsamer Name. Alena kannte niemanden, der so hieß. Aber er hatte gesagt, daß er lange geschlafen hatte.

Die groben Dornen der Beere kratzten über Alenas Zunge. Sie schob sie von einer Seite zur anderen, rollte sie mit der Zungenspitze am Gaumen entlang. Dann drückte sie zu, half mit den Backenzähnen nach. Die Stachelbeere zerplatzte. Für einen Moment genoß Alena den süßen Geschmack, dann kaute sie die Haut. Sie schmeckte sauer. Alena griff nach einer neuen Beere. »Embricho«, fragte sie, »mögt Ihr noch eine Stachelbeere? Es ist die letzte.«

Der Hüne sah sie an und zögerte kurz. Dann streckte er seine Hand aus.

Alena lächelte. Sie nahm die Beere tief zwischen die mittleren Fingerknöchel. Als sie Embrichos Hand erreichte, streichelte sie mit den Fingerspitzen wie versehentlich über seinen Handteller, strich die großen Finger hinauf und ließ dann erst die Beere herabrollen.

Embricho steckte sie sofort in den Mund. »Danke.«

»Ist doch immer etwas Besonderes, wenn man noch Essen hat, obwohl eigentlich nichts mehr übrig ist, oder?«

»Hm.«

Er wollte nicht reden. Seit den Küssen im Regen vermied er es, sie anzusehen, das merkte sie deutlich. Es tat weh.

Vor ihnen gingen Tietgaud und der Alte. Sie sprachen die ganze Zeit, Alena konnte jedes Wort verstehen. Wie hatte sie sich nur derartig gehen lassen können! Nicht einmal echte Reue wollte sie empfinden. Unvernunft hatte sie ergriffen wie ein Kind, und wenn sie ehrlich zu sich war, wehrte sie sich nicht dagegen.

»Es wird nicht einfach die nächsten zwei Tage.« Uvelan

wischte sich eine geflügelte Ameise vom Arm. »Erst wenn wir das Gebiet der Warnower erreicht haben, sind wir sicher. Sie achten den Weletenbund. Ich kenne Cealadrag, den König der Weleten, wir sind gute Freunde. Die Warnower werden uns sicheres Geleit geben, weil sie Cealadrag fürchten.«

Cealadrag? Er war lange tot. Wußte das der Alte nicht? Es gab keinen Weletenbund mehr.

»Und was ist mit dem Weg bis dahin? Ihr scheint Euch auszukennen. Könnt Ihr uns helfen, zum Gebiet der Warnower vorzustoßen?«

»Vorher durchqueren wir Obodritenland. Wir können nur hoffen, daß wir niemandem begegnen.«

»Und wie soll das gehen? Streifen diese Wenden nicht in Haufen und Rotten durch den Wald?«

»Wenden? Habt Ihr gerade Wenden gesagt?«

»Ich ... was ist damit?«

»Es gibt keine Wenden.« Uvelan hieb zornig den Arm durch die Luft. »Versteht Ihr das? Franken! Obodriten und Weleten sind verfeindet. Wie könnt Ihr es wagen, sie mit einem Namen zu nennen?«

»Verzeiht. Also, die – wie hießen sie? – Obodriten, streifen sie nicht in Rotten durch das Land?«

»Ihr seid sehr unwissend. Warum sollten sie wie Tiere durch den Wald laufen? Denkt Ihr, alle Völker, die nicht Eurem Kaiser unterworfen sind, leben wie Ungeheuer? Die Obodriten haben Häuser, Dörfer, Burgen. Sie arbeiten auf Feldern, fischen, jagen, weben Kleider, genau wie Ihr auch.«

»Die Wenden – ja, ja, ich weiß, aber es ist mir egal, wie sie alle heißen – die Wenden sind und bleiben barbarische Götzendiener. Vielleicht leben sie in Dörfern, aber ihre Priester können nicht einmal lesen und schreiben. Und wenn sie uns so ähnlich sind, warum vermögen sie dann nicht, Schwerter zu schmieden? Warum bauen sie keinen Wein an?«

»Wie kommt es, daß dumme Menschen sich immer für besonders klug halten? Ihr streitet, und ich möchte meine

Hand dafür ins Feuer legen, daß Ihr noch nicht *eine* Siedlung östlich der Elbe besucht habt.«

Tietgaud schwieg.

»Da seht Ihr es. Also hört auf, von Rotten zu sprechen. Schwierig genug wird es ohnehin, vor allem, sobald wir die Stepenitz überquert haben. Irgendwo dort steht eine große Obodritenburg, aber ich weiß nicht genau, wo.«

»Das Kastell bei Magdeburg –«, begann der Mönch.

Uvelan hob die Hand. »Wartet.«

Alena blieb stehen, sah sich um. Brun und Audulf blickten irritiert auf den Alten. Der tat einen Atemzug, daß es laut in seiner Nase rauschte. Noch einen.

»Riecht Ihr das?«

Alena sog Luft ein. Es roch nach Fäulnis und Schlamm.

»Wir müssen nahe an der Stepenitz sein. Runter vom Weg!«

Unter Uvelans Führung steuerten sie in das Gehölz hinein.

»Wir werden uns die nächsten Tage durch den Wald schlagen.«

»Warum das?« Tietgaud ging eiligen Schritt, um neben Uvelan zu gelangen.

»Weil die Obodriten keine wilden Tiere sind, einfältiger Mönch. Sie benutzen die Wege. Und wir werden das nicht mehr tun, um ihnen nicht zu begegnen.«

Der Alte lief einen großen Bogen, bis sich die Bäume lichteten und eine Wiese vor ihnen lag. Die Gräser standen hoch, und verstreut zwischen den Halmen ragten Stengel von einem Schritt Höhe hinauf, an denen tiefrote, in sechs Spitzen auslaufende Blüten wuchsen. Uvelan beugte sich zu einem dieser Stengel herab und befühlte die Blütenblätter. »Blutaugen. Rechnet mit Wasserlachen, wenn wir über die Wiese laufen.« Er richtete sich wieder auf. »Und das dort hinten wird die Stepenitz sein.«

Alena folgte seinem Blick. Schilf und Binsen teilten die Wiese auf halbem Wege zum gegenüberliegenden Waldrand.

»Wenn Ihr klug seid, zieht Ihr die Schuhe aus.«

Bald begrüßte Nässe Alenas Füße. Die Halme, die von den vor ihr Laufenden heruntergetreten worden waren, bildeten eine Matte, durch die schwarzes Wasser schwappte. Mitunter quoll auch breiiger Morast zwischen Alenas Zehen. Nach verrottenden Pflanzen roch es, nach Fäulnis und Moder. Jeder Schritt schmatzte.

Alena raffte ihr Kleid bis zu den Knien und hielt Abstand zu Embricho, um keine Schlammspritzer abzubekommen. Hinter sich hörte sie Audulf lachen.

»Was lacht Ihr?« rief sie.

»Ach, einfach wegen des Gefühls an den Fußsohlen. Merkt Ihr nicht, wie der Schlamm sich weich um Eure Haut legt?«

»Und das findet Ihr lächerlich?«

»Es ist wunderbar.«

Einige Momente gab sie sich der Vorstellung hin, vom Hünen über den Morast getragen zu werden. Wenn sie doch nur in seinen Armen liegen könnte, an die starke Brust geschmiegt ... Sie würde das Schmatzen unter seinen Füßen hören, und sie würde Dankbarkeit empfinden, große Dankbarkeit. Sie glaubte, den schaukelnden Gang seiner Schritte zu fühlen, den starken Griff der Hände.

»Wie sollen wir da hinüber?« Tietgaud war zwischen Embricho und den Alten getreten, die das Schilf und die Binsenhalme auseinanderbogen.

Alena schluckte. Das Sonnenlicht wogte auf dunklen Wellen. Der Fluß war sicher fünf Schritt breit, tiefes, lautloses Wasser. Es zog nicht schnell dahin, die vielen Biegungen hemmten es. Aber gerade das langsame Dahinfließen ließ das Wasser tückisch erscheinen.

»Zu Fuß«, sagte der Alte.

Embricho löste Schwert und Dolch samt den Scheiden aus dem Gürtel. Er drehte sich nach Brun und Audulf um: »Tragt Eure Waffen über dem Kopf. Und die Felle, wenn Ihr heute Nacht trocken schlafen wollt.« Sie gehorchten, zogen ebenfalls ihre Klingen aus den Gürteln. »Brun, soll ich dir mit dem Fleisch helfen?« Brun schüttelte den Kopf. Er hob das Schwert, das Fell und das dicke Rehhautbündel scheinbar mühelos in die Höhe.

Ist das Wasser kalt? wollte Alena fragen. Nein, die Blöße würde sie sich nicht geben, sie würde ohne einen Laut hineingehen. An den Männern vorbei lief sie als erste zum Wasser. Sie hoffte, daß Embricho ihre Tapferkeit bemerkte. Das kalte Naß biß sie in die Waden, kletterte über die Knie und immer höher hinauf, zog am Gewand. Alena fühlte Steine und weichen Schlamm unter den Füßen, dann einen Ast, der unter ihrem Gewicht zerknackte. Mit der Rechten reckte sie das Messer und mit der Linken die Schuhe weit in die Höhe. In der Mitte des Flusses hielt das Wasser kurz unterhalb der empfindlichsten Körperteile an – Alena lief schon auf den Zehenspitzen –, dann zog es sich zurück. Sie machte große Schritte, zerrte das Kleid durch die schwere Wassermasse. Zwischen den mannshohen Schilfstengeln kletterte sie ans Ufer.

Hinter sich hörte Alena die Stimme des Alten mit großer Ruhe sagen: »Bleibt, wo Ihr seid, Frau. Ihr anderen vergeßt, daß sie da ist.«

Was wollte er? Sie drehte sich um. Dort standen sie, inmitten des Flusses: Embricho, Brun, Tietgaud, Audulf und der Alte. Niemand sah Alena an. Sie schauten alle flußaufwärts, hielten ihre Bündel und Waffen über die Köpfe, reglos. Wie tote Felsen trotzten sie dem Strom.

Eine Stimme erscholl: »Legt eure Schwerter ins Boot. Wenn ihr eine falsche Bewegung macht, habt ihr einen Pfeil im Hals.«

»Er sagt«, übersetzte der Alte, »daß wir die Waffen ins Boot legen sollen.«

Langsam ließ sich Alena hinuntersinken. Sie streckte die Beine aus, beugte auch die Ellenbogen, bis sie in voller Länge auf dem Boden lag. Das schwarze Wasser sog sich kalt in ihre Kleider, und sie steckte mit dem Kinn im Morast, während ihr das faulige Naß bis an die Unterlippe schwappte. Die Haare hingen rechts und links in der dunklen Brühe. So stark war der Modergeruch wenige Fingerbreit über dem Wasser, daß ihr der Atem stockte.

Sie sah Boote herangleiten, in denen Männer saßen mit Bögen, Pfeile aufgelegt und die Sehnen gespannt. Andere hielten Äxte an langen Schäften.

»Ist es nicht gestattet, durch das Obodritenland zu reisen?« Uvelans Stimme zitterte, ob vor Kälte oder vor Furcht, konnte Alena nicht sagen.

»Sicher, alter Mann. Aber deine Gefährten tragen Kettenhemden und Schwerter, und jenem dort baumelt das fränkische Zauberzeichen auf der Brust. Es sind doch nicht Franken?«

Tietgaud schrie in fränkischer Sprache: »Kaiser Ludwig wird Euch zu bestrafen wissen!«

»Sie verstehen dich nicht, Mönch«, sagte Uvelan.

Die Boote hatten die Gruppe erreicht. Alena hörte die erbeuteten Klingen in den hohlen Bootsrümpfen aufschlagen.

»Gut so. Zieht sie heraus. Ihr nehmt den Schreihals, wir nehmen den Alten und den Dünnen, und ihr packt den Kräftigen. Javor wird zufrieden sein mit uns. Die Schwerter sind ein Vermögen wert.«

Warum tat der Alte nichts? Warum versenkte er nicht die Boote der Obodriten, warum ließ er keinen Sturm auf sie herabfahren? War dieser Alte wirklich ein Mensch, machtlos und schwach wie alle anderen?

Aber vielleicht waren Vily in der Nähe, und er konnte im Gebiet der Wasserfrauen nicht handeln, ohne sie zu erzürnen. Alena erschauderte. War dort nicht der durchsichtige Körper einer Vila zu sehen, ihr weißes Kleid im Windhauch, die langen, rötlich blonden Haare?

Einer der Fremden sah um sich. Gerade noch rechtzeitig, bevor sich der Blick in ihre Richtung wandte, tauchte Alena das Gesicht in den Morast.

11. Kapitel

Wer immer Rethra das erste Mal sah, ob Gesandte von Königen und Stammesfürsten oder einfache Männer und Frauen – sie blieben auf dem Weg dorthin wieder und wieder stehen, um mit ihren Augen die Größe der Tempelburg zu messen. Umgrenzten sonst Burgen mit ihren Mauern einen kleinen Bereich, je nach der Besatzung, die zur Verteidigung aufgestellt werden konnte, so umarmte Rethra einen Hang von einer Weite, daß es kaum ohne ein Schwenken des Kopfes zu fassen war. Mehr als zweihundert Schritt holten die äußeren Mauern aus, griffen tief in das Land hinein, als wollten sie es dem Tempel erobern, es den heiligen Wäldern streitig machen, die die Burg umgaben.

Und Burgen hatten *ein* Tor, im Höchstfall zwei, um Angreifern wenig Schwachpunkte zu bieten. Rethra verfügte über *sechs*: drei im äußeren Mauerring, Tore ohne Türme, und drei im inneren Mauerring, von denen jedes mit einem mehrstöckigen Turm gesichert war.

Den ersten Mauerring umgab ein Graben, drei Mannslängen breit. Er grenzte an einen mit quaderförmigen Granitblöcken verkleideten Wall. Einer steinernen Woge glich er, einem gepanzerten Buckel. Auf jenem Wall begann das Schanzwerk aus Erde und Holz. Dicke Stämme waren es, die sich aneinanderfügten und hölzerne Verstrebungen, Erde und Steine wie in einem Bauch verbargen. So breit ruhte der Wehrgang über dem Palisadenwerk, daß darauf ein Ochsenkarren rings um die Burg fahren konnte. Nur einen schmalen Bruch gab es im Wall, dort, wo der Teich ihn berührte. Hier floß bei starken Regenfällen das Wasser aus der Vorburg ab.

Der innere Mauerring bestand aus einer steilen Böschung von sechs Schritt Höhe, ebenfalls mit zahllosen Steinen verkleidet. Aus der Böschung ragten Baumstämme empor, boten den Menschen hoch oben Schutz – je fünf waren einen ganzen Schritt höher, dann folgten fünf niedrigere, und wieder fünf höhere, so daß es gute Verstecke vor den feindlichen Geschossen gab, gleichzeitig aber Winkel, aus denen heraus die Besatzung Rethras Speere schleudern und Pfeile schießen konnte.

Wie ein zu weit geratener Gürtel hing die Mauer am Hügel und gab die Sicht frei auf den Tempel; trat der Hochpriester aus dessen Tür, so tat er es genauso unübersehbar, wie die Sonne am Morgen ihren Weg über den Himmel begann. Er war auf den Hörnern von Tieren erbaut; bleiche Knochen waren es, die ringsum aus dem Fundament ragten: die Hörner von Ziegenböcken, Wisenten, dem Ur, auch die gebogenen des Widders. Dazwischen Geweihschaufeln von Elchen. Nichts anderes wäre ein angemessenes Fundament für das Haus Svarožićs gewesen, des Gottes des Feuers und des Krieges, als diese Zeugnisse von Kraft und Gewalt.

Den Tempel umgaben lange Bohlen, wie dünne, übermenschengroße Geister, jede mit einem Kopf und schrecklichem Gesicht. Die schmalen Köpfe ragten über den Rand des Tempeldaches hinaus. Mit grellen Farben waren sie angemalt, Farben, die weder Schnee noch Regen lösen konnte. Die Körper der Geister waren in männlichen und weiblichen Formen ausgearbeitet, aber sie trugen keine Arme – das waren Glieder, die ein fliegendes Wesen nicht benötigte. Nicht selten schraken Besucher zusammen, die den Göttern opfern wollten und plötzlich zu bemerken meinten, daß eine dieser Statuen atmete. Die Geister verfolgten jede Bewegung mit den Augen, standen den ganzen Tag mit aufgerissenen Mäulern da, immer bereit, eine schuldige Seele zu verschlingen. Noch furchteinflößender als tagsüber waren sie des Nachts anzuschauen – lebendig gewordene, lauernde Dämonen, im Licht an die Tempelwand gekettet, aber in der Dunkelheit frei für die Hatz auf schwache Menschen.

Wie es im Inneren des Tempels aussah, wußte außer den Priestern niemand. Unermeßliche Schätze waren im Tempel angehäuft, so erzählte man sich, und die heiligen Waffen aller Stämme ruhten neben den Göttern selbst.

»Ein slawisches Delphi, die athenische Akropolis in den Wäldern der Wilden«, hatte einmal ein Fernhändler gemurmelt, und einer der fünf Männer, die Genaues wissen konnten, jener von ihnen nämlich, der die Macht hatte, Rethra zu führen, hatte leise genickt.

Jarichs Priesterbinde saß schief, stellte Nevopor mit Verachtung fest. Der Priester hatte das Gesicht eines Ackergauls. Hätte Nevopor Zähne wie er, er würde nicht so oft lachen.

»Nevopor, was schaust du so grimmig?« Jarich löste sich aus einer Gruppe von Menschen und kam näher.

»Ich schaue wie immer.«

»Das wäre ernstes Schauen. Du schaust aber grimmig.« Er gab Nevopor einen leichten Stoß vor die Brust und lachte. »Hör zu, vielleicht kann dich das aufheitern: Ich hatte vorhin einen Mann hier, dem haben Schweine das Feld verwüstet. Er wollte, daß ich sie verfluche. ›Wem gehören die Tiere?‹ habe ich ihn gefragt. ›Dem Zupan‹, sagte er. ›Bitte, Priester, geh auf den Wall, in dieser Richtung liegt unser Dorf. Wenn du einen Fluch sprichst, werden die Biester verrecken.‹ Ich sage dir, Nevopor, dieser Mann hat Wut mit sich herumgetragen! Und weißt du, was ich getan habe? Ich habe ihm geraten, sich beim Zupan zu entschuldigen. Was er für ein Gesicht gemacht hat! Ich sagte: ›Geh nach Hause, entschuldige dich beim Zupan dafür, daß dein Feld keinen Zaun hatte. Er wird dir Gutes tun.‹ Du hättest den Mann sehen sollen. Ihm sind die Augen hervorgequollen, als hätte er einen Sack Steine verschluckt.«

Nevopor ballte eine Faust und drückte sich die Fingernägel in die Handfläche. »Jarich, wir haben viel Volk in der

Burg heute, tu mir einen Gefallen und gib dich ernsthaft, wie es einem Priester zusteht.«

»Findest du nicht, daß es ein kluger Rat war? Der Zupan wird genauso –«

»Ich kann mir denken, was der Zupan sagen wird. Bitte, gib Frieden. Du solltest deine Kleidung überprüfen.«

»Meine Kleidung?« Jarich sah am Priestermantel hinunter und fegte an einigen Stellen mit der Hand über den Schmutz. »Habe ich dir schon berichtet, was mein ältester Sohn gestern verlauten ließ? Wenn Alena fort ist, sagte er, ist Rethra eine Fürstentochter ohne Schmuck.«

»Tatsächlich?«

»Das hat er gesagt. Sitzt still da, daß man sich schon Sorgen macht, er könnte krank sein, und dann plötzlich sagt er so etwas. So wie Donik kürzlich. Wo war das doch? Unten, in der Vorburg, er hat Reisig zu einem Besen gebunden.«

»Donik? Was hat Donik gesagt?« Nevopor hatte zum Tempel hinübergesehen. Jetzt blickte er Jarich ins Gesicht.

»Ganz blaß hat er ausgesehen. Und leise vor sich hingesprochen.«

»Donik sieht immer blaß aus.«

»Er hat das Seil festgezurrt und gemurmelt ... ›Man kann es ihm nicht verdenken.‹ Ja, das waren seine Worte. Schwerfällig hat er sie gesprochen, als ächze er unter einer Last. Hast du ihn geschlagen?«

»Nein.«

»Bist du sicher? Bestimmt hast du ihn geschlagen.«

»Ich sagte: nein. Wann hat sich das zugetragen?«

»Ich weiß nicht, vorgestern? Richtig, ich hatte kurz zuvor mit diesem Köhler gesprochen, ein verrückter, alter Mann, jahrein jahraus in seiner Hütte beim Kohlenmeiler.«

»Erzähl mir ein anderes Mal von ihm.« Nevopor legte Jarich kurz die Hand auf den Arm, schob sich an ihm vorbei. Er mußte Donik finden.

Es kostete ihn Kraft, ruhige, gemessene Schritte zu machen, während er auf das Westtor zu ging. Beobachten würde nicht genügen. Er würde ihn zur Rede stellen. Das hatte er vom Vater gelernt: Wie man Menschen zur Rede stellte. Je weniger man selbst sprach, desto unausweichlicher war der Unterlegene zum Sprechen gezwungen. Nevopor entsann sich des bohrenden Blickes, den der Vater, als er noch lebte, mitunter auf ihn gerichtet hatte. Es waren kaum Worte nötig gewesen – dieser Blick genügte, und Nevopor wußte, daß es nötig war, einen Fehler zu gestehen.

Donik würde sagen, was er verschwieg. Und ohne daß Nevopor ihn schlug oder mit dem Zorn Svarožićs bedrohte. Wenn er ihn ansah, würde der Linone wissen, daß jede Ausflucht zwecklos war.

Er trat in den Schatten des Turmes, ging an den Wachen vorbei, sah sie die Köpfe neigen. Sie hatten ihre Äxte auf den Boden gestellt und hielten nur das Ende des Schaftes in der Hand. Hinter ihnen bildeten Steine das Turmfundament, trugen die schweren, dicken Stämme. Als er das Tor passiert hatte und wieder in die Sonne hinaustrat, blieb er stehen. Er sah die Treppe hinab: zehn Stufen, Podest, zehn Stufen, Podest, zehn Stufen. Es ging zum äußeren Mauerring. Auf dem weiten, abfallenden Hang grasten Pferde. Nevopor stellte sich das Gelände mit Tausenden Menschen gefüllt vor, die ehrfürchtig zum Tempel hinaufschauten. In einer Woche würde es wieder soweit sein. Kein Orakelspruch dieses Mal, sondern ein Menschenopfer. Es war Zeit dafür; Svarožić hatte weise entschieden.

Und es war eine Gelegenheit, Alena mit Macht auszustatten. Seine Befürchtung war nicht eingetreten, die Tochter hatte den Widerspruchsgeist der Mutter nicht geerbt. Sie war *sein*, verfügte zwar über Kampfeswillen und eigene Wünsche, aber in ihr schlug das Herz Rethras. Sie strebte nach Ansehen, und er würde ihr zu Ansehen verhelfen, denn sie war bereit, Rethra zu stärken, ihn zu stärken. Er konnte sich auf Alena verlassen. Aus dem wilden Mädchen war eine starke Frau geworden, die ihm die Treue hielt. Sie würde der Pfosten sein, der Rethra hielt, wenn er alt wurde und die Zähne verlor. Seine Tochter würde den neuen Hochpriester lenken, bis es einen Sohn gab, einen neuen Nevopor, der alles fortzuführen in der Lage war.

Wie es ihr wohl erging? Führten sie just in dem Augenblick einen namhaften Franken gefangen mit sich, einen Grafen, einen reichen Kaufmann? Ihr würde es gelingen, seine väterlichen Erwartungen noch zu übertreffen. Sicher näherte sie sich bereits mit stolzem Herzen Rethra zu. Er würde ihr einen würdevollen Empfang bereiten.

Donik. Es durfte keine Schwäche geduldet werden.

Er beachtete die Frauen und Männer nicht, die die Treppe hinaufkamen und sich vor ihm verneigten. Stufe für Stufe ging er, auch wenn in ihm Zorn und eine leise Furcht miteinander rangen. Stufe für Stufe. Nevopor senkte nicht den Kopf, um die Kanten zu finden. Seine Füße waren mit ihnen seit Jahren vertraut. Er hielt den Blick erhoben, sah auf den Mauerring, auf das Haupttor.

Von den Ställen her näherte sich ein Schwarzschopf. Dort, wo der Wall am Teich unterbrochen war, zog er sich mit den Armen die Treppe hinauf, erhob sich aus der Hocke, und kam Nevopor entgegen.

»Wo warst du?«

»Bei den Ställen, Herr.«

»Was hast du dort getan?«

Ein Zögern. »Ich habe ein Pferd umgetauscht, ein müdes gegen ein frisches.«

Keine weitere Frage, Nevopor. Er mußte ihn sprechen lassen. Er sah den Linonen an, grub seinen Blick in dessen Augen. Donik würde sprechen.

Nichts.

Der Linone wußte, daß er reden sollte, sicher wußte er das. Müßte er sonst nicht verwirrt fragen, was Nevopor wünschte? Aber er sprach nicht. Er hielt Nevopors Blick lange stand, ehe er die Augen niederschlug.

Donik hatte ihm nur gesagt, was er durch Nachforschungen innerhalb von Augenblicken herausfinden würde. Was bezweckte er? Nie hatte sich der Linone aufgelehnt, nie einem Wort Nevopors widersprochen.

Nevopor wurde sich der Menschen bewußt, die um sie herum die Treppe hinaufstiegen oder von der Burg herabkamen. »Folge mir.«

Das Gefühl hatte ihn nicht getäuscht. Er meinte körperlich zu spüren, wie ihn etwas bedrohte, etwas, das keine Belanglosigkeit war; es war ein erdrückender Schatten, ein kriechendes, lähmendes Gift.

Sie passierten das Westtor, überquerten den Hof. Das kleine Seetor stand verlassen. Nevopor hob den Riegel von Eichenholz aus den tragenden Haken und warf ihn zur Seite. Donik mußte bemerken, daß er es selbst getan hatte. Jeder Untertan wußte, was es bedeutete, wenn der Herr die Arbeit tat, die dem Untertan zustand. Es gab nur zwei Gründe für dieses Verhalten: Größtes Wohlwollen oder vernichtende Ungnade. Er schob einen Flügel des Tores auf. »Los, hinunter zum See.«

Der steile Hang zur Linken, neben dem Nevopor und Donik die Böschung hinabstiegen, war mit Granitblöcken verkleidet. Häufig erschien es Nevopor, als wäre die Burg auf dem Panzer einer riesigen Schildkröte errichtet. Der Burgbaumeister hatte gute Arbeit geleistet.

Sicher gab es einen Weg, wie er Doniks Widerstand brechen konnte. Nicht mit Folter, nicht mit Macht, sondern mit einer Mischung aus Aufforderungen an die Vernunft und Erinnerungen an das Gemüt. Donik war klug. Nevopor würde ihn wie einen klugen Menschen behandeln.

»Warum sind wir hier?« fragte der Linone und sah hinaus auf den See.

»Sag du es mir.«

Die Lippen in Doniks blassem Gesicht schlossen sich schmal.

»Siehst du dieses Wasser? Fische leben darin, Krebse und Würmer. Der See ist ihr Vater.« Nevopor gab ihm einen Augenblick, darüber nachzudenken.

Auf dem Gesicht des Linonen war keine Regung zu erkennen. Drei langsame Atemzüge zählte Nevopor.

»Du weißt, daß ich keinen Sohn habe und nur eine Tochter. Ich habe mich nach einem Sohn gesehnt. Damals, als wir in Richtung Westen reisten und euer Dorf besuchten, hat dein Onkel in mir diese Sehnsucht erkannt. Er wußte, wenn er dich mir zum Knecht gibt, würde ich dich behandeln wie mein eigenes Kind.«

Donik schwieg. Wind fuhr ihm in die kurzen, schwarzen Haare. Nevopor glaubte, die Augen des Linonen zucken zu sehen, als fänden sie keinen Halt. Es schien der richtige Weg zu sein, den er beschritten hatte.

»Habe ich dich nicht aufgenommen wie einen Sohn? Kaum habe ich dich geschlagen oder dir Schlaf und Speise vorenthalten. Lüge ich?«

»Nein, es ist wahr.«

»Dann rede: Was besorgt dich?«

»Habe ich Grund zur Sorge in deiner Nähe?«

»Antworte du.«

Schweigen.

Nevopor ballte die Fäuste. »Was hast du bei den Ställen getan?« Es war keine ruhige, freundliche Frage mehr. Der wachsende Zorn hatte ihn lauter sprechen lassen, als er es beabsichtigt hatte.

»Ich habe ein Pferd ausgetauscht.«

»Für wen?«

Donik schloß die Augen und schüttelte den Kopf.

»Wie willst du sterben?« donnerte Nevopor. »Willst du, daß die weiße Frau dich holt, bevor deine Kerze in der Unterwelt abgebrannt ist? Willst du, daß sie ihre Sense nach dir ausstreckt, wenn es noch zu früh ist? Dann wird es auch nichts helfen, daß man dich verbrennt – Svarožić, der Herr über das Feuer, wird dir den Eingang in die Unterwelt verwehren. Du wirst als Fledermaus, als Schatten, als Rabe durch die Welt irren. Willst du das? Donik, ist es das, was du willst?«

Das Gesicht des Linonen war steinern. Aber er hielt die Augen weit geöffnet, und Nevopor konnte an den Nasenflügeln sehen, daß er hastig atmete.

»Du weißt, welche Macht ich als Hochpriester habe. Sind die, die dich zum Schweigen zwingen, mächtiger als ich?«

»Nein.«

»Dann rede! Wer ist es?«

»Ich selbst zwinge mich zum Schweigen.«

»Du lügst, Linone! Sage mir, wer deinen Geist verwirrt hat.«

»Niemand. Ich sage die Wahrheit.«

»Daß ich die Stallknechte befragen lassen kann, weißt du. Also werde ich so oder so wissen, wessen Pferd du getauscht hast. Du hast dir das Leben, das du hier führen durftest, bereits zerstört, weil du mir getrotzt hast. Zerstöre dir nicht noch das Paradies nach deinem Tod, Narr. Für wen hast du ein frisches Pferd besorgt und warum?«

Ein Flüstern war es nur: »Vergib mir, Nevopor.«

»Natürlich. Der Augenblick mag dich verwirren. Ich werde deine Strafe mildern, wenn du jetzt redest und mir nichts verschweigst.«

Der Linone stand still.

»Du willst nicht? Ich warne dich. Mache mich nicht zornig, das würdest du bereuen.«

»Du warst gut zu mir. Dafür danke ich dir. Aber bei dem, was ich in meiner Kindheit als Ehre kennengelernt habe: Ich werde über mein Handeln am Stall nicht sprechen.«

Augenscheinlich trug er mehr von seiner linonischen Vergangenheit in sich, als Nevopor geglaubt hatte. Er hatte ihn unterschätzt. Schlecht war das. Schlecht! Im Mund nahm er einen Hautlappen zwischen die Zähne und biß ihn wund. »Wie du willst. Lange hast du meine Gunst gespürt, junger Linone. Jetzt lerne, was es heißt, sich gegen den Hochpriester Rethras zu stellen. Du wirst dich hier nicht vom Fleck rühren.«

Donik nickte ergeben.

Es gab zwei Möglichkeiten, dachte Nevopor, während er den Hang erklomm. Entweder war die Macht derer, die den Linonen zum Schweigen zwangen, tatsächlich größer als die seine. Das war schwer vorstellbar. Oder er unterschätzte Nevopors Entschlossenheit. Nevopor würde ihm zeigen, welchen Fehler er machte.

Er trat durch das Tor, überlegte kurz, ob er es schließen sollte, ließ es dann aber offen. Als er den Schatten des Turmes verlassen hatte, rief er die Wache auf der Ostmauer an: »Heda! Dort unten am Seeufer steht mein Knecht. Wenn er einen einzigen Schritt macht, durchbohre ihn mit deinem Speer. Hast du mich verstanden?«

»Ja, Herr.«

»Du bürgst mit deinem Leben.«

Warum mußte ausgerechnet Tag der Rechtsprechung sein? Die Burg war angefüllt mit Menschen. Kinder zeigten ehrfürchtig aus der Ferne auf den Tempel, einige Männer hatten sich näher herangewagt und verneigten sich vor den Bohlenstatuen, die ihn umgaben. Wo Miesko, Jarich und die beiden anderen standen, konnte Nevopor nur erahnen; Menschentrauben verbargen die Priester. Unzählige warteten darauf, ihre Anliegen vorzutragen.

Da, das war Mieskos Stimme. Nevopor stellte sich hinter die Menge, zwang sich zu Geduld. »Bitte«, sagte er. Einige Männer und Frauen drehten sich um, rissen erschrocken die Augen auf und machten Platz. Schnell war eine Gasse entstanden, die zu Miesko führte. Nevopor sah den wackelnden Kopf des Priesters.

»Ja, ich kann zu dieser Hochzeit raten.« Miesko begleitete seine Worte durch ungeordnetes Kopftanzen und Kopfrütteln, wie er es immer tat – es sah aus, als wollte er dem Gesagten durch beständiges Kopfnicken Nachdruck verleihen. »Du wirst eine gesunde Familie haben mit diesem Mädchen.«

Nevopor wartete, bis Miesko den jungen Mann verabschiedet hatte. Dann legte er dem Priester die Hand auf die Schulter und sprach ihm leise ins Ohr. »Wir müssen diese Menschen fortschicken. Donik steht unten am See. Ich möchte, daß du folgendes tust: Laß sechs Schritt vom Ufer entfernt einen Pfahl in den Boden eingraben und binde Donik daran fest. Sorge dafür, daß während der Arbeiten nicht gesprochen wird. Sieh ihn nicht an. Er soll spüren, daß er todgeweiht ist.«

»Bist du dir sicher, daß ich das tun soll?«

Nevopor richtete sich auf und sagte laut zur Menge: »Der Dienst für den Unsterblichen erfordert, daß wir euch verlassen. Wenn ihr dringenden Rat benötigt, sprecht mit den anderen Priestern Svarožićs.« Damit wendete er sich ab und lief zum Westtor. Das Murmeln, das er hinter sich hörte, mißfiel ihm. Er blieb stehen, verharrte reglos, ohne sich umzusehen. Rasch wurde es still. Begann der Ungehorsam bereits, seine Fangarme auszustrecken? Nevopor würde das Unheil ersticken, gleich zu welchem Preis.

Die Stallburschen zogen sich von ihrem Gefährten zurück. Sie drängten sich an die Scheune, gerade noch nah genug, um verstehen zu können, was gesprochen wurde, aber in geeigneter Entfernung, um bei Gefahr fortzulaufen. Es war, als würden sie ihn opfern, weil sie hofften, so ihre Haut zu retten. Verlegen sah der junge Bursche auf seine Hände herab. Sie zitterten. Nach einem kurzen, furchtsamen Blick auf Nevopor nahm er sie hinter den Rücken.

»Du hast Donik das Pferd gesattelt?«

Er nickte. »Ich dachte ... Ich konnte doch nicht wissen, daß er nicht in deinem Auftrag –«

»Welches Pferd war es?«

»Es war Unka, die Gescheckte. Eines von den Botenpferden.«

»Warum kein gewöhnliches, langsameres Pferd?«

»Er sagte, daß es ein schnelles sein sollte.«

»Tatsächlich, das hat er gesagt? Was noch?«

»Nichts, nur, daß er ein schnelles Pferd braucht und es gegen dieses dort eintauscht.« Der Bursche wies auf einen Braunen, dessen Zügel durch einen eisernen Ring an der Stallwand gezogen waren. Ein Holzeimer stand vor ihm, und Wasser tropfte vom Maul herab. Die Flanken des Pferdes zitterten.

»Es hatte großen Durst?«

»Nicht nur das! Es war auch völlig naßgeschwitzt. Ich habe es mit Stroh abgerieben.«

»Wem hat Donik die Gescheckte übergeben?«

»So genau habe ich da nicht hingesehen. Ein älterer Mann, ich glaube, er hatte einige Zahnlücken.«

»Ist dir sonst etwas an ihm aufgefallen?«

»Nein, ich –«

»Wie heißt der Rappe, den der Anführer der Tempelgarde sein Eigen nennt?«

»Ardagoste.«

»Genau, Ardagoste. Sattle ihn.«

»Du reitest dem Mann nach?«

»Nein, nicht ich. Barchan selbst. Und sattle nur dieses Pferd. Er reitet allein.«

Hammerschläge hallten aus der Ferne wider. Drei Schläge, einer leiser als der andere. Stille. Wieder drei Schläge: laut, leise, leiser. Stille.

12. Kapitel

Es träufelte von Alenas Nase herab; sie spürte, wie Wasser aus dem ganzen Gesicht zusammenlief und sich an der Nasenspitze sammelte, bevor es sich mit einem feinen Kitzeln löste und fiel. Drip. Drip. Drip. Wenn sie die Augen öffnete, würde der Dreck hereinlaufen. Auch den Mund mochte sie nicht bewegen. Es war genug von dem fauligen Wasser zwischen den Lippen eingedrungen, daß sie den Geschmack stumpf und bitter mit der Zunge von den Zähnen lesen konnte.

Sie kauerte auf allen vieren im Morast. Mit den Knien und den Handgelenken steckte sie im sumpfigen Grund. Die Vily umtanzten sie, lachten, wie ein Windhauch klang es: das Lachen ihrer durchsichtigen Körper. Sie faßten sich an den Händen und tanzten einen Reigen, rings um sie herum. Die rötlich blonden Haare wehten bei ihrem lustigen Tanz, die weißen Kleider flatterten. Wenn sie die Augen öffnen würde, würden sie sich in Schwäne verwandeln.

»Ich habe keinen Kuchen, keine Rüben und keine Gurken für euch«, hörte Alena sich sagen. »Vergebt mir, daß ich mich ohne Geschenk genähert habe.« Sie würgte, nahm ihren Speichel zusammen und spuckte aus. Der faulige Geschmack erfüllte ihren ganzen Mund.

Eine Vila beugte sich zu ihr herab. Sie streichelte Alena sanft über den Kopf. Die Berührung trieb ihr heißes Wasser in die Augen.

»Könnt ihr die Obodriten nicht fortstoßen?« rief sie. »Bitte, befreit die Franken. Mein Geliebter ist unter ihnen, und mein Opfer, er ist beides.«

Rauschen erfüllte dic Luft. Erschrocken riß Alena die Augen auf, sah zum Himmel. Die Vily? Nein, ein Storch war es. Er schwebte näher, schlug zum Landen kräftig die großen Flügel: Weiß waren sie am Körper, schwarz an den Enden. Nur wenige Armlängen entfernt setzte der Vogel die Beine in das dunkle Wasser und begann, mit ungelenken Stelzschritten durch das Schilf zu laufen. Er hielt den Kopf am langen Hals herabgesenkt, sah nach rechts und nach links, bog mit dem langen, roten Schnabel die Binsenhalme auseinander.

Warum bemerkte er Alena nicht? War sie zur Vila geworden, unsichtbar?

Da waren noch mehr Augen, die den Storch besahen. Sumpfschildkröten reckten ihre Köpfe aus dem Wasser; gelbe Hälse und starre, grelle Augen mit einem tiefschwarzen Punkt in der Mitte. Alena fühlte sich mit den Tieren verbunden, weil sie wie sie im Morast steckte. Sie betrachtete die schwarz und bernsteinfarben gemusterten Panzer, die mit hellen Punkten gesprenkelten Beine. Keine Vila. Eine Sumpfschildkröte war sie.

Es wäre ein würdiges Ende für diesen bösen Traum. Weil sie Mstislav nicht gewarnt hatte, waren er und die anderen umgebracht worden. Weil sie auf dem Baum das Totenlied gesungen hatte, hatten zwei Dutzend fränkische Männer den Tod gefunden. Wenn die Obodriten den Marder zu ihrem Fürsten brachten und er ihn von einem Angriff auf Rethra überzeugte, was dann? Hatte sie nicht schon längst mehr *zerstört*, als selbst den fähigsten Menschen in ihrem Leben *aufzubauen* gelang?

»Alles, was ich wollte, Lichtbringer, war, meinem Vater gehorsam zu sein.« Es war gelogen. Sie hatte Ansehen gewollt und Freiheit zu tun, was sie wünschte. Hieß diese Freiheit nicht Macht?

Der Storch flog auf und landete ein Stück entfernt wieder.

»Ich wollte keine sein, die Zerstörung veranlaßt. Ich bin

mit den Männern nur deshalb in Richtung Elbe gezogen, weil mein Vater es befohlen hatte. Kannst du, Svarožić, nicht alles wieder rückgängig machen? Laß mich aus diesem Traum erwachen, laß mich die Mutter eines kleinen Sohnes oder einer kleinen Tochter werden, und ich will dir ein großes Opfer bringen. Wird es ein Sohn, so werden Vater und ich ihn zu einem würdigen Priester für dich erziehen. Wird es eine Tochter, so will ich den Ertrag unserer vier Hände außer dem Nötigsten, das wir verzehren, deinem Tempel schenken. O bitte, Svarožić, laß mich erwachen! Ich bin zufrieden mit einem ganz einfachen Leben.«

Sie schloß die Augen und öffnete sie wieder. Im schwarzen Wasser blickte sie in ein enttäuschtes Gesicht. Sie hätte Embricho nicht küssen dürfen. Konnte ihr Svarožić nicht verzeihen? Sie wagte nicht, noch einmal die Augen zu schließen.

Mit einem langen Seufzer erhob sie sich. Die Brühe floß in Bächen an ihrem Kleid herab. Es hatte eine nachtschwarze Farbe angenommen und stank. Alena reckte den Hals, sah den Fluß entlang: keine Boote. Sie kehrte dem Wasser den Rücken zu, nahm an den Oberschenkeln das Kleid zwischen die Finger und zog es von den Beinen weg, dann ging sie los, sinnlos bemüht, die nasse Wolle von ihrer Haut fernzuhalten, während sie an Bauch, Brust und Knien klebte und Alena frösteln ließ.

Sie klapperte mit den Zähnen, sog dabei zischend Luft ein. Immer fester wurde der Morast unter ihren Füßen, bis sie schließlich trockenen Boden erreichte. Ein lichter Wald begann; Eschen und Pappeln und Weiden wiegten ihre Äste.

»Ich gehe nach Zwerin und löse Embricho aus.« Alena fühlte einen dicken Tropfen ihren Nacken herunterlaufen und hob die Hand, um ihn aufzuwischen. »Was ist mein Leben wert, wenn du mir zürnst, Svarožić? Entweder du schenkst der Nawyša Devka Erfolg, oder sie findet ihr Ende gemeinsam mit dem erwählten Opfer.«

War das nicht Gesang? Aus weiter Entfernung rührten Töne an Alenas Ohren. Sie lächelte. Sollte das ein Zeichen sein? Ein Zeichen, daß Svarožić sie nicht verlassen hatte? Daß die Befreiung gelingen würde? Sie beschleunigte ihre Schritte.

Eine schöne, tiefe Frauenstimme war es. Sie sang im Dialekt der Obodriten. Bald konnte Alena die Frau sehen. Oben in einer Linde saß sie auf einem Ast, und neben ihr hing ein abgerundeter Korb; dem hatte sich die Frau zugewendet, es sah beinahe aus, als singe sie den Korb an.

Alena blieb stehen. Die andere schien sie nicht bemerkt zu haben, das freute Alena. Sie lächelte, lauschte. Das Zähneklappern verebbte.

»Bienchen, Bienchen summt nur munter,
Baut euch Waben in das Haus.
Bringt darinnen Honig unter
Dann mach ich mir Met daraus.

Bienchen, Bienchen summt behende,
Fliegt und sucht euch süße Blüten.
Stecht mich nicht – ich gab euch Wände
Honigsüß sollt ihr's vergüten.«

Die Frau kletterte ein Stück herunter und hob den Arm zum Korb herauf. »Kommt raus, meine Kleinen«, sagte sie. Dann stieg sie weiter herab, langsam, setzte Füße und Hände so bedächtig auf die Äste, als würde eine ruckhafte Bewegung sie brechen lassen. Während sie kletterte, summte sie weiter die Melodie ihres Liedes.

»Ich grüße dich«, sagte Alena, als die Frau die unteren Äste der Linde erreicht hatte.

Erschrocken umklammerte sie den Baum, starrte auf Alena mit faustgroß aufgerissenen Augen. »Was bist du?«

»Ein Mensch. Das war der Schlamm am Ufer des Flusses dort.«

»Du bist ja vollkommen schwarz!«

»Mein Name ist Alena.«

Nun plötzlich brach die Frau in ein fröhliches, tiefes Lachen aus. Sie sprang vom letzten Ast herunter und lachte weiter, während sie sich mit den Händen Luft zufächelte, als würde es ihr während des Lachens daran mangeln. »Der Schlamm!« rief sie. »Du hast dich im Schlamm langgelegt!«

»Ja.« Geduldig wartete Alena.

»Ich bin Gnevka, entschuldige, ich will dich nicht verspotten.« Sie hielt ihr die Hand hin.

»Das wird schmutzig.«

»Macht nichts.« Gnevka ergriff ihre Hand, drückte sie sehr fest. »Du siehst wirklich schlimm aus, vollkommen schwarz. Willst du dich waschen?«

»Wo denn? Nicht in diesem Fluß dort.«

Wieder lachte Gnevka. »Natürlich nicht. Komm mit ins Dorf! Was tust du hier überhaupt?«

»Das ist eine lange Geschichte.« Alena rieb sich mit der Faust die Stirn, sah rasch zur Seite. »Du hast für die Bienen gesungen?«

»Ja, damit sie sich beruhigen. Klettere du mal mit einer Bienenbeute einen Baum hinauf – es ist einfach nicht zu vermeiden, daß der Korb schaukelt oder gegen Äste stößt. Die Bienen brauchen eine Weile, wenn ich sie angehängt habe, bis sie wieder friedlich sind. Und wenn ich singe, geht es schneller.«

»Dein Gesang war schön.«

Sie liefen unter den Bäumen entlang.

Wie komme ich zur Burg? wollte Alena fragen. Sie arbeitete unruhig mit der Zunge die Zähne entlang. »Stechen sie dich oft, die Bienen?«

»Wenn du Imkerin bist, mußt du es schon mal verkraften, gestochen zu werden. Aber wie ich sagte, sie werden ruhiger, wenn ich für sie singe.«

»Deine Stimme klingt auch fast wie das Summen von Bienen, so tief und warm.«

Gnevka lächelte. »Oh, danke. Vielleicht hören sie sie

deshalb so gern. Wenn ich eine Weile gesungen habe, kann ich meistens ungeschadet das Türchen öffnen. Die Bienen kommen nicht herausgeschossen, um zu kämpfen und zu stechen, sondern fliegen ruhig. Ich habe es vor Jahren einmal herausgefunden.« Gnevka fächelte wieder mit den Händen, wenn sie sprach. Es war, als fürchte sie eine Ohnmacht oder als würde sie im Wechsel sich und Alena das Gesprochene zuwedeln. Mal waren die Finger gespreizt, mal lagen sie an. Oft aber streckte sie sie so, daß sich die Fingerspitzen über den Handrücken bogen. Es sah bedenklich aus, wenn sie die verformten Hände vor ihrem Hals herumruderte.

»Deine Augen – kommt es von den Bienen?« Die Augen der Imkerin lagen in einem blutroten Bett. »Sicher schmerzt das.« Alena spürte die eigenen Augen wie glimmende, heiße Kohlen.

»Unsinn. Ich habe das schon eine lange Zeit. Jetzt schau nicht so, als müßte ich jeden Moment tot umfallen! Ich habe mich daran gewöhnt, das hättest du auch getan, was bleibt mir anderes übrig? Es hat doch jeder irgendein Leiden, was nützt es, ständig zu klagen.«

»Stimmt. Natürlich, das nützt nichts.« Keine tausend Schritt entfernt verschleppten Obodritenkrieger Embricho und die anderen. Alena verlangte danach, Gnevkas Arm zu greifen und sie dorthin zu ziehen. Ihr alles zu berichten, sie um Hilfe anzuflehen.

»Du sprichst einen fremden Dialekt, Alena. Was verschlägt dich hierher? Sag nicht, du bist die Stepenitz heraufgeschwommen.«

»Nein, das bin ich nicht.«

»Also?«

Die Imkerin klang wie eine ältere Schwester, wie jemand, dem Alena vertrauen konnte. Gerade das machte mißtrauisch. »Ich bin Obodritin, aber meine Mutter ist Redarierin, von ihr habe ich den Dialekt übernommen. Kannst du das für dich behalten?«

Gnevka blieb stehen. »Redarierin?«

Vorsichtig wich Alena einen Schritt zurück. »Meine Mutter, nicht ich …« Die Knie zitterten ihr, und bei dem Gedanken, wie sie sich herumwerfen und vor der Imkerin fortlaufen könnte, fühlte sie schwer das nasse Kleid auf dem Körper.

»Das ist natürlich nicht so glücklich. He!« Gnevka trat auf sie zu. »Mach dir keine Gedanken, ich werde dich schon nicht abliefern. Ein Plappermaul bin ich, aber wenn es darauf ankommt, kann ich besser meinen Mund halten als eine, der sie die Zunge herausgerissen haben. Los, gehen wir ins Dorf.«

»Du wirst nicht …?«

»Komm schon.« Gnevka wies mit einem Kopfnicken voran, und als Alena unschlüssig stehenblieb, kehrte sie ihr den Rücken zu und ging weiter, wie selbstverständlich voraussetzend, daß sie folgen würde. »Ich wußte gar nicht, daß ein Obodrit es wagen kann, eine Redarierin aufzunehmen. Leben deine Eltern sehr abgeschieden?«

Womöglich würde sie ihr helfen, zur Burg zu finden. Alena schloß eilig auf. »Ja, und Mutter verläßt kaum das Haus.«

»Verstehe.«

»Du wohnst nicht in Zwerin, oder?«

»Nein. Du wirst mein Dorf gleich kennenlernen. Kamenica heißt es, Steinbach, wegen des kleinen Baches, da kannst du dich auch waschen. Aber ich kenne Zwerin gut, muß schließlich den ganzen Honig dort abliefern. Bloß das Wachs dürfen wir behalten. Natürlich können Mutter und ich nicht davon leben.« Die Imkerin schlug Alena den Handrücken gegen die Schulter. »Hör zu: Sag Mutter auf keinen Fall, welches Blut in deinen Adern fließt, verstanden? Seit mein Mann gestorben ist, ist sie noch schreckhafter geworden. Es ist kein böser Wille, aber in ihrer Angst würde sie sofort zum Zupan laufen und ihm dein Geheimnis preisgeben.«

»Dann würde er mich sicher einsperren und befragen, wenn nicht Schlimmeres!«

»Es wird nicht geschehen. Paß einfach auf, was du redest. Sie meint es ja nicht böse.«

Der Wald öffnete sich, wurde von Feldern abgelöst. Dünne Hirsekolben wippten zwischen Blättern an Tausenden von Halmen. Dann wieder folgte eine gelbliche Roggenfläche, in deren Nähe Rinder auf einem Stück Brachland grasten. Ein Hund trieb zwei Schafe und ein Lamm entlang des Weges auf das Dorf zu, dicke, klagende Tiere, hinter ihnen der abgemagerte Hund, an dessen Körper beim Laufen die Rippen spielten. Er bellte kurze Warnungen, wenn eines der Schafe versuchte, sich seiner Verfolgung zu entziehen, und sprang auf die Seite, zu der es sich wenden wollte.

Die Häuser umgab ein grober Holzverhau aus armdicken Ästen; er ließ das Dorf wie einen Biberbau erscheinen. Noch davor erreichten Alena und Gnevka in schmale Streifen geteilte Gärten. Linsen wuchsen dort, Erbsen, Ackerbohnen, Zwiebeln, Möhren, Mohn, Rüben, Hanf und Gurken. Alena fühlte sich, als müßte sie jeden Augenblick verbrennen. Sie brach in Schweiß aus. Redarieraugen waren es, die die Siedlung der Obodriten bespähten, Redarierfüße, die den Feindesweg betraten – mußten nicht Hunde sie anfallen, mußten nicht Axtklingen sie bedrohen, verletzen, töten?

»Das sind die schönen Gärten hier, die großen«, sagte die Imkerin. »Mein Garten liegt weit dort hinten, in der Nähe des Waldes. Und glaub mir, das macht einen Unterschied. Vom Waldrand wehen die Samen herüber, Scharbockskraut. Das wuchert am Waldrand bis unter die ersten Bäume, du mußt es im Frühjahr sehen, ein ganzer gelber See. Zuerst sind es nur einige gelbe Blüten am Rand deiner Beete. Aber ein Jahr später zwängen sie sich zwischen deine Salatköpfe, überwuchern die Stengel der Zwiebeln und ersticken den Lauch. Stundenlang stehst du, hackst auf sie ein, daß dir der Schweiß den Rücken herunterläuft, und doch vernichtest du nur die Blüte und das Kraut, dabei kriechen die Wurzeln weiter und bilden kleine Knollen aus, und damit schieben sie sich tiefer und tiefer wie eine böse Krankheit in den Erdkörper des Gartens. Im nächsten Frühjahr schließlich ist ein Drittel des Bodens unter dem gelben See begraben und verloren.«

»Läßt sich nichts dagegen tun?«

»Schwer. Du kannst den Spaten in die Erde stoßen und sie ausgraben, das ist der einzige Weg. Tief mußt du hinunter, und dann mit den Händen die Erde nach den kleinen Knollen durchwühlen, bis dir die Finger stumpf sind vor Dreck und die Haut dazwischen hart geworden ist. Die Sonne brennt auf deinen Rücken herunter, du kannst sie nur noch hassen, diese Knollen – wie Würmer erscheinen sie dir, dicke Larven, die den Boden verseuchen.«

»Ist euer Garten verloren?«

»Nein. Inzwischen bin ich klüger. Ich lasse kein einziges dieser Kräuter auch nur in der Nähe unseres Bodens in die Höhe sprießen. Wo ich sie sehe, grabe ich sie aus.«

Alena betrachtete einen kleinen Vogel mit rotem Schwanz, der sich auf einem Stock niedergelassen hatte. Die zwei Frauen, die in seiner Nähe den Boden lockerten, indem sie die Enden von Geweihen in die Erde schlugen und dann wieder herausbrachen, schienen ihn nicht zu stören. Das ganze Beet entlang ragten in zwei Reihen Stöcke aus dem Boden, und grüne Ranken kletterten daran hinauf. Der Vogel drehte sich; bei jeder Bewegung spreizte er kurz die Flügel, als wollte er seinen Platz verlassen. So fühlte sich Alena: Auf dem Sprung, den Moment herbeifürchtend, wenn sie den Weg nach Zwerin erfragte. Wie konnte sie es anstellen zu fragen, ohne als Spionin Rethras entlarvt zu werden? »Das sind Bohnen, richtig?«

»Bohnen, ja, warum fragst du? Habt ihr keine Bohnen bei euch? Hier lernt man schon als kleines Kind … Warte, wie hat Mutter das immer gesagt? ›Sie müssen noch die

Vögel singen hören, Kind. Wenn du sie zu tief in die Erde steckst, werden sie weich im feuchten Erdreich, und dann fressen die Regenwürmer das mehlige Fleisch heraus.‹«

»Doch, ich erinnere mich. Zwei Fingerbreit tief, richtig?«

»Ja, und zwar, wenn die Kastanienbäume blühen. Vorher ist noch nicht die richtige Zeit. Ich sehe, es mag eine Weile her sein, aber du hast auch einmal im Garten gearbeitet.«

Sie traten durch die Toröffnung im Verhau. Gnevka schien Alenas prüfenden Blick zu bemerken. »Der hält nicht viel aus. Aber die Leute fühlen sich sicherer, verstehst du? Sie haben ihn gebaut, als ich zwei war, ich kenne es nicht anders. Damals gab es einen Überfall, und das Dorf hatte nicht einmal einen Zaun.«

»Sie haben euer Vieh gestohlen?«

»Nicht ein Tier. Mutter erzählt ständig davon. Sie behauptet, daß es Linonen waren, obwohl die unserem Volk doch abgabepflichtig sind. Ist wahrscheinlich Unsinn, aber sie will den Dialekt gehört haben. Mein Vater ist bei dem Angriff ums Leben gekommen. Es muß mit einem Gefangenen zu tun gehabt haben. Waren gerade Männer aus Zwerin mit ihm hier bei uns. Sobald die Angreifer ihn in ihrer Hand hatten, haben sie sich zurückgezogen.«

»Sind viele gestorben?«

»Acht Männer, drei Frauen. Das ist nicht viel, aber für ein kleines Dorf wie Kamenica macht es einen verheerenden Unterschied.«

Ein lautes Grunzen ließ Alena zusammenschrecken. Neben dem ersten Haus, in einer von einem Zaun umgebenen Grube, wühlte ein Schwein die Nase in den matschigen Boden, ein zweites sah Alena aus kleinen, wütenden Augen an. Es war hochbeinig, schüttelte den langen, keilförmigen Kopf und erstarrte zu einem erneuten Drohblick. Die Stehohren und der kräftige Borstenkamm auf der Rückenlinie zuckten. Noch nie hatte sie ein so großes Schwein gesehen. Es mußte spüren, daß sie sich fürchtete, roch sicher ihre

Angst. Kräftige, gelbe Hauer ragten aus dem Maul des Tieres.

»Was ist? Willst du mit dem Keiler kämpfen?«

»Sva… Radigast bewahre mich!« Alena ging einen Schritt zurück. Immer noch funkelte sie das Tier böse an. »Warum habt ihr die Schweine im Dorf und laßt sie nicht im Wald nach Eicheln und Bucheckern graben?«

»Die Schweine sind im Wald. Das hier sind nur die Zuchttiere.«

»Schaut er jeden so wütend an?«

»Vielleicht stört es ihn, wie du aussiehst. Du mußt dich wirklich waschen. Komm, wir gehen zum Bach.«

Ein Gerber, der unter einem Strohdach am Tisch saß und Gürtelriemen schnitt, sah auf und musterte Alena. Um ihn herum lagen Werkzeuge, Schuhsohlen aus Rinderhaut und zugeschnittene Schuhoberteile aus weichem Schafs- und Ziegenleder. Er nahm nicht für einen Wimpernschlag die Augen von Alena; selbst als sie ihn längst passiert hatten, spürte sie, wie sich seine Blicke in ihren Rücken bohrten.

Von einem Haus fauchte wütend eine Katze herunter. Sie hatte sich vor dem Hund geflüchtet, der nun unten auf und ab lief und sie nicht aus den Augen ließ. Oder fauchte sie Alena entgegen, der Feindin?

»Habt ihr viele Tiere hier?«

»Du meinst Katzen?«

»Katzen und andere.«

»Solange sich die Mäuse und Ratten so vermehren, brauchen wir die Katzen. Die Hunde jagen ihnen nur nach, wenn sie Langeweile haben oder schlecht gelaunt sind. Ansonsten besitzt der Zupan noch einige Gänse, und dieser und jener hat ein paar Schafe oder eine Ziege, die Milch spendet. Das Übliche.«

Einer plötzlichen Regung folgend, fragte Alena: »Hast du Kinder?«

Sie sah die Imkerin zusammenschrecken. »Dort drüben geht es zum Bach. Wasch dich in Ruhe. Ich hole inzwischen

Mutter vom Feld. Komm dann einfach in unser Haus – es ist das letzte auf der linken Seite.«

Wohl keine Kinder. Gnevkas Mann war gestorben, und sie hatte keine Kinder von ihm. Alenas Brust zog sich zusammen; es fiel ihr schwer zu atmen. Wie hatte sie es wagen können, eine obodritische Siedlung zu betreten? Was, wenn ihr der Name des Dreiköpfigen vollständig herausrutschte und nicht nur zu einem Drittel? So etwas mußte schiefgehen. Sollte sie fortlaufen? Aber es würde den Verdacht nur erhärten, den Gnevka womöglich bereits hegte, wenn sie plötzlich verschwand – man würde Alena mit Hunden suchen, sie foltern.

Wie konnte sie die Imkerin nach einem Weg fragen, in die Burg hineinzugelangen? Sie mußte ihr offen den Hals darbieten, wie eine Hündin, die sich unterwirft. Entweder würde die Obodritin zupacken und sie zerfleischen, oder sie würde ihr helfen.

Mit einem Ruck saß der Anführer der Tempelgarde auf dem Rappen auf. Die Trense in Ardagostes Maul war ein Knochen, und weitere feine Knöchelchen schmückten die Zügel und das Zaumzeug, hoben sich hell vom schwarzen Fell des Tieres ab.

Barchan trug Sporen an den Fersen, aber ihre Verwendung war nicht notwendig. Ein leichter Druck der Schenkel genügte, und der Rappe setzte sich in Bewegung.

Auf der Axt in Barchans Hand blitzten Verzierungen aus weißem Silber; ihre Stoßspitze wippte mit jedem Schritt Ardagostes hinab und wieder herauf. Griffen die Beine des Rappen weiter aus im Tölt, dann pochte sie leicht gegen den mit Gold verzierten Schild aus Holz und Leder, der am Sattel befestigt war, oder klackte an die Klinge der Sichel, mit der Barchan unterwegs für Ardagoste Futter mähen würde.

Aus dem Köcher auf dem Rücken des Tempelgardisten ragten kostbare Pfeile: nicht die gewöhnlichen Krähenfedern verliehen ihnen Ruhe im Flug – Seeadlerfedern waren es, größtenteils braune Schwungfedern, aber auch einige weiße aus dem Schwanzgefieder. Sie waren in Barchans Hand gut aufgehoben.

Der Herr der Tempelgarde strich sich mit der Linken über den Oberlippenbart, zog im Reiten die Pelzkappe auf seinem Kopf zurecht. Er war noch in Sichtweite der Türme Rethras, und der Blick des Hochpriesters ruhte auf ihm. Barchan streckte die Schultern. Er schnalzte mit der Zunge und lehnte sich nach vorn, während der Rappe wie befohlen weit mit den Hufen ausholte und in einen Galopp fiel.

13. Kapitel

Als sie unter den stechenden Blicken der Obodriten aus den Booten ans Ufer stiegen, aus wankenden Kisten festen Grund betraten, raunte der Mönch: »Könnt Ihr uns auch dieses Mal retten? Reicht Eure Macht so weit?«

»Weiter noch.«

Einer der Obodriten schlug Tietgaud die Faust ins Genick. »Schweig still!«

Der Mönch rieb sich den schmerzenden Nacken, während der Wächter die Hand fahren ließ, die auch Uvelan züchtigen sollte; die würdevolle Haltung des Alten ließ den Obodriten zögern, sie flößte ihm Respekt ein.

Mit den Erinnerungen waren in Uvelan Begierden aufgewacht, Schatten, die neben ihm geschlafen hatten all die Jahre. Er mußte stark erscheinen, flüsterten sie ihm ein. Er mußte die Macht Svaroghs darstellen.

Sie folgten einem Pfad entlang des Ufers. Rötliche, abgeknickte Halme ragten im Fluß aus dem Wasser. Sie erinnerten an das kupferrote Wollkleid Alenas, an den goldenen Schimmer in ihren Haaren. Andere Frauen hätten geschrien vor Angst, oder sie hätten sich umgedreht und wären panisch fortgerannt. Es paßte zu ihr, daß sie sich ruhig niederkauerte und ihre Furcht bezähmte.

Tietgaud arbeitete sich vor zu Uvelan. »Wann werdet Ihr mit der Rettung beginnen?«

»Bald.«

»Bitte laßt Euch nicht zuviel Zeit.«

Einer der Obodriten war mit einem Schwert bewaffnet; einer rostigen, schartenübersäten Klinge, aber nichtsdestotrotz einem Schwert, das teuer von einem Franken erhandelt worden sein mußte. Vielleicht hatten sie es auch im Kampf erbeutet. In jedem Fall bekam derjenige die kostbare Waffe, der das größte Ansehen genoß. »Darf ich sprechen?« wendete Uvelan sich an ihn.

»Was gibt es?«

»Hast du bedacht, daß jene« – er machte eine Armbewegung zu den Franken hin – »einflußreiche Freunde jenseits der Elbe haben und daß ihr die Franken für gewöhnlich zu euren Bündnispartnern zählt? Es wird euer Bündnis nicht stärken, wenn ihr sie tötet.«

»Javor entscheidet, was mit ihnen geschieht.«

»Natürlich. Davon bin ich ausgegangen. Nur, wird Javor glücklich sein, daß du sie festgehalten hast? Was soll er tun, um ihren Zorn zu besänftigen? Sie werden ihren Herren berichten, wie man sie im Obodritenland behandelte.«

»Javor hat es nicht nötig, vor den Franken zu kriechen. Wir sind nicht ihre Untergebenen. Sie erkaufen unsere Hilfe, weil sie mit ihren Feinden nicht fertigwerden. Und außerdem: Wenn der Fürst der Franken Boten schickt, dann ist es nicht ein schwächlicher Trupp, wie ihr es seid.«

»Bist du dir sicher, daß wir nicht Boten des Kaisers der Franken sind?«

»Ihr seid Kundschafter. Du bist ihr Führer, auch wenn du verwahrlost aussiehst. Du führst sie durch das Land. Bedauerlich, daß es dir nicht gelungen ist, sie sicher über die Stepenitz zu bringen. Ihr werdet den verdienten Tod finden.«

Uvelan wallte Hitze ins Gesicht, und er sprach sehr laut. »Nichtswürdige Obodriten! Ihr habt euch den Franken angeschlossen, als es euch nützlich erschien. Mit welchem Mut haben damals die Sachsen gekämpft! Aber ihr habt sie hinterrücks angegriffen, so, wie es euch die Franken eingeflüstert hatten, und habt dem stolzen Volk damit den Untergang gebracht. Wer ist als nächstes an der Reihe? Ihr seid Kriegsknechte der Franken geworden. Belohnen sie euch nicht mit dem blutgetränkten Land, das ihr für sie erobert habt? Möge euch die Ernte im Halse steckenbleiben!«

»Noch ein Wort, Alter, und du stirbst an Ort und Stelle.«

»Du weißt nicht, wem du drohst.«

Der Obodrite blieb stehen. »Zieht ihnen die Hemden aus und bindet sie um ihre Augen. Die Eisenmäntel und die Schwerter legt dort hinüber.«

»Was soll das?« rief Tietgaud, als ihm die schwarze Kutte über den Kopf gerissen wurde. Er hielt das silberne Kreuz so fest in der Hand, daß die Knöchel sich weiß färbten. »Uvelan, ist das ein Teil Eures Plans?«

»Es gibt keinen Plan, Mönch.« Uvelan stellte die Beine fest auf den Boden und schloß die Augen. Er griff sich in den Nacken und zog das Hemd über den Kopf. Schweigend reichte er es einem der Obodriten.

Alena hob zögerlich den hölzernen Becher an den Mund und vermengte die Brotmasse auf der Zunge mit einem Schluck Milch. Sie kaute lange. Das Brot schmeckte nach Steinstaub, so, daß sie ein Husten unterdrücken mußte, und Sand knirschte zwischen ihren Zähnen. Sie sah hinüber zu der kleinen Handdrehmühle auf dem Tisch. Die armen Leute konnten sich keinen guten Mahlstein leisten, natürlich. Und schlechte Mahlsteine gaben mit jeder Drehung Grus in das Mehl ab. Sie mahlten es auch nicht so fein, wie es die guten Mühlen in Rethra taten.

»Schmeckt es?« Gnevkas Mutter, eine Frau mit knochigem, schmalem Gesicht, neigte sich vor und lächelte erwartungsvoll.

»Ja, wunderbar.« Sie saß fest. Vor den Ohren der Mutter konnte sie Gnevka nicht bitten, ihr den Weg zur Burg zu zeigen, sonst würde man sie gefangensetzen, bevor sie überhaupt das Dorf verlassen hatte. Und Gnevka ignorierte, seit sie das Haus betreten hatte, jedes Zeichen. Einmal hatte sie ein verzweifeltes Flüstern Alenas mit strengem Blick beendet und dann ihre Mutter um eine Belanglosigkeit gefragt. Ansonsten schien sie weder Gesten noch Blicke zu bemerken, mit denen Alena ihre Aufmerksamkeit zu erringen versuchte. Sie prallten an ihr ab wie an einer Mauer.

»Nimm noch von den Pflaumen.«

Es waren wilde Pflaumen, die in einer kleinen Holzschale auf dem Tisch standen. Alena führte eine Frucht zum Mund. Das Pflaumenfleisch war sehr süß, löste sich aber schwer vom Kern. Es klebte an den Zähnen. »Hab vielen Dank.«

»Wohin, sagtest du, bist du unterwegs?«

»Mutter, laß sie doch essen!« unterbrach Gnevka.

»Natürlich, ich lasse sie essen.« Die Frau lächelte. »Weißt du, wir besitzen nicht viel. Aber wenn Gäste da sind, soll es ihnen gutgehen bei uns. Ich habe erzählt, daß du bei uns bist. Nachher kommen ein paar Mädchen, die sind ganz neugierig auf dich. Sie bringen Wolle und Spindeln mit, so können wir arbeiten, während du erzählst.«

Gnevka runzelte die Stirn und rieb sich die entzündeten Augen. »Mutter, was ist, wenn sie sich erst einmal ausruhen möchte? Du kannst sie doch nicht feilbieten wie ein Lamm auf dem Zweriner Markt.«

»Ja, Kind.« Das Lächeln blieb, während sie zu Alena sprach. »Die Arme, sie quält sich mit den Augen herum. Das kommt vom vielen Weinen. Jede Nacht weint sie sich in den Schlaf. Und statt die Witwen zu unterstützen, fordern sie in Zwerin mehr und mehr Honig für ihren Met und geben uns ein Nichts an Nahrung dafür. Wie ist es dort, wo du herkommst? Im Dorf nebenan haben sie nur Haferfelder, stell dir das vor, alles Hafer, für die Pferde in Zwerin. Die fressen uns das Land kahl. Nur, damit die Herren mit ihren Wagen fahren können.«

»Du weißt genau, daß die Pferde für den Krieg gebraucht werden«, sagte Gnevka. »Willst du, daß uns die Redarier …« Sie stockte. »Daß uns … daß uns alle möglichen Feinde das Dorf niederbrennen? Zwerin ist wichtig. Die Krieger verteidigen unser Land.«

»Indem sie zu den anderen reiten und *ihre* Dörfer abfackeln? So ist es doch. Wir könnten sehr gut ohne Herren leben. Schau dir die Männer und Frauen an, die sie als Gefangene mitbringen von ihren Raubzügen und dann hart für sich arbeiten lassen – sehen sie so anders aus als wir? Du weißt doch, die zwei Sorben, die erst kürzlich –«

»Ich weiß, Mutter.« Gnevka legte ihr die Hand auf den Arm und sah sie flehend an.

Es wurde still. Alena blickte hinauf zu den Regalbrettern an der Wand, betrachtete die geschnitzten Holzschalen, die Krüge und Tontöpfe. Es war, als säße sie auf einem glühenden Ofen. Sie mußte fort von hier! Welche Entschuldigung konnte sie nur vorbringen?

»Habe ich selbst gebrannt«, sagte Gnevka. »Willst du sie sehen?« Ohne eine Antwort abzuwarten, stand sie auf und hob einen Krug herunter. Sie drückte ihn Alena in die Hand. »Schön, nicht?«

Alena drehte das rauhe Tongefäß in den Händen. Zahlreiche Wellenlinien verzierten das obere Ende. »Ja, das sieht gut aus.«

»Aber es gelingen nicht alle. Das kennst du ja sicher: Es genügt, das Loch der Feuergrube zu früh zu öffnen oder nicht genug Luft hineinzulassen oder zuviel Luft. So schnell passiert es, daß sie verbrennen, daß sie zusammenrutschen oder platzen!«

Unruhig jagte Alenas Blick durch den Raum, blieb an einem hölzernen Tablett hängen. »Wer hat das geschnitzt?« Auf dem Ehrenplatz im Regal stand es, mitten zwischen den Gefäßen. Auf seiner Fläche neigten zwei Schwäne einander die Köpfe zu. Selten hatte Alena eine so kunstfertige Arbeit gesehen.

»Das war mein Mann.« Gnevka sprach leise.

»Ich habe es mir fast gedacht.«

»Kaum ein Jahr ist es her, da ist er gestorben. In Reric war er –«

»Kind!«

»Wollte zu König Dobemysl und Beschwerde vorbringen.«

»Kind, schweig!«

»Irgendein Geheimnis gab es unter den Männern im Dorf, es hatte mit den Sachsen zu tun, und es hat ihn sehr zornig gemacht. Man sagte uns, daß die weiße Frau ihn auf dem Weg zum König in die Unterwelt abberufen hat, aber er war gesund und kräftig, ich glaube das nicht. Seit er tot ist, sind die Männer im Dorf noch schweigsamer geworden, mürrisch und schweigsam, als wüßten sie von einer furchtbaren Sache, die uns droht, aber wollten uns Frauen nichts davon sagen.«

»Gnevka hat ihn sehr geliebt«, sagte die Mutter rasch. »Sie hat bald darauf einen kleinen Sohn zur Welt gebracht, aber der ist seinem Vater gefolgt. Hat es nur wenige Wochen hier ausgehalten.«

Alena schluckte. »Ich fühle mit euch. Wirklich.«

Zuerst bemerkte sie nur eine fremde Wärme an ihren Füßen, dann spürte sie, daß sich etwas Weiches an ihr Bein schmiegte. Erschrocken sah sie hinab. Eine kleine, gestreifte Katze strich um sie herum, den Schwanz genießerisch erhoben.

»Das ist Milika. Sie bettelt.« Gnevka war sichtlich erleichtert, dem Gespräch eine Wendung geben zu können. »Tauche einen Finger in die Milch, und halte ihn ihr hin. Das ist es, was sie will.«

Alena tat, wie ihr geheißen, und beugte sich zur Katze hinunter. Mit zu Schlitzen verengten Augen leckte Milika die kostbare Flüssigkeit von Alenas Haut, umtastete mit ihrer rauhen Zunge den Finger. Doch plötzlich ließ das Tier von ihr ab, wendete den Kopf zur Tür. Die langen, weißen Schnurrhaare zitterten. Draußen rumpelte es, helle Rufe waren zu hören. Dann traten drei junge Frauen ein, und Gnevkas Mutter stand auf, um ihnen Schemel zurechtzustellen. Eine der Frauen trug ein Kind auf dem Arm und führte ein weiteres an der Hand. Die anderen lehnten grobe Säcke an die Wand.

Milika sprang auf den Tisch und entfloh von dort durch

die zerrissene Kalbshaut in einem der beiden Fenster. Wie gern wäre Alena ihr gefolgt, hinaus in die Freiheit, fort aus dem Dorf und aus dem Land der Obodriten, das sie, die sie sich unrechtmäßig hineingewagt hatte, wie ein Moor festhielt. Eine falsche Bewegung, ein falsches Wort bedeuteten ihren Untergang.

»Sie mag den Trubel nicht«, sagte Gnevka. Flüsternd fügte sie hinzu: »Im Gegensatz zu Mutter.«

Gnevkas Mutter stand am Tisch und lächelte die Kinder an, während sie mit einem Quirl Milch und Mehl in einer Holzschüssel zu Brei verrührte. »Ihr bekommt gleich ein leckeres Breichen mit Pflaumenstückchen, das ist fein, ja?«

Es waren aufgeblähte Kindergesichter, die Wangen gewölbt und zerkratzt, die Augen vorwurfsvoll. Der Ältere der beiden wischte sich mit dem Ärmel den Rotz aus dem Gesicht.

Die junge Mutter strich ihm über den Kopf. »Ach, das ist lieb. Da freuen sie sich.«

Sie sahen nicht sehr dankbar aus. Alena würde ihre Kinder zu Freude und Dankbarkeit erziehen.

Längst hatten die drei Frauen sich gesetzt. Sie musterten Alena, prüften nicht nur das Gesicht, sondern wanderten mit den Augen auch die Haare hinab, entlang der Brust, über die Arme.

»Bleibst du länger?« fragte eine.

Alena erhob sich. »Nein, ich wollte eigentlich längst –«

»Nicht so eilig,« unterbrach sie die Frau und drückte sie mit sanfter Gewalt auf die Bank zurück. »Ein wenig Wolle wirst du doch noch für uns kämmen können? Wir brennen darauf, dich kennenzulernen.«

Die breiten Bürsten wurden ihr gereicht, und Gnevka stand auf, um die Säcke mit ungekämmter Wolle herüberzutragen. Sie holte aus einer Truhe ein weiteres Paar der Wollwerkzeuge und setzte sich neben Alena. »Ich helfe dir.«

Die beste Wolle war es nicht. Disteln und Kletten hingen darin, es gab viele Knoten, Hautschuppen und Verfilzungen. Alena legte einen Bausch auf das Nagelbett der einen Bürste und fuhr mit der anderen darüber, zog die Kämme immer wieder gegeneinander, bis die Wolle sauber war und gelockert. Der Sack duftete nach warmen Schafleibern; der Geruch verstärkte die Sehnsucht nach einem sicheren Platz, erinnerte sie an die Besuche bei ihrem Schafkind.

»Hast du einen Mann?«

Alena schüttelte den Kopf.

»Hier gibt es nichts zu holen.«

»Ich suche gar keinen.«

Die Frauen lachten gezwungen.

»Natürlich«, zischte eine. »Das hätte ich auch gesagt.«

Es entstand eine furchtbare Stille. Alena fühlte sich zu Boden gedrückt. Sie würgte hervor: »Habt ihr die Wolle heute gezupft?«

»Gezupft und gewaschen. Das Weibsvolk ist fleißig hier. Und du? Von zu Hause fortgelaufen?«

»Ja«, log Alena. Sie spürte, daß Hals und Wangen erröteten.

»Solltest wohl den Dorftrottel heiraten?«

»Nein, ich –«

»Dein Vater hat dich geschlagen?«

Sie nickte. »Und eingesperrt.«

Unbewegt nahmen die Frauen von Alenas und Gnevkas Wollhaufen. Sie hatten Spindeln hervorgeholt und zwirbelten mit den Fingern Anfangsfäden, die sie an der Spitze des Spindelstabes verknoteten. Dann versetzten sie ihre Spindeln mit der einen Hand in Drehung und zogen mit der anderen einen Faden aus dem Bausch, bis er ihre Armlänge erreicht hatte. Sie wickelten den Faden auf die Spindel und zogen erneut, den Bausch auf diese Weise langsam aufbrauchend.

»Wirst wohl trotzdem zurückgehen müssen.«

»Ich weiß.«

»Hier jedenfalls bekommst du keinen Mann. Wir haben vier Jünglinge, sieben, wenn man die verstümmelten mitzählt. Selbst um die reißen sich die Mädchen. Du wirst keine Ernte einholen in Kamenica.«

»Aber das will ich doch gar nicht.«

Die Frauen taten, als hätten sie es nicht gehört. Nur eine nickte bedeutungsschwer.

»Wißt ihr, wen ich vorhin beim Holzhacken gesehen habe? Lodiš.«

»Du schaust ihm immer noch hinterher?«

»Er hatte das Hemd ausgezogen. Die Muskeln auf seiner Brust – wie sie sich angespannt haben! Es war eine Freude, ihn zu sehen.«

»Deswegen hat er es ja getan – sich das Hemd ausgezogen.«

»Meinst du?«

»Natürlich. Ohne Grund würde der doch nicht im Dorf arbeiten. Lodiš ist eingebildet und faul. Also, mein Mann muß später für mich auch schon mal Wasser holen gehen.«

»So einen findest du nie. Wie ist das?« Sie sahen zur Mutter der kleinen Kinder hin. »Geht dein Mann Wasser holen?«

»Wann soll er das tun? Er ist doch den ganzen Tag auf dem Feld.«

»Ihr hättet sehen sollen, wie der Wind in Lodiš' Haarschopf spielte ...«

Sie lachten.

»Also, mein Mann muß gut zuhören können. Und er soll stark sein, und zärtlich, und eine Hand für die Jagd haben. In Brezgora, der Chat, der käme in Frage. Ich liebe gekochtes Fleisch.«

»Du vergißt, daß er in fünf Wochen Dobrita heiratet.«

Alena sah plötzlich Embricho vor sich, gefesselt, geknebelt und ohnmächtig. Sie ballte die Hände zu Fäusten. Nach Zwerin mußte sie, augenblicklich, und ihn retten. Das Geschwätz der Frauen, die kurzen, überlegenen Blicke, mit denen sie sie zwischendrin bedachten – das machte sie zornig, ließ ihre Unruhe nur größer werden. Was, wenn sie einfach aufstand und hinausging? Sie war beauftragt, ein Opfer nach Rethra zu bringen, und die Obodriten waren im Begriff, es ihr unwiederbringlich zu entreißen. »In Zwerin, gibt es da gute Männer?« fragte sie.

Die Frauen starrten sie an. Stille.

»Geh doch hin, sieh dir das Angebot an«, sagte die eine, indem sie das Kinn vorreckte und ihr aus schmalen Augen giftige Blicke zuwarf.

»Ja, sieh dir die Männer an und wähle, wer dir gefällt. Du wirst sicher Eindruck machen: Ein entlaufenes Kind, besitzlos, mit häßlichem Dialekt und faul zudem.«

»Wie komme ich –«

»Mein Mann war zärtlich, und er konnte gut zuhören.« Gnevkas Mutter fütterte die Kinder im Wechsel. »Aber er ist umgekommen damals. Es waren Linonen, ich habe den Dialekt ganz sicher gehört, dieses Gesinge, dieses Nuscheln. Sie haben ihn erschlagen. Linonen! Die Verräter. Es wurde natürlich abgestritten; hätten die Herren in Zwerin es zugegeben, dann hätten sie ja einen Rachezug gegen unsere vermeintlichen Verbündeten führen müssen. Sie sind schuld, die Herren. Ihr Gefangener war es, den wir im Dorf hatten. Sobald er in den Händen der Linonen war, haben die Angreifer von uns abgelassen.«

»Mutter, bitte.« Ruhig legte Gnevka die Wollkämme auf den Tisch und stand auf. Sie berührte ihre Mutter an der Schulter. »Wir alle kennen die Geschichte. Denke nicht so viel daran, du wirst nur wieder weinen.«

»Ich habe bloß gesagt, daß dein Vater zärtlich war und gut zuhören konnte. Und du weinst ja selbst fortwährend, Kindchen.«

Als sich Gnevka wieder gesetzt hatte – die Frauen sprachen jetzt darüber, welcher Dorfhund die meisten Füchse, Dachse oder Luchse totgebissen hatte –, schob Alena ihren Schemel näher und raunte: »Gnevka, ich brauche dringend deine Hilfe.«

»Warum?«

»Ich muß nach Zwerin.«

»Vergiß es. Die Männer dort geben sich nicht mit unsereinem ab.«

»Ich will keinen Mann. Ich muß in die Burg. Verstehst du?«

»Was willst du dort?« Gnevka sprach noch leiser. Fast konnte Alena sie nicht mehr verstehen. »Bist du ein Spitzel? Du hast mich doch nicht angelogen, oder?«

»Ich will jemanden befreien.«

»Aus Zwerin? Bist du des Wahnsinns?«

»Ich muß!«

Gnevkas gerötete Augen weiteten sich. Sie sah Alena aufmerksam ins Gesicht. »Du liebst einen, der in Zwerin gefangen ist.«

Alena nickte zögerlich.

»Das ist dein Untergang, Mädchen.« Für einige Augenblicke musterte Gnevka sie kühl, dann sagte sie: »Ich kann dich reinbringen, bin ja oft dort; sie kennen mich. Aber ich würde es dir wirklich nicht raten. Was hat er getan, dein Schatz?«

»Es ist ein Franke.«

»Ein Franke?« Gnevka fuhr zurück.

Plötzlich war es still im Raum. Die Frauen sahen im Wechsel Alena an und Gnevka und wieder Alena. »Was redet ihr da?«

»Nichts.« Gnevka wedelte die Frage mit gespreizten Fingern von ihren Ohren. »Wir haben Belangloses geplaudert.«

»O nein. Du hast gerade etwas von einem Franken gesagt.«

Wie Espenlaub zitterten Gnevkas Hände. »Ein Händler, den Alena unterwegs getroffen hat.«

»Ein fränkischer Händler?«

»Er hat Wein verkauft, oder jedenfalls hatte er Fässer auf seinem Karren. Bedeutungslos. Wir haben uns einfach unterhalten. Was starrt ihr so?«

»Du lügst, Gnevka. Ich weiß, was ihr geredet habt. Alena liebt einen Franken.«

Gnevka lachte, und dabei färbte sich ihr Gesicht dunkelrot. »Unsinn. Wie soll das gehen? Wie soll sie denn einen kennenlernen?«

Bevor die Frauen etwas erwidern konnten, rief Alena: »Hört auf! Es stimmt.«

Die Frauen versteinerten.

Mit einem unschuldigen Gesichtsausdruck zog der ältere der Jungen geräuschvoll die Nase hoch.

Der Wind fauchte durch die zerissene Kalbshaut im Fenster.

»Ich habe einen Franken geliebt. Das ist über ein Jahr her. Es war ein Kaufmann, und er blieb für zwei Wochen in unserem Dorf.«

»Du Dummchen!« seufzte die junge Mutter. »Dachtest du, er würde dich mitnehmen?«

»Denk bloß nicht«, fauchte eine andere, »daß dich das zu etwas Besserem macht, daß ein Händler mal ein Auge auf dich geworfen hat.«

Alena senkte den Kopf. »Es stimmt, es war dumm.«

»Und jetzt bist du unterwegs, ihn zu suchen?«

»So ungefähr.«

Die Frauen lachten. Sie hörten gar nicht mehr auf damit, stießen sich mit den Ellenbogen an, wischten sich Tränen aus den Gesichtern, japsten nach Luft.

»Was macht er hier?« raunte Gnevka in Alenas Ohr.

»Das ist unwichtig. Ich muß ihn da rausholen.«

»Alena, ich glaube, es ist besser, wenn du deinen Kopf mal tief in den kalten Bach steckst und dann anfängst nachzudenken.«

Sie kniff die Lippen zusammen. »Wie du meinst.«

Mit geschlossenen Augen schüttelte Gnevka den Kopf. »Tu dir das nicht an.«

»Hättest du nicht alles gegeben, damals, als dein Mann gestorben ist, um ihn zu retten?«

Es war sehr leise hingehaucht: »Ja.«

»Dann weißt du, warum ich nach Zwerin muß.«

14. Kapitel

Auf seinem Weg zu den Vorratshäusern fand Nevopor einen Ochsenkarren vor, neben dem Jarich und ein kleiner, knebelbärtiger Mann die Arme schwenkten: Sie deuteten auf den Karren und das Tor, laut bellten sie ihre Worte. Der Hochpriester wollte sich an den Hörnern der Ochsen vorbeistehlen, um die Streithähne auf der Rückseite des Karrens zu umgehen, da bemerkte er den Fischgeruch, der dem Gefährt entströmte. Trockenes Brot hatte er für Donik holen wollen. Fisch? Das würde noch besser zu seinen Plänen passen.

Nevopor maß die Tonnen mit den Augen, die hinter den Ochsen auf der Wagenfläche aufgestellt waren. Sie rochen nach Tang und Meer, nach verrottendem Obst und Fischinnereien. Mit würdevollem Schritt näherte er sich Jarich und dem kleinen Mann. Sie erblickten ihn nahezu gleichzeitig, und in diesem Moment sanken ihre Arme herab wie die Flügel müder Vögel. Beide verstummten.

Einige Augenblicke lang genoß Nevopor den Anblick. Er liebte seine Wirkung.

Weil das die Stimme tiefer machte, senkte er leicht den Kopf und schob das Kinn vor. »Worüber streitet ihr?«

Jarich sah an seinem schwarzen Priestermantel hinab und wischte mit den Händen darüber. »Streit? Wir verhandeln nur über einen Preis. Nichts von Bedeutung.«

»Herr, du brinken Vernunft ihm bei!« Der kleine Mann trat an den Karren und legte die Hand beinahe zärtlich auf die groben Bretter, die die Tonnen hielten. »Ich haben gebracht Herinke aus Arkona, beste Qualität, du wissen, daß sie werden eingefükt nach groß und klein in Tonnen, und dieses seien größte Herinke. Schwören bei deine und meine Götter! Aber er nicht wollen bezahlen anständike Preis, nicht wollen geben Gegenwert.«

»Wie sind sie haltbar gemacht?« fragte Nevopor. »Sind sie geräuchert, getrocknet oder eingesalzen?«

»Salzik.«

Das entsprach seinen Wünschen. Er würde sie in jedem Fall für Rethra kaufen. »Brauchen wir nicht. Das schmeckt hier niemandem, und wir haben noch Fisch.«

»Brauchen nicht?« Es sah aus, als würde der Händler in Tränen ausbrechen. Er verzog das Gesicht mit erstaunlicher Beweglichkeit. Schrill war seine Stimme. »Brauchen nicht? Ich sein kommen von Arkona, nicht gehört haben? Weite Reise, sehr weite Reise. Ihr nicht haben Herinke in eure Flüsse und Seen, Herinke seien gefangen auf tobendem Meer, von Männern, die plaken sich in Nußschalen und waken ihr Leben!« Tatsächlich rollte ein dicker Tropfen über das Gesicht des kleinen Mannes.

»Tönerne Töpfe können wir bieten. Acht für jede Tonne Fisch.«

»Acht Töpfe? Ihr machen mich traurik, sehr traurik.«

»Du möchtest keine Tonware? Wie wäre es mit Leinen? Wir haben heute gutes Leinen bekommen.«

»Tuch aus Friesland?«

»Nein, Leinen aus gutem slawischen Flachs.«

Der Händler zog einen Flunsch. »Wieviel?«

»Tücher von einem Schritt Länge und einem Schritt Breite, sieben für jede Tonne Fisch.«

»Ach!« In einer zornigen Handbewegung zerschnitt der kleine Mann die Luft, als werfe er einen Stein mit großer Wucht auf den Boden. »Ich fahren nach Erfurt. Du wissen, was ich dort für die Herinke krieken?«

»Ich habe eine Vorstellung. Aber weißt du, ob du unversehrt bis Erfurt kommst? Der höhere Preis dort hat seinen Grund.«

»Mein Onkel sein gereist bis nach Itil im Chasarenreich,

und ich selbst sein bereits gewesen in Rheinland und in Kiew. Wenn mein Sohn alt genuk sein, er werden Handelsküter einkaufen in Spanien. Mich nicht schrecken eine Reise.«

Ferne Länder! Dieser kleine Händler fühlte sich überlegen? Nevopor verspürte plötzlich große Lust, ihm die Schätze Rethras zu zeigen, die im Tempel vor jedermanns Augen verborgen waren. Wenn er die Perlen aus rotem Karneol sehen würde, die Ketten aus Bergkristall, die rohen Bernsteinklumpen und die feinen, das Silber, den Bronzeschmuck, die byzantinischen Goldmünzen, die Gürtelschnallen, Riemenzungen und Fibeln, die prachtvollen Spangen, die Anhänger und Amulette aus Gold und Silber, die Kästchen, Armreifen, Seidentücher – es würde sein Geprahle in demütiges Schweigen verwandeln. Aber Nevopor würde ihm nach dem Anblick das Augenlicht nehmen und die Zunge herausreißen müssen, damit er das Ausmaß des Schatzes fortan als Geheimnis in sich trug. Es würde diesen Mann vernichten, der Händler würde am Geheimnis ersticken. »Meinetwegen. Jarich, gib ihm Silber.«

Der Priester öffnete entsetzt den Mund. Er schloß ihn wieder, um zu schlucken, dann stammelte er: »Si-Silber … Nevopor, willst du ihm wirklich Silber …?«

Der Schreck des Händlers schien kleiner zu sein. Er schnalzte freudig mit der Zunge, zog einen Sack vom Bock des Karrens und entnahm ihm eine bronzene Waage: zwei runde Schalen wie Halbkugeln, die an je drei Ketten hingen. Der kleine Mann hielt die Waage an einem Bronzestab in die Höhe, der in der Mitte des Querbalkens mit einem Gelenk befestigt war. Erneut griff er in den Sack und zog eine kugelförmige Kapsel hervor. Er schüttelte sie und lauschte mit einem breiten Lächeln dem metallischen Klappern aus ihrem Inneren. »Die verläßlichsten Gewichte. Wir können anfanken. Wieviel Silber?«

»Bevor ihr mit dem Auswiegen beginnt: Ich möchte einen der Heringe sofort haben.«

»Aber sehr natürlich.« Der kleine Mann legte die Waage

ab. Behende kletterte er auf den Karren und hob den runden Deckel einer der Tonnen an. Er griff hinein, dann beugte er sich vom Wagen herunter, einen silberglänzenden Hering zwischen Daumen und Zeigefinger haltend. »Bitte sehr.«

Im Dunkel des Vorratshauses legte Nevopor den stinkenden Fisch auf einem Tablett ab. Im Faß daneben schimmerte das weiße Salz, ein Irrlicht inmitten der Schatten. Nevopor grub einen Holzbecher hinein. Es knirschte leise.

Ehrfurchtsvoll blickten die Menschen auf das mit Schnitzereien verzierte Brett, auf dem der Hochpriester den wassergefüllten Becher und den Fisch über den Burghof trug. Sie verneigten sich, als handelte es sich um ein besonders seltenes, ehrwürdiges Ritual, um ein Orakel, dessen Bedeutung sie nicht verstanden und das deshalb um so heiliger sein mußte. Nevopor runzelte die Stirn. Es war ihm unangenehm, daß man ihn mit der Mahlzeit laufen sah. Die zerfurchte Stirn, der Ärger in seinem Gesicht schienen die Menschen nur noch mehr zu beeindrucken.

Am Seetor erwartete ihn Miesko. Er rüttelte nur leicht den Kopf, das Entsetzen lähmte ihn. Leise sagte er: »Ich habe alles so getan, wie du es gewünscht hast, Nevopor.« Sein Blick fiel auf den Fisch und den Becher. »Willst du ihn tatsächlich töten?«

»Er stirbt, wenn es sein muß.«

»Es wird Gerüchte geben, wenn du das tust. Besser, du erklärst offen den Grund für seine Strafe.«

»Nein, Miesko. Ich schätze deinen Rat. Dennoch: Bevor ich weiß, was hier vorgeht, muß Rethra mein Handeln ohne Begründung hinnehmen.«

»Daß ich dir stets gehorsam bin, weißt du.« Das Gesicht des alten Priesters zuckte. »Du willst auch mir nichts preisgeben?«

»Auf niemanden verlasse ich mich so wie auf dich. Nun denn, höre und schweige darüber: Donik ist ein Faden, der zu einer Schnur führt. Die Schnur führt zu einem festen

Seil, und das Seil liegt um Rethras Hals. Das ist der Eindruck, den ich habe.« Er ließ den alten Priester stehen und unterquerte den Torturm. Sorgfältig bemüht, nichts zu verschütten, begann er den Abstieg zum Ufer.

Er sah die hellen Hanfseile, die Donik am Pfahl hielten, Seile um den Hals, um den Brustkorb, um die Hüfte, um die Beine und die Fußgelenke. Die Hände des Linonen waren hinter dem Pfahl aneinandergeknotet. Ihm mußte langsam dämmern, daß er einen Fehler gemacht hatte. Nevopor bereitete sich auf einen Gesichtsausdruck namenlosen Erschreckens vor, auf Todesangst, auf Flehen um Gnade.

Einen Moment lang blieb der Hochpriester noch hinter dem Pfahl stehen. Donik mußte die Schritte gehört haben, aber er würde sich nicht umdrehen können, um nachzuschauen, wer gekommen war. Eine hübsche Folter. Nevopor entschloß sich, sie ein wenig auszukosten. Er blickte über den großen See, sah entlang der bewaldeten Ufer. Am linken Rand des Sees sprang ein Fisch, das Platschen war gut zu hören, und es bildeten sich Ringe in den sanften Wellen. Warum schwammen sie nie bei der Feste? Ob die Fische gelernt hatten über die Jahre? Er betrachtete die morschen Stämme, die nahe am Ufer aus dem Wasser ragten. Dort unten verbargen sich die Fischreusen Rethras. Früher hatten sie den zehnfachen Ertrag gebracht. Und doch mußte der See noch voll von Fischen sein.

Genug der Qual. Nevopor trat langsam um den Pfahl herum. Was er sah, ärgerte ihn maßlos. Weder war das Gesicht des Linonen naß von Tränen, noch sprach Entsetzen aus seinen Augen. Der Linone stand ruhig, als hätte er sich freiwillig an diesen Pfahl gelehnt, und er blickte Nevopor nicht an, sondern sah nachdenklich auf das Wasser hinaus. Keine Sorgenfalten zeigten sich im blassen Gesicht. Doniks dunkle Augen blickten gelassen und beinahe höhnisch drein. Ein Windstoß fuhr durch sein kurzes, schwarzglänzendes Haar, das war die einzige Bewegung an seinem Körper.

Vielleicht konnte er es gut ertragen, gefesselt zu sein.

Das Fesseln war aber nur der Anfang. Nevopor würde ihn gefügig machen. »Donik!«

Die Augen des Linonen sprangen zum Hochpriester. »Was bringst du mir?«

»Eine letzte Mahlzeit.«

»Ist der Fisch vergiftet? Nein, du hast das Gift in den Becher gefüllt, nicht wahr?«

»Kein Gift. Ich bringe dir die letzte Mahlzeit, weil ich dich achte.«

»Das ist nicht wahr.« Donik musterte ihn. »Du willst mir damit zeigen, daß ich bald sterben werde. Eine Drohung also.«

»Du kannst noch einmal den Geschmack von Nahrung und Wasser auf deiner Zunge spüren. Das hast du dir verdient – wenn du mir sagst, wem du das Pferd übergeben hast.«

Der Linone schüttelte kaum merklich den Kopf.

»Du wirst die nächsten Tage keine Nahrung bekommen. Dieser Fisch soll das Letzte sein, was du ißt. Wenn du klug bist, verschmähst du ihn nicht. So hältst du ein wenig länger durch, bleibst länger am Leben. Wer ist es, der dich zum Schweigen zwingt? Rede!«

Doniks Lippen blieben geschlossen. Ein abweisender Blick ruhte auf Nevopor.

»Nun gut. Du denkst, ich hasse dich. Dann will ich dir zeigen, daß es nicht so ist. Du sollst die letzte Mahlzeit auch ohne Antwort haben.« Nevopor setzte das Tablett ab und hob den Fisch vor Doniks Mund.

Mißtrauen lag im Blick des Linonen. Er zögerte lange. Dann öffnete er den Mund, ließ sich das fahlrote Fleisch hineinstopfen. Ohne eine Miene zu verziehen, kaute er.

»Ich bedauere sehr, daß unsere Freundschaft auf diese Weise enden mußte.« Nevopor wartete, bis der Linone alles hinuntergeschluckt hatte. Er sah genau, daß Doniks Augen zum Becher wanderten. Nun hatte er Durst. Ein gesalzener Fisch, das machte sehr durstig. »Dieser Becher ist dein letzter. Trink.« Er hob ihn an Doniks Lippen, und der Linone trank gierig. Zweimal schluckte er, Nevopor beobachtete es genau, dann verzog er das Gesicht, fing an zu spucken, zu würgen. »Ja, Salzwasser, sehr viel Salz, und wenig von dem süßen Naß, das du erwartet hast.«

Nevopor schleuderte den Becher zu Boden. Er reckte den Arm zum See hinaus und brüllte, dicht an Doniks Gesicht: »Sieh dir den Lucinsee an, Donik! Das ist viel süßes Wasser, sehr viel. Der Fisch und das Salzwasser haben dich durstig gemacht, aber du wirst noch durstiger werden, jeden Tag mehr. Deine Zunge wird dick anschwellen, du wirst nur schwer atmen können. Dir werden die Lippen aufspringen und die Augen brennen, und jeden Tag wirst du einen kleinen, qualvollen Tod sterben, bis du endgültig vertrocknest. Willst du das?«

Mit großer Kraft preßte Donik die Zähne zusammen. Nevopor konnte die Muskeln der Kiefer sehen, die sich anspannten. Der Linone sah starr in die Ferne. Er atmete schwer, röchelte beinahe. Das Salz hatte seine Wirkung getan, kein Zweifel.

»Ich schneide dich los und lasse dich dort zum Wasser laufen. Du kannst deinen Kopf darin untertauchen, kannst trinken, soviel du willst. Alles, was du dafür tun mußt, ist nur, mir zu sagen, wer der Mann mit den Zahnlücken war und was er hier wollte.«

Keine Antwort.

»Es ist mir ein Rätsel.« Nevopor wendete sich ab vom Pfahl, blickte nun auch auf den See hinaus. »Diese ganzen Jahre – niemand hat mir so treu und ergeben gedient wie du. Ich habe dir vertraut, habe dich mit allem versorgt, was du brauchtest. Nicht einmal hast du dich aufgelehnt. Was ist plötzlich geschehen? Kann ein Besucher all deine Treue vernichten? Was hat er dir gesagt, welche Lüge hat dich vergiftet? Donik, dies ist eine ernste Sache. Rethra ist zu wertvoll, um es Unsicherheiten auszuliefern. Wenn du nicht sprichst, wirst du verdursten, wenige Schritte entfernt vom See. Zwinge mich nicht dazu, dich hier sterben zu lassen.« Er drehte sich wieder zu Donik um. »Warum verrätst du mich?«

»Die letzte Mahlzeit! Kein Gift!« Das Gesicht des Linonen zuckte, als sei er um Fassung bemüht. Er ächzte: »Deine Lügen beweisen nur, daß ich richtig handele. Du zitterst, weil dich dein Gewissen anklagt. Sollte ich den Tag der Freude noch erleben, werde ich an ihm meine ersten Worte sagen. Bis dorthin schweige ich, und wenn es meinen Tod bedeutet, so sterbe ich schweigend.« Damit schloß er die Augen, als wollte er sagen, der Hochpriester möge gehen.

Tag der Freude? Gewissen? Was meinte er, worauf bezogen sich diese merkwürdigen Sätze? Was konnte er, Nevopor, getan haben, das den Linonen erzürnte und ihn dazu brachte, sein Leben zu opfern? Und was kam in der Zukunft, das Donik wertvoll genug war, um alles dafür herzugeben? »Sehr bedauerlich, Donik. Ich dachte, in dir mehr Vernunft zu finden. Wer auch immer dir eingeredet hat, ich müßte ein schlechtes Gewissen haben, macht einen großen Fehler. Ich habe stets nach dem Willen Svarožićs gehandelt, und meine Urteilssprüche waren gerecht. Schade, daß du dich so leicht ins Wanken bringen läßt.« Eine Weile betrachtete Nevopor den Linonen schweigend. Wie gern wollte er diesen Mund knacken und die Worte herausziehen, die Donik vor ihm zu verbergen suchte! »Du wirst verstehen, daß ich niemanden an meiner Seite dulden kann, der mit Fremden Geheimnisse ausbrütet, die er mir nicht zu sagen vermag. Genausowenig kann ich dich fortschicken zu deinen verräterischen Freunden. Du kennst die Tempelburg wie das Innere deiner Hütte. Das macht dich zu einem gefährlichen Feind. Also dann, stirb und grüße mir die weiße Frau. Die Unterwelt bleibt dir verschlossen. Du wirst als jämmerlicher Schatten enden. Wenn das deine Wahl ist, kann ich dir nicht mehr helfen.«

Nicht nur gab es hier Mondlicht, auch die Luft war entschieden besser. Uvelan schob sich noch ein Stück näher an die Tür. Er lag auf dem Bauch, die Hände vorn, die Beine weit ausgestreckt. Durch einen Spalt von zwei Fingern Höhe zwischen Tür und Schwelle strömte kühle Abendluft. Uvelan sog sie tief ein. Er schob den eisernen Gegenstand ins Licht, drehte ihn in den Fingern. Ungefähr handgroß war er und wie ein Körper geformt: nach unten ein weiter Bogen, der mit geradem Eisenstab abschloß, oben an der Spitze des Bogens der Kopf befestigt, viereckig, quer.

Das war alles. Nichts anderes in der Kammer außer hölzernen Stielen, die schräg in der Wand steckten, und diesem Eisending, das er in einem Winkel gefunden hatte.

»Was habt Ihr da?« flüsterte Tietgaud.

»Einen Steigbügel. Dort oben durch den Kopf wird das Lederband geführt.« Uvelan tippte auf den Eisenstab am unteren Ende. »Und auf dieser Stange ruht der Fuß.«

»Na wunderbar. Ein Steigbügel ist genau das, was wir jetzt brauchen.«

Ohne Eile stand er auf. »Sie haben uns in der Sattelkammer eingesperrt. Auf den Stielen ruhen sonst die Sättel. Wenn Ihr Schritte hört, verabschiedet Euch vom Leben.«

»Wie meint Ihr das? Muß nicht der Fürst –«

»Javor hat längst entschieden.«

»Sattelkammer. Der Fürst hat entschieden. Wie weise Ihr seid! Sicher wißt Ihr auch, welchen Todes wir sterben werden? Und ob wir uns im Himmel oder in der Hölle wiedersehen?«

»Man wird uns im Moor versenken.«

Stille. Schluckgeräusche. Zitterndes Einatmen.

»Ihr meint«, raunte Brun, »jemand kommt noch in dieser Nacht …?«

»Ja. Sie führen uns auf den Dämmen ins Moor hinaus und stoßen uns dann in die schmatzende Grube.«

»Woher wißt Ihr das?«

»Ich habe mich umgesehen in der Burg.«

Tietgaud zischte: »Uns allen waren die Augen verbunden! Tischt uns keine Lagerfeuergeschichten auf.«

»Es ist jetzt nicht die Zeit, zu streiten, Mönch. Jedermann ist in der Lage, seine Kopfhaut zu bewegen und damit eine Augenfessel zu lockern.«

»Die Kopfhaut zu bewegen ... Und was habt Ihr gesehen, das Euch so sicher sein läßt, wie man uns zu töten gedenkt?«

»Pfähle.«

»Alena hat –«

»Nicht solche Pfähle. Die Obodriten haben Stecken bereitgelegt mit einer Astgabel am vorderen Ende. Bestens dazu geeignet, den Hals eines Ertrinkenden unter die sumpfige Oberfläche zu drücken.«

»Warum sollten sie so etwas tun wollen?« preßte Audulf hervor.

»Man hält uns für Kundschafter. Und aus irgendeinem Grund sind Kundschafter im Augenblick für Javor gefährlich. Er scheint zu fürchten, daß wir etwas gesehen haben, was nicht bekannt werden darf.«

Embrichos Stimme raunte von der Kammerdecke her: »Es gibt nur eine Möglichkeit.« Kaum einen Schatten konnte Uvelan erkennen, nicht mehr als ein undurchdringliches Schwarz vor dem Grauschwarz des Raumes, aber es sah aus, als müsse Embricho den Kopf gesenkt halten unter der niedrigen Decke. »Brun«, sagte der Hüne, »wenn wir gemeinsam gegen die Tür anlaufen, meinst du, wir können den Riegel brechen?«

»Ich weiß nicht. Habe ihn nicht gesehen.«

Uvelan runzelte die Stirn. »Was wollt Ihr damit erreichen?«

»Wir brechen aus und nehmen den ersten Angreifern die Waffen weg.«

»Ihr wollt einem Bewaffneten mit bloßen Händen die Klinge aus der Hand reißen?«

»Es ist besser, als hier zu warten, bis sie uns in schwarzer Fäulnis ertränken.«

Einen Moment schwieg Uvelan. »Nein. Geht alle auf die Hände herunter und sucht, ob ihr einen losen Nagel findet.«

»Ob wir ... was?«

»Tut, was er sagt«, befahl Tietgaud.

Leises Scharren war zu hören. Auch Uvelan begab sich auf alle viere und fuhr mit den Fingern über die Bohlen. Nicht weit von ihm dröhnte es dumpf, dann ächzten zwei Stimmen. »Paß auf, Mann!« »Mein Kopf ...« Da lief es wie ein Blitz von Uvelans Fingerspitzen über seinen Arm. Ein Nagel. Er wischte mit den Fingern um ihn herum. Ja, eine kleine Delle. Er mußte es versuchen. Mit beiden Händen den Nagel und den Steigbügel betastend, schob er den Bügel unter den Nagelkopf. Dann zog er, bis ihm die Arme zitterten. Nichts. »Embricho? Brun? Könnt Ihr hierher finden? Tastet, bis Ihr meine Hände fühlen könnt. Ich halte den Steigbügel. Habe ihn unter einen Nagelkopf geklemmt. Schafft Ihr es, den Nagel herauszuziehen? Ich bin zu alt, meine Kraft reicht nicht aus.«

Behaarte Hände berührten ihn. Brun erkundigte sich mit gedämpfter Stimme: »Ihr habt einfach daran gezogen?«

»Warum fragt Ihr?«

»Das ist nicht klug. Es ist besser, das Werkzeug am Ende zu ergreifen und gegen den Boden zu stemmen. Dann biegt man es langsam um.« Er ächzte. Schließlich wurde etwas Langes, Kaltes auf Uvelans Handrücken gedrückt. »Da habt Ihr Euren Nagel.«

»Wunderbar. Behaltet den Steigbügel. Könnt Ihr die Ränder der Bohle erfühlen? Findet die anderen Nägeln, mit denen sie festgehalten wird. Wir müssen sie alle lösen.«

Embricho pfiff leise durch die Zähne. »Verstehe«, flüsterte er. »Ihr wollte die Bohle als Rammbock gegen die Tür einsetzen. Darauf hätte ich auch kommen müssen.«

»Nein, die Bohle bedeutet nichts. Wir brauchen ein Loch.«

»Ein Loch?« Tietgaud mußte nahe neben ihm hocken. Sein Flüstern zischte schmerzhaft in Uvelans Ohr. »Wollt Ihr einen Tunnel graben? Vergeßt nicht, wir befinden uns auf einer Insel. Wir würden sehr bald auf Wasser stoßen.«

Uvelan kroch ein Stück beiseite, rieb sich die Speichelspritzer aus dem Ohr. »Es geht nicht um einen Tunnel. Wir brauchen ein Versteck. Denkt einmal nach! Das, was Javor am meisten fürchtet, ist, daß einer von uns entkommt. Und er will uns ersäufen, also soll unser Tod im Verborgenen bleiben. Niemand im Frankenreich erfährt, daß wir hier gestorben sind – es könnten wilde Tiere im Wald gewesen sein, die Redarier, oder wer weiß wer. Es besteht für die Obodriten nicht die Gefahr eines Rachezugs der Franken.«

»Und ein Loch ist die Lösung? Wie das?«

»Einer von uns verbirgt sich unter den Bohlen. Ich sage nicht, daß wir dadurch gerettet sind. Aber möglicherweise zögert Javor, wenn er meint, der Fehlende sei irgendwie geflohen. Für den Fürsten sieht es so aus, als erführe man im Frankenreich, wo wir zuletzt gesehen wurden. Sie riskieren einiges, wenn sie uns dann noch umbringen.« Er tat einen rauschenden Atemzug. »Ich mag ein alter Mann sein, aber ich habe kurz gelebt. Es gibt noch Dinge, die ich erledigen möchte.«

»Sterben will hier keiner. Wo soll die Erde hin, die wir aus dem Loch ausheben müssen, um Platz zu schaffen? Ein Haufen Erde in der Kammer wird auffallen.«

Brun zischte: »Im Notfall essen wir sie! Besser, als von einer Axt zerteilt zu werden.«

»Ich glaube gar nicht, daß wir auf viel Erde stoßen werden«, murmelte Uvelan. »Los, machen wir weiter.«

Bald hoben sie die erste Bohle heraus. Die Querbalken, die den Boden trugen, ließen genügend Platz für ein Versteck; der Hohlraum jedoch war mit Reisigbündeln und Steinen gefüllt. Spinnenbeine eilten über Uvelans tastende Hände. Auf sein Geheiß lösten die Franken zwei weitere Bohlen. Mit Gewalt stopften sie die Reisigbündel in die benachbarten Hohlräume. Die Steine schichteten sie am Bohlenende auf.

»Einer von Euch Franken muß da hinein«, flüsterte Uvelan. »Die Obodriten sollen glauben, er sei nach Hause geflohen. Mein Zuhause ist nicht das Frankenreich.«

»Ich bin zu groß«, sagte Embricho.

Brun sagte: »Und ich zu breit.«

»Audulf, leg du dich hinein«, befahl Tietgaud. »Du bist klein.«

»Das ist ja ... wie ein Grab.«

»Wolltest du nicht schon immer diesem Erdvolk nahe sein? Dort lebt es«, raunte Tietgaud. »Krieche hinein, vielleicht kannst du mit ihnen sprechen.«

»Das verborgene Volk sagt, es ist ein Frevel. Der Mensch soll nicht unter der Erde wohnen. Das ist das Reich des verborgenen Volkes.«

»Auf der Stelle wirst du gehorchen, oder wir zwingen dich!«

»Wenn Ihr mich hineinstoßt, schreie ich und trommele gegen die Bohlen, sobald die Obodriten Euch holen kommen.«

»Also Ihr«, sagte Uvelan. »Tietgaud. Ihr seid nicht zu groß für das Loch.«

Einige Augenblicke war es still.

Tietgaud zischte: »Wir haben eines nicht bedacht: Nachdem die anderen freigelassen sind, liegt der eine noch immer unter den Bohlen. Und er muß dort bleiben für mindestens einen Tag und eine Nacht, damit die Flucht gelingt und sie uns nicht nachjagen, weil der Betrug aufgeflogen ist. Auf welche Weise soll der Versteckte entkommen?«

»Für Euch hat das keine Bedeutung. Ihr wollt doch den Märtyrertod sterben.«

»Aber nicht in diesem Loch. Euch, Uvelan, wird es um einiges leichter fallen, die Burg aus eigener Kraft zu verlassen. Ihr beherrscht die Sprache dieser Barbaren. Und sollte es Euch nicht gelingen – Ihr seid alt, Ihr habt Euer Leben hinter Euch. Eure Zeit ist so oder so bald abgelaufen. Was sollen das schon für Dinge sein, die Ihr noch vorhabt?«

15. Kapitel

Wie ein lauerndes Ungeheuer kauerte die Burg Zwerin auf einer Insel am Rande eines großen Sees: Ein dunkler Koloß auf blau umspültem Hügel. Stachel ragten rings um das Ufer wie Zähne aus dem Wasser, gespitzte Eichenbalken, um Boote abzuwehren. Der Knüppeldamm, dem Gnevka und Alena seit einiger Zeit folgten, führte stracks auf das Maul des Ungeheuers zu. Es hatte ihn ausgelegt als Zunge. Wie viele Besucher verspeiste Zwerin am Tag?

Hinter den Wolken die Sonne. Ab und an funkelte ein Zipfel hervor und sandte helle Strahlen auf den See. Rasch schloß sich dann die blasse Himmelsdecke wieder, als wäre es der Sonne unangenehm, daß ihr für einen Augenblick die Kleider verrutschten.

Zur linken des Damms lag ein weiterer See. Ein Netz fauchte durch die Luft und klatschte auf das Wasser. Im schaukelnden Boot: zwei Männer. Sie winkten den Frauen zu und zeigten ihre Zähne. Ein zweites, kleineres Gefährt trug nur einen Mann. Er hielt einen Speer in die Luft, den Blick starr auf die feinen Wellen des Sees gerichtet.

Ob Embricho noch am Leben war? Gnevka hatte darauf bestanden, daß sie die Nacht in Kamenica verbrachten und erst am Morgen nach Zwerin aufbrachen. »Wenn wir heute noch gehen, kommen wir in der Abenddämmerung an«, hatte sie gesagt. »Auffälliger geht es nicht. Wer reist so, daß er in der Dunkelheit heimkehren muß? Es geht durch das Moor, Alena – im Dunkeln den Bohlenweg zu verlieren, kann das Leben kosten. Die Zweriner würden Verdacht schöpfen.« Also hatte Alena sich auf einen Strohsack in Gnevkas Haus gelegt und war am Morgen beschämt erwacht. Nach einigem Hin- und Herwerfen und besorgtem In-die-Dunkelheit-Stieren am Abend war sie doch eingeschlafen und hatte eine traumlose, erholsame Nacht verbracht.

Und der Hüne? Vielleicht hatten sie ihn längst erschlagen, vielleicht hatte er noch gehofft, sie würde da sein und seinen brechenden Blick auffangen. Das erwählte Opfer erschlagen! Ihr wurde schlecht.

Mit jedem Schritt, den sie näher kamen, ragte die Burg höher und bedrohlicher auf. Der Wall, der aus einem Graben Kraft schöpfte, schwang sich mehrere Mannslängen in die Höhe, und die dicken Stämme, die ihn als Palisadenkette krönten, hoben sich wie gewetzte, schwarze Messer vom Himmel ab. Alena konnte ein halbes Dutzend Wachposten dahinter erkennen.

»Ist die Brücke nachts erleuchtet?« fragte sie.

»Das weiß ich nicht, ob sie Fackeln aufstellen. Bei Nacht war ich noch nie hier. Du willst mit deinem Frankenliebling zum Tor hinausspazieren? Das Tor ist geschlossen nach Sonnenuntergang.«

»Aber man könnte über die Palisaden klettern, irgendwie, und dann den Wall hinunter. Wenn er noch lebt.«

Gnevka griff nach Alenas Arm. »Wir können umkehren, hörst du? Du bist eine mutige Frau, ich weiß das, aber du bist nur *eine* gegen die ganze Burgbesatzung. Wie willst du den Mann befreien?«

Mit Mühe unterdrückte Alena das Verlangen, sich aus Gnevkas Hand zu winden. »Ich weiß noch nicht, wie, aber mir wird bestimmt etwas einfallen.« Alena wandte den Blick nicht von der Feste.

Leise murmelnd, ließ Gnevka sie los: »Glaub mir, ich wünsche dir wirklich, daß du lebend dort wieder herauskommst – zusammen mit deinem Geliebten.« Dann schwieg sie.

Ob Reisenden Rethra genauso bedrohlich vorkam? Vermutlich erschien ihnen die Tempelburg noch viel schrecklicher. War nicht allein schon der innere Mauerring Rethras mindestens doppelt so groß wie dieses Zwerin? Die Obodritenburg hatte ein Tor; zugegeben, einen Schlund von einem Tor. Rethra hatte sechs. »Weißt du«, sagte Alena, »Wälle und Palisaden schrecken mich nicht … nicht so sehr.«

»Still jetzt!«

Sie waren vor dem Tor angelangt. Es stand offen: Eine Höhle unter einem gewaltigen Erd-, Stein- und Holzturm hindurch. Alena schätzte den Weg vom Fuß des Walls bis zum Inneren der Burg. Das mußten zehn oder sogar fünfzehn Schritte sein. Ein würdiger Panzer für das Ungeheuer.

Lautes Lachen neben ihr ließ sie aufschrecken. Gnevka! Sie fächelte die rechte Hand, strahlte den Wachposten an. »Nein, mehr ist es nicht dieses Mal.« Einen kleinen Flunsch im Gesicht, hob sie mit der linken den Tontopf in die Höhe, den ein Lederlappen verschlossen hielt.

»Warst du nicht erst vor vier Tagen da?«

»Ich habe gestern einen neuen Schwarm gefangen und mußte eine alte Bienenbeute leeren, um wieder eine frei zu haben. Deshalb bringe ich schon wieder Honig. Sollte euch das nicht freuen?«

»Und wer ist das? Deine Base? Ihr Kleid sieht aus, als hätte sie in den Sümpfen gebadet.«

»Sie ist zu Besuch. Ich wollte ihr Zwerin zeigen.«

»Verstehe. Du willst prahlen.« Er wendete sich Alena zu, lächelte. »Schöne Augen hast du.«

»Danke.«

»Seht zu, daß ihr bald verschwindet. Javor sieht im Moment ungern Fremde hier.«

Im Schatten des Torweges unter dem Turm zischte Alena: »Was ist los?«

Gnevka antwortete nicht.

Der Bauch des Ungeheuers tat sich auf. Zwerin war nicht im geringsten mit Rethra zu vergleichen. Rethra hatte weit ausladende Mauern, aber es war eine Siedlung mit Sand, weiten Wiesen, Häusern. Das Ungeheuer Zwerin hatte keinen Sand, kein Gras in seinem Inneren. Der Hof war Teil von ihm wie das Fell Teil eines Tieres war. Holzplanken bedeckten die gesamte Fläche; Ställe, Häuser, Handwerksschuppen und selbst der Brunnen waren vom gleichen dunklen Holz gemacht.

Zwerins Bewohner trugen keine schwarzen, weißbestickten Priestermäntel. Sporen waren an ihre Fersen geschnallt, Köcher mit Pfeilen ragten über ihre Rücken hinaus, Pfeile darin, im Schaft schwarze Krähenfedern. Sie hielten Speere mit eisernen Spitzen, geflochtene Schilde, Äxte, deren mächtige Blätter sich weit den Schaft hinunterbogen.

War die Gefangennahme der Franken ein solcher Steinwurf auf das Hornissennest gewesen? Die Zweriner waren offensichtlich in Aufregung. Wovor fürchteten sie sich? Alena zupfte Gnevka am Ärmel. »Das ist doch nicht immer so, oder?«

Stumm schüttelte die Imkerin den Kopf.

Pferdehufe dröhnten auf den Planken. Während die einen die Tiere am Zügel hielten, sprangen zehn andere in die Sättel. Rücksichtslos drängten sich die Reiter über den Hof zum Tor. Das Poltern der Hufe hallte unter dem Turm wider.

»Hör zu«, hauchte Gnevka, »ich mache mich besser aus dem Staub.«

Ein Mann mit Augenbrauen wie schwarze Raupen und einem dichten Bart trat auf Alena und Gnevka zu. »Ihr seid gerade erst gekommen, richtig?«

»So ist es.« Die Imkerin ließ die Hände sinken.

»Habt ihr unterwegs einen Greis gesehen, einen mit schiefer Nase, Krallenhänden und wildem Haar? Weit kann er nicht gekommen sein.«

Der Alte. Er hatte die anderen verlassen. Das war es, was er gewollt hatte. Sie nach Zwerin in den Tod führen, um sie zu vernichten. Aber warum hatte er dann sie, Alena, verschont?

»Nein, wir haben niemanden gesehen.« Gnevka wartete, bis der Bärtige gegangen war, dann raunte sie: »Dein Geliebter ist kein häßlicher Tattergreis, oder?«

»Der Alte war bei Embricho, als er gefangengenommen wurde.«

»Und er ist geflohen, ohne den jungen Mann mitzunehmen?«

»Es ist ein merkwürdiger Alter. Gut möglich, daß er sich in Luft auflösen kann, durch Wände gehen. Was mit Embricho ist, werde ich herausfinden. Danke für deine Hilfe, Gnevka.«

Sie schüttelte den Kopf. »Ich hoffe, ich habe dich nicht in den Tod geführt. Leb wohl.«

Ein letzter Blick aus den geröteten Augen, dann wurde Gnevka vom Torschatten verschluckt. Sie hätten gute Freundinnen werden können, wären sie nicht Angehörige verfeindeter Völker. Vielleicht konnte Alena ihr eines Tages die Wahrheit sagen.

Sie sah sich um. Ein Versteck mußte her, und zwar bevor man anfing, ihr unangenehme Fragen zu stellen. Vor einer der Treppen, die den Wall hinauf zum Wehrgang führten, stand ein kleinwüchsiger, dickleibiger Mann und gab den Männern Anweisungen. Er trug ein Eisenhemd aus feinen Ringen, denen der Franken ähnlich. Konnte er es von ihnen …? Nein, selbst Brun hatte keinen Bauch wie dieser dort. Und auch das Schwert an seiner Seite konnte nicht von den Franken stammen: Es trug silberne Linien auf der Schneide, feine Verzierungen. Sein Träger mußte reich sein und Bedeutung haben in Zwerin. Er war nicht mehr jung; allein ein spärlicher Kranz von Haaren war ihm verblieben, knapp oberhalb der Ohren und des Nackens.

Ein Schlupfloch! Die Pferde, auf die die Männer aufgesprungen waren, um den Alten zu suchen – im Stall mußte Platz sein für ein Versteck.

Sie drehte sich auf den Fersen, ein großes Gebäude, einen Stall suchend. Dort, jenes Haus hatte ein Tor und war weit am Wall entlanggestreckt. Ein Misthaufen ruhte neben dem Tor.

Mit so langen Schritten, daß das Kleid knackte, trat Alena auf den Brunnen zu. Sie bemühte sich, ein ernsthaftes, geschäftiges Gesicht zu machen. Den Blick fest in den Schacht hinabgerichtet, stieß sie den Eimer in die Tiefe. Während er fiel, sang die Winde über ihrem Kopf eine schrille Litanei. Das sich abrollende Seil schlug Wellen, peitschte durch die Luft. Dann traf der Eimer auf, unten, im Dunkeln. Während noch das Klatschen der Eimerdauben auf dem Wasser in Alenas Ohren nachhallte, war er schon versunken. Sie richtete sich auf und nahm die Kurbel in beide Hände. Zuerst schien es leicht zu gehen, dann aber brach Schweiß auf ihrem Rücken und unter den Armen aus. Die Schultern begannen zu schmerzen. Als der Eimer endlich neben ihrem Gesicht in der Luft schwebte, hatte sie kaum die Kraft, ihn zu packen und aus dem Brunnen zu ziehen. Neben dem Brunnen stand ein Tragejoch. Sie löste einen der Eimer, die rechts und links im Joch eingehakt waren, und schüttete das Wasser hinein. Dann hob sie ihn an und überquerte den Hof. Der eiserne Henkel schnitt in ihre Handfläche, als wollte er der fremden Hand Schmerz zufügen.

Sie brachte den Tieren Wasser. Das konnte ihr niemand übelnehmen.

Der Geruch von Pferdemist und heißem Schweiß lag in der Luft, herbe und doch vertraut. Alena mußte an zu Hause denken, die Weiden der Vorburg, die lange Treppe hinauf zum Tor. Sie sah Rethras Türme im blauen Morgennebel vor sich, ihren Vater mit jenem ernsten Gesichtsausdruck. So gut kannte sie ihn – keine strenge Miene konnte sie täuschen! Da war das feine Spiel um die Augenwinkel, dessen Anblick sie immer glücklich gemacht hatte. Wenn sie ihn anlächelte, wurde es stärker. Der Mund blieb streng, aber die Augen lachten zurück. Sie wollte nach Hause, endlich.

Alena wartete im Stall, bis sich die Nacht herabgesenkt hatte und draußen auf dem Hof Stille eingekehrt war. Schwach sickerte Mondlicht durch die Ritzen der Wände.

»Schhhh.« Die Lippen leicht geöffnet, blies sie Luft durch die Zähne. »Schhhh.« Sie entfernte mit langsamer Hand einige Strohhalme von ihrem Kleid. Dann ging sie weiter, vorbei an den Verschlägen. »Schhhh. Steht schön still, meine kleinen Pferde.« Die Tür im Stalltor war geschlossen. Alena drückte sie um einen Spalt auf und spähte hinaus. Im klaren Himmel schimmerten unzählige Sterne rings um den Mond. Unförmig schien das Nachtgestirn zu sein, wie ein Brot, das nicht rund geworden war. Sein Widerschein glänzte auf dem Boden des Burghofs: nasses Holz, es hatte geregnet.

Dann sah Alena die Wachposten auf dem Wall. Einer hatte sich an die Palisaden gelehnt und beugte sich hinaus, die anderen standen mit in den Himmel gereckten Speeren.

Würden ihre Füße auf den nassen Holzplanken zu hören sein? Es war kein knirschender Sand, immerhin. Alena schlüpfte hinaus und hockte sich hinter den Misthaufen. Einige Fliegen schreckte sie auf, die durcheinandersurrten. Die Wachen schauten ja nach draußen, nicht nach hier innen, beruhigte sie sich.

Sie ging in Gedanken die Häuser durch, die nicht vom Haufen verdeckt waren. In Rethra war es üblich, Gefangene im Haus einer der Tempelwachen einzusperren. Wo würden sie hier untergebracht sein? Hatte man sie nach der Flucht des Alten an einen anderen Ort gebracht, der sicherer erschien?

Die Burg hatte die Form einer breiten Pfeilspitze: Oben das Tor zur Brücke und darüber der Turm, zusätzlich zu dieser einen noch vier weitere Ecken, und an der dem Tor gegenüberliegenden Seite ein stattliches Haus, das zweifellos dem Fürsten gehörte, der hier herrschte. Eines nach dem anderen musterte sie die Häuser. Unter dem freien Dach einer Schmiedewerkstatt leuchteten Hammerköpfe, Rodehacken, Sensenblätter, Fischspieße, Steigbügel und

Axtblätter im Mondlicht, und wie Sterne um sie herum kleinere Lichter: Angelhaken, Scheren, Sporen, Trensen. Dort, neben der Werkstatt, lag dunkel eine Tür, vor der außen ein Riegel auf zwei Haken ruhte. Kein Schornstein, es konnte nicht das Backhaus sein, das sie vor den Hungrigen verschlossen. Eine Vorratskammer vielleicht? Aber es hing kein Schloß am Riegel. Sie mußte es versuchen.

Am besten war es, wenn sie aufrecht über den Hof ging, möglichst lautlos, damit die Wachen sich nicht umdrehten, aber doch aufgerichtet, so daß sie keinen Verdacht schöpften, wenn sie aus einer Laune heraus in den Innenhof sahen oder Alena versehentlich ein Geräusch verursachte. Sie stand auf. In diesem Augenblick bemerkte sie den Körper, der neben der geheimnisvollen Tür lehnte.

Ein Posten.

Das Gesicht lag im Schatten. Starrte er zurück? War da nicht eine Bewegung, löste er sich von der Wand, um einen Speer auf sie richten? Wie die Hufe am Tage auf den Holzplanken gedröhnt hatten, so polterte es jetzt in Alenas Ohren. Sie wischte die Handflächen am Kleid ab. Getrockneter Schlamm bröckelte herab.

Der Posten regte sich nicht.

Ohne einen Laut bewegte sie die Lippen: »Denke an meinen Schwur, Svarožić. Wenn du die Augen der Wachen verschließt und undurchdringliche Stille über sie senkst, wenn du mich rettest, dann will ich dir meinen erstgeborenen Sohn zum Priester geben oder mit meiner Tochter für dich arbeiten, bis ich sterbe. O bitte, Lichtbringer, ich bin ein schwaches Weib, aber du bist mächtig, denke nun an mich!« Damit lief sie los. Sie machte kleine Schritte und rollte sorgfältig Ferse und Fußspitze ab, ohne über den Boden zu schaben. Kaum wagte sie es zu atmen, bis sie vor der schmalen Tür angelangt war.

Sie drehte sich um. Da war ein Wachposten auf dem Wall über dem Stalldach, aber er hatte sie nicht bemerkt, sah ruhig über die Palisaden hinweg. Vor ihr der Mannskörper im

Schatten. Sie brauchte nur die Hand ausstrecken, und würde ihn berühren. Ruhig hob sich der fremde Brustkorb, senkte sich, wuchs erneut an. Schlaf! befahl sie ihm in Gedanken.

In diesem Augenblick fuhr ihr ein Schauer wie eine kalte Hand über den Rücken, um sie schließlich im Genick zu packen und zu schütteln. Gestern der Hof voll von Kriegern, und heute ein Wachposten, ein einziger schlafender Mann, der die Gefangenen bewachte? Alena hielt die Luft an und kniff die Augen zusammen. Etwas war faul an der Sache. Der Schlafende neben ihr war nicht in Ordnung. Statt seiner sollten vier aufmerksame Bewaffnete vor der Tür wachen. Jeder Instinkt riet ihr, fortzulaufen. Statt dessen faßte sie den Riegel mit beiden Händen und hob ihn aus den Haken. Wie schwer er wog! Alena klemmte vor Anstrengung die Lippen zwischen die Zähne. Als sie den Riegel auf den Boden senkte und ihre Finger darunter hervorzog, setzte er dumpf auf den nassen Bohlen auf. Sie erstarrte, wagte es nicht, sich zu bewegen. Sprang der Posten auf? Er atmete unverändert. Kam ein Ruf von den Wachen? Hallten Schritte von einer der Treppen, die vom Wall in den Burghof führten? Der Rücken begann ihr zu schmerzen in dieser vorgebeugten Haltung, aber sie wartete, lauschte. Nichts. Man mußte sie gehört haben! Die Stille war nicht gut.

Angespannt, daß sie zu zerreißen drohte, schob sie sich in den dunklen Raum und schloß mit unendlicher Langsamkeit die Tür hinter sich.

»Embricho?« wisperte sie und spähte ins Schwarz. War der Raum eine Falle, und es rauschte jeden Augenblick ein Knüppel auf sie nieder?

Jemand war hier. Sie spürte es. »Embricho? Tietgaud?«

Ein warmer Lufthauch an ihrem Hals. Das Geräusch von Stoff, der an Stoff entlangschabt. Dann, dicht vor ihrem Ohr, eine Flüsterstimme: »Wer bist du?«

»Ich bin es, Alena.«

Entsetztes Schweigen. »Alena? Was macht Ihr hier? Seid Ihr des Wahnsinns?«

»Seid Ihr es, Embricho? Ich bin gekommen, Euch alle zu befreien«, hauchte sie.

»Wißt Ihr einen Weg aus der Burg?«

Sie zögerte. »Nein. Eine Imkerin hat mich hereingebracht. Wie wir hinauskommen, weiß ich nicht.«

»Wir haben keine Waffen«, raunte eine Stimme, die sich nach Brun anhörte. »Freikämpfen können wir uns nicht.«

Beinahe wäre Alena vorgesprungen, um ihm die Hand vor den Mund zu halten. Aber sie konnte nicht erkennen, wo genau er stand. «Bitte sprecht leise, Brun. Neben der Tür döst ein Posten. Ein Blick genügt, und er bemerkt, daß der Riegel nicht in den Haken liegt.«

»Entschuldigt.« Er sprach keine Winzigkeit leiser.

»Was Waffen angeht, denkt an die Schmiedewerkstatt. Dort hängen Sensenblätter und die Spitzen von Fischspießen, die könnten wir als Dolche verwenden. Und mein Messer habe ich bei mir.«

Embricho pfiff leise durch die Zähne. »Eine Schmiedewerkstatt? Wunderbar. Ich wußte nicht, daß es hier so etwas gibt. Wir sind mit verbundenen Augen in diese Kammer geführt worden.«

»Wartet, denkt an Uvelans Plan.« Es mußte Tietgaud sein, der das flüsterte. »Es hat vergangene Nacht große Wirkung gezeigt. Hat man uns angerührt? Wenn wir auszubrechen versuchen, stößt man uns womöglich einen Speer in die Brust. Woher wißt Ihr, daß sie uns nicht im Morgengrauen freilassen, weil sie den Alten nicht finden konnten? Wir sollten nicht in dieser Nacht unser Leben sinnlos in die Waagschale werfen.«

»Habt Ihr nicht gehört, Tietgaud?« knurrte Brun. »Die Tür ist offen! Wir können hinaus. Was wollen wir mehr? Laßt uns in der Schmiedewerkstatt Waffen stehlen und dann zum Tor eilen. In der Dunkelheit der Nacht können wir entkommen.«

Embricho raunte: »Besser noch, wir gehen gar nicht erst zur Schmiede. In dieser Zeit können sie zusätzliche Leute ans Tor rufen und uns mit Speeren einkreisen. Nein, wir reißen die Tür auf und stürmen ohne Umwege zum Tor. Die Wachen werden so überrascht sein, daß sie ihre Waffen erst gezückt haben, wenn wir längst unter dem Turm hindurchgerannt sind. Dann müssen wir schnell sein. Im dunklen Wald haben sie durch ihre Pferde keinen Vorteil.«

Ein dumpfes Pochen wie von einer Faust an einer hölzernen Wand ließ Alena zusammenzucken.

»Wir sollten uns rasch entscheiden«, flüsterte Tietgaud. »Er wird ungeduldig.«

Der Obodrit war aufgewacht! Sie sprang zur Tür. Da hörte sie ein Ächzen, das Knacken von Holz, und sah, wie sich etwas Dunkles aus dem Boden löste.

»So vergeltet Ihr es mir, daß ich Euch das Leben gerettet habe?« Der Alte! Er kam aus dem Boden hervor, wie der Geist eines Verstorbenen aus dem Hügelgrab. »Embricho zu groß, Brun zu breit. Aber mich könnt Ihr in diesem Loch vermodern lassen, meint Ihr? Ihr wolltet mich doch nicht ernstlich zurücklassen? «

»Wir waren noch nicht sicher, ob wir wirklich fliehen oder den alten Plan weiterverfolgen sollten«, zischte Tietgaud.

»Während Eurer Schritte ist mir fortwährend Holzstaub ins Gesicht gerieselt. Ich habe Asseln, Tausendfüßler und Spinnen überall in den Kleidern.« Wie zum Beweis klopfte sich der Waldherrscher auf die Hose, schüttelte sie, stampfte auf. »Auch wenn es mich sehr erstaunt, wie die Frau in die Burg eindringen und unsere Tür öffnen konnte – wir sollten die Gelegenheit nicht verstreichen lassen.«

»Das meine ich auch«, raunte Brun.

Alena stellte sich den Mondglanz auf den regennassen Holzplanken vor, die Umrisse der Wachposten ringsum auf dem Wall, ihre schwarzen Speere, die sich in den Sternenhimmel reckten. »Ich habe einen Vorschlag. Wir sollten schleichen, so lange es uns gelingt. Erst wenn sie auf uns aufmerksam werden, beginnen wir zu rennen. Die Wachen schauen ja nicht in den Hof, sondern nach draußen. Und unser Posten schläft. Vielleicht bemerken sie uns nicht, wenn wir ohne Laut zum Tor eilen.«

»Die Engel Gottes mögen uns bewahren.« Tietgauds Stimme sank hinunter, tönte plötzlich in Hüfthöhe über dem Boden: »Beten wir gemeinsam.«

Erschrocken blinzelte Alena ins Dunkel. Was würde der Alte tun, wie würde er der Anrufung des Christengottes begegnen?

»Nun sprecht schon«, raunte Uvelan. Seine Stimme war ebenfalls hinabgesunken.

Rasch fiel Alena auf die Knie.

»Dominus regit me et nihil mihi deerit«, flüsterte Tietgaud würdevoll, *»in loco pascuae ibi me collocavit, super aquam refectionis educavit me.* Der Herr ist mein Hirte, nichts ermangele ich. In grünen Auen weidet er mich, zu Wassern von Stille führt er mich.«

Die Franken atmeten lauter. Verliehen sie den Sprüchen mit inbrünstigen Atemzügen Kraft?

»Nam et si ambulavero in medio umbrae mortis non timebo mala, quoniam tu mecum es virga tua et baculus tuus: ipsa me consolata sunt. Wenngleich ich wandere im Tal von Finsternis – ich fürchte nicht Böses, denn du bist bei mir: Dein Stab und deine Stütze, sie trösten mich.«

Niemand wagte zu sprechen, nachdem der Mönch geendet hatte. Sie blieben auf den Knien. Erst, als er sich erhob, stand man auf.

Alena schlüpfte als erste durch die Tür. Wo war der schlafende Wächter? Die Häuserwand nackt, leer. Warum hatte er den fehlenden Riegel nicht bemerkt? Von einer dumpfen Vorahnung gehetzt, huschte sie am Rand der Häuser entlang auf den Turm zu. Deutlich konnte sie hinter sich die Schritte der anderen vernehmen, das Scharren und Schaben, das Quietschen der nassen Bohlen, das Reiben der Arme am Körper. Mit zugeschnürtem Hals sah sie über den Häusern die Wälle hinauf. Die Wachposten standen ruhig, schienen nichts zu bemerken.

Alena blieb stehen. Hinter ihr verstummten die Schritte. Fehlten da nicht Wachen? Nur noch zwei konnte sie erkennen. Waren sie alle auf die andere Seite gewechselt, die sie gerade nicht sehen konnte? Hatte es einen Wachwechsel gegeben, und in dieser Nachtzeit hielten weniger Posten Ausschau?

Sie spürte eine Bewegung in ihrem Bauch, als hätte sie eine dicke Kröte verschluckt. Langsam schlich sie, musterte furchtsam die Dunkelheit dort, wo unter dem Turm der Torweg begann.

Plötzlich glomm Licht an der Hofseite des Turmes auf. Es war der Widerschein von Feuer, von einer Flamme, die hinter ihnen leuchten mußte, denn sie warf die Schatten der Fliehenden an die Turmwand. Alena drehte sich herum, mit ihr all die anderen. Am Herrenhaus hielt jemand eine Fackel in die Höhe. »Lauft!« rief Alena und warf sich in Richtung Tor. Warum schrie der Mann nicht um Hilfe? Warum war es so eigentümlich still im Hof? Die Wachen auf den Wällen mußten ihren Ruf gehört haben.

Speerspitzen aus dem Schatten unter dem Turm, hinter ihnen Obodriten mit finster zusammengekniffenen Augen. Fackeln. Der Hof mit einemmal hell erleuchtet. Spieße und Speere, die die Geflohenen einkreisten. Der Mann vom Herrenhaus: klein, dickleibig; vollständig angekleidet und gerüstet. Feuerscheinblitzen auf seinem Eisenhemd. »Ihr wollt die Burg verlassen? Das enttäuscht mich.« Kehlig quakte seine Stimme, sie erinnerte an Frösche in heißen Sommernächten. Die fränkischen Wörter formte er ungeübt, als benutze er ein fremdes Werkzeug. »Ich dachte mir, daß der Alte zurückkehrt. Eine Frau habt Ihr Euch zur Unterstützung geholt?« Er lachte knapp; nicht mehr als ein kurzes Bellen. »Und Ihr denkt allen Ernstes, ein Greis und eine Frau können in Zwerin eindringen und gegen meinen Willen meine Gäste entlassen?«

»Gäste? Daß ich nicht lache!« Tietgaud schrie so laut, daß seine Stimme von den Häusern und den Palisaden widerhallte. »Ihr wollt ein Mann sein, der Gäste empfangen kann? Niemand würde aus freiem Willen zu Euch kommen in diese Grotte von einer Burg! Ein Herr wollt Ihr sein, ja?« Er schleuderte seinen Arm in Richtung des Herrenhauses. »Und das soll das Haus eines Burgherrn sein? Diese Scheune, dieser Holzschuppen! In einer fränkischen Königspfalz würde –« Er stockte. Ein fränkischer Reisealtar. Die schwarze Kiste vor dem Herrenhaus schluckte das Fackellicht wie ein Loch. Sie mußten einen hohen Geistlichen überfallen haben! Der Hieb eines Schwertknaufs brachte Tietgauds Gedanken zum Verstummen und ließ den Mönch zu Boden sacken.

»Es wird Zeit, daß sie vom Erdboden verschwinden.« Der Dickleibige leuchtete Tietgaud ins Gesicht. »Schafft die Gabelstöcke heran, und dann fort mit den Schnüfflern ins Moor.«

»Wie lautet dein Name?« fragte der Alte. Er bediente sich der slawischen Sprache. Den obodritischen Dialekt formte er ebenso makellos, wie er den polabischen gesprochen hatte. Da stand er, die zusammengewachsenen Augenbrauen, die schräg zur Seite gebogene Nase, die Runzeln, die von den Augen wie Strahlen zu den Ohren führten. Er hatte sehr ruhig gesprochen. Als müßte er nicht um sein Leben fürchten.

Erstaunt sah ihn der Dickleibige an, leuchtete zu ihm hin, um ihn sich zu besehen. »Du sprichst mit Würde, Alter. Ich bin Javor, Herr über Zwerin und das umliegende Land. Wer bist du, und warum hast du dich erniedrigt, die fränkischen Kundschafter zu führen?«

»Ich führe, wen ich will.«

Die Männer maßen sich mit den Augen. Das Erstaunen in Javors Gesicht wich einem kalten Ausdruck, und die rechte Wange des Obodritenfürsten zuckte.

»Javor, weißt du nicht, daß dein Gott Radigast das Berauben von Gästen nicht gutheißt? Es wird ihn erzürnen, wenn du den Franken die Waffen nimmst und sie tötest.«

Der Arm Javors schnellte vor. Er packte den Alten an der Kehle. »Du wagst es, für die Götter zu sprechen?«

Ruhig hingen die Arme des Alten herab. Er machte keinen Versuch, sich aus dem Griff des Fürsten zu befreien. Während ihm Wasser in die Augen stieg und sich sein Gesicht verfärbte, sah er Javor fest ins Gesicht, als hielte er ihn gepackt und nicht umgekehrt.

»Hört mich an!« flehte Alena. »Bitte, laßt ihn los und hört mich an.«

Verwirrung trat in das Gesicht des Fürsten. Er löste seine Hand vom Hals des Alten, glättete ihm den Kragensaum, als wollte er sich entschuldigen. »Schafft sie ins Moor. Was das Weib angeht: Gebt ihr zwanzig Hiebe mit der Gerte, dann führt sie zu mir. Sie soll bis zum Morgengrauen leben.«

Den Boden in Javors Haus pflasterten weiße Steine. An den Wänden des Raumes, in den Alena geführt wurde, hingen Teppiche. Kleine Talglichter erhellten ihn und verströmten den Geruch von Ruß und angebranntem Fett. Auf einem Sessel aus Holz saß der Fürst, einen silbernen Kelch in der Hand, aus dem er hin und wieder kleine Schlucke trank. Er tat, als hätte er Alenas Eintreten nicht bemerkt; blickte überall im Raum herum, nie aber richtete er seine Augen auf sie. Sie war eine Fliege, eine kleine Wanze, die seine Wahrnehmung nicht wert war, zeigte er damit.

Alena spürte ihren Rücken, als würde fortwährend kochendes Wasser darübergeschüttet. Sie hatte nicht schreien wollen, gönnte dem Fürsten diesen Triumph nicht. Aber bei den letzten acht Hieben war der Mund doch aufgebrochen, waren die Schreie ohne ihren Willen über den Hof gehallt, als wäre es gar nicht sie gewesen, die schrie, sondern ihr Körper. Die Männer hatten sie mit solcher Wut geschlagen, daß das Holz der Gerten tief in ihr Fleisch schnitt. Seine Männer.

Der letzte Schluck. Javor hob trinkend den Kelch bis zur Nase, dann stellte er ihn auf dem Tisch neben seinem Sessel ab. »Zieh dich aus.«

Alena verharrte schweigend.

»Na los, zieh dich aus! Bist du noch nicht genug gedemütigt? Soviel Stolz in der Brust einer einfachen Frau?«

Sie stand. Zitterte.

»Du hast dich noch nie vor einem Mann entblößt. Verstehe.« Er erhob sich, trat auf sie zu. Zuerst hechelte er heißen Atem auf ihre Hand, blies ihren Arm hinauf und befeuchtete mit seiner giftigen Atemluft ihren Hals. Dann folgten Berührungen seiner Lippen, Hände, die ihren Leib umschlangen, nach der Brust tasteten.

Alena starrte unentwegt auf die Tür. Um die Übelkeit niederzuringen, die die Kehle hinaufkletterte, stellte sie sich vor, aus Stein zu sein. Eine Figur aus Stein, der die widerwärtigen Klauen nichts anhaben konnten, die an ihrem Körper herumfingerten. Trotzdem zuckte sie jedesmal zusammen, wenn er den geschundenen Rücken streifte oder seinen wäßrige Mund auf ihren Hals drückte.

Da ließ Javor plötzlich von ihr ab. Er öffnete seinen Gürtel und ließ die Hose fallen. Stieg heraus. »Ist gar nicht so schlimm, wie du befürchtest. Es wird dir Freude machen.« Sein Blick hing an ihrem Kleid. »Das ist doch schon mal gerissen, da unten.« Er zeigte auf die Naht. »Erschrick nicht, wenn ich es wieder öffne, ja?« Mit beiden Händen packte er den Saum.

»Ich würde das nicht tun«, sagte sie.

»Tut es dir leid um dein Kleid? Dann zieh es aus.«

»Es tut mir leid um mich.«

Der Fürst stutzte. Schlagartig verfinsterte sich sein Gesicht. »Bei Sonnenaufgang hast du dein Leben ausgehaucht, und wenn du mich langweilst, stirbst du noch in der Nacht mit deinen Spießgesellen im Moor. Du erlaubst dir Selbstmitleid? Ich glaube, du verstehst nicht ganz. Dein Körper gehört mir, ob du es willst oder nicht!«

Sie lachte. Kurz, bitter.

»Du wagst es ...?«

»Du weißt nicht, zu wem du sprichst.«

»Ach, ich soll mich geehrt fühlen, mit dir das Bett zu teilen? Gut, wie du willst. Spielen wir. Die Tochter des Alten wirst du nicht sein, die Götter würden ihm nicht eine Schönheit wie dich zum Kind schenken. Also, wer bist du?«

»Ich bin die Tochter Nevopors aus Rethra.«

Javor riß die Augen auf. Er wich einige Schritte zurück. »Was sagst du da?«

»Die Tochter des Hochpriesters von Rethra.«

Der Fürst bückte sich nach seiner Hose. Er zog sie nicht an, sondern trug sie mit sich, während er begann, im Raum zu wandern. Dabei fuhr er sich mit der Zunge über die Oberlippe, kratzte sich hinter dem Ohr, murmelte Unverständliches. Als er sich nach vielen Runden auf den hölzernen Sessel setzte, war die Verwirrung in seinem Gesicht nur größer geworden. »Sag mir eins«, raunte er, »ist das ein Geschenk Radigasts oder eine Prüfung?« Dann sprach er laut, ohne sie anzusehen: »Die Tochter meines Feindes in meiner Hand. Ich glaube dir, denn du sprichst mit Klugheit und hast das Gesicht einer großen Frau. Aber was ich tun soll, weiß ich nicht. Es ist Seltsames geschehen gestern und heute. Die Götter haben einen Greis aus meinen Händen entkommen lassen, und ich weiß nicht, wie. Sie haben mir die Tochter des Feindes in die Hände geführt und den Greis zurückgegeben. Meine Männer haben reiche Beute gemacht mit den Franken: Ihre Waffen und ihre Rüstungen sind wertvoller als Gold. Schon lange drohen fränkischen Händlern schreckliche Strafen, wenn sie uns die Arbeit fränkischer Schmiede verkaufen. Aber der Schatz sieht in meiner Hand aus wie … wie eine Natter, wie eine Puffotter, wie der brennende Pfeil Perunics. Ich wage es nicht!«

Er stand wieder auf, begann umherzugehen. Die Hose lag wie die leere Hülle eines Menschen auf dem Stuhl. Alena betete in Gedanken. Das Opfer starb im Moor! Mochte Svarožić sie aus den Klauen des Wolfes retten, ihm die Krallen und Zähne brechen. Vielleicht war es noch möglich, auch den Hünen zu bewahren.

»Was hast du gesehen in den Mooren und Wäldern um Zwerin?«

»Luchse, Rehe. Wovon sprichst du?«

»Du täuschst mich nicht?«

Sie schüttelte den Kopf.

»Schwöre bei eurem dreiköpfigen Gott!«

»Ich schwöre es bei Svarožić, dem Lichtbringer.«

»Die Götter werden mir viele Siege schenken, wenn ich jetzt weise entscheide, ich spüre es. Die Wahl steht zwischen Vorsicht, indem ich dich töte, oder ehrbarem Handeln, indem ich dich leben lasse.« Er hob die Faust zum Mund, schlug sie sachte gegen die Zähne. »Nichts von beidem will mir wirklich schmecken.«

»Vielleicht würde Radigast dich belohnen, wenn du –«

»Schweig!« Er kniff die Augen zusammen. Rieb sich die Stirn. »Es ist, es ist …«

Unter innigem Flehen zu Svarožić hielt sie den Atem an.

»Ich werde dir die Freiheit geben. Sag deinem Vater, meine Schuld ist hiermit beglichen.«

»Welche Schuld?«

»Er hat mir vor langer Zeit einmal dreißig eiserne Schüsseln überlassen, eine ganze Karrenladung bestes böhmisches Eisen, damit ich einen Mann überfiel und verschwinden ließ. Aber meine Männer verloren ihn im Kampf an seine Anhänger.«

»Und du hast Vater die Schüsseln bis heute nicht wiedergegeben? Also hast du dein Wort gebrochen?«

»Es ist abgegolten, indem ich dich ziehen lasse.«

»Nein. Gib mir auch die Franken. Sie müssen in Rethra sterben.«

»Du forderst?«

»Ich bitte.«

»Gut, es sei, Nevopors Tochter.«

16. Kapitel

Aus Achtung vor dem Alter hatte man Uvelan die Hose belassen. Die Franken standen mit entblößter Männlichkeit auf dem Knüppeldamm, ächzten Gebete. Weiße Dämpfe schwebten über dem Moor. Blasen platzten: Satter, schwerer Verwesungsgeruch. Die Sterne prangten wie ein unbestechliches Gericht am Himmel. Dort die Kleider am Boden: Ein Haufen leerer Hüllen, das, was als Zeugnis von ihnen übrigbleiben würde, nachdem sich auch über dem letzten Haarschopf das Moor schmatzend geschlossen hatte.

»Du zuerst.« Man stieß Audulf an den Rand des Weges, reckte die Gabelstöcke nach ihm aus. Die Stecken hackten ihn, stachen seinen Rücken. Als er sich umdrehte und zwei Astgabeln umklammerte, lachten die Obodriten. Es war ihnen wohl recht. Wenn er lange genug unter der Oberfläche war, würde sein Griff nachlassen, und sie konnten die Stecken herausziehen, bereit für den nächsten Todgeweihten.

Ein Schrei. Fallen. Gurgelndes Moor, das Audulfs Beine verschlang. Quellende Augen, verzerrter Mund. Das Moor bis zur Brust. Schmatzen. Schlucken. Dann plötzlich Rufe aus der Ferne. Irrlichter auf dem Weg: Fackeln. Die Obodriten unschlüssig. Einer den Stock schiebend, Audulf nach unten drängend: »Weitermachen.« Ein anderer, der ihn hielt. »Warte.« Vier Bewaffnete, die den Fackeln entgegenliefen. Audulf japste nach Luft.

Endlich der erlösende Anblick. Alena bei den Irrlichtern.

Es waren die Kleider von Fremden, die Uvelan und die Franken sich überstreiften. Die Kleider von Toten. Dort im

Moor: Waren sie nicht längst untergegangen, hatten zu atmen aufgehört? Audulf stürmte voran, fort von den Obodriten, heraus aus dem Moor, aus dem Grab, das offenstand und nach ihm fragte, das ihn schwarz gezeichnet hatte von den Füßen bis zur Brust.

Hört mich an, hatte sie gerufen. Bitte, laßt ihn los und hört mich an. Und nun rutschten sie mit nach Halt suchenden Füßen über die nassen Knüppel. Dort vorn, Alena, die junge Frau. Und hinten er, Uvelan. Sie zählte zwanzig Sommersonnenwenden. Woher kam ihr Mut? Und warum scherte sie sich um die Franken und um einen alten Mann wie ihn?

Ihr Kleid war blutig. Sicher tat der Rücken weh, auch jetzt noch. Aber sie ging aufrecht, ließ die langen Haare darüberhängen, um die Schande zu verbergen. Schande, die eigentlich Ehre bedeutete.

Wie nur hatte sie es geschafft, den Obodritenfürsten das Todesurteil widerrufen zu lassen? Unvermittelt ein Schleichen in seinem Kopf, ein zarter Hauch: schmerzhafte, sanfte Erinnerung. Er riß die Hand zum Gesicht herauf und preßte Daumen und Zeigefinger in die Augenhöhlen. Stieß laut Luft aus, starrte auf die roten Flecken hinter den Augenlidern.

Vorsichtig löste er die Finger wieder. Wärme ergoß sich in seine Augäpfel, und die Flecken schwanden langsam, bis er wieder klar sehen konnte. Dort: Kaum berührten ihre Füße das glänzende Holz. Sie tastete mit den Zehenspitzen, und von ihren Schritten blieb nichts als die feine, schmale Spur der Schuhe. Ein Hauch, verglichen mit den Stiefelabdrücken, die die Franken im Mondschein auf dem Knüppelweg hinterließen, Embricho und Brun, die den Mönch zwischen sich hielten, und Audulf, der voraneilte.

Alena war von zartem Körperbau, wie eine Taube, wie ein Reh, das im Morgennebel die jungen Triebe rupft, aber im Innern mußte sie die Stärke einer Bärin haben. Sie hatte für ihn gekämpft.

Endlich endete der Damm, und sie setzten die Füße auf weichen, nach regennasser Erde duftenden Waldboden. Der blonde Hüne löste sich von Tietgaud und überließ ihn Brun. Er war mit seinen langen Beinen in Augenblicken bei Alena. »Du gehst so allein, das ist nicht richtig. Es tut mir leid, daß ich vorgestern so ... abweisend zu dir war. Ich habe nachgedacht, es war wirklich eine Dummheit.«

Uvelan verkleinerte seine Schritte. Er schluckte, ohne daß es half, den drückenden, trockenen Kiefernzapfen in seinem Hals zu lösen. Es fiel ihm plötzlich schwer, Atem zu holen. Er blieb stehen, griff nach dem Zweig eines Schlehenbusches am Wegrand, preßte die Dornen in seine Handfläche, drückte fest zu. Die Erinnerung, die ihn nicht losließ: Sie würde ihn unbesiegbar machen im Vernichtungskampf gegen Rethra. Die Zeit war reif. Die Tempelburg würde fallen.

Er wendete er sich ab vom Weg und lief in den Wald hinein.

»Wo wollt Ihr hin, Uvelan?« dröhnte Brun. »Wir machen bald Rast, im Morgengrauen legen wir uns schlafen für eine Weile. Kommt zurück, ein Umweg lohnt sich jetzt nicht!«

Im Vorbeigehen fuhr Uvelan mit der blutenden Hand über die jungen Blätter der Büsche und Sträucher, als würde er alte Bekannte grüßen.

Der Duft arabischen Weihrauchs hüllte den kleinen Altar ein, streichelte sanft die Silberhaut und die roten Jaspise, die gelben Topase. An den Wänden schluckten Teppiche das flackernde Licht der Talglampen. Ein Geistlicher kniete im Staub vor dem Altar. Der runde, fein bestickte Leinenkasel von strahlendem Rot über seinen Schultern regte sich nicht. Einzig das Kinn des Betenden schwappte, winzig, in einer Hautfalte; ein Stutzbart zeigte an, wo es sich befand.

»*Venerabilis?*«

Das Gebet stockte. Grüne Augen. »Was gibt es?«

»Javor erwartet Euch.«

Mit der Würde eines Königs erhob sich der Geistliche. Die weiße Albe fiel bis zu den Knöcheln herab, warf lange Falten. Ein weiterer Schwertträger erschien in der Tür, wich zurück, um dem Geistlichen Platz zu machen, verneigte sich.

Ein Flur. Daran anschließend ein stattlicher Raum: Der Boden aus tausenden Steinen zusammengesetzt. In der Luft der Geruch von Ruß und angebranntem Fett. Auf einem Sessel aus Holz der Fürst. »Ich grüße Euch. Hoffe, Ihr habt wohl geruht.«

»In der Nacht gab es Licht auf dem Hof und Geschrei. Schwierigkeiten, Javor?«

»Nein.«

»Was hat sich zugetragen?«

»Nichts, das unser Vorhaben gefährden könnte. Eine Sache der Ehre war zu erledigen. Ein Geschäft aus alter Zeit, das ich nun abgeschlossen habe.«

»Mitten in der Nacht?« Der Geistliche hob die Brauen. »Ihr werdet das Unterfangen nicht aufs Spiel setzen, bei dem für Euch weitere Ländereien in der Nähe Hamburgs herausspringen.«

»So ist es. Sorgt Euch nicht. Habt Ihr noch einmal über den Zeitpunkt nachgedacht? Wir sollten aufbrechen, sobald die Sachsen eingetroffen sind. Nie wird es leichter sein als jetzt, Rethra zu überraschen: Die sächsischen Scharen und meine Männer führe ich auf geheimen Pfaden durch das Gebiet der Tollensanen. Die Krieger der anderen Stämme verbergen ihre Waffen und besuchen Rethra für das Ritual, ohne daß sie Verdacht erregen.«

»Die Freude darüber macht Euch blind dafür, daß zum Ritual auch Angehörige des verblichenen Weletenbundes reisen: Kessiner, Zirzipanen, Tollensanen.«

Die rechte Wange des Obodritenfürsten zuckte. »Was kümmern die mich! Die Polaben kämpfen auf unserer Seite, die Ranen, die Linonen – dazu Eure Sachsen und meine Obodriten. Rethra kann nicht gewinnen.«

»Nun gut. Es ist, was Erzkanzler Luitbert befohlen hat, auf welche Weise Euer König Dobemysl ihn auch immer überzeugt hat. Wenn der sächsische Adel zustimmt, ziehe ich mit Euch.«

»Und Ihr habt beste Verbindungen zum sächsischen Adel, wie ich hörte.« Ein eisiges Lächeln entblößte Javors Zähne. »Was denkt Ihr, wie viele Sachsen dürfen wir erwarten?«

»Das Obodritenreich kämpft seit Generationen gegen sie. Rethra war es, das ihnen geholfen hat, vergeßt das nicht.«

»Wie viele?«

»Fünfhundert Mann.«

»Wirklich, ich war das nicht.«

Alena schlug die Augen auf und erblickte dunkel die Umrisse Bruns und Embrichos gegen das helle Morgenlicht. Sie stütze sich auf die Ellenbogen und blinzelte. »Was ist los?«

»Dort!« Brun zeigte auf ihren Bauch.

Sie wirbelte in die Höhe, und es rutschte etwas von ihrem Schoß. Pochenden Herzens beugte sie sich zum Boden herab. Blumen waren das, ein zarter, kleiner Blumenkranz aus gelben und roten Blüten. Den hatte ihr jemand auf den Bauch gelegt? Sie lächelte still. Wie feinsinnig er sein konnte!

»Wenn ich es gewesen wäre, würde ich dazu stehen«, beteuerte Embricho.

Aber Brun lachte nur und schlug ihm auf die Schulter. »Ist schon gut. Wer soll es dir übelnehmen? Der edelste Mann hätte es nicht besser machen können. Überhaupt die Idee! Ein Blumenkranz ...«

Alena zwinkerte dem Hünen zu. »Danke.«

»Wirklich, ich weiß nicht, wer das war.«

Sie mußte noch mehr lächeln. Wie kindlich er wirkte, wenn er sich schämte! Sorgfältig nahm sie den Kranz zwischen ihre Finger. Er fühlte sich weich an wie gut gebürstete Wolle. Sie hob ihn zum Gesicht und roch daran. Ein süßer Geruch entströmte dem Blütengemisch, so fein, daß sie ihren Magen spürte und Wasser im Mund zusammenfloß. Das war der schönste Dank für ihre Befreiungstat, den sie sich vorstellen konnte. Wie gut alles geworden war!

Selbst die Augen des Alten glänzten. Er stand an einen Baum gelehnt in ihrer Nähe und sah vom Kranz zu ihrem Gesicht und zurück. Sicher wußte er, was Liebe war.

»Ist das schön, in Freiheit zu erwachen!« rief Brun. »Da kümmert es wenig, ob das Gesicht vom Tau klamm ist oder ob Ameisen unter den Achseln nisten. Wir leben noch, das ist alles, was zählt. Tietgaud, wie geht es Euch? Besser? Schmerzt der Kopf noch sehr?«

»Redet nicht so laut«, murrte der Mönch. »Das macht es schlimmer.« Er zerrte an seiner schwarzen Kutte, um die Falten der Nacht zu glätten, und legte den Gürtel um, indem er das helle Leder durch die Silberschnalle führte und festzog. Sein vernarbtes Gesicht glich einer starren, bleichen Maske. »Wie habt Ihr das gemacht, Alena? Wie habt Ihr den Heidenfürsten überzeugt, uns freizugeben? Ihr habt doch nicht das Bett mit ihm geteilt?«

»Er hatte Schulden bei meinem Vater.«

»Euer Vater verkehrt in Fürstenkreisen?«

»Mein Vater ist der Hochpriester von Rethra.«

Kinnladen klappten. Die Luft verquoll zu Honigseim. Während sich die Augenblicke wie Stunden dehnten, tropfte es zäh von den Blättern der Bäume herab.

»Wa... was?« Tietgaud betastete sein Gesicht, als hätte ihn ein Fausthieb getroffen.

»Von Anfang an hast du uns belogen.« Brun kaute die Worte und verzog das Gesicht. »Erst hast du so getan, als würdest du unsere Sprache nicht verstehen, dann hast du uns deine Herkunft verheimlicht. Eine Lügnerin bist du!«

Embricho preßte still die Lippen aufeinander. Er sah sie nicht an.

»Wer weiß?« raunte Audulf. »Vielleicht heckt sie die ganze Zeit einen bösen Plan aus, wie sie uns endgültig vernichten kann?«

Sie lächelte. »Unsinn. Wenn ich Euren Tod wollte, hätte ich Euch dann von den Obodriten befreit?«

Audulf schrie: »Sie lockt uns in eine Falle! Wir sollen umkommen.«

»Versteht Ihr nicht, daß Euch meine Herkunft Nutzen bringt? Wie sollte ich sonst tun, was ich versprochen habe, und dafür sorgen, daß Ihr als Gäste aufgenommen werdet in Rethra?«

»Woher sollen wir wissen«, fragte Tietgaud mit einem Lauern in der Stimme, »daß wir Euch vertrauen können?«

»Woher wißt Ihr, ob ein Apfel einen Wurm enthält? Ihr wißt es nicht. Ihr habt keine andere Möglichkeit, es herauszufinden, als ihn zu essen.«

»Das ist richtig.« Der Mönch strich sich über den Haarflaum. »Wir verdanken Euch das Leben. Einen größeren Beweis dafür, daß wir Euch trauen können, kann niemand verlangen. Denkt aber daran, wie Gott gute Taten belohnt, so bestraft er auch die schlechten! Er kann Euch freimachen, auch wenn Ihr die Tochter dieses großen Götzendieners seid. Genauso kann er Euch zur Rechenschaft ziehen, wenn Ihr uns Schaden zufügt. Einstweilen«, er seufzte, »werden wir Euch weiter Vertrauen entgegenbringen.«

Für einige Augenblicke schwiegen die Franken und musterten sie. Dann schlug Brun mit der flachen Hand gegen einen Baum. »Nicht einmal die Messer haben sie uns gelassen. Ein Rudel Wölfe, Unsinn, was sage ich: Ein einziger hungriger Wolf könnte unser Ende sein. Wir sollten uns Knüppel suchen.«

Embricho musterte Alenas Gürtel. »Die Hochpriestertochter hat noch ein Messer. Und ich weiß auch schon, wo ich Fleisch finde. Ihr könnt Holz sammeln. Kennt sich jemand mit Wurzeln und Beeren aus?«

»Ich.« Der Alte lehnte immer noch an demselben Baum.

Es sah beinahe so aus, als wäre das verfilzte Haar und der mit kleinen Zweigen, Kletten und Blattstückchen behängte Bart mit der Rinde des Baumes verwachsen. Uvelans graue Augen sahen ruhig von einem zum anderen. Er mußte es gewohnt sein, angeschaut zu werden.

»Sind das Wurzeln in dem knittrigen Beutel an Eurem Gürtel?« Tietgaud deutete mit dem Finger darauf.

»Nein. Warum sollte ich Wurzeln mit mir herumtragen? Wir sind im Wald, also sind wir von Nahrung umgeben.«

»Tatsächlich? Von Nahrung umgeben ... Wo denn?«

Nun löste sich der Alte vom Baum und stand frei. Er sprach ohne Triumph. »Ihr wißt das nicht? Wir haben Juli. Die Wurzeln der Nachtkerze sind jetzt verholzt, das ergibt wenig Sinn. Aber auf den nassen Wiesen wächst Geißbart, mit weißer Blüte um diese Jahreszeit. Die jungen Sprosse und die Wurzeln sind eßbar. Ebenso die der Eselsdistel und der Klette. Noch während Ihr schlieft, habe ich einige Blätter Schlangenknöterich gegessen, milde und schmackhaft sind sie. Habt Ihr nicht die hellroten Blütenkolben gesehen? Der Schlangenknöterich liebt diese feuchte Gegend. Und die Sternmiere; sie blüht jetzt nicht mehr, aber Ihr könnt sie an den gezackten, immer zu zweit vom Halm wachsenden Blättern erkennen.« Hier brach er ab, zog die Augenbrauen zusammen. »Warum schaut Ihr so? Stimmt etwas nicht?«

»Nein, nein«, beteuerte Tietgaud. Er sprach sehr leise und kratzte sich das Marderkinn. »Woher wißt Ihr all das?«

»Ich verehre den, der diese Wälder geschaffen hat. Ist es da nicht meine Pflicht, auch sein Werk zu kennen?«

»Gott hat den Wald geschaffen.«

»Richtig, Gott. Wir nennen ihn Svarogh. Willst du mir sagen, Mönch, daß er vergessen hat, die Franken in seine Welt einzuweisen? Den Slawen hat er sie erklärt, und das Wissen wurde weitergegeben, Generation um Generation.« Beinahe unhörbar murmelte der Alte: »Bis zu mir.«

»Darüber werden wir reden müssen. Auch Luzifer behauptet, die Erde zu beherrschen. Aber bevor ich Euch das erkläre, sollten wir Wasser und Nahrung finden. Alena, gehst du mit ihm auf die Pflanzensuche?«

Sie warf einen schnellen Blick zum Hünen. »Nein. Ich gehe mit auf die Jagd.«

Embricho hob an, etwas zu sagen, schwieg dann aber. Sein Hals färbte sich rot, und er tippte unruhig auf eine kleine, seitliche Ausbuchtung unterhalb des Gürtels.

»Also gut, dann geht Audulf mit ihm. Brun und ich sammeln Holz. Haltet alle Ausschau nach frischem Wasser, das brauchen wir besonders dringend.«

»Es gibt eine Quelle nicht weit von hier«, sagte Uvelan. »Dort hinten.« Er reckte den Arm. »Lauft, bis Ihr einige Eschen findet. Sie wachsen gern am Wasser. Zwischen ihren Wurzeln fließt das Rinnsal.«

»Wir treffen uns hier.« Embricho kehrte sich zum Wald um, entgegengesetzt der Richtung, die der Alte gewiesen hatte, und ging los.

Alena folgte dem Hünen. »Wo bekommen wir Fleisch her? Willst du eine Falle bauen?«

»Nein. Es gibt einen kleinen See dort hinten, der Weg berührt ihn fast. Habt Ihr ihn bemerkt heute nacht?«

»Ich dachte, wir sagen du zueinander?«

»Meinetwegen.«

Sie schluckte. Ihr Kopf war plötzlich übervoll mit Leere. »Ich glaube, ich ... Ich habe nichts gesehen. War sehr müde. Also willst du fischen?«

»Ich will Schildkröten fangen.«

Pfützen standen zwischen den Stämmen. Dort, wo kein Wasser war, bedeckten rottende Blätter den Waldboden. Sie glänzten naß, und unter ihnen schmatzte schwarzer Schlamm. Als sich schon der See zwischen den Bäumen zeigte, bemerkte Alena kleine Schnepfen mit überlangen Schnäbeln, die zwischen den Pfützen stocherten. *Tücke tücke*, schwätzten sie. Kamen der Hüne oder Alena zu nahe, flogen sie mit einem heiseren *Ätsch* auf und entfernten sich in sehr schnellem, kantigem Flug. Zwei Schnepfen stritten sich um einen Wurm. Immer wieder pickte die eine der anderen das sich windende Tier aus dem Schnabel, und es wurde kürzer und kürzer, bis einer der Vögel es ganz verschluckte.

Am Seeufer brachten Waldwasserläufer ihre weißen Bäuche in Sicherheit. Sie waren dünner als ihre Pfützengefährten, und der Schnabel etwas kürzer. Manche begnügten sich mit Davonlaufen; so schnell bewegten sich die Beine, daß kaum das Auge folgen konnte. Andere flatterten mit einem ängstlichen *Djü-tititititit* davon.

»Deine Kleidung beult sich dort am Gürtel. Trägst du Münzen mit dir?«

»Ja.«

»Darf ich sie sehen?«

»Nein.«

Es duftete nach Pilzen, und gleichzeitig lag ein süßer Geruch in der Luft wie von Blüten. Er erregte Übelkeit.

Alena drückte sich den Handrücken gegen die Nase. »Was hältst du von dem Alten?«

»Er redet wirr, aber wenn er sich wirklich so gut auskennt, nützt er uns eine Menge.«

»Warte einmal.« Sie faßte den Arm des Hünen.

Embricho blieb stehen, richtete das Zimbelkrautblau seiner Augen auf sie.

»Ich muß dir etwas sagen. Wirst du darüber nachdenken, auch wenn es dir fremd ist?«

Er nickte, aber dabei verzog er ungeduldig den Mund.

»Der Alte ist gefährlich.«

»Warum glaubst du das?«

»Zuerst meinte ich, er sei ein Geist. Einer, den wir den Waldherrscher nennen, weil er immer dann auftaucht, wenn Menschen den Wald durch laute Geräusche entehren oder mutwillig seine Geschöpfe verletzen.«

»Wenn es ein Dämon wäre, Alena, dann würde er sich vor Tietgaud fürchten und vor dem Kreuz, das um seinen Hals hängt.«

»Ich denke nicht mehr, daß er ein Geist sein könnte. Aber unheimlich ist er mir. Hat es dich nicht gewundert, wie er in eurer Kammer einfach so aus dem Boden wachsen konnte? Wir müssen vorsichtig sein.«

»Er ist nicht aus dem Boden gewachsen. Wir hatten ihn unter den Bohlen versteckt in einem Loch.«

Alena runzelte die Stirn. »Die Krallen an den Händen, das von Rinnen übersäte Gesicht, die Haare! Das ist kein gewöhnlicher Mensch.«

»Vielleicht ist er ein Ausgestoßener.«

»Und sein Wissen über den Wald? Seine Sprachenkenntnis? Er hat mit den Polaben den polabischen Dialekt, mit den Obodriten den obodritischen, und mit mir den der Redarier gesprochen, jedes Wort so, wie wir es zu reden gewohnt sind. Und wenn das alles wäre! Wieso sollte ein Ausgestoßener das Fränkische beherrschen?«

»Nun, wieso beherrschst du es?«

»Mein Vater hat es mir beigebracht.«

»Und ihm sein Vater.«

Alena zögerte. Konnte sie Embricho erklären, daß im ganzen Redarierstamm nur eine Handvoll Menschen die fränkische Sprache kannten? Dann würde er Fragen stellen, die sie nicht beantworten, an die sie nicht einmal im stillen mehr denken mochte. »Mag sein, daß ich mich täusche.«

»Komm, ich habe Hunger.«

Sie gingen am Ufer entlang, sehr langsam, die Augen auf den Boden am Waldrand gerichtet. Wieder und wieder platschte es: Schildkröten, die sie gehört, gerochen, ihre Schritte gespürt hatten und sich in Sicherheit brachten. Dann sahen sie einen gelbgesprenkelten Panzer auf einem Stein zu ihrer Linken, eine Schildkröte, der nun der Weg zum Wasser abgeschnitten war.

»Gib mir dein Messer«, flüsterte Embricho.

Vorsichtig zog Alena die Klinge aus der Scheide. »Aber sie hat den Kopf draußen. Verstecken sie ihn nicht zum Schlafen?«

»Nicht immer.« Das Messer in der Hand, schlich sich der Hüne von hinten an das Tier heran. Kein Schatten fiel auf es nieder, und geräuschlos, dicht dem Panzer folgend, näherte Embricho sich mit der Klinge seinem Kopf. Ein Schnitt. Blut floß den Stein herunter, und ein dunkles Stück Fleisch mit gelben Augen purzelte herunter.

Alena stöhnte leise. »Ich glaube, ich kann das nicht sehen.«

»Ich bin freundlich zu ihr gewesen«, sagte Embricho. »Die armen Leute bei uns schneiden ihnen bei lebendigem Leibe den Panzer auf.«

Ein Schütteln ergriff Alena. Sie sog zischend Luft zwischen den Zähnen ein und schloß die Augen. »Einen Hahn habe ich getötet vor drei Wochen. Es war furchtbar. Und bei den Schildkröten erscheint es mir noch mehr wie Frevel, weil sie nicht schreien. Sie haben das nicht verdient.«

»Niemand hat den Tod verdient.«

Es verschlug ihr die Sprache. Flüsterten ihm die Geister ein, daß er als Menschenopfer erwählt war? »In manchen Fällen«, murmelte sie, »ist es besser, es stirbt ein Tier oder ein Mensch, und dafür werden viele andere gerettet.«

»Die vielen mögen so denken. Aber der eine, der sterben soll? Leben wiegt man nicht gegeneinander auf wie Wolle und Eisenerz.«

»Wenn du ein ganzes Volk retten könntest, indem du stirbst, würdest du dein Leben nicht freiwillig hergeben?«

»Ich denke nicht. Vielleicht, wenn ich Menschen helfen könnte, die ich liebe. Aber es ist ein Unterschied, ob jemand getötet wird und es angeblich verdient, oder ob er sein Leben freiwillig einsetzt. Gott allein weiß, wer den Tod verdient. Kein Mensch sollte sich anmaßen, das zu bestimmen.«

Den ganzen Weg zurück schwieg Alena, die blutenden Schildkrötenkörper in den Armen. Ruderbeine toter Tiere drückten gegen ihren Bauch, und sie vermochte nicht, einen klaren Gedanken zu fassen, kämpfte mit Tränen, mit Brechreiz, mit sich selbst.

Am Rastplatz war ein kleines Feuer entzündet worden. Der Hüne trennte die Schildkrötenpanzer einen nach dem anderen auf, indem er die Messerklinge in eine Beinöffnung steckte und dann entlang der unteren Panzerkante schnitt. Es knackte, wenn er die beiden Hälften voneinander löste. Das Fleisch – tiefes Rot, helles Rot und Weiß – schabte Embricho aus dem Inneren der Panzer heraus und hieß die anderen, es auf Stöcke aufzuspießen und über dem Feuer zu rösten. Auch der Alte aß.

Alena weigerte sich. Sie begnügte sich mit den Blättern und bittersauren Wurzeln, die Uvelan und Audulf gefunden hatten, bis ihr Embricho ein von ihm geröstetes Stück Fleisch am Stock hinhielt. »Ist schon abgekühlt«, sagte er, und es klang so zärtlich, daß sie annehmen mußte. Mit geschlossenen Augen aß sie. Das braungeröstete Fleisch schmeckte nicht nach Fisch oder nach Vogel, sondern hatte die federnde, ausdauernde Festigkeit von Rehbraten. Es fehlte Salz.

»Erst die Pferde verloren«, sagte Brun, »und jetzt die Waffen. Wenn wir so weitermachen, erreichen wir Rethra nackt.«

Uvelan lachte nicht. Er lächelte nicht einmal. Still saß er da, stierte ins Feuer und kaute.

»Wir müssen uns gut überlegen, was wir den Redariern sagen. Wenn sie uns auch so lange ausreden lassen, wie der Fürst vergangene Nacht Tietgaud reden lassen hat, dann ist jedes Wort Gold wert.«

Erneutes Gelächter.

Warum lachte Uvelan nicht? Alena sah auf sein Gesicht.

Die Oberlippe war nicht mehr als eine feine Kante unter den Barthaaren. Sie ruhte auf der starken Wölbung der unteren Lippe. Beinahe sah es aus, als schmolle Uvelan. Nein, nein, es war ein anderer Ausdruck, es war Nachdenken; er hatte die Lippe in tiefem Nachdenken vorgeschoben: Da war ein feiner, hellroter Streifen, wo sich die Lippen berührten.

Ein Bart aus grauen und weißen Kräuselhaaren umgab den Mund, hing bis zum Brustkorb herab, wild wuchernd, ungekämmt. Pflanzenteile hingen darin, aber es erschien ihr inzwischen beinahe so, als würde etwas Entscheidendes fehlen, reinigte er den Bart davon. Darüber breite Wangenknochen. Überhaupt war es ein breites Gesicht. Alles bespannt mit einer dunklen, runzligen Haut. Die Falten setzten an den Augenwinkeln an und breiteten sich strahlenförmig aus, bis zu den Ohren. Überall diese Furchen, als wäre ihm ein Luchs ins Gesicht gesprungen und hätte es zerkratzt.

Die Nase hing herab wie eine Wurzel, die das Wasser freigespült hat. Dort, wo sie ihren Anfang nahm, trafen sich die Augenbrauen. Dicke Hecken, die zusammenwuchsen. Alles das umgeben von einem grauweißen Haargewirr, in dem Kletten hingen, Holzstückchen. Die wilden Haare machten das Gesicht groß, ließen es noch breiter erscheinen.

Worüber dachte der Alte nach? Sie hatte nie einen Menschen gesehen wie ihn.

In diesem Moment hob Uvelan den Blick und sah ihr gerade ins Gesicht. Feuerlicht spiegelte sich in seinen grauen Augen. Er lächelte – nicht sehr, aber ein bißchen. Es erinnerte sie an ihren Vater.

»Warum lacht Ihr nicht mit den anderen?« fragte sie.

»Sie lachen, weil sie wissen, daß sie sterben werden. Ich lache nicht, weil ich noch nicht sterben kann.«

Sofort war es still am Feuer.

»Was soll das heißen?« knurrte Tietgaud. »Erkennt Ihr nicht, daß Gott uns gerettet hat? Wir hätten bei den Obodriten sterben können, aber der himmlische Vater wollte, daß wir leben. Wir werden die Dunkelheit Rethras zerstören und bringen sein Volk ins Licht. Wir werden predigen! Alena ist die Tochter des Hochpriesters, sie sorgt dafür, daß wir als Gäste empfangen werden. Und wir bringen das köstliche Lebenswasser der Wahrheit mit uns.«

»Ein weiter Weg liegt vor uns. Laßt uns gehen.«

Der Marder richtete seinen Finger wie einen Pfeil auf den Alten. »Zuerst nehmt Ihr zurück, was Ihr gesagt habt. Wir werden nicht sterben.«

Ohne Eile erhob sich Uvelan. »Ihr wollt, daß ich Euch belüge? Denkt einmal nach, Mönch. Was würdet Ihr tun, wenn ein Abgesandter Rethras an Eure Klosterpforte klopfen würde?«

»Ihn einlassen, natürlich.«

»Gut. Überlegen wir weiter. Er stellt sich auf einen freien Platz und berichtet den Menschen von Svarogh, dem wahren Gott des Himmels.«

»Dämonenwerk!«

»Er baut einen Opferplatz, nimmt ein Huhn. Er tötet es zu Ehren Svaroghs. Seht Ihr? Würde dieser Redarier nicht ein schnelles Ende finden bei Euch?« Uvelan sah einen nach dem anderen an. »Genau so wird es Euch in Rethra ergehen.«

»Das ist nicht wahr.« Plötzlich wurde der Mönch ruhig. Er wischte sich mit dem Ärmel den Schweiß von der Stirn und aus dem Gesicht, schüttelte den Kopf. »Es gibt einen wichtigen Unterschied. Unser Gott, der allmächtige Schöpfer dieser Erde, ist auch der Herrscher über Leben und Tod. Und wenn es nicht sein Wille ist, wird er niemals zulassen, daß man uns ein Haar krümmt.«

Einige Augenblicke stand Uvelan da und betrachtete schweigend den Mönch, Brun, der am Feuer hockte, Audulf, Embricho. »Euer Glaube ist beachtlich. Ja, es mag sein, daß Svarogh Euer Leben rettet. Es mag sein.« Er nahm einen tiefen Atemzug. »Gehen wir. Ich hätte es gerne, wenn wir heute die Sümpfe verlassen könnten. Wir sollten spätestens morgen das Gebiet der Warnower erreichen. Wie auch immer Nevopors Tochter uns aus Javors Fängen befreit hat – er hat sein Wort nur einer Frau gegeben und mag anders entscheiden.«

17. Kapitel

Die Spitze einer weichen Feder, die ein warmer Wind in ihr Gesicht blies, weckte Alena. Drei rundgeschliffene, von weißen Bändern durchzogene Steine lagen dicht vor ihren Augen. Inmitten der Steine steckte schräg die Feder, deren feine Härchen ihre Haut streichelten. Lächelnd haschte sie nach der Federspitze, ließ sie durch die Finger gleiten. Sie war braun, verziert mit schwarzen Streifen. Alena löste die Steine aus dem Erdboden und drehte sie in den Händen. Die Sonne hatte sie bereits aufgewärmt.

Daß ein kräftiger, kriegerischer Mann zu so etwas fähig war! Sie stand auf. Sorgfältig darauf bedacht, den Blumenkranz nicht zu beschädigen, legte sie ihren Gürtel um. Sie hatte den Gürtel gestern durch den Kranz gezogen und die Blumen als Schmuck an ihrer Seite getragen. Für die Feder wußte sie auch schon einen Platz. Sie legte das Schläfenband an, rückte es zurecht, bis die Silberringe oberhalb der Wangenknochen klingelten. Dann schob sie die Feder in das Band. Embricho würde es sehen und sich freuen, daß sie sein Geschenk würdigte.

Bis auf Uvelan, der an einem Stamm lehnte und in die Baumkronen hinaufsah, schliefen die Männer noch, obwohl die Sonne bereits durch die Blätter blinzelte. Dort lag Embricho, das Gesicht zur Seite gedreht, einen Arm längs des Rückens ausgestreckt, den anderen vor dem Gesicht. Ein solcher Riese, und doch so zärtlich in seinem Werben. Bereute er es, gestern abweisend gesprochen zu haben?

Spinnweben funkelten im Morgenlicht: gleißende Fäden zwischen den Zweigen. Ein Specht pochte. Er hatte die Geduld eines Liebhabers, der an die Tür seiner Geliebten klopft. *Tock-tock. Tock-tock-tock. Tock-tock.* Es raschelte unvermutet oben in den Bäumen. Alena sah hinauf. Rotes Fell blitzte. Der gebogene Körper eines Eichhörnchens flog durch die Luft, als hätte ein Baum es dem anderen zugeworfen. Im neuen Geäst kletterte es behende herab, huschte über eine lange Gabelung zum nächsten Stamm.

Warum mußte der Alte schon wach sein? Sie hätte Embricho gern mit einem Kuß geweckt, ohne, daß es jemand bemerkte.

Besser, wenn sie es nicht tat. Man sollte Liebhaber gut behandeln, aber nicht zu gut. Ab und an brauchten sie schlechte Behandlung, damit sie dankbar blieben. Hatte nicht Embricho sie genauso gequält? Aber sie achtete ihn nur noch mehr deshalb.

Ohne große Mühe, ihre Stimme zu dämpfen, wendete sie sich an Uvelan. »Könnt Ihr mir sagen, von welchem Vogel diese Feder stammt?« Sie deutete auf das Schläfenband.

»Natürlich«, sagte der Alte. »Das ist die Schwungfeder einer Eule.«

Alenas laute Worte verfehlten nicht ihre Wirkung auf die Schlafenden. Die Franken räkelten sich, grunzten ihre Müdigkeit hinaus. Tietgaud fluchte leise und hielt sich den Kopf. Lange noch waren sie gestern nach Einbruch der Dunkelheit weitergewandert, auf Anraten Uvelans, der sie vom großen Handelsweg wegbringen wollte. »Hier geht es nach Reric«, hatte er an der Wegkreuzung gesagt, »und im Süden nach Magdeburg. In der obodritischen Hauptburg kaufen Gesandte der arabischen Kalifen Honig und Felle, und in Magdeburg werden unter der Aufsicht der Grafen Waffen und Rüstungen gehandelt, die nirgendwo sonst über die Grenze zum Slawenland gebracht werden dürfen. Zudem verbindet die Straße Halle mit der Meeresküste – sie bringt also Salz zu den Fischern, die ihre Heringe haltbar machen wollen. Ein solcher Weg dürstet nach Raub und Blut. Wir sollten ihn weit hinter uns lassen.«

Obwohl Alena ein starkes Verlangen spürte, den blinzelnden Embricho anzusehen, zwang sie sich, ihn nicht zu beachten. Sie drehte die Feder in den Händen. »Woher wißt Ihr das?«

»Nur die Eule und der Waldkauz haben solche Streifen auf dem Gefieder. Und bei der Feder eines Waldkauzes würden die schwarzen Streifen weiter unten am Kiel einsetzen. Also bleibt die Eule.«

»Ihr weicht mir aus.« Alena lächelte. Sie konnte aus dem Augenwinkel sehen, daß Embricho sie anstarrte, halb liegend, nur auf die Ellenbogen gestützt. »Wo findet man solche Steine?«

Nun lächelte auch der Alte. Er schien das Spiel verstanden zu haben. »Die sind schwerer zu finden als eine Eulenfeder. Aber Wasser wäscht Steine glatt; ich würde zur Quelle gehen und dann ihrem Lauf folgen.«

»Ihr würdet. Habt Ihr es getan? Verdanke ich Euch diesen Morgengruß?«

»Gefällt er Euch denn?«

»Sehr. Seht, ich bewahre auch den Blumenkranz auf, hier, an meiner Seite. Und ich trage die Eulenfeder im Haar.« Sie steckte sie zurück unter das Schläfenband.

»Richtig. Dann wäre es wohl klug zu sagen, daß ich Euch diese Dinge gebracht habe.«

»Embricho«, rief Brun, »läßt du das mit dir machen? Der Greis raubt dir die Beute! Das sind doch deine Geschenke gewesen.«

Jetzt mußte er es sagen. Alena sah zu Embricho hinüber, biß sich auf die Unterlippe und lächelte zur gleichen Zeit.

Aber der Hüne lag nur da, sah entsetzt im Wechsel zu ihr und zu Uvelan. Dann stand er auf, murmelte: »Ich gehe mal austreten.« Rasch war er im Wald verschwunden.

Sie fühlte sich an einem unsichtbaren Strick hinter ihm her gerissen. Mit Mühe zwang sie sich stehenzubleiben.

»Habt Ihr nicht gehört?« Audulf, der auf dem Boden vor seinem Fell kniete, um Laub und kleine Zweige herunterzulesen, hielt inne. »Er hat gesagt, es wäre klug zu sagen, daß er die Feder und die Steine gebracht hat. Aber er hat nicht gesagt, *daß* er es war. Niemand von uns war es. Ich glaube ...« Der zarte Mann sah von einem zum anderen. »... es waren Abgesandte des verborgenen Volkes.«

Der Mönch stöhnte auf.

»Doch, wirklich!« Mit der Behendigkeit einer Heuschrecke sprang Audulf in die Höhe. »Sieht ihnen das nicht ähnlich? Ein Blumenkranz. Eine Feder. Steine. Das sind genau die Dinge, die sie uns schenken würden. Sie haben Euch gern, Alena!« Er riß die Augen weit auf und raunte: »Und vielleicht haben sie genau unter unserem Schlafplatz einen ihrer unterirdischen, glitzernden Paläste. Wer weiß das schon? Die Geschenke jedenfalls sind endlich der Beweis, daß es sie gibt. Ich meine, *ich* weiß es schon lange, aber Ihr habt immer gezweifelt.«

»Schluß damit.« Tietgaud zog sich das Lederband über den Kopf und hielt Audulf das silberne Kreuz vors Gesicht. »Siehst du dieses Kreuz? Daran sollst du dich halten. Nicht an unsichtbare Völker und die Geisterwelt der Heiden. Hirngespinste, gefährliche Hirngespinste sind das! Das Kreuz ist es, das dir Rettung bringt, und nichts anderes. Hast du mich verstanden?«

Bleiche Flecken zeigten sich rings um die dünne, spitze Nase in Audulfs Gesicht. »Der Blumenkranz und die Feder und –«

Ein Blick Tietgauds brachte ihn zum Schweigen.

»Das interessiert mich, Mönch. Auf welche Weise bringt Euer heiliges Zeichen Rettung?« fragte Uvelan. »Ist es ein Schutzzauber? Aber es ist nicht aus Lindenholz gefertigt. Also wohnt ein starker Geist in seinem Inneren?«

»Das Kreuz, das ich um meinen Hals trage, ist nichts als eine Erinnerung. Es hilft dabei, ein Ereignis nicht zu vergessen, das sich vor achthundertvierzig Jahren zugetragen hat.«

»Eine lange Zeit.«

»Nicht lang für Gott.«

Der Alte nickte. »Was ist damals geschehen?«

»Wir haben Gottes Sohn, der uns hier auf der Erde besuchte, umgebracht.«

Da waren sie wieder, diese Gedanken. Der Glaube der Christen schien einzig darauf ausgerichtet zu sein, alles durcheinanderzubringen. Alena tastete nach ihrem Kamm im Beutelchen am Gürtel. Sie würde zur Quelle gehen. Das fremde Göttergift wollte sie sich nicht in die Ohren gießen lassen.

»Der Zorn Eures Gottes muß groß sein. So ist Euer heiliges Zeichen eine Erinnerung daran, ihm zu opfern? Wann wird er besänftigt sein?«

»Ganz anders«, platzte Alena heraus. »Der Sohn des Christengottes *wollte* ja sterben! Er ist nicht Göttersohn geblieben, sondern Mensch geworden, um sterblich zu sein.«

»Warum sollte ein Göttersohn sterben wollen?«

Tietgaud sah zu Boden. »Entweder er oder wir alle.«

»Černoboh hat das eingefädelt«, sagte Alena. »Die Christen glauben, er sei stärker, als er sich gibt. So ein Unsinn!«

»Das stimmt nicht ganz.« In einer langsamen Bewegung fuhr Tietgaud mit dem Daumen die Lederschlaufe entlang. Er zog das Kreuz in die Mitte seiner Brust und strich darüber, als würde er ein Kind zu Ruhe legen. »Wir genügen dem Gesetz nicht, und der Tod ist die Strafe dafür. Christus nahm die Strafe hin für uns. So gehen wir frei aus und dürfen fortan ewig leben.«

Wie konnte sie das glauben? Ein Göttersohn, der starb! Alena bemühte sich, rasch Bäume zwischen sich und den Mönch zu bringen. Sie hörte, daß der Alte und Tietgaud weitersprachen. Machten Uvelan die Wahngedanken nicht zornig?

Bald sah sie die grünlichgrauen Stämme der Eschen vor sich, die Rinde von langen, aufrechten Furchen durchzogen. Zartes Glucksen und Gurgeln drang an ihre Ohren. Das Plätschern beruhigte Alena. Gleichzeitig spürte sie den trockenen, rauhen Gaumen. Ein Brennen im Hals rief nach Wasser.

Moos wuchs als rotgrünes Fell an den Bäumen hinauf. Große Steine waren vollständig davon bedeckt. Unter Alenas Füßen sank der Boden weich ein. Fast meinte sie, das Wasser riechen zu können; ein herber Duft nach Blättern und Nässe war es. Alena stützte sich an einem der Stämme ab und stellte sich auf einen rotgrün bewachsenen Stein. Sie sah hinauf. Wie würdevoll und friedlich die Eschen ihre gefiederten Blätter zum Licht emporrichteten! Sie tranken Tag und Nacht von der Quelle und schöpften daraus ihre Kraft.

Unvermittelt ergriff ein Stechen Alenas Handgelenk, sie wurde geschüttelt, irgend etwas hielt ihren Arm in einer unnachgiebigen Umklammerung. Knochenbrecherische Kraft, die ihr Schmerzen bereitete.

»Was sollte das?« Es war Embrichos Stimme.

»Du tust mir weh!«

Das Stechen am Handgelenk ließ nicht nach. »Sag mir, was das sollte! Du hast dem Greis schöne Augen gemacht, hast ihn bestrickt mit süßer Stimme und anmaßenden Fragen.«

»Laß mich los.«

Endlich die Befreiung. Alena rieb sich den Arm, und obwohl sie es nicht wollte, schossen Tränen in ihre Augen. Er hatte nicht das Recht, ihr wehzutun. Die Kehle krampfte sich ihr zusammen. Sie wollte Luft holen, aber es wurde ein Schluchzen. Warum durfte ihr jeder Schmerzen zufügen, wie es ihm paßte? Javor hatte sie mit Gerten verprügeln lassen. Embricho konnte sie schütteln und ihr beinahe den Arm brechen aus einer Laune heraus. Sie keuchte vor Wut. Es war Zeit, daß sie nach Rethra zurückkehrte, wo man sie achtete und ihr gehorsam war.

»Deine Tränen sind mir nicht Antwort genug, Alena.«

»Was willst du denn hören? Sag es! Was willst du hören?«

»Weißt du was? Es ist mir gleich. Mach ihm schöne

Augen, was kümmert es mich? Bilde dir nicht ein, du würdest mich eifersüchtig machen.«

»Warum schreist du mich dann an?«

»Weil es einfach schwachsinnig ist. Hast du mir nicht gestern erst erzählt, er wäre dir unheimlich? Du warst es doch, die von den Krallenhänden und dem von Rinnen übersäten Gesicht gesprochen hat.«

Alena wischte sich mit der Hand die Tränen von den Wangen. Sie sprach leise. »Ich wollte dich bloß necken. Etwas anderes wollte ich nicht.«

»Tu das nie wieder, hörst du?«

Ein seltsamer Kampf fand statt in seiner Brust. Uvelan fühlte sich verpflichtet, Tietgaud die Macht Svaroghs zu erklären. Nicht den leisesten Zweifel an Svaroghs Vorherrschaft im Götterhimmel konnte er über die Lippen bringen. Und doch war da mehr als Interesse für den Bericht des Mönchs und diesen fremden Gott – die Erregung, die von ihm Besitz ergriffen hatte, ließ seine Ohren kitzeln, machte, daß die Finger zitterten und das Herz laut pochte. Eine Gier tobte in ihm, entfacht von der Ahnung, daß Tietgaud einen unermeßlich kostbaren Schatz hütete. Er wollte diesen Schatz finden und ihn an sich reißen. Er wollte ihn sich in den Mund stopfen, verzehrte sich danach. Was der Mönch berichtete, klang so unmöglich, daß es keine Lüge sein konnte. Uvelan war einer Erkenntnis auf der Spur, und er würde sich durch nichts davon abbringen lassen. »Dieser gleiche Christus«, fragte er, »der von den Menschen umgebracht wurde – er will zurückkehren? Wie geht das, wenn er doch tot ist?«

»Gott hat ihn zu neuem Leben erweckt.«

»Ist er ein Wiedergänger? Sein Geist hat keine Ruhe gefunden?«

»Unsinn. Welcher Frevel, so etwas zu denken! Christus ist mächtiger als je zuvor. Gott hat ihm eine strahlende, himmlische Daseinsform geschenkt. Die Schriften sagen, sein Haupt und sein Haar seien weiß wie Wolle, wie der Schnee, und seine Augen Feuerflammen, und seine Füße Golderz, das im Ofen glüht, und seine Stimme ein großes Wasserrauschen. Sein Angesicht leuchtet, wie die Sonne strahlt.«

»Das ist der Gott, den du anbetest?«

»Es ist der einzige Gott, der Anbetung verdient! Wenn er Gericht hält, wehe denen, die sich Götzen hingegeben haben. Uvelan, du bist alt, aber noch ist deine Zeit nicht abgelaufen. Kehre dich ab vom heidnischen Irrweg. Gott verzeiht mit Großmut, wende dich ihm zu!«

Uvelan sah sich nach Alena um. Spürte auch sie dieses fremde Leuchten, diese wilde Feuersbrunst des Wissens?

Alena war fort.

Er hatte nicht einmal bemerkt, daß sie verschwunden war.

»Eines Tages, wenn der Herr auf diese Erde zurückkommt, wird er wählen, wer ihm treu war und wird seine Nachfolger reich belohnen, indem er mit ihnen in ...« Tietgauds Stimme rückte in die Ferne. Es war nicht im geringsten geschehen, was Uvelan erwartet hatte. Er war sich sicher gewesen, daß Alena mit Wut und Ekel reagieren würde, sollte sie entdecken, wer ihr die Geschenke gebracht hatte. Sie trug sie nur, weil sie dachte, sie seien vom Hünen für sie gesammelt worden – das war Uvelans feste Überzeugung gewesen. Und nun: Die Lachfalten um die Augen, das Funkeln in den zwei dunklen Honigseen, als sie ihm entlockte, was sie schon zu wissen schien. Wie hatte sie es ahnen können? War sie wach gewesen heute im Morgengrauen, als er ihr die Steine und die Feder neben das Gesicht legte? Er hatte genau auf ihre Atemzüge geachtet und auf die Bewegung der Augen unter den Lidern. Sie mußte geschlafen haben.

Warum hatte sie so freundlich gesprochen? Warum hatte sie geschmunzelt? Sie hatte ein Geständnis gewollt.

Mit Erstaunen bemerkte er ein leises Pochen im Bauch unterhalb der Rippen. Ein zweites Herz schlug dort, sehr zart, aber so deutlich, daß es einen süßen Schmerz bis in den Hals hinauf sandte. War die, die er liebte, nicht längst tot? Alena lebte, und jede Freude, die er ihr bereitete, war wie die Bitte um Vergebung. Vergebung dafür, daß er die Geliebte zuerst glücklich gemacht und dann dem Verderben preisgegeben hatte.

Plötzlich überfielen ihn Erinnerungen, Dinge, die er vollkommen vergessen hatte. Sie erwachten wie ein Feuer, das ihn von innen zerfraß. Eine behaarte Hand, vorspringende Adern und Sehnen, während die Hand sich zusammenzog und streckte. Sie war in eine Ölpresse eingeklemmt. Rechts und links die Keile, die den Balken auf sie niederzwangen. Unter der Hand der runde Amboß, auf dem sonst die Leinsamen lagen, aus denen das Öl gequetscht werden sollte. Ein Mann schrie. Und Uvelan schlug mit dem Hammer die Keile tiefer hinein, immer tiefer. Die Hand knackte. Irgendwann floß Blut über den Handrücken, tropfte am Amboß hinunter in das Sammelbecken auf dem Boden. Er, Uvelan, schlug mit dem Holzhammer auf die Keile. Er war hart gewesen, härter als sein Vater und sein Bruder es zu ihren Lebzeiten gewesen waren. Ungehorsam bestrafte er ohne Gnade.

Das verendende Pferd. Es hatte leuchtend schwarzes Fell gehabt. Ein edles Tier, aus dem Süden, nur im Süden gab es solche Pferde. Die Beine schlugen noch ein wenig aus, aber es lag bereits auf der Seite, um zu sterben. Am Hals zeigten sich große Adern. Die Nüstern blähten sich, und es schnaubte leise. Der hohe Herr liebte dieses Pferd. Es war sein ein und alles.

Uvelan hatte viel Rittersporn gesammelt, am Waldrand. Hinter jeder der blauweißen Blüten ragte ein grüner Dorn heraus, wie eine Drohung. Um bei diesem fremden Pferd sicher zu gehen, hatte Uvelan die Blüten abgetrennt und hatte ihm nur die Wurzeln und das Kraut zu fressen gegeben. Das Gift war stark. Drei Handvoll Rittersporn genügten für ein großes Tier wie dieses.

Der Fürst, der es gewagt hatte, Svaroghs Würde zu verspotten, ließ den Kadaver am nächsten Tag verbrennen und bestattete ihn in einem Hügel, als wäre ein Mensch gestorben, ein Mitstreiter. Am Abend kam er zum Hain und opferte Svarogh. Er hatte die Strafe Gottes angenommen und daraus gelernt.

Uvelan war damals stark gewesen. Er preßte die Zähne aufeinander, daß es knirschte. Jung und stark war er gewesen.

Es war deutlich, was Svarogh von ihm wollte. Er sollte die alte Härte zurückerlangen. Uvelan ballte die Hände zu Fäusten. Er mußte den Hain finden und wiederherstellen.

Damals war seine Härte nur ein Zeichen von Schwäche gewesen. Brauchte ein starker Führer grausame Strafen? Nein. Die Menschen folgten ihm freiwillig. Er, Uvelan, mußte grausam sein, weil man ihn für schwach gehalten hatte. Er hatte beweisen wollen, daß Vater und Bruder im Unrecht waren. Und hatte ihnen doch nur Recht gegeben.

Dieses Mal würde er weise sein. Dieses Mal würde seine Stärke nicht auf Grausamkeit beruhen. Es war alles anders. Uvelans Stärke speiste sich nun aus Gerechtigkeit.

18. Kapitel

Die Quelle plätscherte und gluckste zwischen den Wurzeln der Eschen. Moos kleidete die Bäume: rotgrüne Stiefel. Der Hüne beugte sich herab, legte seine Hand auf den Rücken der jungen Frau, zwischen die Schulterblätter, als würde er sie halten. Sie küßten sich. Immer wieder berührten sich die Lippen, seine schmalen, geraden, und ihre leicht vorstehende Oberlippe über der kleineren Unterlippe. Sie legte ihre Hände um seinen Hals, streichelte die blonden, fingerlangen Haare, lächelte, daß ihre Mundwinkel kleine Falten warfen. Die Augen der beiden waren geschlossen. Endlos erstreckte sich der Wald, er reichte von einem Ende der Erde bis zum anderen. Und hier an dieser Quelle war die Mitte, das Herz.

Vollkommen unerwartet drückte Embrichos Hand so stark auf Alenas Rücken, daß es ihr weh tat. Er löste seine Lippen von den ihren und zog Alenas Körper nahe an sich heran. Sie spürte, wie er sich herunterbeugte und seinen Kopf voranschob. Ihre Wangen berührten sich. Der Hüne atmete schwer.

»Was ist mit dir?« fragte sie.

»Laß uns hier weggehen. Das Plätschern, dieses ständige Aufklatschen von Wasser – es tut mir in den Ohren weh.«

»Für mich klingt es wie ein leises Murmeln. Findest du nicht, daß die Quelle zärtlich sprudelt?«

»Der ganze Wald dröhnt davon!«

Alena kämpfte sich aus der Umarmung frei. Sie sah Embricho ins Gesicht, aber er wich ihrem Blick aus. »Also gut«, sagte sie. »Gehen wir ein Stück.« Beinahe streng wand sie die Hand um seinen Arm und zog ihn mit sich.

»Weißt du, wonach ich mich sehne? Nach einer Stadt, nach einem Kastell. Nach dem weiten, blauen Himmel über den Mauern, ein paar Schwalben, die ihn durchsegeln. Nach dem Quietschen der Brunnenwinde, wenn der Eimer im Schacht nach oben schaukelt, diesem Quietschen, das von den Häusern widerhallt. Und nach Hühnern mit ihrem beruhigenden Gurren. Der Wald gefällt mir nicht. Das ist nicht mein Zuhause.«

»Siehst du nicht, wie schön das Licht in langen Bahnen durch die Blätter bricht und auf den Boden scheint? Hörst du nicht die Vögel?«

»Lieber will ich die gedämpften Gesänge aus der Stephanskirche hören oder das Glockenläuten am Abend. Dir gefällt das bißchen Licht, das wir hier sehen? Merkst du nicht, daß wir fortwährend im Schatten laufen? Die paar Sonnenflecken – es gibt viel mehr Sonne, viel mehr Himmel über einer Stadt.«

»Du hast Heimweh.« Es stach in Alenas Brust, als sie dieses Wort aussprach: Heimweh. Es klang, als wollte er fort von ihr. »Warum hast du mich geküßt, Embricho?«

»Du gefällst mir. Und es … es haucht mir Wärme ein, verstehst du, wie ich das meine?«

Alena schwieg.

»Warum wolltest du, daß wir uns küssen?«

»Ich weiß nicht.« Sie blinzelte eine Träne fort, die sich in ihrem Auge festsetzen wollte. Der Hüne kam ihr mit einemmal fremd vor. Was hatte sie falsch gemacht? »Bist du noch wütend auf mich, weil ich mit Uvelan gescherzt habe?«

»Unsinn.«

Der Wald lichtete sich; gefallene Baumriesen lagen wie nach einer Schlacht kreuz und quer am Boden. Ihre Stämme, von Moos und weißgrünen Flechten bewachsen, mußten überklettert werden. Wenn Alena sich darauf stellte, riß der zarte Bewuchs, und das Holz zerbrach unter ihren Füßen mit einem weichen Knirschen. Der Geruch von Pilzen und Fäule wirbelte mit dem Holzstaub in die Luft.

Embricho kletterte schweigend. Von Zeit zu Zeit fuhr seine Zunge über die schmalen, geraden Lippen.

»Worüber denkst du nach?« fragte sie.

»Wie wohl das Pferd aussieht in Rethra, das von den Menschen als Orakel verehrt wird.«

»Es ist weiß. Ein Schimmel mit dunklen Hufen und weißer Mähne. Auf der Brust und an den Beinen schlingen sich Adern ineinander über den Muskeln. Die Nüstern sind dunkel, aber sie tragen eine hautfarbene Zeichnung. Der Fleck gibt dem Tier ein kluges Aussehen, ich kann nicht sagen, warum. Ein wunderschönes Pferd. Es ist Svarožićs würdig.«

»Ihr füttert es doch und striegelt es wie ein gewöhnliches Tier?«

»Nicht wie ein gewöhnliches Tier. Mit viel mehr Sorgfalt. Svarožićs Weiße bekommt den besten Hafer, den das Land hergibt, ihre Mähne wird gekämmt, daß der Wind die feinen Haare danach mit Leichtigkeit aufnehmen kann. Nie findet sich ein Fleck Schlamm oder Kot auf ihrem Fell, so oft wird sie gestriegelt und geputzt.«

»Kann ich mir vorstellen.«

»Warum fragst du danach?«

»Ich habe als Stalljunge begonnen im Kastell, auch wenn Kastellan Haldemar mich schon nebenher im Schwertkampf unterwiesen hat. Ich verdanke ihm viel. Aus der Stalljungenzeit habe ich mir ein waches Auge für Pferde bewahrt. Ich sehe ihre Launen an der Art, wie sie mit den Ohren spielen, weiß, wann sie beißen wollen oder ob sie sich vor einem Reh oder einem Hund oder einem Gewitter fürchten. Mitunter kann ich es riechen, ob es einem Pferd gutgeht oder nicht. Ich mag Pferde.«

Versuchte er zu plaudern? Alena sah deutlich, daß Embrichos helle Brauen zu dicken Stricken zusammengezogen waren. »Du willst doch etwas anderes fragen.«

»Nun ja, ich … ich will mich nicht in Dinge mischen, die mich nichts angehen.«

»Frage nur. Wenn ich nicht antworten möchte, werde ich es dir sagen.«

»Das Orakel sagt die Zukunft voraus, richtig?«

»Ja. Und es sagt uns den Willen Svarožićs.«

»Wie kann ein Pferd die Zukunft wissen oder den Willen Gottes? – Nein, warte, ich will nicht, daß du antwortest. Es ist besser, du sagst nichts. Nehmen wir an, es weiß die Antworten. Wie sagt es sie euch? Spricht es?« Sein Gesicht ernst, ohne Hohn.

Alena blieb stehen. »Du denkst, die Stute beherrscht bloß einen Trick, nicht wahr? Einen Trick, den der Hochpriester ihr beigebracht hat.«

»Nein, ich ... ich weiß es nicht.« Die Schritte des Hünen wurden kleiner. Er hielt den Kopf tief gesenkt, und von Zeit zu Zeit rieb er sich den Hals. Nach einer ganzen Weile sprach er wieder. Rauh war seine Stimme, eine Säge in trockenem Holz. »Die Machthaber in Rethra werden niemals zulassen, daß ein fränkischer Mönch diese Dinge in Zweifel zieht. Wir laufen in den sicheren Tod, nicht wahr?«

Ein Kitzeln in Alenas Fingerspitzen. Ein kalter Hauch, der sich auf ihre Stirn legte. Wieder ahnte er es, wieder flüsterten die Geister mit ihm. Wie hatte sie losziehen können, ein Menschenopfer zu fangen, und dabei vergessen können, daß es ein Mensch sein würde, der sein Leben gern behalten wollte und jedes Recht der Welt dazu hatte?

»Ich weiß, daß ich Tietgaud nicht umstimmen kann. Und verlassen darf ich ihn erst recht nicht. Den Geistlichen den wilden Heiden überlassen? Man würde in Magdeburg kurzen Prozeß mit mir machen. Es ist also entschieden. Wir wandern in die dunkle Nacht.«

»Hör zu, es gibt noch Möglichkeiten!« Als wollte sie ihn aus seiner Verzweiflung herauszerren, legte sie die Hand in seine Armbeuge und zog ihn weiter. »Wenn wir Tietgaud davon überzeugen, daß er zunächst einmal ein Opfer darbringt vor dem Tempel, dann seid ihr Gäste in Rethra und könnt das Gespräch suchen mit dem Hochpriester. Der Mönch darf nur nicht gleich auf Streit aus sein.«

»Tietgaud wird niemals vor einem heidnischen Götterbild opfern. Das ist ausgeschlossen.«

»Dann ist er verloren. Aber du! Opfere du. Ich werde für dich gute Worte bei meinem Vater einlegen.« Natürlich würde Vater den Hünen gern töten wollen – er war ein stattliches Opfer. Aber sie würde versuchen, ihn umzustimmen. Starb Tietgaud, war es seine eigene Entscheidung, wenn er vom Kampf gegen Rethra nicht abzubringen war. Embricho mußte sie retten!

»Achtest du deinen Gott, diesen Swaroschitch?«

»Ja.«

»Genauso achte ich den meinen. Er hat es verboten, fremde Götter anzubeten.«

»Wie kann er das verbieten? Die anderen Götter würden ihn stürzen, würde Svarožić es verbieten, daß man auch ihnen opfert. Habt ihr keinen Veles, der euer Vieh vor Schaden bewahrt? Keinen Stribog, der den Wind beherrscht? Wer schenkt euren Feldern Fruchtbarkeit? Wer schüttet den Regen auf die Erde herab?«

»All das tut der eine Gott. Die Bilder, die andere Völker anbeten, sind in seinen Augen nichts als geschnitztes Holz und behauener Stein, Holz und Stein, die er geschaffen hat.«

Alena flüsterte: »Und das will Tietgaud in Rethra sagen?«

»Ich fürchte schon.«

»Unmöglich.« Sie schüttelte den Kopf. »Bitte, dein Gott wird dir verzeihen, wenn du ihm hinterher die dreifache Zahl an Tieren opferst, die dreifache Menge Öl und Brot. Opfere Svarožić nur ein einziges Mal, sage dich los vom Mönch.«

»Es geht nicht. Ich würde meine Seele verkaufen so kurz vor dem Ende. Das werde ich nicht tun.«

Alenas Hand rutschte an Embrichos Arm hinunter, bis sie seine Hand gefunden hatte.

Die starken Finger des Hünen umschlossen sie. »Du zitterst.«

»Können wir denn nicht glücklich sein? Warum geht das nicht, Embricho? Ich will doch nicht viel. Du mußt nichts tun, sei einfach der gleiche wie immer.«

Er blieb stehen. »Mach die Augen zu.«

»Warum?«

»Tu es einfach. Mach sie zu.«

Alena schloß die Augen. Einige Momente geschah nichts. Dann spürte sie die Wärme von Embrichos Hand nahe ihrem Gesicht. Als die Finger ihre Stirn berührten, hielt sie die Luft an. Unendlich langsam streichelten die Finger Alenas Haaransatz entlang. Sie streiften die Wange, strichen Haare hinter das Ohr. Für einen Augenblick zog sich die Hand zurück. Es wurde kälter. Sie kehrte wieder, warm. Alena spürte den Handballen an ihrer Nase und den Daumen, der ihr über die Stirn fuhr, so zärtlich, daß er sie fast nicht berührte. Vier Fingerspitzen auf ihrer Wange. Sie fühlte sich geborgen, sicher.

»Ich bin ein schlechter Mensch«, sagte Embricho.

Diesen Mann hatte sie den Priestern übergeben wollen …

»Wirklich.«

»Ich bin es genauso.«

»Nein, du verstehst nicht. Ich tue dir Unrecht.«

»Laß uns jetzt nicht davon reden.« Alena öffnete die Augen und sah den Hünen an. Ihr Gesicht glühte. Sie lächelte, strahlte so sehr, daß er ebenfalls lächeln mußte. »Siehst du, das ist schon besser. Erzähl mir etwas Schönes! Erzähle mir von deinen Träumen. Was wünschst du dir für dein Leben?«

»Mein Leben wird bald zu Ende sein.«

»Denk jetzt nicht daran. Schließ die Augen. Und stell dir vor, du wärst ganz frei. Was hättest du dann gern für dich?« Alena hob die Hände hinauf zum Gesicht des Hünen. Sie befühlte seinen Bart. Hunderte kleiner Stoppeln, Nadelspitzen. Ein Verlangen ergriff sie, ihre Wange daran zu reiben, gleich, ob es ihre Haut verletzte, sie wollte nah sein, so nah, daß sie es spüren konnte, und wenn es ein Schmerz war, den sie fühlte. »Was ist dein Traum?« Vorsichtig strich sie Embricho mit den Fingern über die Wangen. Sie fuhr mit den Daumen über seine Augenlider, Brauen und Stirn. Der Handrücken streichelte Embrichos Nase, die gebeugten Finger liebkosten seine Wange wie die eines Kindes.

»Ich hätte gern zwei Ochsen, denen ich auf dem Feld folgen kann, in der einen Hand den Pflug, in der anderen den Stock, um sie anzutreiben, wenn sie müde werden. Tiefe Furchen will ich mit dem Pflugschar ziehen. Ist das Feld gepflügt, will ich mir ein Sätuch umbinden. Es soll prall gefüllt sein, so daß ich mit hohem Schwung die Körner ausstreuen kann. Gerste. Mit der Egge decke ich die Körner zu, damit die Vögel sie nicht fressen. Das Feld soll mir gehören, jede Krume Erde davon.«

Es bereitete Alena großes Vergnügen, Embrichos Lippen beim Sprechen zu berühren. Sie tat es wie versehentlich, während sie die Wangen streichelte. Ihre Finger rutschten beinahe zwischen seine Zähne. Erschrocken lachte sie und zog sie zurück. »Hast du nicht als Krieger gelebt bisher? Warum zieht es dich zur Feldarbeit?«

»Ich weiß, daß die hohen Leute die Feldarbeit verachten. Aber wenn ich gute Geräte bekäme aus Eisen – Sensen, Sicheln, Spaten –, dann würde die Arbeit mir leicht von der Hand gehen. Du hast gesagt, ich soll träumen! Also erträume ich mir die teuren Werkzeuge. Und einen Knecht zum Mistbreiten auf dem Feld. Und zwei starke Söhne, mit denen ich das Korn dreschen kann im November. Ich erträume mir einen Garten und Körbe voll Obst. Ich erträume mir Hähne und Hühner, Schweine und ein Pferd.« Embricho öffnete die Augen. »Und du? Was wünschst du dir?«

Als hätte er sie bei einem Diebstahl ertappt, zog Alena rasch die Hände zurück. Während Embricho zusah, wagte sie es nicht, ihn zu streicheln.

»Ich … ich wünsche mir einen Sohn«, stotterte sie und errötete.

»Einen Sohn?«

»Ich will fühlen, wie mein Bauch anwächst, will die kleinen Tritte darin spüren. Ich sehne mich nach dem ersten Schrei, nach der nassen Haut in meinen Armen, dem warmen, kleinen Kinderkörper, den ich an mich schmiegen kann. Ich wünsche mir einen kleinen Menschen, für den ich das Zuhause bin. Ich will, daß seine Schreie mir gelten und daß er bei mir Frieden und Zuflucht findet. Und dann will ich ihn füttern und pflegen, will miterleben, wie er nach den ersten Dingen greift, wie er die ersten Schritte macht, wie er lernt zu sprechen. Ich will ihn heranwachsen sehen. Er soll mir helfen und mich achten, und ich will ihn von ganzem Herzen lieben. Ich will ihm alles geben, was er braucht.«

»Eine Tochter würde dich nicht glücklich machen?«

»O doch! Ich hätte sie nicht weniger herzlich lieb. Ihr glückliches Gesich sähe ich gern, wenn sie den ersten eigenen Faden gesponnen hat. Und wenn er noch so viele Knoten und Verfilzungen enthielte, ich würde mich bei der kleinen Tochter bedanken und ihren Faden mit Freude in ein Kleid hineinarbeiten. Ich wäre gern die, die ihr einen neuen Kamm schenkt, einen mit Verzierungen und feinen Zähnen. Ich würde ihr zeigen, wie sich Frauen die Augenlider färben und das Gesicht schminken. Ich würde ihre Furcht besänftigen, wenn das erste Blut aus ihrem Körper fließt. Sie wäre mein geliebtes Kind, meine Kleine, die zur Großen heranwächst. Sie wäre mein ganzer Stolz.«

»Du bist eine schöne Träumerin!« Der Hüne lächelte breit, nahm Alena bei den Armen und wirbelte sie in die Luft.

Sie kreischte, nicht vor Angst, nein, vor Vergnügen, sie jauchzte. Als wollte sie Embricho bewegen, sie wieder herunterzulassen, trommelte sie ihm mit den Fäusten auf die Schultern. Aber sie lachte dabei, und er lachte auch.

Als er sie wieder herunterließ, legte sie die Arme um seinen Hals. »Und du bist der schönste Träumer, den ich mir vorstellen kann. Dürfen mein Sohn oder meine Tochter –« Sie schluckte. Plötzlich hatte sie aller Mut verlassen. Kaum hörbar fuhr sie fort: »Dürfen mein Sohn oder meine Tochter das Blau deiner Augen in ihren Augen tragen?«

Sanft zog der Hüne sie an sich. Sie legte ihre Wange an seine Brust und lauschte auf den dumpfen Herzschlag. Embricho streichelte ihren Kopf. »Du weißt, es geht nicht. Nähme ich dich mit nach Magdeburg – sie würden dich als Heidin beschimpfen und dir das Leben zur Hölle machen. Und Christin magst du nicht werden.«

»Aber kannst du nicht in Rethra bleiben? Ich will alles tun, um dein Leben zu beschützen. Glaub mir, ich habe Einfluß. Du müßtest nur dieses eine Mal dem dreiköpfigen Gott opfern. Niemand zwingt dich, dabei seinen Namen zu sagen. Stört es deinen Gott so sehr, wenn du ihm ein Opfer nicht in einem Christentempel darbringst, sondern vor dem bedeutsamsten Tempel östlich der Elbe? Er könnte es als Triumph sehen! Ist es nicht das, was Tietgaud möchte? Daß euer Gott über unseren triumphiert? Opfere ihm in Rethra. Ich werde dir sagen, was du tun mußt, und du flüsterst dabei Worte, die deinen Gott besänftigen und ihm zeigen, daß du das Tier nicht für Svarožić tötest, sondern für ihn, den Christengott.«

»Du willst mir helfen, deinen Gott zu betrügen?«

Alena schwieg. In der Ferne heulte ein Wolf.

Was würde Svarožić tun, wenn sie dem Hünen auf diese Art das Leben rettete? Würde er es nicht als Frevel betrachten und ihrer beider Leben zerstören? Sie würde sich neben Embricho knien und gleichzeitig Svarožić um Gnade bitten. Und konnte es denn nicht sein, daß Embricho so sehr vom Anblick Rethras überwältigt war, daß er Svarožić als den Lichtbringer erkannte? Sie tat doch etwas Gutes, wenn sie ihn dorthin führte! Sie gab ihm die Gelegenheit, am eindrucksvollsten Ort, den es dafür gab, seine Götterwelt zu erweitern. Sicher hatte Svarožić Verständnis dafür, wenn er einstweilen seinen alten Gott behielt. *Neben* Svarožić. Sie flüsterte: »Ja, das will ich. Ich werde ihn um Gnade anflehen. Er wird uns verzeihen.«

»Alena, denkst du wirklich, wir könnten dem Zorn Gottes entgehen? Er unterwirft Könige und Fürsten. Er läßt am Morgen die Sonne aufgehen und legt sie am Abend zur Ruhe. Er haucht dem Menschen Leben ein und nimmt es ihm wieder, wann es ihm gefällt. Wenn ich Swaroschitch opfere, wird Gott meinen Namen aus dem Buch des Lebens streichen.«

Alena befreite sich aus der Umarmung des Hünen. Sie trat einen Schritt zurück, sah ihn an. »Und wenn du es nicht tust, streicht er dich auch. Möchtest du wissen, wie sie Menschen töten in Rethra? Ich habe es *einmal* gesehen, als Kind, und dieses eine Mal hat mir genügt. Sie schlagen ihnen die Hände und Füße vom Körper, jedes Glied einzeln. Die Gequälten brüllen und winseln. Blut fließt über den ganzen Platz, und die Menschen sehen zu mit finsterer Miene. Erst zum Schluß wird dem Opfer der Kopf abgehauen.« Sie atmete heftig. »Ich will nicht … ich will nicht, daß sie das …« Der Mund begann zu zittern, sie hob die Hand, um ihn zu halten, wollte weitersprechen, aber konnte es nicht.

Mit festem, ruhigem Blick sah Embricho sie an. »Es wird nicht geschehen.« Er nahm sie bei den Schultern und zog sie langsam näher. Als sie dicht vor ihm stand, drückte er sanft seine Lippen auf ihre Stirn.

Das Zittern legte sich. Wie eine warme Hand lag der Mund des Hünen auf Alenas Gesicht, und sie entspannte sich, weil sie ihm glauben wollte.

Embricho löste sich. »Ich weiß, wie wir die Mission Tietgauds zu einem erfolgreichen Ende führen werden.«

Tief aus dem Wald drang ein Heulen an Alenas Ohren: erst ein hoher Ton, der sich brach, und dann ein langsames, klagendes Absinken. Wölfe.

19. Kapitel

Mit reglosem Gesicht beobachtete Nevopor, wie der Wein aus dem Becher spritzte. Chotebąd goß mit zuviel Schwung ein, und er hielt den Krug hoch erhoben, anstatt nahe an den Becher heranzugehen. Hunderte kleiner Weintropfen landeten auf dem Tisch und wurden vom Holz aufgesogen.

»Einfach unfähig«, murmelte Nevopor.

Der junge Mann nahm erschrocken den Krug zurück. »Was hast du gesagt, Herr?«

»Nichts.«

»Verzeihung, ich habe dich nicht verstanden. Habe ich zuviel eingegossen? Wolltest du den Wein mit kühlem Brunnenwasser verdünnen? Ich hole es dir, wenn du das wünschst.«

Wie angenehm war es mit Donik gewesen. Donik war immer ruhig geblieben, gleich, was geschah. Dieser neue Knecht – dienstbeflissen war er, hektisch. Es hätte Nevopor nicht gewundert, wenn er im nächsten Augenblick den Becher vom Tisch gestoßen hätte, versehentlich, bei einer übereilten Bewegung. »Es ist nicht deine Aufgabe, Wünsche zu erraten, die ich weder geäußert noch gedacht habe.«

»Ja, Herr.«

»Und gieße nächstesmal mit weniger Schwung den Wein in den Becher. Halte den Krug niedriger, verstanden? Du solltest den Dreiköpfigen bitten, daß ich draußen im hellen Sonnenlicht keine Flecken auf den weißen Seidenranken meines Mantels finde. Entdecke ich einen roten Tupfen, den du mir darauf gespritzt hast –«

»Verzeih mir, Herr!« Die Stimme Chotebąds jagte hinauf

zu hoher Bestürzung. »Oh, bitte verzeih mir! Soll ich dir einen anderen Mantel bringen und diesen hier waschen?«

»Du hörst mir nicht zu. Habe ich etwas von Waschen gesagt?«

»Nein.«

»Dann sprich gefälligst nicht davon. Ich weiß wohl zu befehlen, wenn ich etwas wünsche, und brauche keine Vorschläge von dir.«

»Ja, Herr. Es tut mir sehr leid, Herr.«

Jarich lachte am anderen Ende der Tafel. »Du nimmst ihn hart heran, Nevopor.«

Der Hochpriester tat, als hätte er es nicht gehört. Er bemerkte wohl, daß Jarich, Miesko und die zwei anderen auf das Essen starrten und darauf warteten, daß er den ersten Bissen nahm.

Das Licht aus den Fensteröffnungen fiel auf die dampfenden Teichhuhnkörper, die braungeröstete, fettglänzende Haut. Sauerampferblätter lagen zur Zierde rings um das Fleisch in den Schüsseln. Nevopor legte die Klinge an den ihm am nächsten stehenden Braten, schnitt flach hinein und spießte sich das abgetrennte Stück hellgegarten Fleisches auf die Messerspitze. Er führte es zum Mund und blies darauf, um es abzukühlen. Sollten sie warten. War Geduld nicht eine äußerst wichtige Tugend für einen Priester?

Bis auf die schlichteren Verzierungen unterschieden sich die schwarzen Mäntel der vier anderen Priester am Tisch nicht von dem seinen. Er hatte das immer bedauert. Jeder Fehler, den sie machten, fiel auch auf ihn zurück. Und es geschah oft, daß sie der Priesterwürde Unehre machten – allein Jarich! Wie er ihn anblinzelte und wissend grinste, als wollte er sagen: »Ich weiß, warum du so lange auf dem Stück Fleisch herumpustest.«

Miesko besaß Geduld. Beinahe gab er einen wirklich guten Priester ab. Hätte er nur ein stärkeres Auftreten, etwas mehr Autorität gegenüber dem Volk!

Das Fleischstück auf dem Messer dampfte nicht mehr.

Nevopor befeuchtete die Lippen und setzte zu einem letzten, kurzen Pusten an, da donnerte eine Faust in unerhörter Zügellosigkeit gegen die Tür. Der Hochpriester erstarrte. »Geh, Chotebąd. Sieh nach, wer uns stört.« Sollte Alena bereits zurückgekehrt sein?

Noch bevor der junge Mann die Tür erreicht hatte, öffnete sie sich. Barchan. Wie er vom Pferd gesprungen sein mußte, so erschien der Herr der Tempelgarde vor den Priestern. Er trug noch die Sporen an den Fersen, eiserne Spitzen, ähnlich den Krallen, mit denen sich Auerhähne verletzten, wenn sie im Kampf aufeinander sprangen. In der Hand hielt er seine Axt. Ihr mit silbernen Kurven verziertes Blatt warf Tageslicht in den Raum.

Zum Gruß nahm Barchan die Pelzkappe vom Kopf und entblößte eine matt funkelnde Glatze, nur von spärlichem Haar umrandet. Er sagte nichts, aber der buschige Oberlippenbart bewegte sich, als würde er kauen. Behend wanderten die Augen des Tempelgardisten durch den Raum. An Nevopor blieben sie hängen.

Er mußte ihn gefunden haben. Sonst wäre er nicht gleich hereingeplatzt. Nun würde er also erfahren, warum Donik sich aufgelehnt hatte. Nevopor lächelte grimmig. Schickte er sie alle hinaus? Dann bestand die Gefahr, daß sie an der Tür lauschten oder sich dicht an das Fenster stellten, um alles zu hören. »Eßt ihr nur. Es ist nicht notwendig, daß alle gestört werden.« Nevopor schob sich das Fleischstück in den Mund und legte das Messer ab. Er erhob sich kauend. Würziger Saft rann seine Kehle herab. Aus dem Lippenwinkel brachte er hervor: »Ich gehe hinaus und höre dort, was Barchan zu sagen hat.«

Enttäuschte Gesichter, Stirnrunzeln bei den Priestern.

Endlich standen sie draußen. »Was gibt es zu berichten?«

Barchan sah sich um, strich sich mit der Hand über den Bart. »Nicht hier. Ist es dir recht, wenn wir zum Seetor gehen?«

Er nickte, und sie überquerten gemeinsam den Burghof.

Nevopor konnte seine Halsschlagader spüren. *Dip-dip-dip-dip-badip-dip-dip-dip.* Das Pulsieren war ihm unangenehm, genauso wie es unangenehm war, daß sich Schweiß auf seiner Stirn bildete. Ein Tropfen rann an der Schläfe herab. Hastig wischte er ihn mit dem Ärmel fort.

Am Tor befahl Barchan dem Wachhabenden, vor dem Tempel zu warten, bis er ihn riefe. Der Posten entfernte sich gehorsam.

»Nun sind wir ungestört.« Nevopors Kehle war plötzlich wie zugeschnürt. Seine Stimme hatte nicht die Fülle, die er ihr geben wollte. Statt dessen klang sie brüchig und schal. Er räusperte sich. »Was ist geschehen? Hast du den Linonen gefangen?«

»Ich konnte ihn nicht einholen. Er hatte eine Stunde Vorsprung und ein frisches Pferd. In Smolov fand ich die Gescheckte, eingetauscht gegen ein Pferd des Zupans. Ich zwang ihn, mir ebenfalls ein ausgeruhtes Pferd zu geben. Das Unglück war der Regen, der bald einsetzte. Ich konnte an den Kreuzungen keine Spuren mehr ausmachen.«

»Was bedeutet das schon?« Er hätte ihn am liebsten am Hals gepackt. »Wenn ein Reiter den ganzen Tag in Richtung Westen reitet, dann wird er die Richtung doch wohl beibehalten! Du hättest nicht aufgeben dürfen.«

»Ich habe nicht aufgegeben, Nevopor. Ich habe gehandelt, wie du sagst. Durch das Gebiet der Zirzipanen bin ich geritten. Durch das Gebiet der Warnower – bis nach Zwerin. Nirgends eine Spur von ihm. Er ist entkommen.«

»Entkommen!« Nevopor fauchte es wie einen Fluch.

»Der Linone wußte, daß er verfolgt wird. Sonst hätte er nicht diese Geschwindigkeit beibehalten. Wer unterwegs die Pferde wechselt, hat es sehr eilig.«

»Das weiß ich selbst. Ich bin enttäuscht, Barchan, ich bin sehr enttäuscht. Es wäre von entscheidender Wichtigkeit für Rethra gewesen, daß wir diesen Mann fangen. Nun kann ich nur noch hoffen, daß Donik redet, und es sieht bisher danach aus, als würde er lieber sterben. Ich muß wissen, warum! Ein Mensch verschenkt sein Leben nicht ohne Grund.«

»Es gibt da noch etwas.«

Für einen kurzen, schrecklichen Augenblick überkam Nevopor Furcht. Was, wenn Barchan Teil der Verschwörung war? Wenn er den Linonen absichtlich entkommen lassen hatte? Und wenn er ihn hierher in den Schatten des Tores gelockt hatte, um ihm die Axt in den Körper zu schlagen?

»Bevor ich von Zwerin umkehrte, habe ich das Pferd im Wald verborgen und mich einige Stunden am Rand der Sümpfe versteckt, um den Knüppeldamm zu beobachten. Wäre der Linone bei den Obodriten gewesen, um sein Pferd erneut zu tauschen, hätte er über diesen Weg kommen müssen. Aber nicht ihn habe ich gesehen, sondern einige Obodritenkrieger, die Gefangene zur Burg führten.«

»Einer dieser Raubzüge. Es werden Zirzipanen gewesen sein. Was kümmert es mich? Wir sind seit dem Ende des Weletenbundes nicht mehr verpflichtet, ihnen beizustehen. Versuchst du, deinen Mißerfolg durch Unwichtigkeiten zu vernebeln?«

»Es waren Franken.«

Nevopor hob die Hand zu den Lippen. »Unmöglich«, sagte er tonlos.

»Zwei der Obodriten schleppten ihre Schwerter und Kettenhemden.«

»Liutbert kann nicht so weit vorgestoßen sein. Er ist erst vor wenigen Wochen über die Saale gekommen. Wenn er die Obodriten angreift, dann sind wir die nächsten. Nein, er übernimmt sich. Das kann er nicht tun.«

»Du hast die Hilferufe der Sorben vernommen. Der Bischof plündert und brandschatzt, gemeinsam mit Ratolf, dem Grafen der Sorbenmark. Sie führen ein großes Heer.«

»Natürlich weiß ich das. Viele wissen es. Es sind schwere Zeiten. Wir werden in wenigen Tagen das Blut eines Menschen fließen lassen, um Svarožićs starken Arm zu erflehen.«

»Du kennst den Willen des Dreiköpfigen besser als ich.« Barchan trat aus dem Schatten. »Allerdings solltest du vielleicht die Gelegenheit nutzen, wenn das Volk zum Opfer versammelt ist, sie vor Svarožićs Zorn zu warnen. Nichts gibt dem Feind mehr Kraft als ein Verräter.«

Wie meinte er das? War es eine Warnung? »Barchan«, knurrte Nevopor. »Ich bemerke es sehr wohl, wenn mich jemand hintergeht. Und ich kenne keine Gnade für jemanden, der sein Volk verrät.« Einige Augenblicke schwieg er. Dann fügte er leise, lauernd, hinzu: »Du weißt das, oder irre ich mich?«

»Ich bin dir treu, sorge dich nicht. Vielleicht solltest du bekanntgeben, weshalb du Donik zu Tode folterst. Es könnte andere abschrecken.«

Warum erwähnte er Donik? Nevopor musterte Barchans Gesicht. Die scharfen Falten um den Mund standen ruhig, und der Blick des Tempelgardisten zeigte Kraft, nicht Unsicherheit. Er würde zuviel aufgeben. Rethras Stärke war auch seine Stärke. »Hast du einen Grund dafür, daß du mich an die Möglichkeit eines Verrats erinnerst?«

»Ich wußte nicht, daß es dich so sehr beunruhigen würde.«

»Also?«

»Die Franken hatten einen Führer.«

»Aber keinen von uns.«

»Das kann ich nicht sagen. Was mich erstaunt hat, war sein langer Bart. Nur Priester tragen solche Bärte.«

»Beschreibe den Mann!«

»Er war recht alt, trug langes, verfilztes Haar, hatte eine schiefe Nase. Ich glaube nicht, daß er von hier ist.«

»Schiefe Nase, sagst du? Und er war alt? Hast du die Brauen gesehen, fügten sie sich unter der Stirn zu einer einzigen zusammen? Das Gesicht, hat es dich an einen –«

»– Wolf erinnert, ja. Der häßliche Alte hatte den Gang eines Königs, sehr würdevoll. Kennst du ihn?«

Nevopor stockte der Atem. Das war die Katastrophe, die

er geahnt hatte, hier war der Pol des Verderbens, der Sturm, hier schleuderten die Geister den Blitz auf ihn herab. Und es war schlimmer, als er es in seinen dunkelsten Befürchtungen geahnt hatte. »Geh«, ächzte er. »Geh jetzt.«

»Was ist mir dir? Ist dir unwohl?«

»Es geht mir gut, verschwinde.«

Die knirschenden Schritte des Tempelgardisten entfernten sich.

Nevopor wurden die Knie weich. Sie knickten ein, und er mußte sich an der Torwand abstützen, um nicht zu fallen. Selbst der Arm, mit dem er sich hielt, zitterte; ein Beben, das im Handgelenk begann und sich bis in den Ellenbogen fortsetzte.

Warum hatte er all das aufbauen können, damit es ihm nun zerstört wurde? Zwanzig Jahre hatte er geplant, beraten, geführt, gekauft, gekämpft und gesiegt. Zwanzig Jahre für nichts? Was bildete sich dieser Besessene eigentlich ein, jetzt aufzutauchen und ihn, den Lebenden, ins Totenreich hinabziehen zu wollen? Immer wieder hatte sich Nevopor das Skelett vorgestellt, die verwesenden Überreste des Widersachers, der mit Sicherheit tot war, von Aasfressern zerrissen. Von Mal zu Mal war die zarte Sorge, er könnte vielleicht noch am Leben sein, lautloser geworden, bis sie fast verschwunden war. Verschwunden bis auf gelegentliche düstere Träume in der Nacht. Wenn er am Leben wäre, würde er angreifen, hatte sich Nevopor in den ersten Jahren gesagt, wenn er schweißgebadet erwachte im Morgengrauen. Wölfe mußten ihn gefressen haben, oder er hatte sich irgendwo das Genick gebrochen. Sonst wäre er längst hier aufgetaucht.

»Aber damit«, flüsterte er. »Wie sollte ich damit rechnen? Daß er sich verbirgt, zwanzig lange Jahre, und dann plötzlich erscheint, lebendig!« War er bei den Franken gewesen all die Zeit? Steckte vielleicht er hinter dem Feldzug des Bischofs? Nein, er würde nicht mit einem Christen zusammenarbeiten. Nicht er.

War er ein Wiedergänger? Einer, der Rache suchte für das Unrecht, das man ihm zugefügt hatte? Unmöglich. Die Totenwelt würde es nicht wagen, einen Priester auszuspeien.

Die Obodriten hatten sie gefangengenommen. Das war gut. Die Franken waren sicher längst tot, und er mit ihnen. Nevopor stellte sich die Köpfe auf den Palisaden vor, Grimassen, darüber schweißnasse Haare, die an der Stirn klebten. Zehn Köpfe auf den Pfählen am Tor Zwerins. Und gleich am Tor *sein* Kopf.

Nicht Uvelan, wisperte eine tonlose Stimme in ihm. Uvelan war entkommen. Er würde Rethra erreichen. Svarogh wollte sich rächen.

»Svarogh!« brüllte Nevopor. Er schlug die Hand gegen die hölzerne Torwand und zog sie langsam daran herunter. Splitter stachen durch seine Haut, bohrten sich ins Fleisch. Er spürte seine Wangen zucken. Endlich zog er die Hand zurück. Der Schmerz tat ihm gut; er war heiß und hell, er loderte, war Licht, Rettung.

Ein dunkler Tropfen rann die Hand hinab. Nevopor hob sie zum Mund und leckte ihn auf. Sein Blut. Uvelan würde es nicht bekommen. Einen nach dem anderen zog er sich die langen Splitter aus dem Fleisch.

Immer noch waren die Knie weich wie Seife. Kaum konnte Nevopor laufen. Aber er trat durch das Tor und kletterte den Hang zum Seeufer hinunter. »Du bist der erste, der büßt, Donik«, murmelte er. »Und als nächstes wird Uvelan sterben. Von meiner Hand! Viel zu lange hat er sein Unwesen getrieben auf dem Gesicht der Erde.«

Der Kopf des jungen Linonen hing zur Seite. Nur die Seile hielten ihn noch aufrecht, das war deutlich. Daß er nicht an den Seilen erstickte! Er sollte verdursten. Der Lucinsee lag ruhig und blank wie ein Spiegel. Diesen See konnte Donik sehen, Tag und Nacht. Mehr Wasser, als ein Mensch in seinem Leben trinken konnte. Und er bekam nichts davon. Nevopor lächelte. Uvelan würde noch schlimmer sterben.

Er lief um den Pfahl herum und besah sich den jungen Mann. Die Haut im Gesicht und an den Händen hatte sich blau verfärbt. Nevopor schlug ihn ins Gesicht, daß die schwarzen Haare flogen. Sie glänzten nicht mehr. Stumpf sahen sie aus. »Wach auf, Hund!«

Mühsam richtete Donik den Kopf auf. Die Augenlider flatterten. Es war offensichtlich, daß er etwas sagen wollte. Die gesprungenen Lippen öffneten und schlossen sich, aber die Zunge schien am Gaumen oder an den Zähnen zu kleben, und so kam nicht mehr als ein tierhaftes Stöhnen aus seinem Mund.

Die Haut! Sie schloß sich enger um seinen Schädel. Er dörrte langsam aus. In tiefen Höhlen lagen die Augen. Die Schädelknochen stachen breit hervor. »Verräter! Ich weiß jetzt, was du treibst. Du hast diese Burg, den Stolz des Slawenlandes, für meinen Widersacher ausspioniert. So ist es doch?«

Ein Fisch schnappte irgendwo in der Nähe nach einem Insekt. Das Platschen auf der Wasseroberfläche hallte an den Burgpalisaden wider.

Ein leises Knacken. Doniks Zunge hatte sich gelöst. »Meine … meine Ohren schmerzen«, sagte er. »Der Kopf wächst. Die Haut wird bald reißen. Er ist … groß … zu groß geworden.« Die Stimme des Linonen brach fortwährend, sprang von tonlosem Ächzen zu hohen Kinderlauten und wieder herab zur Tonlage eines Mannes.

»Was redest du für einen Unsinn! Es ist nicht der Kopf, der wächst, es ist die Haut, die schrumpft.«

Donik schluckte. Er schluckte sechsmal, siebenmal. Wieder und wieder schluckte er, in schneller Folge. Nevopor sah den dicken Knorpel im Hals hinauf- und hinunterrutschen. Dann ein trockenes Husten.

»Da ist nichts zum Schlucken. Spar dir deine Kraft.«

»Ich will nicht so … so dicht am Feuer sitzen, Mutter.«

»Ich bin nicht deine Mutter. Und du sitzt auch nicht am Feuer.« Nevopor fühlte endlich wieder Kraft in sich. Er richtete sich auf, straffte die Schultern. Es würde allen seinen Feinden ergehen wie Donik. Er hatte die Macht, er, Nevopor, und niemand sonst. Es bestand keine Gefahr. »Soll ich dir etwas sagen? Ich weiß, was du getan hast. Es geht um Uvelan, nicht wahr?«

»Der ... Priester.«

Tatsächlich. Er kannte ihn. Das Wort »Priester« aus Doniks Mund ließ Nevopor erschauern, als hätte er einen bitteren Kräutersud getrunken. »Das ist Vergangenheit. Und er ist tot, mit großer Sicherheit ist er tot. Die Obodriten haben ihn gefangengenommen. Hast du verstanden?«

Donik riß die Augen auf. Seine Augäpfel bewegten sich sinnlos. Dann fanden sie Nevopor. »Rote Flecken. Du hast rote Flecken auf deinem Mantel.«

Entsetzt sah der Hochpriester an sich hinab. Hatte der Wein tatsächlich die weiße Seide beschmutzt? Er konnte keine Sprenkel finden. »Unsinn.«

»Überall sind rote Flecken, große, wie Äpfel, wie Blut.«

»Das ist eine Einbildung. Hat für dich nicht auch der Himmel rote Flecken? Sieh ihn dir gut an.«

Donik sah hinauf. Er blinzelte in schneller Folge. Dann ächzte er leise: »Er wird fliehen. Ihm wird ... die Flucht gelingen.«

»Nein, das wird sie nicht!« brüllte Nevopor. Er schlug Donik ins Gesicht. »Sie wird ihm nicht gelingen! Und wenn doch, dann stirbt er hier, von meiner Hand.«

Donik röchelte. Er ließ den Kopf wieder zur Seite hinabhängen. Sein Gesicht war verzerrt, der Versuch eines Lächelns lag darauf.

Der Hochpriester trat ans Ufer und hockte sich hin. Er tauchte die Finger in den See, hob in der hohlen Hand Wasser herauf und ließ es hinabfallen. Es plätscherte leise. Donik ächzte und lallte einige unverständliche Worte. Nevopor ruderte im Wasser herum, schlürfte laut hörbar und machte Schluckgeräusche.

Donik stöhnte erneut.

Mit einem kurzen, harten Lachen stand Nevopor auf. Er hatte sich nicht geirrt. Donik war schuldig. Die anderen Schuldigen würde er genauso finden.

Er stieß die Tür zum Priesterhaus auf, daß sie mit einem Donnerschlag gegen die Wand prallte. Der Windzug ließ die Wandteppiche wehen, als seien sie nicht aus schwerer Wolle, sondern aus hauchdünnem Leinen. Die Essenden erstarrten, die Münder halb geöffnet, und sahen Nevopor entsetzt entgegen. Fleischgespickte Messer verharrten zwischen Teller und Gesicht.

»Wißt ihr, was ihr da eßt?« sagte er.

Niemand antwortete.

»Ihr eßt Rethra! Teichhuhn, Fisch, Reh, Auerhahn – ganz gleich, was auf diesem Tisch steht: Es ist der Körper Rethras. Ihr seid seine Glieder, ihr seid Hände und Füße. Wenn Rethras Herz durchbohrt wird, sterbt auch ihr.«

»Was ist geschehen?« würgte Jarich zwischen den Zähnen hervor.

Nevopor beachtete ihn nicht. »Svarožić hat ein Menschenopfer gefordert vor vier Wochen. Warum? Warum will er, daß ein Mensch stirbt, eines seiner Geschöpfe? Ihr seid seine Priester. Sagt es mir!«

Mieskos Kopf begann, bedrohlich zu wackeln. Er sprach leise. »Es ist recht deutlich. Große Gefahr naht, und der Dreiköpfige will unsere Treue prüfen. Er verlangt das größte Opfer – wenn wir es ihm bringen, rettet er uns mit Macht.«

»Weise gesprochen. Was ist diese Gefahr?«

Diesesmal antwortete Jarich. Er hatte inzwischen den Mund geleert, auch wenn noch ein Fleischfetzen zwischen seinen großen Schneidezähnen hing. »Du weißt es doch. Warum fragst du? Graf Thachulf ist gestorben, der letzte tapfere Franke. Er war es, der unsere Gesetze und Gewohnheiten kannte. Zu seinen Lebzeiten wäre nicht geschehen, was jetzt geschieht. Er hätte nie zugelassen, daß Liutbert und Ratolf über die Saale ziehen.«

»Denkt ihr anderen genauso?«

»Natürlich. Liutbert ist die Gefahr. Svarožić möge uns vor seinem Frankenheer bewahren, jetzt, wo Thachulf es nicht mehr kann.«

»Ihr liegt falsch.«

Schweigen legte sich über den Raum. Die Priester sahen Nevopor an. Miesko verengte zweifelnd die Augen zu schmalen Schlitzen, Jarich schloß den Mund und zog ihn nachdenklich zur Seite. Die beiden anderen Priester runzelten verwirrt die Stirn.

»Liutbert ist ein großer Mann. Manche Franken sagen, er sei fast so stark wie der König selbst. Und er haßt Svarožić und die anderen Götter. Schlimmer noch: Genauso wie die Sorben haben wir zuletzt keinen Tribut mehr entrichtet an die Franken. Heute trifft der Krieg die Sorben, morgen sind wir vielleicht an der Reihe.«

»Der Herr des Feuers wird uns helfen«, rief Jarich.

»Gegen eine solche Gefahr, ja. Er wird uns voranreiten auf der Weißen und die Feinde schlagen.« Nevopor blickte von einem zum anderen. »Aber ich sage euch als Hochpriester, daß das Opfer einen anderen Grund hat. Einen gewichtigeren als das heranziehende Frankenheer.«

Nun erbleichten die Gesichter.

»Der Stachel sitzt tief in uns.«

Ein Gedanke knisterte vom staubbedeckten Boden herauf, ballte sich zu kleinen, schwarzen Lichtern. Er gähnte die Priester an wie der Tod, kroch zwischen ihren Schemeln hin und her, wiegte sich, lohte. Ein Brummen war es, ein Fispeln von Flüchen, vom Untergang.

»Der Priester Svaroghs kehrt zurück.«

Laute des Erschreckens schollen durch den Raum.

»Aber … ich meine … er ist …«, stammelte Miesko.

»Du wirst alt. Erinnerst du dich nicht mehr? Javor hat versagt. Man hat ihn seinen Händen entrissen, und er war verschwunden seitdem. Wir haben geglaubt, daß er tot ist. Aber haben wir es *gewußt*?«

Miesko schloß die Augen. »Der Unterschied zwischen Wissen und Glauben ist mit den Jahren kleiner geworden.«

»Und dafür büßen wir nun.«

»Bist du sicher, daß er es ist?« fragte Jarich.

»Vollkommen sicher. Es gibt keinen auf dem Angesicht der Erde, der ihm gleicht. Und dann ist es auch ... ein Gespür. Ich fühle die Wälle Rethras zittern. Ich kann spüren, daß er sich nähert.«

»Was hat er vor?«

»Wißt ihr das nicht? Dieser Alte ist der einzige, der die Macht hat, Rethra zu zerstören. Wart ihr wirklich so töricht, zu vergessen, wer Svarogh ist und wer Svarožić? Wir sind das Kuckucksei im Nest des alten Gottes. Glaubt nicht, daß die Menschen Svarogh vergessen haben! Der alte Gott schlummert in ihnen, und wenn es Uvelan gelingt, ihn zu wecken, wird er Svarožić hinwegfegen wie der Sturm ein Herbstblatt von der Eiche reißt.«

Jarich flüsterte: »Svarožić läßt das nicht zu.«

»Ach ja? Wer ist der Vater? Wer ist der Sohn? Glaubst du, ein Gott wie Svarogh wird alt und kraftlos wie ein Greis? Du bist Priester und kennst die Götter. Weißt du nicht, daß sie fortwährend an Macht gewinnen?«

»Das wäre Rethras Ende«, stöhnte Miesko.

»Rethras Ende. Unser Ende. Natürlich wird Svarožić auf unserer Seite kämpfen. Er hat die Gefahr lange vor uns erkannt. Die Forderung nach einem Menschenopfer hätte uns wachrütteln müssen. Aber noch ist es nicht zu spät. Svarogh rollt heran wie eine finstere Wolkenwand. Bereiten wir uns vor.«

»Willst du fliehen?«

»Nein. Wir werden kämpfen. Diesmal geben wir dem Boten Svaroghs den Todesstoß. Das ist unser Teil im Kampf der Götter. Möge es genauso Svarožić gelingen, seinen Vater zu vernichten.«

20. Kapitel

Der Eibenbaum hatte die Gestalt eines Menschen. Er war kurzastig und schlank bis zur Krone, dort aber breiteten sich mit düsteren Nadelzweigen besetzte Arme aus, als wollten sie die benachbarten Bäume beiseite drücken. Vom Stamm lösten sich Rindenstreifen, und knorrige Stränge von Baumwürgern schlangen sich um das Holz wie Seile. Es mußte eine lange Zeit sein, die der Baum bereits lebte, Jahrhundert um Jahrhundert an dieser Stelle; ein griesgrämiger Wächter, unerbittlich, unangreifbar.

Das rote Abendlicht gab dem Ort ein geisterhaftes Aussehen. Flüssiges Kupfer bedeckte den Himmel, durchzogen von gelbem Dampf. Ein Häher krächzte Flüche. Er flatterte schimpfend davon.

Vor der Eibe ein wuchtiger Klotz: der Totenstein.

Uvelan blieb in einiger Entfernung stehen und verneigte sich tief.

Er musterte den Baum, die faserigen, dichten Äste. Rote Beeren leuchteten. »Ich grüße dich, Geist des Totenbaums«, raunte er.

Mit schweren Fingern löste er den Lederbeutel vom Gürtel und öffnete ihn. Er entnahm die silberne Schlange. Die Finger eng zusammengepreßt, schob er sich den gekrümmten Schlangenkörper über die Hand. Feine Muster waren in das Silber eingearbeitet. Sie funkelten im roten Abendlicht. Die Schlange schmiegte sich kühl an Uvelans Unterarm. Er schob sie zurecht, bis der Kopf die Innenseite des Handgelenks berührte.

In die Hocke gesunken, legte er den Beutel auf den Waldboden und fuhr sich mit beiden Händen durch die Haare.

Immer wieder blieben die Finger an Knoten und Verfilzungen hängen, rissen an der Kopfhaut. Schließlich gab er das Kämmen auf, zog die Priesterbinde aus dem Beutel, einen grünen, mit weißen Stickereien verzierten Leinenstreifen, und legte sie sich um die Stirn. Am Hinterkopf band er sie zusammen.

Den Griff des Bronzemessers, das er aus dem Beutel hob, verzierten an beiden Seiten Reihen feiner Dreiecke, umgrenzt von einer dreifachen Linie. Im Zentrum gruben sich Symbole in das rote Eisen, Blüten, kreuzförmige Blüten. Wie oft hatte dieses Messer Kehlen durchtrennt zu Svaroghs Ehre: Hälse von Hühnern, Schafen, Ziegenböcken.

Langsam erhob er sich. Er streckte die alten Schultern, atmete tief die warme Luft ein, den Duft der Blätter und der fruchtbaren Erde. Einmal betastete er noch die Priesterbinde auf seiner Stirn. Sie saß gut. Dann trat er auf die Eibe zu.

»Mächtiger Geist, trage meine Worte zu Svarogh. Nicht ohne Grund hat er mich aus dem Fluch aufgeweckt, der mich in die Dunkelheit gebunden hatte.« Der Totenstein schimmerte rot in der Abendsonne. Er reichte Uvelan bis zum Bauch. In Einkerbungen und Höhlungen hatte sich Regenwasser gesammelt. »Die Zeit der Rache an meinem Widersacher ist da. Auch du, Geist des Totenbaums, unterstütze mich, vernichte den Frevler, der die Dreistigkeit hatte, Svaroghs Namen zu verbieten.«

Die Nadeln der Eibe glänzten von oben betrachtet dunkelgrün, von unten erschienen sie gelblich. In zwei Reihen wuchsen sie an den Zweigen. Dazwischen hingen rote Beeren, eine tiefe Öffnung in ihrer Mitte, als wären sie hohl. Same und Nadeln trugen Gift.

»Du, Svarogh, hast das Gute nicht vergessen, das ich für dich tat. Daß ich deinen Namen verteidigt habe. Daß ich all diese Paare unter den Eichen vermählte oder ihnen durch die Kraft der heiligen Bäume zu Fruchtbarkeit verhalf. Daß ich Flüchtlinge im heiligen Hain vor ihren Verfolgern schützte. Du läßt mich nicht sterben wie meinen Bruder.«

Es war ein seltsamer Geruch unter diesem Baum, ein leichtes Stechen in der Nase und im Hals, wenn er die Luft einsog, und zugleich ein süßlich-herber Duft wie von Schafen auf einer blühenden Wiese. Diese Luft war es, die tötete. Aber der Gott der Sonne würde ihn bewahren. Uvelan schob das Verlangen beseite, daß ihn zwingen wollte, den Atem anzuhalten, unter dem Baum hervorzustürzen und sich das Gift von der Haut zu waschen.

Er öffnete erneut den Beutel und zog einige Blüten heraus, die er im Wald gesammelt hatte. Gebete flüsternd, legte er sie auf den Totenstein. Dann schöpfte er Wasser, reckte es zum Baum empor: »Laß dieses heilige Wasser mich stärken, mache mich mächtig, daß ich den Hochpriester Rethras fortwehe wie ein Sturm!« Er trank.

Vor dem Stein kniete er nieder, reckte die Hände zum Felsblock empor und preßte sie in die handförmigen Vertiefungen. Die Finger fügten sich leicht hinein. Wieder murmelte er Gebete.

Wie der Bruder dagelegen hatte! Die Arme im Schnee hilflos ausgebreitet, die Brust aufgerissen. Das Ur mußte ihn mit einem Horn durchbohrt haben. Es mußte eins der Großen gewesen sein, die Schultern so hoch wie ein ausgewachsener Mann, die Hörner länger als Arme und nach oben und vorn gebogen. Uvelan hatte damals das Gefühl gehabt, es sei noch da, stünde neben ihm und betrachte den Getöteten im rot verfärbten Schnee. Hatte es seine Herde verteidigt? Oder wollte der Bruder es jagen? Allein? Ein Ur im Alleingang töten? Dämonentiere waren es, schwarze Bullen mit einem weißen Aalstrich auf dem Rücken vom Kopf bis zum Schwanz. Sie hatten die Kraft, ein Haus umzustoßen, ohne Zweifel.

Das Ur war für ihn immer der Beweis dafür gewesen, wieviel Stärke in den Gräsern und Flechten steckte, so unscheinbar sie auch schienen. Was fraßen diese mächtigen Tiere? Nichts anderes als Kräuter und die frischen Triebe der Bäume. Daraus bezogen sie ihre Kraft. Und mit dieser

Kraft beschützten sie die Herde von braunen Kühen und rotbraunen Kälbern.

Es war keine Herde in der Nähe gewesen. Da hätten Spuren sein müssen im Schnee. Das ganze Gebiet war Uvelan abgelaufen, aber es lag nur der Bruder dort, und eine einsame Folge von Hufeindrücken führte zu ihm hin und zurück zum Waldrand.

Hatte er es bedroht? Warum war er nicht weggelaufen?

Der Bruder mit der tiefen, weit tragenden Stimme. Der, dem die Menschen gehorchten. Der bessere Führer. Sie bewunderten ihn wegen seiner Jagderfolge und wegen der Kämpfe, die er gegen die Obodriten geführt hatte. Vater hatte ihn zu seinem Nachfolger gemacht.

Die Gebete des Bruders waren immer kurz und hart gewesen. Er mochte es nicht, den Nacken zu beugen. Statt dessen sah er herausfordernd hinauf in die Eichenbäume und schleuderte seine Bitten in das Gesicht des Lichtbringers.

Und Svarogh hatte geantwortet.

Dann die Gerüchte im Volk, Uvelan würde ein schwacher Nachfolger werden. Sein entschiedener Wille, Freunde und Feinde erzittern zu lassen, ihnen zu zeigen, daß er würdig war. Uvelan war härter vorgegangen, als der Vater und der Bruder es je getan hatten. Und Svarogh hatte wieder geantwortet. Mit einem Fluch.

Was, wenn es andere Götter waren, die das Priestergeschlecht des Lichtbringers verfolgten, und er war zu schwach, seine Boten zu beschützen? Uvelan hatte nie gewagt, diesen Gedanken zu nähren, diese Frage auch nur zu betasten. Jetzt aber loderte sie in ihm auf wie ein Feuer, das der Wind anfacht. Was, wenn Tietgaud im Recht war, wenn allein der Christengott die Menschen retten konnte? Mit wieviel Sicherheit hatte der Mönch es gesagt: »Unser Gott ist auch der Herrscher über Leben und Tod. Und wenn es nicht sein Wille ist, wird er niemals zulassen, daß man uns ein Haar krümmt.«

»Und du, Svarogh? Wie entlohnst du mir meine Dienste? Was hat man davon, wenn man dich verehrt?« Seine Arme erbebten. »Einen Fluch hast du auf mich geschleudert.«

Eine Bewegung. Ein Rascheln im Gebüsch. Uvelan richtete den Kopf auf und starrte ins Dunkel. Es war Nacht geworden; der von Laub und rottenden Ästen bedeckte Boden leuchtete in dumpfem Grau. Wo Sträucher gestanden hatten, erhoben sich nun schwarze, drohende Gestalten, die tastend ihre Finger in die Dunkelheit streckten. Uvelan konnte kaum die Stämme der umstehenden Bäume erkennen. Dahinter versank der Wald in Schwärze. Kamen Geister, um ihn zu quälen?

»Svarogh wird euch strafen«, rief er. »Wagt es nicht, euch zu nähern.«

Erneutes Rascheln. Deutlich sah er den schwarzen Schatten, der über den Boden huschte. Zürnte ihm Svarogh? War das die Antwort des Lichtbringers? Die Gewißheit traf ihn wie ein Stoß, als das erste Paar weißer Fänge in seiner Nähe aufblitzte.

Wölfe.

»Svarogh!« schrie er. »Du wirst mich nicht töten. Ich bin dein Priester, und du hast mich hart genug bestraft. Es ist genug. Hörst du? Genug!«

Ein heißer, stinkender Atem kam nahe. Uvelan warf sich zur Seite. Er hörte Zähne zusammenschlagen.

Zorn entbrannte in ihm. Er stand auf, den Rücken zum Totenstein, donnerte: »Verschwindet, Wolfspack!«

Gelbe Augen. Kein Fauchen, kein Knurren. Geduldig, fragend: Zehn gelbe Augenpaare um ihn in der Finsternis.

»Ja, ihr sollt verschwinden! Ich bin Uvelan, Priester Svaroghs, und ich spreche mit dem Geist des Totenbaums. Ich habe dem uralten Stein geopfert und das heilige Wasser getrunken. Ihr habt keine Macht über mich! Ich bin Svaroghs Priester.«

Ein hungriges Pfeifen aus mehreren Wolfskehlen. Es klang verzweifelt.

War das Fackelschein im Wald? Ein kleines, helles Licht, das die Bäume beleuchtete. Alena, die nach ihm rief. Männerstimmen, die seinen Namen wiederholten.

Er zischte: »Und wagt es nicht, euch an jenen zu vergreifen. Ihr geht heute hungrig aus, Gesindel.«

Die Wölfe wurden unruhig. Ihre Augen verschwanden. Uvelan konnte graue Schatten auf und ab laufen sehen. Ein letztes Augenpaar sah zu ihm hinüber, stille Geduld, die ein Wiederkehren versprach, ein Wiedersehen zu späterer Zeit.

»Wir sehen uns nicht wieder«, sagte Uvelan. »Bestimmt nicht.«

Und dann erleuchtete eine Fackel den Boden, wo eben noch die Wölfe gekauert hatten.

Der Hüne trat an den Baum heran. »Ist das eine Eibe?«

»Ein Totenbaum«, hauchte Audulf. »Und ein seltsamer Felsen.«

Brun blickte in den Wald. »Da waren doch Schatten, die um Euch herumgesprungen sind. Ich habe es gesehen, Wölfe! Und Ihr seid unverletzt.«

»Schon die Kinder lernen das«, sagte Audulf. »Wer im Schatten einer Eibe schlummert, erwacht nie wieder. Er aber lebt.«

»Wir haben Euch gesucht, den ganzen Tag«, fauchte Tietgaud. »Hättet Ihr uns nicht damals das Leben gerettet und hätte uns nicht Alena ständig daran erinnert –« Er stockte.

Der Alte sah verändert aus. Aufrecht stand er vor dem Steinaltar wie ein König vor dem Thron. Eine silberne Schlange blitzte im Fackelschein an seinem Handgelenk, ein bronzenes Messer steckte im Gürtel. Das wilde Flackern in den Augen schien nicht allein vom Feuerlicht herzurühren, es kam von innen und deutete auf eine Kraft hin, die sich noch verbarg und kaum ausgeschöpft war. Über die Stirn lief eine grüne Binde.

»Was ist das?« Damit wies der Mönch auf Uvelans Handgelenk. »Und das?« Er zeigte auf das Messer am Gürtel.

»Und das?« Fast bohrte sich der Finger in die Stirn des Alten. »Das Armband ist aus Silber. Kunstwerke einer solchen Art, mit Verzierungen, die so fein und genau gearbeitet sind, stellen Wenden nicht her.«

»Ihr irrt Euch. *Wenden*, wie Ihr sie in Eurer Unwissenheit nennt, sind hervorragende Silberschmiede.«

Der Mönch schob Uvelans Worte mit einem einzigen verächtlichen Raffen der Augenbrauen beiseite. »Und dieser Dolch in Eurem Gürtel ist aus purer Zinnbronze. Griff *und* Klinge. Was hat das zu bedeuten? Er ist genauso reich verziert. Ein Mann, der so etwas trägt, ist entweder ein Dieb oder ein Würdenträger.«

»Ihr beschuldigt mich?«

»Ich will nur die Wahrheit wissen. Es wird schwer genug, das Vertrauen der Redarier zu erlangen. Wenn wir in Begleitung eines Diebes dort ankommen, womöglich eines Diebes, den sie kennen und verstoßen haben, beginnt unsere Mission mit einer Katastrophe.«

»Ich bin kein Dieb. Trotzdem ist jede Hoffnung, die Ihr hegt, in Rethra Euren Glauben verkünden zu dürfen, Irrsinn.« Er wendete sich an Alena. »Es gibt ein Bildnis Svarožićs dort, nicht wahr?«

Sie nickte.

Grimmig knurrte Uvelan: »Wollt Ihr es mit einem Tuch behängen, während Ihr den Leuten Christus predigt?«

»Schon Bonifaz hat bei den Hessen eine Götzeneiche gefällt und daraus eine Kirche bauen lassen.«

Uvelan ächzte. Das Blut wich aus seinem Gesicht. Still schüttelte er den Kopf.

»Was ist?«

Es war mehr ein tonloses Stöhnen als ein Sprechen. »Er hat den Wohnplatz mächtiger Geister entweiht und zerstört? Die Strafe wird maßlos gewesen sein.«

»Gott ist nicht in den Bäumen. Er ist hier. Hier!« Tietgaud zeigte neben den Totenstein.

Kurz zuckte der Alte zusammen. Dann dröhnte er:

»Wollt Ihr wissen, warum ich das Messer und den Armreif und die Binde trage? Ich bin ein Priester. Genau wie ihr.«

Stille. Wolfsheulen in der Ferne. Schließlich wisperte Alena: »Er spricht die Wahrheit. Das Stirnband ist eine Priesterbinde.«

»Deshalb die Schlange«, raunte Audulf. »Er ist ein Schlangenbeschwörer.«

Brun flüsterte: »Mit dem Messer opfert er Jungfrauen.«

»Nun weiß ich auch, warum Euch die Wölfe nichts anhaben konnten«, sagte der Hüne. »Ihr seid ein Hexer.«

»Habt Ihr sie gerufen?« Audulf sah beinahe mit Ehrfurcht zu ihm hinauf. »Könnt Ihr das?«

»Ich rufe keine Wölfe. Und ich opfere auch keine Jungfrauen. Das ist es nicht, was Svarogh gefällt.«

Alena preßte die Lippen aufeinander. Ihre Stirn legte sich in Falten. »Sv... Dieser Gott ist verboten«, sagte sie in slawischer Sprache. »Du kannst nicht sein Priester sein. Niemand darf zu ihm beten.«

»Ja. Weil dein Vater es verhindert.« Er wechselte in die fränkische Sprache zurück. »Alles kehrt wieder. Winter und Sommer wechseln sich ab, Ernte und Saat, Tod und Geburt. Eine Forelle wird vom Bären gefressen, und neue Forellen schlüpfen im Kies. Kriege wechseln sich mit Friedenszeiten ab, Dürre mit Jahren, in denen die Felder reichliche Ernte tragen. So hat es Svarogh geschaffen, das sind die Gesetze, die er gegeben hat. Und auch Svarogh wird zurückkehren. Die Zeit ist reif.«

»Und dann wieder verschwinden und dann wieder erscheinen und dann wieder verschwinden? Das ist Unsinn. Ständige Wiederkehr ist eine bloße Täuschung.« Tietgaud stach mit dem Zeigefinger ein Loch in die Luft. »Die Zeit hat einen Anfang.« Er zog ihn in einer langen Geraden herüber. »Und sie läuft voran, auf ihr Ende zu.« Wieder stach er ein Loch. »Die Menschen werden schlecht, böswillig. Es dauert nicht mehr lange, merkt Ihr das nicht? Fällt Euch nicht auf, daß da immer mehr Murren ist, daß in diesen

Zeiten viel weniger gelächelt wird? Habt Ihr nicht bemerkt, wie die Liebe nachläßt, die Wärme, Zärtlichkeiten und Geschenke, Freude und Kinderlachen? Es wird noch schlimmer werden. Eines Tages werden die Menschen sich nicht einmal mehr anschauen, wenn sie sich begegnen. Sie werden nur noch an das Töten denken und an ihren Gewinn. Der Haß wird sie in seinen kalten Krallen halten. Der Haß und die Gleichgültigkeit. Aber Christus hat Nächstenliebe gelehrt. Er sieht sich unsere Fehler nicht mehr lange an. Auch seine Geduld hat ein Ende. Daß er überhaupt so lange gewartet hat, sollte uns Grund zur Dankbarkeit sein, weil er uns Zeit gegeben hat, zu ihm zurückzufinden! Es kommt der Tag, an dem er die Endlichkeit auflöst. Es wird keinen Tod mehr geben, kein Geschrei, keinen Krieg, keine Krankheit, keine Verletzungen. Das ewige Reich wird er aufrichten. Ein für allemal. Und es wird gut sein. Voller Lachen und Freude, voller Anbetung und Herrlichkeit und Kraft.«

»Das willst du in Rethra predigen?«

Tietgaud wich dem Blick des Alten nicht aus. »Das. Und einiges mehr.«

»Du bist ein mutiger Mann.«

21. Kapitel

Sie überquerten die Warnow an der Königsfurt und durchwanderten das Gebiet der Warnower mit seinen Seen und tiefen Wäldern. Ohne Deckung folgten sie inzwischen einem Weg mit tief ausgefahrenen Karrenspuren; Tietgaud hatte beschlossen, daß sie sich nicht mehr verstecken würden. Als Gäste würden sie nach Rethra reisen und keinen Grund zu Verdächtigungen geben. Daß es mit Embrichos Plan zu tun hatte, war sicher, aber sosehr sich Alena auch bemühte: Sobald sie den Hünen darauf ansprach, wies er sie kühl ab. Die Franken steckten am Abend die Köpfe zusammen, raunten sich Dinge zu, die sie nicht erfahren durfte. Und sie strahlten eine verbissene Fröhlichkeit aus, die Alena stutzig machte.

Nach drei Tagen erreichte die Gruppe Malchow und das Land der Müritzer, ließ den Fleesensee und den Kölpinsee im Norden sowie die Müritz im Süden liegen, watete durch Flüsse und Bäche, störte Gänse auf, überholte einen Händler mit Tonwaren auf dem Wagen, die bei jeder Unebenheit des Weges scheppernd gegeneinanderschlugen. Nach weiteren drei Tagen kam sie in die Nähe des Tollensesees.

Es war eine milde Art des Wahnsinns, in die Alena während dieser Zeit verfiel. Sie vergaß ihre Vorbehalte gegen den Geliebten, der nicht bereit war, sie in die Pläne der Franken einzuweihen, vergaß die Sorge, benutzt und betrogen zu werden. Statt dessen war sie plötzlich guter Dinge, genoß die Gespräche mit dem Hünen, seine Gesten, Berührungen. Bald zweifelte sie nicht mehr daran, daß es ihr gelingen würde, ihrem Vater Embricho als den erwählten Mann vorzustellen und diese Wahl durchzusetzen, gleich, welche Einwände der Hochpriester vorbrachte. Das Spiel, das Männer und Frauen spielen, wenn sie sich begehren, nahm ihren Verstand gefangen, und die nagende Erinnerung daran, daß sie einen Todgeweihten liebte, verstummte. Die Heimkehr nach Rethra fürchten? Im Gegenteil, sie freute sich, daß sie den Franken ihre Heimat zeigen können würde. Alenas Lachen erscholl laut im Wald. Nur des Nachts krochen böse Träume heran vom grausamen, tödlichen Ritual vor tausenden, starrenden Augenpaaren. Träume von einer gefallenen Nawyša Devka.

Ohne daß sie es wahrhaben wollte, rollte die Lawine des Untergangs unaufhaltsam weiter, um ihr Leben zu zermalmen.

An einem schmalen Gewässer südlich der Lieps wurde das Nachtlager vorbereitet. Embricho hatte auf Schildkröten gehofft, aber im klaren Wasser fand sich nicht eine einzige. So verteilten sie sich in den letzten Abendstunden zur Suche nach Eßbarem: Embricho und Tietgaud wollten versuchen, mit angespitzten Stöcken am Ufer Fische zu stechen, Uvelan und Audulf schlugen sich in den Wald, um nach Wurzeln, Pilzen, Kräutern und Beeren zu suchen, und Brun war wie in den Nächten zuvor die Aufgabe zugefallen, ein Feuer herzurichten und zu entfachen. Alena hatte sich eine Schlinge aus Weidenzweigen gebogen und pirschte entlang des Ufers, nach unvorsichtigen Wasservögeln Ausschau haltend.

Weit hörbar schmetterte ein Kranich sein *Gurruh*, daß es zwischen den Bäumen am Rande des Gewässers hin und her hallte. Zur Antwort hackten Bleßrallen kurze Töne in die Luft. Alena schlich im Abendschatten der Bäume entlang, aufmerksam zwischen das Schilf spähend. Die langen Halme neigten sich ineinander und raschelten. Ein zarter Wind kräuselte das Wasser auf dem See; wie Ziegenmilch und Ampfer roch es, ein säuerlicher Duft. Es war warm, Alena verspürte nicht wenig Lust, sich des Kleides zu entledigen und auf den See hinauszuschwimmen.

Ein schabendes, reißendes Geräusch ließ sie aufhorchen. Es war aus dem Wald gekommen, nicht weit von ihr. Wieder das Raspeln, das Schleifen. Dann deutlich: Ein tönerner Deckel, der auf einem Gefäß seinen Platz suchte und fand.

Wenn hier Menschen lebten, mußten es Tollensanen sein. Oft kamen Besucher dieses Stammes nach Rethra, die Tollensanen waren nahezu mit den Redariern verbrüdert. Hatte Vater nicht noch in Alenas Kindertagen davon erzählt, wie die Völker Seite an Seite kämpften, zusammen mit den Zirzipanen und den Kessinern unter König Cealadrag? Die Bewohner eines Tollensanendorfs würden die Bitte um ein wenig Brot sicher nicht ablehnen.

Alena folgte der Richtung, aus der die Geräusche kamen. Bald fand sie einen Jungen unter einer Birke, das Messer an den Stamm angesetzt. Er machte einen Schnitt und zog die Rinde seitwärts als langen Streifen ab. Sie löste sich fauchend. »Wunderbar«, lobte er sich. »Ein großes Stück!« Wieder setzte er das Messer an.

Sechs oder sieben Jahre alt mochte er sein. Die Schultern schmal, die Hose zu kurz für seine knochigen Beine. Ein zerschlissenes graues Wollhemd war zur einen Hälfte unter den Gürtel gezogen, die andere Hälfte hing darüber. Es war etwas Liebenswertes an diesem dürren Menschenkind, an der Selbstvergessenheit, mit der er Alenas Schritte überhörte, an den unzulänglichen Kleidern, an der hellen Stimme, mit der er seinen Stolz in den Wald hinaussprach.

»Grüß dich, kleiner Baumwicht.« Sie lächelte.

Der Junge fuhr herum. Auf Wangen und Ohren prangten schwarze Flecken, als hätte er sich mit rußigen Fingern das Gesicht bemalt. Er riß die Augen auf und starrte Alena an. »Wer bist du?«

»Eine hungrige Frau. Kannst du mich zu deinem Dorf führen?«

»Warum hast du eine Schlinge in der Hand?«

»Ich wollte Vögel fangen.« Sie warf die Weidenruten fort. »Führst du mich?«

Das Gesicht des Jungen wurde ernst. Er schüttelte den Kopf. »Nein. Ich muß arbeiten.« Froschartig ging er in die Hocke und sprang wieder hoch, in den Händen einen verrußten Tontopf. Er hob den Deckel an und neigte den Topf, so daß Alena hineinblicken konnte. »Siehst du? Der muß voll werden.« Birkenstreifen bedeckten den Boden des Gefäßes.

»Ich kann so lange warten. Wofür sammelst du die Rinde?«

Er schnalzte die Zunge. »Bist ganz schön neugierig.« Dann seufzte er, als läge eine schwere Last auf seinen Schultern, drehte Alena den Rücken zu und fuhr fort, Rindenstreifen vom Baum zu ziehen.

»Na, wofür?«

»Ich muß Pech kochen. Mein Vater braucht es.«

»Soso. Ist er Fischer und macht damit die Netze haltbar?«

»Ach Unsinn. Fischer!« Die Linke des Jungen umschloß mehr und mehr Rinde, während er mit der Rechten neue vom Baum löste und sie zu der anderen stopfte. »Mein Vater ist kein Fischer. Er baut Boote! Das kann nur er. Und ich helfe ihm. Ganz viel Pech braucht er, das macht er auf die Boote drauf, außen, dann schwimmen sie besser.«

»Bootsbauer? Das ist wirklich etwas Besonderes.«

»Weiß ich.«

Nach einer Weile war der Topf gefüllt. Der Junge sah Alena vorwurfsvoll an. »Du bist ja immer noch hier.«

Sie lachte. »Wer hat dir beigebracht, so streng zu gucken?«

Nun zog er die Lippen zu einem Punkt zusammen, schloß beinahe die Augen. Nur aus schmalen Schlitzen unter gerafften Augenbrauen schoß er hitzige Blicke.

Alena lachte lauter. So ein süßer kleiner Kerl!

Sie konnte sehen, wie sich ein Lachen in ihm hinaufarbeitete, daß er nur mit Mühe den Mund zusammenkniff und auch die Augen sich zu öffnen versuchten. Schließlich brach er ebenfalls in Lachen aus. »Das ist gemein!« prustete er. »Du darfst nicht albern, wenn ich streng bin. Dann kann ich das nicht mehr.«

»Und das ist gut so. Dein Topf ist voll, gehen wir zum Dorf?«

»Kommst du mit zur Grube?«

Alena nickte.

Sie liefen nicht in den Wald hinein, wie Alena gehofft hatte, sondern zurück zum See. Zwischen den Bäumen am Ufer schob der Junge Laub beseite, räumte Äste fort, die ein Loch bedeckt hatten, und hob eine Schale aus der Vertiefung heraus. »Siehst du? Da drin sammelt sich das Pech.«

Es roch tatsächlich nach der öligen schwarzen Masse, streng, beißend. Der Geruch fachte Alenas Hunger an.

»Man muß die Schale unten in das Loch stellen, und den Topf darauf. Weißt du, der Topf hat im Boden eine kleine Öffnung. Da läuft das Pech heraus.« Der Junge stellte beide Gefäße in die Grube. Die Schale verschwand völlig, und rings um den Topf blieb eine Handbreit Platz. »Da muß jetzt Holz hin.« Er stand auf und sammelte trockene Zweige und kleine Äste. Bald erhob sich Alena und half ihm. Sie füllten die Grube bis oben mit Brennmaterial.

Da hielt der Junge inne und strahlte Alena an. »Ich kann schon ganz alleine Feuer machen!«

Sie hätte ihn küssen können. Diese leuchtenden Augen, der kleine Nasenrücken, der sich frech in die Welt reckte, die Kinderlippen, die unregelmäßige Zähne freigaben. »Du bist sicher der ganze Stolz deiner Familie.«

»Was denkst du!« rief er. Mit nahezu männlicher Gebärde zog er ein handlanges Feuereisen aus dem Gürtel. Dem Säckchen, das er ebenfalls am Gürtel befestigt trug, entnahm er einen schwarzen Stein mit weißen Flecken und einen Brocken Zunder. Es roch nach Pilzen, als er ihn Alena vors Gesicht hielt und in den Fingern rieb. »Hab ich selber hergestellt. Weißt du, wie das geht?«

»Es ist ein Pilz, oder? Wir nehmen zu Hause immer Schafwolle zum Feuermachen.«

»Schafwolle? Das finde ich blöd. Also, für *Zunder*« – er betonte das Wort, als spräche er über eine Heldentat – »für

Zunder mußt du erst den Pilz vom Baum schneiden, und dann machst du die obere Schicht ab. Du mußt Asche kochen in einem Wasserkessel und das abgeschnittene Zeug da hineinwerfen. Wenn es wieder getrocknet ist, schlägst du es mit einem Knüppel weich. Das ist gar nicht so leicht. Aber es brennt gut. Schau!« Zuerst entnahm er dem Topf noch einen Streifen Birkenrinde und knüllte ihn in der Hand zusammen, dann legte er den braunen Zunderbrocken auf den Boden und den Stein daneben, ließ ihn aber nicht los: Während er ihn zwischen Daumen und Zeigefinger hielt, schlug er leicht mit dem Feuereisen darauf. »Nicht zu sehr schlagen darf man, sonst platzen bloß Stückchen ab, und es kommen keine Funken.«

Alena wollte gerade schmunzelnd sagen, daß sie das schon wisse, da warf der Junge das Eisen aus der Hand und fuhr zum Zunder hinunter, um wild darauf herumzupusten. Immer wieder holte er Luft und blies.

»Es qualmt doch nicht einmal«, sagte sie. »Ich glaube, da ist noch kein Funke geflogen.«

»Doch! Irgendwie hat es nicht geklappt.«

»Hast du noch Geschwister?« fragte sie, um ihn vom Mißerfolg abzulenken.

»Zwei große Schwestern, die weben Kleider und so.« Er nahm erneut das Eisen und klopfte auf den Stein.

Endlich sprangen Funken auf den Zunder, und sofort stieg Rauch auf. Unter dem gemeinsamen Pusten des Jungen und Alenas entwickelte sich Glut. Schnell gab der Kleine die Birkenrinde hinzu; als sie leise knackte und Flammen aus ihr schlugen, warf er sie zwischen die trockenen Zweige in der Grube. Er gluckste glücklich. Dann riß er erschrocken das Gesicht hoch: »Wir müssen Lehm holen vom See!« Er sprang auf.

Was sollte das? Verwirrt folge ihm Alena zum Ufer.

Dort grub er die Hände in den Boden und stürzte zurück zur Grube. Alena tat es ihm nach; zähe, klebrige Erde von gelbbrauner Farbe in beiden Händen.

Der Junge hatte die dicken Äste wieder über die Grube geschoben, die sie vor ihrer Ankunft bedeckt hatten. Das Feuer leckte nach ihnen. Achtlos ließ er seine Lehmbrocken auf die Äste herunterklatschen. »Wirf es einfach oben drauf«, befahl er. »Wir müssen es völlig bedecken, nur ein kleines Loch für den Rauch darf bleiben.« Dann hielt er einen Augenblick inne und strahlte Alena an. »Danke, daß du mir hilfst.«

Der Pfad zum Dorf war kaum erkennbar. Die Füße der Menschen hatten in einer langen Spur, die sich durch die Bäume fädelte, den Boden ein wenig fester zusammengeklopft, das war alles. Mitunter hatte sich das Unterholz den Raum über dem Pfad schon zurückerobert; während der Junge sich darunter hindurchbückte, mußte Alena Sträucher zur Seite biegen und hinterher oft einen Ärmel ihres Kleides aus den dornenbewehrten Zweigen lösen, ehe sie weiterlaufen konnte.

Aber sie folgte ihrem kleinen Führer gern. Nie drehte der Junge sich um. Es schien ihm selbstverständlich zu sein, daß er eine erwachsene Frau durch den Wald führte. Lässig ließ er die Arme schaukeln, versetzte ab und an einem auf dem Pfad liegenden Ast einen Tritt oder haschte mit der Hand nach heruntersegelnden Samenschirmchen. Die traumwandlerische Sicherheit eines Kindes, das einen alltäglichen Weg entlangspazierte.

Alena wollte ihn packen, ihn herzen. Am liebsten hätte sie ihn sich auf die Schultern gesetzt und wäre mit ihm durch den Wald getollt.

Embricho würde staunen, wenn sie mit frischem Brot zum Nachtlager kam. Er würde sie dafür lieben! Sicher hatte er seit Wochen kein Brot mehr gegessen.

Hundegebell war zu hören und das Johlen von Kinderstimmen. Zwischen den Bäumen zeigten sich die ersten Strohdächer. Kaum waren der Junge und Alena zwischen die Häuser getreten, als langbeinige, dürre Hunde angesprungen kamen und begannen, witternd um sie herumzustreichen. Ihr kurzes Klaffen hörte sich nach Erstaunen an, beinahe, als müßten sie untereinander das Ergebnis ihrer Untersuchung beraten.

»Haut ab«, befahl der Junge, und die Hunde trollten sich widerwillig, hielten immer wieder inne, um über die Schulter zu blicken, bis er seine Aufforderung wiederholte. »Ihr sollt verschwinden!«

Kinder hatten die Ankömmlinge bald entdeckt und folgten ihnen in einer dichten Meute. »Wer ist das, Kitan?« fragten sie immer wieder, aber der Junge lief schweigend neben Alena her, das Kinn ein wenig angehoben.

Sie wußte nicht, ob sie lächeln oder erröten sollte. Nach dem Glühen im Gesicht und nach den verspannten Wangen zu urteilen, tat sie beides.

Vor einem strohgedeckten Werkschuppen blieben sie stehen. Es war ein Haus ohne Wände; dicke, vom Alter dunkel gewordene Balken stützten an den vier Ecken das Dach, und darunter fanden sich zwei Tische, die bedeckt waren mit Hämmern, Setzeisen, Zangen, Hobeln, Nägelkisten.

Neben dem Schuppen stand ein Boot aus hellem, frischem Holz, der Bug in die Höhe gebogen, der Rumpf bauchig und breit. Einige noch fehlende Planken lagen längsseits des Bootes auf der Erde, und eine dieser Planken war an das Dach des Schuppens gelehnt. Feuer loderte unter der Planke. Wieder und wieder umfaßten die Flammen das Holz, dort, wo Steine es beschwerten, daß es sich unter der Last bog. Die Planke dampfte und zischte. Ein Mann mit knochigen Armen beugte sich über einen Wassereimer, tauchte einen Lederlappen darin ein. Er schlug ihn auf das Holz. Tropfen spritzten weit. Landeten sie im Feuer, strömte es weißen Rauch aus und kauerte sich zusammen, ehe es zu alter Kraft erstarkte.

»Kitan hat eine fremde Frau ins Dorf gebracht«, schrien die Kinder.

Sie hätte erwartet, daß der Mann aufblicken würde, daß er sich die nassen Finger an der Hose trocknete und ihr die Hand darböte. Aber er hielt das Gesicht fest auf die Planke gerichtet, fuhr fort, sie mit dem Leder zu benetzen, ohne sich um Alena zu scheren.

Hatte er die Kinder nicht gehört? Konnte es sein, daß er so sehr in seine Arbeit vertieft war? Selten hatte Alena ein Gesicht gesehen, das soviel Ernst ausdrückte wie dieses. Der Mann war nicht alt, aber die Haut auf seinen Wangen durchzogen tiefe Furchen. Sie schien dünn zu sein, trotz ihrer gesunden Bräune, und lag eng auf den Knochen auf.

Plötzlich fragte er wie beiläufig: »Was will die Frau, Kitan?«

»Sie hat Hunger.«

»Lauf zum Backhaus und gib ihr Brot.«

Das konnte nicht sein. Alena folgte Kitan, während ihr vor Wut die Schläfen brannten. Er hatte sie nicht einmal angesehen. Kamen so oft Fremde hierher, daß sie ihm keinen Blick wert war? In einer Ahnung schaute sie über die Schulter zurück. Da stand der knochige Mann, an einen Pfosten des Werkplatzes gelehnt, und sah ihnen nach.

Rasch blickte Alena wieder nach vorn. Sie lachte in sich hinein. So machte er das also. Er schaute nur, wenn es niemand bemerkte. Wäre sie nicht beobachtet worden, hätte sie gern die Haare hinter die Ohren gestrichen und das Kleid gerichtet.

Alena betrachtete die dicken Stämme, aus denen die Hauswände gezimmert waren. Kalbshäute bespannten die Fenster darin. Neben den Wohnhäusern schwebten Vorratshütten aus Flechtwerk auf Pfeilern von aufgeschichteten Steinen. Gärten lagen rings um das Dorf, Reihen von Stecken, an denen Ackerbohnen sich hinaufrankten, vergilbte Rübenwedel, Hanfbüsche, Gurken. Die Männer und Frauen, die dort arbeiteten, richteten sich auf und gafften. Eine dickleibige Frau grüßte freundlich. Ihr Mund zeigte Zahnlücken.

Es stank nach Fisch. Im ganzen Dorf roch es nach Tang und Fischeingeweiden. Waren an den Häusern dort hinten nicht Netze aufgespannt? Ein silbernes Glitzern zwischen den letzten Hütten gab Antwort: ein weiterer See.

»Zwei Seen habt ihr«, murmelte sie, »so dicht beieinander.«

»Weißt du, wie die Tür zum Backhaus aufgeht?« Kitan griff nach ihrer Hand.

Lächelnd umschloß Alena die Kinderfinger. »Du wirst es mir sicher zeigen.«

Der Junge zog sie zum Eingang eines großen Hauses, das in der Mitte des Dorfes stand und einigen Abstand zu den anderen Häusern hatte. »Schau, wenn du einfach den Riegel anheben willst, hakt er sich fest.« Zum Beweis rüttelte Kitan daran. »Ich kenne aber den Trick«, triumphierte er. »Sieh her!« Er löste sich aus Alenas Hand und schob zwei Finger in eine Öffnung unterhalb des Riegels. »Jetzt läßt er sich ganz leicht bewegen.« Kitan hob ihn an und öffnete die Tür. Die Ehrfurcht, mit der er das Backhaus betrat – zögernde, halbe Schritte –, zeigte, daß er noch nicht häufig hier gewesen sein konnte.

Wann hatte sie eigentlich das bewegliche Holzstück im Riegelkasten von Rethras Backhaus entdeckt? Hatte sie es selbst herausgefunden? Nein, Mstislav hatte es ihr gezeigt in jenen Tagen. Alena preßte die Lippen aufeinander. Sie hatte gedroht, laut zu schreien, als er sich ein Brot unter das Hemd stopfte. Scheinbar traute er ihr den Verrat zu. Unter Flüchen auf das weibliche Geschlecht hatte er es damals zurückgelegt und war hinausgestampft. Mstislav, der vor vier Wochen noch gelebt hatte.

Sie legte Kitan die Hände auf die Schultern und trat hinter ihm in den dunklen Raum. Fenster gab es nicht, nur durch die Türöffnung fiel Licht auf die Regale. Es roch nach warmer Asche und frischem Brot – eine herrliche Luft, die sie tröstete, ihr das Gefühl vermittelte, zu Hause zu sein. Tief atmete sie ein. Brote lagen in langen Ketten auf den Regalen an der Wand, wie die Häuser am Burgwall von Rethra aufgereiht. In der Mitte der Ofen, unförmig, klobig.

Ob es vermessen war, für jeden ein Brot mitzunehmen? Embricho, Brun, Audulf, Tietgaud, Uvelan und sie, das machte sechs der nach Mehl duftenden Fladen. Unter den stauenden Augen des Jungen nahm Alena ein Brot nach dem anderen aus dem Regal.

»Darfst du so viele nehmen?«

»Ich werde deinem Vater erklären, daß ich nicht allein hier bin. Sie sind nicht nur für mich.«

Auf dem Weg zurück zum Werkschuppen bereute Alena ihre Entscheidung bitter. Das Sonnenlicht schien allein auf sie und die Brote herunterzuleuchten. Wie maßlos! sagten die Blicke der Dorfbewohner. Wie sie sie an sich rafft! Frauen schüttelten den Kopf, Männer zogen die Stirn kraus.

Es gab keine Möglichkeit, die vielen Fladen zu verbergen. »Ist nicht für mich«, wollte Alena rufen. Kaum wagte sie es, die Leute anzusehen, so sehr schämte sie sich.

»Wem bringst du denn die Brote?« fragte Kitan.

»Ich reise mit fünf Männern nach Rethra. Sie rasten am See.«

»Soll ich dir tragen helfen?«

Erleichtert gab Alena zwei Brote an den Jungen ab. So sah es schon besser aus.

Sie erreichten den Werkschuppen. »Besten Dank«, sagte sie, hoffte, daß Kitans Vater seine Gewohnheit beibehielt, nicht von der Arbeit aufzublicken. Er hob die Planke aus dem Bereich des Feuers, lehnte sie ein Stück weiter ans Schuppendach. Dann stemmte er die Hände in die Hüfte und sah Alena an. Ihr verlegenes Lächeln fand keine Erwiderung auf seinem Gesicht. Weder schimpfte er, noch schüttelte er den Kopf wie die anderen. Er sah für einige Augenblicke auf die Brote, dann trafen die abweisenden Augen Alenas Gesicht. Schließlich wendete er sich schweigend ab, ging unter das Dach des Schuppens, beugte sich über das Werkzeug.

Alena biß sich auf die Unterlippe. Sie kämpfte mit den Tränen. »Ich kann sie auch wieder zurückbringen«, sagte sie leise.

»Nicht nötig. Wir haben genug.«

»Das ist nicht nur für sie, Vater«, erklärte Kitan. »Sie wohnt mit fünf Männern am See. Darf ich heute nacht bei ihnen schlafen?«

Aus dem Schatten unterhalb des Strohdachs traf sie ein langer Blick. Die Mundwinkel im jung gealterten Gesicht waren voller Verachtung herabgezogen. »Fünf Männer. Waren wohl zu feige, ins Dorf zu kommen? Du sprichst den redarischen Akzent.«

Alena schlug die Lider nieder und blinzelte. Sie wollte nicht, daß der Bootsbauer die Nässe in ihren Augen sah. »Sie wissen nichts vom Dorf. Ich bin deinem Sohn begegnet, als ich auf der Suche nach Eßbarem war. Er hat mich hergeführt.«

»Du dienst ihnen?«

»Ich führe sie. Es sind Fremde, die nach Rethra reisen.«

Als wäre ihm ihr Anblick zuwider, drehte der Bootsbauer Alena den Rücken zu, griff nach einem Hammer und einer Holzschachtel mit Nägeln. Während er zum Bootsrumpf hinübertrat, sagte er: »Kitan, du läßt die Frau in Ruhe. Wir haben unsere Pflicht getan. Sie soll ihrer Wege ziehen.« Mit spitzen Fingern klemmte er sich Nägel zwischen die Lippen. »Kmm her«, preßte er hervor. Ohne den Hammer aus der Hand zu legen, hob er die frische Planke an den Bootsrumpf. »Kmm her, Kitn, hilf mir, die Plnke z hlten.«

Kitan reichte ihr die zwei Brote, stumm.

Als er näher zum Boot trat, schüttelte der Vater den Kopf. Die Nägel ragten wie eiserne Dornen aus seinem Mund. »Nin, nicht drt, mehr m Rnd. In der Mitte ist sie z hiß.«

Wie benommen wendete Alena sich ab. Warum tat ihr die Verachtung dieses Mannes so weh? Weil sie Kitan mochte? Nein, es war nicht Kitan. Der ernsthafte Bootsbauer sollte gut von ihr denken. Konnte sie ihm nicht erklären …? Gern hätte Alena sich umgedreht und ihm vom Ruf nach einem Menschenopfer erzählt, ihm berichtet, wie Mstislav gestorben war und die anderen, wie sie die Franken aus der Obodritenburg gerettet hatte, daß sie Embricho liebte.

Aber sie tat es nicht. Sie folgte dem kaum sichtbaren Pfad, der sie zum See bringen würde. Der Hunger siegte.

Als sie das Ufer erreicht hatte und die ersten Schritte entlang des Schilfes machte, näherten sich leichte Sprünge in ihrem Rücken. Sie drehte sich um und erblickte Kitan, der ihr in langen Sätzen folgte, die Arme in die Luft schleuderte, die Knie so hoch hob, daß Alena in jedem Augenblick erwartete, er würde der Länge nach hinschlagen.

»Ich darf!« rief er. »Ich übernachte bei euch.«

»Bist du dir sicher?«

Kitan erreichte sie und hüpfte im Kreis um sie herum, sich selbst um und um drehend. »Ja. Vater hat es erlaubt. Übernachten wir richtig am See unter freiem Himmel?«

»Ich kann es nicht fassen, daß dein Vater dich gehen läßt. Er hat mir ganz anders geklungen.«

»Bin doch schon groß! Er hat gesagt, ich kann machen, was ich will.«

Log Kitan? Es wäre besser, sie würde mit ihm zurücklaufen und den Bootsbauer fragen. Er war sicher ein Mann, der sehr zornig werden konnte, und er würde alle Schuld auf sie schieben, selbst wenn es Kitan war, der ausgebüchst war. »Kitan, wir gehen zurück und fragen ihn noch einmal, ja?«

»Warum?« Das Springen endete abrupt. Still wie eine Erle stand der Junge, die Augen weit geöffnet, anklagende Trauer darin. »Glaubst du mir nicht?«

»Natürlich glaube ich dir.«

»Aber ihr wollt mich nicht haben. Richtig? Du denkst, die Männer werden mit dir schimpfen, wenn du mich mitbringst.«

»Unsinn!« Alena stellte sich Embrichos Lächeln vor, wenn sie einen süßen Knaben wie Kitan mitbrachte. Und Brot. Er würde Freude in die Runde bringen, Abwechslung. Und wenn er dem Vater entflohen sein sollte – war es denn ein Wunder bei einer derart strengen Behandlung? Er würde kommen und sich seinen Sohn zurückholen müssen. Sie lächelte. »Na los, gehen wir. Aber erschrecke nicht: Die Männer sprechen eine andere Sprache als du. Bis auf einen, der schon recht alt ist, versteht keiner, was du sagst.«

»Eine fremde Sprache? Noch komischer, als die Obodriten reden?«

22. Kapitel

Die Dämmerung kroch aus allen Winkeln des Waldes hervor. Grau kräuselte sich der See, und erste matte Sterne zeigten sich am Himmel. Ein kühler Wind kam auf, es schien, als triebe er die letzten Funken Licht von den Blättern, als schiebe er den Tag vor sich her, dicht hinter sich die Nacht, die einen Schleier auf Bäume, Sträucher, Schilf und Wellen herabsenkte.

»Wir sind gleich da«, sagte Alena. »Siehst du, da vorn ist schon Feuerschein zu sehen.« Rotes Licht schmiegte sich nahe dem Ufer an die Bäume. Sie brachte Brot. Die Franken würden sich freuen, nach so langer Zeit. Und einen Gast brachte sie auch. »Mach dir keine Sorgen, auch wenn du nicht verstehst, was die Männer sagen. Sie sind freundlich.«

»Meinst du, sie schnarchen in der Nacht?« Kitan lachte. »Das wird lustig.«

Das Feuer warf übermenschengroße, zuckende Schatten an die Stämme rings um den Lagerplatz. Bucklige Unholde dort, die Geheimes planten. Rumpelnde, brummende Stimmen. Deutlich hörte Alena Bruns Bärenbaß heraus.

Ein Ast brach unter ihrem Fuß. Augenblicklich war es still.

»Wer ist da?«

Die Männer standen auf, und ihre Schatten wuchsen hoch bis in die Baumkronen.

»Ich bin es, Alena.« Sie trat ins Licht. »Brot habe ich mitgebracht.«

An der Spitze langer Stecken hielten die Franken winzige, silbrige Fischleiber in die Höhe. Der alte Priester saß abseits, so weit, daß das Feuer nur seine Knie beleuchtete und das Gesicht im Dämmerlicht lag. Er hielt etwas Unförmiges, Dunkles in der Hand, eine Wurzel wohl. »Brot!« Es lag großes Begehren in diesem Ausruf der Männer, Erstaunen und Gier in einem.

Lächelnd beugte sich Alena zu Kitan herab. »Siehst du den blonden Hünen? Sei so gut und bring ihm eins von den Broten.«

Plötzlich lagen aller Blicke auf dem Jungen. Alena musterte das Gesicht des Hünen. Sie wartete geduldig darauf, daß es weich werden würde, daß er den Jungen mit Zuneigung ansah und dann vielleicht zu ihr schauen würde, im geheimen Einvernehmen, zusammen einen Sohn wie ihn zu haben. Aber Embrichos Gesicht zeigte keine Spur von Zärtlichkeit. Falten erschienen auf seiner Stirn, Erhebungen, die im Feuerschein schwarze Schattenlinien zeichneten. »Wo kommst du her?« fragte er den Jungen hart.

Ohne eine Antwort hielt ihm Kitan eines der Brote hin und grinste.

Embricho nahm es nicht an. »Rede, Junge.«

»Er kann dich nicht verstehen«, sagte sie. »Habt Ihr Euch nicht gewundert, woher ich die Brote habe? Sie sind aus einem nahegelegenen Dorf, und von dort kommt auch Kitan.«

»Kitan«, wiederholte Embricho hart. Er funkelte den Jungen wütend an. »Wir danken für das Brot. Und jetzt verschwinde.«

Wie redete er mit ihm? Alena wollte hinübergehen und sich zwischen den Jungen und Embricho stellen, wollte ihn in Schutz nehmen vor diesem Angriff.

Kitan grinste weiter. Ohne zu Alena hinüberzusehen, frohlockte er: »Das ist lustig! Der denkt jetzt, er macht mir angst, oder? Und wenn ich weglaufe, lacht er mich aus und versucht mich zu fangen. Aber ich habe keine Angst vor ihm.« Er zog eine Grimasse, blickte ebenfalls düster, während in den Mundwinkeln noch das Kinderlächeln spielte.

Schließlich schnellte die Faust des Jungen vor, um Embricho einen Stoß zu verpassen.

Der Hüne fing die Kinderhand und hielt sie umschlossen.

»Das tut weh!« schrie Kitan. Die Augen aufgerissen, wand er sich im festen Griff Embrichos.

»Sag ihm, er soll aufhören, unverständlich herumzuplappern«, sagte Embricho hart.

Alena stürzte auf die beiden zu. »Laß ihn los!«

Der Hüne gehorchte.

Mit schmerzverzerrtem Gesicht lief Kitan zu Alena. »Warum hat er das getan?« flüsterte der Junge, schmiegte sich an ihr Bein. In seinen Augen lagen Tränenschleier.

Sie nahm den Kopf des Jungen und drückte ihn sanft an sich, streichelte ihm über die Wange. Er zitterte, das war deutlich zu spüren. »Was soll das, Embricho?«

»Genauso kann ich fragen. Was soll das, Alena? Was bringst du ein Kind hierher? Es ist am falschen Ort.«

»Vielleicht hat der Junge mir einfach tragen geholfen. Ist das so schlimm?«

»Schick ihn wieder nach Hause. Mit uns essen kann er nicht. Wir haben nicht genug. Schau dir die kleinen Fische an!« Embricho senkte seinen Stecken, daß der Feuerschein den fingerlangen Fischkörper an seiner Spitze beleuchtete. »Für jeden einen einzigen davon. Weißt du, wie danach mein Bauch knurren wird? Schlimmer als vorher. Und Uvelan hat schon verzichtet, weil es sonst nicht gereicht hätte.«

»Ich habe meine Wurzel«, tönte es aus dem Dunkel. »Nachtkerze.« Der Priester sprach mit vollem Mund. »Verholzt, aber ich bin es zufrieden.«

»Er wird keinen deiner dummen Fische essen. Und ich auch nicht.« Alena warf die Brote neben das Feuer. »Da, nehmt! Eure Dankbarkeit ist wirklich umwerfend. Ich werde mein Brot mit ihm teilen.«

»Soll ich besser nach Hause gehen?« wimmerte der Junge in ihren Schoß.

Sie ging in die Hocke, um auf einer Augenhöhe zu ihm

zu sein. »Nein. So leicht geben wir nicht auf. Jetzt bleibst du hier. Komm, wir suchen uns ein gemütliches Plätzchen, weit weg von diesem törichten Hammel.«

Embricho sog scharf die Luft ein. »Was hast du da mit ihm geredet?«

Sie kehrten dem Hünen auf dem Weg zur anderen Seite des Feuers den Rücken zu, gingen vorbei am offenstehenden Mund Audulfs, an Tietgaud, der sich wieder gesetzt hatte, und ließen sich neben Brun nieder. »Er wird bleiben«, sagte Alena. »Ich schicke ihn nicht in der Nacht durch den Wald.«

Stumm schob Brun einen trockenen Ast ins Feuer. Funken stoben. Manche der kleinen Glutlichter schwebten in die Höhe und taumelten zwischen das Geäst.

In den Flammen knisterte und knackte es. Sie aßen schweigend, schauten in den von Rauch und tanzenden Feuerkörnern durchzogenen Nachthimmel. Nur Brun warf von Zeit zu Zeit verstohlene Blicke auf den Jungen. Die anderen taten, als sei er nicht da.

»Ihr habt also nicht einmal Münzen?« fragte Tietgaud schließlich.

Der Priester rückte ein Stück näher zum Feuer. »Nein, wir bezahlen mit Leinentüchern.«

Enttäuscht verzog Alena das Gesicht. Sie wollten es erscheinen lassen, als setzten sie ihr Gespräch fort. Aber mit Sicherheit hatten sie über anderes gesprochen. Über ihre Pläne in Rethra.

»Das sieht Euch ähnlich. Mit Lumpen Handel zu treiben … Wie wißt Ihr überhaupt, welches Tuch welchen Wert hat?«

»Sie sind gleich groß und aus ungefärbtem Leinen. Einen Schritt lang, einen Schritt breit.«

Alena streichelte Kitans Nacken, ließ die zarten, daunenweichen Haare, die dort wuchsen, durch ihre Finger gleiten. Sie krabbelte mit den Fingerspitzen in den Haarschopf hinauf und rutschte am Hals wieder herab.

Der Junge schloß die Augen. »Das ist schön«, wisperte er.

»Leinentuch. Welcher Schatz!« spottete Tietgaud. »In der Erde verrottet es nach kurzer Zeit.«

»Was nützt uns ein Schatz in der Erde? Habt Ihr kein Vertrauen zu Eurem Gott? Unsere Götter versorgen uns Jahr für Jahr, wir müssen nichts horten. Allenfalls vergraben wir Getreide, wenn eine Übermacht die Flucht notwendig macht.«

»Davon habe ich gehört«, mischte sich Embricho ein. »Ihr brennt dann Euer eigenes Dorf nieder, richtig?«

»Es kommt vor.«

»Warum? Eine Streitmacht wird doch kaum Wohnung beziehen inmitten der Wildnis, und wenn, dann rastet sie für wenige Tage. Ihr tut ihr keinen großen Schaden, wenn Ihr die Häuser zerstört. Für Euch sind sie jedoch verloren.«

»Was wird die Streitmacht tun, wenn sie weiterzieht? Sie werden das Dorf in Brand setzen. Verloren sind die Häuser auf die eine oder die andere Weise. Ihr überseht den feinen Unterschied dazwischen, selbst das Dorf anzuzünden, oder es durch die Feinde vernichtet zu sehen. Es ist eine Frage der Ehre. Dem Angreifer nichts als Asche zu überlassen, beraubt ihn seiner Überlegenheit. Außerdem nehmen die Dorfbewohner in die Wälder mit, was sie nur können: das Vieh, bewegliche Habe, Werkzeuge.«

Tietgaud schüttelte den Kopf. »Es bleibt dabei. Ein Volk, das mit Lumpen bezahlt, eines, das keine Münzen kennt, ist eine Horde von Barbaren, nichts weiter.«

»So?« Alena bemühte sich, leise zu sprechen, um Kitan nicht aufzuschrecken. »Ihr schafft es immer wieder, Eure Unwissenheit zu beweisen. In den Burgen der Slawen häuft man längst persisches, byzantinisches und arabisches Silber an. Und das ist auch den Franken nicht unbekannt. Es erklärt, warum Ihr in den letzten Jahren besonders die Burgen angreift.«

»Für eine Frau weißt du erstaunlich viel«, bemerkte Embricho kühl.

Und du für einen Mann recht wenig, wollte sie erwidern, aber sie schluckte die Worte herunter.

Kitans Kopf sank auf ihren Schoß, seine Hand umfaßte schlaftrunken ihr Bein. Alena hörte ihn tief und lang atmen. Sanft streichelte sie das Gesicht des Jungen.

Tausend feine Nadeln stachen in ihr Gesicht. Tausend Küsse prasselten auf sie nieder, und da war eine zweite, kühle Haut, die auf ihrer lag. Alenas Herz klopfte rascher. Sie schlug die Augen auf. Wassertropfen lösten sich von den Wimpern und zerliefen dicht vor dem Gesicht auf braunem, feuchtem Laub. Ein kühler Wasservorhang strich über den Lagerplatz hinweg. Nieselregen. Er fiel nicht herab, schien vielmehr in der Luft zu stehen und sich auf alles niederzusetzen, das sich bewegte.

Das Wollkleid hing klamm an Alenas Gliedern, und sie fror ein wenig. Dem grauen Licht nach mußte es noch früher Morgen sein. Sie stützte sich auf einen Ellenbogen. Wo war Kitan? Wenn sie sich recht entsann, war er mit dem Kopf auf ihrem Schoß eingeschlafen, und sie war dann zur Seite gesunken.

Bruns mächtiger Körper spannte sich neben ihr auf und sank wieder zusammen, spannte sich auf, sank zusammen. Dort drüben lag Embricho, den Rücken gekrümmt, die Knie herangezogen. Warum hatte ihn der Junge so ärgerlich gemacht? Schlafend sah der Hüne schwach aus, kraftlos. Beinahe hilfebedürftig.

Wo sich das Feuer befunden hatte, lagen schwarze, nasse Äste. Tietgaud und Audulf hatten einander den Rücken zugewendet, als hätten sie sich gestritten.

Ob Kitan schon ins Dorf zurückgekehrt war? Alena erhob sich. Sie fuhr sich mit den Händen über das Gesicht, wischte das Wasser herunter. Was für ein Morgen! Frierend und naß zu erwachen – und doch war sie froh, dem düsteren Reich der Träume entkommen zu sein, Vaters enttäuschtem Gesicht, den nach ihr speienden Volksmassen.

Bemüht, keine lauten Geräusche zu machen, schlurfte Alena in Richtung des Sees. Nur Träume.

Am Stamm einer Grauerle wölbten sich kopfgroße Auswüchse. Feuerwanzen tummelten sich in deren Rindenritzen, Hunderte roter Sechsbeiner. Eine an der anderen hockten die Wanzen in ihren schmalen Gängen, stiegen übereinander hinweg, um bessere Plätze zu ergattern, betasteten mit schmalen Fühlern das nasse Holz.

Ein Schneckenhaus klebte unweit davon an einem Blatt. Makellose, glänzend-braune Windungen, und neben dem Haus das Blatt zur Hälfte abgefressen. Es mußte ein angenehmer, satter Schlaf sein, den die Schnecke schlief: Neues Futter in Reichweite, regelrecht den Mund daran angeschmiegt, und ein Haus bei sich, das Ruhe verhieß.

Alenas Schritte stockten. Am Ufer stand Kitan, und auf seinen Schultern ruhte der Arm des Priesters. Ein feine Spitze bohrte sich tief in ihre Brust. Was tat er da, allein mit dem Jungen? Der Regen hatte die widerspenstigen, grauweißen Haare des Alten besiegt: Sie hingen in kleinen Wellen den Rücken hinunter. Breit spannten sich die Schultern, breiter, als es ihr bisher aufgefallen war. Wo schauten sie hin? Was redeten sie? Er hatte kein Recht, den Jungen anzurühren. Der Junge war ihr gefolgt, er hatte sich zu ihr geflüchtet, als der Hüne ihn anfuhr.

Der Nieselregen wogte auf den See herunter, gewölbte Tücher, die vom Himmel bis zum Wasser reichten. Kleine Kreise waren auf der Oberfläche des Sees zu sehen, unzählig.

Vorsichtige Schritte. Flach atmen. Die Füße nur langsam, zögerlich in das Laub einsinken lassen, prüfen, ob ein Ast darunter verborgen ist, der knacken könnte. Alena schlich sich heran. Sie vernahm die Stimme des Priesters, konnte bald auch einzelne Worte verstehen: »Kranich … fängt sie … Ruf …« Endlich stand sie dicht genug hinter den beiden, um alles zu hören.

»Siehst du die größeren Ringe im Wasser dort hinten?« Uvelan hob den Arm, wies zum See hinaus.

»Ja. Was ist das? Sind da große Tropfen heruntergefallen?«

»Nein. Dort haben Fische nach dem feinen Schauer geschnappt.«

»Aber warum?« Der Junge klang andächtig, ruhig.

Er hatte keine Angst. Gut.

»Sie denken, ein Insekt ist auf das Wasser gefallen.«

»Dabei ist es nur Wasser. Erzählst du weiter vom Kranich? Oder noch besser, von den Bäumen?«

»Svarogh läßt zuerst die Blüten sprießen, damit Bienen und Hummeln sie finden können. Erst dann, wenn der Baum befruchtet ist durch das fleißige Summen und Fliegen der Tiere, stoßen die Blätter durch das Holz.«

»Neue Blätter, meinst du? Die stoßen durch das Holz?«

»Ja, im Frühjahr. Das hast du sicher schon beobachtet. Die Blätter kommen aus den Zweigen heraus, obwohl das Holz wie tot aussieht.«

»Und zuerst kommen die Blüten, weil die Blätter sie sonst verbergen würden?«

»So hätten die Tiere keine Nahrung und die Bäume keine Frucht.«

»Weil die Blüten hinter den Blättern nicht zu sehen wären. Das … hat sich Svarogh ausgedacht?«

»Ja. Alles gibt uns Svarogh durch die Erde. Die Salzsieder schöpfen aus den Salzquellen, die Stellmacher formen das Holz der Bäume zu Rädern und Schlittenkufen, in jedem Hof werden Tonkrüge gebrannt aus dem, was Svarogh in die Erde gelegt hat. Selbst das Eisen gibt er uns. Hast du schon einmal einen Erzklumpen gefunden, der dann vom Schmied –« Uvelan brach ab. »Komm zu uns, Priestertochter.«

Er hatte sie nicht gesehen, er konnte nicht –

Uvelan wiederholte: »Komm zu uns, Priestertochter.« Er hob einladend den Arm, der auf Kitans Schultern gelegen hatte, ohne sich dabei umzuwenden.

Das Blut schoß Alena ins Gesicht. Woher wußte er, daß

sie hinter ihnen stand? Dann traf es sie wie ein Fausthieb in der Magengegend. Wußte er auch vom Menschenopfer? Wußte er, warum sie die Franken ursprünglich nach Rethra hatte führen wollen? Alena keuchte. Sie bekam plötzlich keine Luft mehr. Die Träume in der Nacht ...

Da war die Stimme des Priesters erneut, warm, weich. »Komm zu uns.«

Zögerlich trat sie näher.

Kaum hatte sie sich neben Kitan gestellt, ergriff Uvelan ihre Hand und legte sie dem Jungen um die Schulter.

Hatte er ihren Namen nicht schon bei ihrer ersten Begegnung ausgesprochen? Nein, es war der Name ihres Vaters gewesen. Wie hatte sie die Ehrfurcht vergessen können, die damals Besitz von ihr ergriffen hatte! Es war unklug gewesen, den ersten Empfindungen später zu mißtrauen. Vielleicht hatte sie mit dem Waldherrscher falsch gelegen, aber er war Priester, und er mußte eine starke Verbindung zu den Göttern haben. »Du bist Priester. Verkündet dir Sv... Svarogh seinen Willen? Verkündet er dir Wissen über mich? Woher wußtest du damals ... Du kennst mich, nicht wahr?«

Sie sahen sich nicht an. Alle drei blicken sie auf den grauen See hinaus.

»Ich bin nichts als ein einfacher Mensch.«

»Aber du trägst die Priesterbinde. Außerdem eine silberne Schlange am Arm und ein bronzenes Opfermesser. Du bist kein einfacher Mensch.«

»Nein? Dann bin ich schwächer als das. Als damals mein Vater verbrannt wurde, schwand die Stärke meiner Familie. Der Widerschein des Feuers auf den Gesichtern der Menschen – es war, als würden sie die Flammen mit ihren Blicken entfachen, als würden sie ihn erst wirklich töten. Er war alt geworden, es war niemandes Schuld, daß er starb, aber diese Blicke ... Sie sahen zu, wie er zu Asche zerfiel auf dem Holzhaufen, gafften mit gespielter Würde. Sie sahen zu, und damit töteten sie ihn. Mein Vater war ein starker Mann. Ich bin es nicht. Es ist, als wäre die Kraft mit ihm in die Unterwelt entwichen. Hast du je in einem heiligen Hain geopfert?«

»Nein.« Sie erschauderte. Die warme Schulter des Jungen hob und senkte sich gleichmäßig unter ihrer Hand. Er schien sich nicht zu fürchten. Gern hätte sie ihn an sich gezogen, um einen Halt zu haben, um einen Zipfel seiner Ruhe zu erhaschen.

»Es war unsere Aufgabe, die Kinder des Redariervolkes in Svaroghs Hain zu vermählen, Schutz und Fruchtbarkeit für sie zu erflehen, ihnen Kraft für den Kampf zu geben. Wir haben sie geheilt, haben ihre Brüche geschient, ihr Blut gereinigt. Weiß dein Vater, den Schmerz aus einem Schädel zu befreien, indem er ihn öffnet und wieder zuwachsen läßt?«

»Me... mein Vater?«

»Nevopor. Weiß er die Kraft einzusetzen, die in den Früchten des Spindelbaumes schlummert? Kennt er die heilenden Geheimnisse des Wiesenknöterichs, die Macht der Malve? Weiß er, Salben herzustellen aus dem zäh tropfenden Pech?«

»Ich denke nicht.«

»Die Zeiten haben sich geändert, fürchte ich.« Der Priester sank langsam auf die Knie. Er ächzte dabei wie einer, der nach einem beschwerlichen Tag vom Feld nach Hause kommt und sich am Ofen niederläßt. Neben dem Jungen kauernd, sagte er: »Dort, wo die Wolken die Farbe von schmutziger Milch haben und ihre Bäuche zur Erde herabhängen lassen. Dort regnet es.«

»Ja«, raunte Kitan. »Ich kann den Regen sehen.«

Der Wald verströmte einen Geruch, der Alena das Haus des Böttchers in Rethras Vorburg vor Augen rief. Ein schiefes Vordach, nahe beim Stall, und dort die holzige Nässe, die aus den langen Becken aufstieg, in denen die Dauben für Tonnen und Eimer einweichten. Ein kantiger, harziger Geruch, der sich mit dem strengen Duft von Pferdemist mischte, wenn die Stalltür offenstand.

Plötzlich erschien ihr der Alte nicht mehr als fremd. Vielleicht verkörperte er wirklich das Ende einer starken Zeit, und womöglich trug er Schuld daran; die Schuld trug er mit sich wie einen schweren Stein. »Warum gibt es den Hain nicht mehr?« fragte sie. »Ich hätte davon hören müssen.«

»Es war ein Kampf zwischen den heiligen Bäumen und Quellen, den Opferplätzen im Wald – und Rethra. Viele haben protestiert, als man in Rethra einen Tempel errichtete. Rethra gewann.«

»Es ist nicht allein Rethras Schuld, nicht wahr?«

»Nein. Ich war schwach. In meiner Grausamkeit war ich schwach. Nevopor hat nur den besten Zeitpunkt zu nutzen gewußt. Meinen Vater achtete das Volk als Botschafter der Götter. Als er tot war und als auch mein Bruder starb, erkannte Nevopor die Gunst der Stunde.«

»Warum willst du nach Rethra? Ich meine, warum reist du mit uns? Es muß dich schmerzen, die große Tempelburg zu sehen, die deinen Hain abgelöst hat.«

»Es gibt einen Grund, weshalb mich Svarogh noch nicht sterben lassen hat. Er hat die Macht, zurückzukehren und dieses Hirngespinst Svarožić hinwegzufegen, wie ein Herbststurm die letzten Blätter von den Bäumen pflückt. Das wird er schwerlich tun durch einen Greis wie mich. Aber vielleicht ist es … Ein Gott geht nicht, wenn die Menschen es wünschen. Er geht, wenn er so entscheidet. Und wenn er das Redariervolk verläßt, dann verabschiedet er sich gebührlich.«

Alenas Hals zog sich zusammen. »Du hast kein Recht dazu! Kein Recht, meinen Vater zu strafen, nur weil das Volk nach Rethra strömt und nicht zu den Waldheiligtümern. Und es wird dir nicht gelingen. Er ist stärker, als du meinst.«

»Ich weiß«, hauchte der Alte. »Ich weiß.« Er schwieg eine Weile. »Du liebst Embricho, obwohl dir bewußt ist, daß dein Vater keinen der Franken am Leben lassen wird, wenn wir Rethra erreichen. Warum?«

»Ich … Vater wird …« Der See bebte, wischte zu den Seiten, polterte auf und ab. Alena mußte die Augen schließen.

»Verstehst du? Es ist der Glaube, daß nicht immer das geschieht, was geschehen müßte. Ich fordere Svarogh auf, ein letztes Mal in einem Leben zu handeln. Tut er es, wird Nevopors Frevel brechen wie dünnes Eis.«

»Warum sagst du mir das? Ich werde meinen Vater warnen.«

»Nein. Du wirst ihn nicht warnen, sondern mir helfen. Bald erkennst du, daß ich im Recht bin, und wendest dich voller Haß von deinem Vater ab.«

»Niemals!«

Der Alte lächelte bitter. »Leider kann ich dir das nicht ersparen.«

Hinter ihnen erschollen Schreie. Eine Stimme, die das Endgültige eines Todesurteils in sich trug, rief: »Wo ist mein Sohn?«

»Vater«, wisperte Kitan und klammerte sich an Alenas regennasse Rockfalten.

»Der Dreiköpfige stehe uns bei.« Sie griff den Jungen bei der Hand und zog ihn mit sich. »Schnell!«

Kampfgeräusche rollten den Hang herunter: Ächzen und Brüllen, lautes Fußscharren im Laub. Als Alena und Kitan den Lagerplatz erreichten, erblickten sie die Franken in keuchender Runde, in ihrer Mitte Brun, der den baumdicken Arm um den Hals des Bootsbauers geschlungen hatte. Bruns Pranke krallte sich in das Haar über dem knochigen Gesicht.

»Brich ihm das Genick«, wies ihn Tietgaud an.

»Nein«, rief Alena. »Wartet! Es ist Kitans Vater.«

»Ein Irrer ist es!« Embricho hielt an langem Schaft einen eisernen Hammerkopf in die Höhe. »Damit wollte er uns erschlagen. Er ist ins Lager gestürmt, hat wirr herumgeschrien, unverständliche Worte aus dem rotem Gesicht gekotzt. Hätte Brun ihn nicht von hinten ergriffen – wir lägen alle mit zerschmettertem Kopf herum.«

»Er ist besessen«, raunte Tietgaud. »Die bösen Geister fürchten uns. Sie wollen nicht, daß wir Rethra erreichen. Nun schicken sie ihre kranken Boten aus den Wäldern. Töte ihn, Brun.«

In Alena fauchte Wut auf, weiße Glut, die zischte und ihr durch den Bauch fuhr. Natürlich hatte der Marder für alles eine Erklärung. Die Hände zu Fäusten gekrampft, ging sie auf Brun los: »Du nimmst sofort die Hände von dem Mann, hast du mich verstanden?«

Der Bulle erbleichte. Er lockerte den Arm am Hals des Bootsbauers, ohne ihn ganz zu lösen.

»Bist du taub? Dieser Mann« – fast schlug sie Kitans Vater ins Gesicht – »ist Bootsbauer und der Vater des Jungen, der letzte Nacht bei uns geschlafen hat. Er hat nicht unverständliches Zeug gebrüllt, sondern euch gefragt, wo sein Sohn ist. Ohne daß ihr antworten konntet, weil ihr nur euer kratziges Fränkisch beherrscht und keine anständige Sprache.«

»Niemand geht sein Kind mit so etwas suchen.« Embricho hob den Hammer.

»Das ist sein Werkzeug, und bei allen Geistern, er hätte es eingesetzt, wenn er damit die träfe, die seinem Sohn etwas angetan haben.«

Tietgaud trat zu Alena und Kitan herüber. Er sah den Jungen an, den Mund zu einem strengen Strich verzogen. Die Augen funkelten böse. »Ist das dein Vater?«

Kitan wich zurück, drückte Kopf und Körper gegen Alenas Beine.

»Er fragt, ob es dein Vater ist«, übersetzte sie.

Der Junge nickte.

Der Marder gab Brun einen Wink, und dieser ließ den Bootsbauer los. Kaum hatten sich Bruns Arme gelöst, schnellte der Mann herum und schlug dem Bullen die Faust ins Gesicht. Bruns Kopf wurde zurückgeworfen, er taumelte, hob stöhnend die Hände vor das Haupt. In wilder Entschlossenheit trat Kitans Vater auf Embricho zu und entriß ihm den Hammer. Damit wendete er sich Alena zu. »Eine Räuberbande«, zischte er, »Gesetzlose führst du. Ich weiß nicht, was die in Rethra verloren haben.« Dann rief er laut: »Kitan!«

Mit zögerlichen Schritten näherte sich der Junge.

»Komm.« Der Bootsbauer legte die Hand auf Kitans Nacken und schob ihn vorwärts.

Niemand sprach, während sich die beiden durch den Wald entfernten. Nur Brun ächzte leise. Er betastete seinen rechten Wangenknochen.

»Habe ich nicht gesagt, ein Kind hat hier nichts verloren?« sagte Embricho schließlich. Als er Alenas wütenden Blick bemerkte, zuckte er zusammen. »Der ganze Ärger ...«

»Spürt ihr das auch?« raunte Audulf. Er blickte sich mit großen Augen um, musterte die Bäume, die Sträucher.

Dann sah er Alena an. Die weit geöffneten Augen, das leichte Beben der Nasenspitze – ohne, daß sie es wollte, sprang Audulfs Unruhe auf sie über. »Ich glaube, wir werden beobachtet«, sagte er.

23. Kapitel

»Ins Gebiet der Tollensanen.« Der Bischof hatte sich einen kostbaren Hermelinmantel übergeworfen. Bleich blähte sich sein Hals, während er die sächsischen Laute formte. »Werden wir entdeckt, kann es zu Kämpfen kommen. Laßt keinen am Leben. Rethra darf nicht gewarnt werden.«

Sie standen auf einem kleinen Hügel am westlichen Peeneufer. Einige Schritte entfernt verfolgte Javor mit mißtrauischen Blicken die Unterredung der drei Sachsenführer mit dem fränkischen Bischof.

Kein Wort kam über die Lippen der Sachsen. Sie nickten knapp, schlossen die Schnallen der Schwertgehänge knapper. Dann verwandelten sie sich in düstere Rachegestalten: Einer nach dem anderen stülpte sich einen greulichen Helm über, eiserne Masken, die Augen und Nase in Dämonenfratzen verwandelten. Allein der Mund blieb sichtbar, streng, würdevoll. Durch die Augenlöcher glühten Blicke. Silberbenietete Rundschilde vor der Brust, wandten sie sich um, schritten mit wehenden Mänteln hügelab zum Heer.

»Es sind Adlige«, raunte Altfrid dem Obodritenfürsten in fränkischer Sprache zu. »Haltet Euch bitte zurück in der Art, wie Ihr sie anschaut. Sie sehen Eure Zweifel. Die Waffen der Sachsen sitzen locker.«

Kittel, Beinwickel und Lederkappen tanzten auf der Au. Speere reckten sich in den Himmel und Lanzen in doppelter Mannslänge, Bögen aus Ulmenholz knarrten, während die Schützen die Sehne aus mehrfach gezwirnter gefetteter Hanfschnur aufspannten. Gänsefederpfeile wurden probeweise aufgelegt. Dann kam Bewegung in die Menschenflut. Nach Süden, hatte Javor geraten, um die Furt zu umgehen.

Der fränkische Arm, die unterworfenen Sachsen sendend, hatte sich mit dem obodritischen vereinigt. Zwei Pranken streckten sich nach Rethra aus.

Tropfen lösten sich in der Ferne und in der Nähe von den Ästen und klopften auf den Boden. Die Luft trocknete allmählich. Vereinzelt flöteten Vögel Gesänge, zögerlich.

Für jedes Zucken seiner Finger war Alena dankbar. Embrichos Hand fühlte sich schlaff an, schläfrig. Während Alena von Zeit zu Zeit die Fingerspitzen über die Haut des Hünen strich oder ihn durch einen sanften Druck der Knöchel ihrer Zuneigung versicherte, schien er die Berührung der Hände nur hinzunehmen. Es war ihre Kraft, die die Finger zusammenhielt: Zwar zog er seine nicht zurück, doch sie war sicher, ließe sie die Sehnen locker, so fiele seine Hand heraus aus ihrem Griff.

Der Hüne lachte – ein dunkles Dröhnen aus einem leeren Krug. »Du meinst, dein Vater ist ein echter Griesgram?«

»Nein, kein Griesgram.«

»So ein richtiger mürrischer Isegrimm!« Er lachte wieder.

»Nein, nein, so ist er nicht. Er macht nur ein würdevolles Gesicht. Und er verzieht keine Miene, wenn ihm ein Scherz nicht gefällt.«

»Was recht haufig geschieht, nehme ich an?«

»Nur dann, wenn er übel gelaunt ist. Es ist mitunter so, daß Unachtsamkeiten anderer ihm den Tag verderben, den er geplant hatte, und dann beginnt er, sich zu ärgern.« Der gleiche Mann, dem sie jetzt den Handrücken streichelte, hatte gestern abend Kitan fortgeschickt. Konnte sie jemanden lieben, der in Kindern eine Belästigung sah? Belohnte sie ihn nicht gerade für das ungnädige Handeln? Alena zog an der Hand des Hünen, brachte ihn dazu stehenzubleiben. »Weißt du, daß ich sehr wütend auf dich bin?« Unerbittlich hielt sie ihn mit ihrem Blick fest.

»Wütend?« Embricho lachte. Er löste die Hand aus ihrer

und breitete die Arme aus. »Du gehst mit mir plaudernd und scherzend durch den Wald und bist wütend auf mich?« Sein Mund verzog sich zu einem weiten Grinsen. »Woran zeigt sich das? Und wie zärtlich bist du erst, wenn du *nicht* wütend bist?«

»Das ist nicht lustig. Ich trage den Zorn in mir drin.« Sie tippte auf ihren Bauch. »Dort.«

»Welchen Grund hast du, zornig zu sein?«

»Kitan. Du hast ihn fortgestoßen wie einen Hund. Ein Kind ist er, und du wolltest ihn vertreiben, als wäre er eine Mücke, die deinen Kopf umschwirrt.«

»Ach, daher heulen die Wölfe. Hör zu, ich kann es verstehen, daß dir, einem Weib, beim Anblick eines Kindes das Herz übergeht. Ihr Frauen vergeßt aber die kalte Wirklichkeit, wenn etwas eure Zuneigung erlangt hat. Das Kind hatte nichts an unserem Lagerplatz verloren.«

»Nichts verloren, so. Das Brot durfte es aber verlieren, ja? Dafür war Kitan gut genug – Brot heranzuschaffen für die hungrigen Männer.«

Stumm drehte der Hüne sich um und folgte weiter dem Weg. Alena mußte ihm folgen, wenn sie nicht wie ein geprügeltes Tier stehengelassen werden wollte. Als sie neben Embricho erschien, sagte er, ohne den Blick vom Weg zu nehmen: »Ich weiß gar nicht, was du daran so schlimm findest. Er ist kein Waise, der nicht weiß, wo er zur Nacht den Kopf hinlegen soll. Das hat uns sein Vater heute morgen zur Genüge eingebleut. Hat deine blinde Fürsorge jemandem genützt? Der Junge wird eine Strafe erhalten haben, weil er mit dir gegangen ist, wir sind knapp dem Tode entronnen, und dem Vater hat Brun das Haar büschelweise vom Kopf gerissen. *Das* ist der Grund, warum ich diesen Burschen am Abend nach Hause schicken wollte.«

»Du konntest nicht wissen, daß es so kommen würde.«

»Natürlich nicht. Es war eine Ahnung. Ich habe den Jungen gesehen und gespürt, da kommen Schwierigkeiten auf uns zu.«

»Es ist nicht, daß du Kinder nicht leiden kannst?«

»Nein.«

Behutsam fand das Lächeln zurück auf Alenas Gesicht. Sie fühlte sich leicht – es war, als hätte sie den ganzen Weg eine schwere Kiepe mit Feuerholz auf dem Rücken getragen, und nun war sie fort. Er hatte Kinder gern. Es war alles ein Mißverständnis. Er würde ihren Sohn lieben … ihren gemeinsamen Sohn. »Darf ich dich um etwas bitten?« wisperte sie.

»Was ist es?«

Ihre Hand griff nach seinem Arm, hielt ihn fest, daß er erneut stehenblieb. Sie sah in die tiefblauen Augen, blinzelte zu den Brauen aus goldenen Härchen hinauf, ließ ihren Blick zum Mund des Hünen wandern. »Bitte küß mich.«

Der schmale Mund, eben noch ein Blütenstengel, wurde zum Haar. Embrichos Augen flatterten. Er nahm sie von Alena, sah zur Seite. »Ich … es ist …« Deutlich konnte Alena ihn einatmen hören. »Ich muß dir etwas sagen.« Da waren die Augen wieder, fester nun.

»Was?« fragte sie ohne Ton.

»Es gibt da ein Mädchen – eine Frau inzwischen. Immer vergesse ich, daß sie älter wird, erwachsen.« Embricho lachte mit seltsam verzerrtem Gesicht. Es klang wie ein Husten, nachts, halb unterdrückt, weil man die anderen nicht wecken wollte. »Eine Frau also. Sie hat keine rosigen Wangen so wie du, und es ist auch keine Musik in ihrer Stimme. Ihr Blick, das sind nicht zwei kleine Sonnen, deine Augen sind so, ihre nicht, ihre sind klein und grau. Aber ich verehre sie, und ich bewundere ihre … ihre Kraft. All die harte Arbeit, die sie tut, ohne daran zu zerbrechen und ohne das Lächeln zu verlernen. Es ist kein besonders hübsches Lächeln. Manche würden es vielleicht als häßlich bezeichnen. Für mich ist es wunderschön. Sie vertraut mir. Ich habe ihr Vertrauen enttäuscht, weil ich zugelassen habe, daß – nein, das ist nicht gerecht, es warst ja nicht nur du …

Wir haben uns geküßt, und dadurch habe ich sie enttäuscht. Ich weiß nicht, ob ich zu ihr zurückkehren darf, aber egal, ob sie mich weiter lieben kann: Ich will ihr nicht wieder die Treue brechen.«

Eine andere Frau? Wo kam sie plötzlich her? Alena wollte verständig nicken, wollte Embricho anlächeln, wollte ihre Hand von seinem Arm nehmen und ihm sagen, daß es ihr leid tat, daß sie es nicht gewollt hatte und diese Frau sicher keine Untreue verdient hatte, niemand verdiente Untreue. Aber sie konnte nicht fassen, daß da eine Frau war. Es gab diese Frau nicht. Sie war ein Traum, nichts weiter, sie war da in Embrichos Kopf und nirgends sonst, es war seine Angst, ganz sicher war es seine Angst. »Hast du Angst vor mir?« Alena mußte die Worte durch den Hals pressen. Er war angeschwollen, so fest angespannt, daß es schmerzte.

»Warum fragst du das?«

»Weil du von dieser Frau erzählst. Sie ... sie ist nicht wirklich da.«

»Doch, das ist sie. Es ist die Wahrheit.«

»Du hast keine Angst vor mir, vor dem ... Küssen und den Schwierigkeiten, die es uns einbringen könnte?«

»Nein.«

»Du willst mich nicht, richtig? Deshalb erzählst du mir von dieser Frau. Aber du kannst es mir ruhig sagen, ich bin stark genug. Du hast dich entschieden, daß du mich nicht willst, und weil du nicht weißt, wie du mir das beibringen sollst, hast du diese Frau erfunden.« Es zerriß ihre Brust, das Verlangen, Embricho zu umarmen und ihren Kopf an seine starke Brust zu pressen. Er stand vor ihr, so dicht, daß sie jeden seiner Atemzüge sehen konnte am Körper, der sich hob und senkte. So dicht, daß sie ihn greifen und ihn an sich ziehen konnte. So dicht, daß sie ihn roch, daß sie den Duft von Salz und Eisen auf der Zunge schmeckte, seinen Duft, ihn.

»Alena, bitte.« Sein Blick flehte. Die blonden Brauen stellten sich schräg.

»Du hättest es mir wirklich eher sagen können. Was gefällt dir an mir nicht?« Ein bitterer Geschmack strömte in ihren Mund. Sie löste die Hand von seinem Arm. »Was soll die Frau haben, die du erwählst? Mehr Brustumfang?« Alena sah an sich hinunter. »Breitere Hüften? Paßt dir mein Gesicht nicht? Willst du vollere Lippen? Ich weiß, daß meine Lippen nicht die schönsten sind.«

»O doch, es sind die schönsten!« Der Hüne ging vor ihr in die Knie und griff nach Alenas Händen.

Sie zog sie zurück.

»Du bist wunderschön. Es gibt nichts, was mein Mädchen dir voraus hat. Dein Körper ist der Traum eines jeden Mannes, weißt du das nicht? Deine Wangen lassen die Morgenröte blaß werden, und deine Stimme beschämt die Meistersinger unter den Vögeln. Glaub mir das!« Er weinte. Er weinte! Da waren Tränen, die seine Wangen herunterliefen.

»Warum weinst du?« Tat es ihm leid? Hatte er es nur nicht gewagt, sie zu lieben?

»Es ist furchtbar zu sehen, wie du an dir zweifelst.«

»Küß mich, bitte!«

Da kam er auf Knien an sie herangerutscht, nahm ihren Kopf sanft zwischen die Hände und zog sie zu sich herunter. Die Lippen berührten sich, und Alena fühlte sich geborgen, weil die großen Hände des Hünen sie einhüllten in ein warmes, weiches Nest.

Wieder und wieder küßten sie sich. Alena wollte es zu einem großartigen Erlebnis für ihn machen, wollte, daß er es nicht vergaß, daß es ihn glücklich machte, so daß er sie immer wieder würde küssen wollen. Sie biß ihn zärtlich in die Unterlippe, küßte seine Mundwinkel, rührte ihn mit der Zungenspitze an. Sie küßte fein und wild, langsam und schnell, stieß ihn kurz mit ihren Lippen an, neckte ihn, nahm ihn endlich in einem langen Kuß auf. Die Fingerspitzen, die ihr Gesicht kneteten, zeigten deutlich, daß er alles um sich herum vergaß. Er versank.

Statt sie glücklich zu machen, machte es sie unglücklich.

Je voller Embricho wurde, desto leerer fühlte sie sich. Irgendwann begann sie, ihn zu beobachten: das Gesicht mit den geschlossenen Augen, den Atem, den er keuchend zwischen den Küssen schöpfte, die Schultern, die er emporzog. Trauer ließ sie ruhig werden, kraftlos. Er liebte sie ja nicht. Er war gefangen von ihrem Kuß, aber er liebte sie nicht.

Sie löste sich von ihm. Es dauerte nicht lange, bis sein Blick das wilde Sprühen verlor und Taubheit das Gesicht eroberte. Eine Maske aus Ton, die allmählich abkühlte. Das Zucken um seine Mundwinkel, das Reue verriet, tat ihr weh.

»Wie heißt sie?« fragte Alena.

Der Hüne erhob sich. »Heilwich.«

»Seid ihr den Bund der Ehe eingegangen?«

»Nein.«

»Aber du hast es ihr versprochen.«

»Ja, als wir noch Kinder waren.«

»Siehst du sie oft?«

»Manchmal. Sie ist Leibeigene.«

»Das bedeutet?«

»Sie gehört einem Herrn. Er bestimmt, wen sie heiratet. Die Kinder aus dieser Verbindung gehören genauso dem Herrn.«

Sie setzten wieder Fuß vor Fuß, gingen nebeneinander her in den Karrenrinnen des Weges, wie die Ochsen vor einem Wagen hertrotten. Keiner sah den anderen an.

»Was ist, wenn er nicht dich erwählt?«

»Ich habe bereits mit ihm verhandelt. Ich kaufe sie frei. Wir warten nur noch darauf, daß ich genug Geld zusammenbekomme.«

»Wenn sie nicht gut aussieht, was liebst du dann an ihr?«

Der Hüne schwieg, schien zu überlegen.

Alena mühte sich, einen Schild von dickem, eisenbeschlagenem Holz vor ihr Herz zu heben. Was auch immer er jetzt sagte, es war das, was ihm an ihr fehlte. Es war das, was ihn bewegte, diese Frau über sie zu setzen.

»Heilwich ist treu und geduldig. Sie hätte andere Unfreie heiraten können, aber sie hat sie alle ausgeschlagen, weil sie mir vertraut, obwohl sie weiß, daß ich im Kastell Frauen kennenlerne, die besser gestellt sind als sie. Es ist da etwas ... Sie weiß, daß sie viel wert ist. Es ist eine Art von Stolz, aber ein stiller, ruhiger Stolz, obwohl sie die niedrigste Arbeit verrichten muß.«

Alena raunte: »Und diesen Stolz habe ich nicht?«

»Sicher, auf deine Art hast auch du diesen Stolz. Was Heilwich besonders macht, ist ... Ich glaube, nichts könnte sie brechen.«

»Auch nicht, wenn du sie verwerfen würdest?«

»Das weiß ich nicht. Vielleicht ist es das einzige, das sie brechen könnte. Es würde sie an einer Stelle treffen, die niemand sieht, aber die sehr verwundbar ist.«

Alena konnte nicht sagen, woher es kam, aber plötzlich verachtete sie den Hünen. Sie liebte ihn noch und wollte von ihm gehalten werden, wollte seine Frau sein. Nur kam er ihr mit einemmal schwächer vor, weniger bewunderungswürdig. Sie sah den Schmutz an seinem Hals, die schwarzen Streifen unter den Fingernägeln, roch seinen Atem, der die geräucherten Fische des vergangenen Abends in sich trug. Und diese Frau, Heilwich, die sie nie gesehen hatte, war ihr nahe wie eine Schwester.

»Würde es dir etwas ausmachen, mir, wenn du mich schon nicht liebst, wenigstens Vertrauen zu erweisen? Es ist alles so kalt. Erzähle mir von eurem Plan.«

»Von welchem Plan?« Er wußte es genau.

»Rethra, du weißt, was ich meine.«

»Alena, ich –«

»Entschuldige.« Knapp sägte sie die Worte. »Ich frage nie wieder.«

Geräuschvolles Atmen. Zögerliche Laute. »Es ist ... Rethra hat einen wunden Punkt. Der heidnische Kult, das Machtgebilde, sie sind dort verletzlich, wo sie am stärksten sind. Wenn das Orakel nicht mehr arbeiten kann, wird auch

Rethra untergehen. Und für das Orakel ist die heilige Stute notwendig. Du hast sie mir beschrieben; ein einzigartiges Pferd, nicht zu ersetzen. Ich kann mit Pferden umgehen. Wenn wir die Stute entführen, sind die Götzenpriester entwaffnet. Es ist doch so, oder?«

Alena wollte widersprechen, wollte Dinge vorbringen, die das Vorhaben des Hünen unmöglich machten, aber sie konnte es nicht. Er hatte recht. Er hatte ein Mittel gefunden, Rethra zu verderben.

Alena schien in tiefe Gedanken versunken zu sein. Seit sie mit dem Hünen aus dem Wald wiedergekehrt war, starrte sie vor sich hin, als würde sie betrachten, wie ihre Füße das Kleid vorwärts warfen und wie es zurückschaukelte, nur um erneut vorangeworfen zu werden. Vielleicht stellte sie sich endlich dem Gedanken, daß eine gemeinsame Zukunft mit diesem Franken nicht möglich war. Zeit wurde es, denn warteten nicht ungleich schwerere Erkenntnisse auf sie? Uvelan würde ihr bald die Augen öffnen.

Der Mönch blieb stehen, blickte zu ihm zurück. Er wartete, bis Uvelan ihn eingeholt hatte. »Was könnte Euch bewegen, Svarogh zu verlassen und Euch dem wahren Gott zuzuwenden? Was müßte geschehen?«

»Ihr fragt den Priester Svaroghs!«

»Das weiß ich. Sagt es mir einfach, es können auch große Dinge sein. Ich möchte wissen, worum ich Gott bitten kann.«

»Ihr wollt Euren Gott bitten, etwas zu tun, das mich von Svarogh abbringt? Aber was sollte das sein? Selbst wenn ich ohne Zweifel sehen würde, daß es den Christengott gibt – und ich ahne es bereits, Ihr habt mir Überzeugendes berichtet –, nie könnte ich den Gott meiner Väter verlassen, den, dessen Bote ich bin. Gebt diesen frevelhaften Gedanken auf!«

»Nun, es genügt Gott nicht, daß ein Mensch seine Existenz akzeptiert. Der Allmächtige erwartet völlige Unterwerfung. Er duldet keine anderen Götter, und er duldet keinen Stolz. Bedenkt, wie weit er uns überlegen ist! Wenn wir uns ihm hingeben, wandelt sich sein Zorn in Liebe. Es hat nie ein Mensch bereut, sich Gott unterworfen zu haben. Er beschenkt uns reich.«

»Warum, Tietgaud, legt Ihr solchen Wert darauf, andere zu Eurem Gott zu ziehen? Mit dem gleichen Ziel zieht Ihr nach Rethra und setzt Euer Leben aufs Spiel.«

Der Mönch zwirbelte sich den Flaum auf dem Schädel, strich ihn nachdenklich wieder glatt. »Es sind zwei Dinge, glaube ich. Gott erzieht seine Nachfolger dazu, jeden Menschen zu lieben. Und wen man liebt, den möchte man retten. Wenn Ihr wüßtet, daß ich auf eine Wolfsgrube zulaufe, würdet Ihr mich nicht warnen? Oder wenn Ihr von einem Himbeerstrauch Kenntnis hättet, würdet Ihr Euch den Bauch allein vollschlagen oder würdet Ihr mit uns teilen? Es ist Liebe, zum einen Teil.«

»Dafür, daß Ihr die Menschen aus Liebe zu Eurem Gott ruft, seht Ihr mitunter recht verbissen aus.«

»Möglich. Niemand wird gern zurückgewiesen, wenn er liebt. Und die Liebe kann auch streng sein: Erziehen nicht Eltern ihre Kinder in Strenge, um sie vor Schaden zu bewahren?«

»Das ist wahr.«

»Das zweite ist der Auftrag, den der Herr uns gab. Bevor er seine himmlische Gestalt annahm und zum Vatergott zurückkehrte, befahl er uns, hinzugehen in alle Welt und von ihm zu sprechen. Denn auch er liebt die Menschen, so fehlerhaft sie sind. Er möchte nicht, daß einer verlorengeht. Wißt Ihr, woran ich kürzlich denken mußte? Ihr habt Ähnlichkeit mit einem König vergangener Zeiten. Nebukadnezar hieß er, und der Prophet Daniel deutete ihm, dem damals mächtigsten Mann, einen Traum. Höre, mein König, sagte Daniel, was der höchste Gott über dich beschlossen hat: Man wird dich aus der menschlichen Gemeinschaft ausstoßen, und du mußt unter den Tieren hausen. Du wirst Gras fressen wie ein Rind und naß werden vom Tau. Erst wenn sieben Zeiträume vergangen sind, wirst du erkennen: Der höchste Gott ist Herr über alle Königreiche der Welt. Er vertraut die Herrschaft an, wem er will. Uvelan, ob Ihr es glaubt oder nicht, es ist alles so eingetroffen. Die Schrift sagt über Nebukadnezar, daß er Haare bekam, lang wie Adlerfedern, und Nägel wie Vogelkrallen. Als er den Verstand wiederfand nach langer Zeit, lobte er Gott für seine Gerechtigkeit.«

Der helle Schrei eines Pferdes zerriß die Luft. Ein zweites Pferd wieherte. Innerhalb von Augenblicken waren Alena, Uvelan und die Franken vom Weg gesprungen. Sie versammelten sich hinter einem Bocksbeerenstrauch, duckten sich hinter die mit ledrigen Blättern und schwarzen Beeren besetzten Zweige.

»Habe ich es nicht gesagt?« wisperte Audulf. »Schon heute morgen wußte ich, daß wir beobachtet werden.«

Der Hüne raunte: »Kein Hufschlag. Sie stehen. Es kann nicht weit sein.«

»Sie warten auf uns.« Mit dünnem Finger zeigte Audulf durch den Busch. »Von dort ist es gekommen. Den Weg hinunter. Sie warten darauf, daß wir ihnen in die Arme laufen.«

Tietgaud streckte die Schultern und trat neben den Busch. »Was nützt es, wenn wir uns verstecken? Wir wollen Rethra nicht überfallen, wir wollen als Gäste empfangen werden. Also sollten wir auch wie Gäste dorthin reisen.« Gedankenverloren hob er das silberne Kreuz von seiner Brust und rieb es zwischen Daumen und Zeigefinger. »Es sind nicht mehr unsere Waffen, die uns schützen, sondern die lebendigen Engel des Herrn.«

Versuchte er, seine Männer zu stärken? Auch Uvelan trat aus der Deckung heraus. »Glaubt Ihr das wirklich, Tietgaud? Schutzgeister wachen über uns?«

Der Mönch sah ihn an, und die dunklen Augen funkelten sanft. Sie glänzten wie Schmetterlingsflügel. »Ja, das glaube ich.«

Unvermittelt lachte Alena auf. »Wißt Ihr, wo wir sind?

Seht Ihr das helle Holz durch die Bäume scheinen? Das ist die neue Brücke. Und das Pferdewiehern rührte von den Tieren der Wache. Hier endet das Gebiet der Tollensanen.«

»Das bedeutet?« Der Mönch kniff mißtrauisch die Augen zusammen.

»Folgt mir.« Mit den leichten Schritten der Heimkehrerin eilte Alena voran. Bald brach Licht durch die Bäume, blendender Tagesschein, und Flecken blütenblauen Himmels zeigten sich zwischen weißen Wolkenhaufen. Der Wald machte einer abschüssigen Heide Platz. Dort, wo die Karrenspuren hinab an den tiefsten Punkt der Heide reichten, spannte sich eine Brücke aus hellen Balken über einen Fluß. Drei Häuser hockten nahe der Brücke im Grün, und in ihrem Schatten grasten Pferde. »Kommt, gehen wir!«

Es roch nach feuchtem Stroh, und von den Dächern der Häuser dampfte es. Die Pferde hoben die Köpfe. Leise gurgelte der Fluß.

Am Beginn der Brücke sprang ein Schatten auf, zerrte an dem Seil, das ihn am Hals festhielt. Der Schatten fletschte die Zähne, sprang hierhin und dorthin, immer zurückgerissen im halben Satz. Wütendes Gebell hallte vom Waldrand wider.

»Nette Begrüßung«, murrte Embricho. Alena ließ sich nicht beirren. Sie lief auf den Schatten zu, als wollte sie ihn umarmen.

In einem der Häuser gab die Tür ein schwarzes Loch frei, und es bückte sich ein Mann hindurch, in der Hand den Schaft einer Axt. Ein weiterer folgte. Noch einer.

Alenas Schritte wurden kleiner.

Einer der Männer – er trug einen buschigen Schnauzbart –, beugte sich zum Hund herab, und augenblicklich verstummte dieser. Die drei setzten vor der Brücke ihre Axtschäfte auf den Boden auf und stellten sich mitten in den Weg.

»Was wird das?« raunte der Mönch. »Wohnt hier das Raubgesinde in festen Häusern am Wegrand?«

»Laßt mich reden.« Alena warf den Franken einen strengen Blick zu. »Kein Wort von Euch. Verstanden?« Dann wendete sie sich in slawischer Sprache an die Bewaffneten. »Wir sind keine Händler. Laßt uns passieren.«

Die Gesichter der drei regten sich nicht.

»Habt ihr nicht gehört?«

»Weib«, dröhnte es schließlich unter dem Schnauzbart hervor, »ich sehe fünf Männer. Was erdreistest du dich und sprichst?«

Ohne einen Laut öffnete die Priestertochter den Mund und schloß ihn wieder.

Uvelan sah die Franken Blicke tauschen, den Fährtenleser Handzeichen geben zum Wald hin. Er rührte kurz mit zwei Fingern an die Priesterbinde auf seiner Stirn, rückte das Schlangenarmband zurecht. Mit gemessenen Schritten trat er zwischen Alena und die drei Männer. »Ich erinnere mich an Zeiten«, begann er, »als hier noch keine Brücke stand. Eine Furt war es, die die Möglichkeit bot, ohne Wegegeld den Fluß zu überqueren.«

»Diese Zeiten sind vorbei.«

»Was verlangt ihr?«

»Den hundertsten Teil dessen, was ihr mit euch tragt, als Brückenzoll.«

»Wir sind keine Kaufleute. Seht ihr irgendwo einen Karren oder einen schwerbeladenen Esel?«

Der Schnauzbart entblößte gelbe Zähne. »Einen Esel sehe ich schon. Ob er schwer beladen ist, weiß ich nicht zu sagen.« Die Schultern seiner Gefährten zuckten in unterdrücktem Lachen.

Uvelan stand schweigend, wartete. »Weißt du«, sagte er endlich mit wohlgewogenen, schweren Worten, »wen du vor dir hast?«

»Es ist unentschuldbar. Nein.«

»Ich bin Uvelan, ein Freund König Cealadrags. Wollt ihr den Herrn der Tollensanen, Zirzipanen, Kessiner und Redarier erzürnen?«

Nun lachten sie aus vollem Halse. Es klang wie eine Folge von Rülpsern, unterbrochen von hohen Winseltönen. »Cealadrag!«

»Alter Mann, du bist der Freund des Königs? Hätten wir das gewußt!«

»Vergib uns.«

Sie verneigten sich in weit ausholenden Gesten.

Uvelan biß die Zähne aufeinander. Das Hämmern an seinen Schläfen verstärkte sich. »Ihr spottet?« knurrte er.

»Du drohst uns mit einem Geist«, rief der Schnauzbärtige. »Wie lange ist Cealadrag tot und der Bund zerfallen?«

Was war diese Welt noch wert? Cealadrag ... Wie mochte er gestorben sein? Fein, sie wollten einen Geist? Den mächtigsten sollten sie erhalten. Uvelan tat es langsam, ohne Eile. Fingerbreit um Fingerbreit hob er die Arme, streckte sie vom Körper aus, bis sie sich weit zu beiden Seiten spannten. Er holte tief Luft. »Und was ist«, brüllte er, »mit Svarogh?«

Die Männer erbleichten. Ihre Unterlippen begannen zu beben. Wie Träumende ergriffen sie ihre Äxte, taumelten zur Brücke zurück. Schreckgeweiteten Auges blickten sie zum Himmel hinauf, duckten sich in Erwartung einer Strafe, keuchten Unverständliches.

Uvelan trat auf die Brücke zu. »Ist Svarogh ebenso tot? Ihr habt ihn vergessen, nicht wahr? Aber er kehrt zurück.«

»Die Priesterbinde«, stammelte der Bärtige. »Wer bist du?«

»Ich bin Svaroghs Priester.« Uvelan drehte sich zu den Franken um und machte ihnen ein Zeichen, ihm zu folgen.

»Das kann nicht sein. Es ist verboten, den Namen dieses Gottes zu nennen.«

»Lange genug war es verboten.«

»Was will er? Was will Sv... Svarogh?«

»Er will Rache.«

24. Kapitel

Kurz vor Sonnenaufgang, der Himmel im ersten Tageslicht. Kreischen von Frauen und Kindern. Todesschreie der Männer. Ohne Vorwarnung brach das Unheil herein: Während ein Köhler brüllend zwischen die Häuser stürmte, surrten bereits Pfeile, bohrten sich in die Körper der Dorfbewohner wie in des Jägers Beute. Von zwei Seiten schwemmten Krieger aus dem Wald, Obodriten von der Bachseite, die langen Äxte schwingend, und von der anderen Seite Fremde. Die Unbekannten hieben mit Kurzschwertern drein und spießten jeden Widerstand auf Speere. Ein Schlachten war es, ein Sterben der fünfzig Dörfler innerhalb der Zeit eines Gebetes.

»Es sind Sachsen«, raunte der alte Zupan seinem Sohn zu. Sie hockten in einem Kornspeicher, hatten nach der regnerischen Nacht prüfen wollen, ob Feuchtigkeit den einjährigen Roggen bedrohte. »Die kurzen Schwerter, sie nennen es das Sax. Obodriten und Sachsen. Die Erzfeinde vereint.«

Ein Dorfbewohner zündete seine Vorratshütte an, dort, wo das Flechtwerk unter dem regentriefenden Dach trocken geblieben war. Eine schreckliche Eisenmaske bellte Befehle, und augenblicklich ließen einige Sachsen die Waffen fallen, streiften sich die Kittel vom Leib und eilten zum Bach. Mit nassen Kleidern kehrten sie wieder, schlugen damit die Flammen aus.

»Warum tun sie das, Vater? Wollen sie unsere Vorräte?«

»Sie löschen den Brand«, murmelte der Zupan. »Sie machen keine Gefangenen.« Er riß die Augen auf. »Dann geht es gegen Rethra. Fliehe, lauf, Bursche! Du mußt die Priester warnen. Auf der Schafweide steht unser Pferd. Bis dahin mußt du es schaffen!«

Er spähte dem Jungen nach, sah ihn Haken schlagen, vornübergebeugt laufen, voranjagen. Die Eisenmaske brüllte etwas. Am Waldrand spannten fünf Sachsen die Bögen. Pfeile summten.

Sie lag auf einer Wiese, kein Wald weit und breit. Grashalme kitzelten die Ohren, schmiegten sich an die Hände an und fügten sich als weiches Bett unter den Körper. Über ihr spannte sich der Himmel im hellen Grün junger Blätter auf – das hohe, luftige Dach der Welt.

Ein Windhauch brachte angenehme Kühlung. Es war still, nur der Wind säuselte leise.

Alena verspürte keine Lust zu singen, obwohl hundert Lieder in ihrer Kehle lebten. Sie lächelte nicht, aber ihre Haut glühte vor Glück. Wo bist du, mein Sohn? dachte sie und schloß die Augen. Und dann konnte sie seine Hand auf dem Gesicht spüren, die kleinen Finger. Ruhig lagen sie da, ein weiches, zärtliches Gewicht auf ihrer Wange.

»Alena.« – Das war nicht ihr Sohn. Ein Mann war es, der halb flüsterte, halb raunte. Die Wiese geriet in Bewegung, hob sich, wälzte Hügel auf, schob Alena voran und ließ sie tanzen, wie die Wellen ein Stück Holz auf einem See umherschaukeln. Die Grashalme zogen sich in die Erde zurück. Unter Alenas Rücken härtete sich der Boden, es waren keine weichen Gräser mehr, die sich an ihre Hände fügten, sondern harte Zweige und trockenes Laub.

Plötzlich erstarrte alles, erkaltete. Was blieb, war der Wind und die Hand auf ihrem Gesicht, eine Hand, die sie sanft streichelte. Es mußte Morgen sein. Alena getraute sich nicht, die Augen zu öffnen.

Sie fühlte den Finger, der dem Nasenrücken folgte, atmete die Hand ein, die über die Wange strich. Daumen fuhren zärtlich über die Stirn, Fingerspitzen strichen Haarsträhnen aus den Augen. Das Gesicht diesen Händen entgegenzustrecken! Sie mit den Lippen zu berühren, sie zwischen die Zähne zu nehmen, sich in ihnen zu vergraben! Alena erbebte, wagte nicht, sich zu rühren. Ihr Atem beschleunigte sich.

»Ich komme zurück«, raunte die Stimme. Die Hände entfernten sich, Kniegelenke knackten, ein Körper beschwerte den Waldboden. Schritte.

Sie kniff die Augen zusammen, fest entschlossen, es nicht enden zu lassen. Solange sie Embricho nicht ansah, würde er sie lieben, würde er keine Gewissensbisse haben wegen Heilwich.

Lange wartete sie. Es blieb still.

Jemand stöhnte. Von der anderen Seite war ein geräuschvolles Gähnen zu hören. Audulfs Stimme bellte in den Morgen hinein: »Unechte Eulenrufe! Ich sage es Euch, wir werden verfolgt, und sie verständigen sich mit Vogelstimmen. Es ist ein Unterschied, ob es *Huuuu* geht oder *Chrüüüü*, ich höre so etwas.«

Brun grunzte ein Lachen. »Und weshalb verfolgen sie uns, du Fürchteviel?«

»Ich weiß es nicht. Aber sagt, Tietgaud, habt Ihr es nicht gehört?«

»Nein. Ihr träumt, nichts weiter. Laßt doch die Eulen rufen wie sie mögen.«

Es half nichts, die Hände würden so bald nicht wieder ihr Gesicht berühren. Sie drückte sich auf die Ellenbogen hoch und sah um sich. An einem Baum stand er, ein Stück abseits vom Lager. Sie hörte Embrichos Wasser auf den Baum treffen, hörte, wie das Rauschen zunahm, wie es sich in ein Zischen verwandelte und wieder abebbte. Tropfen zerplatzten geräuschvoll auf dem laubbedeckten Boden. Der Hüne zog sich die Hose zurecht, drehte sich um. Er würdigte Alena keines Blickes. Wollte er es verbergen vor den anderen? Sie lächelte.

Was war das auf ihrem Bauch? Ein dunkles Stück Leder lag dort, und etwas zappelte darunter. Mühsam kroch ein

Schmetterling hervor, die Flügel sonnengelb, feine rötliche Punkte darauf. Er klappte die Flügel auseinander und zusammen, krabbelte einige Schritte, dann erhob er sich taumelnd in die Luft und flatterte hinauf zwischen die Bäume.

Alena stand der Mund offen. Wer hatte so etwas je gehört! Welche Liebesgabe ... Der Atem stockte ihr, sie wollte lachen vor Freude. Irgendwo zwischen den Baumkronen verlor sie den gelben Falter aus den Augen.

»Schaut Euch das an«, sagte Tietgaud. »Alena hat einen Schmetterling geboren.«

Sie sah zu Embricho hinüber. Warum war er so blaß?

»Ich glaube, das ist ein gutes Zeichen«, wisperte Audulf. »Unsere Verfolger werden uns nicht schaden können.«

Tietgaud wischte Audulfs Bemerkung mit der flachen Hand fort. »Versammelt Euch zum Morgengebet.« Ohne die Zustimmung der anderen abzuwarten, sank der Mönch auf die Knie. Er ließ die gefalteten Hände in den Schoß sinken, starrte vor sich hin.

Brun folgte ihm zuerst, dann, nach einigen reglosen Augenblicken, Audulf. Zuletzt kniete sich Embricho nieder. Der Blick des Mönchs trat in Alenas Gesicht.

Sie ließ sich neben dem Hünen nieder. Während die Franken die Augen schlossen, hielt sie ihre offen und sah in die ernsten Gesichter. Auf der Stirn des Mönchs zeigten sich Falten, gestapelt wie Tücher.

Zuerst betete Embricho: »Einen Pflug will ich mit der Linken halten und einen Stock mit der Rechten, Herr, um die Ochsen anzutreiben, wenn sie müde werden. Ich will mit diesen Händen ein Sätuch über der Schulter zusammenknoten, und mit den gleichen Händen will ich in hohem Schwung die Körner ausstreuen. Ich bin nicht bereit, sie auf einem heidnischen Altar zu verlieren. Errette uns!«

»Herr Jesus, unser Erlöser und Retter«, sagte der Mönch, »du kennst mich, seit ich aus dem Leib meiner Mutter in die Hände der Ammen glitt. Ich habe mich vom Reichtum, vom Wohlbehagen an Vaters Hof nicht beeindrucken lassen, habe ihn bestürmt, mich nach Corbeia Nova gehen zu lassen. Du hast mein Leben bewahrt und begleitet, all die Jahre im Kloster und auf den Reisen im Auftrag des Abtes. Nun knie ich hier in den Wäldern der wendischen Barbaren, im Glauben, deinem Willen zu folgen. Vielleicht hast du längst andere Pläne, und ich bin nichts als ein Waffenträger, der über das Schlachtfeld irrt und seinen Herrn sucht. Vielleicht bin ich zu bedeutungslos, um aufgehalten zu werden, und zu schwach, um deinen Plänen zu nützen. Auch die Leben der Menschen um mich herum kennst du: Embricho, Brun, Audulf, …« Er stockte. »Alena. Wenn du es willst, kannst du uns durch Mauern in die Feste Rethra hineinführen. Wenn du es willst, kannst du verhindern, daß die Teufelspriester uns ihren Götzen opfern. Bewahre uns. Amen.«

»Amen«, ertönte es aus den Kehlen der anderen Franken.

»Kyrie«, sang der Mönch. *»rex genitor ingenite …«* Er stimmte die Töne lange an, und wanderte mit ihnen eine Treppe hinab, Ton für Ton. *»… vera essentia …«* Einen Augenblick hob er noch einmal die Stimme, stieg eine Winzigkeit hinauf: *»Eleyson.«* Dann brach er ab.

Die Franken antworteten mit der gleichen Melodie.

Tietgaud sang: *»Kyrie, luminis fons rerumque conditor, eleyson.«*

Die Franken antworteten. Bruns Stimme dröhnte, die Melodie Audulfs schepperte. Embricho bildete die Töne tief in der Kehle. Der Gesang hallte in den Wald hinein.

Langsam tastete sich Alenas Hand voran, schob sich unter Embrichos Arm und sank auf sein Bein herab. Die Wärme des fremden Körpers drang tief in ihre Finger ein.

Die Melodie des Hünen stolperte. Er riß die Augen auf, schloß sie wieder. Mit einem festen Griff schob er Alenas Hand fort.

Der Mönch war an der Reihe. Er sang: *»Kyrie, qui nos tuæ imaginis …«*

Lächelnd legte Alena ihre Finger ein wenig höher den Oberschenkel hinauf zur Ruhe.

»Was tust du da«, zischte Embricho und schüttelte sie ab. *»Kyrie, qui nos tuæ imaginis signasti specie, eleyson«*, intonierte er.

Alena flüsterte: »Warum hast du mich gestreichelt heute morgen?«

»Ich habe dich nicht gestreichelt.«

»Es war sehr schön.«

»Vielleicht hast du geträumt.« Der Hüne holte tief Luft, sang etwas lauter: *»Christe, Dei forma humana particeps, eleyson.«*

»Was ist los mit dir? Den gelben Schmetterling habe ich sicher nicht geträumt. Den haben die anderen auch gesehen.«

»Christe, lux oriens per quem sunt omnia, eleyson.«

»Und die Eulenfeder, und die rundgeschliffenen Steine?«

»Nicht von mir. *Christe, qui perfecta es sapientia, eleyson.«*

»Das stimmt nicht. Woher sollen sie sonst sein?«

»Kyrie, spiritus vivifice, vitæ vis, eleyson.«

»Du lügst mich an. Warum tust du das?«

»Kyrie, utriqusque vapor in quo cuncta, eleyson.«

Alena erhob sich.

»Kyrie, expurgator scelerum et largitor gratitæ«, sang Embricho.

Was hatte sie hier getan? Mit Christen auf dem Waldboden gekniet, zu einem fremden Gott gebetet, gebilligt, daß sie ihm fremdartige Gesänge weihten ... Alena fühlte plötzlich Ekel in sich aufsteigen, Abscheu für die Franken. Sie haßte diesen seltsamen Glauben. Im Kopf donnerte es, Hammerschläge, schweres, ohrenzerreißendes Dröhnen. Kälte zog ihr über das Gesicht, die Nase fror, und die Augen waren wie in weiches Fell gebettet. Sie warf sich herum und rannte.

Bäume jagten an ihr vorüber, sie sprang, warf sich vorwärts, stürmte, nur fort, fort ...

Weit kam sie nicht.

Ein fester Schlag traf sie im Gesicht, als wäre sie gegen

eine Mauer geprallt. Dann preßte sich eine Hand auf ihren Mund. Der Geschmack von Schweiß: Saures Stechen, das zwischen die Lippen drang.

Sie schrie. Nichts als ein leiser, tierischer Ton bildete sich hinter der Hand.

Etwas blitzte auf, dann spürte sie kühles Eisen am Hals. Jemand drückte die Schneide eines Dolches gegen Alenas Haut.

»Schweig still, hörst du?«

Sie gefror, versuchte, ruhig zu atmen. Die Gedanken zerstoben wie ein aufgeschrecktes Rudel Rehe, jagten hangauf, hangab, schlugen Haken. Das Messer hatte Embricho an sich genommen. Die Schere. Die Schere war ihre letzte Rettung. Vorsichtig tastete Alena nach dem Beutel an ihrem Gürtel. Das Wollknäuel konnte sie fühlen und die Knochennadel. Die Schere fehlte. Wann hatte sie sie verloren?

Die kalte Klinge schabte leicht am Hals herauf. »Keine Dummheiten, verstanden?«

Am Boden neben dem nächsten Baum bewegte sich etwas. Ein Mann kauerte dicht am Stamm und band ein Hanfseil zur Schlinge. Dort, hinter dem Busch, lag da nicht auch einer im Laub? Der, der sie hielt, war nicht der einzige, der sich hier verborgen hatte.

Leise wehten die Klänge von Tietgauds Stimme herüber: *»… o consolator dolentis animæ, eleyson.«*

25. Kapitel

Leises Säuseln zog durch das Schilf. Die Halme flüsterten. Ruhig lag der See, wellenlos, nur ein zartes Lichtspiel glänzte darauf. Uvelan erklomm einen großen Stein am Ufer und setzte sich. Ein Bein schlug er unter, das andere ließ er am Stein hinabhängen. Nichts hatte sich verändert hier. Teichhühner riefen ihr sanftes *Kurr*, nickten beim Schwimmen mit den Köpfen, über dem Schnabel die rote Stirnblesse, die sie ein wenig schüchtern erscheinen ließ, als sei ihnen bewußt, daß sie einen bedeutsamen Ort bewohnten. Wieder das Säuseln, der leichte Wind.

»Wundert ihr euch, Vily?« sagte Uvelan, zu den wogenden Schilfhalmen gewandt. »Erkennt ihr mich nicht mehr? Ich bin alt geworden.«

Er löste den Gürtel und zog sich die abgewetzten Kleider vom Leib. Das Messer, die Schere, den Lederbeutel – alles wickelte er in den Rock ein und schob ihn in die Mitte des Steines. Dann kletterte er auf der Seeseite hinunter und glitt ins Wasser. Langsam und andächtig waren seine Bewegungen. Er spielte nicht, schlug keine Wogen. Mit ernstem Gesicht tauchte er unter. Das kalte Wasser biß in die Haut, trotzdem wusch er sich gründlich, rieb über die Arme, den Nacken, die Brust. Er fuhr sich mit den Fingern durch die Haarmähne und zerrte Kletten heraus, kleine Zweige und Blattstückchen. Genauso kämmte er seinen Bart. Immer wieder warf er sich mit hohlen Händen Wasser ins Gesicht, bis er keinen Schmutz mehr fühlen konnte.

Ein Haubentaucher hielt sich in scheuer Entfernung am anderen Ende des Sees. Er beobachtete schweigend, wie sich Uvelan wusch; weise blickten die Vogelaugen über dem rostbraun eingefärbten Backenbart zu ihm herüber.

Als Uvelan wieder ans Ufer kletterte, zitterten seine Beine. Ohne es zu beachten, zog er sich an. Er setzte sich auf den Stein, nahm Alenas Schere und schnitt sich die Fingernägel. Jedes Körnchen Dreck entfernte er unter den gekürzten Nägeln, bis sie weiß waren wie Schwanenfedern.

Nachdem er die Schere weggelegt hatte, öffnete er den brüchigen Lederbeutel und zog den Schlangenarmreif heraus. An der Wasserfläche des Sees kniete er sich nieder und reinigte die Schlange, bis das weiße Silber frei von Verunreinigungen war und jeder dunkle Fleck aus den Mustern wich, die den Schlangenkörper bedeckten. Indem er es durch einen Rockzipfel zog, rieb er das Schmuckstück trocken. Dann schob er sich die Schlange über die linke Hand. Sie schmiegte sich wie ein lebendes Tier um seinen Unterarm, der Schwanz auf der Außenseite des Armes, der Kopf an das innere Handgelenk gelehnt.

Erneut griff er in den Lederbeutel. Er löste das rotsilberne Messer aus der Scheide und tauchte es wie die Schlange ins Wasser, um es zu waschen. Hell blinkten die Reihen feiner Dreiecke auf dem Griff, und die Symbole im Zentrum, die kreuzförmigen Blüten, warfen Lichtmuster auf den Sandboden unter der Wasserfläche. Uvelan wischte das Bronzemesser trocken, schob es zurück in die Scheide und befestigte es an seinem Gürtel.

Schließlich erhob er sich und blickte über den See hinweg in den dahinterliegenden Wald. Ohne daß er zum Beutel sah, langten seine Hände hinein und zogen das Stirnband heraus. Das grüne, mit weißen Stickereien verzierte Leinen legte er um seine Stirn und verknotete es am Hinterkopf. Er hielt die Lippen geschlossen, atmete tief und ruhig. Keinen Blick sandte er zurück zum Beutel und zur Schere, die auf dem Stein liegenblieben; er ging mit gemessenen Schritten in den Wald, die Ruhe des Wanderers in sich, der sein Ziel kennt.

Niemand würde es gewagt haben, den Zaun abzubrechen. Svarogh hätte sie auf der Stelle erschlagen. Der Zaun würde noch stehen wie damals, und die heiligen Eichen würden ihre Äste in den Himmel strecken, wie es immer gewesen war.

Als Uvelan einen Teil des hüfthohen Zaunes zwischen den Bäumen sah, beschleunigte sich sein Atem. Die Anhöhe lag vor ihm, der Hügel der Geister, der Ort, den die Redarier gefürchtet und die Stämme des Weletenbundes verehrt hatten, das Zentrum eines heiligen Waldes, das Herz des Glaubens Tausender. Hier waren die wichtigsten, dauerhaftesten Ehen geschlossen worden, hier hatten sie Rat eingeholt, Svarogh geopfert, um eine gute Ernte gebeten, die Stürme besänftigt oder sie gerufen.

Uvelan hörte den Wald rauschen, lauter, rasender. Er hörte die Äste knacken in den Baumkronen, spürte den Boden unter seinen Füßen beben. Er hörte das Wispern der Geister, das Rufen der Tiere. Da. Der Zaun war eingebrochen, die Latten morsch zerfallen. Junge Sträucher wucherten am heiligen Ort, Pilze sprossen, tote Äste bedeckten die Opferstelle. Aber die Geister waren noch da. Die vier Eichen standen stark und unnahbar, verbanden die Erde mit dem Himmel.

Tief neigte Uvelan sein Haupt vor jedem der Bäume, bevor er sich näherte. Er betrat den heiligen Platz dort, wo eine der beiden Pforten gestanden hatte. »Ihr Geister«, rief er, »die ihr in den Bäumen lebt: Tragt meine Worte zu Svarogh, fleht ihn für mich an, daß er mich hören möge.« Es war seine Stimme, der alte, kräftige Ton. Friede floß durch seinen Körper, hinter der Stirn nahm er seinen Anfang und erfüllte ihn bis zu den Fersen und bis in die Hände.

»O Gott des Himmels«, sagte er schließlich, »der du der Erde befiehlst, Heilkräuter hervorzubringen und Korn, um uns zu ernähren! Du hältst die Fische am Zügel, die die Erdscheibe tragen; wenn du es willst, regen sie sich und die Erde bebt. Nach deiner Entscheidung spenden sie uns feuchte oder trockene Jahre. Du Höchster der Götter, Verteiler des Reichtums, warum hast du Nevopor stark gemacht und mich vernichtet?«

Zu beiden Seiten hob Uvelan die Arme in die Höhe, reckte die Hände zum Himmel empor und legte den Kopf in den Nacken. »Gott des himmlischen Feuers, aus dem alles entstanden ist, sie haben dir einen Sohn angedichtet, während ich schlief. Ich hätte dich verteidigt, hätte verhindert, daß dein Name verboten wird. Du hast uns die Gesetze gegeben und das Feuer. Du bist der strahlende Himmel. Du bist das Licht. Ach, Himmelsschmied, Geber allen Lebens, warum hast du mich von dir geschleudert? Habe ich dir nicht gedient, wie du es wünschtest?«

Langsam senkte Uvelan die Arme wieder. »Was ist geschehen? Den heiligen Ort läßt du verrotten.« Er sah auf die modernden, über den Boden verteilten Zaunlatten. »Was ist mit den reich verzierten Pforten? Was mit der Unendlichkeit der Eichen, in denen die mächtigen Geister wohnen? Wolltest du sie nicht mehr schützen? So oft haben an diesem heiligen Ort Verfolgte Zuflucht gesucht, und ich habe sie ihnen gewährt, deinen starken Arm hinter mir. So höre nun mich, deinen Gesandten: Auch ich will Zuflucht nehmen bei dir. Höre mein Klagen, schaffe mir Gerechtigkeit! Laß nicht meinen Feind über mich triumphieren, der das Volk mit Lügen verwirrt hat.«

Uvelan berührte das Stirnband mit den Fingerspitzen, hockte sich nieder, berührte den Boden, und lief dann voran zu den Eichen. Jede von ihnen streifte er mit seiner Hand. »Ihr Geister, seht mich, den Heimgekehrten. Ich werde nicht mehr lange leben. Svaroghs Strafe ist hart. Er hat mich alt werden lassen, ohne daß ich spürte, wie ein einziger Tag vergeht. Laßt meine letzten Monate nicht kraftlos verstreichen, helft mir, meinem Gegner zu zeigen, woher die wahre Macht rührt. Ihr kennt ihn, Svarogh, den Lichtbringer, dem das Sonnenauge gehorcht und der jedes Leben geschaffen hat. Bittet ihn für mich, daß er mich wieder zu seinem Gesandten machen möge, daß er mich stärkt und mich mit seinem unschlagbaren Arm stützt.«

Wie von einem großen Gewicht gezogen, sank Uvelan auf die Knie. Seine Lippen bebten, der Atem zitterte. »Zeige deine Stärke, Svarogh! Zeige mir, was ich tun soll. Zeige mir, daß du mich nicht von dir gestoßen hast, ich flehe dich an.«

All die toten Äste, die den Hain entstellten – er durfte sie nicht forträumen, auch wenn es ihn bis zur Atemnot drängte, auch wenn er sich mit aller Macht danach sehnte, die alte Ordnung wiederherzustellen. »Im Hain darf nichts gebrochen werden, nichts gejagt, nichts gepflückt«, murmelte Uvelan. Das hatte er Tag für Tag an der verzierten Pforte wiederholt, hatte es jedem Besucher eingeschärft. »Hebt auch totes Holz nicht auf. Begegnet den Geistern mit Ehrfurcht, beugt euch vor den ewigen Eichen, die ihre Wohnstätte sind.«

Der letzte, zu dem er diese Worte gesagt hatte, war Nevopor gewesen.

Damals hatte Svaroghs Gnade den Hain in goldenes Sonnenlicht gebadet. Das Volk war gekommen wie an jedem zweiten Tag der Woche; sie kamen, daß er über sie Gericht hielt. Vorbei an der Schlange der Wartenden war ein junger Mann in den Hain eingetreten. Fieber schüttelte ihn so sehr, daß ihn eine Frau stützen mußte, seine Mutter wohl. Mit ihrer Hilfe breitete er ein gutes Leinenhemd vor den Eichen auf dem Boden aus – dort, wo Uvelan jetzt kniete, ja, dort war es gewesen. Uvelan tastete über den Boden. Er meinte für einen Moment, das Hemd noch fühlen zu können. Dann griff er sich an die Brust, rieb den zerlöcherten Stoff zwischen den Fingern. Er hatte es vor seiner Flucht angezogen.

Der Kranke hatte in Stößen gesprochen, halb flüsternd, halb keuchend, und um Heilung gebeten. Tonkrüge standen hier, gefüllt mit Honigwein, und verzierte Schalen, in denen Roggen aufgehäuft war und Hirse. Blumenkränze drehten sich in den Zweigen der Eichen.

Als der Kranke sich mit einem Lächeln umwandte, um mit der Frau den Hain zu verlassen, ging ein Raunen durch die Volksmenge. Zuerst dachte Uvelan, sie freuten sich über die Heilung, staunten, daß die Geister durch das Opfer des Mannes so rasch günstig gestimmt worden waren. Aber dann sah er, daß das Gemurmel nicht dem Kranken galt, daß sie jemandem Platz machten. Erschien ein hoher Fürst zum Gericht? War es gar König Cealadrag? Uvelan wischte die Handflächen am Mantel ab. Er trat zur Pforte, um den Ankömmling dort zu empfangen. Die Menschenmenge teilte sich. Es war Nevopor. Der, der einen unbedeutenden Hain zwei Tagesreisen gen Osten übernommen hatte, nur um ihn kurz darauf zu schließen. Der, der seit zwei Jahren einen Tempel auf einem Hügel baute, fernab jeder Siedlung. Der Mörder.

Die lange braune Mähne kleidete seinen Nacken wie Bärenfell, fiel auf den schwarzen Kittel herab. Seidenstickereien schillerten auf dem schwarzen Leinen, Wellenlinien. Um den Hals hing am Lederband ein kleines bronzenes Pferd. Es fing die Sonnenstrahlen, blitzte beinahe angriffslustig. Die Stirn Nevopors wölbte sich weit unter der schwarzen Priesterbinde. In den Augenwinkeln spielten kleine Fältchen, in denen Gelassenheit nistete.

Vier weitere Schwarzbekuttete folgten ihm, und hinter ihnen schritten Männer mit blanken Äxten.

Uvelan tat einen tiefen Atemzug, daß sich die Brust wölbte. Er würde keine Schwäche zeigen. Er wußte die Geister hinter sich, die seiner Familie wohlgesonnen waren und ihn als Wächter des heiligen Hains nicht im Stich lassen würden. »Was willst du?«

»Laß mich in den Hain treten.«

»Nicht mit diesen da.« Uvelan wies auf die Bewaffneten. »Du weißt, wer die Wohnstätte der Geister entweiht, den trifft Krankheit und Tod. Oder suchst du Asyl, weil deine eigenen Leute dich verfolgen?« Vorstellbar war es, nach dem, was Nevopor getan hatte.

»Ich möchte opfern. Das wirst du mir nicht verwehren.«

Ein junger Mann in schwarzem Mantel trat hervor, einer der vier, und entblößte in ehrfurchtslosem Lächeln riesige, schiefe Zähne. Er hielt ein junges Schwein an die Brust gepreßt, dessen Kopf in einem Sack steckte. Als spürte es die Blicke Uvelans, begann das Schwein plötzlich, zu treten und sich im Griff des Mannes zu winden.

»Ein Eberferkel«, sagte Nevopor. »Ein gutes Opfer.«

Schweigend trat Uvelan beseite und öffnete die Pforte. Während die Männer eintraten, lösten sich die Worte aus seinem Gedächtnis wie Steine, die einen Hang hinunterpoltern: »Im Hain darf nichts gebrochen werden, nichts gejagt, nichts gepflückt. Hebt auch totes Holz nicht auf. Begegnet den Geistern mit Ehrfurcht, beugt euch vor den ewigen Eichen, die ihre Wohnstätte sind.«

Die Männer knieten nieder. Zwei Priester hielten das Schwein, während Nevopor ihm den Dolch ins Herz bohrte. Sie hielten es fest, bis seine Bewegungen erlahmten. »Dies«, dröhnte Nevopor, »als Zeichen meiner Ehrfurcht vor den heiligen Eichen.«

»Und vor den Geistern, die darin wohnen, hoffe ich.« Uvelan hätte die fünf Männer gern aus dem Hain geschoben. Das Herz krampfte sich ihm zusammen beim Anblick der fremden Priester auf dem Grund, den er pflegte. Sie gehorten nicht hierher.

»Heute nacht hat ein neuer Gott dem Tempel Rethra die Ehre erwiesen.« Mit erhabener Langsamkeit drehte sich Nevopor zum Volk um, das um den Zaun des Hains versammelt war. »Sein weißes Roß wird bei uns bleiben. Und es wird uns die Zukunft verkünden. Wer von Euch das Götterpferd sehen möchte, soll in einer Woche zum Tempel reisen.«

»Am Gerichtstag!« Uvelan schüttelte fassungslos den Kopf. »Du willst die Redarier am Gerichtstag fernhalten vom heiligen Hain? Und was soll das für ein Gott sein?« Er wendete sich ebenfalls zum Volk und rief: »Ich warne euch im Namen Svaroghs – erzürnt nicht die Geister, die in Ewigkeit in diesen Eichen wohnen! Sie werden euer Fernbleiben mit Unglück vergelten. Wollt ihr euer Vieh verlieren, sollen eure Bögen brechen und eure Häuser verfallen? Wollt ihr, daß Stürme eure Felder verwüsten? Das ist die Macht der Geister und die Kraft Svaroghs. Beschwört nicht ihren Unwillen herauf!«

Nevopor lächelte. »Nichts davon wird geschehen. In diesen Eichen wohnen keine Geister mehr.«

In einem einzigen Augenblick spürte Uvelan das Blut seines ganzen Körpers in den Füßen aufschlagen. Er rang nach Luft. Was wagte dieser Mensch?

»Habt ihr nicht gemerkt, daß die Gunst der Götter sich von dieser Priesterfamilie abgewendet hat?« Nevopor richtete den Arm auf Uvelan. »Einst führte uns ein mächtiger Bote Svaroghs, Uvelans Vater. Aber er ist tot. Keinen seiner Söhne hat Svarogh als neuen Boten angenommen. Einer starb durch die Hörner des Urs, obwohl er ein guter Jäger war und in den Kämpfen gegen die Obodriten große Kraft bewiesen hatte. Und hört die erste Prophezeiung des Orakelpferds von Rethra: Auch dieser hier, sein Bruder, wird sterben. Er wird den morgigen Tag nicht erleben. Svarogh hat ihn verstoßen.«

Ein Mann drängte sich an den Zaun des heiligen Bezirks. Er schüttelte zornig seine Rechte, eine Hand, an der einige Finger fehlten. »Du entweihst unseren Hain. Wage es nicht, dort Blut fließen zu lassen!« Zahnlücken klafften im Mund des Mannes.

»O nein, es wird kein Blut fließen. Svarogh selbst wird Uvelan töten, wie er den Rest seiner Familie ausgelöscht hat.«

»Wir wollen keinen Tempel! Dieser Hain ist es, den unsere Vorfahren geachtet haben, seit die ersten Dörfer gegründet wurden. Wir bleiben ihm treu. Vergiß deinen neuen Gott. Wer sollte das sein?«

»Ihr wollt vor den Bäumen opfern, die verflucht sind?

Nun, so wird euch der gleiche Fluch treffen, der auch die Priester dieses Hains ereilt hat.«

Uvelan donnerte: »Die Geister werden dich bestrafen, Nevopor. Wie kannst du einen solchen Frevel wagen? Du bist des Todes!«

»Welche Geister? Ich frage dich, welche Geister, Uvelan? Brauchst du erst einen Beweis?« Er wendete sich zum Volk hin. »Braucht ihr einen Beweis? Ich werde ihn euch geben.« Entschlossenheit trat auf das Gesicht Nevopors: Der Mund zog sich eng zusammen, die Nasenflügel blähten sich, Röte färbte die weite Stirn rings um die Priesterbinde. Er umschloß das bronzene Pferd mit der Rechten, fügte auch die Linke darum und murmelte einige Schutzformeln, dann beugte er sich zum Boden herunter und hob einen Ast in die Höhe. »Würden die Geister es dulden, daß in diesem Hain etwas gebrochen wird, das ihren Wohnstätten angehörte? Das würden sie nicht hinnehmen. Nun denn, seht her!« Mit beiden Händen nahm er das Holz, fuhr damit auf das erhobene Knie nieder, und es zerbarst. Das Knacken hallte zwischen den Bäumen wider.

Bleiche Gesichter starrten Nevopor an, sie warteten auf die Strafe, die ihn sicher treffen mußte. Er mußte leblos zusammensacken, ein Bär mußte auftauchen und ihn verschlingen, die Erde mußte sich auftun und ihn in die Tiefe ziehen. Nichts geschah.

Dann gingen die ersten. Stumm wandten sie sich um und verließen die Menge. Andere flüsterten, die Augen weit aufgerissen, sahen in die Eichen hinauf und schüttelten die Köpfe.

Bedeutungsschwer nickte Nevopor den Redariern zu. »Ich denke, das ist Beweis genug.« Ein leichter Wink seiner Hand genügte, und die vier Priester folgten ihm aus dem Hain. Dort schlossen sich ihnen die Bewaffneten an. Während sie sich ihren Weg durch das Volk bahnten, wurden Hände ausgestreckt, rührten die schwarzen Mäntel der Priester an.

Uvelan hatte sich zu den Eichen umgewandt und war vor ihnen auf die Knie gesunken. Warum? hatten seine Lippen gesprochen, ohne Ton. Warum habt ihr das zugelassen? Weshalb verstoßt ihr mich?

Es war der letzte Tag im Hain gewesen, und nun kniete er wieder hier, inmitten der Trümmer.

Uvelan preßte die Rechte auf das Gesicht, rieb sich die Augen. »Das Orakel hat gelogen. Ich lebe noch. Es war ein böses Spiel ... Und doch hat Nevopor gewonnen: Er hat den Hain zerstört, und er hat mich vernichtet. Warum hast du das zugelassen, Svarogh?«

Kaum hörbar brummte die Erde. Ihr tiefer Donner brachte Uvelans Knie zum Zittern. Die Blätter in den Kronen der Eichen tuschelten. Sie wisperten Geheimnisse, hauchten stille Lieder. Dann ächzte einer der Bäume, neigte die Äste herab.

Uvelans Augen brannten, Tränen sammelten sich darin. Er lächelte. »Ihr seid noch da, nicht wahr? Und ihr begrüßt mich.« Schauer liefen ihm den Rücken herab, fuhren über die Schenkel wie warme Hände. »Ich bin wieder da. Ich bin zurück. Was soll ich tun?«

26. Kapitel

»Alena, bitte! Wenn du dort irgendwo bist und mich hörst, komm zurück.« Embrichos Stimme scholl laut in den Wald. »Ich weiß, du bist wütend auf mich. Und du brauchst uns nicht. Aber wir brauchen dich! Wie sollen wir ohne dich Rethra finden? Und wie sollen wir unbeschadet in die Burg gelangen?«

Bitterer Geschmack breitete sich auf Alenas Zunge aus. Die Klinge an ihrem Hals war inzwischen warm geworden. Aber sie war da, bereit, ihr das Leben zu nehmen.

Embrichos Stimme entfernte sich. »Alena!«

Sie zogen weiter. Ließen sie zurück. Ein paarmal hörte Alena noch trockene Äste knacken, dann war es still im Wald.

»Nimm die Hände hinter den Rücken«, befahl das Flüstern am Ohr.

Sie gehorchte.

Der Mann vom nächsten Baum erhob sich, ohne den Körper vollständig zu strecken. Er reichte die Hanfschlinge herüber, und Alena fühlte bald darauf, wie sie sich um ihre Handgelenke zusammenzog. Wie ein Luchs vor dem Sprung blieb der Mann stehen, sah in die Richtung, aus der die letzten Lebenszeichen der Franken gekommen waren. Eine Weile spähte er, dann lösten sich seine Glieder. »Sie sind fort.«

Hinter den Büschen und Bäumen kroch ein Dutzend Männer hervor. Sie hoben Äxte aus dem Laub, kurze Stiele mit seltsam geformten, spitzen Eisenblättern, und geflochtene Schilde, die in der Mitte durch hölzerne Buckel verstärkt waren. Die Wangen der Männer trugen Schatten, es war, als seien die Augen in dunkle Gruben versenkt – glühende Kohlen inmitten von Gesichtern aus Asche.

»Es sind Franken. Sie laufen in den Tod«, bemerkte einer. »Ich glaube, der Große hat etwas von Rethra gesagt.«

Der Singsang der Linonen.

Von Alenas Hals löste sich der Dolch, und sie holte Luft in einem schöpfenden Atemzug.

Ein harter Zug am Strick riß ihre Arme nach hinten. »Dreh dich um.«

Sie stöhnte auf, zog vor Schmerz die Schultern zu den Ohren. Die Wunden an den Handgelenken hatten sich gerade erst geschlossen. Mit um so wütenderem Stechen waren sie nun aufgebrochen. Langsam wendete Alena sich um. Sie atmete flach und biß die Zähne aufeinander, um nicht zu wimmern.

Ein helles, zerknittertes Gesicht. Weiße Brauen, weiße Haare. Der Blick streng, kühl. »Wo ist der Priester?« Im Mund fehlten einige Schneidezähne.

»Ich weiß es nicht.«

»Was hattet ihr mit ihm zu schaffen?«

»Er wollte nach Rethra. Wie wir auch, also hat er sich uns angeschlossen.«

Das Gesicht des Linonen leuchtete auf. Er sah an Alena vorbei zu den anderen Männern. »Habt ihr das gehört? Sie sagt, er will nach Rethra!«

Kurze Freudenrufe ertönten.

»Und nun? Wo ist er jetzt?«

»Ich weiß es nicht. Er ist über Nacht verschwunden.«

»Gut. Ich glaube, ich weiß, wo wir ihn finden werden.«

»Was machen wir mit ihr?« fragte der, der die Hanfschlinge geknotet hatte.

»Wir nehmen sie mit. Vielleicht hat er Verwendung für sie.«

Als ein weiteres Zerren am Hanfseil Alena voranzwingen wollte, sperrte sie sich. Um den Schmerz an den Handgelenken zu verringern, packte sie selbst mit den Fingern den Strick.

»Was soll das? Du kommst mit uns, ob du willst oder nicht.«

Alena spuckte auf den Boden. »Ich bin lange genug in Fesseln gelaufen. Ich bin kein Stück Vieh, das man hinter sich herzieht und im Nachbardorf verkauft!«

»Was erwartest du? Daß wir uns mit Namen vorstellen?« Der Linone entblößte in einem Lächeln seine spärlichen Zähne. »Ich bin Vymer. Fügst du dich nun?«

»Und ich bin Alena, die Tochter des Hochpriesters von Rethra. Ihr seid in Redariergebiet eingedrungen – eure Köpfe werden bald dünne Hälse aus Holz haben. Ein Schrei von mir, und ihr seid schneller in der Unterwelt, als euch lieb ist.«

Vymer spitzte die Lippen und nickte mit emporgezogenen Brauen. »Du weißt zu kämpfen. Aber ich bin nicht das erste Mal hier. Ich kenne die Dörfer und Burgen und weiß wohl, sie zu umgehen. Nevopors Tochter ... Das kann uns nützen. Natürlich hast du recht, was das Schreien angeht.« Er blickte zu den Männern hinüber. »Knebelt sie.«

Es war ein Hügel inmitten des Waldes, eine baumlose Erhebung, bis auf vier uralte Eichen, die auf dem Scheitel der Lichtung ihre kräftigen Kronen ineinanderstreckten. In dunklem Rot und Grün leuchtete die Rinde der Bäume. Die Stämme hatten den Umfang von Riesenbeinen, und sie verzweigten sich in den Himmel hinauf zu einem einzigen, ungeheuren Körper von Ästen und grünem Laub. Abgestorbenes, entrindetes Holz hing zum Boden, Hände, die den Körper stützten. Löcher klafften in den Stämmen: Münder und Augen. Neben diesen mächtigen Gestalten nahmen sich die übrigen Bäume des Waldes wie spindeldürre Kinder aus.

Planken zäunten die Lichtung ein, viele schief oder gänzlich umgesunken, gebrochen, zerfallen, von Moos und Pilzen bewuchert. Ein Kreis aus hölzernen Wachen, von denen die meisten in tiefer Nacht eingenickt sein mußten.

Etwas Wildes haftete diesem Platz an, etwas Urgewaltiges. Ächzen erscholl aus den alten Baumkronen. Der Blätterkörper regte sich, rauschte, lispelte. In der Luft lag der Geruch von Eicheln, die, auf dem Boden verstreut, über lange Zeit Sonne und Regen ausgesetzt gewesen waren.

Unter den vier Baumriesen erblickte Alena den Priester, Uvelan. Sein Gesicht und die Brust, die durch das zerlöcherte Hemd schimmerte, waren sauber, als hätte ihn die Gegenwart der Eichen gereinigt. Aus den Krallen waren Finger geworden, mit feinen, taubenweißen Nägeln. Der Schlangenarmreif blitzte am Handgelenk, der Griff des Messers im Gürtel funkelte wie dunkles Gold. Bart und Haare waren nicht mehr grün und verfilzt; sie umflossen sein Gesicht wie ein tropfensprühender, silberner Bach. Und obwohl er nicht lächelte, strahlten die klaren, steingrauen Augen tiefe Zufriedenheit aus.

Links und rechts von Alena knieten die Männer nieder, legten die Waffen ins Laub. Sie neigten die Köpfe, bis das Kinn die Brust berührte.

Mit gemessenen Schritten trat Uvelan an die Überreste des Zaunes heran. »Möchtet ihr den Hain besuchen?«

Er sprach mit solcher Ruhe – sah er nicht, daß sie geknebelt und gefesselt war?

»Wir haben nichts, das wir Svarogh opfern können«, sagte Vymer, ohne den Kopf zu heben.

»Die Geister sind gut gestimmt. Sie werden euch vor Svarogh mit Dankesworten vertreten. Ihr seid im Hain ihre Gäste.«

Zögerlich erhoben sich die Linonen. Erst als Uvelan sie mit ausholender Geste auf den Hügel einlud, lösten sie sich von ihrem Platz und gingen auf den Priester zu. Vymer zog Alena mit sich.

Wo Uvelan stand, lagen zwei Pfosten am Boden, übermannslang, mit reichen Schnitzereien versehen.

»Willkommen. Seit langer Zeit seid ihr die ersten Besucher.« Jedem der Linonen legte Uvelan für einen Augenblick die Hand auf den Rücken. Als Alena, am Strick gezogen, hinter Vymer den Hügel betrat, erschrak sie über die warme Berührung. Erkannte er sie nicht? Uvelans Hand sendete warme Wellen zu ihren Schultern und bis zum Gesäß hinunter.

»Im Hain darf nichts gebrochen werden, nichts gejagt, nichts gepflückt«, sagte der Priester. »Hebt auch totes Holz nicht auf. Begegnet den Geistern mit Ehrfurcht, beugt euch vor den ewigen Eichen, die ihre Wohnstätte sind.«

Er zog das bronzene Messer aus dem Gürtel und zerschnitt Alenas Fessel. Dann spürte sie seine Hände am Hinterkopf, und das Knebeltuch löste sich. Der dunkle Fleck, den ihr Speichel darauf hinterlassen hatte, war ihr unangenehm. Schnell zog sie es aus dem Gesicht und verbarg es in ihrer Faust.

»Wir dachten,« sagte Vymer, »sie könnte dir nützlich sein. Es ist Nevopors Tochter.«

»Ich weiß.«

»Es ... ist viel zerfallen.« Vymer sah um sich, und er hielt den Kopf gebeugt, als wäre es seine Schuld.

»Das ist unwichtig. Ein neuer Zaun kann gebaut werden. Gut ist, daß die Geister ihre Wohnung nicht verlassen haben.«

Furchtsam blickten die Linonen zu den Eichen hinauf. Auch Alena legte den Kopf in den Nacken, blinzelte hoch zum Blättermeer. In solchen Bäumen *mußten* Geister wohnen. Sicher standen die Eichen seit Anbeginn der Erde an diesem Platz.

»Warum seid ihr hier?«

Vymer räusperte sich verlegen. »Geehrter Priester, ich bin Vymer. Svarogh hat mir zweimal das Leben gerettet. Einmal, als mich diese Bestie von einem Hund anfiel, ich ein kleiner Bengel ohne viel Kraft – der Hund reichte mir bis zur Brust und hätte mich zerfleischt, wäre der Himmelsschmied nicht dazwischengefahren mit einem feurigen Holzscheit. So habe ich nur zwei Finger verloren. Das zweite Mal bin ich in deinen Hain gestolpert. Redarier waren mir auf den Fersen. Du hättest mich zu Recht ausliefern können, ich hatte sie beraubt und war als Linone euer Feind. Aber du hast mich in den Schutz des heiligen Ortes aufgenommen, obwohl sie dir zornig die Waffen entgegenreckten.«

»Ich erkenne dich. Du hast die Krieger angeführt, die mich in Kamenica aus den Händen der Zweriner befreiten.«

»Leider nicht unverletzt. Die Klinge, die dich traf, muß vergiftet gewesen sein. Wie oft haben wir für dich gebetet in den letzten zwanzig Jahren, haben den Geistersteinen Blutopfer dargebracht und die heiligen Quellen besucht. Es war ohne Erfolg. Auch die kräuterkundige Frau, zu der wir dich gebracht –«

»Svarogh hatte sein Urteil gefällt«, unterbrach ihn der Priester.

Die Linonen schwiegen und erröteten.

»Der Svarožić-Tempel …« Vymer sprach zögerlich. »Er hat alle Kraft an sich gezogen. Was will Svarogh, das wir tun sollen, um seine Ehre wiederherzustellen?«

Tatendurstig sahen die Männer den Priester an, offensichtlich bereit, jedes Wort von seinen Lippen zu trinken. Sie wogen die Äxte in den Händen, ruckten die Schilde hoch, um nachzufassen, blähten die Nasenflügel, studierten aufmerksam jede Regung in Uvelans Gesicht.

»Ihr wollt dem Gott des himmlischen Feuers dienen? Dann wacht über seinen Hain, bis ich zurückkehre. Ich möchte mit Nevopors Tochter einen Gang durch den Wald machen. Es gibt Dinge, die ich über Rethra erfahren muß.«

»Sollen wir dich nicht besser begleiten?«

»Ich brauche keinen Schutz.«

Gemeinsam senkten die Linonen als Zeichen des Gehorsams die Köpfe. Sie verließen den Hain und postierten sich im Kreis um den Zaun. Obwohl etliche Schritte Abstand zwischen den einzelnen Kriegern blieben, war es doch ein beeindruckender Anblick: Die Schilde hielten die Linonen zur Brust erhoben, die Axtköpfe lagen auf ihren Schultern. Jeder blickte starr voran in den Wald.

»Du bist es gewohnt, Menschen zu befehlen?« fragte Alena.

»Das war einmal mein Leben.« Uvelan lächelte plötzlich, ein warmes, gelöstes Schmunzeln, und bot ihr seine Armbeuge dar. »Gehen wir?«

Das Herz klopfte Alena in der Kehle. Sie zögerte.

Aufmunternd hob der Priester seinen Ellenbogen ein wenig höher. »Nun?«

Vorsichtig, beinahe ohne ihn zu berühren, schob sie die Finger um Uvelans Arm. Es fühlte sich vertraut an, als sei er ihr Vater, und dann, auf merkwürdige Art, war es doch fremd und anders.

Ohne Eile verließen sie den Hügel und spazierten unter die Bäume des Waldes. Alena litt unter dem Schweigen; es schien ihr, als konzentriere sich alles auf die Berührung des Priesters, als spüre er ihre Aufregung, ihr Unwohlsein.

Endlich fragte Uvelan mit sanfter Wärme: »Wie kommt es, daß die Linonen dich gefangen haben?«

»Sie haben wohl die Franken ausgekundschaftet. Als ich fortlief, weil ich wütend war, bin ich ihnen ins Netz gegangen.«

»Verstehe.«

Wieder Stille. Es war Alena, als bekäme sie keine Luft, als müßte sie jämmerlich ersticken.

»Ist dir nicht gut?«

»Willst du mir nicht sagen, warum wir allein durch den Wald gehen müssen?«

Uvelan lachte. Hatte sie ihn überhaupt schon einmal lachen gehört? Es war ein schönes, perlendes Lachen. »Wir müssen das nicht tun. Ich fühlte mich einfach danach. Und ich habe einige Fragen. Cealadrag ist tatsächlich tot? Es hat ihn doch nicht Milegost abgelöst? Er ist zwar der ältere Bruder, aber die Entscheidung war damals klar auf meinen Freund Cealadrag gefallen, mit dem Einverständnis und der Unterstützung des Frankenkönigs.«

»Weder Cealadrag noch Milegost herrschen. Es gibt keinen König der Weleten mehr. Der Stammesbund ist aufgelöst.«

»Eine scheußliche Dummheit! Wie ist Cealadrag gestorben?«

»Ein Überfall der Obodriten.«

»König Gostimysl ... Das sieht ihm ähnlich.«

»Gostimysl? Nein. Den kenne ich nur aus Geschichten. Bald nachdem ich geboren wurde, ist er bei einem Feldzug der Franken gefallen.«

»Nun, dann sind wenigstens die Erzfeinde des Redariervolks genauso zersplittert wie wir.«

»Sie waren es, lange Zeit. Ich weiß nicht viel davon, habe nur manchmal etwas aufgeschnappt bei meinem Vater. Das fränkische Ostreich hat wohl einigen Anteil daran. Kaiser Ludwig hat die Kleinkönige der Obodriten immer wieder gegeneinander –«

»Was sagst du?« unterbrach sie der Priester. »Ostreich? Also ist das Frankenreich tatsächlich unter Ludwigs Söhne aufgeteilt worden?«

»Ja.«

»So machen wir nicht als einzige Fehler.« Er fuhr sich mit der freien Hand durch den Bart. »Du wolltest über die Obodriten berichten.«

»Ich ... ich weiß nicht, ob ich dir all das erzählen sollte.« Sie stockte, rang um Worte. »Du willst meinen Vater stürzen, mache ich mich damit nicht zu deiner Helferin?«

»Das ist richtig, du wirst gegen ihn kämpfen, gemeinsam mit mir.«

Irritiert runzelte sie die Stirn. »Wie kannst du das wissen?«

»Wir machen es so: Du beantwortest meine Fragen, und ich weihe dich dafür in meine Pläne für Rethra ein. Urteilst du, daß Nevopor Unrecht geschieht, dann legst du sie ihm offen, und er wird mühelos vereiteln, was ich vorhabe. Ich begebe mich in deine Hand! So fest bin ich davon überzeugt, daß du auf meiner Seite stehen wirst.«

Seine Pläne wollte er preisgeben? Dann half sie möglicherweise ihrem Vater, indem sie dem Alten Dinge erklärte, die er leicht auch anderweitig herausfinden konnte – sie gewann viel mehr, als sie verlor. »Schwörst du es bei Sv... Svarogh, daß du mir die Wahrheit darüber sagen wirst, was du vorhast?«

»Ich schwöre es. Also, die Franken haben die Kleinkönige der Obodriten gegeneinander ausgespielt. Was ist dann geschehen?«

»Sie haben sich wieder zusammengeschlossen vor ein paar Jahren. Haben es ausgenutzt, daß die Ungarn das ostfränkische Reich überfielen – niemand konnte sich um sie kümmern, ihren Zusammenschluß verhindern.«

»Wer ist der neue Oberkönig?«

»Dobemysl heißt er. Ein starker Fürst von der Meeresküste.«

»Und die Franken haben nichts unternommen?«

»Sie haben es versucht. Ludwig ist gegen ihn gezogen, aber er hat verloren.«

Uvelan seufzte. »Die Obodriten in einer Hand, aber Redarier, Tollensanen, Zirzipanen und Kessiner uneins ... Gibt es Gespräche über einen neuen Bund?«

»Ich weiß nichts davon. Es herrschen Kleinkönige und Fürsten. Sie wollen keinen Oberkönig, der ihren Einfluß einschränken könnte.«

»Bündeln würde er ihn, bündeln ...« Der Priester verfiel in Grübeln.

Sie mußte ihn fragen. Alena hauchte mehr, als daß sie sprach: »Uvelan?«

Zuerst reagierte der Priester nicht, dann hob er den Kopf.

»Wie kommt es, daß du all das nicht weißt?«

Mit zusammengepreßten Lippen nickte er. »Ja, das muß dich erstaunen.« Er schöpfte geräuschvoll Atem. »Svarogh hat mich viele, viele Jahre zu einem Toten gemacht. Oder genauer, zu einem Tier. Ich habe gelebt bis zum jungen Mannesalter. Danach folgen nur Träume und wirre Erinnerungen, bis heute.«

»Ist das der Grund dafür, daß du immer so abweisend und still warst? Hier bei den Eichen bist du verändert, ein völlig anderer Mensch.«

»Ich bin kein anderer, Alena.«

»Haben deine Träume dich bitter gemacht?«

»Da ist –« Der Priester stockte. Er fuhr sich über den Nacken, sah zwischen die Bäume. Es schien, als ringe er um Worte. »Da ist etwas in mir drin, das ich weder ignorieren kann, noch mich ihm wirklich stellen. Ich will nicht in Tränenbäche ausbrechen. Das würde ich, wenn ich diesem Etwas offen ins Gesicht blicken würde.«

»Du fürchtest dich vor dir selbst?«

»Vielleicht ist es auch Mitleid mit mir selbst.« Er sprach leise. »Sehnsucht nach einem jungen Uvelan, der noch vom Leben träumt und nicht schon den Hauch des Todes im Genick spürt.« Lange Augenblicke schwieg Uvelan, dann wendete er ihr plötzlich das Gesicht zu. »Und du? Weshalb führst du vier Franken in den sicheren Tod? Zudem noch einen, den du schätzt?«

Alena schluckte. Die Worte stürzten durcheinander, ließen sich nicht greifen. »Er hat eine andere, die er liebt.«

Uvelans Blick bohrte sich tief in ihr Gesicht. »Sag mir die Wahrheit.«

Er würde sie verachten, wenn er es erfuhr. Was sollte sie sagen? Das strenge Antlitz des Priesters zerstampfte jede Lüge, noch ehe sie reif geworden war in Alenas Kopf. Ihre Stimme bebte. »Es gibt ein Menschenopfer. Svarožić hat es gefordert durch das Orakel.«

Entsetzt riß sich Uvelan los, stolperte zurück. »Ihr opfert … einen Menschen?« Die Augen weit aufgerissen, flüsterte er: »Und du bist ausgezogen, ihn zu fangen?«

Die Tränen siegten. Sie quollen in die Augen, daß alles vor Alena verschwamm, sie perlten die Wangen herunter. »Vater hatte gute Krieger ausgewählt. Ich habe sie nur begleitet.«

»Was ist geschehen? Die Franken haben sie getötet?«

Alena nickte.

»Das heißt, Nevopor erwartet, daß ihr mit einem Gefangenen zurückkehrt«, murmelte er. »Wieviel Volk kommt zusammen für das Opfer?«

»Zehn mal tausend.«

»So groß ist die Burg?«

Sie konnte nicht mehr antworten. Das Gesicht verzog sich im Schmerz, ein grober Strick schien sich um ihren Hals zu schließen. In einem mühevollen Schluchzer schnappte sie Luft. Sie hob eine Hand vor die Augen. Salzige Tränen tropften auf die Lippen, drängten sich in den Mund. Doch eine sanfte Wärme legte sich um sie wie ein Mantel. Alena schlug die Stirn dagegen, wimmerte.

Der Mantel hielt sie sicher.

»Du verachtest mich, nicht wahr? Auch wenn es nur Franken sind, ich meine, ich …« Das Schluchzen hinderte sie daran, weiterzusprechen. Heiß flossen Tränen über ihre Wangen.

Als eine starke, große Hand ihren Nacken berührte, zuckte Alena zusammen. Die Hand löste sich, dann kehrte sie wieder, zärtlicher, und begann sie zu streicheln. Alena hörte ein beruhigendes Summen, ein Lied, das sie nicht kannte, tief in der Kehle angestimmt. Ihre Arme entspannten sich, immer ruhiger atmete sie und lehnte sich gegen die Brust, die sich ihr geboten hatte.

Die Hand wurde nicht müde, sanft über Alenas Nacken zu streichen. Fingerspitzen zeichneten Wellen auf ihren Hals, kraulten sie, liebkosten die Haut.

»Ich wollte eigentlich nicht fragen«, sagte Uvelan unvermittelt. »War der Schmetterling noch an seinem Platz?«

Alena hielt den Atem an. »Er war von dir?«

»Ja.«

»Und du ... du hast mein Gesicht gestreichelt am frühen Morgen?«

Der Priester schwieg.

»Die Steine, die Eulenfeder, der Blumenkranz ...?«

Der Wind wisperte durch die Blätter, und sie säuselten, tuschelten. Irgendwo knarrte ein Baum.

»Ich habe es für Kara getan.«

»Ich dachte immer, sie seien von Embricho und –« Sie stutzte. Es war einer dieser Momente, in denen alles plötzlich innehielt und größer wurde, in denen die Luft würzig und klar schmeckte und die Ohren das Knistern des Bodens wahrnahmen. Sie spürte, daß sie sich später an diesen Augenblick erinnern würde, auch wenn sie noch nicht sagen konnte, warum.

»Natürlich wollte ich, daß du dich freust. Aber es war eine späte Gabe an Kara, der du sehr ähnlich siehst.«

»Das ist der Name meiner Mutter.«

Der warme Mantel lüftete sich, Uvelans Hand löste sich von Alenas Nacken. »Komm, gehen wir zurück. Verzeih einem alten Narren.«

»Warte!« Sie trat zurück, richtete den Blick in das Gesicht des Alten. Es war ihr, als würde sie zugleich den ganzen Wald sehen: Das Licht, das durch das Blätterdach fingerte und weiße Käfer auf den Boden zeichnete; die Stämme und Stümpfe und die querliegenden Baumriesen; das Moos und die Kräuter mit ihren winzigen Blüten. »Du hast meine Mutter gekannt?«

Er setzte an zu sprechen, stockte. Dann sagte er: »Wir haben uns geliebt.«

»Aber, du bist, ich meine, du bist nicht –«

»– dein Vater, nein. Es war ...« Uvelan senkte die Lider. »Kara und Nevopor waren bereits verheiratet. Es war ein großes Vergehen, sie zu küssen. Das Bettlager haben wir nicht geteilt.«

»Erzähle mir von ihr.«

»Betrachte dich im Wasserspiegel, und du siehst ihr beinahe ins Gesicht. Ihre Stirn war schmaler, das Haar ein wenig heller, aber sonst seht ihr euch sehr ähnlich. Kara vereinte zwei Gegensätze in sich: Sie war sanft, wenn sie liebte, und von unnachgiebiger Stärke, wenn ihr Ungerechtigkeit begegnete. Sie hat gekämpft, ausdauernd, sturköpfig beinahe. Für sich, für andere, das war ihr einerlei. Ihr Leben war ein Kampf gegen die Lüge und das Unrecht. Nie habe ich erlebt, das ihre Kraft erschöpft war.«

»Aber sie hat meinen Vater betrogen! War das nicht genauso ein Unrecht? Und hat sie ihn nicht belogen?«

»Doch, das hat sie«, raunte er. »Ja, sie hat das getan.«

Benommen folgte Alena dem Priester durch den Wald. Erst als der Hain in Sichtweite gekommen war, klärten sich ihre Gedanken. Sie rührte an Uvelans Arm und flüsterte: »Wenn Mutter dich geliebt hat, dann mußt du ein ganz besonderer Mensch sein. Ich glaube es.«

Hatte er das überhaupt wahrgenommen?

Unter den Augen der Linonen wurden Uvelans Schritte fest, der Bart hob sich ab von der Brust, der Rücken streckte sich. »Seid ihr bereit, euch für Svarogh einzusetzen?« rief er ihnen entgegen.

Die Krieger hoben ihre Äxte in den Himmel und jubelten. Rasch kamen sie näher, so daß Alena kaum Zeit blieb, sich noch einmal die Tränen aus dem Gesicht zu wischen. Die Linonen versammelten sich um den Priester.

»Ich muß nach Rethra«, sagte Uvelan, »und ich will, daß ihr euch zunächst im Wald versteckt. Später brauche ich euch, wenn ich das Wohlwollen der Fürsten und Kleinkönige gewonnen habe.«

Vymer zog die Brauen zusammen. »Willst du uns nicht mit dir nehmen, wenn du zu ihnen reist?«

»Ich reise nicht zu ihnen, sie kommen zu mir. In Rethra werden sich innerhalb weniger Tage Tausende von Menschen versammeln. Unter ihnen die Mächtigen, die ich zu überzeugen versuchen werde.« Er langte zwischen den Kriegern hindurch und ergriff Alenas Schulter. »Gibt es ein gutes Versteck nahe bei Rethra, um im Notfall schnell in der Burg zu sein?«

Ein Versteck ... »Im Wald, im Westen der Burg, gibt es den Laketeich, dort ist vergangenes Jahr eine Frau ertrunken. Ihr Geist wird im Gewitter in die Wolken gezogen, bewegt sie und heult aus ihnen. In der Nacht kehrt sie zum Teich zurück. Jeder hält sich fern von diesem Ort.«

»Gut. Fürchtet ihr euch?«

Einige der Linonen traten von einem Bein auf das andere, andere schoben Laub mit den Füßen zusammen, begutachteten ihre Axtblätter. Schließlich hob Vymer den Kopf. »Hat sie Macht über uns?«

»Das kann ich nicht sagen. Aber wenn ihr wollt, können wir die Geister des Hains um Unterstützung bitten, können ihnen Kränze flechten und opfern, was wir heute finden: Wurzeln, Beeren, Pilze. Die Kraft der Haingeister wird größer sein.«

Nach einem kurzen, prüfenden Blick in die Runde nickte Vymer. »Machen wir es so. Wir werden uns dort verbergen.«

Noch immer hielt Uvelan Alenas Schulter umfaßt. »Wenn einflußreicher Besuch da ist, wo übernachtet er in Rethra?«

»Er schlägt sein Lager in der Vorburg auf.«

»Gut. Das heißt, daß ich unbemerkt dorthin gelangen muß. Wie komme ich in die Tempelburg, ohne daß man mich sieht?«

Er wollte Vaters Einfluß vernichten, weil er einem anderen Gott diente. Was tat sie hier? Sie half Uvelan und fiel ihrem Vater in den Rücken! Alena sah Nevopors Gesicht vor sich, den festen, ernsten Mund inmitten des Bartes, die strengen Augen, in deren Winkeln aber doch – nur für wenige sichtbar – ein feines Lächeln spielte. Vaters breite Stirn, den immer tadellosen schwarzen Taillenmantel, in dessen Verzierungen kleine Flämmchen funkelten. Wie er sich über ein schmackhaftes Essen freuen konnte, über die Sonne, wenn sie am Morgen den Tempel berührte, über eine große Volksmenge! Das Gesicht straffte sich dann, und beim größten Hochgefühl zuckte ein wenig der Mund.

Ein leichter Druck an ihrer Schulter. »Alena?«

»Es ist mein Vater!«

Uvelans Blick ließ sie nicht los. Es lag alles in diesen Augen, alles – in dem Moment, in dem sie es darin suchte, fand sie es auch: Trauer über ihren Unwillen, Geduld, Zuneigung, Kälte, Würde. Sie mußte an die Tränen zurückdenken, die sie gerade vergossen hatte, an die tröstende Hand des Priesters in ihrem Nacken. Die zärtlichen Finger, die noch am Morgen ihr Gesicht gestreichelt hatten, das alles war er, Uvelan. Er war enttäuscht von ihr. Vater hatte sie selten berührt. Manchmal hatte sie auf seinem Schoß sitzen dürfen, als sie noch ein Kind war. Als ihre Brüste sich entwickelten und sie die Haltung einer Frau angenommen hatte, war es, als fürchte er sich vor ihr.

Uvelan nickte, wie um zu zeigen, daß er mit ihrem Entschluß einverstanden war. Um den Mund fand sich ein bitterer Zug, aber die Augen verstanden sie.

»Es gibt einen Weg.« Alena schluckte. Sie trat an den Priester heran und reckte den Mund zu seinem Ohr hinauf. »Im Morgengrauen«, flüsterte sie, »findet sich kein Wachposten auf der Ostmauer. Vater duldet es nicht, daß die ersten Sonnenstrahlen einen Krieger berühren, statt daß sie den Tempel küssen. Bevor die Sonne aufgeht, steigt Jarichs Sohn zum Lucinsee hinunter, um die Reusen zu überprüfen. Während er am Ufer ist, steht das Seetor offen, und niemand wacht.« Wie oft hatte sie diesen Augenblick genutzt, um der Burg zu entkommen und in den blumenübersäten Wald einzutauchen! Sie löste sich und trat einen Schritt zurück, ohne die Augen von Uvelans Gesicht zu nehmen.

Er lächelte nicht. Ein ernster Ausdruck lag auf seinen Zügen. »Danke.« Sanft ergriff er ihre Hand, nur für einen Augenblick.

Alena versuchte ein Lächeln, aber es wollte nicht gelingen. Sie fühlte sich, als hätte sie ihren Vater erstochen.

»Bist du bereit, zu den Franken zurückzukehren? Versuche, sie noch einige Tage hinzuhalten. Vielleicht läßt sich so ihr Leben retten.«

Sie nickte.

»Und du, Vymer, begibst dich mit deinen Leuten zum Laketeich. Dort wähle einen aus eurer Mitte aus, der in Rethra nicht bekannt ist. Er soll in der Burg ankündigen, daß Alena und der Kriegertrupp einen stattlichen Franken gefangen haben und daß sie nicht mehr weit von Rethra sind. Er soll sagen, daß sie auch Waffen erbeutet haben und ihn deshalb baten, vorauszueilen, weil es mit der Beute und dem Gefangenen etwas länger dauert. Nevopor wird das Ritual vorbereiten und unaufmerksam sein.« Uvelan holte Luft. »Beim dritten Sonnenaufgang schleiche ich mich in die Burg und gewinne die Einflußreichen für mich, die Zupans, die Burgherren, bis ich unter ihrem Schutz öffentlich für Svarogh auftreten kann. Das Menschenopfer wird es nicht geben.«

27. Kapitel

Die Preiselbeeren rollten über den Waldboden, tanzten, sprangen. Kaum bemerkte Alena, daß sie den Rockzipfel fallengelassen hatte, kaum wurde sie gewahr, wie der Lohn stundenlanger Suche unter dem trockenen Laub und zwischen den Wurzeln verschwand. Ihre Hand krallte sich in die Rindenfurchen einer dicken Buche, sie preßte das Gesicht gegen den Baumstamm, atmete in raschen, entsetzten Stößen. In den bitteren Geschmack, der sich in ihrem Mund gehalten hatte, seit sie ein paar der unreifen Beeren gekaut hatte, mischte sich der süßliche Speichel der Angst.

Es konnte nicht weit sein zu der Birkengruppe, bei der sie die Franken unter Vorwänden zurückgelassen hatte. Und der Reiter blickte genau in diese Richtung.

Der Reiter: Aufrecht saß er auf seinem Rappen. Die glänzenden, eisernen Doppelspitzen an den Fersen berührten das schwarze Fell des Tieres, und es stand vollkommen regungslos, verstand die unausgesprochene Warnung. Kein Zittern lief vom Pferdekopf durch die Zügel in die Faust des Reiters, still ruhte das mit feinen Knöchelchen verzierte Zaumzeug, nicht einmal die Zähne des Rappen mahlten auf dem Knochen, der als Trense diente. Ardagoste, der Name des Hengstes war Ardagoste. Er gehorchte niemandem so uneingeschränkt. Mit einer Ausnahme.

Der Reiter hielt in der freien Hand eine Axt mit silberverziertem Blatt, der linke Arm steckte in der Schlaufe eines Schildes. Leder spannte sich über den Schild, auf dem Figuren und Ornamente aus goldenem Faden schimmerten. Am Sattel steckte ein Bogen ohne Sehne, auf dem Rücken des Reiters hing der Köcher voller Pfeile, Seeadlerfedern, braune von den Flügeln, weiße aus dem Schwanzgefieder.

Alena wünschte sehnlichst, es wäre irgendein jüngeres Mitglied der Tempelgarde, das sie mit Worten einwickeln konnte. Aber hätte das gehorsame Pferd, hätten die kostbaren Waffen es nicht schon gezeigt – die Pelzkappe auf dem Kopf des Reiters gestattete keinen Zweifel. Niemand sonst trug sommers wie winters eine Mütze, um den kahlen Kopf zu verbergen, niemand außer Barchan, der Anführer der Tempelgarde.

Er sah sie nicht, spähte unentwegt zu den Birken hinüber.

Alena trat hinter der Buche hervor. »Barchan«, sagte sie.

Der Kopf des Reiters wendete sich, dann drehte sich tänzelnd auch das Pferd. »Also ist es wahr, was der Linone gefaselt hat.«

»Du bist hier, uns zu empfangen? Es ist nicht gut, daß du gekommen bist. Die Franken halten mich für ihre Verbündete. Ich führe sie allein mit Worten gefangen.«

Barchan verzog den Mund. Die scharfen Falten, die von der Nase zu den Mundwinkeln sein Gesicht durchgruben, wurden härter. »Zeit, daß die Wahrheit über sie hereinbricht.« Er drehte das Pferd, führte es im Schritt zwischen den Bäumen hindurch. Dann stieß er einen gellenden Pfiff aus.

Alena eilte neben ihn. »Wem hast du ein Zeichen gegeben?«

Der Herr der Tempelgarde schwieg. Ardagoste schnaubte unruhig.

Die Franken mußten es gehört haben. Embricho würde sie zur Flucht in den Wald treiben. Allein konnte Barchan sie nicht einfangen. Und wenn er es versuchte, würde sie ihm in den Zügel fallen.

»Der Linone sprach von nur einem Franken«, sagte der Reiter, ohne Alena anzusehen. Er trieb das Pferd nicht an, ließ es gemächlich auf die Birken zulaufen.

»Hat er das? Nein, das ist nicht richtig. Es sind vier.«

»Was ist mit Mstislav geschehen? Nakon? Witzan?«

»Sie sind tot.«

»Und du – hast überlebt.« Eine Anklage lag in Barchans Stimme.

»Es war furchtbar«, sagte Alena.

Waren das etwa die Franken dort zwischen den Birken? Tatsächlich, sie standen da, Rücken an Rücken gedrängt. Warum liefen sie nicht fort? Donner, sie sollten fliehen! Dann sah sie einen Reiter aus der entgegengesetzten Richtung kommen, nicht in Eile, sondern im Schritt wie Barchan. Und noch einen von rechts, nein, zwei. Drei Reiter von links. Einen ganzen Kreis von Reitern, eine Schlinge, die sich um die Birken und damit um die Franken schloß. Die Geruhsamkeit der Redarier drückte Überlegenheit aus, gab den Umzingelten zu verstehen: Es gab kein Entkommen.

Embricho war es, der Alena zuerst erblickte. »Was soll das? Alena?«

Tietgaud schrie: »Wir kommen als Gäste! Rührt uns nicht an!«

»Befiehl ihnen«, sagte Barchan ruhig, »daß sie die Hände über dem Kopf zusammenhalten sollen.«

»Ihr sollt –« Alenas Stimme versagte. Sie fühlte Atemnot, spürte eine unbändige Wut auf diesen Reiter neben sich, auf sein Pferd, seine Axt, seine Stimme. »Ihr sollt die Hände über dem Kopf zusammenhalten.«

Zu engen Schlitzen kniff Embricho die Augen zusammen, während er gehorchte. »Ich verfluche dich, Alena, du Teufelshure, du Hexe! So verrätst du uns? Dein Tag wird kommen. Möge es dir schlimmer ergehen als uns!«

»Sie hat uns getäuscht«, platzte Tietgaud heraus. Er heulte vor Schmerzen auf, als der Reiter, der sich über ihn gebeugt hatte, die Schlinge in einem harten Ruck um seine Handgelenke zusammenzog.

Alles ging sehr langsam: Die Ohren der Pferde spielten,

schlugen nach den Fliegen, die um sie kreisten; eine Amsel verließ kreischend ihr Versteck im Gebüsch – so kräftig hatte sie sich vom Zweig abgestoßen, daß der Busch noch einige Zeit nachwippte –; zwei jüngere Krieger saßen von den Pferden ab und nahmen die Reisebündel der Franken auf, die Felle und Decken und die Lederschläuche, in denen das Wasser leise schwappte.

Alena würde nichts vergessen – nicht die haßerfüllten Gesichter der Franken, ihr Schweigen, das schlimmer war als lautes Schimpfen, nicht das Schnauben der Pferde, nicht die warme, nach Harz und Blüten duftende Luft und den verzweifelten Wunsch, sich darin aufzulösen.

Nun war sie also in Sicherheit, dachte sie bitter, umgeben von Rethras Kriegern, befreit, als einzige Überlebende heimgekehrt.

Sie lief wie die Franken zu Fuß neben den Reitern, nur daß sie nicht gefesselt war und nicht mit zum Himmel gestreckten Händen von einem der Krieger vorangezerrt wurde. Verstohlen sah sie sich nach Embricho um. Wut sprach aus dem Gesicht des Hünen: Die Augen sprühten blaues Feuer, die schmalen Lippen formten lautlose Flüche. Es schien, als sträube sich Embrichos blondes Haar in alle Richtungen; der Haß knisterte darin wie der Blitz in den Gewitterwolken kurz vor dem Donnerschlag.

Bald begann Tietgaud, mit halblauter Stimme Psalmen zu beten. Die Augen hielt er nur notgedrungen geöffnet, so wirkte es. Sein Blick folgte stumpf dem Boden, ab und an sah der Mönch zu den Reitern hoch, ohne sie wirklich anzuschauen. Er war ganz auf die Worte bedacht, die er wie einen Zauber in fester Tonlage vor sich hin sprach. Tietgaud machte den Eindruck, die Lage mit dem Ernst dessen hinzunehmen, der sich seit Wochen darauf vorbereitet hat.

Anders Audulf. So gut es ging, beugte er sich nach einzelnen Baumstümpfen, Sträuchern oder Farnen herab und flüsterte eindringlich auf sie ein. Der Krieger, der das Seil zu seinen Händen in der Faust hielt, gab ihm die nötige Bewegungsfreiheit, indem er sich im Sattel zur Seite neigte oder gar das Pferd zügelte, dabei tauschte er spöttische Blicke mit den anderen Redariern aus.

Brun hatte man als einzigen zwischen zwei Reiter genommen. Ein doppelter Strick hielt seine Hände über dem Kopf verknotet, und beide Krieger, die je ein Ende des Seils in der Hand hielten, wachten mit aufmerksamen Blicken über den Bären.

Sie blieb stehen und wartete, bis Embricho und der Reiter, der ihn führte, herankamen. Dann ging sie neben dem Hünen her. »Hör zu, ich –«

»Behalte die Giftzähne in deinem Maul!« fauchte er. »Ich will nichts hören.«

»Es ist nicht so, wie du denkst.«

»Nein? Ich laufe nicht mit gefesselten Händen neben einem mordlüsternen Heiden her, den du gerufen hast? Ach, ich verstehe, ihr begrüßt eure Gäste immer auf diese Art.«

»Ich hatte euch gewarnt.« Was redete sie da? Sollten die Franken schuld daran sein, daß sie sie für das Menschenopfer nach Rethra gelockt hatte?

Embricho brach in ein hohes, klägliches Lachen aus. »Ja, du hast nur vergessen zu erwähnen, daß du selbst für unseren Tod sorgen würdest. Kann das sein? Wie habe ich dir nur vertrauen können! Ich würde mir am liebsten die Lippen mit glühenden Kohlen reinigen, die dich geküßt haben.«

Alena blieb stehen, schlug die Hände vor das Gesicht. Sie zwang sich, tief einzuatmen. Er konnte ja nicht anders, er wußte nicht, was die Wahrheit war. Sie würde sie ihm sagen. Wenn er sie dann noch fortschickte, gab es keinen Weg mehr aus seinem Haß heraus. Alena beeilte sich, aufzuholen.

»Embricho, hör mir nur noch einmal zu«, bat sie. »Ich habe die Krieger nicht geholt. Was ich wollte, war, euch hinzuhalten. Ich mußte euch davon abbringen, Rethra zu erreichen.«

»Wenigstens so lange, bis die Einfänger hier sind, natürlich.«

»Nein, eben nicht! Ich wollte, daß ihr euch versteckt, um euch zu retten. Glaube mir, der Schein trügt. Ich belüge dich nicht. Daß ich mit dir rede, bringt mich selbst in Gefahr. Der Krieger mit den reichen Waffen dort vorn, Barchan – siehst du nicht, wie er zu uns herüberschaut? Er versteht kein Fränkisch, aber er sieht wohl, daß ich mit dir spreche.«

»Wie mutig von dir«, spottete der Hüne.

»Heute ist der Bote angekommen«, raunte Alena, »der Bote, der uns in Rethra ankündigt. Das war geplant, damit Nevopor das Volk zusammenruft für das Opfer. In drei Tagen, wenn die Burg voll ist, wird sich Uvelan hineinschleichen, hinten, durch das kleine Seetor, im Morgengrauen. Er wird Einfluß zu erlangen suchen, wird die Zupans und die Burgherren an den alten Gott erinnern, wird sie aufwiegeln. Wenn er sie gewinnt, seid ihr gerettet!«

»Soll ich dir etwas sagen? Ich habe nichts anderes verdient, als einem heidnischen Dämon geopfert zu werden, denn ich habe das treuste und bewundernswerteste Weib betrogen, das es gibt. An Heilwich werde ich denken, wenn ich sterbe. Dich, Alena, dich verachte ich nur. Ich trage keine Münzen bei mir. Erinnerst du dich? Diese Ausbuchtung an meinem Gürtel, willst du wissen, was es ist? Ein hartes, altes Stück Brot. Heilwich hat es mir gegeben, mit einem liebevollen Lächeln und Augen, die vor Vertrauen ganz weich waren. Ich habe es nicht gegessen, weil ich wollte, daß es mich an ihre Liebe erinnert. An Heilwich werde ich denken. Deinen Namen werde ich nicht einmal im Himmelreich mehr erwähnen! Und jetzt verschwinde, oder ich reiße diesen Reiter vom Pferd, um die Hände freizubekommen für einen Fausthieb in dein Gesicht!«

Es war, als hätte ihr Herz aufgehört zu schlagen. Wie eine Tote bewegte sie sich, schleppte sich neben Barchans Hengst, starrte in die Luft als wäre es schwarze Nacht. Sie hatte einmal gesehen, wie man vor den Ställen in der Vorburg einen jungen Hund so lange geprügelt hatte, bis er reglos liegenblieb. Diesen Hund sah sie nun vor sich, das ockerfarbene Fell des Tiers, die schlaffen Beine, die Schnauze im Staub. Er hatte ein Pferd ins Bein gebissen, und die Männer hatten einen halben Tag gebraucht, es wieder einzufangen und zu beruhigen. Die Pferdeknechte rächten sich auf ihre Art. Mit Schaufeln. Wohl atmete Liub noch, aber Beine und Körper lagen da, als seien sämtliche Knochen gebrochen. Schlimmer noch, das Leben in ihm schien gebrochen zu sein. Man verbot ihr, zu ihm hinzugehen, sagte, er solle seine Lehre aus der Sache ziehen. Liub bewegte sich nicht vom Fleck. Als sie sich schlafen legte, hielt sie wach die Augen geschlossen und wartete. Bald waren rasselnde Atemzüge von allen Bänken zu hören. Sie schlich sich aus dem Tor die Treppe hinunter. In der Nähe des Stalles blieb sie stehen, wagte es nicht, sich zu nähern. Der Hund hatte sich zur Hälfte erhoben. Er kroch, die Hinterläufe mitschleifend, im Mondschein zum Misthaufen an der Stallwand. Schrecklich langsam war er, mußte immer wieder zwischendrin ausruhen. Aber er hatte bis zur Nacht gewartet, hatte seinen Peinigern diesen Anblick nicht gegönnt. Sie schämte sich dafür, daß sie ihn beobachtete. Es verletzte seine Würde, so schien es ihr. Geräuschlos zog sie sich zurück. Am nächsten Morgen suchte sie hinter dem Misthaufen nach Liub. »Der Koter ist fort«, erklärte ein Pferdeknecht und spuckte aus. »Lag tot hinter dem Haufen, dort, an der Wand.« In den nächsten Wochen hatte sie sich jeden Abend in den Schlaf geweint.

So war sie jetzt, wie Liub. Alle ihre Knochen waren gebrochen, und ihre Seele auch.

»Können es wohl nicht fassen, daß die hübsche Tochter des Hochpriesters sie reingelegt hat, was?« Unter Barchans Bart zeigten sich weiße, starke Zähne, er grinste.

Alena blieb stumm.

28. Kapitel

Die Sonne hängte ein rotes Tuch über den Himmel, und der Wind blies es in Fetzen.

Rethra. Wie ein Stierkopf mit drei Hörnern prangte die Tempelburg auf der Hügelkuppe. Um den Hals des Stieres hing eine steinerne Kette. So weit umarmte der Wall der Vorburg den Hang, daß Alena den Kopf von ganz links nach ganz rechts wenden mußte, um ihn in seiner Breite anzuschauen. Kröten unkten im Teich vor der mit Granitblöcken verkleideten Mauer, Schilf rasselte und bog sich. Über dem Teich die Steine, über den Steinen die dicken Stämme der Palisade, die sich aneinanderreihten.

Im Inneren trotzte noch einmal eine steinbewehrte Böschung, so hoch wie drei Männer. Weitere Tore warteten hier, und darüber erhoben sich die Hörner des Stieres, die Türme. Svarožićs Köpfe ... Hatte Rethra deshalb drei Türme? Der Gedanke war ihr nie gekommen. Jetzt aber wirkten die Hörner bedrohlich. Sie – und nicht Sonne und Wind – hatten dem Himmel die rote Farbe gegeben, hatten ihn aufgeschlitzt, daß sich das Blut über das Firmament ergoß. Rethra, die Tödliche. So sah sie die Burg das erste Mal.

Als die Garde, die Franken und Alena das mittlere Tor im Wall der Vorburg erreichten, jubelten die Krieger oben auf dem Wehrgang. Sie brüllten, schlugen die Äxte auf die Schilde, daß es schepperte wie zerberstende Tonkrüge. Einige riefen Alenas Namen und winkten ihr zu. Das Tor öffnete sich; es zitterte, weil die Balken unten über Bodenerhebungen und Steine schrammten.

Barchan und die Reiter, die einen Franken am Strick hielten, saßen ab. Die anderen preschten durch die Öffnung im

Wall hindurch, trieben johlend ihre Pferde den Hang der Vorburg neben der Treppe hinauf und in weitem Bogen wieder herunter. Grasstücke wurden von den Hufen in die Luft geschleudert. Die Krieger streckten die Äxte zum Himmel, jagten wieder und wieder in halsbrecherischer Geschwindigkeit aneinander vorbei.

Alena erreichte mit Barchan, den Franken und den Verbliebenen der Tempelgarde die breite, hölzerne Treppe, die zur Hauptburg hinaufführte. Steil erhoben sich oben die Mauern und Türme in den Himmel. Die Treppe schien hinter jenem Tor in die Wolken hinaufzuführen.

Tietgauds Psalmgesang verebbte. »Allein die Wälle aufzuschütten!«

»Solche Wälle könnt Ihr nicht schütten«, murmelte Brun. »Innen verbergen sich Konstruktionen aus Holz und Stein.«

»In dieser Größe! Es verschlägt einem glatt den Atem.«

Audulf haspelte: »Das Kastell in Magdeburg, ich dachte, das wäre ein riesiges Bauwerk.«

»Nehmen wir die Burg zum Anlaß, Hoffnung zu schöpfen.« Tietgaud schnaufte. »Ich werde mit dem führenden Priester sprechen. Wer etwas in solcher Pracht errichtet, kann kein wilder Barbar sein. Er wird den Fehler seiner Krieger richtigzustellen wissen.«

»Unsinn«, knurrte Brun. »Wir hören jeden Augenblick die Engel singen. Man wollte uns nur vor unserem Tod noch einmal beeindrucken.«

»Bei mir ist es nicht gelungen.« Der Hüne verzog den Mund. »In Haithabu, habe ich mir sagen lassen, sind die Wälle sieben Schritt hoch. Kümmerliche Heidenfestung!«

Sie erklommen die Treppe. Zehn Stufen, Podest, zehn Stufen, Podest, ... Die Torflügel schwangen auf. Fünf schwarze Gestalten lösten sich aus dem Schatten. Vater in der Mitte; er trug den längsten Bart, und er hob die Ellenbogen vom Körper ab, wie er es immer tat, wenn er besonders würdevoll auftreten wollte. Daneben Jarich, nur ihm konnte die Priesterbinde schief über der Stirn hängen. Auf der anderen Seite Miesko: der Kopf tanzte auf dem Hals wie ein schlecht befestigtes Puppenhaupt auf einem Stock. Gnažek zur Linken, Lodiš zur Rechten. Vielleicht konnte sie Vater alles erklären, vielleicht würde er auf sie hören?

Svarožić hat einen Menschen gefordert, sagte eine kalte, gnadenlose Stimme in ihr, Vater wird ihn ihm geben.

Neben den Priestern erschienen Wachen. Sie starrten neugierig auf die Ankömmlinge, sahen sie an, als wären es keine Menschen, sondern seltene Tiere.

»So hat der Linone die Wahrheit gesagt«, empfing sie Nevopor. Er nickte einer der beiden Wachen zu. »Binde ihn los, laß ihn frei. Und bereite die Kammer für die vier Franken vor. Tut ihnen an, was immer nötig ist. Ich will wissen, wie viele Männer Liutberts Heer umfaßt und ob er weiter nach Osten zu ziehen gedenkt, wenn er die Sorben unterworfen hat.« Damit drehte er sich um und ließ sich von der Dunkelheit unter dem Torbogen verschlucken.

Am blutenden Abendhimmel blitzten die ersten Sterne auf. Der Mond goß sein weiches Licht dazwischen, noch schwach, aber mit der Verheißung einer hellen Nacht. Die Blätter einiger Birken, die zwischen den Hügelgräbern emporgeschossen waren, flüsterten Namen Verstorbener, und das Gras antwortete rauschend. Auf den alten Gräbern wucherte es dicht; zwei frische Hügel gab es, dort sproßten zögerliche Halme.

Alena meinte, Stimmen zu vernehmen. Gesang.

Vater machte weiche Schritte. Er hatte den Priestermantel gegen Wollkittel und Hose ausgetauscht. Jünger erschien er ihr, und ein wenig fremd. Er war plötzlich auch nur ein Mann, ein einfacher Mensch. Wenn es hoch kam, sah sie ihn das vierte Mal im Leben in einfachen Kleidern.

»Das hatte ich schon lange vor«, sagte er, »einmal mit dir hierherzugehen. Wollen wir Karas Grab besuchen?«

Sie nickte.

Feines Lächeln in seinem Gesicht: Fältchen um die Augen, zuckende Mundwinkel bis in den Bart hinein.

Das Grab lag am hintersten Rand der Lichtung, ein flacher Hügel, wie für ein Kind. Er mußte mit der Zeit in sich zusammengesunken sein. Hier hatte man der Mutter persönliche Dinge beigegeben, Spangen, Schnallen, das Messer vielleicht, daß sie tagtäglich verwendete, und hatte schließlich ihren Körper dem Feuer preisgegeben, um den Geist zu befreien. Hatte Vater Karas Geist am Grab geopfert? Wie oft hatte er das getan, und warum hatte ihn Alena nie begleitet? Dieser Ort mußte ihm vertraut sein.

»Ihr wurdet überfallen?«

»Sie waren in der Überzahl.«

»Diesseits oder jenseits der Elbe?«

»Diesseits.«

»Also zieht Liutbert bereits Truppen im Norden zusammen. Das könnte sich gegen uns richten.«

»Ich glaube nicht, daß die Franken etwas mit diesem Feldzug zu tun haben.«

Vater räusperte sich. »Hast du …« Rauch in seiner Stimme. »Mußtest du dich ihnen hingeben, um sie in deine Hände zu bekommen?«

»Nein.«

»Das ist gut.«

Schweigen.

Die dünnen Schatten der Birken kletterten über die Gräber. Zwischen den Grashalmen war es schon Nacht. Sie schliefen ruhig, die Toten.

»Mutter – wie war sie?«

»Eine gute Frau. Für Rethra hat sie alles gegeben, sie hat den Aufbau dieser Burg von früh bis spät gefördert, hat mit den Menschen gesprochen, die Männer ermutigt und die Frauen gestützt. In den Abendstunden, wenn sie im mindesten genauso erschöpft war wie ich, hat sie noch mit mir Pläne durchgesprochen, im Winter den Ofen angeheizt, im Sommer Seile geflochten. Ich habe diese Frau nie müde erlebt.« Er trat hinter Alena, legte ihr die Hände auf die Schultern. »Mein Kind, ich bin stolz auf dich. Hat einige Querelen gegeben in den vergangenen Wochen. Du hast gefehlt. Bist eine, auf die man sich verlassen kann.« Er schwieg einen Moment. »Wie hast du es nur geschafft, die Franken hierherzubringen?«

»Sie wollten selbst nach Rethra.«

»Sind sie des Lebens überdrüssig?«

Auf keinen Fall durfte sie Uvelan erwähnen. »Das glaube ich nicht. Aber warum sie unbedingt nach Rethra wollten ...«

Die Finger auf ihrem Rücken gefroren.

Wenn sie zu wenig erzählte, würde er Verdacht schöpfen. »Ich glaube, der Mönch hat sie dazu gezwungen. Er möchte von seinem Christengott predigen.«

»Ha!« Ein kurzes Auflachen. »Alena, Tochter, den Tod unserer Krieger bedauere ich natürlich, aber es ist eine große Tat, die du vollbracht hast. Du hast allein vier fränkischen Bewaffneten gegenübergestanden. Und es ist dir gelungen, sie nach Rethra zu führen, in unsere Hände. Bedenke, was nun geschehen wird! Man wird in dir die sehen, die den Wunsch des Dreiköpfigen erfüllt hat, die, die das Opfer erwählte und uns damit letztendlich den Sieg eingebracht hat. Du wirst großes Ansehen haben im Volk, noch größeres, als du es längst besitzt. Wie stolz du deinen Vater machst!« Er drückte ihre Schultern. Die Berührung tat wohl.

»Es waren gut zwei Dutzend, mit Eisenhemden und scharfen Schwertern – sie haben die Unsrigen geschlachtet wie Schafe. Zuerst war ich ihre Gefangene, aber dann habe ich die Polaben zu Hilfe gerufen, und es blieben nur noch vier. Ihre Waffen haben sie verloren, als wir die Stepenitz überquerten, also, sie haben sie nicht im Wasser verloren, sondern wir wurden erwischt.« Alena stockte. Verfolgte Vater nicht einen Zweck damit, daß er so zärtlich war?

»Was geschah dann?«

Karas Grab. Sie standen vor dem Totenhügel wie vor einem Streitrichter. »Ich bin müde.«

»Nun gut. Ich frage dich später.« Er trat wieder neben sie. »Aber du kannst mir doch sagen, wer welche Aufgabe in der Gruppe hatte. Gibt es einen Anführer?«

»Zuerst dachte ich, es ist der blonde Hüne, aber dann hat sich herausgestellt, daß es der Mönch war.«

»Der Mönch ist der kleine, beinahe kahlköpfige Mann mit dem Kreuz auf der Brust? Ist dir aufgefallen«, leise sprach er, lauernd, »daß einer von den Franken irgendwann eine besondere Schwäche für Schmerz gezeigt hat?«

»Schwäche für Schmerz?« Alena schluckte.

»Vielleicht hast du das nicht gesehen. Aber hat einer von ihnen ungern hart gelegen in der Nacht und sich am Morgen klagend den Rücken gerieben? Gibt es jemanden, der das kalte, beißende Wasser fürchtet?«

»Warum fragst du das?«

»Ich muß sie zum Sprechen bringen, muß herausfinden, was sie über Liutbert wissen. Unser Volk ist in Gefahr. Du hast gesehen, wie überlegen die Franken gerüstet sind.« Eine eckige Bewegung mit dem Kinn, ein leichtes Zittern des Bartes. »Es macht dir doch nichts aus, wenn sie Schmerzen erleiden?«

Alena ging in die Hocke und strich mit dem Handteller über die Halmspitzen am Fuß des Grabhügels, als würde sie die Tote streicheln. »Und was, wenn es mir etwas ausmachen würde?«

Er sah zum Himmel hinauf, atmete tief ein. »Hör zu, Tochter. Barchan hat von deinem Streit mit dem Hünen erzählt. Aber ich will dir vertrauen, verstehst du? Ich will mich nicht vergiften lassen von solchen Gedanken. Ich baue auf dich.«

»Du baust deine Zukunft auf mich, richtig?«

»Wie meinst du das?«

Kein Wort brachte sie heraus, obwohl Tausende durch ihren Kopf brausten. Sie biß sich die Lippe wund.

»Ich frage dich noch einmal: Es macht dir nichts aus, wenn sie Schmerzen erleiden, richtig? Alena?« Dann, Eisschollen, die aus seinem Mund brachen: »Du würdest mich nicht hintergehen, oder?«

Sie zitterte, mußte eine Entscheidung fällen. »Hintergehen!« spuckte sie aus. »Hintergehe ich dich, wenn ich einen anderen Gedanken fasse als du, wenn ich eine Entscheidung selbst fälle und nicht in der Art, wie du sie dir wünschst?«

Nevopor krampfte die Hände zu Fäusten. Wie Speichel tropften die Worte von seinen Lippen. »Du bist wie deine Mutter! Sturköpfig, rechthaberisch!«

»So? Ich denke, sie war immer hilfsbereit, hat dich unterstützt? Du hast gelogen. Was ist die Wahrheit?«

Er keuchte. Ging einige Schritte fort, kehrte zurück. Brüllte: »Immer habe ich befürchtet, daß das Raubtier, das in deiner Mutter wohnte, auch aus dir herausbrechen könnte. Befürchtet. Befürchtet!« Er fiel neben ihr auf alle viere, krallte die Hände in den Grabhügel. »Gib sie mir wieder, Kara! Gib mir meine Tochter wieder!« Er begann zu graben. Dann faßte er sich, wischte sich über die Lippen, stand schwerfällig auf, ergriff mit den erdschwarzen Fingern Alenas Kinn und zwang sie, ihn anzusehen. »Bist du nicht bestmöglich erzogen worden? Du hast kein Wort mit ihr gewechselt, ich habe dich geliebt und gefördert. Ist es nicht so? Aber es muß im Körper drinnen sein, irgendwo dort, hinter deiner Brust, im Kopf, in den Händen vielleicht. Im Blut, ja, im Blut ist es. Das Zerstörerische, das Böse. Du willst vernichten! Sag es mir, gib es zu, Alena, du willst das doch, du willst alles zermalmen, was ich aufgebaut habe. Ist es nicht so?«

»Vater, du bist krank.«

»Nein, ich bin bei bester Gesundheit. Du bist krank! Du enttäuschst mich bis ins Mark, Tochter. Vertreibe diese bösen Gedanken! Kämpfe dagegen an. Es muß nicht so sein, du mußt dich nicht gegen deinen Vater auflehnen. Es bahnt sich ein Unglück an, was weißt du darüber?«

»Nichts.« Sie kniff den Mund zusammen.

»Hast du Anteil daran?« Er fuhr zurück. »Meine eigene Tochter … Liebst du Rethra nicht mehr? Es ist dein! Die Menschen, mit denen du aufgewachsen bist, die Kraft, die es in die slawischen Länder versprüht. Du bist Rethra, Alena! Willst du dich selbst vernichten?« Er zählte Namen auf, begann mit Alenas Spielgefährtinnen, sprach dann von der Tempelgarde, von den Frauen, den Kindern, ließ auch nicht das Schaf aus, das sie aufgezogen hatte.

Und Alenas Herz erweichte. Sie zweifelte plötzlich daran, ob sie richtig empfunden hatte. Sollte sie nicht die Franken hassen und ihre Volksgenossen lieben? Auf welchen Irrweg war sie geraten? »Natürlich habe ich mich mit dem Hünen gestritten«, murmelte sie. »Ich hatte die Franken angelogen. Wie sollte ich vier Männer gefangen führen als Frau, allein, ohne Waffen?«

»Du hast das ganz richtig gemacht.«

»Sie waren zornig, als sie die Tempelgarde überwältigte, mit mir an ihrer Seite.«

»Aber du hättest dem Hünen ins Gesicht spucken können«, raunte Nevopor. »Hättest sein Schimpfen mit einem überlegenen Lachen erwidern können. Ich will nicht mehr davon reden. Was ist mit dem Alten? Barchan hat genau diese Franken bei Zwerin beobachtet, hat er mir berichtet, und ein Mann führte sie. Was weißt du über ihn? Verbirg nichts vor mir!«

So hatte er sie noch nie angesehen. Es machte ihr angst, Kälte kroch ihre Wirbelsäule empor wie eine Schlange. Dann fand sie Furcht in seinem Blick. Vater fürchtete sich vor Uvelan. »Es gab da einen alten Mann«, sagte sie, »der ist zu uns gestoßen bei den Polaben, hat sich uns einfach angeschlossen. Seine Nägel waren lang gewachsen wie Krallen. Blätter und Zweige hingen ihm im Bart und in der Mähne. Zuerst hielt ich ihn für den Waldherrscher.«

»Den Waldherrscher!« entfuhr es ihm. Speicheltropfen landeten kühl auf Alenas Haut.

»Ich habe später auch erkannt, daß er ein einfacher Mensch ist. Nur zuerst ... Er sah so aus, wie ihr uns den Waldherrscher beschrieben hattet. Was ist das für ein Mann? Warum macht er dich so wütend?«

»Das geht dich nichts an. Wo ist er jetzt? Warum ist er nicht mehr bei euch?«

»Das geht mich nichts an? Wieso nicht? Ich bin Rethra, und es geht mich nichts an?«

Nevopors Lippen wurden schmaler. Er sagte: »Du kannst froh sein, wenn ich dir wieder vertraue, Alena. Stelle keine Forderungen, hörst du?«

»Forderungen? Du erwartest von mir die Wahrheit, aber selbst belügst du mich! Über Mutter hast du die Unwahrheit gesagt. Über den Alten willst du nicht sprechen. Was sind das für Schüsseln, von denen Javor gesprochen hat? Ich soll dir von ihm sagen: Seine Schuld ist hiermit beglichen. Welche Schuld, Vater?«

»Er hatte auch dich in seinem Gewahrsam?«

Alena nickte.

»Dreißig eiserne Schüsseln! Eine ganze Karrenladung bestes böhmisches Eisen. Dieser Versager! Das hat er also als Preis genommen. Du bist teuer erkauft, Alena, du und die Franken.«

»Erkläre es mir!«

»Nein. Solange ich nicht weiß, ob ich dir vertrauen kann, werde ich dir nichts erklären.«

»So ist das? Ein Werkzeug bin ich in deiner Hand, nichts weiter! Nun, dann sieh, wie sich das Werkzeug deinen Fingern versperrt!«

»Oh, ich kenne diese Worte, die du sprichst. Wie ich sie hasse!«

»So, wie du Mutter gehaßt hast?«

»Du wirst keinen Schritt mehr machen ohne meine Erlaubnis. Tochter!« Er spie es aus. »Ich bin mir sicher, Uvelan ist in der Nähe. Du willst mir nicht sagen, wo er sich versteckt hält. Aber ich weiß, wen ich fragen muß.«

29. Kapitel

»Genug!« befahl Nevopor. Es roch nach Blut in der fensterlosen Kammer, nach Schweiß und Urin. Schnaufen war zu hören, und das dicke Schweigen, das Schreien folgt. Es verstopfte die Ohren.

Für einige Zeit sah er nur Schwärze und die Flamme eines kleinen Talglichts. Dann gewöhnten sich seine Augen allmählich an die Dunkelheit. Er erkannte den Mönch, den Hünen und den Bullen, die am Boden saßen, gefesselt und an die Wand gelehnt. Vor ihm stand Miesko, die Wangen glühten, der Blick war feucht, nahezu fiebrig. Von einem Deckenbalken hing der schmächtige Franke herab, die Hände oben über dem Stamm zusammengeknotet. Feine Linien zeigten sich auf seinem Rücken, Risse, in denen Blut zusammenfloß. Cozilo bog neben ihm die Rute, um sie geschmeidig zu halten.

»Warum er?«

Mieskos Kopf wackelte betrübt. »Er sieht am schwächsten aus, findest du nicht? Ich dachte, er würde zuerst aufgeben.«

»Hat er geredet?«

»Mein Fränkisch ist nicht sehr gut. Er erzählt fortwährend von verborgenen Truppen, die ihn retten werden.«

Nevopor trat von hinten an den Hängenden heran, strich sanft mit den Fingerspitzen den verletzten Rücken hinunter. Ein Zittern lief über den Körper des Franken. »Sag mir«, raunte Nevopor, »wo sind diese Truppen versteckt?«

»Niemand kennt ihre Verstecke«, ächzte der Schmächtige.

»Niemand?« Nevopor zog sich zurück und nickte Cozilo zu.

Phhhhhhhht! fauchte die Rute. Noch während der Franke schrie, war sie wieder da. *Phhhhhhhht!* Haut platzte, neue rote Linien kreuzten die anderen. Der Schmächtige zappelte, winkelte vor Schmerzen die Beine an, winselte.

Ruckartig hob Nevopor die Hand, und Cozilo hielt inne. »Nun? Du erinnerst dich?« Er hatte in ein süßes, wohlwollendes Fränkisch gewechselt. »Wo hast du sie zuletzt gesehen?«

»Sie sind unsichtbar«, hauchte der Franke.

»Unsichtbar? Daß ich nicht lache!«

»Sie werden mich retten, weil ich sie immer geachtet habe.«

Der Peiniger hob die Rute, aber Nevopor bedeutete ihm zu warten. »Sprich weiter.«

»Wenn ich befreit bin, werden sie mir ihre glitzernden Paläste zeigen«, keuchte der Franke, »und dann werden sie meine Seele sicher zu Gott geleiten. Du kannst mich nicht opfern, Bote Satans! Mit ihren roten Nebelkappen gelangen sie unbemerkt in deine Teufelsburg, und sie werden mich hinausführen durch geheime Türen, die nicht einmal du kennst.«

»Waren sie schon einmal hier? Woher kennen sie die Burg?«

»Oh, sie waren sicher hier. Du hast es nicht bemerkt.«

»Franken? In Rethra?«

»Es sind keine Franken. Es ist ein Volk, das unter der Erde Gänge gräbt.«

»Welches Volk sollte das sein?«

»Ist wenigen bekannt, man muß vorsichtig sein und rücksichtsvoll. Sie zeigen sich nicht jedem! Aber mich werden sie retten.«

»Wie heißt du?«

»Audulf.«

»Höre, Audulf. Bis deine geheimnisvollen Helfer ankommen, kann ich dir noch viele Schmerzen bereiten. Ich kann dir den Verstand aus dem Leib prügeln lassen, kann diese Stunden für dich zur schlimmsten Qual machen. Willst du das?«

Schweigen.

»Um es zu verhindern, mußt du mir nur zwei Fragen beantworten. Wie groß ist das Heer Liutberts? Und wo steckt der Alte, der euch begleitet hat?«

»Bitte«, winselte Audulf, »bitte, ich weiß das nicht, wirklich. Kannst du nicht andere Fragen stellen? Ich will alles sagen!«

»Tut mir leid, andere Fragen gibt es nicht. Du wirst wohl die Schläge einstecken müssen, so lange, bis deine Freunde auftauchen.«

Audulf heulte auf, jaulte Unverständliches.

»Er weiß nichts«, sagte Nevopor. »Macht ihn los.«

Miesko stotterte: »Was ... was ist mit den ... den Truppen?«

»Es klingt, als würde er von Geistern sprechen.«

Nach kurzem Zögern kletterte Cozilo auf einen Schemel, zog ein Messer und schnitt am Balken die Fesseln durch. Der schmächtige Franke fiel herab wie eine Strohpuppe. Bevor er sich aufrappeln konnte, war Cozilo über ihm und bog ihm die Arme auf den Rücken. Miesko ging mühevoll auf die Knie, um die Hände des Gefangenen zu fesseln.

»Ihr seid der Herr dieser Burg, nicht wahr?«

Nevopor drehte sich herum. Der Mönch hatte den Blick zu ihm erhoben. Er wußte am meisten, wenn er tatsächlich der Führer der Gruppe war. Andererseits: Er würde nicht reden, dafür sah er zu entschlossen aus, zu stark.

»Ist das eine angemessene Art, seine Gäste zu empfangen?«

Nevopor zeigte auf den Hünen. »Ihn will ich haben.«

Kaum war es ausgesprochen, erhob sich der breitschultrige, blonde Franke, ohne daß ihn jemand berührt oder in fränkischer Sprache dazu aufgefordert hätte. Er blickte starr vor sich hin. Furcht zeigte er keine; er schien die Schmerzen eher herbeizuwünschen.

»Du kennst mich nicht.« Nevopor trat an den Hünen heran, so nahe, daß er deutlich den Schweiß roch, der in den Kleidern des Franken hing. Leicht tippte er gegen seine Brust, immer wieder. »Ich bin Alenas Vater«, flüsterte der Priester. »Ihr Blut fließt auch in meinen Adern, sie ist ein Teil von mir. Ach, wie ist sie zu mir gelaufen gekommen, wie hat sie sich an meine Brust geworfen! Sie hat mir alles berichtet, alles. Eure Küsse, eure heißen Umarmungen – ich weiß es. Es ist ihr schwergefallen dich zu belügen, hat sie mir gestanden, weil du ein guter Liebhaber warst. Sie hat dich auf eine gewisse Art gemocht, obwohl sie natürlich deine plumpe Dummheit verachtete. Nichts hast du bemerkt! Du bist ihr auf den Leim gegangen, wie eine Fliege auf dem Blatt des tödlichen Sonnentaus landet. Dummkopf! Hast du ihr wirklich vertraut?«

Endlich ein Keuchen, ein hartes Schlucken in der Kehle des Hünen.

Nevopor trat zurück, um ihn zu betrachten. Der Franke hatte die Augen geschlossen, hielt die zuckenden Lippen fest aufeinandergepreßt.

»Trauere nicht. Sie hatte Freude an dir, das hat sie deutlich gesagt. Ist das nicht eine Ehre für dich? Mag sein, daß sie dich für ihre Zwecke benutzt hat, aber sie hat mit guter Münze bezahlt dafür, nicht wahr? Oder hast du das Spiel etwa als Ernst angesehen?«

Der Hüne rang sichtlich um Fassung. Ein Beben fuhr über seine Wangen, und unter den geschlossenen Lidern zwängten sich Tränen der Wut hervor.

»Weißt du, nur eines verwirrt mich. Sie scheint mit jemandem zusammenzuarbeiten, der überhaupt nicht zu ihr paßt: einem alten Greis. Es sieht sehr danach aus, als würden sie einen Plan verfolgen, einen bösen Plan. Er will sie holen, bald, und dann werden sie irgendwo in den Wäldern über ihr gelungenes Kunststückchen lachen, über dich werden sie lachen und über dein dummes, verliebtes Gesicht. Über die anderen, die sie reingelegt haben. Ich finde, damit geht sie zu weit.«

»Wenn du denkst«, röchelte der Hüne, »daß ich dir etwas preisgebe, dann täuschst du dich.«

Nevopor schlug die flache Hand neben dem Franken gegen die Wand. »Ich hasse diesen Alten,« zischte er, »und ich werde ihn töten, genauso wie ich Alena hart bestrafen werde. Auch wenn du nicht redest – ihre Pläne werden vereitelt! Ich dachte nur, du hättest genug Kraft, um dich an ihr zu rächen und ihr die Lehre zu erteilen, wie es ist, verraten zu werden. Aber scheinbar reicht deine Stärke nicht einmal dafür aus. Du schützt sie, weil du sie noch immer liebst. Du willst nicht verstehen, daß sie dir in den Rücken gefallen ist, du willst schwach sein, willst dem gerechtfertigten Haß keinen Raum geben, weil du hoffst, daß sie sich besinnt, daß sie dich im Innersten liebt, wie du sie liebst. Ich sage dir: Es ist eine Täuschung. Nur bist du zu elend für die kalte Wahrheit.« Nevopor wendete sich ab. »Willst du wissen, was das Schlimme ist? Sie wußte, daß du so schwach sein würdest.«

Der Franke stöhnte auf, als wäre er mit dem Hammer auf die Stirn geschlagen worden. »Versprich mir, daß du sie mit Härte strafst!«

»Das werde ich.«

»Im Morgengrauen«, raunte der Hüne, »in drei Tagen, wird sich der Alte in die Burg schleichen. Er kommt durch das kleine Seetor in der hinteren Mauer.«

»Miesko, Cozilo? Nehmt euch den Mönch zur Brust. Bringt ihn dazu, über Luitberts Heer zu reden.«

Im Hinausgehen erhaschte Nevopor Mieskos Blick, der ihn mit Genugtuung erfüllte: Während der alte Gefolgsmann bewundernd die Unterlippe vorschob, lag in seinen geweiteten Augen kalte Furcht.

Chrs, der Mondgott, hatte sein rotes Kriegskleid übergeworfen. Der Abgezehrte zeigte sich in jener Nacht als machtvolles, feuriges Himmelslicht. Wie der riesige Schild eines Kämpfers hing sein Zeichen über dem See. Es tauchte die Tempelburg in einen geisterhaften Schein. Silberne Wolkenschleier suchten Chrs zu besänftigen. Sie legten sich sanft um den Feuermond, streckten ihre glitzernden Arme in ruhiger Geste über den Himmel. Und da waren Sterne, Tausende und Abertausende, helle, dunkle, flimmernde, sprühende, strahlende und flackernde, solche, die bald verlöschen würden, und solche, die erst in beißender Kraft aufgegangen waren.

Auch wenn mein Stern bald untergehen wird, dachte Uvelan, noch leuchtet er in vollem Glanz: Ich habe ein Ziel, einen Weg. Aus einer Laune heraus begann er, die Sterne in einem Winkel zu zählen, brach dann leise lachend ab, nur um an anderer Stelle wieder einzusetzen. So viele Menschen gab es! Vielen brannte ein helles Licht am Himmel. Es gab Hoffnung.

Der verfärbte Mond erschreckte Uvelan nicht. Vielmehr erfüllte er ihn mit erregter Erwartung auf den kommenden Morgen. Der Krieg galt nicht ihm, er galt Rethra. Ob sie den Mond bemerkten? Ob sie ihn richtig deuteten und bereits ahnten, was ihnen drohte?

Uvelan kniete sich in den kühlen Ufersand und tauchte zwei Finger ins Seewasser. Er zog Kreise, betrachtete die kleine Delle in der Oberfläche, die den Fingern folgte. Was, wenn sich ein Hecht heranpirschte und zubiß? Dann würde er ihn packen und herausziehen. Uvelan schnippte auf das Wasser und lauschte dem plätschernden Geräusch.

Sie hatte die Wahrheit gesagt vor drei Tagen im Hain. Um sicherzugehen hatte Uvelan den Ablauf zweimal beobachtet: Tatsächlich verschwanden kurz vor dem Ende der Nacht die Wachen von der Mauer am See, und mit dem ersten grauen Schimmer am Firmament öffnete sich das kleine Tor. Es entließ einen jungen Mann mit schlacksigem, schmalem Körper, der ein Boot bestieg und es zu den Reusen hinausstakte, um den kargen Fang herauszuklauben. Erst wenn der Junge zurückgekehrt war und die Sonne den ersten goldenen Zipfel über die Bäume reckte, erschienen wieder Menschen auf dem Wall. Die Reusenfahrt des Jünglings ließ genug Zeit, an der Mauer entlang zum Tor zu schleichen und in die Burg zu schlüpfen, und sofern er sich nicht umwandte, konnte es unbemerkt geschehen.

Sorge bereitete Uvelan etwas anderes, das Alena nicht vorhergesagt hatte. Am Ufer stand ein Pfahl, und ein Mensch war daran festgebunden. Deutlich hatte Uvelan gestern die hellen Seile gesehen, die Hals, Brustkorb, Hüfte und Beine des Menschen an den hölzernen Stamm zwangen. Zwar schien der Gefolterte fortwährend zu schlafen – der Kopf hing zur Seite herab, und er bewegte sich nicht –, aber was, wenn er erwachte und Alarm schlug, um seine Peiniger für sich zu gewinnen und vielleicht ihre Vergebung zu erlangen? Dieser Gefahr konnte Uvelan nicht ausweichen.

»Chrs, du hast dich zum Krieg gerüstet«, sagte er leise. »Unterstütze mich, wenn die Sonne aufgehen will; halte sie hin. Auch du, großer Himmelsschmied, Svarogh, befiehl der Sonne, daß sie hinter dem Meer verharren möge, bis ich in der Burg ein Versteck gefunden habe.«

Er lächelte. Nevopor hatte dem Boten geglaubt. Er bereitete das Opferritual vor. Ein weiter Weg war es gewesen, vom Lucinsee in großem Bogen durch die Wälder um die Tempelburg herumzulaufen bis zur Straße, die nach Westen führte, aber er hatte sich gelohnt: Mit Freude hatte Uvelan aus dem Versteck heraus den Strom der Reisenden beobachtet, die nach Rethra kamen, um dem Opfer beizuwohnen. Einflußreiche Zupans waren darunter, die er für Svarogh gewinnen wollte, Fürsten, die auf Pferden ritten und gleißende fränkische Schmuckschwerter trugen, deren Parierstangen und Griffe mit Bronze verziert waren oder mit Silber. Wikingische Prunkäxte gab es da zu sehen, mit Kupferdraht oder gar mit Gold ausgelegt, kostbare Panzerhemden aus kleinen Ringen. Es waren Männer, auf die das Volk hören würde. Diese würde er finden, würde sie in ihren großen Zelten besuchen und sie an Svarogh erinnern, an den verstoßenen Gott, der mit Macht zurückzukehren bereit war.

Ein Vogel stimmte hinter Uvelan sein Lied an, zwitscherte frech in die Dunkelheit hinein. Bald kam entfernter Vogelgesang vom anderen Ufer hinzu. Die Töne der beiden Vögel sausten wie gewetzte Messerklingen über den See, klares, scharfes Pfeifen und Trillern. Bald mußte der Morgen grauen, und es war höchste Zeit, sich an die Burg heranzupirschen. Ein Blick zum Himmel trieb Uvelan zu einem raschen Aufbruch an: Die Sterne verblaßten allmählich, und auch der Mond verlor an Leuchtkraft.

Er hastete durch den Wald, gerade nah genug am See, daß er nicht die Richtung verlor, und zugleich so weit unter den Bäumen, daß man ihn, so hoffte er, in der Dunkelheit von der Burg aus nicht sah. Manchem trockenen Ast wich sein Fuß im letztem Augenblick aus, mancher Dornenzweig verhakte sich in Uvelans löchrigem Hemd und mußte – unter leisen Flüchen – mit den Fingerspitzen herausgelöst werden. Dann endlich der Wall in unmittelbarer Nähe, und dort auch schon die Gestalt, die den Hang herunterkam und das Boot vom knirschenden Ufer ins Wasser schob. Uvelan duckte sich hinter einen Strauch.

Zügig watete der schlacksige Mann neben dem Boot ins Wasser. Etwas stimmte nicht an ihm. Die Arme waren zu lang, dünn und lang wie Rehbeine. Im jungenhaften Gesicht preßten sich die Lippen aufeinander. So kalt war das Wasser? Sorgte er sich, daß man ihn von der Mauer aus beobachtete, und bemühte sich deshalb, sich die Kälte nicht anmerken zu lassen?

Der Mann packte den Rand des Bootes mit den knochigen Händen, stemmte sich hoch und kletterte hinein. Tropfen rannen aus seiner Hose und trommelten auf den hölzernen Rumpf. Er wartete, bis das Schaukeln nachließ, dann hob er eine Stange auf und ließ sie am Heck mit dem

Ende ins Wasser gleiten. Er tat dies, ohne sich umzudrehen, stocherte nach dem Grund, während er auf den See schaute, und schob das Boot sanft in Richtung der Reusen.

Uvelan hob den Kopf. Sorgfältig prüfte er die Krone der Palisaden, sah in jedem Winkel nach den Umrissen eines Menschen. Nichts zu entdecken. Zeit, daß die Erinnerung zurückkehrte in Nevopors Reich. Er verließ das Versteck, eilte von Stamm zu Stamm. Dann trat er aus dem Wald. Der Fischer stand im Boot, der Burg den Rücken zugekehrt. Vor Uvelan ragte ein steiler Hang in die Höhe, verkleidet mit Granitblöcken. Obenauf thronten die Palisaden Rethras.

Hundert Schritte waren es im mindesten bis zum kleinen Tor. Der Fischer durfte sich nicht umdrehen, während Uvelan sie zurücklegte; eine lange Zeit. Dann war da noch der Mann am Pfahl.

Uvelan begann zu laufen. Er hielt sich dicht am Hang. Niemand würde auf dem Wehrgang sein. So hatte es Alena gesagt, und die letzten Tage hatten es bestätigt.

Langsamer! mahnte er sich. Wenn er keuchte, würde er auf sich aufmerksam machen. Es half nichts. Die Furcht, entdeckt zu werden, trieb Uvelans Beine an, und bald atmete er in kräftigen Stößen.

Was war los mit den Händen dieses Mannes? Hinter dem Pfahl waren sie verknotet, so eng, daß kaum die Fingerspitzen hervorschauten. Die wenigen Flecken Haut, die zu sehen waren, schimmerten blau. Uvelan schlich hinter dem Pfahl vorbei. Nun erhaschte er auch einen Blick auf den Kopf des Gefolterten. Das Gesicht hatte eine abstoßende, rotblaue Farbe. Spitze Knochen zeigten sich unterhalb der geschlossenen Augen; ein mit Haut bezogener Schädel, abgehärmt, zerfallen.

Er wendete sich ab, wollte den Hang hinaufsteigen. Aber die Knie zitterten, gehorchten nicht. Uvelan glitt aus auf dem taunassen Gras, das zwischen den Granitblöcken wuchs, rutschte, ruderte mit den Armen, stürzte. Der Aufprall traf seine Schulter wie ein Faustschlag. Hart biß er sich auf die Zunge, um nicht zu stöhnen. Schlimm genug war es, daß der dumpfe Ton der Erschütterung über den See gehallt war. Vorsichtig hob er den Kopf, sah zum dürren Mann im Boot hinüber. Unverändert stakste der sein Boot zu den Reusen.

Der Gefolterte! Er hob den Kopf, langsam, als müsse er ein unglaubliches Gewicht bewegen. Aus der Kehle schoben sich Rabentöne.

Warum drehte sich der Fischer nicht um?

Allmählich sickerte eine eisige Ahnung durch Uvelans Gedanken. Er sollte sich nicht umdrehen. Jemand hatte ihm gesagt, daß er sich nicht umdrehen solle, egal, was geschehe.

Uvelan hob die Hände, hielt sie eine Elle auseinander, sah auf den Fischer. Dann schlug er die Handflächen zusammen. Die Schultern des Hageren zuckten kurz. Leise echote das Klatschen vom Waldrand am anderen Seeufer herüber. Ohne sich umzudrehen, stakte der Fischer weiter.

Eine Falle. Uvelans Hände schlossen sich zu Fäusten und öffneten sich wieder. Am ganzen Körper brach ihm der Schweiß aus. Er hastete zum Ufer, rannte. Die Füße stießen seinen Körper voran. Er hustete, röchelte nach Luft. Rumpeln am Hang, das Rasseln von Waffen. Verfolgertritte donnerten. Irgend etwas fauchte und platschte neben ihm ins Wasser. Eine Stimme rief: »Torfköpfe! Ihr sollt ihn lebend fangen.«

Er mußte nur den Wald erreichen. Nur den Wald. Dumpfe Gefühllosigkeit verdrängte den Schmerz in Uvelans Beinen. Je eindringlicher er ihnen befahl, sich schneller zu bewegen, desto langsamer wurden sie, als würde ein Gift sie lähmen. Die Lunge stach. Ein Specht hatte sich ihm in den Nacken gekrallt und hämmerte gegen den Schädel. Er konnte kräftige Atemzüge hören, Füße, die auf den nassen Ufersand klatschten. Keuchend trieb er sich zum Äußersten an. Der Mann am Pfahl kam ihm in den Sinn. Wenn Nevopor ihn,

Uvelan, in die Hände bekam ... Hätte er sich doch noch ein wenig Eisenhut gesammelt, einige Buschwindröschen oder Tollkirschen, um sich das Leben zu nehmen, für den Fall, daß es schiefging!

Etwas riß an seiner Schulter, er wurde zu Boden geworfen, ein Körper landete auf ihm und preßte seine Brust zusammen, daß ihm die Luft entwich.

»Ganz schön schnell für einen Greis«, keuchte jemand.

Zahllose Hände griffen nach seinen Armen. Das Gewicht hob sich von ihm. Endlich ein Atemzug. Uvelan wurde hinaufgezogen und auf die Beine gestellt. Er sah Gesichter, Axtblätter, ein Eisenhemd. Hinter den Kriegern, die ihn festhielten, ein Mann in schwarzem, seidenbesticktem Mantel. Der Mund inmitten des Bartes von ernster Festigkeit, die Augen gefaßt und unlesbar, eine breite Stirn. Immer noch diese Mähne wie ein Bärenfell, nur daß sie grau geworden war.

Nevopor musterte seinen Widersacher. Wie er würdevoll die Schultern streckte! Ein Greis war aus ihm geworden, einer von denen, die unsterblich scheinen. Wohl altert die Haut und die Ohren werden größer, aber ein Blick in die Augen zeigt ihre ungebrochene Kraft. Sie lallen nicht, sie nehmen nur an Weisheit zu. Ausgerechnet er ein Mann, der an Stärke gewachsen war.

Kaum wieder auf den Füßen, sagte Uvelan: »Ich hoffe, ich komme nicht ungelegen.« Das Schlangenarmband blitzte an seinem Handgelenk. Er hatte sich die Priesterbinde um die Stirn gebunden, als gebe es Rethra nicht.

Ein aberwitziger Gedanke schoß Nevopor durch den Kopf: Welch stattlichen Priester der Feind abgeben würde, wenn er sich Rethra zuwendete! Jarich, Miesko – niemand konnte ihm das Wasser reichen. Die taubenweißen Nägel, Bart und Haare ein See von Silber und klare, steingraue Augen, die Überlegenheit versprühten. Das Gebaren eines Fürsten, die Haltung eines Götterboten.

Er mußte sterben. Je eher, desto besser.

»Durchaus nicht, nein, du kommst nicht ungelegen. Deine Gäste sind bereits hier.«

»Meine Gäste?«

»Ein so wichtiger Mann wie du sollte nicht ohne die seiner Würde entsprechende Zuschauermenge sterben, findest du nicht? Das habe ich inzwischen dazugelernt. Seit damals.«

Uvelan lächelte mit offenem Mund.

In Nevopors Brust donnerte das Herz, der Atem flatterte. Wie konnte Uvelan diese Nachricht so fröhlich aufnehmen? Es verunsicherte ihn. Der Speichel wurde süß im Mund wie Honig. »Du freust dich?« hauchte er. »Dann haben sich die langwierigen Vorbereitungen gelohnt.«

»Wer sagt dir, daß du nicht wieder scheitern wirst?«

»Ich bin nie gescheitert! Du befindest dich nicht in der Lage für große Worte. Hat dir das Alter den gesunden Verstand geraubt?«

»Weder den Verstand noch die Erinnerung.« Das Lächeln verschwand aus Uvelans Gesicht. »Du weißt, welchen Frevel du begangen hast. Nun erwartet dich Svaroghs Rache.«

»Bring mich nicht zum Lachen, Uvelan. Du wirst geknebelt sein. Kein Wort vor dem Volk. Wer sollte dich unterstützen?«

Er schüttelte den Kopf. »Andere vor dir sind durch ihren Hochmut gestürzt.«

Wie er es aussprach. Es lag Endgültigkeit in seinen Worten. »Ja, einer davon steht vor mir«, erwiderte Nevopor. »Du hast meinen Tempelbau belächelt damals, als das Volk noch deinen Hain besuchte, nicht wahr?« Er sollte den Wortwechsel besser abbrechen. Kehrtmachend zischte er über die Schulter: »Bringt ihn zum Pfahl.« Sechs Männer. Uvelan würde nicht fliehen können.

»Seht euch vor, daß ihr auf der richtigen Seite steht«, ächzte der Gepackte, »wenn sich in den nächsten Tagen die Verhältnisse ändern.«

Sie würden nicht darauf achten. Es waren Barchans Krieger.

Die Sterne verschwanden. Wolken zogen auf, graue Wollberge auf einer himmelüberspannenden Schafshaut. Noch war die Sonne nicht zu sehen, aber über den Bäumen am Ostufer leuchtete das Firmament bereits in hellem Rot.

Sie erreichten Donik. Beim Anblick der ausgezehrten Gestalt hob Nevopor das Kinn, faßte sich. Er hielt die Zügel in der Hand, daran gab es keinen Zweifel. Einer Regung folgend, hockte er sich ans Wasser und plätscherte im Naß.

Das Geräusch ließ den Gefolterten zusammenzucken. Das Augenpaar, geschlossen, lag in Löchern, die Wangen waren eingefallen, die Lippen aufgeplatzt wie überreifes Obst.

»Donik, du hast Besuch.«

Zuerst zitterten seine Lider, dann hoben sie sich langsam, und schließlich riß er ganz die Augen auf, weitete sie, verengte sie wieder. Offensichtlich sah er nichts. Matschige, rote Linien durchzogen die Augäpfel. Donik röchelte, bewegte die Lippen und gab fauchende Tierlaute von sich.

»Sieh genau hin. Es ist jemand da für dich.«

Die blaurote Haut in Doniks Gesicht zuckte. Er atmete schneller. Wieder weiteten sich die Augen, verengten sich. Dann blieb der Blick auf Uvelan liegen. Ein Stöhnen zwängte sich aus Doniks Mund. Husten folgte. Der Mund verzog sich, die Schultern verkrampften sich zum Hals hin. Es dauerte lange, bis Nevopor begriff, daß es ein Lachen war. Donik lachte.

Leisen knallte es in seinem Mund, dann schob sich eine dicke, dunkle Zunge zwischen den Zähnen hervor. Plötzlich krächzte er verständliche Worte: »Du … du hast es … geschafft.«

»Er ist in meiner Gewalt«, sagte Nevopor. »Ihr habt versagt.«

Donik tat, als hätte er es nicht gehört. »Ich wußte … daß du es schaffen würdest.« Er sprach im Wechsel in hohen

Kinderlauten und tiefem Brummen, zwischendrin brach die Stimme und nicht mehr als ein tonloses Hauchen kam ihm über die Lippen. »Du hast meinem Vater ... Zuflucht gewährt vor seinen Verfolgern. Weißt du das noch? Sie wären fast ...« Er hustete trocken. »Fast wären sie ... über den kleinen Zaun geklettert.«

Uvelan nickte. »Vymer, ja.«

»Viele glauben ... an dich und Svarogh. Einen Hochpriester setzt man nicht einfach ab.«

»Du irrst dich, Donik!« brüllte Nevopor. »Uvelan wird sterben. Er wird hier in Rethra sterben, du wirst seine Schreie hören!«

Doniks Augenlider flackerten, der Kopf drohte zu kippen. »Wird er das? Wird er sterben?« Wieder der verzogene Mund, das Lächeln.

»Weißt du, wie du aussiehst?« Nevopor trat nahe an ihn heran. »Ein Tier bist du geworden, ein Dämon. Du stinkst, und dein Lachen ist nichts als ein Hustenkrampf. Ich hasse Unwürdigkeiten! Nein, du wirst Uvelans Tod nicht mehr erleben.« Er zog das Messer, riß es nach oben, fuhr quer über Doniks Hals. Ein roter Streifen erschien. Dicke Blutstropfen quollen hervor, zäh wie Harz.

Doniks Lächeln wurde noch breiter. »Weißt du«, röchelte er, »was das war, Nevopor? Das war ...« Er hustete Blut, und ein dicker roter Schwall brach aus dem Schnitt im Hals heraus. Mühevoll kroch ein Flüstern aus Doniks Mund: »Schwäche, Nevopor, Schwäche.« Er atmete stockend aus. Der Kopf fiel nach vorn und hing reglos.

»Ich hasse Unwürdigkeiten«, wiederholte Nevopor.

Sie stiegen den Hang hinauf. Die Äste, mit Pflöcken am Boden befestigt, um so etwas wie Treppenstufen zu bilden, erschienen ihm mit einemmal schäbig. Er würde diese Treppe erneuern lassen, sie sollte steinern sein. Und er würde jedesmal an seinen Sieg über den Widersacher denken, wenn er sie betrat.

Am Tor wartete Barchan mit weiteren Bewaffneten. Hatte

er sich etwa gesorgt? Er trug eine brennende Fackel, das Gesicht glühte von grimmiger Freude. Sie nahmen Uvelan in ihre Mitte. Die Fackel beleuchtete Eichenstämme. Knisternd verbrannten Spinnen, die die Flamme gezwungen hatte, sich von der Decke an schimmernden Fäden herabzulassen.

»Du hattest einen guten Baumeister«, sagte Uvelan. Seine Stimme wurde von der Enge des Ganges gedämpft.

»Es ist nicht der Baumeister, der Rethra zu dem gemacht hat, was es ist. Die Tempelburg atmet die Gunst Svarožićs.«

»Wollen sehen, ob sich das Hirngespinst dem wahren Gott stellt.«

Es war keine Erwiderung nötig. Sie traten in den Hof. Uvelan mußte sehen, daß er verloren war.

Tatsächlich blieb der Widersacher stehen, musterte mit großen, ernsten Augen den Tempel auf der Anhöhe. Nevopor mühte sich, den Blicken Uvelans über die langen Bohlen zu folgen, die den Tempel umgaben, die übermenschengroßen, dünnen geistergleichen Körper. Sie waren grell angemalt und trugen außer dem Kopf keine Gliedmaßen, was sie erscheinen ließ, als würden sie sich jeden Augenblick vom Boden lösen und in Bäume einfahren oder in Steine oder durch die Lüfte schweben zu Frevlern, um sie zu verschlingen. Beine und Arme waren dafür nicht notwendig, es waren die Gliedmaßen der schwächeren Wesen.

Die Gesichter der Geister brüllten Warnungen, sie fletschten dolchartige Zähne, sandten Blicke, die vor Zorn und Ungeduld sprühten. Lauernde Dämonen waren es, die den Tempel beschützten.

Hinter ihnen prunkten die Wände des Tempels auf einem Fundament aus Tierhörnern. Neben den Schaufeln des Elchs ragten Widderhörner aus der Wand, daneben die Stoßwerkzeuge von Ziegenböcken, Wisenten und dem Ur, Zeugnisse von Kraft und Gewalt.

Barchan und die anderen Gardisten weideten sich sichtlich an Uvelans Erschrecken. Nevopor fuhr sich mit der Hand durch den Bart und nickte. »Siehst du es nun? Svarogh ist tot.«

Während er es sprach, starben die drei Wachposten an der neuen Brücke, durchbohrt von sächsischen Kurzschwertern. Unbemerkt walzte ein Heer von Hunderten Sachsen und Obodriten über den Fluß.

30. Kapitel

Ein rötlicher Schimmer kletterte durch die Giebelöffnung in den Raum. Unruhig bettete Alena wieder und wieder ihren Kopf, drückte das knisternde Stroh zurecht in dem Sack, auf dem sie lag. Sie lauschte. Kein Geschrei war zu hören, keine lauten Rufe. Während das rote Licht die Wand hinabkroch, langsamer als eine Schnecke, trommelte Alena leise mit den Fingern auf den Rand der Bank. Immer noch war es still. Der Schimmer hatte die Steinplatten des Ofens erreicht. Ein Hund bellte, ein zweiter stimmte ein. Hatten sie Uvelan entdeckt? Die Hunde verstummten wieder, und der rote Schein wanderte zum Webstuhl. Er färbte den weißen Sand darunter fuchsfarben und zündete die Tongewichte an, die an den Spannfäden hingen. Warten, bis das Morgenlicht auf dem Schloß der Truhe blinkte. Dann würde sie aufstehen und ihren Vater zu sprechen verlangen.

Ohne Zweifel hatte Nevopor ihr den Wachposten, der dort reglos am Türrahmen lehnte, mit Hintergedanken zugewiesen. Er mußte neu in der Tempelgarde sein, Alena kannte ihn nicht. Sicher befürchtete Vater, die anderen würden der Tochter des Hochpriesters aus Ehrfurcht zu viele Freiheiten gewähren. Aber das war nicht mehr wichtig. Es mußte Uvelan gelungen sein, unbemerkt in die Burg zu gelangen, und dadurch würde sich bald eine Menge ändern. Wenn Vater dachte, er hätte sie im Griff, dann hatte er sich getäuscht.

Hier erzählte jeder Winkel eine Geschichte. Am größten Stein des Ofens hatte sie sich als Kind die Hand verbrannt, so schlimm, daß die Haut am Ofen kleben blieb. Seltsamerweise erinnerte Alena sich nicht an den Schmerz; immer wenn sie daran dachte, hallte nur ein Erschrecken, ein beinahe gefühlloses Erstaunen in ihr wider, und sie meinte sich zu entsinnen, auch damals mit Neugier ihre verbrannte Hand und den Hautfetzen am Ofen betrachtet zu haben, bevor sie allmählich gewahr wurde, daß ihr etwas Schreckliches geschehen war.

Sie hatte sich monatelang davor gescheut, der Truhe nahe zu kommen, weil Vater eines Abends auf ihrem Bettrand gesessen und ihr mit raunender Stimme erzählt hatte, sie sei voller Schlangen, giftiger wie ungiftiger, die sich umeinander wänden und Diebe, die sich an den Habseligkeiten Nevopors zu vergreifen versuchten, fingen. Nacht für Nacht lauschte sie auf das leise Zischen, das tatsächlich aus der Truhe zu dringen schien, bis sie eines Tages einen Blick hineinwarf, als Nevopor eine Schere herausholte, und mit einer Mischung aus Enttäuschung und Erleichterung erkannte, daß sich nicht eine einzige Schlange darin befand.

Auf jenem Schemel hatte sie gesessen, um das erste Mal Wolle zu spinnen unter Prebilas strengen Blicken, und später hatte sie Stunde um Stunde vor dem Webstuhl verbracht, dem verhaßten Monstrum. Sie wußte die kleinsten Kanten in jedem der Tongewichte im Schlaf zu beschreiben, kannte die Maserung des Holzes an jeder Stelle des Rahmens, wurde bis in die Träume verfolgt vom Webschwert und der immer gleichen Tätigkeit, die doch keinen unachtsamen Augenblick gestattete.

Das Schloß vor dem Truhendeckel blinkte auf.

Alena hob die Beine über den Rand der Bank, fuhr sich mit der Hand durch die Haare. Weder verspürte sie Lust, den Wachposten nach seinem Namen zu fragen, noch mochte sie ihm einen Morgengruß sagen, ihm, der sie nicht aus dem Haus treten ließ. »Ich habe Durst. Gestern früh habe ich das letzte Mal getrunken.«

Der Posten gähnte. »Es ist gut, wenn du wenig trinkst. Ihr Frauen müßt euch so schon häufig genug entleeren gehen.«

»Was ist deine Anweisung? Sollst du mich demütigen? Hat Vater das gesagt?«

»Nevopor hat mir aufgetragen, sehr wachsam zu sein.« Der Mann grinste. »Du würdest wahrscheinlich sehr einfallsreich sein, sagte er, und vor keinem Mittel zurückschrecken, das dir die Freiheit verschaffen könnte.«

Bis zu ihr ans Bettlager drang der herbe Geruch von fettigen Haaren und ungewaschener Haut, den der Wachposten verströmte. Seine bloße Gegenwart ärgerte sie. »Dann sieh dich bloß vor, daß du es nicht übertreibst. Vater mag es nämlich überhaupt nicht, wenn jemand seine Befehle falsch versteht, und auch, wenn er mir jetzt vielleicht mißtraut, diese Laune wird verfliegen. Dann wird ihn jede Unziemlichkeit zornig machen, die du dir geleistet hast.«

»Ich glaube nicht, daß das nur eine Laune ist.«

»Nein? Er hat mich in keiner Weise bestraft, sondern nur eingesperrt, weil er genau weiß, daß ihn eine Strafe bald wieder reuen würde.«

»Ich kann dir kein Wasser geben, wirklich. Du mußt warten, bis ich abgelöst werde.«

Alena winkte in großzügiger Geste ab. »Das macht nichts. Im Augenblick geht es ja noch. Ich meine, gut möglich, daß ich in ein paar Stunden eine kleine Ohnmacht bekomme oder meine Stimme austrocknet, aber noch ist es ja nicht soweit.« Sie räusperte sich, täuschte beim Sprechen ein Kratzen im Hals vor. »Und wenn schon. Würde ich meine Stimme verlieren, könnte das Vater momentan sogar freuen, weil er es als gerechte Strafe empfinden würde. Jedenfalls so lange, bis seine Wut verflogen ist. Was rede ich! Glücklicherweise ist es noch nicht so weit.«

»Ist das so?« Der Wachposten beugte sich vor, musterte Alena erschrocken. »Kann man seine Stimme verlieren, wenn man zuviel Durst erleidet?«

»Sicherlich. Das macht das Verdursten so gefährlich; irgendwann kann man nicht mehr um Hilfe rufen oder erklären, daß man durstig ist.«

Die Schultern der Wache fielen kraftlos herab. »Ich rufe einmal auf den Hof, ob jemand bereit ist, einen Krug Wasser herbeizuschaffen.« Beinahe stolperte der Mann aus der Tür. Draußen rief er: »Holla! Kann jemand mir helfen?«

Eine Weile geschah nichts, dann näherten sich Schritte, schwere Schritte und das Knarzen von Leder. Eine tiefe Stimme fragte: »Was ist los? Gibt es Schwierigkeiten?«

Barchan. Alena setzte sich aufrecht, klammerte die Finger an das Holz der Bank.

»Schwierigkeiten nicht, nein, es ist nur ... Stimmt es, daß die Stimme verlorengeht, wenn man zu lange nichts trinkt?«

»Wer hat dir solchen Unsinn erzählt?«

Es war still. Der Wachposten machte wohl eine Geste.

»Du bleibst hier draußen. Ich will allein mit ihr reden.« Die Tür öffnete sich, und Barchan trat ein. Er schob die Pelzkappe auf dem Kopf zurecht, zwirbelte den Oberlippenbart. »Und, die Stimme schon verloren?«

»Ich hatte Durst. Er wollte mir nichts bringen.«

»Das war klug von ihm. Ich werde ihm heute ein besonders großes Stück Fleisch zuweisen.«

»Ihr feiert?«

Barchan nickte.

Welchen Grund hatten sie zu feiern? »Sind die Franken ...«

»... noch am Leben? Ja.«

Sie bemühte sich, gleichgültig zu klingen. »Schön für sie.«

Ein eigentümliches Funkeln lag in seinem Blick. Etwas Wissendes, etwas Triumphierendes und Bedrohliches. Er lauerte, so schien es, er wartete auf eine Frage, auf eine Gelegenheit. »Nevopor hat mich eingeweiht«, sagte er.

Langsam stand Alena auf. »Eingeweiht in was?«

»In die Einzelheiten der Verschwörung, an der du Teil hast.«

Ihr Herz klopfte vom Schlüsselbein bis in die Kehle hinauf. »Was für eine Verschwörung soll das sein?«

»Du kannst vielleicht deinen Vater täuschen oder die anderen Priester. Mich täuschst du nicht, Alena. Ich habe dich als Kind schon nicht leiden können, die ›süße Kleine‹, die immer ihre Wünsche durchgesetzt hat, die ihre Spielkameradinnen anwies, was sie zu tun und zu lassen haben, die ihre Tränen als Drohung eingesetzt hat und ihr Lächeln als Falle. Was deine Gründe sind, weiß ich nicht, aber du wirst scheitern mit deinem Versuch, Nevopor in den Rücken zu fallen. Ich werde es nicht zulassen.«

Alena zitterte am ganzen Körper. »Ich weiß nicht, wovon du sprichst.«

»Wenn Uvelan erst einmal redet ...«

»Wo ist er?« flüsterte sie.

»In unserer Hand. Wir haben ihn am Tor abgefangen.«

»Wo? Wo habt ihr ihn hingebracht?«

Er schüttelte den Kopf.

»Ich möchte mit meinem Vater sprechen.«

»Der blonde Riese hat geschwatzt.«

Embricho ... Das war unmöglich. Alena verzog das Gesicht. Es war, als drehte sich ihr Magen um, wieder und wieder, ein flaues Gefühl, das sie zwang, sich auf das Bett zu setzen. Embricho hatte Uvelan verraten? Sie hatte ihm den Plan erzählt, ohne auch nur einen Wimpernschlag lang daran zu zweifeln, daß er ihn für sich behalten würde, komme, was da wolle. Embricho war nicht durch Folter zu brechen. Wenn der Hüne jemanden verriet, dann geschah es aus Überzeugung. Ein Schwindel ergriff sie, und sie schloß die Augen. »Ich möchte mit meinem Vater sprechen.«

»Das glaube ich gern. Aber er will dich nicht sehen. Es ist aus, Alena. Und vertraue mir, ich werde alles tun, ihn zu einer harten Strafe für dich zu bewegen.«

Schritte.

Ein frischer Windzug von der Tür. Barchans Stimme: »Gib gut acht auf sie. Wenn sie zu fliehen versucht, schrecke nicht davor zurück, die Axt zu gebrauchen.« Das

Knirschen von Schuhen auf dem Sand. Dann Stille, nur noch Alenas leichte Atemzüge und die schweren des Wachpostens.

Uvelan mußte denken, sie habe ihn in eine Falle gelockt.

Sie öffnete die Augen, und ihr Blick fiel auf den Webstuhl, die beiden Holzstützen, die an der Wand lehnten, in ihren Astgabeln quer der Tuchbaum liegend. Ein halber Schritt fertig gewebter Wolle hing davon herab, dann folgten die Hunderte von Spannfäden, die durch runde Gewichte aus Ton zu Boden gezogen wurden.

Wie willenlos stand sie auf, trat an den Webstuhl heran. Vom Truhendeckel nahm sie die Spindel herunter, wickelte ein wenig von der grauweißen Wolle ab und zog sie durch die Spannfäden hindurch, dort, wo ein Trennstab jeden zweiten Faden oben hielt.

Wäre es nicht ihre Pflicht gewesen, Uvelan in eine Falle zu locken? Nevopor war immer gut zu ihr gewesen – warum konnte sie nicht einfach eine gehorsame Tochter sein, die sich um ihren Vater sorgte und ihm half, gegen seinen Widersacher die Oberhand zu behalten?

Das hölzerne Webschwert war neben die Truhe gefallen. Alena nahm es auf, führte es zwischen die Fäden und schlug den neuen Wollfaden am Geweberand fest. Dann schob sie den Trennstab nach hinten. Die Spannfäden wechselten ihre Lage.

Der neue Uvelan. Der, dessen Gesicht und Brust sauber schimmerten, dessen Nägel weiß strahlten wie Tauben, dessen Bart und Haare silbern das Gesicht umflossen. Die steingrauen Augen hatten im Hain eine Zufriedenheit ausgestrahlt, die sie bei keinem anderen Menschen je so gesehen hatte.

Zögerlich rollte Alena die Wolle von der Spindel und führte sie den Weg zurück durch die Spannfäden auf die linke Seite.

Uvelans zärtliche Finger an jenem Morgen, ihr Entschluß, sich schlafend zu stellen, der Schmetterlingsgruß …

Daß Vater den alten Hainpriester fürchtete, erregte Alena, lockte sie auf seltsame Art zu Uvelan hin, so sehr, daß sie sich geradezu wünschte, er würde ihren Vater besiegen und ihn aller Macht berauben.

War das der Grund, weshalb Frauen ihr Vaterhaus verließen und einen Mann heirateten? Weil er stärker war als der Vater? Suchten sie sich immer den Stärkeren?

Mutter hatte gewußt, auf wessen Seite sie gehörte. Es schien Alena plötzlich, als sei Vater derjenige gewesen, der in eine bestehende Ehebindung eingebrochen war, als hätten Uvelan und Kara alles Recht der Welt gehabt, sich zu lieben.

Sie folterten Uvelan! Sie mußte etwas unternehmen. Und es war ihr gleich, ob sie dabei ihr Leben einsetzte und ihrem Vater schadete. Der Gedanke erschreckte sie, aber er war unbezweifelbar da: Es kümmerte sie nicht einmal, ob Rethra dabei vernichtet würde.

Wieder und wieder wickelte sie in den nächsten Stunden fertiges Gewebe auf den Tuchbaum, indem sie ihn drehte, und hielt sich so die Arbeitskante auf Brusthöhe. Das Weben bereitete ihr keine Freude, aber es schien ihr, als würde es das Denken erleichtern, als würde es ihr helfen, Klarheit über die nächsten Schritte zu gewinnen und über ihre Stellung in den außergewöhnlichen Zeiten, die Rethra offenbar bevorstanden. War sie es nicht, die das Durcheinander verschuldet hatte? Sie konnte es nicht einfach durch einen heimlichen Rückzug beenden und sich dabei den Tod Uvelans und der Franken auf das Gewissen laden. Die einzige Möglichkeit, die geblieben war, schien Zerstörung und Neuaufbau zu sein. Ohne daß Uvelan dabei Schaden nahm. Und Embricho, der Verräter?

Unter den Füßen des Wachpostens knirschte der Sand. Während Alena diesem Geräusch lauschte, ohne von der Arbeit aufzusehen, dämmerte es ihr, daß das Knirschen schon eine Weile erklungen war, ohne ihre Aufmerksamkeit zu gewinnen; es hallte förmlich in ihren Ohren nach.

Sie lächelte grimmig, warf einen raschen Blick auf den Mann. Die Art, wie er am Hosenbein herumzupfte, der Umstand, daß er seine Füße nicht ruhig hielt und wie gelangweilt durch den Raum blickte, all das verriet, daß sie nicht mehr lange warten müssen würde.

Vielleicht wußte er es selbst noch nicht, daß er sich entleeren gehen mußte. Aber er würde die Unruhe nicht loswerden, und irgendwann würde der Bauch drücken, ein leichtes Stechen würde einsetzen.

So hatte es Alena selbst durchgemacht, gestern. Sie hatte sich schon am Vormittag erleichtern wollen, aber als der Wachposten deutlich gemacht hatte, daß er sie begleiten würde, hatte sie wütend den Mund gehalten und es bis über Mittag hinausgezögert. Tatsächlich war er dann mit ihr gekommen, als sie es nicht weiter hinausschieben konnte und fürchtete, das Kleid zu nässen, hatte sie beobachtet, ohne sich dabei zu schämen. Eine Demütigung, schlimmer als Schläge. »Es geht nicht, wenn du zuschaust«, hatte sie gefaucht, aber er hatte nur gegrinst und gewartet.

Inzwischen schlug er sich hektisch mit zwei Fingern auf den Gürtel, wippte auf den Zehenspitzen.

Sie mußte nur abwarten.

Er ging einige Schritte, pfiff eine Melodie. Trat zur Tür, öffnete sie und sah auf den Hof. Dann drehte er sich abrupt um. »Ich verschwinde für einen Augenblick. Nicht länger, als du brauchst, um bis drei zu zählen. Wenn du Dummheiten machst, schneide ich dir die Nase ab, eigenhändig, mit diesem Dolch!« Er tippte auf die Scheide an seinem Gürtel. »Ich habe den Hof im Blick!«

Nachdem sie die Beherrschung über sich erlangt hatte, indem sie sich zu ruhigem Atmen zwang, kehrte Alena ihm das Gesicht zu, schloß die Augenlider und nickte. Sie täuschte ein Gähnen vor.

Die Tür schlug hinter dem Posten zu, und augenblicklich sprang Alena hinüber, drückte das Ohr dagegen und verfolgte die sich entfernenden Schritte. Sie hielt die Luft an, hatte die Augen weit aufgerissen. Ja, hinter das Haus ging er, der Torfkopf.

Um einen winzigen Spalt schob sie die Tür auf. Prebila stand auf der gegenüberliegenden Seite des Burghofs, brach in Gelächter aus, gegen einen der Pferdeknechte die Hand erhoben. Gleichzeitig glühte ihr Gesicht vor Wohlwollen. Der Pferdeknecht hielt einen Korb mit Rüben in den Händen und lachte ebenfalls, so sehr, daß ihm der Korb jeden Augenblick aus den Händen zu fallen drohte. Vielleicht würden sie sie nicht bemerken. Zu den Häusern der Gardisten konnte sie es nicht schaffen; zwar würde sie gut untertauchen können in dem Gewühl von Menschen, die sich in der Vorburg bereits für das Opfer versammelten, aber auf dem Weg dorthin mußte sie die Tore passieren, und dort standen aufmerksame Wachen.

Hinter den Tempel. Dort würden sie zuletzt suchen.

Wieder hallten Prebilas Lachen und das Lachen des Pferdeknechtes über den Hof. Alena schlüpfte aus dem Haus und ging mit zügigen Schritten auf den Tempel zu.

Die Drohung des Wachpostens kreischte durch ihre Gedanken: »Wenn du Dummheiten machst, schneide ich dir die Nase ab!« Er würde das nicht tun. Barchan schon. Sie durfte sich nicht fangen lassen, koste es, was es wolle. Sah ihre Flucht nicht auch wie ein Schuldbekenntnis aus? Spielte sie gerade Barchan den entscheidenden Beweis in die Hände?

Die geschnitzten Geister, die den Tempel bewachten, schienen ihr mit den Augen zu folgen. Sie reckten die spitzen Zungen, feuchteten die Zähne an. Gerade daß sie so regungslos dastanden, machte sie bedrohlicher, ließ sie als lauernde Dämonen erscheinen, die nur darauf warteten, daß Alena ihnen den Rücken zukehrte.

Nicht auf der Ostseite! Beim Seetor standen Gardisten. Alena wandte sich nach Westen, hielt sich nahe bei den Geistern an der Tempelwand. Noch schrie niemand, noch hörte sie keine Verfolgerfüße.

Endlich die Ecke. Alena legte das letzte Stück im Laufschritt zurück. Hinter dem Tempel zwängte sie sich in die enge Gasse zwischen der Tempelwand und dem Heiligen Stall. Ihre Brust hob und senkte sich, Schweiß stand ihr auf der Stirn. Hier würden sie sie nicht vermuten.

Ein wütender Ruf gellte durch die Burg. Rufe von den Mauern antworteten.

Die Suche begann. Am besten würde es sein, wenn sie hier bis zur Morgendämmerung wartete. Vater würde nicht damit rechnen, daß sie es wieder am Seetor versuchte, wo schon Uvelan gescheitert war. Sie würde hinausschlüpfen, während Jarichs Sohn auf das Wasser hinausfuhr, und dann würde sie im Wald einen großen Bogen um die Burg machen, um mit dem Strom der Neuankömmlinge für das Opfer unbemerkt in die Vorburg –

Stimmen näherten sich. Sie kamen hinter den Tempel?

»Das verstehe ich nicht.« Es war die Stimme des Wachpostens. »Wie kommst du darauf, daß sie hier hinter dem Tempel versteckt sein muß?«

»Sie will zu den Gefangenen.« Barchans Stimme.

»Und?«

»Die Tore sind gut bewacht, also gelangt sie nur über die Mauer in die Vorburg. Wann kann sie hoffen, dabei nicht bemerkt zu werden?«

»In der Nacht.«

»Und wo kann sie bleiben bis zur Nacht und hoffen, daß niemand zufällig ihr Versteck besucht?«

Ein Laut des Erstaunens ertönte.

Hätte sie ein paar Tage gefolgsam am Webstuhl gesessen, hätte den Mund gehalten, hätte ein treues Gesicht gemacht! Wohin sollte sie jetzt fliehen? Liefe sie um den Tempel herum, würde man sie am Seetor aufhalten. Und der Heilige Stall – nein, wenn sie sich der weißen Stute des Dreiköpfigen näherte, würde Svarožić sie durch einen Erdspalt in die Unterwelt schicken, oder er würde sie zergehen lassen als leblosen Nebel.

Die Stimmen hatten die Ecke erreicht.

»Ich habe ihr gesagt, ich würde ihre Nase abschneiden.«

»Das werden wir auch tun, und nicht nur das. Ich muß noch Nevopors Einverständnis gewinnen, aber das dürfte nicht schwer sein, wenn wir ihm in den passenden Worten von ihrem Fluchtversuch berichten. Er haßt Verrat.«

Alena faßte sich an die Nase. Ein flaches, entstelltes Gesicht mit zwei häßlichen Löchern in der Mitte, jedesmal, wenn sie in eine Pfütze schaute? Der Stall war die einzige Möglichkeit. Sie schlich zum kleinen Tor, öffnete es und schob sich durch den Spalt hinein.

Mit geschlossenen Augen preßte sie sich gegen die hölzerne Wand. »Bitte vergib mir, Svarožić!« flüsterte sie. »Ich werde die Wohnung der Weißen nicht anschauen, und ich verschwinde von hier, sobald ich kann. Siehst du, daß ich ganz nah am Tor bin und mich flach gegen die Wand drücke? Ich bin so gut wie gar nicht hier drinnen. Bitte verschone mich!«

Alena erwartete ein Beben unter ihren Füßen, wartete darauf, daß der Boden aufriß und sie hinabfiel. Nichts geschah. Sie befühlte ihre Arme, ihr Gesicht, ohne dabei die Augen zu öffnen.

Warm war es. Und es roch nach Pferdemist. Ein Huf scharrte durch Stroh, klopfte genügsam auf den Boden. Nustern schnaubten.

Alena summte ein Lied, um sich zu beruhigen. Ardagost und Dobemysl, hauchte sie, schlafen unterm Brombeerstrauch.

Eisen rasselte leise. Ihr stockte der Atem. Wenn das Svarožić war? Wenn der Dreiköpfige vor ihr stand in seiner Rüstung, alle sechs Augen auf sie gerichtet, den riesenhaften, goldenen Schild in der Hand und das Schwert über sie gehoben? Wenn das erste Gesicht grimmig auf sie herabschaute und das zweite kalt, wenn das dritte Gesicht sie zornig musterte?

Prall gefüllt mit süßen Früchten ist ihr Traum und sie

sind's auch. Ihre Stimme wankte. »Bitte, Svarožić«, flüsterte sie, »laß mich am Leben.«

Wieder rasselte das Eisen.

»Was willst du von mir? Forderst du, daß ich dich anschaue? Bitte, nicht, ich fürchte mich ... Ich werde alles tun, was du verlangst. Svarožić, wenn ich die Augen öffnen soll, dann laß deine Rüstung jetzt zweimal scheppern.«

Das Eisen rasselte einmal. Zweimal.

Alenas Zähne klapperten. Ein Prickeln zog die Arme hinauf. »Gut, ich werde jetzt die Augen aufmachen. Ich tue, was du möchtest. Bitte, bitte töte mich nicht.« Sie nahm noch einen tiefen, ruckhaften Atemzug, dann schlug sie die Augen auf.

Gegenüber, an der anderen Stallwand, stand jemand und sah sie an. Ein Mann mit grauer Haarmähne und langem, grauem Bart hob die Hände, zeigte eiserne Schellen, die die Handgelenke umschlossen.

»Uvelan?«

Der Mann zog die Brauen hoch. Ein weißes Tuch war ihm fest über den Mund gebunden.

War es ein Trugbild, das der Dreiköpfige ihr als Falle vorsetzte? Vorsichtig trat Alena näher. Bei dem Mann angekommen, befühlte sie die Arme, nahm die Mähne zwischen die Finger und rieb sie. Wenn es nicht Uvelan war, dann war er täuschend gut nachgeahmt. Er roch wie Uvelan, nach Kräutern und herber Männlichkeit, und er fühlte sich an wie ein wirklicher Mensch.

Sie würde ihn etwas fragen, das nur er wissen konnte.

Alena stellte sich neben ihn und langte hinter seinen Kopf. Ungeduldig zerrte sie an dem Knoten im Tuch, bis es ihr endlich gelang, ihn zu lösen und das Tuch herunterzunehmen.

»Danke.«

Das war Uvelans Stimme. Aber Svarožić konnte so etwas sicher fehlerfrei nachahmen. Jeden Augenblick konnten die Köpfe aus seinem Hals platzen, und der Feuergott konnte sie packen und zerreißen. »Ich frage dich, um zu wissen, ob du wirklich Uvelan bist und nicht ein Geist. Was war die erste Morgengabe, die du mir schenktest?«

»Ein Blumenkranz. Aber deine Frage ist Unsinn. Svarožić kann dich nicht täuschen, weil es ihn nicht gibt, und Svarogh wüßte wohl, was ich dir gegeben habe. Wenn er dir einen falschen Uvelan vormachen würde, dann hättest du keine Möglichkeit, ihm auf die Schliche zu kommen. Willst du dich über den Himmelsschmied stellen?«

»Wie kannst du an Svarožić zweifeln, wo du dich doch in seinem Stall befindest?«

»Erzähle mir nicht, daß Svarožić in einem Stall lebt!«

»Natürlich nicht. Aber die weiße Stute, sein Pferd.«

Uvelan schüttelte den Kopf. »*Die* weiße Stute? Sieh dich um, Alena.«

31. Kapitel

Eines stand fest, Weisheit richtete sich nicht nach dem Aussehen der Menschen. Nevopor schwenkte den Becher, daß der Honigwein darin zu kreisen begann, und sah von einem zum anderen am Tisch.

Jarich hatte den Ellenbogen aufgestützt und trommelte verzerrt lächelnd mit zwei Fingern gegen die Schneidezähne. Miesko, gegenüber, rüttelte den Kopf, als bewege er sich zu einer Musik von Trommeln und Flöten, die nur er hören konnte. Gnažek und Lodiš starrten Löcher in die Luft. Sie sahen dabei aus, als könne eine Strohpuppe sie in Grund und Boden reden, und sie würden nicht mehr als ein verzweifeltes Nicken zustandebekommen. Und doch waren das die Priester Rethras, Männer, die um Rat gefragt wurden, Recht sprachen, über Krieg oder Frieden entschieden. Und über Menschenleben.

»Sind wir uns darin einig, daß Uvelan in der Zeremonie geopfert wird?« Nevopor nahm einen Schluck vom süßen Met und stellte den Becher ab.

»Ich weiß nicht, ob das klug ist.« Als wollte er sich selbst das Schweigen gebieten, legte Miesko den Zeigefinger an die Lippen und verharrte einige Augenblicke. »Was, wenn es einen Aufruhr gibt? Wenn der Rückhalt für Svarogh im Volk sich als stärker erweist, als wir dachten?«

»Sterben muß er«, stellte Lodiš fest.

Miesko schüttelte den Kopf. »Aber nicht in der Zeremonie. Noch können wir ihn heimlich töten. Es wissen nicht viele, daß wir ihn hier haben. Oder daß er überhaupt noch lebt.«

Sie waren klug, ohne Zweifel. Auf den einfachsten Gedanken kamen sie allerdings nicht. Dafür brauchte es jemanden, der weiter in die Zukunft dachte. Nevopor seufzte. »Habt ihr an den großen Vorteil gedacht, den es hat, wenn wir Uvelans Leben öffentlich zu einem Ende bringen?«

Jarich schnalzte vulgär mit der Zunge.

»Welchen?« fragte Miesko.

»Wir beweisen, daß Svaroghs Macht gebrochen ist, daß die Bedeutung Rethras und Svarožićs unumstritten ist – selbst unter den Göttern.«

»Du willst Uvelan also opfern, um Svaroghs Schwäche darzustellen?« Miesko wiegte den Kopf, die Unterlippe vorgeschoben. »Was, wenn Svarogh gar nicht so kraftlos ist? Er hat Uvelan bis heute am Leben erhalten. Wir konnten ihn nicht vernichten. Es ist denkbar, daß Svarogh dem Greis in diesen Tagen zu neuer Macht verhelfen will. Wir haben die besten Voraussetzungen dafür geschaffen, indem wir das Volk zu Tausenden nach Rethra gerufen haben.«

Nevopor nickte. »Es sind entscheidende Tage, da hast du recht. Aber ich denke, wir können Svarožić vertrauen. Der Dreiköpfige ist klug. Vielleicht hat er mit Uvelans Tod so lange gewartet, damit unter den Redariern die bestmöglichen Voraussetzungen entstehen. Sie sind jetzt bereit für einen Donnerschlag, der die Herrschaft Svaroghs endgültig beendet.« Er nahm noch einen Schluck vom Met, spülte die süßliche, beißende Flüssigkeit eine Weile durch den Mund, bevor er sie die Kehle hinabsandte. »Ich würde vorschlagen, daß wir ihm die Entscheidung überlassen. Das Volk erwartet einen Franken, und wer könnte da besser geeignet sein als der Mönch? Stellen wir dem Dreiköpfigen diesen Mönch und Uvelan zur Wahl und lassen das Orakelpferd die Entscheidung verkünden.«

»Gut, die Weiße soll entscheiden.«

»Ja.«

»Meinetwegen, machen wir es so.«

»So soll es sein.«

Nevopor rieb sich den Nacken. Änderungen während der Zeremonie würden sie nun hinnehmen, ohne aufzubegehren. »Schön, wir sind uns einig. Eine Frage müssen wir noch klären. Was geschieht mit den anderen Franken?«

»Wir lassen sie frei.« Als sehe er sie das erste Mal, hob Gnažek seine rechte Hand vor das Gesicht. Er blies Luft auf die Handfläche. »Töten wir sie, dann würde das den Zorn Kaiser Ludwigs heraufbeschwören.«

»Sicher?« schnappte Nevopor. »Wir haben sie geschlagen, bis ihnen Hören und Sehen verging – denkst du nicht, daß es *gerade* einen Rachefeldzug heraufbeschwört, wenn sie nun ins Frankenreich zurückkehren und von der netten Behandlung bei uns berichten?«

»Wird man nicht nachforschen, wo sie geblieben sind?«

»Nein.« Er stand auf. »Gehen wir und holen Uvelan. Zeit, daß ihn das Volk zu sehen bekommt, ihn und diesen Mönch.«

Auch die anderen erhoben sich.

Er hatte sie gewonnen, ohne daß sie überhaupt entschieden hatten. Manchmal war es das Beste, die Antwort auf eine Frage selbst zu liefern, und den anderen das Nachdenken zu ersparen. Auch etwas, das er von seinem Vater gelernt hatte.

»Aber ...« Alena stand der Mund offen. Fassungslos blickte sie auf die beiden Stände und die Pferderücken, die über die Bretterwände hinweg zu sehen waren. Tadellose, glänzend weiße Pferderücken. Zwei. »Wie kann das möglich sein?«

»Ich vermute, dein Vater läßt niemanden in diesen Stall?«

»Nicht meinen Vater – Svarožić erzürnt es, wenn jemand das Haus seines Pferdes betritt.«

Uvelan schnaubte. »Es nützt Nevopor, wenn niemand in den Stall schaut und bemerkt, daß es zwei Pferde sind, oder nicht?«

»Ich verstehe das nicht. Alle wissen, daß Svarožić eine weiße Stute besitzt und daß sie hier im Heiligen Stall untergebracht ist. An manchen Tagen führt sie Vater auch auf die Weide hinaus, zu den anderen Pferden. Weißt du, wie schön das aussieht? Die Helle unter den Dunklen und Gefleckten?«

»Wahrscheinlich wechselt er die Pferde ab.«

»Warum verheimlicht er uns, daß Svarožić zwei Pferde hat? Was ist daran so schlimm?«

»Er läßt sie als Orakel sprechen. Man würde verlangen, daß beide Pferde das gleiche sagen, oder? Frag ihn am besten selbst. Du solltest gut bei ihm dastehen, jetzt, wo du ihm seinen Gegner in die Hände getrieben hast.«

Alena zuckte zusammen. Verachtung und Abscheu hatten in Uvelans Stimme gelegen. Langsam drehte sie sich zu ihm um. »Ich ... ich habe Embricho von dem Plan erzählt.«

Uvelan nickte. »Natürlich. Embricho.«

»Damit er nicht an all dem zerbricht. Sie haben die Franken gefangengenommen! Verstehst du, sie sind hier in der Vorburg im Haus eines Gardisten und werden gefoltert.«

»Warst du so überzeugt davon, daß mein Vorhaben nun nicht mehr gelingen könnte? Ich bin doch nicht auf die Franken angewiesen, sondern auf das Redariervolk, das sich hier versammelt!«

»Ich habe dich nicht verraten. Embricho muß geredet haben. Ich weiß nicht, warum er es getan hat.« Sie bemühte sich, die Tränen fortzublinzeln, die ihr in die Augen traten. Da stand er vor ihr, der Mann, der so zärtlich, so liebevoll zu ihr gewesen war, und er wirkte fuchteinflößend, war hoch aufgerichtet wie eine der vier uralten Eichen in dem zerfallenen Hain. »Ich würde dich nicht verraten, Uvelan«, flüsterte sie.

Sie mußte die Augen von ihm lösen, konnte nicht länger in sein ernstes Gesicht schauen, in die klaren grauen Augen, die sie bis in den Bauch hinunter berührten, sonst würden die Tränen gewinnen. Sie richtete den Blick nach oben, sah in die Lichtkegel, die durch Löcher im Dach in den Stall fielen. Strohteilchen tanzten darin. Oder waren es alles Fliegen, war es Ungeziefer, das auf einen toten Körper wartete, auf dem es sich niederlassen konnte?

»Geh jetzt, rette dich. Nevopor wird kommen, um mich zu holen. Es wäre nicht gut, wenn er dich hier sieht.«

»Ich mache dich los von diesen Ketten, irgendwie, und dann fliehen wir, und du redest mit den Zupans. Wir können es doch versuchen! Ich will so gern ein Sperling sein, der in deinem Geäst wohnen darf, in dir, dem mächtigen Eichenbaum. Der Baum lebt ohne den Sperling, aber wo ruht der Vogel, wenn es den Baum nicht gibt? Ich weiß, daß du mich nicht brauchst, aber ich brauche dich.«

»Wer hat gesagt, daß ich aufgegeben habe? Der Plan hat sich geändert, das ist alles. Ich werde beim Opferritual zum Volk sprechen, auch wenn Nevopor es zu verhindern versucht.«

Da stand er, angekettet, und sprach wie ein Fürst, dessen Heer dem Gegner dreifach überlegen war. »Unterschätze meinen Vater nicht!« flehte sie.

»Das habe ich zweimal getan. Ein drittes Mal geschieht es nicht. Sag Embricho, daß ich den Verrat verzeihe. Geh zu ihm, befreie ihn, und fliehe mit ihm. Warte nicht einen Wimpernschlag länger. Wenn ihr die Burg verlassen habt, geh zum Versteck der Linonen. Sag ihnen, daß sie sich unter das Volk mischen sollen, das dem Opfer beiwohnt. Wenn ich das Lied Svaroghs anstimme, mögen sie mit mir singen. Die Linonen sollen ohne Waffen kommen. Nevopor darf nicht mißtrauisch werden.«

Konnte sie nicht irgendwie das Schloß an der Kette zertrümmern? Uvelan hier zurückzulassen war wie ein weiterer Verrat.

»Geh!« Es klang zornig.

Erschreckt sah Alena auf, wischte sich die Tränen aus den Augen. Schritt für Schritt wich sie zurück, ohne den Blick von ihm zu lösen. Als ihre Hand die Stalltür berührte, blieb sie stehen. »Uvelan?«

»Was?«

»War Kara sturköpfig?«

Da schlug er die Augen nieder, und seine Nasenflügel bebten. »Ich habe Svaroghs Gesetz gebrochen, indem ich sie küßte. Wie kann ich ihr Schuld zuweisen an dem, was geschehen ist?«

»Wovon sprichst du?«

»Wie viele junge Paare habe ich zu Partnern bis zum Tod erklärt vor den heiligen Eichen! Sie brachten Brot, manche ein Huhn, etwas Met. Scheu haben sie mich angeblickt; es war nahezu immer der junge Mann, der die Bitte vortrug. Ich habe sie gelehrt: *Ein* Mann, *eine* Frau, das ist das Gesetz Svaroghs. Und sie haben genickt, sich zärtlich angesehen, sich den Schwur gegeben. Auch ich wollte das Gesetz Svaroghs nicht übertreten. Die meisten Frauen haben sich voller Scheu von mir ferngehalten. Die es nicht taten, habe ich in ihre Schranken gewiesen. Ich habe es damals tief in mir gefühlt, daß ich ein Vorbild sein mußte für das Volk, und ich wollte ein gutes Vorbild sein, mit aller Kraft. Keine Abenteuer. Eine Frau, und keine andere. Nur wie sollte ich die angemessene Frau finden, wenn ich beim Erntefest, bei der Sommersonnenwende, der Wintersonnenwende, dem Furchenopfer, der Regenweihe und dem Ackerwälzen stets als Svaroghs Priester unter den Menschen stand, wenn ich würdevoll die Riten einführen und würdevoll schreiten und würdevoll mit den Männern sprechen mußte?«

Er schwieg einige Augenblicke und fuhr leiser fort: »Wir trafen uns damals heimlich im Wald, spazierten, sprachen lange miteinander, liebkosten uns, obwohl wir wußten, daß es die Götter erzürnen würde. Sie war verheiratet und betrog ihren Mann, Nevopor. Wie hätte sie ihn lieben können? Was er tat, haßte sie. Jeder Balken, der Rethra weiter emporwachsen ließ, schmerzte in ihrer Brust, und die Götterbilder, die Nevopor anfertigte, waren unglaublicher Frevel für sie. Sie hat ihn gewarnt, ihn beschimpft, ihn angefleht, diesen Weg zu verlassen. Seine Antwort waren Nägel, die er im Feuer glühend machte. Während seine

Kumpanen Kara festhielten, preßte Nevopor ihr das Eisen auf den Leib, um sie zu bestrafen.«

»Vater hat ...?«

»Sie tauchte eines Tages am Hain auf, bat mich, sie aufzunehmen und zu schützen vor ihrem gewalttätigen Mann. Schwanger war sie! Und ich habe sie fortgeschickt, denn Gerüchte über uns begannen bereits das Volk zu verunsichern. Man hätte es als Beweis für unser Verhältnis gesehen, wenn ich sie bei mir aufgenommen hätte, selbst wenn ich sie fortan nicht mehr angerührt hätte. Ich schickte sie fort und habe sie nie wieder gesehen, denn als du zur Welt gekommen warst, Alena, hat Nevopor sie endgültig für ihre Untreue und ihren Widerstand bestraft.«

»Wie? Wie hat er sie bestraft?«

Kaum merklich wippte der Bart. Ein Nicken.

In diesem Augenblick öffnete sich hinter Alena die Stalltür. Kaltes, helles Licht brach herein, und im Türrahmen erschien der Umriß eines Mannes in langem Priestermantel.

»Lauf!« brüllte Uvelan.

Nevopor donnerte die Hände an die Balken rechts und links neben sich. Wer auch immer laufen sollte, an ihm würde er nicht vorbeikommen.

Dann ergriffen seine Augen die zweite Gestalt im Stall. Der Speichel wurde ihm bitter. Alena. Uvelans Macht hatte ausgereicht, die Verschwörung bis in Nevopors eigenes Haus auszudehnen. Was erwartete ihn noch? Wie stark war dieser Mann, der einfach nicht sterben wollte? Er hatte ihm Kara gestohlen, und nun auch Alena.

Jedesmal wenn er einen Sohn vermißt hatte, den er zu einem guten Nachfolger hätte erziehen können, hatte ein Blick auf Alena genügt, um ihn zu besänftigen. Das Echo ihres Lachens zwischen den Wällen half ihm über Kummer hinweg, und der weiche, blumige Geruch, der das Haus erfüllte, wenn sie auf der Bank saß und einen Gürtel webte, ließ ihn die Trauer über den fehlenden Nachfolger vergessen. Man liebte seine Tochter in Rethra und in den umgebenden Dörfern. Um ihre Schönheit drehten sich die Gespräche an jedem Herdfeuer. Verstärkte sie nicht so seinen Einfluß? Nicht wie ein Sohn es konnte, aber doch tat sie es, auf ihre Art.

Er hatte sie gern auf dem Schoß gehalten, um ihr von den Geistern zu erzählen, von den guten und den bösen Göttern, vom Waldherrscher, vom Donner und vom Wind. *»Seiðr«*, hatten die Dänen damals gesagt, als er Alena der Gesandtschaft König Horiks vorstellte. *Seiðr*, weil sie in der Schönheit seiner Tochter die Kraft von Magie sahen. Sie spielte mit ihnen wie mit Puppen. Zum erstenmal beschlich ihn eine Ahnung von der Macht, die sie trotz ihrer Weiblichkeit auszuüben in der Lage war, und zusammen mit der Freude darüber erwachte die Furcht, daß sie ihn verraten könnte wie Kara. Auch Kara war schön gewesen. Äußerlich. Wuchs vielleicht in Alena, in diesem ebenmäßig geformten Mädchen, die gleiche Wölfin heran? Würde auch sie sich ihm entgegenwerfen? Er hatte damals von dieser Frage wieder abgelassen. Vielleicht erlag er selbst dem Zauber seiner Tochter.

Heute tobte die Wölfin in ihr. So lohnte sie ihm all das Vertrauen?

Hatte sie die giftigen Pläne bereits in ihrem Herzen getragen, als er sie mit den Kriegern zur Elbe sandte? War sie vielleicht für deren Tod verantwortlich, und all dies gehörte zu einer lange vorbereiteten Rebellion? Erfüllte er vielleicht mit jedem Wort, das er sprach, mit jeder Anordnung, die er traf, genau die Erwartungen der Verschwörer, weil Alena, die ihn durch und durch kannte, sie beriet?

Es konnte nicht geplant gewesen sein, daß er hier auftauchte. Alena zitterte, Mund und Augen standen weit offen – sie war offensichtlich zu Tode erschreckt. Zu Tode … Was würde er mit ihr anstellen?

Und was, wenn sie unschuldig war? Wenn die Frauen –

Kara, Alena – zu Recht fühlten, daß er den falschen Weg beschritten hatte mit der Tempelburg? Wenn *er* einen Wolf in sich trug?

Nevopor wischte den Gedanken fort. Warmer, wohltuender Haß flammte auf in seiner Brust. »Also ist es wahr«, sagte er. »Du hast all die Jahre des Friedens und der Güte ertränkt und stürzt dich wie eine Kranke auf den eigenen Vater.« Die Geschwindigkeit, in der der Schmerz zu Asche verbrannte, überraschte Nevopor. Sie war seine Feindin, wie Kara. Dann sollte sie auch spüren, wie es denen erging, die ihm in den Rücken fielen.

Alena schwieg. Sie zitterte immer noch und starrte ihn an wie ein Reh den Wolf, der es in jedem Augenblick zu zerfleischen droht.

»Denkst du an Flucht? Vergiß es. Vor dem Stall ist die Garde versammelt.«

»Willst du mich töten, wie du Mutter getötet hast?« wisperte sie. »Vater?«

Sie versuchte, ihn zu schwächen. Das würde ihr nicht gelingen. Er ballte die Hände zu Fäusten. »Nenne mich nie wieder Vater. Hast du verstanden?«

Kaum merklich nickte sie. Es war, als sei sie nicht anwesend.

Er trat mit großen Schritten auf sie zu, packte sie an den Haaren und zog sie zur Tür. Ihre Schreie taten ihm wohl. »Barchan!« brüllte er. »Da ist sie, deine Gefangene.«

Der Herr der Tempelgarde löste sich aus der Gruppe der Wartenden und nahm Alena mit einem kalten Lächeln in Empfang. Er legte ihr die Hand ins Genick und schloß die Finger so kräftig um ihren Hals, daß ihr Schreien verstummte.

»Wenn sie einen falschen Schritt macht, scheue dich nicht, den Dolch ausrutschen zu lassen.«

Barchan nickte. »Ich werde dich nicht enttäuschen.«

»Nimm dir vier Männer, und schaffe sie hinunter zu den Franken. Den Mönch bringe zum Westtor.«

Erst als sich seine Atemzüge spürbar beruhigt hatten, kehrte Nevopor zurück ins Halbdunkel des Stalls. Er wandte sich zur hinteren Stallwand. Welches Verlangen er verspürte, diesen Mann zu verletzen, sein Blut fließen zu sehen!

Langsam trat er näher. Noch näher. Fast berührten sie sich.

Das Gesicht am bärtigen Kopf des Svarogh-Priesters, flüsterte er: »Ich würde dir gern auf der Stelle das Herz aus den Rippen schneiden, weißt du das?« Der Alte roch nach Kräutern, nach den Kränzen, die sich damals in den Ästen der drei Eichen im Windhauch gedreht hatten.

Ruhig blickte Uvelan ihn an. Feine Äderchen durchzogen das Weiß rings um die grauen Augenscheiben.

Wie alt er war! Die Brauen über den Augen zusammengewachsen und steingrau, Runzeln von den Wimpern bis zu den Ohren, vom Haaransatz bis zum Bart. Und doch strahlte das Gesicht jugendliche Macht aus. Trotzig wölbte die Unterlippe sich, der Haarschopf umwogte Stirn und Wangen, die Nasenflügel zuckten.

Nevopor hörte ihn atmen, sah Uvelans Brust sich heben. Dann öffneten sich die Lippen des Alten, und er raunte: »Ich weiß, daß du das gern würdest. Aber du kannst es nicht. Hast du den Gequälten am Seeufer nicht gehört? Ich bin ein Mythos, ein Halbgott in den Augen des Volks. Halbgötter tötet man nicht heimlich. Es würde mich stärker machen.«

Wie konnte er mit solcher Überlegenheit sprechen, er, der mit eisernen Schellen an die Stallwand gekettet war, er, der nach Sonnenaufgang am kommenden Tag sterben würde! Sorge kletterte mit winzigen, kalten Füßen Nevopors Rücken hinauf.

Er zog den Dolch aus dem Gürtel, wog den mit Silberdraht verzierten Griff in der Hand. Dann umschloß er ihn fest, hob ihn vor das Gesicht des alten Priesters.

Uvelans Augen öffneten sich um eine Winzigkeit weiter.

Mit zitternder Hand setzte Nevopor die Spitze der Klinge auf die Stirn des Alten. Er zog den Dolch langsam zu Uvelans Nasenwurzel herunter, schnitt durch die Haut des Svarogh-Priesters. Dunkles Blut quoll hervor, tropfte über Uvelans Gesicht. Der Alte keuchte.

»Siehst du, was ich kann?« lachte Nevopor. Er wischte die Klinge an Uvelans Brust ab, grub nach dem kleinen Schlüssel in der Ledertasche. Kaum war das Schloß an den eisernen Schellen geöffnet, stieß er Uvelan voran. »Los, zur Tür.«

Die Sonne blitzte am höhnisch blauen Himmel wie ein Klumpen von Gold, der Tag sang das Lied vergnüglich im See planschender Männer und Frauen, das Lied rauschenden Korns, das Lied tollender Fohlen und freudespringender Böcke. Konnte es nicht regnen? Konnten nicht Wolken den Himmel verhängen?

Barchans Faust in ihren Haaren. Hatte er ein Büschel herausgerissen, griff er nach. Es brannte wie Feuer.

Ihre Füße, die einfach nicht laufen wollten, die sich ineinanderhakten, über unsichtbare Steine stolperten, sie zwangen, Barchans Schulter zu packen, um das Gleichgewicht zu halten und nicht am Haarschopf in der Luft zu hängen.

Die Gaffer, die sich an der Treppe versammelten. Niemand hatte sie gerufen, niemand hatte ihnen befohlen herbeizueilen, und doch nahm die Menschenflut aus allen Winkeln der Vorburg kein Ende. Man sprang und stierte, tuschelte und starrte, sprach ihren Namen wie ein Urteil, wie eine Gewißheit, als habe er seit ihrer Geburt die Schande in sich getragen, die nun hervorgebrochen war. Menschen nickten, als hätten sie es schon immer gewußt, daß die Tochter des Hochpriesters ein schwarzes Herz hatte; andere stellten Vermutungen auf, was genau sie verbrochen hatte. Männernamen fielen, und das Volk ließ nicht einen der Großen aus, die sich zum Opfer versammelt hatten, nannte die Häßlichen mit den Schönen, die Alten mit den Jungen – es spielte keine Rolle, Alena war es zuzutrauen. Gerüchte flogen von Ohr zu Ohr.

Schlimmer als all dieses aber waren die Kinder. Ihre apfelgroßen Augen blickten Alena am Rand der Treppe ehrfürchtig entgegen. Die Kinder verurteilten nicht. Sie wagten es nicht einmal zu fragen. Verstehen konnten sie nicht, was hier geschah, aber auch die Kleinsten begriffen, daß man Alena weh tat, und so standen sie mit offenen Mündern und mitleidig emporgezogenen Brauen, zuckten zusammen, wenn sie einen Schrei hervorwürgte, weil Barchan nachgefaßt hatte. Die Jüngsten begannen mit ihr zu weinen, schrien und heulten, als würde man sie selbst quälen. Hätte sie es gekonnt, Alena hätte sich gern versteckt. Sie fühlte sich, als bräche sie wie ein böser Geist in die Welt der Kinder ein. Sollten sie nicht spielen, über die Wiese tollen, sich mutig den Pferden nähern und ihnen selbstgerupftes Gras auf der flachen Hand anbieten?

Barchan zerrte Alena über eine Seitenrampe von der Treppe herunter. Vor einem der Gardistenhäuser standen zwei Wachposten. Ein neues Haus, dessen Balken noch hell waren, weil Regen und Wind sie noch nicht lange genug bearbeitet hatten; das erste Moos sproß in zögerlichen, kleinen Hälmchen in den Winkeln. Die Gardisten husteten Warnungen in die Menge, hoben drohend die schweren Äxte.

Warum quoll Rauch aus dem Giebelloch? Es war Sommer!

Mit einem Fußtritt öffnete Barchan die Tür. »In der Ecke beim Ofen liegt Seil«, wies er einen seiner Begleiter an. »Schaff es heran, daß wir diese Bestie binden.«

Ein unmenschlicher Schrei brandete aus dem Haus, und der Beauftragte stockte auf dem Weg zur Türöffnung.

»Rede!« sagte eine Stimme, die Alena an Cozilo erinnerte, Mieskos Sohn.

»Aufhören«, befahl Barchan.

Im gleichen Augenblick gab es erneutes Jaulen.

Bald darauf erschien Cozilo im Türrahmen. Er hielt einen Dolch in der Hand, dessen Spitze rötlich-weiß glühte. Seine breite Stirn lag in Falten.

Barchan fauchte: »Was hast du getan?«

»Er wollte nicht antworten.«

Alena entsann sich Bruns, wie er geschlafen hatte, während das Feuer die letzten Flammenlichter auf seinem Gesicht zur Ruhe legte: den Arm unter das Ohr geschoben, hingegeben an die Nacht, als vertraute er ihr kindlich, Zucken in den Mundwinkeln.

Barchan nickte zur Tür, und zwei Männer verschwanden im Haus. Sie kehrten mit Tietgaud zurück, zerrten ihn ins Licht. Der Mönch kniff die Augen zusammen. Der helle Gürtel mit der Silberschnalle war verschwunden. Jemand mußte ihn geraubt haben. Wie Rabengefieder flatterte die schwarze Kutte dem Mönch um den Leib. Schultern und Beine bekleidete sie wie zuvor, aber um den Oberkörper herum schien es, als sei sie in feine Streifen geschnitten worden. Wo sie Haut entblößen sollte, glänzte blutendes Fleisch. Auf Tietgauds Kopf klebte ein kläglicher, nasser Haarfetzen.

Alenas Arme wurden nach hinten gerissen, und mit knackenden Fasern im Strick schlossen sich die Knoten um ihre Handgelenke. Fäuste stießen sie in die Dunkelheit, und dann krachte hinter ihr die Tür zu. Sie stolperte, fing sich. Eine ganze Weile stand sie da, lauschte den leisen Atemzügen um sie herum.

»Brun, bist du am Leben?« Das war Embricho.

Aus einer anderen Ecke kam ein zischender Laut. Jemand zog Luft durch die Zähne.

Alenas Kiefer bebte. »Was ist geschehen?«

»Die Augen«, stöhnte Brun. »Er hat mir – die Augen –«

»Uvelan ist verraten.« Embrichos Stimme war hohl, es klang so, als schabte ein leeres Tongefäß über eine Tischplatte.

»Ich weiß.«

Audulf wisperte: »Alles ist verloren.«

32. Kapitel

Bis hinunter zum äußeren Mauerring war die Wiese gefüllt mit Zelten und Menschen. Es mochten achtmal oder neunmal Tausend sein, oder noch mehr. Rauchsäulen reckten sich schnurgerade zum Himmel, wo man kochte und buk. Entlang des Walls spielten fünfzig oder sechzig Kinder mit einem Ball aus geflochtenem Schilf. Ziegen blökten, Krähen wurden aufgescheucht, flatterten eine kleine Runde über den Zelten und ließen sich wieder nieder. Sie stakten zwischen Menschenfüßen und Tierbeinen auf der Suche nach Eßbarem umher. Es stank nach Kot und duftete zugleich verführerisch nach warmem Gerstenbrot.

Einige Hundert Männer, Frauen und Kinder bildeten in respektvollem Abstand einen Halbkreis um die Gefesselten und gafften.

Wußten sie, wer er war? Manchen stand Erstaunen ins Gesicht geschrieben, aber das mochte seinen Grund auch darin haben, daß sie einen Greis wie ihn nicht als würdiges Opfer ansahen und sich uber den Entschluß der Priester wunderten, ihn zur Wahl zur stellen.

Ein Menschenopfer. Das hatte das Volk zusammengebracht. Der Tod.

Er konnte den Kopf nicht weit genug drehen, um hinter den Pfahl zu schauen, an den er gebunden war. Es mochte sein, daß Nevopor vor dem großen Tor stand, am Beginn der Treppe, die neben den Pfählen hinabführte, und daß er den Anblick genoß. Aber vermutlich war er eher nicht dort. Er würde sich selten zeigen, damit die Ehrfurcht, die das Volk empfand, wenn er auftrat, sich nicht abnutzte.

Die Burg, der Tempel … Und dann diese mit Wällen umschlossene Landschaft von einer Größe, die kaum zu überblicken war. Es raubte Uvelan den Atem. Wer sollte es dem Volk verübeln, daß es angesichts solcher Weiträumigkeit, solcher ungesehenen Pracht einem neuen, falschen Gott nachlief?

Nun war es bereit, den letzten Schritt zu gehen. Den Priester Svaroghs zu töten, den Boten des Gottes, den es seit Urzeiten angebetet hatte.

Der Mönch neben ihm zog ebenfalls die Blicke auf sich. Man hatte ihm das Silberkreuz offen auf die Brust gelegt und ihm ein Kreuz aus Blut auf die Stirn geschmiert, um seinen Christengott zu verspotten. Wie viele der Redarier sahen das erste Mal einen Franken?

Beim Anblick des mißhandelten Menschen erschauderte Uvelan. Kälte und Wärme zogen ihm im Wechsel über den Rücken. Was würde Nevopor Alena antun? Würde er sie genauso quälen? Das geschundene Fleisch, das unter dem schwarzen Wollstoff hervorsah, entfachte Uvelans ganzes Mitleid. Dort, auf der Brust, ein rot-blauer Fleck mit dem Umfang einer kleinen Schüssel. Tietgaud mußte große Schmerzen leiden, auch wenn er aufrecht und stolz dastand.

Mochte Svarogh Alena vor dieser Marter bewahren! Sie war Nevopors Tochter – er würde sich selbst schaden, wenn er sie foltern ließ. Und eine Löffelspitze Liebe mußte er für sie empfinden. Das erschrockene Gesicht im Stall hinter dem Tempel hatte ihn verraten. Nein, er würde Alena nicht anrühren.

»Ihr seid tapfer, Tietgaud«, sagte Uvelan.

Ohne zu ihm hinüberzuschauen, stieß der Mönch hervor: »Wenn es zum Opfer geht, werde ich singen. Sie sollen sehen, daß ein Diener des Allmächtigen nicht zu brechen ist.«

Er litt wirklich Schmerzen. »Wenn ich die Lage richtig einschätze, wird Nevopor nicht beide von uns opfern. Einer wird leben, einer wird sterben.«

»Dann solltet Ihr nicht mit mir reden. Man schaut schon recht finster herüber.«

»Sie verstehen kein Fränkisch. Seht Ihr den Krieger dort? Er hat Anweisung, mich zum Schweigen zu bringen, wenn ich ein Wort in slawischer Sprache rede. Nevopor fürchtet meine Worte, aber er will nicht, daß das Volk es weiß, und so läßt er uns ungeknebelt.«

»Sie hören, daß es Fränkisch ist. Ihr macht Euch Feinde. Ich fürchte den Tod nicht – mein Gott ist ein Herr über Tod und Leben, und er wird mich wieder lebendig machen am Jüngsten Tag.«

»An welchem Tag?«

»Am Tag seiner Wiederkehr. Bevor mein Herr die Erde verließ, versprach er seinen Nachfolgern, daß er eines Tages zurückkommen wird. Dann wird er diese Weltordnung beenden. Alles geht im Feuer unter, und auf der Asche errichtet Christus ein neues Reich, eines, das nie mehr ein Ende nimmt. Die Toten werden zu neuem Leben erweckt, und sie feiern gemeinsam mit den Lebenden den Anbruch der Ewigkeit.«

»Er holt die Verstorbenen aus der Unterwelt?«

Tietgaud schien die Frage nicht gehört zu haben. Er richtete den Blick zum Himmel. »Keine Tränen wird es mehr geben. Niemand wird Grund haben zu weinen, versteht Ihr? Alle Krankheiten, alle Wut und dieses Frieren, Hungern, Morden – das gibt es nur, weil wir von Gott getrennt leben. Lebt er wieder unter uns, hört es alles auf. An seine Stelle tritt eine neue Blüte des Lebens, eine gute Zeit, ewige Zufriedenheit und Neugier und Erkenntnis.«

»Freut Euch nicht zu sehr darauf. Ihr werdet noch eine Weile warten müssen. Svarogh hat mich hierhergebracht, damit ich zum Volk spreche. Er wird dafür sorgen, daß ich es bin, der geopfert wird. Ihr werdet leben.«

»Ich werde Gott bitten, daß die Wenden mich wählen. Ansgar ist bei den Heiden gestorben, und auch ich will für meinen Glauben den Tod erleiden. Wenn das der Preis ist, um zu diesem Volk zu sprechen – ich werde ihn bezahlen. Habe ich es nicht geahnt, habe ich es nicht schon beim

Überqueren der Elbe gewußt? Ich mußte viel an Ansgar denken in den letzten Wochen.«

»Ihr wollt also Euren Gott um den Tod bitten? Nun, ich bitte meinen. Sehen wir, welcher der Stärkere ist.«

»Ich glaube nicht, daß der Eure mehr ist als ein Täuschungsdämon im Auftrag des Bösen.«

Uvelan lachte auf. »Und ich glaube nicht, daß es den Euren überhaupt gibt. Ihr habt mich kurz ins Zweifeln gebracht, das gebe ich zu. Aber wißt Ihr, ein Gott, der seinen Sohn sterben läßt, das ist wohl kaum mehr als eine Geschichte, die sich jemand erdacht hat, um seine Freunde an einem frühen Winterabend zu unterhalten. Wie kann ein Gott überhaupt den Tod finden?«

»Wollt Ihr, daß ich es Euch erkläre?«

»Das habt Ihr ja schon einmal versucht. Die Menschen sollen ihn getötet haben, und weil er freiwillig sterben wollte, hat er sie gewähren lassen. Warum sollte ein Göttersohn das tun?«

»Wartet, ich will kurz nachdenken.« Der Mönch schwieg eine Zeit, kaute auf unsichtbaren Worten herum. Schließlich hellte sich sein Gesicht auf. »Habt Ihr Euch einmal einem Drosselnest genähert?«

»Ich habe Drosseln singen gehört ...«

»Nein, ich meine das Nest! Ist Euch noch nie eine Drossel begegnet, die krank und lahm auf dem Boden dahinhüpfte, den Flügel hängen ließ, und der es trotz wiederholten Versuchen unmöglich war aufzuflattern?«

Was hatte das mit dem Christengott zu tun? Verglich er ihn mit einem schwachen Vogel? »Ja, das kenne ich. Die Drosseln fürchten um ihre Jungen. Sie suchen, mögliche Räuber abzulenken, indem sie sich schwach stellen.«

»Richtig. Das hat Jesus Christus getan. Nur, daß er tatsächlich den Tod fand, um uns zu retten.«

»Wen wollte er von uns ablenken? Und warum? Hätte er ihn nicht besiegen können?«

»Niemand besiegt das Gesetz.«

»Wer hat es gegeben, dieses …«

»Gott der Vater.«

Svarogh. Er war der Gesetzgeber. Der, nachdem sich die Völker richteten: Nur eine Frau zu haben, nicht zu stehlen, nicht zu morden. Und wenn Svarogh … Gott war? Dieser Jesus Christus – einer Drossel gleich sollte er das Urteil von den Menschen abgewendet haben. »Wenn Gott seinen Sohn für uns Menschen opferte, dann müssen wir ihm sehr viel bedeuten. Warum sollte das so sein?«

»Erinnert Euch an die Drossel. Warum setzt sie ihr Leben aufs Spiel? Sie versucht, ihre Jungen zu retten, ihre Kinder. Gott, der uns erdacht und geschaffen hat, ist so ein Vater für uns, der uns liebt und deshalb alles für unsere Rettung tut.«

Uvelan spürte die Sonne auf dem Gesicht wie eine warme Hand. Er hob die Stirn zum Licht. »Laß mich das Opfer sein, Svarogh«, sprach er laut. »Besiege du den Christengott, zeige Tietgaud, daß du der Stärkere bist, und laß es mich sein, der zum Volk sprechen darf!«

Es war keine fünf Wimpernschläge still, da hörte er den Mönch sagen: »Ich weiß, es ist dir ein leichtes, Vater, die Geschicke in diesem finsteren Tal zu lenken. Aber ich bitte dich, bringe mich nicht nur vor das Volk, sondern erobere auch das Herz des Priesters Uvelan. Du liebst ihn, das weiß ich.«

Uvelan verschluckte sich am eigenen Speichel.

Tageslicht fiel unter der Tür durch einen schmalen Spalt in den Raum. Auch im Dach gab es Ritzen, in denen die Sonne funkelte. Und trotzdem war dieses Haus ein Ort der Sterbenden, ein finsteres Loch. Alena kauerte an der Wand gegenüber der Tür. Sie roch den Schweiß, das Blut, den Harn der gefolterten Franken. Vielleicht war sie es auch selbst, die stank. Wen kümmerte es? Die hier saßen, hatten weniger Wert als Tiere.

Kindergeschrei drang gedämpft durch die Wände. Wie es

Kitan wohl erging? Ob er im Wald stand in der Nähe seines Tollensanendorfs und Rinde sammelte, um Pech zu kochen? Ob er bei seinem Vater war und ihm die heißen, gebogenen Planken für ein Boot reichte? Die Hose, die nicht lang genug gewesen war, um seine knochigen Beine zu bedecken. Das zerschlissene, graue Wollhemd, das ihm schief über den Gürtel gehangen hatte. Die schmalen Schultern. Die schwarzen Flecken auf den Wangen, die schmutzigen Ohren, und die helle Stimme, mit der er gesagt hatte: »Ich kann schon ganz alleine Feuer machen!« Sie hätte diese leuchtenden Augen küssen können, den kleinen Nasenrücken, der sich frech in die Welt streckte.

Nie würde sie eine weiche, winzige Hand fühlen, die sich um ihren Finger schloß, eine feuchte Kinderhand, die eben im Mund gesteckt hatte und sich nun an sie klammerte. Nie würde sie einen Sohn haben, dem der Mund offenstand vor Staunen über die Welt und dem sie sie zeigen durfte. Es würden für sie Erzählungen bleiben: Die feinen Tritte im Bauch, wenn ein Kind heranwuchs. Das Gefühl, wenn der erste Schrei erscholl, wenn der warme, nasse Kinderkörper sich in die Mutterarme schmiegte. Die Gewißheit, für einen kleinen Menschen das Zuhause zu sein; das Gebrauchtwerden, wenn alle Schreie nur ihr galten.

»Ich gebe nicht auf«, murmelte sie. Sie würde sehr wohl eines Tages einem kleinen Kerl die ersten Schritte beibringen, würde ihn füttern und pflegen, würde erleben, wie er nach Dingen griff, wie er lernte zu sprechen. Sie würde einer Tochter zeigen, wie man einen Faden sponn, würde ihr zärtlich den Kamm durch die Haare führen, würde für sie singen und sie streicheln. Alena würde kämpfen.

»Brun.«

Ein leises Ächzen quälte sich über seine Lippen. Der Kräftige, Unbesiegbare – er lehnte an der Wand wie ein sterbender Bär. Dunkle Spuren zeichneten sein Gesicht. Blutbahnen. Die Augen waren nichts als tiefe, schwarze Höhlen.

»Laß ihn in Ruhe«, sagte Embricho. »Wir fallen auf diesen Schwindel nicht herein.«

»Wovon redest du?«

»Von deinem Vater, der dich hierherschickt, weil die Folter nicht die gewünschten Antworten gebracht hat. Sobald du das Nötige erfahren hast, läßt du die Fesseln von den Händen fallen und spazierst hinaus. Denkst du, ich traue jemandem, der mich verraten hat wie du?«

»Du wirfst mir Verrat vor? Du?«

»Ich glaube, es liegt in eurer Familie. Ihr hintergeht Menschen, um eure Zwecke zu erreichen. Die Leben anderer sind euch nichts wert.«

»Das ist nicht wahr. Mein Vater ist so – ich bin es nicht.«

»Verstehe. Du hast uns den Häschern Rethras versehentlich preisgegeben.«

»Barchan hatte euch schon entdeckt, als ich im Wald auf ihn traf. Was hätte ich tun sollen? Ihm gestehen, daß ich dabei war, meinem Vater in den Rücken zu fallen? Das hätte die Sache nicht besser gemacht.«

»Zumindest nicht für dich.«

Für einen Moment verschlug es ihr die Sprache. Schließlich sagte sie: »Uvelans Plan sollte auch euch retten.«

Embricho lachte. »Uvelan. Hast du wirklich geglaubt, er könnte etwas ausrichten gegen die Macht dieser Priester? Ein verzweifelter alter Mann ist er, nichts weiter, und die Priester herrschen über eine große Tempelburg und was weiß ich wie viele Volksstämme.«

»Er ist stärker, als du meinst. Es war ein Fehler von dir, ihn zu verraten.«

»Er hat dir diesen Blumenkranz geschenkt, nicht wahr? Und die Feder. Daß er sich nicht schämt! Ein Greis, den nach einer jungen Frau lüstet.«

»Du verstehst nichts, überhaupt nichts. Aber sein Mörder willst du sein. Du hast ihn verraten, er wurde gepackt, an die Wand gekettet im Heiligen Stall, und nun wird er geopfert. Daran trägst du die Schuld.«

Sie hörte Embricho schlucken. Es war einen Augenblick still, dann raunte er: »Dein Vater hat mir erzählt, daß du mich verachtest, daß du mich für deine Zwecke benutzt. Er sagte: ›Sie wußte, daß du so schwach sein würdest.‹ Verstehst du, Alena? Daß ich schwach sein würde! Ihr habt es eingeplant, Uvelan und du. Brun, Audulf, Tietgaud und ich – wir waren doch nur Werkzeuge für eure Machenschaften.«

»Uvelan bat mich, dir zu sagen, daß er dir verzeiht.«

Der Hüne verstummte.

»Und er hat mich zu dir geschickt. Ich soll mich an dich halten, das wünscht er.« Sie biß sich auf die Unterlippe, schmeckte Blut. »Du mußt selbst entscheiden, ob du den Lügen oder der Wahrheit glaubst.«

Stunden verstrichen. Alenas Gedanken, die eine Fluchtmöglichkeit suchten, prallten wieder und wieder auf unüberwindliche Hindernisse: die Wachen, die Mauern, die Fesseln. Von draußen drang dumpf der Lärm des Lagers ins Haus. Manchmal schienen Kinder nahe an der Tür vorbeizurennen; ihr Gelächter, das Kreischen, wenn eins das andere gefangen hatte, all das gellte wie aus einer anderen Welt in das Schweigen der Gefangenen hinein.

»Verzeih mir«, murmelte der Hüne.

Als es längst ruhig geworden war rings um das Haus und der Spalt unter der Tür Schwärze zeigte, stand Embricho auf. »Audulf? Brun? Seid ihr wach?«

»Was gibt es?«

»Geht ihr mit mir? Es ist Zeit, Rethra das Handwerk zu legen.«

»Ich bleibe hier«, sagte Audulf. »Die Unsichtbaren werden kommen, mich zu befreien.«

»Was ist mit dir, Brun?«

»Du hast meinen Segen«, stöhnte er. »Geh.«

»Was hast du vor?« fragte Alena.

Der Hüne trat heran, wendete ihr den Rücken zu. »Ich

will wiedergutmachen, was ich zerstört habe. Kannst du den Knoten mit den Zähnen öffnen?«

»Und wenn es mir gelingt?«

»Versuche, den Knoten zu lösen.«

»Nur, wenn du mich mitnimmst.«

Er zögerte. »Schwöre, daß du vor der Burg wartest und mich nicht an der Durchführung meines Plans hinderst.«

»Ich schwöre es beim Geist meiner Mutter.«

»Bedeutet dir dieser Schwur etwas?«

»Er bedeutet mir viel.«

»Gut, ich will dir glauben.«

Sie beugte sich vor, bis ihr Gesicht Embrichos Hände berührte, tastete mit dem Mund über das Seil. Dann biß sie zu, zerrte, ließ los, fühlte nach, zog erneut. Die harten Hanffasern stachen ihr in die Lippen. Sie schmeckte Schweiß von Embrichos Händen und ihr eigenes Blut. Bald schmerzten die Zähne, weil sie mit solcher Kraft an der Fessel riß. Endlich eine Schlaufe. »Laß die Handgelenke zusammen«, preßte sie hervor, »sonst ziehst du den Knoten wieder fest.« Wenig später hatte sie das Seil gelöst.

»Wo ist der Stall, in dem die weiße Stute steht?«

»Er liegt hinter dem Tempel. Du wirst Uvelan nicht befreien können«, schob sie nach, »ein eisernes Schloß hält seine Kette.«

»Die Redarier glauben, Swaroschitch reite mitunter auf der Stute aus? Tietgaud hat mir so etwas erzählt.«

»Svarožić hat drei Köpfe. Selbst wenn du bis zum Stall kommst, um eine der Stuten zu rauben –«

»Still jetzt. Denke an deinen Schwur. Du wartest im Wald vor der Burg.«

»Und was ist mit den Wachen vor der Tür? Wie sollen wir hier herauskommen?«

»Durch den Rauchabzug im Dach. Wir steigen Brun auf die Schultern. Gott hat mich nicht umsonst so groß gemacht.«

33. Kapitel

Was willst du, flüsterten die Wächterstatuen. Sie sahen nicht ihn an, Nevopor, sondern das Talglicht in der Tonschale, die er trug. *Du störst seine Nachtgedanken!*

»Ich weiß«, murmelte er. »Verzeiht mir. Ich muß mit ihm sprechen, dringend.«

Es war plötzlich finster, als würden alle Sterne erlöschen. Kalter Wind kam auf. Die Geister umschlichen das Licht, das sie erzürnte, suchten, es auszublasen.

Wage nicht, in unseren Kreis zu treten, Frevler! Weit rissen die Wächter die Mäuler auf, geiferten, drohten mit den Zähnen, den gespaltenen Zungen. Sie genossen ihre Wut.

»Ich bin der Diener des unsterblichen Svarožić. Ihr werdet mich nicht hindern.« Klopfenden Herzens schlich er zwischen den Geistern hindurch. Das Flämmchen in der Tonschale duckte sich. Es begann, wie wild zu flackern. Erschrocken zog Nevopor den Kopf ein.

Der Stierschädel über der Tempeltür leuchtete auf: urgewaltige, breite Hörner. »Wehre sie ab, Svarožić«, raunte Nevopor. »Laß nicht zu, daß sie deinen Diener bedrohen!«

Er stolperte auf die Tür zu, drückte sie auf und schloß sie hinter sich, den Rücken dagegenlehnend. Mit gesenkten Lidern stand er da, keuchte. Wendeten sich nun auch schon die Geister gegen ihn? Sie waren gereizt, weil der alte Svarogh-Priester in der Nähe war. Sicher rief er seine Waldgeister an, und sie hetzten ihre Brüder und Schwestern, die Tempelwächter, gegen Nevopor auf.

Poltern. Er zuckte zusammen. Nur ein Kelch, redete er sich ein, ein Kelch, der ein Stück abgesunken war im Haufen. Zugleich äugte Nevopor in die Tiefe. Das Talglicht konnte den quadratischen Raum nur dürftig erhellen. Sein Schimmer huschte über die Wände.

Ehrfürchtig sah er zu den Köpfen Svarožićs hinauf. Der in festliches Purpur gehüllte Gotteskörper überragte ihn um mehrere Spannen. Dort oben, die Gesichter: eines ihm zugewandt, eines zur rechten, und ein anderes zur linken Seite blickend. Weit luden die Schnurrbärte aus, schlugen Bögen wie Katzenbuckel. Die riesigen Augen strahlten golden. Daß sie fortwährend offenstanden ohne ein Zwinkern oder einen Atemzug Ruhe! Irgendwohin schaute er immer. Vielleicht sah er gerade zu Liutberts Heer hinaus, das sich versammelte, um nach den Sorben auch die Redarier zu unterwerfen. »Streite für uns, mächtiger Herr des Feuers!« rief Nevopor.

Svarožić hielt ein Schwert in den Händen, groß wie ein Baum. Ein einziger Hieb würde einem Dutzend Franken den Kopf vom Hals schlagen, und ihren Pferden zugleich. Der silberne Griff über der Scheide von schwarzem Leder blitzte im Schein der Talglichtflamme.

»Wirst du für uns in den Kampf ziehen?«

Der Dreiköpfige stand schweigend. Er schien besonders still in dieser Nacht zu sein. Nicht, daß er sonst mit lauter Stimme gesprochen hatte, aber da war immer eine Präsenz, eine Kraft zu spüren gewesen, ein Antworten allein durch das übermächtige Schweigen. Heute war das Schweigen leer. Leer und kalt.

Zu den Füßen der Gottheit war alles an seinem Platz: der Sattel für die weiße Stute, das Zaumzeug, der goldene, mannshohe Rundschild.

»Alena ist mir in den Rücken gefallen wie ihre Mutter. Warum läßt du so etwas zu? Ich brauche deine Hilfe! Du mußt verhindern, daß Uvelan das Volk an deinen Vatergott erinnert – der alte Priester muß sterben und mit ihm die Erinnerung an Svarogh. Und der Fluch der Frauen, die ich liebte, muß verlöschen in meinem Leben. Rette mich, Svarožić! Wende dich nicht ab, o Lichtbringer, von deinem Boten!«

Die riesige Gottheit in der Mitte des Tempels stand still wie ein Stein.

Verzweifelt blickte Nevopor zu den anderen Götterstatuen rechts und links. Umgeben von unermeßlichen Schätzen – silbernem Treibwerk, goldenen Spiegeln und Schellen, Wikingeräxten, fränkischen Schwertern, Perlen aus rotem Karneol, Ketten aus Bergkristall, rohen Bernsteinklumpen und feinen, byzantinischen Goldmünzen, Gürtelschnallen, Riemenzungen und Fibeln, prachtvollen Spangen, Anhängern und Amuletten aus Gold und Silber, Kästchen, Armreifen, Seidentüchern, Trinkhörnern, an denen Edelsteine funkelten, vergoldeten Signalhörnern, prunkvoll verzierten Gefäßen – standen sich dort Černoboh, der schwarze Gott, und Belboh, der weiße Gott, gegenüber. Schwarzes, dunkles Holz. Weißes, helles Holz. Götter, die die Statuen beseelten. Hinter ihnen verzierten Schnitzereien die Tempelwand: Menschen, Vögel und Tiere, farbig angemalt und so echt, daß es eine lebendige Welt war, ein eigenes Götterreich, in dem die Herrscher wohnten.

»Was ist mit dieser Nacht? Warum schweigt der Feuergott?«

Es schien Nevopor, als würden Černoboh und Belboh lachen, als würden sie sich zuzwinkern.

»Seht euch die Reichtümer an, die Kriegsbeute, die wir euch gesammelt haben. Wollt ihr all das dem Untergang preisgeben?«

An den Wänden wisperten die kleineren Statuen, die Götter der anderen Stämme: Triglav, der Dreiköpfige; dickbrüstig Podaga, die Göttin der Wagrier. Siva, die polabische Göttin der Lebenskraft. Rugievit, der siebenköpfige Herr der Ranen. Sie erregten sich über Nevopors Tonfall, sicherlich.

Hastig verneigte er sich, fiel dann zur Sicherheit doch lieber auf die Knie nieder. »Verzeiht mir. Es ist nur: Ich bin in großer Sorge!«

Neben den Göttern ruhten die Feldzeichen der Stämme: heilige Schwerter und Äxte mit Silbertreibwerk an den

Griffen und auf den Klingen, Schilde, Fahnen. Würden die Völker den Vorstoß der Franken abwehren?

Er wendete sich wieder Svarožić zu. »Bitte, verlaß mich nicht.« Fürchtete Svarožić seinen starken Vater, Svarogh? War er fortgegangen, um mit ihm zu kämpfen? Nevopor richtete den Blick auf die gewaltige Statue. Das Holz war stumm. Es war auf fremdartige Weise verändert. Es gab nur einen Begriff für den Eindruck, den es auf Nevopor machte, und so sehr er sich auch wand, er mußte es sich letztlich eingestehen: Svarožićs Götterbild wirkte tot. Es war Nevopor, als würde bei dieser Feststellung sein eigener Körper beginnen, zu erkalten und abzusterben.

Zwei Schimmelstuten und nur einmal Zaumzeug. Welches war das richtige Pferd? Die Eisenketten am Ende des Stalls hingen leer herab. Wo war Uvelan?

Eine Stute hob den Hals über die Tür ihres Stands und sah Embricho entgegen. Deutlich war der hautfarbene Fleck auf den dunklen Nüstern zu erkennen. Die Muskeln unter dem weißen Fell zuckten. Er hatte bereits einen schlechten Eindruck auf sie gemacht, sie roch seine Unsicherheit.

Stehenbleiben. Die Arme herabsinken lassen, ruhig atmen. Lächeln. »Du bist schön«, sagte er. Ging langsam auf das Pferd zu.

Es reckte den Kopf und wich zurück.

Verharren. »Sicher wirst du selten von Fremden besucht.« Er wartete.

Die Nüstern der Stute blähten sich.

Wittern wollte sie ihn; Neugierde war ein gutes Zeichen. Embricho hielt ihr die Hand hin. Der Atem des Tiers blies warm über seine Finger. »Läßt du dich von mir aufzäumen? Dann machen wir einen Spaziergang zusammen.« Zwischen den Ständen hing das Zaumzeug an einem Nagel: mit Bernsteinen besetztes, silberbeschlagenes Leder. War sie bereit, aufgezäumt zu werden? In einer langsamen Bewegung nahm er das Lederzeug herunter. »Ich komme zu dir in den Verschlag. Bist du einverstanden damit?«

Die Stute schnaubte, drehte die Ohren. Ein prüfender Blick aus den schwarzen Kugelaugen.

Ohne sich von ihr abzuwenden, hob Embricho den Haken und öffnete die Tür um einen Spalt. »Du wirst mich nicht treten, richtig? Laß uns Freundschaft schließen.« Er schob sich hindurch. Trat von der linken Seite an das Tier heran.

Plötzlich angelegte Ohren, ein spitzes Wiehern.

»Ruhig, ruhig!«

Gelbe Zähne blitzten. Der Pferdekopf schnellte voran.

Embrichos Arm schmerzte wie von einem Dolchstich. Kaum einen Wimpernschlag später antwortete er mit einem Fausthieb gegen den weißen Hals. Erschrocken drängte sich die Stute fort von ihm.

»Hältst du mich für einen Feigling? Du täuschst dich. Ich bin hier, um dich für einen Spaziergang abzuholen, und ich gehe nicht ohne dich. Hast du mich verstanden?« Jede Faser seines Körpers trieb ihn an, die Tür zu öffnen und sich aus dem Unterstand zu flüchten. Der Arm schmerzte fürchterlich, und ihm war klar, daß es nur eine Warnung gewesen war. Ohne Zweifel konnte ihn die Stute zu Tode trampeln. Sie würde einen Kampf mit ihren Zähnen und den Hufen in Augenblicken für sich entscheiden. Er zwang die zitternden Beine zur Ruhe. Nicht Kraft gegen Kraft, sondern Wille gegen Wille. Das hatte er in den Ställen des Kastells bei Magdeburg gelernt. Wille gegen Wille. »Du wirst mir gehorchen. Ich bin ein Freund.«

Die Ohren spielten.

Embricho preßte die Rechte gegen sein Bein, um das Zaumzeug vor den Augen der Stute zu verbergen. Mit der freien Hand strich er über den Pferdehals; keine zaghafte Berührung, sondern ein kraftvolles Streicheln. »Gefällt dir das?« Lange stand er so, tätschelte sie und redete leise. Zuerst versuchte sie noch vor der Hand zurückzuweichen und stampfte verärgert mit den Hufen auf. Dann aber wurde die Stute ruhig. Sie hob einen Hinterlauf und tippte genießerisch mit der Hufspitze auf den Boden, sie drängte sich näher an Embricho und die streichelnde Hand heran, rührte am Ende mit den warmen, weichen Nüstern an sein Gesicht.

»Machst du mir eine Freude?« fragte er. »Es ist ganz einfach.« Er hielt ihr das Zaumzeug vor. Dann schob er ihr seitwärts die Hand ins Maul, bahnte der Trense einen Weg. Schnallen schlossen sich, und innerhalb von Augenblicken war die Stute aufgezäumt. Ehe sie Unwillen empfinden konnte, beruhigte Embricho sie mit langen Streichelbahnen vom Kopf bis zu den Flanken. »Wir gehen ein wenig spazieren, einverstanden? Wenn ich mich merkwürdig verhalte, unter deinem Kopf hindurchtauche und so etwas, wundere dich nicht.«

Mutiges, sicheres Auftreten und Freundlichkeit hatten sie bezwungen. Sie würde ihm vertrauen.

Bald darauf entstand Unruhe bei den Wachen auf dem Wall. Sie duckten sich hinter die Zinnen, wiesen ehrfürchtig auf die Weiße, die die Burg durch das Seetor verließ und den steilen Weg zum See hinabkletterte. Ein schwarzer Schatten flog mit ihr, ein Geist, der dem Dreiköpfigen diente. Unsichtbar ritt Svarožić auf dem Rücken seiner Stute in den Wald hinaus.

Das schwarze Netz der Nacht lag noch über den Bäumen. Hinter den schläfrigen Wolken glühte der Himmel. Es war kühl, das ließ auf den Anbruch eines heißen Tages schließen. Die Frösche im Laketeich stießen sehnsüchtige, knatternde Rufe aus und lauschten, wie sie zwischen den sternenbeschimmerten Bäumen am Ufer verhallten.

Dicht vor Alenas Gesicht blieb eine Libelle im Fluge stehen. Die feinen Flügel surrten. Einige Male verließ das Tier ruckhaft seinen Platz, drehte sich um eine Winzigkeit, und das Surren sprang für einen Augenblick zu einem bedrohlichen Brummen an; dann huschte die Libelle weiter.

Es knackte im Wald. Verfolger? Hatte man die Flucht bemerkt und setzte ihnen nach? Hatte man den Hünen in der Burg gefangen und war nun ausgezogen, auch sie zurückzubringen? Ein weißes Leuchten zeigte sich im Dunkel. Eine der Schimmelstuten. Ihr voran ging der Hüne. Sie folgte ihm wie ein Kind dem Vater: Ungenutzt hingen die Zügel herab.

»Ich bin froh, daß du lebst, Embricho«, wisperte sie.

Sie kamen näher. Der stattliche, hochgewachsene Mann und das schneeweiße Pferd. Die Stute schüttelte den Kopf, daß die Mähne wie Wasser um sie sprühte.

»Du hast sie gebändigt, die Wilde, Feurige?« sagte Alena laut.

»Ich glaube, sie hat sich danach gesehnt, bezähmt zu werden.«

Als sie standen, reckte die Weiße den Kopf hinauf und rupfte Grün von den Zweigen. Embricho rieb sich die Bartstoppeln. Die feinen, geraden Lippen verschoben sich nachdenklich. Schließlich trat er langsam auf Alena zu. Er blieb nicht stehen, auch nicht, als er sie fast berührte. Seine Arme öffneten sich, und er schloß sie darin ein. Alena griff nach den Schultern des Hünen hinauf und schmiegte sich an ihn.

Jeden seiner Atemzug spürte sie: Ein Rauschen war es wie vom Wind, und die Brust dehnte sich. Dann sank sie zurück. Der Hüne ließ nicht los, und auch sie hielt ihn fest. Wie in einem Gespräch standen sie aneinandergefügt, flüsterten ihre Atemzüge, pumpten ihre Herzschläge, schluckten und schwiegen. Es gab nichts zu sagen. Jedes Wort bedeutete Trauer und Entfremdung.

Das Morgenlicht sank in kleinen, rötlichen Flecken durch die Zweige herab. Einer nach dem anderen verstummten die Frösche, und die ersten Vögel zwitscherten ihre Melodie dem Tag entgegen. Lange standen Alena und Embricho, dann, zugleich, lösten sich ihre Hände.

»Was wirst du tun? Nach Magdeburg zurückkehren?«

»Zu Heilwich, ja. Wenn es dich nicht kränkt, kannst du ...« Er zögerte.

»Nein, ich bleibe hier.«

»Du bist ...«

»Du wirst mir sehr fehlen. Ich wäre gern deine Frau geworden.«

»Ich weiß. Es tut mir leid, was ich gesagt habe. Du bist eine großartige Frau. Warum willst du nicht fliehen?«

»Der Kampf ist nicht vorüber; Vater hat noch längst nicht gewonnen.«

»Es wird Rethra wenig schaden, daß eine der zwei Stuten fehlt. Hätte ich die Tiere getötet, wäre der Schaden größer gewesen. Aber wer könnte solche Anmut zerstören? Ich bin kein Pferdemörder. Und ich will, daß Rethra viel größere Vernichtung erfährt.«

»Wovon sprichst du?«

»Ich wußte, daß du bleiben würdest, um zu kämpfen. Warum sonst hättest du vor der Flucht aus Rethra dein weißes Leinenkleid stehlen wollen.« Er hob die Zügel auf und reichte sie ihr. »Nimm du die Stute. Die Weiße macht dich deinem Vater ebenbürtig. Gott wird dich beschützen.«

»Ich danke dir von Herzen.«

Er ergriff ihre Hand. Seine kräftigen Finger strichen über ihre. Obwohl er schwieg, sprach sein Gesicht. Die blauen Zimbelkrautaugen flehten, das Kinn kämpfte Tränen herunter.

»Dort hinten am Seeufer warten die Linonen«, sagte sie und preßte die Lippen aufeinander. »Euer Gott sei mit dir.«

Der Hüne wendete sich um, stampfte in den Wald. Dann hielt er noch einmal an, wie um etwas zu sagen.

Lange stand Alena und sah ihm nach. Als sie sich zum See umwandte, blickte sie in das Gesicht Javors. Neben ihm lehnte ein massiger Fremder mit Stutzbart an einem Baum. Der Obodritenfürst wirkte nicht feindselig: Mit einem merkwürdigen Lächeln auf den Lippen winkte er sie heran. An seinem Gürtel baumelte ein silberverziertes Horn.

Barchan schloß die Tür hinter sich und baute seinen massigen Körper vor dem Tisch auf. Furchen, die bei der Nase begannen, verloren sich im buschigen Oberlippenbart. Der Herr der Tempelgarde verschränkte die Arme.

Eindringlich sah Nevopor zu Chotebąd hinüber. Donik hätte nicht einmal dieses Blickes bedurft. Er hätte gespürt, daß es an der Zeit war, den Raum zu verlassen.

Chotebąd blickte zurück.

Die Augen zusammenkneifend, faltete Nevopor die Stirn.

»Fehlt etwas, Herr?«

»Es ist etwas zuviel im Raum.«

Der junge Mann sah sich suchend um. »Zuviel?«

»Laß uns allein.«

Endlich zog Chotebąd den Kopf ein, murmelte: »Es tut mir leid.« Er schlüpfte hinaus.

»Unfähig«, murmelte Nevopor. Er zog einen Schemel unter dem Tisch hervor und ließ sich darauf nieder. »Nimm Platz, Barchan.«

Das Holz knackte unter dem Gewicht des Tempelgardisten, aber er verzog keine Miene. Das Talglicht zuckte, als würde es einem Schlag ausweichen.

»Ich habe schlechte Neuigkeiten. Du wirst das Opfer heute nicht mit ansehen können.«

Barchans Hand schnellte in die Luft, schloß sich zur Faust. Auf dem Tisch öffnete er sie. Wortlos klaubte er eine zerquetschte Fliege heraus. Er warf sie in die Flamme. Es knisterte, dann stieg ein schwarzer, stinkender Rauchfaden auf. »In Ordnung.«

»Ich möchte, daß du dich mit dreißig Männern hinter dem Tempel verbirgst. Kein Waffenklirren, kein Spähen um die Ecke. Es ist wichtig, daß ihr unbemerkt bleibt.«

»Tausende Redarier sind hier. Wer wäre so dumm, uns anzugreifen?«

»Du tust, wie ich es dir gesagt habe. Wenn ich euch brauche, schicke ich Chotebąd.«

»Es wäre gut, wenn ich wüßte, worin die Gefahr besteht. Ist es dieser Uvelan? Als er am Seeufer ergriffen wurde, hat er von neuen Verhältnissen gesprochen. Man munkelt, er sei der Hochpriester des verbotenen Gottvaters. Ist das wahr? Ist er dieser Priester? Was meint er damit, wenn er sagt, es werden neue Verhältnisse anbrechen?«

Nevopor zischte: »Er versucht, euch einzuschüchtern, nichts weiter.«

»Aber er ist der Priester?«

»Er ist nichts weiter als ein alter Mann.« Nevopor erhob sich. »Ich werde ihn kein Wort zum Volk reden lassen, er wird sterben wie die Opfertiere.«

»Wie gut könnte ich Mstislav gebrauchen, Nakon, Witzan und die anderen! Ich habe den Alten beobachtet am Pfahl vor dem Westtor. Es gefällt mir nicht, wie aufmerksam er die Leute betrachtet.«

»Das wird ihm nichts nützen.«

Barchan stand auf. Er nickte, nachdenklich und langsam.

Nevopor hielt ihm die Tür auf. »Eile dich. Ich möchte, daß ihr hinter dem Tempel seid, bevor die Sonne aufgeht.« Als der Tempelgardist sich an ihm vorbeischob, hielt er ihn am Arm fest. »Eines noch: Sollte es heute Unstimmigkeiten zwischen den anderen Priestern und mir geben, darf das dich und deine Männer nicht zu einem Zögern verleiten. Es gilt mein Wort. Möglicherweise ist rasches Handeln notwendig.«

Barchan löste sich aus Nevopors Griff und verschwand in Richtung der Gardistenhäuser.

Vor dem Haus richtete Nevopor das Gesicht zum Himmel. Jeden Morgen starb die Welt. Das Schwarz der Nacht war Leben, ein dunkles zwar, das Reich Černobohs, aber gefüllt mit Käuzchenrufen, dem Unken der Kröten, leisen Fledermausflügelschlägen und dem Trippeln der Igel. Der Tod kam, wenn die Schwärze ging und die Sterne verblaßten. Im fahlen Grau ging der ermattete Himmel zugrunde. Es währte einige Augenblicke, eine tote Zeit, ein Untergang, bis sich der erste rote Schimmer zeigte und neues Leben versprach, bis die Drosselrohrsänger erwachten, die Fliegen, die Bussarde.

Heute schien der bleiche Moment länger anzudauern. Die Geräusche aus der Vorburg schwollen an, als griffe eine Unruhe nach den Menschen. Still war es nie, wenn Hunderte, Tausende in der Vorburg lagerten; immer bellte irgendwo ein Hund, Schafe blökten, Kinder schrien. In einigen Zelten zankten Männer mit ihren Frauen, in anderen sang man leise, oder es fiel etwas zu Boden und zerbrach, und Flüche folgten oder das Knallen einer Ohrfeige. Nevopor lauschte.

Dieses war anders. Dieses war ein Murmeln von vielen Stimmen, ein Sichverschwören, ein sich Absprechen hinter seinem Rücken. Etwas ging im Lager vor, er spürte es, fühlte boshafte Blicke, die sich durch die Zeltschlitze auf den Tempel richteten, ehrfurchtslos, zerstörerisch. Es waren nicht alle, sicherlich, aber das Pestgeschwür war da, die wuchernde Krankheit der Rebellion, sie war in diesem Augenblick geboren; mit der Bleiche, mit den Momenten des Todes war sie aufgebrochen wie eine Eiterbeule.

Schuhe knirschten. »Verzeihung, Herr, ich wußte nicht, daß du dich mit Barchan allein besprechen wolltest.«

Nevopor drehte sich herum und fuhr Chotebąd an: »Was konnte dich annehmen lassen, daß du bei der Beratung nützlich wärst?«

Der junge Mann schlug die Augen nieder. »Nichts, Herr.«

»Verfolge heute deine Aufgaben mit besonderem Ernst. Vielleicht kann ich das Vorkommnis vergessen.«

»Danke, Herr. Möchtest du, daß ich ein Frühstück richte?«

»Nein. Geh in den Wald, aber hinten heraus, durch das Seetor. Sorge dafür, daß dich niemand beobachtet. Schneide zwei kräftige Stecken und spitze sie ein wenig an. Lege sie vor dem Tempel ab.«

»Stecken schneiden? Aber es ist heiliger Wald, ich darf kein frisches Holz schlagen, darf die Bäume nicht beschädigen. Wenn mich jemand entdeckt, wird er mich töten!«

»Was verstehst du von heilig oder nicht heilig? Der Bote des Sonnenherrn selbst befiehlt dir, und du wagst es, tölpelhafte Gründe anzuführen? Was weißt du, wofür die Stecken gebraucht werden – Chotebąd, ich erinnere dich daran, wie Donik starb. Fängst du an, ungehorsam zu werden?«

»Nein, Herr, verzeih mir. Ich hatte nur Sorge, dich falsch verstanden zu haben.«

»Verschwinde.«

34. Kapitel

Die Steintafel war zu einer Quelle geworden, aus der Blut sprudelte. Sie ragte an den Seiten weit über das Fundament hinaus; von der Kante floß der Lebenssaft in Rinnsalen auf die Erde herab, die jedesmal anschwollen, wenn einem Tier auf dem Altar die Kehle durchtrennt wurde, und mit der Zeit wieder abnahmen bis hin zu lautlosem Tröpfeln. Sie verebbten nie völlig.

Schafe blökten vor Furcht, wenn die Priester sie auf den nassen Stein preßten, daß sich das Blut der anderen Opfer in ihr wolkenweißes Fell sog; Ziegen verdrehten die Augen, geköpfte Vögel spritzten den Priestern mit wilden Flügelschlägen Blutstropfen ins Gesicht.

Ein Tisch aus Stein war der Altar, an dem durstige Geister ihr greuliches Mahl hielten, und Männer in schwarzen Mänteln bedienten sie. Den Vorderen einer langen Schlange von Menschen nahmen sie das Opfertier ab, banden ihm die Beine zusammen und hoben es unter lauten, singenden Rufen über dem Altar in die Höhe: »Svarožić, rette uns! Hilf uns, o Lichtbringer!« Dieselben Lederriemen fesselten Gänsen, Ziegen und Lämmern die Beine; war ein Tier geopfert, zog man sie ihm herunter und zwängte ein neues Beinpaar ein.

Tausende von Menschen füllten den Kessel, den die weit ausgreifenden Wehrarme der Burg schufen. Sie sahen flehend und grimmig im Wechsel zum Himmel und zum Altar, sangen mit den Priestern, reckten bittend die geöffneten Hände in die Höhe. Verirrte. Verlorengegangene. Sie lehnten sich über die Mauern der Türme, drängten sich auf den Kronen der Wälle, die Gesichter ernst, das Gaffen, Singen und Bitten in tiefer Inbrunst.

Während Tietgaud die Augen geschlossen hielt, die Stirn in Falten und den Mund in ständiger Bewegung unter dem Knebel, blickte Uvelan hungrig über die Menge. Sie würden ihn anhören, er würde das Opfer sein, das nicht schrie, sondern sprach, und sie würden erkennen und bereuen, was sie hier taten. Sie würden aufwachen!

Wie das Blut ihren Ekel erregte, würde er sagen, genauso erfüllten sie den wahren Gott mit Abscheu. Er habe die Faust schon erhoben, mit der er sie zerschmettern würde. Meinten sie etwa, ihre Verzweiflung habe einen anderen Grund als den Zorn Svaroghs? Besinnen sollten sie sich! Sich erinnern!

Ein Priester brüllte: »Das letzte Tier.« Er hielt einen Hund auf den Armen, die Schnauze mit Stricken zugeknotet, die Beine fest aneinandergeknüpft. »Svarožić wird uns erhören!« Mehr warf er ihn in die Blutpfütze auf dem Altar, als daß er ihn legte. Der Hund winselte, pfiff, wand sich. Ein bronzenes Aufblitzen. Ein Messerstoß.

Das Blut schoß fauchend in die Stille hinein.

In der Volksmenge senkten sich die Hände. Die Menschen standen still, alles Singen und Flehen verstummte. Niemand schaute mehr zum Himmel; sie alle blickten erwartungsvoll auf den Tempel. Uvelan stutzte. Ohne daß er es bemerkt hatte, war einer der Priester verschwunden. Huftrappen erklang, ein Pferd schnaubte. Nach dem Schreien der sterbenden Tiere erschien dieses Schnauben wie ein zärtliches Zeichen des Lebens.

Ehrfürchtiges Zischen und Flüstern setzte ein. Zuerst war Nevopor zu sehen. Blut tropfte von seinem Mantelsaum. Der lange graue Bart ruhte ehrfurchtgebietend auf der Brust. Nevopor hielt den Arm leicht erhoben, Zügel in der Hand.

Dann trat die Schimmelstute hinter den Geisterfiguren des Tempels hervor. Die Morgensonne funkelte in der weißen Mähne. Wölbungen von Adern zeigten sich auf der Brust und an den Beinen des Pferdes, Muskeln spielten darunter. Ein hautfarbener Fleck auf den dunklen Nüstern verlieh dem Tier ein kluges Aussehen; es hatte ein Gesicht, ein tierisches und doch auf seine Weise intelligentes Antlitz. Es war, als blickten seine großen, schwarzglänzenden Augen über die Menge hinweg weit über das Land.

Nevopor führte die Stute an den Körpern der Opfertiere vorbei. Sie tänzelte leicht, wich mit den Hufen den Blutströmen aus.

Die Priester stießen Speere in den Boden, so, daß ihre Enden knöchelhoch über dem Boden wippten und dabei Tore bildeten, drei.

Nevopor hielt die Stute an. »Höre, Svarožić, Retter«, rief er laut. »Du hast ein Menschenopfer gewünscht, und wir sind dir gehorsam. Wähle! Der rechte Huf sei dein Wort für diesen.« Er wies mit dem freien Arm auf Uvelan. »Der linke sei dein Wort für jenen.« Er zeigte auf Tietgaud. »Laß das Opfer dir wohlgefällig sein. Befreie uns von den Franken, die uns nach dem Leben trachten!«

Ein kaum sichtbarer Zug am Führstrick, und die Stute ging voran. Ihre Hufe näherten sich dem ersten Tor.

Uvelan preßte die Zähne aufeinander. Wähle mich, Svarogh, laß sie mich wählen! Du weißt, ich werde deinen Namen groß machen vor diesem Volk. Zeige, daß du stärker bist als der Christengott. Führe die Beine dieses Pferdes!

Der linke Huf hob sich und trat über die erste Stange.

Uvelans Arme wanden sich in den Stricken. Er sah prüfend auf den Priester. Schweißtropfen standen auf Nevopors Stirn.

Das zweite Tor: wieder der linke Huf.

Niemand flüsterte mehr. Es war ruhig, Tausende Menschen neigten sich in gieriger Stille vorwärts wie Jäger, die sich anpirschen.

Das dritte Tor: Die Stute hob zögerlich den Huf, setzte ihn wieder ab. Sie stampfte auf den Boden. Der Kopf des Pferdes wandte sich zur Seite, als wollte es den Tempel beschauen. Nevopor sprach leise auf es ein. Dann ein Schritt, ein Huf, der auf dem Sand knirschte. Links.

Die Menge seufzte wie ein Mann. Erleichterung.

Der Priester wies auf Tietgaud. »Jener.«

Wie konnte das sein? Hatte Svarogh ihn nicht hierhergebracht, hatte er ihn nicht zu neuem Leben erweckt nach Jahrzehnten des Sterbens? Wie konnte der Christengott gewonnen haben? Unmöglich.

Die Priester traten auf Tietgaud zu, packten ihn an den Oberarmen und schoben ihn zum Altar hinüber. Es sah aus, als wäre er einer der ihren, als wäre er ein gefallener Priester, der noch den schwarzen Mantel trug, aber ihn durch seine Unwürdigkeit befleckt hatte: die Kutte von Rutenschlägen in Streifen geschnitten, darunter rot-blaue Flecken, Wunden, verkrustetes Blut. Auf der Stirn ein Kreuz von eingetrocknetem Blut.

Und doch stand Tietgaud aufrecht.

Ein Wink Nevopors. Man nahm ihm den Knebel ab.

»Möchtest du deinen Gott noch einmal um Hilfe anflehen?«

Der Mönch sah zu Nevopor hinüber, ohne Haß. »Bitte hängt Uvelan das Kreuz um. Ich möchte es ihm schenken.«

Zuerst stutzte Nevopor, dann spielte ein Lächeln in seinen Mundwinkeln. Er schnurrte einen Befehl.

Einer der Priester, dessen Kopf ohne Unterbrechung auf dem Hals schwankte, zog Tietgaud das Lederband über den Kopf und trat auf Uvelan zu. Uvelan sah Nevopors Lächeln breiter werden, es war, als würde er sagen: Wird dir jetzt noch jemand glauben, daß du Svaroghs Priester bist? Das Silberkreuz schlug schwer auf Uvelans Brust auf.

»In amicitia«, sagte Tietgaud. »In Freundschaft, Uvelan. Wenn ich tot bin, vergiß nicht, daß mein Gott stärker war. Daß er mich predigen lassen hat.« Er wendete sich Nevopor zu. »Wie sieht euer Götze aus?«

»Du meinst den Gott, der über deinen triumphiert?« Nevopor sprach laut, so, daß es viele hören konnten. »Er hat drei Köpfe, drei Gesichter, drei Augenpaare, denen nichts entgeht. Er ist breit und stark wie ein Baum, und seinem Schwert entkommt kein Feind. Und dein Gott, der zu Boden Geworfene? Wie sieht er aus? Warum rettet er dich nicht, der du doch sein Diener bist?«

»So, drei Köpfe.« Einen Augenblick schwieg Tietgaud nachdenklich.

»Stürze auf die Knie, Mönch, und flehe deine Geister um Hilfe an! Das Volk soll sehen, wie machtlos deine Helfer sind.«

Tietgaud schüttelte den Kopf. Er erhob ebenfalls laut seine Stimme. »Wenn er wollte, könnte Christus mich retten. Er könnte euch mit dem Hauch seines Mundes vernichten. Aber ich weiß, daß er andere Pläne hat.«

Breit grinsend übersetzte Nevopor. Die Menge lachte.

Uvelan senkte das Kinn und sah auf das fränkische Zauberzeichen, das silberne Kreuz, das auf seinem Brustbein ruhte. Wenn du so mächtig bist, sprach er in Gedanken zum Kreuz, dann beweise es mir. Laß auch mich zum Volk reden. »Siehst du dieses Kreuz?« hatte Tietgaud einmal zu Audulf gesagt. »Daran sollst du dich halten. Das Kreuz ist es, das dir Rettung bringt, und nichts anderes.« Würde es ihm, Uvelan, Rettung bringen? Es war ein Todessymbol, Zeichen dafür, daß Christus für die Menschen gestorben war, um sie auszulösen, sie zu befreien. Hatte er ihn frei gemacht?

»Auch mein Gott hat drei Köpfe«, fuhr Tietgaud fort. »Das Vatergesicht, das Gesicht des Sohnes und das Gesicht des Geistes.«

Aufmerksam folgten die Männer und Frauen der Übersetzung Nevopors.

»Wißt ihr, was der Unterschied ist zu eurer Gottheit? Der, den ich anbete, ist nicht nur Herr über das Leben, er besitzt auch Macht über das Totenreich. Seht mich an! Ich habe keine Furcht zu sterben. Christus wird mich wiedererwecken!«

Obwohl Nevopor die Worte des Mönches in spöttischem Ton wiedergab, schwieg die Menge bestürzt.

Uvelan beobachtete Nevopor genau. Der Priester fuhr sich mit der Hand durch den Bart, blinzelte besorgt in den Kessel der Vorburg hinunter, wo die weiter vorn Stehenden das Gesagte nach hinten weitergaben. Ein kleines Handzeichen war es nur, etwa die Bewegung, mit der man einen Krümel von der Tischkante fegt. Sofort packten die Priester Tietgaud an den Schultern und schoben ihn zur Kante des Altars.

Die Stimme des Mönches bebte mit einer Tiefe, die die Worte weit zwischen die Wälle trug: »Jesus spricht: Ich gebe euch meinen Frieden, einen Frieden, den die Welt nicht geben kann.«

Man hob ihn auf die Steinplatte. Er wehrte sich nicht, begann zu singen.

»Was hat er gesagt?« brüllte jemand aus der Menge.

»Übersetze es uns!«

Nevopor sprach die Übersetzung widerwillig und mit leiser Stimme. Aber sie wurde von einem zum nächsten geraunt, und das Erstaunen sprang von Gesicht zu Gesicht.

»Wie meint er das?« rief ein Mann.

»Was ist das, der Frieden, den die Welt nicht geben kann?«

Ein Priester mittleren Alters – seine Zunge legte sich angestrengt zwischen die Ackergaulzähne – hob eine schwere Axt hinter dem Altar hervor. Von der Seite trat er an die Felsplatte heran.

Tietgaud sang: *»Veni, Redemptor gentium; ostende partum virginis …«* Mit trotziger Stimme intonierte er die klagende Melodie. Er würdigte den Priester keines Blickes.

Der Priester reckte die Axt in die Höhe, holte aus.

»… miretur omne saeculum. Talis decet partus Deo.«

Das Axtblatt rauschte herab und trennte einen Fuß von Tietgauds Bein.

Der Mönch schrie. Während der Priester auf die andere

Seite des Altars wechselte, begannen Tietgauds formlose, verschwommene Schreie sich in Wörter zu fügen, gebrüllte Zeilen eines Liedes: *»Non ex virili semine, sed mystico spiramine …«*

Erneut schlug die Axt zu und trennte Tietgauds zweiten Fuß von seinem Körper.

Jaulen, qualvolles Rufen, und noch immer Singen: *»Verbum Dei … tactum est caro … fructusque ventris floruit!«*

Der Priester trat an das Kopfende der Altarplatte.

Tietgauds Stimme verlor bereits an Kraft. Er röchelte: *»Gloria tibi, Domine, qui natus es de virgine …«*

Die Axt rauschte herab. Eine blutrote Hand fiel vom Altar zu Boden.

»Cum Patre …«, hauchte Tietgaud. Der Lebenssaft strömte aus seinem Arm, mit jedem Herzschlag eine Woge. *»… et saneto Spiritu …«* Während der Priester um den Altar herumlief zur anderen Seite, stieß der Mönch seine letzten Worte hervor. *»… in sempiterna saecula!«* Sein Kopf sank zur Seite.

»Svarožić«, bebten die Rufe des Volkes, »Svarožić!«

Der Mönch war verstummt.

Lautes Krachen der Axt, und eine weitere Hand fiel herab.

»Svarožić wird uns erretten!« rief Nevopor. Er klang atemlos, seltsam erregt. »Die Franken werden vernichtet werden!« Er ergriff Tietgauds spärliches Haar, und als die Axt den Kopf vom Körper trennte, hob er ihn in die Höhe, drehte sich zum Tempel und reckte ihn den Geisterstatuen entgegen. Schließlich hob er einen Stecken auf und rammte das spitze Ende in den tropfenden Hals. Den aufgespießten Kopf reichte er einem Priester weiter.

Übelkeit quetschte Uvelans Därme. Gleichzeitig war es, als griffe eine kalte Hand nach seiner Kehle und drückte fest zu.

Nevopors Stimme dröhnte: »Seht her: Dieser Mann war ein Mönch, ein Priester der Franken. Wir haben ihn östlich der Elbe gefangen. Wie stark müssen sie sich fühlen, wenn sie schon ihre Priester zu uns schicken! Die Heere des Liutbert und des Ratolf haben wie eine Feuersbrunst im Land der Sorben gewütet. Die Dörfer sind geplündert, die Burgen niedergebrannt. Das Volk wird dahingemordet. Hilft uns Svarožić nicht, reitet er nicht auf seiner weißen Stute voran, dann sind wir verloren! Heute nacht haben einige von euch ihn ausreiten sehen. Er lebt, und er wird für uns streiten.«

Plötzlich verstand Uvelan. Nevopor bereitete seinen Tod vor.

»Gerade jetzt«, rief der Priester, »werden die Franken zu uns schauen. Wir haben ihren Priester getötet. Sie werden Rache nehmen wollen. Krieger der Franken waren in unserer Gefangenschaft. Als wir ihnen drohten und sie schlugen, gaben sie zu, daß nach den Sorben Rethra angegriffen und zerstört werden soll. Es ist nur noch eine Frage von Wochen, vielleicht Tagen, und die Franken brechen über unser Gebiet herein. Einer der Männer hat gestanden, daß im Heer schweres Kriegsgerät mitgeführt wird – um es gegen Rethra einzusetzen! Drei Onager, die Steine schleudern, riesige Sturmschilde und Rammböcke!«

Über Uvelans Rücken lief ein feines Pinseln, eine Art vergnügtes Grauen. Er fürchtete sich, wie er sich selten im Leben gefürchtet hatte, und zugleich ergriff Neugier und freudige Erregung von ihm Besitz.

Eine ihm unbekannte Macht begann zu wirken, weil er sie um Hilfe angerufen hatte.

Als schließlich Priester hinter ihn traten und ihn zum Altar führten, drohte ihm die Brust zu platzen. Er rang um Atem, fürchtete, am Knebel zu ersticken, und hätte doch laut lachen mögen. Was hatte dieser fremde Gott mit ihm vor?

Vymers Stimme ertönte: »Das ist doch einer von uns!«

Uvelan spähte, kniff die Augen zusammen. Er konnte ihn in der Menge nicht entdecken.

»Ja, es ist ein Redarier«, sagte Nevopor. »Aber bezeugt es nicht besonders unsere Ehrfurcht vor dem dreiköpfigen Gott, wenn wir einen der Unseren opfern? Etwas Wertloses zu geben ist leicht. Das Kostbare zeigt Svarožić erst wirklich, wie sehr uns an seiner Hilfe gelegen ist.«

Ein anderer fragte: »Warum er?«

»Er hat das Gebot gebrochen. Er hat den Namen des hohen Vaters ausgesprochen. Fragt nicht weiter danach, ihr wißt, daß es nicht gut ist, davon zu sprechen. Es rührt an heilige Belange, die nicht angetastet werden sollten. Er ist des Todes würdig. Schweigt – es beleidigt den Lichtbringer, wenn wir um sein Opfer feilschen.«

Da. Dort war Vymer. Er reckte den Kopf über die Umstehenden und rief so laut, daß es bis an die Ohren Nevopors dringen mußte: »Ist das nicht sein Priester? Der letzte, der noch mit ihm zu sprechen vermag?«

Eine tiefe Erdspalte, die inmitten der Menge im Erdboden aufriß, hätte nicht mehr Aufregung verursachen können. Bestürzte, blasse Gesichter starrten zu Uvelan hinauf, Münder standen offen, Augen wurden so weit aufgerissen, daß sie sich aus den Höhlen wölbten. Die Nachricht schoß im Flüsterton durch die Menschenreihen, huschte von Gruppe zu Gruppe, von Wall zu Wall, bis sie den letzten erreicht hatte. Dann war es still. Irgendwo in der Vorburg stieß eine Ziege ein Meckern aus. Noch härteres Schweigen folgte.

Uvelan sah zu Nevopor hinüber. Im Gesicht des Priesters spannten sich die Muskeln. »Deine Lüge, Linone, wird eine harte Strafe finden. Der alte Priester ist längst tot. Weißt du nicht, daß der Zorn des väterlichen Gottes die gesamte Familie hinweggerafft hat? Lehne dich nicht gegen die Götter auf, sonst wirst du geknickt wie ein dürrer Halm!«

Niemand wagte eine Antwort.

»Tötet ihn.«

Der fremde Gott ließ ihn nicht sprechen? Alle Erregung,

alle Neugier erlosch. Plötzlich sah Uvelan wieder den greulichen Altar, sah das Blut, den Körper ohne Kopf, Hände und Füße, den die Priester in eine Reihe mit den Opfertieren gelegt hatten. Er würde genauso sterben, nur geknebelt, stumm. Auf diesem dunklen, sinnlosen Stein würde er den letzten Atemzug tun. Er fror. War das das Wesen des Christengottes? Er bestrafte einen Menschen, der zu ihm kam und darum flehte, seine Hilfe zu erfahren? Was für ein kalter, grausamer Gott war es, den die Franken verehrten!

Man stieß ihn bis zur Kante der Steinplatte. Vier Priester packten seine Schultern und seine Beine, hoben ihn hinauf und legten ihn rücklings auf die Altarfläche. Uvelan spürte, wie warme Nässe in seine Kleidung eindrang, wie sie seinen Rücken benetzte, in seinen Haarschopf kroch.

Er riß die Augen auf, wollte die Axt sehen, die auf ihn niederstürzen würde. Es rauschte in seinen Ohren.

Und dann diese Melodie. Sie legte sich wie eine sanfte Hand auf seine Stirn, erfüllte die Ohren, den Mund, den Kopf. Uvelan hörte das alte Lied. Das Lied Svaroghs. Anschwellende Töne, die sich hinaufwiegten von Zeile zu Zeile. In der Mitte sanken sie kurz ab, um dann neu emporzuwogen und in der Schlußzeile zu gipfeln: »Gibst du, Svarogh, gibst du allein.« Er löste die verkrampften Arme, senkte auch die Knie auf den Stein. Gibst du, Svarogh …

Der Hain. In Gedanken schritt Uvelan den Hügel hinauf. Der Zaun war in bester Ordnung. Aufrecht standen die mit zahllosen Schnitzereien verzierten Pfosten der Pforte. Auf dem Scheitel des Hügels reckten sich Eichen in den Himmel. Sie überragten weit das Blätterdach des Waldes. Kein Wind konnte die mächtigen, uralten Stämme beugen. An den unteren Zweigen hingen Kränze aus feinen Blüten. Eine Schale mit Äpfeln lag vor den Bäumen, daneben stand ein Honigtopf. Es roch nach Eicheln vom vergangenen Jahr und nach den trocknenden Blumen und Kräutern der Kränze. Ein feiner Honigduft mischte sich dazu. An Uvelans Arm blitzte der Schlangenarmreif. Er griff sich an die Stirn, tastete nach dem Priesterband. Hier herrschte Friede. Begegnet den Geistern mit Ehrfurcht, beugt euch vor den ewigen Eichen, die ihre Wohnstätte sind.

Das Lied Svaroghs.

»Packt ihn!« brüllte Nevopor. »Er soll bei lebendigem Leibe zerrissen werden. Er erzürnt die Schutzgeister des Tempels. Er erzürnt Svarožić! Schafft diesen Mann heran! Vor zum Tempel mit ihm. Er soll zerfleischt werden!«

Man drang auf Vymer ein, und der Gesang wich einem lauten Rufen: »Der Hochpriester hat meinen Sohn getötet. Nun will er auch den Boten Svaroghs vernichten!«

Dutzende Hände griffen nach dem Linonen. Fäuste prügelten auf ihn ein. Schließlich wurde er von sechs Männern Richtung Tempel geschleppt. Da flammte die Melodie an anderer Stelle in der Menge auf: Ein weiterer Linone begann zu singen.

»Donner! Bringt diesen Mann genauso heran.« Nevopor lief vor dem Altar auf und ab, reckte die Hände um Sühne flehend zum Himmel empor.

Eine neue Stimme meldete sich, und noch eine. Ein halbes Dutzend singender Männer. Dann ein Dutzend.

»Frevel!« rief Nevopor. »Ihr beschwört den Untergang herauf!«

Zwanzig Stimmen. Fünfzig. Hundert. Man stellte sich denen in den Weg, die Vymer zum Tempel trugen. Kaum war der Linone befreit, übertönte er den Gesang mit feurigen Zwischenrufen: »Der alte Gott erwacht!« »Der Gott des Lichts ist zurückgekehrt!«

Mehr und mehr Menschen entsannen sich des alten Liedes. Zuerst sangen sie zögerlich mit, dann mit wachsender, unschuldiger Inbrunst, als wollten sie das Vergessen gut machen, als überfiele sie eine Erinnerung mit über Jahre angesammelter Kraft. Die Nachgeborenen, die das Lied nicht gekannt und zunächst nur leise mitgesummt hatten, wagten ein vorsichtiges Intonieren, und einer nach dem anderen probierte ein kräftiges Schmettern. Die Melodie war einfach. Sie saß in den Knochen der Menschen.

Feuer und Sonne
Fruchtbarkeit, Beständigkeit,
Gebärende Erde, Wärme und Licht!
Zuflucht für Verfolgte
Richtung für Gebeugte
Auf Hügeln und Bergen
In Hainen und an Quellen
Gibst du, ..., gibst du allein.

In der letzten Zeile vermieden die Menschen es, den Götternamen zu singen. Sie summten die Töne oder formten leere Silben.

Dann, nachdem erste Mutige auch den verbotenen Namen über die Lippen gebracht hatten, schwoll jene Zeile bald zur kräftigsten des Liedes an. Es stieg dort die Melodie in die Höhe, nachdem sie zu einem Luftholen pausiert hatte. Das Redariervolk sang wie ein Mann:

Gibst du, Svarogh, gibst du allein.

35. Kapitel

Das Gesicht Nevopors erschien über Uvelan, weiß, spitz, wutverzerrt. Beinahe unmenschlich. Nevopor sagte nichts, sah ihn einfach an. Schließlich schien er sich zu entspannen: Das Blut kehrte zurück in die Wangen, die Züge glätteten sich. Sein Blick wurde undurchdringlich, als zöge ein schwarzer Schleier vor die Augen. Er sagte leise: »Hebt ihn wieder herunter.«

Uvelan wurde an den Beinen gepackt, feste Hände griffen ihm unter die Achseln und zerrten ihn vom Stein. Er riß sich die Hände wund.

Als Nevopor den Arm hob, ebbte der Gesang ab. Der Priester sprach nicht, bis vollkommene Ruhe eingekehrt war.

»Seht ihr das?« sagte er endlich mit einer Beherrschung, die an Gelassenheit grenzte. Die Finger gespitzt, hob er das fränkische Zauberzeichen von Uvelans Brust auf, als berühre er eine Kröte. Er ließ es zurückfallen, verächtlich. »Das Zeichen des fränkischen Gottes Jesus. Ein Geschenk zwischen Freunden, nicht wahr? Der Frankenpriester gab es seinem Verbündeten, bevor er starb. Und ihr meint, dieser sei der Bote des hohen Vaters? Der wahre Priester des Gebers aller Gesetze würde einen fränkischen Mönch, der ihn als Freund bezeichnet, von sich stoßen, würde ihm ins Gesicht spucken und ihm den Tod wünschen.« Nevopor schlug Uvelan die flache Hand auf die Kehle.

Uvelan hustete, beugte sich nach vorn in dem verzweifelten Versuch, Atem zu schöpfen.

»Dieser hier ist ein Verleumder, einer, der es wagt, Svarožić zu verspotten.«

»Laß ihn sprechen«, rief Vymer. »Warum knebelst du ihn, wenn es nicht Svaroghs Bote ist?«

Andere schrien: »Ja, warum ist er geknebelt?«

»Er soll sprechen!«

»Er selbst muß das Zauberzeichen erklären.«

Nevopor zögerte, kniff die Augen zu Schlitzen zusammen. Schließlich nickte er eckig.

Jemand fingerte an Uvelans Hinterkopf herum. Der Knebel löste sich.

»Sprich!« sagte Nevopor. »Erkläre dem Volk, warum du dich mit den Franken verbündet hast, mit denen, die unsere Frauen und Kinder durch Schwert und Feuer bedrohen.«

Mühsam sog Uvelan Luft in seine Lungen. Speichel tropfte ihm vom Kinn. Er wischte mit dem Ärmel darüber, spürte, daß er sich warmes Blut ins Gesicht geschmiert hatte. Dann lächelte er. »Ich bin Uvelan. Ich bin Svaroghs Bote.«

»Das Zauberzeichen der Franken macht ihn noch stärker!« rief Vymer. »Auch der Frankengott ist Svarogh untertan.«

»Nein.« Uvelan wartete, ließ der Menge Zeit zu verstehen. »Der Gott der Franken ist Svarogh nicht untertan. Der Gott der Franken ist Svarogh überlegen.«

Nevopor knurrte: »Seht ihr es nun? Seht ihr, daß er den hohen Vater entehrt und Svarožić, seinen Sohn? Dieser Mann muß sterben.«

»Daß ich sterben werde, weiß ich. Aber der Allmächtige, wie ihn mein Freund Tietgaud nannte, hat in seiner Gnade gestattet, daß ich vorher noch erkennen darf, wer die Geister regiert. Der höchste Gott ist nicht in den Bäumen, so erklärte mir Tietgaud einmal, und ich weiß nun: Er hat recht.« Uvelan wandte sich um und sah zum hohen Dach, das über die Geisterstatuen ragte. »Gott ist auch nicht im Tempel.« Er blickte wieder zum Volk. »Gott ist hier. Hier!«

»Frevler!«

»Er ist doch völlig verwirrt!«

»Ein böser Geist ist in ihn gefahren, ein Dämon.«

»Das ist nicht der Bote des hohen Vaters!«

»Tötet ihn endlich.«

Uvelan trat zornig auf die Menge zu. Er brüllte: »Was ist aus Euren Gebeten geworden! Aus eurer Ehrfurcht. Aus eurem Glauben! Ihr fragt danach, ob ihr einen Krieg gewinnt oder nicht. Um Macht geht es euch, um nichts anderes mehr. Ihr opfert Blut. Welchen Gott kann man damit erfreuen?«

Die Rufe verstummten. Beschämt schwiegen die Menschen.

»Denkt ihr allen Ernstes, einer, der sich über Sterbende freut, wird euch Leben schenken? Wann dankt ihr für das, was auf euren Feldern wächst? Wann dankt ihr für eure Kinder? Wann bittet ihr um Heilung oder schließt vor Gott den Ehebund? Svarogh bewahrt das Feld und die Familie, er verbrennt sie nicht. Christus ist gekommen, um zu retten, und nicht, um zu töten. Das sind Götter, denen Ehre gebührt.«

»Ha!« Nevopor erschien neben ihm. »Hat Svarogh deiner Familie Leben gebracht? Tot sind sie, allesamt.«

»Bevor der Allmächtige zum Geist wurde«, sagte Uvelan, »versprach er seinen Nachfolgern, daß er zurückkehren würde. Der Tag kommt. Er wird diese Weltordnung beenden. Christus errichtet ein neues Reich, eines, das niemand erobern kann und in dem Hunger, Schwert und Kälte unbekannt sein werden. Gemeinsam mit Tietgaud, den ihr getötet habt, werde ich den Anbruch der Ewigkeit feiern. Wendet euch ab von Svarožić, dem Blutigen. Dient dem Allmächtigen, dem Vater des Friedens!«

»Genug!« brüllte Nevopor. »Seht ihr, daß er den Tod verdient?« Mit raschen Schritten trat er an Uvelan heran, musterte ihn. Es war kein feindseliger Blick, eher offene, erstaunte Neugier.

Auch Nevopor mußte dem Allmächtigen gehorchen. Uvelan musterte die breite Stirn des Widersachers, die kleinen Falten in den Augenwinkeln. Rote Spritzer übersäten die Wangen und hingen im Bart wie der Schlamm, den die Hufe eines Pferdes aufwarfen.

»Ich hätte nicht gedacht, daß du es mir so leicht machst. Um ehrlich zu sein, verblüfft es mich ein wenig.«

»Öffne die Augen. Dich wird noch mehr erstaunen.«

»So? Was soll das sein?«

»Du kannst mich nicht töten. Nicht dauerhaft.«

»Immer noch hast du dieses Maßlose an dir. Bei niemandem aus deiner Familie war die Selbstüberschätzung so grauenhaft ausgebildet wie bei dir. Aber ich gebe zu, du beeindruckst mich. Beinahe wäre es dir gelungen, die Menge auf deine Seite zu ziehen. Nur hast du ihr nicht gegeben, was sie brauchte, um sich gegen mich aufzulehnen. Hättest du diesen Christengott herausgelassen! Hast du nicht gespürt, daß du von den falschen Dingen sprichst?«

»Wahrheit richtet sich nicht danach, was im Augenblick nützlich ist.«

»Aber es nützt der Wahrheit mitunter, wenn man sie den Wünschen des Volkes anpaßt. Ich wußte, das Volk würde einen großen, prächtigen Tempel lieben. Also habe ich ihm einen gegeben. Nun verehrt es auch mich.«

»Die, die dich heute verehren, werden sterben. Du wirst sterben. Die Lüge hat nur Schande über dich gebracht. Die Götter verachten dich, die Geister trauern über deine Verirrung.«

»Du zeigst erstaunliche Kraft in deinen letzten Stunden. Woher nimmst du die? Du bist ein Gescheiterter und verhältst dich wie ein Sieger.«

»Wer sich der Wahrheit stellt, kann nicht wirklich scheitern.«

Nevopors Züge wurden hart. »Du hast mir Kara geraubt. Du hast mich betrogen und sprichst von Wahrheit? Nun hast du mir auch noch Alena genommen. Eigenhändig werde ich dir dafür die Glieder vom Leib schlagen!«

»Warum hast du ihnen nie zugehört? Kara und Alena wollten dir etwas sagen.«

Er preßte hervor: »Mir etwas sagen!« Dann, ruhiger: »Du meinst, daß mein Weg der falsche ist? Daß ich keinen

Tempel errichten und keine Opfertage veranstalten sollte? Du kennst die Frauen nicht, Uvelan. Kara hat deine Waldzauberei bewundert und wie du bei den großen Festen aufgetreten bist: so würdevoll, so fürstlich. Sie hat übersehen, daß du nichts als ein jämmerlicher letzter Priester einer verfluchten Familie warst. Frauen verstehen nichts von der Wahrheit.«

»Das ist Unsinn, Nevopor. Du warst taub für deine besten Ratgeber.«

»Du willst mich belehren, du, der du die Gebote des eigenen Gottes gebrochen hast mit meiner Ehefrau?«

»Ich wurde dafür bestraft. Und weil ich nicht die gesamte Schuld tragen konnte, hat der Gottessohn mit seinem Leben den Rest ausgelöst.« Er tippte auf das Kreuz. »Das ist die Bedeutung des Zauberzeichens.«

»Du brauchst deine Kunststückchen an mir nicht zu versuchen. Es ist vorbei mit dir.« Nevopor lächelte bitter. »Ich werde deinen Tod genießen, glaub mir das.«

»Warum schert dich die Wahrheit nicht? Fürchtest du nicht die richtende Macht?«

»Svarožić ist die richtende Macht. Er ist die Wirklichkeit.«

»Eine Wirklichkeit, die du geschaffen hast.«

»Vielleicht. Ja, eine Wirklichkeit, die ich geschaffen habe. Die Götter werden mir vergeben. Ich habe ihnen große Ehrerbietung von den Menschen beschafft.«

»Du kannst dich nicht selbst an den Haaren aus dem Sumpf ziehen. Suche nach einer Kraft außerhalb von dir, suche nach der größten Kraft! Es ist der Allmächtige, den Tietgaud verehrte. Das habe ich am Ende meines Lebens begriffen.«

»Du verschwendest deine letzten Atemzüge. Abgesehen davon, daß du noch der gleiche Dummkopf bist, den ich vor zwanzig Jahren in einem verwilderten Göttergarten besucht habe. Was ist mit Svarogh? Wieso hältst du plötzlich den Christengott für stärker?«

»Er hat Tietgaud sprechen lassen. Und wer würde sich eine solche Geschichte ausdenken, ein Göttersohn, der stirbt? Gerade weil es unmöglich klingt, ist es wahr.«

»Nie werde ich dem wahnwitzigen Gott folgen, den sie Christus nennen.«

»Es wird dich einen hohen Preis kosten, daß du die Augen verschließt. Ich glaube, der Dummkopf bin nicht ich, der Dummkopf bist du.«

Nevopor lachte leise. »Meine Untergebenen wagen es nicht, solche Dinge zu sagen. Auf eine gewisse Art bedauere ich es auch, dir den Opferdolch in den Hals stoßen zu müssen.« Nevopor winkte den Priestern. »Lassen wir das Volk nicht länger warten. Gut, daß du zu ihnen gesprochen hast, Uvelan. Jetzt hassen sie dich.«

»Keine Tränen, keine Krankheiten,« rief Uvelan, »keine Flucht. Ewiger Sommer!«

Er wollte noch mehr sagen, wollte die letzten Augenblicke nutzen, um den Menschen das kühle, klare Wasser einzuflößen, das ihm selbst so kurz vor dem Tod die Kehle hinabgeflossen war, wollte ihnen die Augen öffnen. Doch man packte ihn, schleifte ihn in Richtung des Altars.

Da brachen Menschen aus der Menge: Sie schleuderten Männer zur Seite, gruben Frauen die Ellenbogen in die Gesichter, streckten die Arme aus und wischten damit durch die Umstehenden wie durch ein Ährenfeld, bis sie sich aus der Masse befreit hatten und nach vorn stürmen konnten. Männer waren es, in den Gesichtern eine unirdische Glut, ein Rasen, einen kalten, fremden Ernst.

Ihre Beine griffen weit aus. Sie sprangen die Anhöhe hinauf, jagten geradewegs auf Uvelan zu. Faustschläge streckten vier Priester nieder. Allein Nevopor stand noch und drängte sich an die hölzernen, grell bemalten Schutzgeister des Tempels. Er schrillte einen Namen: »Barchan!«

Uvelan erkannte die Linonen erst, als Vymer ihn am Arm ergriff und längs des Tempels zerrte. »Alena hat uns ein kleines Tor beschrieben.«

»See...tor«, stammelte er.

»Gleich hinter dem –« Vymer stockte.

Es quollen Krieger aus dem Winkel zwischen Tempel und Mauer. Ihnen voran ein Mann mit buschigem Oberlippenbart und Pelzkappe auf dem Kopf. Sein goldverzierter Schild deckte ihn und den Nebenmann, die baumstumpfgroße Axt ragte schräg darüber hinweg wie ein Tier, das den Feind beäugt.

»Zurück«, hauchte Vymer und zog Uvelan mit sich.

Nevopor lachte aus vollem Halse. »Seht ihr das?« rief er. »Er fürchtet den Tod nicht. Ha! Und wie er ihn fürchtet! Wenn der seltsame Christengott nicht hilft, dann müssen Menschen eingreifen.«

Die Tempelwache schloß Uvelan und die Linonen ein. Immer dichter zwang sie sie an die Geisterstatuen heran. Bald senkten die redarischen Krieger die Schilde, um mit den Äxten auszuholen.

»Niemand fordert die Götter ungestraft heraus. Dachtet ihr, ihr könnt Svarožićs Augen entkommen?« Plötzlich war Nevopor wieder ernst. »Zermalmt sie.«

Brausen wehte durch die Menge. »Die Nawyša Devka«, wisperten Tausende, »seht!« Wie die Ähren eines Feldes neigten sich die Gesichter fort vom Tempel zum Westtor hin. Ein Riß entstand im Volk, eine Gasse vom Tor zum Tempel. Sie verbreiterte sich zur Straße. An ihrem Beginn stampften die Hufe der weißen Stute. Die Sonne funkelte in der schneeweißen Mähne des Pferdes und in den silbernen Beschlägen der Zügel. Auf dem Rücken der Stute saß Alena, aufrecht, in ein strahlendes, helles Leinengewand gekleidet. »Blut«, sagte sie, »oder Friede. Ihr könnt wählen.«

In ruhigem Schritt erklomm die Schimmelstute den Hang, unterquerte den Turm, näherte sich dem Tempel. Es war, als triebe sie die Dunkelheit vor sich her.

»Das ist nicht die Weiße«, rief Nevopor. Auf seinen Wink hin verschwand Miesko in Richtung des Heiligen Stalls. »Es ist ein fauler Zauber. Wie bist du entkommen?

Und für welchen Gott streitest du, Alena? Auch für den Christengott, wie Uvelan?«

»Ich war auserwählt, ein Menschenopfer zu fangen für Svarožić, den Hungrigen. Aber ich habe auf dieser Reise gelernt zu lieben. Nicht nach Blut zu dürsten, sondern nach gegenseitiger Achtung.«

In Nevopors Gesicht spannten sich die Muskeln. Der Bart bebte, die Nasenflügel zitterten. »Giftige Natter! Du willst mich schrecken?« Langsam streckte er die Arme zu beiden Seiten aus. »Mich, den Hochpriester, das Kind des dreiköpfigen, machtvollen Svarožić?« Die Ärmel des schwarzen Mantels flossen wie Flügel um seinen Körper. Unter den geschwungenen Brauen blitzten die Augen.

»Herrschen, das kannst du. Aber kannst du auch Wärme geben? Kannst du Schwache beschützen, die Jungen lehren, Familien stärken? Deine Zeit ist abgelaufen, Nevopor. Ich habe Tollensanen kennengelernt, Obodriten, Franken und Linonen, Redarier und Kessiner. Ich kenne die Menschen. Und ich weiß, was Liebe bewirken kann. Diese Kraft ist stärker. Das kalte Rethra wird fallen, noch heute.«

»Worte, nichts als schwache Worte. Du bist nicht mehr meine Tochter. Ich enthebe dich allen Ansehens in der Tempelburg und im Gebiet der Redarier! Du sollst als Verräterin gelten, und jeder, den du um Nahrung anflehst, soll dich schlagen.«

Die Menge flüsterte Entsetzen.

»Schon lange bin ich nicht mehr dein Kind. Du hast mich verloren, an dem Tag, an dem du meine Mutter erschlugst.«

Ein Brausen. Ein Wispern und Zischen und Beben.

»Sie lügt«, rief Nevopor.

»Ich will fortan Uvelans Tochter sein. Er ist der wahre redarische Priester. Nimmst du mich zu deinem Kind?« Fragend richtete sie ihren Blick auf Uvelan.

Der Alte nickte.

»Ich bleibe die Tochter des Höchsten, die Nawyša Devka, denn Uvelan ist der Hochpriester, der dich ablöst, dich und deine blutige Herrschaft. Gibst du dich geschlagen? Im Wald vor Rethra traf ich Javor, den Obodritenfürsten. Uvelans Ergebene haben die Jahre genutzt. Es ist ein Heer zusammengestellt, das die Tempelburg vernichten wird, wenn du sie nicht freiwillig aufgibst. Sie warten auf meinen Befehl.«

»Javor? Er würde es nicht wagen, Rethra anzugreifen. Tausende stehen bereit, es zu verteidigen. Gerade heute! Die Vorburg ist voll mit Männern. Er wäre ein Schwachsinniger, jetzt anzurücken. Darauf soll ich hereinfallen?«

»Er bringt Sachsen mit sich. Ein fränkischer Bischof unterstützt ihn. Es muß kein Blut fließen, Nevopor. Tritt die Herrschaft ab, und der Kampf kann verhindert werden.«

»Ein alberner Versuch, mich einzuschüchtern. Rethra ist mein Werk! Ich werfe es nicht fort, nur weil du mir drohst, nutzlose Verräterin.«

Miesko erschien am Rand des Tempels mit dem genauen Ebenbild der Schimmelstute. Er reichte Nevopor die Zügel. »Seht ihr es nun?« rief dieser. »Sie versucht, eure Sinne zu bezaubern! Das hier ist das Pferd Svarožićs; Alena, die Verstoßene, reitet auf einem bösen Geist.«

Wildes Raunen im Volk, Zurückweichen, Murmeln von Schutzgebeten.

»Uvelan, Vymer.« Alena wies auf den Tempel. »Holt die Feldzeichen der Stämme heraus. Nevopor will den Krieg, und er soll ihn haben.«

»Haltet sie auf!« befahl Nevopor. »Niemand betritt den Tempel.«

Die Tempelgardisten schlossen den Kreis enger um die Linonen und Uvelan. Da ruckten Alenas Fersen an den Pferdekörper, und die Weiße begann zu laufen. Vor der Priestertochter wichen die Bewaffneten zurück.

»Holt sie vom Pferd.«

Niemand gehorchte.

»Barchan, du! Zieh sie da herunter.«

Als Alena die Gardisten auseinandergeschoben hatte, zügelte sie die Stute und wiederholte ihre Anweisung: »Uvelan, Vymer, holt die Feldzeichen.«

»Gut, sollen sie hineingehen«, schwenkte Nevopor um. Er wendete sich zum Volk. »Ihr werdet sehen, daß Svarožić sie vernichtet. Schreie werden zu hören sein, und Fledermäuse, schwarze Schatten werden dem Tempel entweichen: Ihre Geister, die ruhelos über die Erde streifen, ohne Erlösung zu finden.« Er lächelte die Linonen böse an. »Worauf wartet ihr? Betretet den Tempel.«

Sie sahen beschämt zu Boden, standen still. Allein Uvelan verneigte sich zu Alena hin: »Nawyša Devka.« Dann schritt er auf die Tempeltür zu, rief: »Ihr Dummköpfe. Kommt mit mir! Svarogh und der Christengott sind stärker, tausendmal stärker als alles, was in diesem Tempel haust.« Vymer und einige der Linonen folgten ihm zögerlich. Er öffnet die Tür, und bald waren sie im Inneren verschwunden.

Die Tempelgarde wich zurück, drängte sich an die Menschenmenge heran. Tausende starrten auf die Tür des Tempels. Etwas schepperte innen.

Ein Stöhnen in der Menge.

Nevopor schwankte den Hang hinunter, blieb wenige Schritte vor der Volksmenge stehen, kehrte sich um und fiel auf die Knie. Die Menge tat es ihm gleich.

Als das Rumpeln und Hinabächzen der Tausenden ein Ende hatte und wieder Stille eingekehrt war, öffnete sich die Tempeltür.

Der Mann, der aus ihr heraustrat, trug keine drei Köpfe auf den Schultern. Es war ein Mensch mit steingrauen Augen und einer Haarmähne wie sprühendes Wasser. Vor der Brust hielt er den goldenen Schild der Kessiner. Er ging gemessenen Schrittes den Hang hinab. Alena schloß sich ihm an.

Hinter den beiden verließen weitere Männer den Tempel. Ein Linone hielt den roten Speer der Zirzipanen in der

Hand, ein anderer hatte die schwere, silberne Axt der Tollensanen über die Schulter gelehnt. Weitere folgten, jeder trug ein anderes Feldzeichen nah am Körper: Das kessinische Hiebmesser mit Ebenholzgriff, das redarische Schwert Medilim, verzierte Streitäxte, Klingen aus damasziertem Stahl, die Panzerhemden der Götter, ihre Spangenhelme.

Nevopor sprang auf. »Ein Schwindel!« krähte er. »Es ist ein Schwindel! Haltet sie fest, packt sie, zerschneidet sie. Sie haben den schlimmsten Frevel begangen, den ein Mensch tun kann!«

Das Volk kniete in andächtiger Demut.

»Was ist? Hört ihr nicht? Es sind Räuber, die dem Dreiköpfigen das Opfer vom Altar stehlen wollen!«

Durch die Gasse in der Menge liefen sie ungehindert hindurch. Ein Mann mit Kind auf den Schultern schloß sich ihnen an, zwei Zwillingsbrüder, eine alte Frau, drei Männer von kessinischem Aussehen. Dutzende andere.

»Barchan«, fauchte Nevopor. »Nimm deine Männer und ergreife sie!«

Der Führer der Tempelgarde stand langsam auf. »Siehst du nicht, daß die Götter mit ihnen sind? Wie sollen wir diesen Männern mit einfachen Waffen schaden? Sie tragen die geheiligten Feldzeichen. Wenn sie der Lichtbringer nicht bestraft, wie sollten wir es wagen, sie aufzuhalten? Das Wohlwollen der Götter macht sie unbesiegbar.«

Unter dem Tor, am Kopf der Treppe, die die Vorburg hinabführte, hallte Uvelans Stimme: »Allein Rethra und der Glaube an Svarožić sind die einigende Kraft östlich der Elbe. Warum ist das so? Wer könnte Interesse daran haben? Ich frage euch!«

Ein Raunen glomm auf, Feuerglühen in einem Ascheberg, der seit Jahrzehnten erloschen sein mußte.

Die Stimme wurde leiser. Uvelan schritt die Treppe hinunter. Dumpf hallte es aus der Vorburg: »Nevopor ist verantwortlich für den Zerfall des Weletenbundes! Er entzweite die Fürsten der Stämme. Seht, was euch dieser Gott gebracht hat! Uneinigkeit, Knechtschaft, Verblendung.«

»Hört ihr nicht«, rief Nevopor, »wie er spottet? Es ist unmöglich, daß die Götter diesen Unwürdigen beistehen. Ergreift sie!«

Niemand rührte sich.

»Ihr wollt sie nicht verfolgen?« Nevopor zog sich den Mantel straff, strich sich den Staub von der Brust. »Verdorbene, verdummte Menschen.« Entschlossen schob er die Unterlippe vor, trat mit festen Schritten auf Barchan zu und hielt ihm die Hand hin. »Deinen Bogen.«

Barchan griff in den Köcher auf seinem Rücken, zog den langen Stab heraus und reichte ihn Nevopor.

Ruckhaft nahm Nevopor die Hand weg. »Spanne ihn.«

Barchan nestelte die gerollte Sehne aus einem Beutel am Gürtel. Er bückte sich, legte eine Schlaufe in die Vertiefung am unteren Ende des Bogenholzes, stand auf, ergriff das obere Stabende und zwang es herunter. Es beugte sich, knirschte leise. Mit weißen Fingern legte er eine zweite Schlaufe in eine Vertiefung am oberen Stabende.

Nevopor ergriff den Bogen. »Einen Pfeil.« Als Barchan ihn hervorzog, schüttelte Nevopor den Kopf. »Nicht diesen. Einen mit weißen Federn aus dem Schwanzgefieder.«

Er trat an die zweite weiße Stute heran, schwang sich hinauf. Durch die freie Gasse in der Menschenmenge ritt er hinab. Viele Köpfe zuckten. Schluchzen war zu hören; man warf ängstliche Blicke auf Nevopor, vorsichtige, zweifelnde.

Ohne die Zügel loszulassen, öffnete er das Säckchen an seinem Gürtel und hob ein winziges Tongefäß heraus. Er entfernte den wächsernen Pfropfen, tunkte die Spitze des Pfeils hinein, einmal, zweimal, dreimal. Sorgfältig bemüht, ihn nicht mehr zu berühren, verschloß er das Gefäß wieder und verstaute es.

Nevopor ritt aus der Vorburg heraus. Augenblicklich zog er die Zügel straffer, ließ die Stute den Schritt verlangsamen. Der Zug der Räuber hatte den Waldrand noch nicht erreicht.

Er wartete. Kniff die Augen zusammen und folgte ihnen, ohne sie einzuholen. Sorgsam beobachtete er sie. Hob jemand den Speer gegen ihn?

Endlich näherten sie sich dem Waldrand. »Jah!« gellte Nevopor, hieb der Stute die Fersen in den Bauch. Das Pferd trabte, galoppierte, preschte auf die Räuber zu. »O Svarožić«, keuchte er, »lenke meinen Arm! Mache die Hand ruhig, schärfe das Auge. Laß mich meinen Widersacher treffen!« In vollem Ritt spannte er den Bogen.

Die Räuber flohen auf den Wald zu. Ihre Mäntel wehten. Gerade als die Schatten der Bäume sie zu verschlucken drohten, surrte der Pfeil von der Sehne. Er durchbohrte Uvelans Rücken.

Daß sie ihn unter den Achseln ergriffen und in den Wald trugen, freute Nevopor. Mochten sie ihn fortschaffen, weit fort. Er wendete das Pferd, bremste es nach kurzer Strecke. Mit Mühe ließ er die Schultern hängen, zwang sich zu einem kraftlosen Gesicht, während er innerlich frohlockte.

Am Tor erwarteten ihn Barchan, Miesko und Jarich. Er ritt stumm an ihnen vorüber. Erst als ihn die Volksmenge sehen konnte, rief er: »Es ist tatsächlich so. Sie sind unverwundbar. Mein Pfeil hat Uvelan getroffen, aber an seinem Körper prallte er ab wie an einem Felsen und ließ ihn unverletzt.«

Stimmen brodelten auf. Erstaunte Gesichter wandten sich einander zu, die Menschen lächelten, glaubten, raunten sich ehrfürchtige Worte zu.

»Wir haben uns geirrt mit dem Opfer. Der Lichtbringer wollte eines, und es war ein Fehler, ihm einen zweiten Menschen darbringen zu wollen. Er wird uns verzeihen. Die heiligen Waffen werden hierher zurückfinden.«

Unter den ersten Bäumen des Waldes griff Alena nach dem Horn, das Javor ihr gegeben hatte. Sie setzte es an die Lippen und stieß hinein. Ein Blöken erscholl.

36. Kapitel

Nevopor erstarrte auf seinem Pferd. »Sie hat die Wahrheit gesagt«, wisperte er. In der Menge entstand Bewegung, Fässer wurden geöffnet, Fellbündel aufgeschnürt, und gruppenweise zogen Männer Äxte hervor. Einer düsteren Ahnung folgend, gab Nevopor der Weißen die Fersen und preschte neben der Treppe zum Westtor hinauf.

Überall entbrannten plötzlich Kämpfe zwischen Kessinern und Polaben, Tollensanen und Ranen. Želechel brüllte in der Nordhälfte der Vorburg: »Weletenbündler zu uns!« Zirzipanen, Redarier und Tollensanen strömten zu ihm, um sich mit den Kessinern zu vereinen. Viele starben auf dem Wege dorthin, wurden zu Boden gestoßen, niedergetrampelt, von polabischen oder ranischen Äxten erschlagen.

Am Westtor kämpfte die Tempelgarde unter Barchans Führung, um den Hochpriester sicher in die Hauptburg zu schleusen.

Bald zeigte sich, daß der Aufruhr gut vorbereitet war: Binnen kurzem waren sämtliche Tore und Türme in den Händen der Feinde, bis auf das Seetor hinter dem Tempel. Hier, in Tempelnähe, scharten sich die Redarier zusammen, um ihr Heiligtum und ihre Priester zu verteidigen. Viele waren waffenlos; der Weg in die Vorburg zu ihren Zelten scheiterte am Westtor, das in ranischen Händen lag.

Vor dem Tempel stand Nevopor, rang die Hände, floh fassungslos mit dem Blick über die sich dahinschlachtende Menge. Er raufte sich den Bart, biß sich die Lippen wund. Bis er am Waldrand der Staubwolke gewahr wurde. Ein Angriff von außen, wie Alena versprochen hatte. »Kämpft«, brüllte er, »kämpft für Rethra!«

Ein Heer ergoß sich aus dem Wald, das unmöglich von den Redariern und ihren Verbündeten besiegt werden konnte: Sächsische Kurzschwerter blitzten auf, Lanzen ragten weit über die anstürmenden Krieger in den Himmel. Vorn eine Wand von lederbespannten Rundschilden. Schon krümmten sich im heranrückenden Heer die ersten Bögen. Pfeile wehten in die Burg, trafen Freund und Feind gleichermaßen. An das Schließen der Tore war nicht zu denken, sie wurden von Polaben und Ranen weit offengehalten.

Mitten im Heer der Obodriten und Sachsen trafen sich drei behelmte Adlige. Sie warfen Blicke aus den Augenlöchern der eisernen Masken, dann entfaltete einer von ihnen ein großes Stück grünen Tuchs, knüpfte es an eine Lanze, reckte sie auf und schwenkte sie.

Unordnung geriet in das Heer. Die Lanzen und Speerspitzen strömten plötzlich zum Wald zurück. Rasch teilte sich die Menge in sächsische Krieger und obodritische Axtschwinger. Aus dem Durcheinander eilte ein dickleibiger Mann im Hermelinmantel an die Sachsenführer heran, gefolgt von schwertbewehrten Benediktinern. »Was soll das?« fuhr er die Sachsen an. Der schwulstige Hals Bischof Altfrids rötete sich vor Zorn.

Zur Antwort wies einer der Adligen mit dem Handschuhfinger auf den Franken, und Augenblicke später bohrten sich Wurfspeere in seine Brust. So starb Bischof Altfrid, der Gesandte Ludwigs des Deutschen, zwei Jahre nachdem er den Hildesheimer Dom eingeweiht hatte. Im Handumdrehen waren auch die schwarzen Kapuzen gemeuchelt, die ihn begleitet hatten.

Die Obodriten fanden unerwartet einen tödlichen Feind in ihrem Rücken. Mit lautem Gebrüll griffen die Sachsen ihre Erzfeinde an. Ulmenholzbögen spannten sich, die Hanfschnüre pfiffen und ein Pfeilhagel prasselte auf Javors Heer nieder. Wurfspeere spießten stämmige Kriegerkörper auf, die langen Flügellanzen der Sachsen zeigten ihre Überlegenheit, indem sie sich hinter die Schilde der Obodriten hakten und sie ihnen von den Leibern rissen. Das Sax hielt blutige Ernte.

In der Burg ging der Haufe unter Želechels Führung in den Angriff über. Vereint stürmten Zirzipanen und Redarier, Tollensanen und Kessiner gegen die Rebellen an. Tor für Tor, Turm für Turm eroberten sie Rethra zurück.

Javor trat mit seinen Getreuen die Flucht an.

Die Geister am Tempel standen, anstatt sich über das Feld von Sterbenden zu freuen, stumm. Bemalte Holzbohlen waren es, schweigsam und leblos. Ein Menschenopfer war angekündigt gewesen, und welches Menschenopfer wurde nun dargebracht! Es traf Männer, Frauen und Kinder, die nicht im geringsten damit gerechnet hätten, Teil des Rituals zu sein. An diesem Tag wünschten sie sich weit fort von Rethra.

Epilog

Der Wind, der damals über das Land blies, streifte kaum eine menschliche Behausung. Es gab keine segelbespannten Mühlenarme, die ihn in Häppchen teilten, und nur spärlich duckten sich Häuser unter das Fauchen der Himmelswirbel. Ein freies Kind war er, rüttelte in Baumwipfeln, strich sanft durch das Gras wilder Wiesen, zottelte im Gefieder der Adler.

In der Nähe des Tollensesees fing er sich im zarten Haarschopf eines Einjährigen. Das Spiel mit den sonnenweißen Kinderhaaren beruhigte ihn, und so blies er schwächer, säuselte hinauf in die Blätterkronen des Waldes, um die zwei Menschen zu beobachten, die den Weg verlassen hatten.

Das Kind, auf dem Arm getragen, streckte das Händchen nach dem Hals der Mutter aus. Es betastete ein Kreuz. Als es das Silberding zum Mund führen wollte, zog die Mutter es ihm aus der Hand. »Nein, Liubin.«

In der Ferne klopfte ein Specht auf einen hohlen Stamm. Es roch nach Bärlauch, scharf, beißend. Feines Kratzen ertönte. Ein Baumläufer: Der kleine Vogel hing kopfüber am Stamm einer Buche, drehte den Kopf nach Mutter und Kind, verharrte.

Die Bäume standen dichter, je weiter sie sich vom Weg entfernten. Die Mutter wich dornigen Sträuchern aus, lief große Bögen, weil das Unterholz so dicht gewachsen war, daß sie keinen Durchlaß finden konnte. Immer weniger Licht drang durch das ineinandergreifende Blattwerk der Bäume. Würgepflanzen krochen an den Stämmen hinauf; es war ein grünes, wildes Reich, das sie betrat.

Endlich blieb sie stehen. Sie ließ den Jungen auf ihrem

Arm hüpfen. »Siehst du, Liubin? Hier war er zu Hause. Alle diese Pflanzen und Bäume hat er gekannt. Dein Vater baut Boote aus ihrem Holz, aber er, Uvelan, konnte mit ihnen Menschen heilen. Der Blumenkranz zu Hause an der Wand, ist es nicht ein Wunder, daß er sich so gut hält, obwohl die Blüten vertrocknet sind? Uvelan hat genau die richtigen dafür ausgewählt.«

Sie sah ihn vor sich, wie er an jenem Tag zu zittern begann. Er hatte verlangt, daß sie den Pfeil in seinem Rücken stecken ließen; es sei Gift, das ihn töte, und nicht die Wunde. Bringt mich zum Hain, hatte er hervorgewürgt. Und so starb er dort, wo er hingehörte, unter den vier himmelstürmenden Eichen. »Danke«, betete er, »daß ich verstehen durfte.« Alena mußte das silberne Kreuz in die Zweige der Eichen hängen, daß es dort leise hin und her schwang und sich drehte, wie die Blumenkränze es getan hatten. Bevor Uvelans Augen brachen, bat er darum, bei den Hügeln des Vaters und des Bruders verbrannt und bestattet zu werden.

»Gehen wir, Liubin. Ich werde dir mehr erzählen, wenn du größer bist.«

Im Gestrüpp kroch eine Pflanze dahin und streckte Blüten aus, kleine, blaue Kelche. Zimbelkraut. Alena weinte. Sie schämte sich vor ihrem Sohn, wischte sich die Tränen von den Wangen. »Zum Hain, Liubin, bist du einverstanden?«

Der neue Hain. Ein hüfthoher Zaun aus verzierten Latten, der einen Hügel einschloß. Gutmütiges Plätschern. Seit Generationen verehrten die Tollensanen diese Quelle als heilig, und sie hatten Alena zu ihrer Hüterin bestimmt. Es mochte sein, daß Alena den Bootsbauer nicht liebte. Aber sie achtete den wortkargen, knochigen Mann. Und er achtete sie. Der Zaun, den er mit der Hilfe einiger anderer Männer errichtet hatte und die Scheu, mit der er sie jeden Morgen verabschiedete, wenn sie sich auf den Weg zum Hain machte, bewiesen es. War Achtung nicht einiges?

Und es gab Liebe in ihrem Leben, Liebe für Kitan und für Liubin, ihren Sohn.

Vor der Pforte im Zaun wartete ein Dutzend Männer und Frauen. Sie würden ihr Fragen stellen, würden sie um Hilfe bitten. Das Volk schätzte ihren Rat. Sie vertrauten ihr, wenn sie Streit schlichtete, weil sie feinsinnig Recht und Unrecht zu unterscheiden wußte.

»Brun?«

Ganz vorn in der Reihe stand er, lächelte unbeholfen und nickte.

Sie nahm ihn bei der Hand, öffnete die Pforte. Hinauf zum moosigen, wasserüberspülten Stein zog sie ihn. »Wie geht es dir?«

»Bitte«, raunte er, »laß sprechen Fränkisch.«

»Gut. Du hast andere Gelegenheiten, dein Slawisch zu üben. Warum bist du hier?«

»Wie geht es Audulf?« Er rieb die aufgeschrammten Fingerknöchel. Strenger Laugengeruch stieg Alena in die Nase.

»Seine Frau war kürzlich bei mir. Ein handfester, lautstarker Mensch, aber man kann ihr vertrauen. Sie sagte, er sei geschickt mit dem Schnitzmesser. Einigen hölzernen Hausrat habe sie schon eintauschen können gegen Korn und Fleisch.«

»Das ist gut.«

»Und du? Ist der Gerber zufrieden mit dir?«

»Er näht fast nur noch Schuhe und schneidet Gürtel oder Riemen. Die ganze Lederarbeit überläßt er mir. Siehst du das?« Brun hob die Hände.

»Du arbeitest hart.«

»Aber ich wollte mich bei dir bedanken. Hilfe von deiner Seite haben wir wahrlich nicht verdient.«

»Doch, Brun. Und du hast sie auch schon reichlich entlohnt. So vieles hast du mir über den Christengott erzählt.«

»Wollen sie immer noch davon hören?«

»Hier hat niemand Tietgauds und Uvelans Tod vergessen. Es hat Gewicht, was jemand sagt, bevor er stirbt, besonders, wenn es der alte Svarogh-Priester ist.«

»Darf ich dich noch etwas fragen? Es ist ... Neugier. Wie sieht sie aus?«

»Wer?«

»Audulfs Frau.«

Alena lachte. »Breit und füllig. Sie hat einen freundlichen Mund, das wird ihm gefallen haben.«

»Füllig – und das, wo doch Audulf dürr wie ein Birkenzweig ist ...« Er schwieg einen Augenblick. »Und du? Bist du glücklich? Die Töchter des Bootsbauers hassen dich, habe ich gehört.«

Sie blickte auf den Stein hinab, aus dem durch einen Riß das Wasser sprudelte. Nie versiegte es; der Stein spuckte fortwährend frisches Naß. Über ihnen knarrte ein Baum, als sei er ein alter Mann. Behutsam wanderte ihr Blick zu den Menschen hin, die am Fuß des Hügels warteten. »Meine Liebe gilt einem Höheren. Jeder Mensch ist glücklich, Brun, der weiß, daß er das Richtige tut.«

Einige Worte zu Rethra

Mit Corbeia Nova, dem Herkunftskloster Tietgauds, werden Sie leicht Corvey in Verbindung bringen, die nach dem Mutterkloster Corbie an der Somme benannte Tochterabtei. Ratzeburg erkennen Sie in der Racesburg wieder, und Zwerin identifizieren Sie als Schwerin. Kenner verbinden mit dem Namen Reric das heutige Mecklenburg.

Wo aber befindet sich Rethra?

Seit dem Mittelalter wird nach der geheimnisvollen Tempelburg gesucht. Der erste war wohl der Rostocker Professor Albert Krantz – er forschte bereits 1519 danach. Daß es den Ort des Orakels gegeben haben muß, daran besteht kein Zweifel: Thietmar von Merseburg beschreibt ihn ausführlich, bis hin zur Anzahl der Türme und Tore, dem See im Osten und dem Wald ringsherum. Auch Adam von Bremen und Helmold von Bosau berichten von Rethra.

Immer wieder hat es Ausgrabungen von slawischen Burgen mit Tempelanlage gegeben, und es läßt sich schwer sagen, bei welcher es sich um Rethra handeln soll. Für den Roman mußte ich mich entscheiden: Der Fundort am Breiten Lucinsee, eine Stunde nördlich von Feldberg in Mecklenburg-Strelitz, erschien mir plausibel. Die Gegend und die archäologischen Funde decken sich meines Erachtens gut mit den Beschreibungen Thietmars.

Beim Namen Rethra handelt es sich um die jüngere, deutsche Bezeichnung. Weil sie inzwischen geläufiger ist, habe ich nicht den von Thietmar von Merseburg festgehaltenen Namen Riedegost verwendet.

Wie ist es mit der Tempelburg weitergegangen? Einmal noch bekam sie größte Bedeutung. Im Jahr 983 kränkten die

Sachsen den Obodritenfürsten Mstivoi schwer. Er reiste daraufhin nach Rethra und gewann die Priesterschaft dafür, einen großen Aufstand der Slawen gegen die Christenheit anzuzetteln. (Das ist Helmolds Version. Ich glaube eher, die Priester Rethras hatten den Aufstand schon lange geplant.) Die Stämme vereinten sich im Lutizenbund.

Für das Deutsche Reich vollkommen überraschend, griff am 29. Juni 983 ein slawischer Heerhaufen die Bischofsburg von Havelberg an. Die Besatzung wurde überwältigt, der Bischofssitz zerstört. Drei Tage später überfiel beim Läuten der Prim eine Meute slawischer Verschwörer das Bistum Brandenburg. Die Priester wurden gefangen, die Kostbarkeiten der Kirche geraubt. An Ort und Stelle feierte man heidnische Kulte.

Mit Havelberg und Brandenburg waren zwei wichtige Festen des Kaisers und der Kirche im Überraschungsangriff gefallen. Aber noch nicht genug: Eine nach der anderen besiegten die Aufständischen in den folgenden Wochen weitere königliche und adlige Burgen. Sie überschritten gar die Elbe und bedrohten die Metropole Magdeburg, den Sitz des Erzbischofs.

Die Kriegszüge des Reiches, die nach 985 zur Wiedereroberung anliefen, scheiterten am harten Widerstand des Lutizenbundes.

Spätestens im 12. Jahrhundert war Rethra allerdings endgültig zerstört.

Der Autor dankt

Den Lesern, die ihm verzeihen, daß er Altfrid von Hildesheim im Roman bereits im Juli sterben läßt, obwohl er bezeugtermaßen am 15. August 874 das Zeitliche segnete. In allen anderen Belangen hat der Autor sich um größtmögliche Nähe zu den historischen Gegebenheiten bemüht.

Seinem Lektor, Gunnar Cynybulk, der aus einer mittelmäßigen Geschichte eine große Geschichte gemacht hat.

Michael Gaeb-Calderon, ohne dessen Arbeit Sie dieses Buch nicht in den Händen halten würden.

Dem Stadtarchiv Magdeburg und dem Landesarchäologen Mecklenburg-Vorpommerns, Dr. Friedrich Lüth, sowie Frau Gräfin von Schmettow vom Landesamt für Bodendenkmalpflege Mecklenburg-Vorpommern.

Torsten Dressler, der Material über Grabungen im Schweriner Schloß zur Verfügung stellte.

Christian Lopau vom Stadtarchiv Ratzeburg.

Kersten Kircher von Kircher Webgeräte, Driedorf, für die Erklärungen zum Aufbau mittelalterlicher Webstühle.

Kathrin Lange und Iris Kammerer für ihre Begleitung und Beratung während des Entstehens des Romans.

Dem Slawisten Dr. Klaus Müller. Ihm verdanken viele Figuren in diesem Roman ihren Namen.

Dr. Eberhard Bohm von der Freien Universität Berlin: Er ist eine Ausnahme. Nicht jeder Mittelalterdozent fährt mit seinen Studenten ins Umland, um Hügelgräber und die Überreste slawischer Burgwälle zu besuchen. Besten Dank, Herr Bohm! Solche Orte duften noch heute nach Nevopor und Alena, Uvelan und Embricho.